Nahaufnahme

Im Econ Taschenbuch Verlag sind von Len Deighton außerdem lieferbar:

Mamista (TB 27167)
Kairo (TB 27278)

Zum Buch
Machtkämpfe und Intrigen, Sex und Drogen, Geldgier und Eitelkeiten – die große, bunte Welt des Films ist knallhart und unerbittlich. Marshall Stone hat als Schauspieler alles erreicht, was man erreichen kann, doch nun steht seine Karriere vor dem Ende: Er beschließt, seine Biographie schreiben zu lassen. Klar, daß einigen im Busineß das alles andere als gefällt, denn es könnten einige bittere Wahrheiten ans Tageslicht kommen.

Zum Autor
Len Deighton, geboren 1929, gelang bereits mit seinem ersten Roman ein sensationeller Bestseller. Seither gehört er zur ersten Garde der internationalen Thrillerautoren.

Len Deighton

Nahaufnahme

Roman

Aus dem Englischen von Hedda Pänke

Econ Taschenbuch Verlag

Veröffentlicht im Econ Taschenbuch
Der Econ Taschenbuchverlag ist ein
Unternehmen der Econ & List Verlagsgesellschaft

Lizenzausgabe mit Genehmigung des Scherz Verlags, Bern und München.

Titel der Originals: Close-Up
Einzig berechtigte Übersetzung aus dem Amerikanischen von Edda Pänke

Umschlagkonzept: Büro Meyer & Schmidt, München – Jorge Schmidt
Umschlagrealisation: Init GmbH, Bielefeld
Titelabbildung: All Over, Kleve
Gesetzt aus der Sabon, Linotype
Satz: Josefine Urban – KompetenzCenter, Düsseldorf
Druck und Bindearbeiten: Ebner Ulm
Printed in Germany
ISBN 3-612-27516-X

1

Wir verbringen heutzutage achtzig Prozent unserer Zeit damit, Geschäfte zu machen und zwanzig Prozent, Filme zu drehen.

Billy Wilder

Das edle blaue Schreibpapier knisterte, als der Mann mit seinem Namen unterzeichnete. Die Unterschrift war die eines Schauspielers: ein ungestümes Signum, weit größer als der gesamte Text. Es begann gefällig und stürmte dann kühn vorwärts, um plötzlich innezuhalten und den Tintenfluß zu teilen. Dann zog es sich zurück, um sich selbst in Bögen einzuschnüren. Der Nachname begann sanft, geriet dann aber ebenfalls zu einem Komplex von Arkaden, so daß der ganze Name durch wohlüberlegte Schnörkel geradezu verunziert wurde. Die Unterschrift war ein Diagramm des Mannes.

Marshall Stone. Es war nicht schwer, den Helden aus *Der letzte Vaquero* wiederzuerkennen, jenem Film, der den jungen englischen Schauspieler 1949 bekannt gemacht hatte. An genau diesem Schreibtisch hatte er bei einer der letzten Einstellungen gesessen, über sein verpfuschtes Leben nachgedacht und sich darauf vorbereitet, den Kugeln mutig entgegenzutreten. Für die letzte Szene hatte man sich zwei Stunden intensiv mit seinem Gesichts-Make-up beschäftigen müssen. Das wäre jetzt nicht mehr nötig.

Der lebenslange Gebrauch von Make-up hatte seinen Teint so verwüstet, daß er die teuren Gesichtsmasken dringend benötigte, um ihn einigermaßen zu erhalten. Um seine Augen saßen hartnäckige Fältchen, und die Haut über den Wangen- und Kieferknochen war unnatürlich straff gespannt. Die Form seines Gesichtes und seine Knochenstruktur hätte einen Porträtisten kaum gereizt; seine Ebenmäßigkeit konnte jedoch durch ein Pölsterchen, Zahnklammern, Haarteile, einen Tupfen Farbe über den Augen oder einen Schatten entlang dem Nasenrücken verändert werden. Nur der stumpfe militärische Schnurrbart, den er sich für seine letzte Rolle hatte wachsen lassen, sorgte dafür, daß einige seiner anhänglichsten Fans und engsten Freunde zweimal hinsehen mußten, um ihn zu erkennen.

Auch der Alterungsprozeß hatte Stones Gesicht keine charakteristischen Züge verliehen. Wie viele seiner Zeitgenossen hatte er sich die Haare lang wachsen lassen, so daß sie seine Ohren bedeckten und wie ein Pony in die Stirn fielen. Diese sein strenges Gesicht umrahmende Frisur machte es schwer, seinen Beruf zu erraten. Seine klaren blauen Augen – strahlend wie Mädchenaugen und lebhaft wie Kinderaugen – mochten den Tropfen zuzuschreiben sein, die er benutzte. Sein tiefschwarzes Haar ließ die geschickte Anwendung eines Färbemittels vermuten. Haltung und Gang hätten durchaus auf einen Seemann oder einen Athleten schließen lassen können. Nur wenn er sprach, war es möglich, ihn einzuordnen. Er hatte die klassenlose, überartikulierte Sprechweise, die sich Schauspielschul-Absolventen so intensiv aneigneten, daß nur wenige von ihnen sie jemals verloren.

»Jasper. Sind Sie da, Jasper?«

Jasper – Fahrer, Leibwächter und Diener – war selten außer Hörweite. Er kam herein und schloß die Vorhänge. Ein Sommergewitter hatte den Himmel verdunkelt. Im Arbeitszimmer war es schummerig geworden, bis auf die Schreibtischlampe, die eine grüne Maske auf Stones Gesicht legte.

»Ja, Sir.«

»Da wäre ein Brief aufzugeben, ein Scheck für den Club und ein Barscheck, damit Sie mir etwas Bargeld besorgen können.«

»Sehr wohl, Sir.«

Die Bank würde für ihn geöffnet bleiben. Stone war den Vorzügen gegenüber, die Geld bieten konnte, noch immer nicht unempfänglich. Er hatte ihnen halb sieben gesagt, aber sie würden warten. Sie hatten gelernt, daß Künstler über ein höchst mangelhaftes Zeitgefühl verfügten. Durch den schweren Brokat drangen die Geräusche des Londoner Verkehrs herein.

»Ich habe eine Menge Geld beim Spiel verloren, Jasper.«

»Sie hatten Pech, Sir.«

Stone war nicht gerade ein Sozialreformer, aber seinen Angestellten gegenüber hatte er gewisse Schuldgefühle. Deshalb machte er auch immer ein Geheimnis um seine Nachmittagsschläfchen und seine Einkaufsbummel. Er bestand darauf, daß sie stets anklopften, bevor sie die Tür öffneten, so daß er immer rege und beschäftigt tun konnte, wenn sie hereinkamen. Aus dem gleichen Grund erwähnte er in ihrer Gegenwart auch die Sorgen und Probleme seines Arbeitsalltags. So wie jetzt, da er gerade an einem Film mit dem Titel *Lockspitzel* arbeitete.

»Morgen drehe ich die Sumpf-Szenen. Ich kann nur hoffen, daß sie in der Garderobe für bessere Heizung gesorgt haben. In der letzten Woche habe ich mich vier Stunden bestrahlen lassen müssen, bevor ich den Schmerz in meinem Knie los war. Roger von der Sporthalle sagt, daß dies die beste Art sei, sich eine Arthritis einzuhandeln.«

Der Diener gab keine Antwort. Stone las den Brief noch einmal durch.

Marshall Stone *Mittwochabend*

Lieber Peter,

die Idee, eine Biographie über mich zu schreiben, ist von Zeit zu Zeit immer wieder einmal aufgetaucht. Ich habe sie stets verworfen. Ein Schriftsteller von Deinem Talent und Deinem Ruf könnte ihr allerdings eine ganz neue Dimension geben: Denn wer wäre besser dazu geeignet, die Biographie eines

Stars zu verfassen, als der Mann, der das erste Drehbuch für *Der letzte Vaquero* geschrieben hat?

Aber nur keinen Showbusiness-Schmus, Peter, sondern ein aufrichtiges Porträt mit allen Ecken und Kanten – scheiß auf die Jungs von der Publicity-Abteilung! Und schreib nicht nur ein reines Schauspielerbuch, sondern ein Buch über die Strippenzieher, die Kamera-Assistenten, die Statisten, die Jungs in den Hinterstuben der Produktionen. Ein Buch also über das ganze Drum und Dran.

Setz Dich mit meiner Privatsekretärin Angela Brooks in Verbindung und mach mit ihr einen Termin aus, sobald es Dir paßt.

Der Artikel, den Du letzten Monat geschrieben hast, war verdammt gut und mächtig schmeichelhaft obendrein. Ich kann es kaum erwarten, was Du mit einem ganzen Buch machen wirst, das einem so bescheidenen Thespis-Jünger gewidmet ist wie

MARSHALL STONE

Er strich ›verdammt‹ aus und ersetzte es durch ›mordsmäßig‹, wobei er das ›D‹ von Du mit dem ›m‹ verhakte. Es sollte stets wenigstens eine Korrektur in einem Brief geben. Das vermittelte diesen Hauch des Persönlichen. Er drückte seinen Siegelring in den heißen Lack und verschloß beide Briefe.

»Ist Mister Weinberger schon da?«

»Ich habe ihn in die Bibliothek geführt, Sir.«

»Gut.« Stones Stimmbänder hatten sich so verkrampft, daß seine Stimme verzerrt klang, und er schmeckte in seinem Mund die Bitterkeit, die Befürchtungen mit sich brachten. So plötzliche Besuche seines Agenten bedeuteten stets schlechte Nachrichten.

»Er hat Unterlagen mitgebracht, mit denen er sich beschäftigt, und scheint ganz zufrieden.«

O mein Gott, Unterlagen. »Haben Sie ihm etwas zu trinken angeboten?«

»Er hat abgelehnt, Sir.«

»Die Leute lehnen immer ab, Jasper. Man muß sie überreden.« Stone räusperte sich.

»Sehr wohl, Sir.«

»Sehen Sie zu, daß Sie zur Bank kommen. Und seien Sie dann um halb neun vor der Tür, mit dem Rolls. Sagen Sie Silvio, daß ich gern meinen üblichen Tisch hätte. Wahrscheinlich werde ich heute hier schlafen. Sie können in *Twin Beeches* Bescheid sagen, man möge mich dort morgen abend zum Essen erwarten.«

»Ja, Sir.«

Stone zog den Rolladen seines Sekretärs herunter, verschloß ihn und ging ins Bad.

Er spritzte sich lediglich kaltes Wasser ins Gesicht und trocknete es dann vorsichtig ab, damit das warmgelbe Handtuch nicht durch sein Augen-Make-up beschmutzt wurde. Er wählte Stiefel und ein ausgeblichenes Hemd und knotete sich ein rotes Tuch um den Hals. Nachdem er in den Spiegel geschaut hatte, band er es wieder ab und legte sich ein Kreuz an einer feinen Goldkette um. Er steckte es in den Ausschnitt seines Hemdes. Es war fast, aber nicht ganz den Blicken entzogen.

»Weiny!« sagte er, als er die Bibliothek betrat. Er streckte die Hände in einer fast orientalischen Geste der Gastfreundschaft aus. Einen Augenblick lang stand er da, ohne sich zu rühren. Dann ging er auf seinen Agenten zu und nahm die dargebotene Hand in die seinen.

Weinberger sah aus wie ein gigantischer Teddybär, der etliche Generationen von ungestümen Kindern überlebt hatte. Er war groß und von einem solchen Umfang, daß ihm sein Anzug aus der Savile Row kaum schmeichelte. Er besaß ein Dutzend solcher Anzüge, alle gleichermaßen unverwechselbar, bis auf die Zigarettenbrandlöcher, die er unausweichlich in die rechte Seite seiner Jacketts brannte. Sein Haar war ungekämmt, und die Club-Krawatte saß – wie immer – schief. Die Augen unter den traurig herabhängenden Brauen waren schwarz und lagen tief in ihren Höhlen. Seine Nase war groß, desgleichen sein Mund, der nur lächelte, um der Welt zu zeigen, daß er die Fallstricke und Pfeile klaglos ertrug, die sein schmähliches Los waren.

Sein ganzes Sinnen und Trachten bestand darin, so wenig überraschend wie möglich zu sein. Und damit hatte er Erfolg: allerdings nicht bei den Menschen, die das Kleingedruckte in seinen Verträgen lasen. Seine Stimme hatte die mürrische Melancholie, die man bei einem Mann wie ihm auch erwartete. »Entschuldige, daß es ausgerechnet heute abend sein muß, Marshall. Es handelt sich eigentlich um kein großes Problem. Lediglich eine Formalität, aber sie bedarf nun einmal deiner Unterschrift.«

Stone gab die Hand nicht frei. »Wie schön, dich zu sehen, Weiny. Verdammt gut, dich zu sehen.«

»*Epitome Screen Classics* – das ist Koolmans neue Tochtergesellschaft – möchte die Fernsehrechte für den Wiederverkauf.«

Stone ließ die Hand des Agenten los. »Weißt du eigentlich, daß wir uns immer nur treffen, um über Geschäfte zu reden, Weiny? Können wir denn nicht regelmäßig zusammenkommen – nur um miteinander zu lachen, nur um der alten Zeiten willen?«

»Ich weiß nicht, warum sie diese Zustimmungsklausel im Vertrag dringelassen haben. Ich hatte sie hineingenommen, um sie für etwas anderes opfern zu können.« Weiny schüttelte bekümmert den Kopf. »Sie haben sie dringelassen.«

»Geschäfte! Das ist auch alles, woran du denken kannst. Trink erst mal einen Schluck.« Stone reckte den Kopf und nickte, als könnte diese Geste die Meinung seines Gastes ändern. In den Tagen, als Bauchreden noch eine populäre Form der Unterhaltung war, hätte ein derartiger Manierismus launige Sprüche über den kecken kleinen Star hervorgebracht, der auf das Knie des kummervollen Riesen gesetzt wurde, der sein Agent war. Aber derartige Witze hätten nur von Leuten stammen können, die mit Marshall Stone nie zusammengetroffen waren.

»Nein, vielen Dank, Marshall.« Er blickte in seine Unterlagen. »Drei Jahre nach Beendigung der Dreharbeiten oder nach Vereinbarung. Das wären ohnehin nur noch sechs Monate.«

»Ein kleiner Bourbon: Jack Daniels. Erinnerst du dich, wie wir Jack Daniels in der Polo Lounge des *Beverly Hills* getrunken haben?«

Weinberger sah sich in dem riesigen Raum nach einem geeigneten Platz für seine Papiere um. Auf einem Intarsien-Tisch aus Satinholz waren Elfenbeinkästchen, Fotografien in Silberrahmen, Instrumente zum Messen von Luftdruck, Temperatur und Luftfeuchtigkeit sowie ein Brieföffner und eine Uhr angeordnet. Weinberger schob einige der Kunstobjekte beiseite und benutzte einen kleinen goldenen Stift, um beide Unterlagen mit Kreuzen zu markieren. »Hier und hier ist deine Unterschrift nötig.« Er legte den Stift hin und holte einen Füllfederhalter hervor, den er aufschraubte und testete, bevor er ihn seinem Klienten reichte.

Stone unterzeichnete die Papiere und achtete sorgsam darauf, daß seine Unterschrift kunstvoll wie immer war.

»Lies es, Marshall, lies es durch!«

»Du magst es doch nicht, wenn ich mich in deine Angelegenheiten mische.« Er schraubte den Füllfederhalter zu und gab ihn zurück. »Um welchen Film geht es hier eigentlich?«

»Entschuldige, Marshall. Es geht um *Der letzte Vollstrecker.* So viele Shows haben ihre Sponsoren verloren, daß sie ihn in die Staaten schicken wollen, um mit ihm die Herbstsaison einzuläuten. Sieht ganz so aus, als wäre der Vietnam-Krieg die einzige TV-Show, die bis Weihnachten läuft.« Stone nickte ernsthaft.

»Aber nicht die Szene im Boot. In der war ich furchtbar.«

»Sie wollen auch die. Leo meinte, du hättest eine großartige Leistung geboten. ›Marshall war von Anfang bis Ende überzeugend – Konflikt, Kolorit und Konfrontation.‹ Du hast Leos drei Grundsätze erfüllt.«

»Was versteht der Kerl schon von der Schauspielerei?«

»Ich bin ganz deiner Meinung, Marshall. Denk doch nur an dieses erste Drehbuch – du hast die Rolle aus dem Nichts aufgebaut.«

»Sie haben fünf Schreiber darauf angesetzt. Sogar sechs, wenn man diesen Burschen mitzählt, der sich um die zusätzlichen Dialoge gekümmert hat.«

»Im Fernsehen wird es eine Sensation werden. Leo sähe es gern, wenn du ein paarmal aufträtest.« Weinberger beobachtete das Gesicht des Schauspielers, fragte sich, wie er reagieren würde. Er reagierte nicht.

»Und dann war er der Bursche, der die Lorbeeren einheimste. Für eine Woche Arbeit!«

»Es wird ganz ernsthaft aufgezogen«, sagte Weinberger. »Ein Dozent vom Film-Institut für die BBC und David Frost für die Staaten – hier aufgenommen, wenn dir das lieber ist. Und Koolman setzt seine gesamte Publicity-Maschinerie in Bewegung. Wir können das alles schriftlich haben.«

»Sie werden eingehen wie eine Primel, Weiny.«

»Nein, Marshall. Wenn die Fernsehgesellschaften es richtig einsetzen, kann es eine große Sache werden. Und Leo ist im Augenblick sehr auf dem Kien.«

»Ich brauche das Fernsehen nicht, Weiny. Ich bin noch nicht so weit heruntergekommen, noch nicht ganz.« Stone gluckste. »Sei es, wie es wolle – sie werden eingehen. Eine in den Staaten erfolgreiche TV-Show muß dem Niveau eines Siebenjährigen entsprechen.«

»Eine ganze Reihe von TV-Zuschauern fallen nicht darunter. Ich mag das Fernsehen.«

»Aber die Leute, die Shows einkaufen, haben das Niveau von Siebenjährigen, Weiny.« Stone goß sich Perrier-Mineralwasser in ein Glas und nippte daran. Er wußte, daß der Vertrag nur eine Ausrede war. Die eigentliche Absicht seines Agenten war es, über Fernseh-Arbeit zu sprechen.

»Nun komm schon, Marshall.«

»Scheiß-Fernsehen, Weiny. Laß uns das nicht alles schon wieder durchkauen. Du brauchst doch nur zu nicken und deine zehn Prozent einzustecken. Ich habe nur eine Karriere, aber du hast jede Menge Marshall Stones im Feuer.« Er lächelte und ließ dieses Lächeln auf eine Weise andauern, wie das nur Schauspieler fertigbringen.

Weinberger hatte noch immer seinen Füllfederhalter in der Hand und betrachtete ihn andächtig. Die Spitzen seiner Knöchel waren weiß. Stone fuhr fort: »So wie diesen blonden Marshall Stone-Verschnitt namens Val Somerset! Du hast dafür gesorgt, daß ein Foto von ihm mit Leo Koolman beim Dinner in Cannes in die Zeitung gekommen ist. Gute Reklame. Erschien in allen Zeitungen, nicht nur in den Branchenblättern. Hast du deshalb nicht gewollt, daß ich mitging, als *Zieh, ziel, schieß!* gezeigt wurde?« Stone sprach mit tiefer, angenehmer Stimme, gestattete jedoch, daß eine Spur von Verärgerung mitschwang. Er hatte diesen Groll etliche Monate in sich aufgestaut.

»Selbstverständlich nicht.«

»Selbstverständlich nicht! Hast du gesehen, was er in *Kaiserliche Entscheidung* gemacht hat? Seine Darstellung war eine reine Imitation dessen, was ich in *Vielleicht, wenn ich zurückkomme* gezeigt habe. Drei Leute haben es erwähnt – ein echtes Plagiat.«

Weinberger ging zum Sofa hinüber, öffnete seinen schwarzen Aktenkoffer und legte die Papiere hinein.

»Würdest du mir bitte antworten?« verlangte Stone.

Weinberger drehte sich um und sagte sehr leise: »Dieser Junge wird dir kein einziges Geschäft vermasseln, Marshall. Du bist ein internationaler Star. Vals Name wird im *Spotlight* nicht gehandelt. Er bekommt ein Zehntel der Gage.«

Stone ging zu seinem Agenten hinüber, hielt einen Moment inne, schüttelte bedauernd den Kopf und griff dann nach Weinbergers Arm. Es war eine Geste, die er benutzte, um Zuneigung auszudrücken. »Manchmal frage ich mich, was du dir mit mir erlaubst, Weiny.«

Weinberger antwortete nicht. Seine Verbindung mit Stone war ein Vierteljahrhundert alt. Er hatte gelernt, die Kritik und die Beschimpfungen zu ertragen, die Bestandteil seines Jobs waren. Er kannte die Zweifel und Ängste, die jeden Schauspieler plagen. Er wußte, daß ein Agent ebenso den Sündenbock spielen mußte wie Beichtvater, Freund und Vaterfigur.

Unter normalen Umständen hätten Stone ein paar unverblümte Wahrheiten ganz gut getan, hätten ihn vielleicht menschlicher machen können. Als Schauspieler aber konnten sie ihm unter Umständen schaden.

Und für Weinberger war Stone nicht ›irgendein Schauspieler‹ – er war ein Gigant. Sein *Hamlet* war mit dem Gielguds verglichen worden, und sein *Othello* wurde nur von dem Oliviers übertroffen. Auf der Leinwand hatte er vom Western bis zur Boulevard-Komödie alles gespielt. Zwar konnte nicht einmal sein Agent behaupten, daß alle Rollen erfolgreich gewesen wären, aber etliche seiner Darstellungen blieben nachhaltig in Erinnerung. Nur wenige junge Schauspieler wagten sich an eine Cowboyrolle heran, ohne sich zuvor *Der letzte Vaquero* angesehen zu haben; und dabei war das Stones erste große Filmrolle gewesen. Weinberger lächelte seinen Klienten an. »Laß es gut sein, Marshall.«

Stone tätschelte noch einmal seinen Arm und ging hinüber zum Kamin. »Vielen Dank, daß du mir das Drehbuch zu *Mann aus dem Palast* geschickt hast, Weiny. Du hättest Produzent werden sollen. Vielleicht habe ich dir gar keinen Gefallen mit meiner Bitte getan, mein Agent zu werden.« Wieder lächelte Stone.

»Schön, daß es dir zusagt.« Weinberger wußte, daß er Stones berechnetem Charme ausgeliefert war, aber diese Kenntnis schützte ihn keineswegs vor den Auswirkungen. So wie Schwindler und intrigante Frauen nichts tun, um ihre Künste zu verhüllen, setzte auch Stone seinen Charme auf abrupte, rücksichtslose und selbstgefällige Art ein.

»Weißt du was, Weiny – es könnte durchaus eine große Sache werden. Da gibt es eine Szene, in der ich vom Balkon trete, nachdem die Flotte gemeutert hat. Das Mädchen wartet auf mich. Ich spreche mit ihm über die großartigen Dinge, die ich für mein Land tun möchte... Das hat eine Menge soziales Bewußtsein. Ich bin ein Mann der Mitte. Ich weiß um die überzeugende Kraft der Computer-Partei und kenne die Falle, die auf die Gegner wartet. Dieser Film hat der Jugend eine Menge zu sagen, Weiny. Wer wird das Mädchen spielen?«

»Nellie Jones wird es nicht machen können. Man kann ihr keinen Schlußtermin für *Wilde Burschen, wilde Frauen* nennen, und sie sind bereits vier Wochen in Verzug. Wie ich höre, machen sie jetzt mit irgendeinem amerikanischen Mädchen Probeaufnahmen.«

»Eine Amerikanerin! Haben wir denn nicht genug unbegabte, unerfahrene, dumme Schauspielerinnen hier in England, daß sie nach Amerika gehen müssen, um eine zu suchen?« Stone lachte grimmig; er mußte neben diesen Mädchen spielen.

Weinberger lächelte, als hätte er Stone derlei Dinge nicht schon häufiger sagen hören. »Ich habe ihnen erklärt, wie du darüber denkst. Du würdest die Rolle nur in Betracht ziehen, wenn auch der Rest stimmt. Aber ich sagte nicht, daß du ein neues Mädchen nicht akzeptieren würdest. Vorausgesetzt, deine Starrolle wird klar herausgestellt.«

»Nur mein Name über dem Titel?«

»So habe ich mir das vorgestellt«, bestätigte Weinberger. »Nur keine Eile, Marshall. Warten wir ab, womit sie herausrücken. Wir haben das letzte Wort.«

»Es ist eine gute Story, Weiny.«

»Es ist ein lausiges Buch«, wandte Weinberger ein.

»Achtzehn Wochen auf der Bestsellerliste.«

Weinberger verzog das Gesicht.

»Du elender Kerl, trink doch endlich 'nen Schluck.« Stone hielt den Stöpsel der Kristallkaraffe hoch.

»Es macht mich unvorsichtig und dich fett.«

»Einen ganz kleinen?«

»Okay, Marshall, wenn du die Rückversicherung brauchst, gieß mir ein Glas von deinem besten Scotch ein. Aber ich werde ihn nicht trinken.«

»Du bist ein widerborstiger alter Knabe.« Stone stopfte den Stöpsel in den Hals der Karaffe.

»Deswegen brauchst du mich ja, damit ich dich vertrete. Ich habe absolut nichts dagegen, daß man mich nicht mag.«

»Und ich?«

»Ja. Du hast etwas dagegen.«

Stone ließ einen Eiswürfel in seinem Glas herumwirbeln. »Ist der Vertrag gut, den wir für den *Vollstrecker* abgeschlossen haben?«

»Das Höchste, was jemals aus Leo Koolman herausgeholt wurde.«

»Ich werde Leo eine Kleinigkeit schicken. Vielleicht eine Erstausgabe oder Manschettenknöpfe.«

»Nein!«

Stone blickte überrascht auf.

»Er würde sich lediglich fragen, was wir ihm da angedreht haben«, erklärte Weinberger.

»Du bist ein ausgebuffter Kerl, Weiny.«

Stone prostete ihm zu, bevor er trank.

Weinberger lächelte. »Mit Perrier?«

Stone nickte und nippte an dem Mineralwasser. Dann stellte er das Glas ab und zog seine goldene Rolex zu Rate. Es hatte eine Zeit gegeben, da einc solche Uhr der größte Ehrgeiz eines jeden Filmschauspielers war. Jetzt protzten Jungs wie Somerset mit Mickey-Mouse-Chronometern, die sich alle Welt leisten konnte. »Laß uns essen gehen, Weiny.«

Weinberger wußte, daß das Stones Art war, seinen Abschied

vorzubereiten, und sagte: »Zu Hause warten meine Frau und mein Abendessen. Noch eine Stunde, und sie zeigen mir beide die kalte Schulter.«

»Ruf Lucy doch an. Sie soll mitkommen. Mein Gott, wie lange ist es her, seit ich sie zum letzten Mal gesehen habe.«

Weinberger lächelte.

»Nein, im Ernst.«

»Hau schon ab, Marshall. Ich werde nur noch kurz telefonieren und dann ebenfalls verschwinden. Ich finde allein hinaus.«

»Klingle, falls du etwas brauchen solltest.« Stone berührte einige der kleinen Rosen, die er am Morgen aus seinem Garten auf dem Lande mitgebracht hatte. Er vermißte den Garten, wenn die Umstände ihn dazu zwangen, sich in seiner Londoner Wohnung aufzuhalten. »Willst du die Rosen mitnehmen – für Lucy, mit all meiner Zuneigung?« Weinberger nickte. Stone zögerte ein wenig, da er nicht ganz sicher war, ob sein Agent ihm den Mißmutsausbruch übelgenommen hatte. Es war eine seiner schrecklichsten – und unbegründetsten – Befürchtungen, daß Weinberger es ablehnen könnte, weiterhin für ihn tätig zu sein. Oder – noch schlimmer – daß Weinberger dazu übergehen könnte, Stone auf Sparflamme zu kochen, während er einen anderen Klienten in den Vordergrund schob.

»Es war gut, dich zu sehen, Weiny. Wirklich.« Er blieb lange genug vor dem Spiegel stehen, um sich zu vergewissern, daß seine Haare auch richtig saßen. Dann ging er, Weinberger noch immer anlächelnd, durch die geschnitzten Flügeltüren hinaus, die einmal Bestandteil einer mexikanischen Kirche gewesen waren.

Weinberger hörte, wie Stone draußen in der Diele jemanden begrüßte. Die Stimme eines Mädchens antwortete. Er hörte, daß sich die Wohnungstür schloß und bald darauf die Türen des Rolls; dann heulte der Motor auf, als der Wagen auf der Mount Street beschleunigte.

Weinberger sah sich im Raum um. Der hatte sich kaum verändert, seit er vor fast zehn Jahren von einem modischen Innenarchitekten eingerichtet worden war. Die Grundfarben waren Pink und Blaugrau; selbst die Sammlung von Schnupftabakdosen war danach ausgewählt worden. Ein Anflug von Spontaneität wurde durch die großen Vasen mit Schnittblumen erzielt und durch die lässige Plazierung von Fußschemeln und Kissen – aber selbst das war von dem Innenarchitekten vorgeschrieben worden. Die drei seidenbezogenen Sofas waren noch immer auf die gleiche Art um den Kamin gruppiert. Und auch die kostbar illustrierten Bücher, die silberne Zigarettendose und das Feuerzeug waren dieselben am alten Platz.

Weinberger nahm sich eine Zigarette und zündete sie an, bevor er den Präsidenten von *Koolman International Pictures Inc.* anrief. Es dauerte eine Weile, bis der Agent eine Chance zum Sprechen erhielt, aber schließlich war er doch in der Lage zu sagen: »Nun, ich bin durchaus Ihrer Meinung, Leo. Aber ein Agent muß in einer Angelegenheit wie dieser seine eigene Entscheidung treffen. Sie wollen doch sicher nicht, daß er Ihnen später Vorwürfe macht, und auch ich möchte nicht, daß er sich bei mir beschwert.«

Wieder war Koolman am Zuge, dann sagte Weinberger: »Alle Schauspieler fürchten das Fernsehen. Sie meinen, es sei ein erstes Anzeichen für ihren Niedergang. Besonders, wenn es um eine Serie geht. Marshall wird mit Sicherheit eine Folge für Sie drehen, vielleicht auch mehr. Aber eine Option auf zwanzig ist zuviel. Lassen Sie mich Marshall sagen, es seien zehn. Entweder werden die ersten ein großer Erfolg – dann wird er freiwillig weitermachen wollen. Oder es wird ein Reinfall – und dann werden Sie nicht mehr als fünf produzieren wollen.«

Erneut hörte Weinberger zu. Dann sagte er: »Okay, Leo, und ich würde Ihnen gern ein paar Mädchen zeigen, die die Ehefrau spielen könnten ...« Schweigen, dann: »Auf Wiederhören, Leo. Und vielen Dank.«

Jasper schaltete das Tonbandgerät aus und blickte Marshall Stone an. Der Schauspieler stand auf und strich sich die Hosen über den Hüften glatt. Das Mädchen sah zu ihm auf, aber sein Gesicht war ausdruckslos.

»Verdammter Judas«, sagte Stone schließlich. »Er kassiert zehn Prozent von meinem Bruttoeinkommen...« Er wandte sich an das Mädchen »... brutto, verstehst du, nicht netto. Das ist ein hübscher Batzen.« Das Mädchen nickte. »Und dann konspiriert er gegen mich, in meinem eigenen Haus.« Er wandte sich an Jasper. »Jammerschade, daß wir die andere Seite des Gesprächs nicht auch mitbekommen haben.«

»Ja, Sir.«

»Okay, Jasper. Gute Nacht. Ich werde Miß Delft nach Hause fahren.«

»Gute Nacht, Sir.« Jasper schloß den Kassettenrecorder und stellte ihn fort, bevor er hinausging. Sobald sich die Tür hinter ihm geschlossen hatte, stand das Mädchen auf und legte seine Arme um Stones Hals. »So können wir uns auf Dauer aber nicht treffen«, sagte es und kicherte.

»Im Ernst«, sagte Stone, »du bist die einzige, die ich habe. Du bist alles, wofür ich lebe, Darling.«

»Ich weiß«, sagte Suzy Delft.

2

Worüber weiß (Upton) Sinclair schon Bescheid?
Er ist nur ein Schreiber.

Louis B. Mayer

1949

»Alles, was mein Bruder wollte, war, dies hier in eine bessere Stadt zu verwandeln.«

Der größere der beiden Männer fingerte am Schloß des Safes und drehte sich dann zu dem zornigen jungen Cowboy um. »Moment mal, mein Junge. Diese Stadt haben Amerikaner mit bloßen Händen und ihrem Know-how aufgebaut. Jeder, dem es hier nicht paßt, kann wieder dorthin zurückgehen, von wo er gekommen ist.«

Der junge Cowboy beugte sich über den Schreibtisch des Bankiers und sprach mit dem deutlichen Bemühen, sein Temperament zu zügeln: »Sind Sie eigentlich jemals über Ihr Ranchhaus hinausgekommen, Mister Sanders? Haben Sie jemals gesehen, in welch elenden Hütten diese Mexikaner hausen?«

»Habe ich«, erklärte der Bankier. »Aber ich kann den Geruch nicht ertragen.« Er lächelte.

Sie drehten sich beide um, als das Geräusch von Gewehrschüssen und Pferdegetrappel lauter wurde. Ein halbes Dutzend Reiter galoppierte vorbei, mit ihren sechsschüssigen Gewehren in die Luft feuernd. Der junge Cowboy sagte: »Sieht so aus, als müßten Sie ganz schön tief einatmen.«

Baxter stieß die Tür der Lichtfalle mit den Füßen auf, weil er zwei Milch-Shakes und mein Roggensandwich mit Pastrami trug: Hollywood-Frühstück! Ich benutzte meinen Daumennagel, um vorsichtig den Deckel vom Milch-Shake-Becher abzuziehen, ohne etwas zu verschütten. Rund um den Pappdeckel verkündeten schlangenförmige Filmstreifen: »San Fernando Valley Drugstore, gegründet 1934.« Ich schnippte ihn bis in die erste Sitzreihe. An manchen Tagen gelang es mir, die Leinwand zu treffen. Ich saß immer ganz hinten im Vorführraum, neben dem Glaspaneel des Projektionsraumes. Da waren die großen Ventilatoren, und so konnte ich das *No* Smoking-Schild ignorieren, ohne mir Gedanken darüber machen zu müssen, daß die großen Bonzen hereinkämen, um zu schnüffeln und nachzusehen, warum das rote Licht an war. Baxter zog die Strohhalme aus der Hülle und arrangierte die warmen Sandwiches sowie Dillgurken auf einem Pappteller. Er war nervös. Normalerweise hätte er sich unter dem Lichtkegel hinweggeduckt, aber jetzt war der Bürgermeister der kleinen Stadt nur einen guten Zentimeter groß, als er über Baxters Stirn stapfte.

»Du bist im Licht, Baxter.« Er nickte, aber er hatte es nicht gehört. Ich fragte mich, warum ich es bereits fünf Jahre mit ihm aushielt, aber 1944 waren nur Trottel wie Baxter und Herumlungerer wie ich der Armee entronnen.

»Du bist im Licht«, sagte ich noch einmal.

»Sie erneuern deinen Vertrag nicht, Peter.«

Wir wußten beide, daß ich diese Art von Vertrag gar nicht besaß. Ich bekam monatlich meinen Lohn, und alles, was sie zu tun hatten, war, mir Lebewohl zu sagen.

Ich begann mit dem Sandwich. »Jeden Tag sage ich dir: keinen Salat. Jeden Tag!«

Es kam nicht wirklich unerwartet. Ich kämpfte ein verzweifeltes Nachhutgefecht, um mein Drehbuch gegen einen ›kreativen Produzenten‹ zu verteidigen. Das ist immer ein Fehler, aber 1949 war es ein fataler.

»McCann, der Bulle an Tor drei, hat es mir gesagt. Auf dich wartet ein Briefumschlag, wenn du rausgehst. Das Mädchen aus der Buchhaltung hat ihm gesagt, was drin ist.« Die Lage war überall prekär: Der Bürgermeister auf Baxters Brust wurde von drei Cowboys niedergehalten, und als sich Baxter bewegte, warfen sie Wellen.

Ich aß nur das Fleisch vom Sandwich. Ich stellte den Milch-Shake unter meinen Sitz und stand auf. Es war eine glänzende Idee, Argumente faschistischer Natur meinen Schwergewichtlern in den Mund zu legen, aber wie so viele meiner Ideen lagen sie ausgesprochen schlecht in der Zeit.

Baxter sagte: »Es war eine große Geste, Peter. Und bei der Qualität deiner Bezahlung kann sich ein unverheirateter Bursche schon dann und wann eine Geste leisten.« Ich nickte. »Du kannst mit der *Guild* sprechen, aber du wirst schon sehen: Warner's oder Paramount werden dich wegschnappen. Vielleicht kannst du dein Nettoeinkommen sogar verdoppeln. Das ist das Beste, was dir passieren konnte.« Er hatte ein breites, festgefrorenes Grinsen im Gesicht, und einen Moment lang war ich versucht herauszufinden, wie lange er es halten konnte. Doch dann erinnerte ich mich an die guten Zeiten.

»Okay. Ich werde morgen Jim anrufen und ihm sagen, daß du eine Art von Genie bist. Er wird wahrscheinlich irgendeinen anderen Lohnschreiber für dich finden.«

»Wenn du ihn darum bittest, wird er es tun, Peter. Er hört auf dich.«

»Sicher.« Ich knipste das Licht nicht an. Ich tastete mich an den Rückenlehnen entlang und hinaus zu den Doppeltüren des Vorführraums Nummer acht, ohne ein weiteres Wort zu sagen. Ich gehe davon aus, daß Baxter dem Vorführer bedeutete, er möge die Vorführung von *Der letzte Vaquero* abbrechen, aber vielleicht läuft er immer noch. Es war ohnehin ein lausiges Drehbuch. Vielleicht hätte sich aus meinem ersten Entwurf noch ein anständiger Film machen lassen, aber die dauernde Umschreiberei hatte soviel Bemühtheit hineingebracht, daß er keinen Erfolg mehr haben konnte. Alle Ironie, die ich hineinzubringen versucht hatte, war verschwunden. Koolman Studios hatten eine unumstößliche ›Werte‹-Ordnung, und ich war verrückt gewesen, mich an ihr vorbeimogeln zu wollen, ganz zu schweigen von dem Versuch, eigene Vorstellungen einzufügen.

Ich wurde mir nicht bewußt, daß es nach mehr als fünfzehn Jahren das letzte Mal sein würde, daß ich durch die Koolman Studios lief. Ich blinzelte in das Tageslicht und ging an den großen Tonstudios vorbei zu dem Gebäude, in dem die Schreiberlinge ihren Sitz hatten.

Ein Transporter mit Versatzstücken eines hawaiischen Dorfes rumpelte vorbei. Der Junge am Steuer rief mir irgend etwas zu, und ich winkte. Eine Gruppe stark geschminkter Männer in seidenen Morgenmänteln stand vor Atelier zwei und rauchte heftig. Die Männer blickten hoch, als der Junge rief. Sie sahen mich an, und ich verspürte bereits einen Stich jenes Verfolgungswahns, den ein Untersuchungskomitee nach Hollywood getragen hatte.

Es war erst 8.45 Uhr an diesem Freitagmorgen, aber die Sonne schien schon so grell, daß einem die Augen brannten. Ich ging in mein Büro, um ein paar Hemden und eine halbfertige Kurzgeschichte einzusammeln. Die Schreibmaschine und der Zehn-Dollar-Ventilator waren Firmeneigentum.

Von meinem Fenster aus konnte ich das Studiogelände sehen, wo die Kulissen gelagert wurden. Dahinter befand sich der Block, der die Buchhaltung und die Anwälte beherbergte: ein zweigeschossiges Ziegelgebäude mit Spannteppichen und Klimaanlagen, während die Drehbuchabteilung in zwei Holzschuppen untergebracht war, die durch einen unzulänglich beleuchteten Flur miteinander verbunden waren – ein Teil des Filmlagers.

Um das Koolman-Anwesen zog sich eine hohe weiße Mauer, gekrönt von Stacheldraht und Glasscherben, aber das Direktionsgebäude blickte auf einen Innenhof mit gepflegtem grünem Rasen, über dem der Sprühnebel einer Berieselungsanlage lag. Ich nahm die verbotene Abkürzung zum Haupttor. Es wurde

Zeit, daß ich gefährlich lebte. Ich kam an Leo Koolman vorbei – dem Pfiffikus des Studios – und an meinem Produzenten Kagan Bookbinder. Sie saßen in Bookbinders nagelneuem knallrotem Convertible. Das Autoradio plärrte leise vor sich hin.

Bookbinder versuchte sich daran zu erinnern, wie man auszusehen hatte, wenn man verlegen war, machte sich dann aber klar, daß ich die schlechte Nachricht noch gar nicht kennen konnte. Er war ein zäher Kerl – wirkte wie ein Statist für die Kulisse ›Verlassene Insel‹, die seit Pearl Habor ständig in Gebrauch war.

Leo Koolman war ein eingebildeter Fatzke mit perfekter Sonnenbräune und einem Hawaiihemd mit roten und orangefarbenen Blumen darauf. Zu jener Zeit galt er als der einzige, der mit seiner Jugend, Energie und Erfahrung in der Lage wäre, die Studios aus dem Jammertal zu holen, in dem sie sich befanden. Als eins seiner ersten Opfer fällt es mir immer noch schwer, sein Urteilsvermögen zu bewundern.

»Kennen Sie schon die Nominierungen?« fragte Koolman.

»Für die Oscars«, erläuterte Bookbinder. »In den Frühnachrichten war noch nichts darüber. Jetzt warten wir auf neun Uhr.«

»*Hamlet*«, sagte ich. »Laurence Olivier.«

»Das ist Ihre Vermutung«, beklagte sich Koolman. Er hoffte, daß es nicht nur eine Vermutung war. Ein britischer Gewinner würde automatisch die Chancen für Stone verbessern.

»Wer denn sonst?« erkundigte ich mich keck. »Dan Dailey? Clifton Webb?«

»Sie könnten recht behalten«, stimmte Bookbinder zu, lächelnd und hinterhältig bis zuletzt.

Koolman war nicht so angetan. »Alle Autoren sind gehalten, Tor drei zu benutzen.«

Ich lächelte und ging weiter.

»Sie glauben also, daß Olivier den Preis als bester Darsteller erhält«, rief Koolman.

»Und Shakespeare für die beste Story und das beste Drehbuch.«

Die Neun-Uhr-Nachrichten verkündeten die Nominierungen so, wie ich es vorausgesagt hatte: Dan Dailey, Clifton Webb, Lew Ayres und Montgomery Clift. Sieben Wochen später erhielt Olivier seinen Oscar. Es wurde mir berichtet, daß Leo Koolman mich als übersinnlich bezeichnet hatte, aber er ging nicht so weit, mir den Job eines Sehers anzubieten. Vielleicht, weil Shakespeare gegenüber John Huston den kürzeren zog.

Es war leicht gewesen, auf Olivier zu tippen. Ein Jahr zuvor hätte er – im Wettstreit mit Colman, Peck, Garfield, Powell und Redgrave – vielleicht noch härter um sein Geld ringen müssen. Aber die Einstellung verbreitete sich, daß Hollywood sich lange genug selbst beweihräuchert hatte. *Hamlet* war eine gute Gelegenheit, mit der Tradition zu brechen, daß nur US-Produktionen den Preis erhielten.

Trotz ihres Dialekts sprachen diese Tommies eine Art von Englisch, und niemand konnte behaupten, daß der Barde ein Roter war. Der ›beste Schauspieler‹ war zwar Ausländer, aber wenigstens war er ein ›Sir‹ und konnte auf drei vorangegangene Nominierungen verweisen. Dieser Welle rückhaltloser Xenophilie war es zu verdanken, daß Leo Koolman Marshall Stone auf seinen Platz in der Filmgeschichte hievte.

In den Drehbuchabteilungen der anderen Studios sprach sich weder das Gerücht von meinem Genie noch das meiner prophetischen Fähigkeiten herum. Ob ich auf der schwarzen Liste stand oder einfach überflüssig war, habe ich nie herausbekommen. Aber nachdem ich fast drei Monate lang auf meine Verdienste für das Filmgeschäft hingewiesen hatte, redete ich meinem alten Ford gut zu und fuhr im Kriechgang zurück nach New York.

Ich hatte New York schon 1944 nicht gemocht, und ich mochte es auch 1949 nicht. Ich schrieb mittelmäßige Werbetexte für eine Agentur in der Madison Avenue, bis meine Klimaanlage Ende August ihren Geist aufgab. Die Entscheidung, die ich einige Wochen vor mir hergeschoben hatte, wurde erleichtert, als die Agentur in einer anderen aufging und ich nach einem Direktions-Abkommen als ›der letzte drin‹ auch ›der erste draußen‹ war.

Erst als ich zurück nach London ging, wendete sich das Blatt zu meinen Gunsten. Ich schrieb eine Biographie – *Stanislawskij: Ein Mann und seine Methode.* Das war eine Tat der Liebe, finanziert durch einen Job als Barmann. Sie erschien in der Auswahl eines Buchklubs. Im nächsten Jahre ließ ich ihr eine Geschichte der Italienischen Oper folgen, die kaum mehr war als ein knapp gefaßtes Nachschlagewerk. Dann, nach zwei Jahren harter Arbeit, hatte ich einen ziemlichen Erfolg mit meiner Caruso-Biographie. Die Taschenbuch-Rechte versetzten mich in die Lage, die Hypothek für mein kleines Haus in Islington zu tilgen, und die Serien-Rechte brachten etwas auf die Bank und mir einen Vertrag als Feuilleton-Redakteur bei einer feinen Sonntagszeitung.

Viele, viele Jahre zuvor war meine Frau mit Marshall Stone verheiratet gewesen. Nicht lange nach ihrer Scheidung hatten wir uns auf einer Party kennengelernt. Sie erkannte mein Gesicht aus meiner Hollywood-Zeit wieder, und drei Jahre später frühstückte ein Autor in den besten Jahren im Bett mit einer brünetten Rechtsanwältin, bevor er um die Ecke ging, um sich trauen zu lassen.

Und so kam es, daß in den drei Artikeln, die ich für die Zeitung schrieb, ›Der Film von morgen – Ouvertüre oder Finale?‹, die Bedeutung von Marshall Stones Beitrag zur Nachkriegsgeschichte des Kinos vielleicht ein wenig übertrieben dargestellt war.

Meinem Verleger gegenüber erwähnte ich einige Male die Idee, ein Buch über das Phänomen Superstar zu schreiben. Er vertrat die Meinung, daß lediglich Stones Leben alljene Ingredienzen aufwies, deren ein solches Buch bedurfte: den über Nacht gekommenen Ruhm, den prunkvollen Reichtum, das große Talent, das so offensichtlich war und doch so beklagenswert verschwendet wurde. Die Tatsache, daß ich das erste Drehbuch für Stone geschrieben hatte und mit seiner ehemaligen Frau verheiratet war, gab mir alle Trümpfe in die Hand. Aber sie machte die Aufgabe wiederum auch unmöglich. Über ›den anderen Mann‹ zu schreiben ist schon schwierig genug, wenn dieser Mann dann aber auch noch Marshall Stone ist...

Es hatte Zeiten gegeben, in denen ich mich fragte, ob unsere Töchter – sechs und acht Jahre alt – voller Enttäuschung über einen Vater aufwachsen würden, der um ein Haar Marshall Stone hätte gewesen sein können. Ein Treffen mit dem erwachsenen Sohn von Stone und Mary beseitigte diese Sorgen jedoch.

Dennoch hätte ich nicht weitergemacht, wenn Mary mich nicht ermuntert hätte. Ursprünglich hatte ich mich vor allem deshalb für das Projekt begeistert, weil ich der Meinung war, bei Stone handele es sich um ein außergewöhnliches Talent. Erst als ich an dem Buch zu arbeiten begann, entdeckte ich auch noch andere Motive: Ich wollte die Welt wieder besuchen, von der ich mich an jenem sonnigen Tag auf dem Koolman-Gelände getrennt hatte. Und bis zu einem gewissen Punkt wollte ich auch mehr über das Leben wissen, das meine Frau für ein Leben mit mir eingetauscht hatte.

Es gab keinerlei Zweifel an der Adresse, die mir die Filmgesellschaft gegeben hatte. Möbelwagen, Generatoren, ein paar Limousinen mit vor sich hin dösenden Chauffeuren ließen keine andere Möglichkeit zu: Hier war der Ort, an dem *Lockspitzel* gedreht wurde. Edgar Nicolson, der Produzent, hatte dieses verdammte Haus in Notting Hill Gate für 50 Pfund pro Woche fünf Monate lang gemietet. Das war ein stattlicher Preis für einen vernachlässigten Londoner Slum, aber da er die untere Hälfte als Produktionsbüros nutzte und in den oberen Geschossen seine Kulissen so aufbaute, wie sie gebraucht wurden, konnte er sich die Kosten sparen, in ein Atelier zu gehen. Büros, Vorführräume, Werkstätten, Aufnahmeeinrichtungen – all das, was nötig war, um einen solchen Film zu drehen, hätte ihn in einem Studio das Zehnfache gekostet. Die großen Schlitten und luxuriösen Garderoben waren jedoch immer noch ein Muß. Die Branche hatte zwar gelernt, den Gürtel enger zu schnallen, besaß aber immer noch genügend Saft und Kraft.

Diese Vor-Ort-Filmarbeiten wirkten entspannter und lockerer als Studio-Produktionen. Innerhalb des Stabes herrschte eine Atmosphäre des guten Willens und des Informellen. In den großen Studios gab es zu viele Techniker, die auf die Uhr sahen, um so schnell wie möglich in ihr Reihenhaus eilen zu können. Die Crews der ›Außenaufnahmefilme‹ waren die Fremdenlegionäre der Branche. Viele von ihnen verbrachten ihr Leben damit, von Drehort zu Drehort zu reisen. Sie tranken, bumsten und spielten auch wie Legionäre. Im Flur des Hauses bat mich einer von ihnen um Feuer, ein zottelhaariger Mann in Bluejeans. Ich erinnerte mich daran, daß ich ihn vor einem Jahrzehnt durch meinen ersten Job bei der Zeitung kennengelernt hatte. Damals war er der zwanzigste Regieassistent gewesen; jetzt war er vielleicht der achtzehnte. Ich erinnerte mich auch daran, daß er mir in allen Einzelheiten erklärt hatte, was an Godard und Fellini alles falsch gewesen war. Er hatte recht gehabt, aber es hatte ihm nicht viel genutzt. Träumte er immer noch davon, Regisseur zu werden? Und glaubte er immer noch, daß dies der richtige Weg dazu war?

»Und in der nächsten Woche wird Richard die Dinger genau da im Garten hochgehen lassen«, erklärte er.

»Das wird den Nachbarn reichlich Gesprächsstoff liefern.« Ein paar Handlanger schoben sich mit dem Gipsteil eines kampfzernarbten Buddhas an uns vorbei.

Wir sahen ihnen zu, wie sie die Treppe hinaufkeuchten. Er sagte: »Der Krach! Aber wir haben eine Erlaubnis. Dick Preston ist ein toller Typ.«

Richard Preston war ein Regisseur vom Fernsehen. Irgend jemand bei *Koolman International* hatte beschlossen, daß, da Jugendliche den Großteil des Publikums ausmachten, Kinder auch die Filme machen sollten. Eine Geschäftsphilosophie, die Disney den Heranwachsenden und die Computer-Industrie den Computern überantwortete.

»Sie drehen heute auf dem Dach, Mister Anson. Warten Sie auf dem obersten Treppenabsatz, wenn das rote Licht an sein sollte.« Er zog eine Liste aus der Tasche. »Suzy Delft dreht Einstellung hundertvierundsiebzig«, grinste er. »Zum fünfzehnten Mal.«

»Ist es ihr erster Drehtag?«

»Ich nehme an, so könnte man's nennen.«

»Wird sie's hinkriegen?«

Er lächelte. »Die heißeste Nummer in der Branche. Und für eine halbe Seite mit Foto in Ihrem Blatt würde sie es tun!«

»Wo ist der große Meister?«

»Marshall Stone – er ist zum Cricket gegangen.«

»Er steht aber auf dem Drehplan.«.

»Na ja. Ist mit dem Regisseur abgesprochen. Wenn das Mädchen für heute fertig ist, werden wir noch ein paar kleine Szenen mit japanischen Soldaten drehen. Heute ist früh Drehschluß. Ein flauer Tag.«

»Wo sitzen die von Public Relations?«

»Nächster Treppenabsatz. Es ist niemand vor Ihnen.«

»Danke.«

Der Werbemann der Produktion hatte ein hübsches kleines Büro. Auf einer Korkwand hinter ihm waren ein Dutzend Standfotos angepinnt. An einer anderen Wand hingen die bisher erschienenen Zeitungsausschnitte. Die meisten stammten aus Fan-Zeitschriften und Branchenblättern. Die umfangreichste Veröffentlichung brachte auch ein Foto von Marshall Stone, der sich in einem Regiestuhl rekelte. Ein Bein mit Cowboystiefel war lässig über die Lehne geschwungen, und der Fotograf hatte den Blickwinkel so gewählt, daß die Rückseite des Stuhls mit dem daraufgemalten Namen des Stars sichtbar war. Stone lächelte ein schiefes, gezwungenes Lächeln, das dem Betrachter vermittelte, der Erfolg habe ihn mit der Plötzlichkeit eines Verkehrsunfalls erwischt. Ich las den letzten Absatz des Elaborats.

> »Film ist mein Leben«, sagt Marshall Stone, als ich gerade gehen will. Er hat das zurückhaltende Lächeln, das er zeigt, wenn er von Dingen spricht, die ihm wirklich wichtig sind. Er sagt: »Wenn ich mich erst einmal mit einer Rolle vertraut gemacht habe, komme ich nicht mehr von ihr los, ich schaffe es einfach nicht. Wenn ich einen Fehler habe, dann den, mit dem Handwerk des Schauspielers allzu verhaftet zu sein. Larry und Johnny (Olivier und Gielgud – d. Red.) brauchen vielleicht nicht die Stunden aufzuwenden, die ich drangeben muß. Aber wir gewöhnlichen Sterblichen müssen schon sehr schnell laufen, um mit solchen dahinschlendernden Schauspielern Schritt halten zu können.« Soweit es ein paar Millionen Kinobesucher betrifft, glaube ich nicht, daß sich Marshall Stone Sorgen zu machen braucht.

»Haben Sie diesen Quatsch verzapft?« fragte ich den Presseheini. Er grinste.

»Kann ich einen Abzug haben?«

»Wozu?«

»Für meine Nachforschungen.«

»Als Beispiel für miese Schreibe?«

»Das würde ich Ihnen nie antun, Henry«, sagte ich. »Wir müssen beide mit der Branche leben.«

»Um mit den unsterblichen Worten von Sam Goldwyn zu sprechen: ›Ohne mich.‹ Das ist der letzte Streifen, den ich pressemäßig betreue.«

»Wissen Sie, Henry, daß Sie mir das bereits gesagt haben, als Sie diesen Film in Ealing machten?«

»Sie werden sich wundern.«

»Gewiß. Sie könnten nach Spanien gehen und einen der großen Romane des Jahrzehnts schreiben. Vergessen Sie nicht, mir eine Kiste Tío Pepe zu schicken.«

Er schob mir eine Ausgabe der Fan-Zeitschrift zu, in der sein getürktes Interview erschienen war. Ich legte sie in den roten Ordner, den ich mit ›Marshall Stone‹ beschriftet hatte. Das einzige bisher, was sich darin befand.

»Wo spielt sich denn alles ab?«

»Auf dem Dach.« Er griff nach ein paar fotokopierten Biographien, die neben dem Kopiergerät gestapelt waren. Suzy Delft, der Produzent Edgar Nicolson, der Regisseur Richard Preston. »Stones sind ausgegangen. Ich werde Ihnen eine schikken. Suchen Sie sich die Fotos raus, die Sie brauchen.« Oben auf dem Stapel lag ein Hochglanzfoto des Regisseurs – im Gewand einer indianischen Squaw und in einer Pose, als riefe er Anweisungen durchs Megaphon.

Die Prestons in der Branche machten soviel Getöse, daß jede Zeitschrift, jede Zeitung, die ich aufschlug, und auch das Fernsehen von der großen Revolution der Jugend sprach, die die Filmindustrie erfaßt hatte. Nun, die jungen Leute hatten die Filmindustrie übernommen wie die Neger die Elektronik-Industrie. Es gab einige, die emsig darum bemüht waren, Außenstehende davon zu überzeugen, daß die Integration geklappt hatte. Und dennoch bekamen die Jungen, von denen man behauptete, daß sie die Filmindustrie im Griff hätten, ihre Kröten noch immer von denselben alten *Daddies,* die in der Branche bereits das Sagen gehabt hatten, als der Film gerade erst sprechen lernte.

Für diese Produktion hatte Koolman Preston den guten alten Edgar Nicolson an den Hals gesetzt, aber der Junge scheuchte sie für ihr Geld ganz schön herum. Ob er allerdings eine Chance bekommen würde, sein Spielchen zu wiederholen, stand auf einem anderen Blatt. Das Drehbuch war sechzehnmal unterschrieben worden, und das war nur die offizielle Zählung! Der Regisseur sah sich die letzte Version selten an, und seinem Scriptgirl wurde erklärt, daß Avantgarde-Filme nun einmal fragmentarisch seien – womit Preston meinte, daß die täglichen Drehpläne am besten am Abend zuvor konzipiert werden sollten. Das war ein Konzept, mit dem sich sein Produzent nur unter Schwierigkeiten abfand. Zweimal war Preston bereits gefeuert worden. Hauptgrund für beide Wiedereinsetzungen war, daß Preston als einziger daran glaubt, das abgedrehte Filmmaterial könne so geschnitten werden, daß es doch noch ein brauchbares Ganzes ergäbe.

Die Dreharbeiten auf dem Dach fanden inmitten eines Dschungels tropischer Gewächse statt. Ich sah Suzy Delft dabei zu, wie sie die Szene zu bewältigen suchte, in der sie eine Blüte von einem Strauch pflücken und daran riechen sollte. Sie bewegte sich in der gestelzten Art von Mannequins, jedesmal innehaltend, wenn sie die Position eines Arms oder Beins veränderte. Für eine Standaufnahme mochte das der Gipfel des Professionellen sein.

Preston besprach sich mit seinem Kameramann, und sie beschlossen, eines der Ungetüme zu bewegen. Das Bogenlicht in seine neue Position zu bringen beanspruchte etliche Minuten, und das Scriptgirl holte in der Zwischenzeit seine tragbare Schreibmaschine hervor und begann wie wild auf die Drehbuchseiten einzuhämmern. Suzy Delft setzte sich auf ein Requisit, bis der zottelhaarige Assistent mit einer Tasse Tee und jener Art von Schinken-Sandwich zurückkam, die nur Filmkantinenwirte zustande bringen. Dann entschied Preston, daß er den letzten Take kopieren lassen konnte. »Take zwei«, rief er.

Suzy Delft stöhnte auf und stürzte ihren Tee hinunter. Ihr Gesicht war von Büstenhalterwerbung und Bierreklame vertraut. Sie war eines der rund ein Dutzend Mädchen, die Leo Koolman als seine Entdeckungen bezeichnete. Es bestand stillschweigendes Einverständnis zwischen den Schreibern im Showbusineß, daß das *droit de seigneur* der Film-Moguln mit den Hollywood-Zaren gestorben war. Wenn aber jemand in der Lage war, dieser Tradition den Wiederbelebungskuß zu geben, dann Leo Koolman. Und Suzy Delft wäre nicht die erste, die ihn erhielt, auch wenn sie bei Premieren und Partys regelmäßig mit Marshall Stone gesehen wurde.

Es gab eine Reihe von Theorien, wie Suzy Delft zum Filmgeschäft gekommen war. Einige Journalisten glaubten, daß es den Schlagzeilen zuzuschreiben war, die sie nach einem verstümmelten marxistischen Zitat während der bekanntesten aller politischen Demonstrationen des vergangenen Jahres bekommen hatte. Junge Mädchen schienen die Geschichte von ihrer Hingabe an Koolman im Austausch gegen eine Hauptrolle zu bevorzugen. Unverbesserliche Romantiker hielten sich an die Version, daß sie in Dutzenden von *blue movies* auftreten mußte, bevor es mit ihr bergauf ging. Die Art von Geschichten eben, die die Welt hartnäckig mit Mädchen wie Suzy Delft in Verbindung brachte, denn sie sah nicht nur schön wie ein Engel aus, sondern auch doppelt so unschuldig. Trotz der ihr nachgesagten Verdorbenheit war ihr Gesicht ein stummer Vorwurf an uns alle. Selbst für den Jungen, der ihr den Tee brachte, hatte sie mehr als einen kurzen Dank übrig: Sie hing buchstäblich an jeder Silbe seiner gestotterten Antwort.

Suzy Delft war eine Kombination ihrer eigenen Sehnsüchte. Ihre halbgeschlossenen Augen waren Marlene Dietrich und ihr halbgeöffneter Mund Greta Garbo, während das steifgliedrig Linkische ihrer Bewegungen entschieden etwas von *Mary Poppins* hatte. Ihre Hände waren abgespreizt, und die Finger schienen einer Holzpuppe zu gehören. Ihr dunkles Haar war zu Zöpfen geflochten. Auch ihr lausbubenhaftes Lächeln war Bestandteil der Rolle, die sie auf der Bühne und darüber hinaus spielte. Sie war ein Schulmädchen – ein atemberaubend schönes – auf der Schwelle des sexuellen Erwachens; wenigstens bauten so die Koolman-Leute ihre Publicity auf. Ihre Plakate wurden von demselben Mann gezeichnet, der diese herzigen Disney-Tiere zu Papier gebracht hatte.

Ihr Agent war ebenfalls anwesend und beobachtete die Dreharbeiten. Jacob Weinberger war einer der bekanntesten Menschenhändler der Branche, aber ich würde nicht behaupten, daß er beliebt war – welcher Agent ist das schon? Ich fragte mich, ob er ihr geraten hatte, nicht nach jeder Einstellung in ihre Garderobe zu laufen. Abgesehen davon, daß es die Dinge beschleunigte, trug die Art, wie sie ein paar schüchterne Worte mit dem Stab wechselte, zur guten Meinung bei. Das Gefühl, daß man ihr Wohlwollen entgegenbrachte, würde sie seelisch stärken, denn jeder Schauspieler brauchte ein wohlwollendes Publikum, selbst wenn es nur eine Film-Crew war.

Lockspitzel war ein Kriegsfilm. Zehn Soldaten versuchten, im Dschungel durch feindliche Linien zu kommen. Erbot Gelegenheit für Rassenmischung, unverblümte Nacktheit, Kannibalismus, Sodomie, Blasphemie und Inzest in einer Story, die sonst auf das Töten als einzige Unterhaltung angewiesen wäre. Die vorangegangene Szene hatten sie mit dem vollen Sonnenlicht auf Suzy Delfts Gesicht abgedreht. Jetzt mußten sie eine Gegenlichtaufnahme mit den beiden Negern zustande bringen. Verständlicherweise bekamen sie Beleuchtungsprobleme.

Ich stand in der Nähe des Wasserbassins. Seine Ränder waren unter tropischen Pflanzen versteckt, und die japanischen Soldaten waren dabei, ihn zu durchwaten und so zu tun, als handele es sich um einen Sumpf. Man würde zwar die Kameras niedrig halten müssen, um den Anblick der Londoner Skyline zu vermeiden, aber dafür würde man auch ein Stück echten Himmels aufnehmen können anstelle einer gemalten Kulisse.

»Echter Himmel ist wichtiger als alles andere«, erklärte mir Preston. Ich nickte. Preston wandte sich ab und beobachtete, wie der Beleuchter eine Lichtprobe vor dem Gesicht des Negers machte. Er schüttelte den Kopf. Das Licht reichte immer noch nicht aus. Preston sagte: »Dieser blöde Kerl. Hätte er mir vorher gesagt, daß wir Schwierigkeiten mit dem Licht bekommen könnten, hätten wir das Mädchen mit Gegenlicht aufnehmen können und die Schwarzen in voller Sonne.«

Nachdem sie ein weiteres Ungeheuer in Position gebracht hatten, konnten sie weder die Klappe noch den Klappen-Boy finden. Schließlich tauchte er mit einer Tasse Tee für Suzy Delft wieder auf.

»Achtung, Aufnahme!« sagte Preston.

»Kamera läuft.«

Der erste Neger starrte in die Kamera, seine Augen vor dem Ungeheuer abschirmend, als wäre es die Sonne. »Schnitt!« schrie Preston. »Das war gut«, sagte er. »Wird kopiert.«

»Da war ein Haar vor der Linse, Richard«, sagte der Kameramann. Seine Stimme war undeutlich, da er gerade das Objektiv inspizierte.

»Was ist das hier eigentlich – ein Laientheater?«

»'tschuldigung, Richard«, sagte der Beleuchter.

»'tschuldigung, Richard«, äffte Preston ironisch nach.

Er ging hinüber zum Scriptgirl und griff ihr in gespieltem Ärger in die Haare. Sie quiekte auf. »Wenn wir's nicht bald im Kasten haben, nehmen wir die Japaner dran.«

Die vier japanischen Soldaten spielten Bridge auf einer vorgetäuschten Pferdebarkasse. Einer von ihnen, ein dicker Bursche mit langem, falschem Schnurrbart, lächelte Preston flüchtig zu.

Der Produzent kam zu mir herüber. »Wir kommen heute garantiert nicht mehr zu den Japsen.« Edgar Nicolson war ein alter Freund von Marshall Stone. Gerüchten zufolge war ihre Freundschaft der einzige Grund dafür, daß Stone diese Billig-Produktion mitmachte. Aber es gab auch andere Meinungen. Preston erzählte, daß Stone sich persönlich an ihn gewandt und darum gebeten hatte, dabeisein zu dürfen. Und Stone sagte, daß alte Freundschaft über die Karriere eines Mannes ginge. Meine Informationen liefen darauf hinaus, daß Stone für zwei Filme bei *Koolman International* unter Vertrag stand, nachdem er aus diesem Bürgerkriegs-Epos ausgestiegen war, das sie letztes Jahr gemacht hatten. Er hatte bereits *Schweigendes Paradies* mit Edgar Nicolson abgedreht, das sich im Augenblick in der Rohfassung befand. Dieser Streifen hier würde seine Verpflichtungen erfüllen.

Edgar Nicolson war achtundvierzig. Ein kleinwüchsiger Engländer mit einem Teint wie ein rohes Schweinskotelett. Seine Augen waren strahlend blau, und er hatte die Angewohnheit, sie weit aufzureißen, um die vielen bedeutsamen Dinge zu unterstreichen, die er zu sagen hatte. Er kleidete sich zwar wie ein Landedelmann, aber der Schnitt seiner leichten Tweed-Anzüge, die Cardin-Hemden und die Garrick-Club-Krawatte deuteten auf einen erfolgreichen Charakterschauspieler hin. Seine Stimme wurde künstlich dunkel gehalten – es war die Stimme eines Schauspielers. Seine akzentfreie Sprache war gespickt mit den Amerikanismen der Filmbranche, aber seine knappe Artikulation hätte zu einem Gardeoffizier gepaßt, der seine Truppen für einen Angriff im Morgengrauen instruierte.

»Wie geht es Ihnen, Edgar?«

Er rümpfte die Nase. Zu behaupten, er sähe stets so aus, als habe er gerade einen üblen Geruch verspürt, wäre eine Verleumdung: Seine Nase war so unergründlich wie seine Augen. Es war Edgar Nicolsons winziger Mund, der den leicht sauren Geschmack ahnen ließ, den die Welt dort hinterlassen hatte. Aber vielleicht war ich der einzige, der seinen Mund so sah.

»Wenn Produzenten die Vierzig-Stunden-Woche hätten, wäre ich bereits am Dienstag abend mit meinem Pensum fertig.« Er wedelte mit dem Drehplan vor meiner Nase herum.

»Eure Japse sind ein bißchen behäbig.«

»Neuerdings spielen sie eher Wirtschaftsbosse.« Er benutzte seinen Spazierstock mit Elfenbeingriff dazu, einen Plastikbecher aus dem Weg zu räumen. »Wissen Sie eigentlich, was das schlimmste an meinem Job ist?« Er machte eine winzige Pause für den Fall, daß ich es tatsächlich wußte. »Es ist, als würde man eine abwärts führende Rolltreppe hinauflaufen. Am Ende jeder x-beliebigen Woche, die ich damit verbracht habe, mich mit der Kantine über die Temperatur der Suppe herumzustreiten, mich bei einem Agenten zu entschuldigen, daß es ein Ford und kein Rolls war, der seinen Klienten morgens abholte, einen Betriebsrat davon zu überzeugen, daß ein schlammiges Grundstück noch keine Schutzbekleidung rechtfertigt, mich mit New York anzulegen und die Leute anzuflehen, mir zehn zusätzliche Produktionstage zu gewähren, ohne daß ihre Uraufführungspläne durcheinandergeraten – nach so einer Woche denkt jeder in der Produktion, es sei überhaupt nichts geschehen. Es ist eine durch und durch negative Art von Fortschritt, Produzent zu sein.« Er starrte mich an, bis ich antwortete.

»Als würde man eine abwärts führende Rolltreppe hinauflaufen.«

»Oder wenigstens hinaufgehen. In dieser Branche tut man gern so, als wäre der Produzent eine Art General, der träge vor sich hin döst, während seine Truppe die Schlacht schlägt. In der Praxis sieht es aber so aus, daß der Produzent es ist, der die ganze Scheiße auf sich nimmt, damit die Crew ungestört arbeiten kann.«

»Darum sieht Stone heute auch einem Cricketspiel zu.«

Er lächelte. So leicht war ihm nicht beizukommen. Er blickte sich auf dem Dach um: Sie veränderten die Lichtführung zum dritten Mal innerhalb einer halben Stunde. Er rief dem Laufburschen zu: »Ich gehe mit Mister Anson einen Kaffee trinken. Sagen Sie mir Bescheid, wenn die Muster fertig sind.«

Auf dem Weg zur Kantine zeigte er mir seinen Bergschrein. Dort hatten sie den Buddha zusammengesetzt. Seine Nase war größer als die Maler und die Requisiteure, die um ihn herumschwärmten. Ein Geruch von frisch gesägtem Holz und schnelltrocknender Farbe hing in der Luft, als die beschnittenen Ecken der Gipsform mit Gold belegt wurden. Es war heiß im Raum durch die Reihen von Glühbirnen, die dort installiert waren, damit die Arbeiten auch während der Nacht vonstatten gehen konnten. Ein Dekorateur experimentierte mit Räucherstäbchen und fabrizierte Wolken süßlichen Rauches. Es war so überzeugend, daß das Gehämmer wie Blasphemie wirkte und die Dekorateure flüsterten, während sie Blumen und Opfergaben vor dem Erleuchteten arrangierten.

»Alles *okay*, Percy?« erkundigte sich Nicolson.

Der Filmarchitekt erklärte: »Gegen Morgen wird alles fertig sein, aber ich werde ein oder zwei zusätzliche Maler in meiner Überstundenmannschaft brauchen.«

»Wir wollen uns anstrengen und uns mit einem zufriedengeben«, sagte Nicolson. Er schloß die schwere Mahagonitür, um die Geräusche der Kulissenarbeiter zu dämpfen. Die Kantine war früher einmal sehr schön gewesen, aber jetzt hatte ihre mit einem Fries versehene Decke Pockennarben von der Feuchtigkeit, und die Tapete war zerrissen. Da die Mittagszeit vorüber war, wurde der Raum jetzt dazu genutzt, Gerüste und Sandsäcke sowie die Teile eines MG-Nestes darin abzustellen.

In einer Ecke des Raums hatten die Kantinenleute Kannen mit Kaffee, Tee und Milch zurückgelassen, einen Stapel Plastikbecher sowie eine Keksdose, aus der alle Schokoladenkekse verschwunden waren. Die Überbleibsel des Mittagessens waren bereits abgeräumt worden, bis auf eine Flotte von Plastiklöffeln, die den Tisch der Länge nach entlangzusegeln schienen, und eine gekochte Kartoffel, die in das Parkett getreten worden war.

»Mit Milch?«

Ich nickte. Es war ein ungewöhnliches Zugeständnis. Edgar wußte für gewöhnlich sehr genau, was für jeden das beste war. Er goß uns beiden Kaffee ein, und wir setzten uns. Ein Junge mit einer schmierigen Schürze tauchte aus den hinteren Räumen auf. Er schwang einen Teller Kekse: alle mit Schokoladenüberzug.

Nicolson nickte dem Jungen dankend zu. »Wie geht's Mary?«

»Sie arbeitet zuviel.«

Er nickte zustimmend und knabberte sich durch die Schokoladenkekse. »Meine Frau ist fest davon überzeugt, ich hätte hier eine ganze Reihe von Mädchen mit großen Titten, die nichts anderes im Sinn hätten, als mich auf die Couch zu zerren.«

»Ich werde ihr von den Schokoladenkeksen erzählen«, warnte ich ihn.

»Das fehlte gerade noch.« Gierig verschlang er einen Keks. Er nahm noch einen, biß hinein und studierte dann die Bißstelle, als wolle er hinter das Geheimnis der Herstellung kommen. »Das ist ein großartiges Leben«, stellte er fest.

Der Laufbursche kam herein. »Da ist eine Dame«, sagte er zu Nicolson.

»Eine Dame!« mokierte er sich.

»Um Sie wegen der Besetzung zu sprechen, sagt sie. Sie ist bei Mister Weinberger.«

»Ich weiß«, sagte Nicolson. Und zu mir gewandt: »Eine Schauspielerin. Es wird nur ein paar Minuten dauern.« Ich nickte. »Sagen Sie ihr, sie möge hereinkommen«, bedeutete Nicolson dem Jungen.

»Nach diesem Streifen mache ich einen Film mit dem Titel *Die Frau des Farmers*«, sagte er. »Einen Gruselschocker. Dafür suche ich noch die Besetzung. Es ist verdammt schwierig, hier in London eine überzeugende ungefähr fünfunddreißigjährige Farmersfrau aus Wisconsin aufzutreiben.«

Als die Frau hereinkam, erkannte ich sie. Ich hatte sie gegen Ende des Krieges zusammen mit Richardson und Olivier im *Old Vic* gesehen. Sie hatte diesen glasigen Blick, den Schauspieler bekommen, wenn sie sich nach Arbeit umtun müssen, statt daß die Arbeit sich nach ihnen umsieht. Ich nahm wahr, wie sie sich selbst anknipste, als sie eintrat. Auch Nicolson veränderte sich. Er ließ eine Stimme hören, die nicht die seine war – wie eine Plastikhülle, die man überstreift, um sich nicht mit Blut zu bekleckern.

»Ich komme im Augenblick nicht auf den Namen ...

»Graham.«

Nicolson lachte. »Oh, Ihren Nachnamen kenne ich selbstverständlich. Ihr Vorname ist es, an den ich mich nicht erinnern kann.« Ich hatte das Gefühl, daß er ihren Vornamen gekannt hätte, wenn sie ihn genannt hätte.

»Dorothy«, sagte die Frau.

»Dorothy Graham, natürlich. Ich habe sie oft auf der Bühne gesehen, Dorothy. Es ist wundervoll, Sie persönlich kennenzulernen.«

»Wir kennen uns bereits. Seit einer Party bei Mister Weinberger im letzten Jahr.«

»Vielen Dank.« Sie lehnte mit einer Geste ihrer nicht besonders gepflegten Hand ab.

»Was haben Sie denn so in letzter Zeit gemacht, Dorothy?«

»Ich habe die albanische Geheimagentin in der Fernsehserie *Aktion Notfall* gespielt.«

»Ich erinnere mich.«

»Es war nichts Besonderes, aber die Gage war gut. Sogar sehr gut.«

»Das war im Winter vor einem Jahr, stimmt's? Und was haben Sie seither gemacht?«

»Ich habe im vorletzten Jahr so viel gearbeitet, daß ich beschloß, ein bißchen Urlaub zu machen.« Sie sagte das sehr schnell, so als habe sie es schon viele Male wiederholt.

»Nun, ich besetze den Film noch nicht«, erklärte Nicolson, »da ich mich noch nicht hundertprozentig entschieden habe, ob ich ihn überhaupt mache. Ich sehe mir lediglich ein paar Leute an.«

»Wann würden Sie denn mit den Dreharbeiten beginnen? Ich habe für das kommende Jahr einige Pläne.«

»Oktober, November, vielleicht. Wahrscheinlich drehen wir

in Pinewood. Also reine Studio-Arbeit. Könnten Sie von Ihrem jetzigen Wohnsitz aus bequem nach Pinewood kommen?«

»Das gute alte Pinewood.«

»Ich würde Ihnen selbstverständlich einen Wagen schikken.«

»Selbstverständlich.« Sie beließen es einen Augenblick dabei und genossen ihre Rollen als erfolgreicher Produzent und gefragter Filmstar.

»Es ist die Geschichte einer Frau«, erklärte Nicolson, »die heimgesucht wird. Sie sieht die Vergangenheit – Dinge, die sich im Farmhaus ereignet haben, und solche, die noch dort geschehen werden. Ihr Mann und die erwachsenen Söhne glauben, sie werde verrückt, und dann tauchen eines Nachts diese unglaublichen Monster auf. Es wird ein ganz hübscher Horrorstreifen. Jede Menge Spezialeffekte.« Er nickte, um seine Worte zu unterstreichen, und fuhr dann fort: »Und eine große Rolle für Sie – ganz anders als alles, was Sie bisher gemacht haben.«

Sie dachte über eine passende Antwort nach: »Es klingt, als könnte es Spaß machen. Ich habe noch nie einen Horrorfilm gemacht. Wer wird Regie führen?«

»Das muß noch eingehend überlegt werden, Dorothy. Wie Sie wissen, sehe ich mich zunächst lediglich ein bißchen um.«

Sie lächelte. Ich erinnerte mich deutlicher an sie, wenn sie lächelte. Sie war eine wundervolle *Heilige Johanna* in New York gewesen. Ich mußte auch an einen *König Lear* denken, der nichts anderes aufzuweisen hatte als ihre hervorragende Goneril. »Ich würde jetzt doch gern rauchen«, meinte sie.

»Aber gern«, sagte Nicolson. Er stand auf – dankbar für die Gelegenheit, sein Schuldgefühl zu mindern, das er empfand, weil sie für die Rolle keinesfalls in Frage kam. Sie öffnete ihre Handtasche, um nach einem Feuerzeug zu suchen. Sie war aus echtem Leder, ein Schatz aus jenen Tagen, als sie noch wohlhabend war und alle Aussichten hatte, reich zu werden. Jetzt war das Leder schäbig, und eine Ecke war sorgsam repariert worden. Nicolson gab ihr Feuer. Sie hatte einen Umschlag vom Stuhl genommen und legte ihn nun auf den Kantinentisch. »Die habe ich mitgebracht«, sagte sie.

Nicolson ließ den Inhalt des Umschlags auf den Tisch gleiten: ein Dutzend großer Hochglanzfotos. Einige waren langweilige Standfotos aus britischen Filmen der vierziger Jahre, andere geschönte Werbeaufnahmen, die so weich aufgenommen waren, daß das Gesicht wie eine schwach beleuchtete Schüssel Reispudding aussah. Allen Bildern gemeinsam war, daß sie sehr jung und sehr schön wirkte. Wir konnten sie nicht ansehen, ohne die Fotos mit der Wirklichkeit zu vergleichen. Und was sie in unseren Gesichtern las, reichte, um sie zurückzucken zu lassen.

»Nehmen Sie sie wieder mit«, sagte Nicolson. »Wie gesagt, wir besetzen noch nicht.«

»Ich war ohnehin in der Gegend«, sagte die Schauspielerin, »bei Freunden, die ganz in der Nähe wohnen.«

»Wie schön«, sagte Nicolson. »Es war hübsch, Sie wiederzusehen.«

»Es liegt mir daran, den Kontakt nicht zu verlieren.«

Nachdem sie gegangen war, sagte ein paar Minuten lang keiner ein Wort. »Ich muß mir eine Menge Leute ansehen, bevor ich mich entscheide«, murmelte Nicolson.

»Natürlich.«

»Eine ganz besondere Technik, diese Horrorfilme. Der Regisseur würde bei der Besetzung sowieso ein Wörtchen mitzureden haben. Und die Frau – es ist schließlich eine Hauptrolle.«

Der Laufbursche kam wieder herein. »Mister Benjamin sagt, daß die Musterkopie in zehn Minuten zur Vorführung bereit ist, Sir. Wollen Sie kommen oder sie sich am Abend zusammen mit Mister Preston ansehen?«

»Ich werde kommen.«

»Und Ihre Sekretärin sagte, ich solle Sie daran erinnern, daß der Rohschnitt vom *Schweigenden Paradies* heute abend bei *Koolman International* vorgeführt wird. Es heißt, daß auch Mister Koolman dabeisein wird, falls er die Frühmaschine erreicht.«

»Okay«, sagte Nicolson ohne Begeisterung. »Und Mister Stone?«

»Seine Sekretärin meint, daß er ebenfalls kommen wird.«

Nicolson wandte sich an mich: »Wer von uns hätte gedacht, daß man Eddie jemals bitten müßte, sich einen Film anzusehen, in dem er mitgewirkt hat?« Er seufzte. Nur Stones intime Freunde nannten ihn Eddie, und häufig in fast herabsetzendem Ton, so als wollten sie andeuten, daß sie, da sie Stone kannten, bevor er reich und berühmt war, ihn auch kritisieren dürften. Selbst Mary war durchaus dazu fähig klarzumachen, daß sie den ›armen Eddie‹ oder den ›kleinen Eddie‹ meinte, wenn sie seinen Vornamen benutzte.

»Bookbinder muß irgend etwas in ihm gesehen haben.«

»Aber sicher: Oliviers Kopf auf Brandos Körper. Das ist es doch, was 1948 zählte.«

»Sie sind nicht dieser Meinung?«

»Moment mal, Peter. Eddie ist verdammt gut. Er hat etwas von Oliviers Verhaltenheit...«

»Aber?«

»Gielgud hat die intuitive Auffassungsgabe, Peter. Das ist es, worum ihn die anderen beneiden.«

»Ich habe mir den *Letzten Vaquero* letzte Woche zweimal angesehen. Stone wirkt sehr steif. Haben Sie das eigentlich bemerkt?«

»Er wollte es so, hat sich extra darum bemüht. Mag sein, daß er nicht besonders intellektuell ist, aber er ist auch kein instinktiver Schauspieler: Er benutzt seine Gehirnzellen. Ich habe ihn mal zusammen mit einem alten Burschen auftreten sehen. Der hatte sich die Masche mit dem Ohrläppchen-Zupfen ausgedacht – er war Italiener oder so ähnlich. Eddie meinte, er solle ruhig so tun, als wolle er an seinem Ohrläppchen zupfen, es sogar berühren – vor allem aber solle er einen Mann darzustellen versuchen, der sich dieser Gewohnheit wegen schämt und sich bemüht, diese Manie loszuwerden. Das ist es, was ich meine. Sie können es für Ihr Buch benutzen, wenn sie wollen.«

»Danke«, sagte ich, obwohl ich den Verdacht hatte, daß diese Anekdote schon vielen Reportern erzählt worden war.

»Ellen Terry hat es so ausgedrückt: Sei Darsteller in den Pausen.« Er arrangierte die leeren Plastikbecher vor uns. Auch die Flotte von Plastiklöffeln war höchstwahrscheinlich sein Werk. »Prestons Problem mit dem Mädchen ist etwas, das immer wieder bei jungen Schauspielern auftaucht. Sie agieren nur, wenn sie ihren Text sprechen. Aber zu spielen heißt, seinen Geist einzusetzen, so daß der Text als eine ganz natürliche Konsequenz von Überlegungen und Gefühl herauskommt.«

»Mit der Hauptrolle im *Letzten Vaquero* war er ein gemachter Mann«, sagte ich. »Ohne sie würde er immer noch im *Chasens* herumhängen und auf einen Statisten-Job hoffen.«

»Ob Sie es glauben oder nicht – beinahe hätte *ich* die Rolle bekommen.« Er holte seine Pfeife aus der Tasche und stopfte sie. Er schloß dabei die Augen, und Gesicht und Körper zuckten leicht wie bei Träumern, die in tiefem Schlaf liegen.

An diesem fast vergessenen Abend des Jahres 1948 lag Elektrizität in der Luft. Aber es gab weder Regen noch Donner, nicht einmal das stumme Wetterleuchten, das im südlichen Kalifornien so häufig ein Gewitter ankündigt. Dennoch erinnerte sich Nicolson daran, daß die Luft wie geladen war. Womöglich hätte er das seiner eigenen inneren Unruhe zugeschrieben und der besonderen Situation dieses Abends, wenn nicht auch das Radio auf die Spannungen in der Luft reagiert hätte. Der Sender San Jorge brachte jeden Abend zur gleichen Zeit eine Stunde

Jazz. An diesem Abend war es Jimmie Lunceford, und Nicolson erinnerte sich daran, daß die atmosphärischen Störungen seine Stimme fast verschluckten: »*When you wish upon a star.*« Er konnte diese Melodie später nie mehr hören, ohne an diesen Abend denken zu müssen.

Auch heute ist der Interstate Highway aus San Diego heraus noch nicht fertiggestellt. 1948 war daran nicht einmal im Traum zu denken. Hinter Sunnyside war die Straße stockdunkel – bis auf die Beleuchtung des Motels: ein gelbes Flutlicht, das zwei mottenzerfressene Palmen und einen Jacarandabaum beschien. Das zerbrochene ›Zimmer frei‹-Schild flackerte.

Erst nachdem er die Scheinwerfer ausgeschaltet hatte, konnte er die Berge erkennen. Sie wirkten wie riesige, feststehende Gewitterwolken. San Jorge befand sich jenseits der Berge, 15 Kilometer oder mehr entfernt. Als die Polizisten kamen – Distriktpolizei aus San Jorge –, konnte man die roten Lichter ihrer Autos sehen. Sie bewegten sich die Ausläufer des Gebirges herab wie blutunterlaufene Augen eines prähistorischen Monsters, das zum Pazifischen Ozean glitt, um seinen Durst zu stillen. Aber die Polizisten kamen erst sehr viel später. Als Nicolson eintraf, hatte sich noch niemand die Mühe gemacht, mit ihnen zu telefonieren.

Er verschloß die Türen seines Autos. Im schwachen Licht des Schilds konnte er einen grauen Ford Sedan aus dem Fuhrpark der Koolman Studios erkennen. Dahinter war ziemlich sorglos Eddie Stones neuer MG geparkt. Nicolson hätte das Lokal gern so leise wie möglich betreten – ein neurotischer Wunsch, der am Ergebnis absolut nichts ändern konnte. Auf Zehenspitzen ging er über die Veranda. Aber eine defekte Diele knarrte, und die Fliegentür flog zu – mit einem Geräusch wie ein Pistolenschuß. Nicolson hatte das Gefühl körperlicher wie geistiger Unbeholfenheit. Stone hätte alles ganz anders gemacht. Eine Glocke bimmelte, als er die Tür öffnete. Neonröhren tauchten den Raum in ein kaltes blaues Licht. In der Mitte befand sich eine Uförmige Theke mit Hockern drum herum. Links und rechts davon ein halbes Dutzend gescheuerter Holztische. Ein Tisch in der Nähe der Musikbox war gedeckt mit einer roten Decke, darauf Eiswasser, Bestecke und eine Speisekarte. An dem Tisch saßen Kagan Bookbinder – der Produzent von *Der letzte Vaquero* – und Eddie Stone.

Eine Mexikanerin mit fleckiger Kittelschürze blickte durch die Hintertür, als sie die Glocke hörte. Sie zögerte, bis sie sicher war, daß es sich bei Edgar Nicolson um den Mann handelte, auf den die anderen warteten.

»Setzen Sie sich, Edgar«, sagte Bookbinder. Er stand auf, griff über die Theke hinweg in das darunterliegende Regal und fingerte dort herum, bis er eine saubere Tasse gefunden hatte. Er goß Edgar Nicolson Kaffee ein und stellte die Tasse vor ihm auf den Tisch.

In Edgar Nicolsons Augen war die Szene elektrisch aufgeladen, wie es Erinnerungen häufig sind. Die Luft so blau von Zigarrenrauch, wie es heute, in einer teer- und nikotinbewußten Zeit, selten geworden ist. Die Frisuren der Männer so kurz geschnitten, daß sie fast militärisch wirkten, und ihre kalifornische Sportkleidung würde heute grotesk erscheinen. Eddie Stone und Nicolson waren Jungs mit großen Augen, langen Hälsen und schmalen Hüften. Stone hatte eine Schmachtlocke, die ihm in die Stirn fiel. Bookbinder kam den beiden jungen englischen Schauspielern reichlich alt vor, aber in Wirklichkeit war er nur vier oder fünf Jahre älter als sie.

Kagan Bookbinder trug eines seiner alten Armeehemden. Man konnte an den dunkelgrünen Flecken erkennen, wo kürzlich noch die Rangabzeichen eines Majors und Ordensstreifen gewesen waren. Aber seine Kriegsauszeichnungen bestanden nicht nur aus farbigem Band. Seine Wange trug eine Narbe, und seine Nase hatte einen mehrfachen Bruch erlitten, den man nicht ordentlich hatte richten können. Bei manchen Männern läßt eine vernarbte Wange an studentische Mensuren denken.

Bei dem breitschultrigen Bookbinder lag allerdings die Vorstellung näher, daß er voll des süßen Weins eine Treppe hinuntergefallen war.

Auch Bookbinders Stimme war nicht besonders angenehm. Inmitten der gedehnten kalifornischen Sprechweise, die sogar die Ungarn nach wenigen Wochen Aufenthalt zustande brachten, wirkte Bookbinders Akzent von der 84. Straße hart und aggressiv. Ohne seine bemerkenswerten Kriegserfolge hätte er sich vielleicht bemüht, seine deutsche Abkunft geheimzuhalten. Vielleicht war er aber auch nur faul, oder das war seine Art zu provozieren. Oder aber er wußte gar nicht, daß er einen Akzent hatte.

»Setzen Sie sich«, wiederholte Bookbinder. »Wir haben nicht unbegrenzt Zeit.«

»Ich muß sie sehen.«

»Jetzt nicht.«

»Warum haben sie es uns nicht gesagt?« fragte Stone.

»Wie geht es ihr?« wollte Nicolson wissen. So wollte Stone es also hinstellen – warum haben Sie es *uns* nicht gesagt. Nun ja, Spionagedienst und Showbusineß hatten eines gemeinsam: Wenn man Probleme hatte, wurde man von allen im Stich gelassen. Wieder sagte Nicolson: »Wie geht es ihr?«

Bookbinder antwortete nicht. Er schob den Vorhang ein wenig zur Seite und sah aus dem Fenster. Er wartete, bis er einen anderen grauen Ford Sedan neben jenem parken sah, der ihn hergebracht hatte. Die Studio-Chauffeure nahmen voneinander keine Notiz.

Die Studios beschäftigten drei Ärzte. Der hier war der ranghöchste. Ein Mann um die fünfzig, mit grauem, welligem Haar und einem dunklen Anzug. Bookbinder entschuldigte sich mit kaum mehr als einem Grunzen, bevor er hinausging, um mit dem Arzt zu sprechen. Edgar Nicolson und Stone sahen einander verstohlen an, sagten aber nichts. Stone trank Kaffee, und Nicolson las die Speisekarte, um sich zu beschäftigen.

Hamburger mit allem Drum und dran. Brötchen, Butter, Marmelade. Soviel Kaffee, wie Sie möchten: 85 Cents. Unser Sonderangebot von heute. Vielen Dank für Ihren Besuch. Beehren Sie uns bald wieder.

An die Speisekarte war ein weißes Blatt geklemmt – verteilt vom örtlichen Rundfunksender.

Schlagzeilen aus aller Welt – ein Service *Ihres* Rundfunksenders San Jorge, Kalifornien, Hollywood, Dienstag: Neue Hinweise auf kommunistische Unterwanderung der Schauspielerschaft werden berühmte Stars vor den Anhörungsausschuß bringen. Washington, Dienstag: Beamter des Außenministeriums rechnet mit Anklageerhebung gegen Hiss aufgrund eines Meineidsverdachts. Nanking, Sonntag: Chinesische Regierungstruppen mißhandeln Rote im Kampf um Küstengebiete. Wetter: Weitere Überschwemmungen im Norden des Staates befürchtet. Mindesttemperatur heute: 22 Grad. Stadtmitte von San Jorge: 25 Grad. Luftfeuchtigkeit: 87 Prozent, Luftdruck: 938 mbar. Allergiegefährdete müssen mit Pollenanreicherung in der Luft rechnen.

»Stone. Eddie Stone.«

Nicolson blickte auf den sonnengebräunten Mann, der ihm gegenübersaß.

»Das ist mein Name«, erklärte Stone.

Nicolson erwachte aus seinen Gedanken und zuckte zusammen. »Ja, ich kenne Sie. Ich bin Edgar Nicolson. Ich bin Ihnen schon in London begegnet: Legrains, der Franzose, Gerrys.«

»So ist das also«, sagte Stone. Es entstand eine lange Pause. »Das ist Pech für Sie«, sagte Stone schließlich.

»Ja, jetzt werden Sie die Rolle bekommen«, stellte Nicolson fest.

»Da würde ich nicht so sicher sein. Er scheint ganz scharf auf Ihre Probeaufnahmen zu sein. Er hat sie mir als Beispiel vorgehalten: Die erste, die von mir gemacht wurde, war furchtbar.«

Nicolson glaubte ihm zwar nicht, aber es war eine gutgemeinte Erfindung. Sie sahen einander an und überlegten, welche Konkurrenz der eine für den anderen darstellen mochte. Sie hatten beide in Dampfbäder und Gesichtsbehandlungen investiert und sich die Haare schneiden und legen lassen. Stones Augenbrauen waren gezupft und seine Wimpern dunkel gefärbt worden. Nicolson vermochte nicht zu sagen, ob Stones Bräune echt war oder nicht, aber sie ließ ihn sehr gesund und seine Zähne sehr weiß aussehen. Nicolson versuchte zu entdecken, ob einer von Stones Zähnen überkront war oder nicht. Wer von beiden die Rolle in seinem Film auch bekommen würde – Bookbinder hatte bereits eine kostspielige Überkronung der Zähne in die Wege geleitet. Viele Stars begannen ihre Filmkarriere mit einer einwöchigen Behandlung beim Zahnarzt. Ein Bestandteil des Vertrages, an dem Nicolson keinen Gefallen fand.

»Ja, Sie werden die Rolle bekommen«, sagte Nicolson. »Die Sache mit dem Mädchen wird die Chefetage verschrecken. Und sehen wir den Tatsachen doch ins Auge: Die endgültige Entscheidung wird von irgendeinem Typen in der Werbeabteilung getroffen.«

»Diese verdammten Filmleute ...«, sagte Stone. Fast stimmte er in Nicolsons Verzweiflung ein. Stone packte ihn am Arm. »Ich werde es nicht tun.«

»Was?«

»Sie Ihnen wegnehmen. Wenn es um einen fairen und offenen Wettbewerb geht – gut. Ich würde Sie auf Hauen und Stechen bekämpfen, um die Rolle zu bekommen. Aber ich will sie nicht als Gnadenbrot irgendeines Werbefritzen.«

»Seien Sie doch nicht dumm. Wenn ich sie nicht bekommen

und Sie sie ablehnen, wird sie eben einem anderen angeboten. Was hilft mir das?«

»Ich werde sie nicht annehmen, Edgar. Sie werden sehen. Diese Hollywood-Bastarde benehmen sich wie Lorenzo der Großartige. Es könnte ihnen nur guttun, wenn ihnen ein Schauspieler mal sagte, sie könnten sich ihren Vertrag sonstwohin stecken. Scheiß-Hollywood!«

»Ich könnte hier nie leben«, erklärte Nicolson.

»Die Bühne«, sagte Stone. »Ein Schauspieler braucht die Bühne und das Publikum. Ein Mann, der tagein, tagaus auf eine verdammte einäugige Maschine fixiert ist, muß mit der Zeit Saft und Kraft verlieren.«

»Ich mag Filme ...« warf Nicolson ein.

»Filme«, sagte Stone. »Ja, wir alle mögen Filme. Wenn Sie von de Sica reden oder von Visconti. Wenn Sie von *Fahrraddiebe* reden oder *Rom, offene Stadt.* Jeder mag reale Filme über reale Menschen unter realen Lebensbedingungen.«

»Aber es gibt auch hier einen neuen Realismus im Film ...«

»Hollywoodfilme handeln von Mördern, Psychopathen, Revolverhelden. Wovon ich spreche, ist die Komplexität von *Bataille du Rail,* die Poesie von *Die Schöne und das Biest.* Nein, nein – Hollywood ist ein ganz guter Platz, um ein bißchen Geld zu verdienen und ein paar ausgezeichneten Profis über die Schulter zu blicken – aber wir Engländer wurzeln in der europäischen Kultur. Wir gehen ein, wenn wir hier bleiben. Sehen Sie sich doch um; sehen Sie sich die Tommys doch an, die hier leben.«

»So sehen Sie das also.«

»Selbstverständlich. Im Theater laden Sie Ihre Batterien auf – hier lassen Sie nur die Scheinwerfer aufblinken.« Er nickte. »Was trinken Sie, Edgar? Edgar stimmt doch?«

»Mineralwasser. Ja, Edgar Nicolson.«

»Was Sie wirklich brauchen, ist ein starker Kaffee mit einem Schuß drin.« Er holte einen Flachmann aus der Tasche und goß sowohl Kaffee als auch Brandy ein. »Und nun hören Sie auf, so besorgt auszusehen, Edgar. Wir Engländer müssen zusammenhalten. Habe ich nicht recht? Wenn wir zusammenhalten, können wir diesen Kerlen die Stirn bieten.«

Bis zu diesem Moment war Nicolson noch zuversichtlich gewesen, daß er die Rolle, die er sich so sehr wünschte, auch bekommen würde. Nicolson hatte die richtige Figur für einen Cowboy und einen besseren Gang; auch seine Stimme war angenehmer als die seines Rivalen. Aber nun wußte er, daß nichts Stone davon abhalten würde, ihm die Rolle wegzunehmen. Er war lange genug im Geschäft, um die Verzweiflung zu kennen, mit der Schauspieler um ein Engagement kämpften. In der Regel hatte es sich jedoch um Typen gehandelt, die an Nicolsons Fähigkeiten nicht heranreichten. Stone aber war kein x-beliebiger kleiner Schauspieler. Er war so unerbittlich wie ein Torpedo und ebenso gefährlich, wenn auch vielleicht nicht so selbstzerstörerisch. Mit Sicherheit rechnete Stone nicht damit, daß Nicolson ihm den Schmus über das Ablehnen der Rolle glaubte. Es war seine Art, ihm zu erklären, daß er den Kampf aufnahm. Stone zeigte ein aalglattes Lächeln.

»Ja, wir müssen alle zusammenhalten«, bestätigte Nicolson und schob den Kaffee ans andere Ende des Tisches. Wenn Bookbinder den Alkohol roch, würde er ihn für einen Trinker halten. Und das könnte bereits ausreichen, um die Rolle zu verlieren, ganz abgesehen von diesem einfältigen Mädchen, das ein solches Drama aufführte. Stone bemerkte, daß er den Kaffee wegschob. »Keinen rechten Appetit, was?«

»Wenn ich ein bißchen angespannt bin«, sagte Nicolson, »macht mein Magen Schwierigkeiten.«

»Ich verstehe«, sagte Stone. Er verstand.

Bookbinder kehrte mit dem Arzt zum Auto zurück. Sie blieben kurze Zeit stehen und sprachen miteinander. Dann fuhr der Arzt fort. Nachdem Bookbinder wieder hereingekommen war, goß er sich Kaffee aus der Kanne auf der Warmhalteplatte ein und nahm einen Schluck, bevor er sprach: »So was ist schon häufiger passiert, Edgar, und es wird wieder passieren. Die Werbeheinis verbringen mehr Zeit damit, Stories aus den Zeitungen herauszuhalten, als welche hineinzubringen.«

»Sie hat eine Überdosis genommen, sagen Sie?« fragte Nicolson.

»Das ganze Röhrchen. War mit einem Etikett der Studio-Apotheke versehen.«

»Werden Sie das Röhrchen entfernen?« wollte Stone wissen.

»Das ist Sache einer anderen Abteilung.« Bookbinder zog den Vorhang beiseite, als ein weiterer Ford eintraf. Die Türklingel bimmelte, und ein junger Mann mit lockigem Haar trat ein. Er trug eine dunkelblaue Windjacke, Flanellhosen und weiße Tennisschuhe. Er sah aus wie ein junger Börsenmakler auf Urlaub oder wie ein Baseballspieler, der sein Training unterbrochen hat. Er ließ bereits Anzeichen von Untersetztheit erkennen.

»Weinberger! Ich bin froh, daß Sie da sind«, sagte Bookbinder.

»Wie geht's?« fragte der Mann auf deutsch. Bookbinder nickte, schien aber nicht amüsiert. »Sie haben mir eine wichtige Verabredung verpatzt.«

»Beschweren Sie sich bei Nicolson«, sagte Bookbinder. »Es ist sein Bier.«

»Ich will sie sehen«, erklärte Nicolson.

»Setzen Sie sich hin und halten Sie den Mund«, sagte Weinberger. Er legte seine Hand auf Nicolsons Schulter und drückte ihn auf seinen Sitz zurück. »Sie werden genau das tun, was wir Ihnen sagen. Vielleicht kommen Sie dann ohne Blessuren davon. Erstens – wie ist ihr richtiger Name?«

»Rainbow«, sagte Nicolson. »Ingrid Rainbow.«

»Warum hat sie sich dann als Petersen eingetragen?« fragte Weinberger schroff. Die neue Seite an Weinberger, die Stone und Nicolson da entdeckten, machte ihnen angst.

»Ich weiß nicht. Vielleicht ...«

»Sie bleiben dabei, daß Sie nichts wissen. Ich möchte nicht, daß Sie sich in irgendwelchen Vermutungen ergehen.«

»Kann ich sie sehen?« fragte Nicolson.

Weinberger schüttelte den Kopf.

Edgar protestierte nicht. Er wollte das arme Mädchen zwar sehen, wollte mit ihm sprechen, ihm sagen, daß er sich Sorgen machte. Aber es mußte nicht sofort sein. Die Atmosphäre war nicht danach. Und selbst wenn Stone und Bookbinder hierblieben, würde er sich doch gehemmt fühlen.

»Ist der Arzt dagewesen;« frage Weinberger.

»Das geht in Ordnung«, erklärte Bookbinder. Er drehte sich auf seinem Stuhl hin und her, drückte seine Zigarre aus und biß sich auf die Unterlippe. Weinberger wandte sich an Nicolson: »Haben Sie sie hier besucht? Hier im Motel? Würde man Sie am Empfang wiedererkennen?«

Nicolson nickte.

»Gut«, seufzte Weinberger. »Wir werden uns auch darum kümmern.« Er nickte Bookbinder zu. Dann stand er auf und dirigierte Bookbinder durch den Raum zur Schwingtür in die hinteren Räume. Als sie sie öffneten, drang der Geruch nach verbranntem Fett herein und das gequälte Kreischen eines Mixers. In der Küche beugte sich Weinberger zum Produzenten und gestikulierte verärgert. Die Schwingtüren kamen erst allmählich zur Ruhe. Nicolson wußte, daß jetzt die Entscheidung getroffen wurde.

Eddie Stone saß Nicolson gegenüber. Er fing dessen Blick auf und lächelte. Er hatte es sich angewöhnt, jede seiner Bemerkungen mit einem verhaltenen Lächeln zu begleiten. »Ich wußte gar nichts davon, Edgar. Ich war bei Kagan, als Sie anriefen.« Er schob seinen Stuhl vom Tisch zurück. Nicolson verspürte das Bedürfnis, ihm zu versichern, daß das Problem – was auch immer es sein mochte – auf keinen Fall ansteckend war. Aber sie wußten beide, daß es nicht stimmte. Nicolson blickte auf die Schwingtüren. Er konnte die Füße der Götter sehen.

Weinberger sagte: »Es ist keineswegs unmöglich, die Geschichte umzudrehen – es ist verzwickt, aber nicht unmöglich, Kagan.«

»Was Nicolson einmal getan hat, wird er wieder tun. Wenn Stone Mist baut, können wir sagen, wir wären überrascht. Aber wenn Nicolson auch nur ein Strafmandat bekommt, zieht uns die Chefetage die Hammelbeine lang.«

»Ich werde versuchen, sie beide rauszuhalten.«

»Ist mir klar, daß Sie das tun werden. Haben Sie mit New York gesprochen?«

»Ich kann New York in den nächsten Stunden nicht erreichen. Aber wenn Sie sagen: Stone, dann wird er sauber bleiben wie frischgefallener Schnee. Das verspreche ich Ihnen.«

»Stone«, sagte Bookbinder und nickte.

»Wie Sie meinen«, bestätigte Weinberger. Als er sich abwandte, packte Bookbinder ihn. »So kommen Sie mir nicht davon, mein Lieber!«

Weinberger sah den Produzenten an, sagte jedoch nichts. Schließlich meinte Bookbinder: »Ich verfolge diese Idee seit fast drei Jahren: Mittagessen für die Story-Schreiber, Geschenke für die Jungs von der Produktion und zehntausend Piepen für ein lausiges Treatment. Das werde ich nie wieder reinholen. Warum sollte ich also nicht fünf Prozent von Stones Vertrag haben? Nach zwei Filmen wird er zehnmal soviel verdienen wie ich.«

»Und Nicolsons Agent würde nicht mitspielen?«

»Bleiben Sie bei der Öffentlichkeitsarbeit, mein Junge. Sie wissen offenbar nicht, wann es Ihnen gutgeht.«

»Also Stone?«

Bookbinder sah ihn nur an.

Mit grimmiger Entschlossenheit in ihren Gesichtern kehrten sie von der Konferenz zurück. So mußte Bookbinder ausgesehen haben, als er die japanischen Bomber abgeschossen hatte. Als sie den Tisch erreicht hatten, blieben sie stehen wie ein

Erschießungskommando. Dann tauschten sie den kürzesten aller Blicke, um sich darüber klarzuwerden, wer den nächsten Brocken losließ. Jeder wußte, daß es die Entscheidung des Produzenten gewesen war, aber Weinberger wurde dafür bezahlt, daß er mit Problemen fertig wurde. Schließlich sagte Bookbinder: »Weinberger kann die örtliche Presse im Zaum halten und mit den Cops reden, aber das bedeutet, daß ich Ihnen die Hauptrolle nicht geben kann. Es tut mir leid, Edgar, ich kann Ihnen die Rolle des Diebes übertragen, wenn Gras über die Sache gewachsen ist, aber selbst das ...«

»Was steht in diesem Staat auf Selbstmordversuch?« Edgar Nicolsons Stimme war nur ein Flüstern.

»Machen Sie sich darüber nur keine Sorgen«, erklärte Weinberger.

Bookbinder deutete auf Stone. »Eddie wird mit Ihnen in Ihre Wohnung zurückfahren. Sie sind den ganzen Tag zusammengewesen. Vielleicht werden sich die Cops an Sie wenden. Also halten Sie sich vom Alkohol fern.«

»Ich trinke nie.«

»Gut. Weinberger wird tun, was er kann. Es ist durchaus möglich, daß die Polizei Sie nicht einmal anruft.«

Weinberger steckte Geldscheine in einfache Umschläge und notierte auf jeder Ecke, wieviel sie enthielten. »Das alles tut mir sehr leid, Edgar ...«, erklärte Bookbinder. Er blickte Stone und Weinberger an. »Es tut uns allen leid. Sie hätten einen prächtigen Cowboy abgegeben.«

Edgar stand auf und Stone ebenfalls. »Seht zu, daß ihr fortkommt«, sagte Bookbinder. »Ich werde jetzt die Cops anrufen.«

»Was ist mit der Kellnerin?«

»Geschäftsführerin«, sagte Bookbinder. »Weinberger wird sich darum kümmern. Sie sind heute nicht hiergewesen.«

Als sie draußen in der Dunkelheit standen, sagte Edgar: »Ich werde vorausfahren, Sie folgen. Blinken Sie, falls Sie anhalten wollen.« Stone erwiderte nichts. Er wandte sich ab. Nicolson berührte seinen Ärmel.

»Haben Sie irgend etwas über Ingrid erfahren? Geht es ihr besser?«

Stone stieß nach einer der zahlreichen herumliegenden leeren Bierdosen. »Edgar«, sagte Stone freundlich, »sie ist tot. Das ist es, was allen so große Sorgen macht.«

3

Ich habe ein Waschbecken, aber keine Dusche in meinem Büro. Dory (Schary) hat eine Dusche, aber keine Wanne. L. B. (Mayer) hat eine Dusche und eine Badewanne. Der Badekomfort, den man in seinem Büro hat, ist ein weiterer Maßstab für den Wert der eigenen Position.

Gottfried Reinhardt

Kein orientalischer Potentat hätte ein aufmerksameres Gefolge haben können als das, welches Leo Koolman an diesem Mittwochvormittag durch die Londoner Büros begleitete. Und wie das Gefolge eines östlichen Herrschers bestand es ausschließlich aus männlichen Personen. Koolman lebte in Santa Monica, aber er lebte auch in London. Und weil so viele seiner Filme in Spanien gedreht wurden, nutzte er einige von den dort festliegenden Geldern und kaufte sich auch ein Haus in Marbella. Jedes seiner Häuser war mit Autos, Pferden, Gemälden, Dienern, Speisen, Getränken und Gespielinnen ausgestattet. Und Koolmans Lebensstil war von der Art, daß all dies drei oder vier Jahre unverändert bleiben würde.

Dennoch verbrachte er den größten Teil des Jahres in New York. Hier gab es die Computer, die Buchhalter, die Angestellten der Banken und der Investment-Gesellschaften, hier war das Zentrum der Macht. Ob Präsident, Vorsitzender oder Produktionschef – in der Koolman Company hatte derjenige das Sagen, der in New York saß. Daher hielten sich seine europäischen Geschäftsführer an diesem Nachmittag dicht bei Leo Koolman. Sie waren sorgsam darauf bedacht, daß jeder seiner

Wünsche erfüllt wurde. Zigaretten – nur Parliaments – und Zigarren – Monte Christo – wurden angeboten und eilfertig entzündet, noch ehe sie seinen Mund erreicht hatten. Martinis wurden in schweren Kristallgläsern serviert, in denen Eiswürfel klirrten und Oliven auf Kunststoff-Spießchen steckten, auf deren Stiel *Der lange Tornado* geprägt war. *Der lange Tornado* war der jüngste Film von Koolman International; Leo Koolman hatte gern deutlich vor Augen, was seine Werbeleute für seine Filme taten. Er benutzte die Spieße, um seine Worte zu unterstreichen, und bekräftigte seine Theorien, indem er mit seinen weißen Zähnen in die Oliven biß.

Die Männer im Raum sahen einander erstaunlich ähnlich. Sie waren schlank und gesund – dank Solarien und Sportgeräten. Sie trugen teure Anzüge aus dunklem Wollstoff oder maßgeschneiderte Blazer aus blauem Flanell. Weiße Hemden brachten Club-Krawatten wirkungsvoll zur Geltung. Ihre Haare waren kurz geschnitten, und mehr als die Hälfte von ihnen trug schildpattgefaßte Brillen. Ihre Fingernägel waren manikürt, ihre Gesichter zeigten eine Spur von Talkum, ihre Stimmen waren sanft und aufrichtig, und da die Engländer versuchten, wie die Amerikaner zu sprechen, war es schwer, sie auseinanderzuhalten. Sie waren ständig in Bewegung und bemüht, Koolman stets im Blick zu behalten. Niemand setzte sich. Sie plauderten und lachten und tranken und klopften sich auf die Schultern – alles auf erprobte, zurückhaltende Weise, wohl wissend, daß ihr Lebensunterhalt von einem Wort, einer Geste von Leo Koolman abhing. So konnte sich allein Koolman geben, wie es ihm gefiel, und er sprach mit ihnen in jenem mitfühlenden Tonfall eines Albert Schweitzer unter unheilbar Kranken.

Leo Koolman war ein hochgewachsener Endvierziger. Er trug einen dunkelgrauen Anzug und ein cremefarbenes Hemd mit einer Krawatte des *Palm Springs Raquet Club*. Er hatte eine schmale Nase und einen großzügigen Mund mit einer kleinen

Narbe auf der einen Seite. Seine Augenlider hingen schwer; da sich kaum etwas in seinen Augen spiegeln konnte, ließ sie das seltsam tot erscheinen. Die Fotografen benutzten Augenstrahler, um die Ausdruckslosigkeit zu vermeiden, und daher wirkte Leo Koolman auf Porträts jünger und aktiver als in Wirklichkeit. Aber diese Augen waren durchaus nicht tot; sie studierten die Männer in der Runde. Er betrachtete ihre Ohren, ihre Schuhe, ihre Brillen und die Knoten ihrer Krawatten, und die ganze Zeit über schätzte er ihre Fähigkeiten ab und erinnerte sich an ihre Gehälter. Koolman war ein attraktiver Mann; nur wenige Männer und noch weniger Frauen widerstanden dem Zauber der Energie, die er verschwenderisch verströmte. Er pflegte weniger als vier Stunden zu schlafen und konnte nach einem Transatlantikflug aus der Maschine klettern – adrett und proper wie immer und bereit, ganze Völkerscharen von Anwälten mit einer Handbewegung zum Schweigen zu bringen. Er spielte Tennis wie ein Profi, schwamm, tanzte und ritt überdurchschnittlich gut. Was ihm Buchlektüre nicht zu geben vermochte, entnahm er Kontoauszügen, und er war in der Lage, Zahlenkolonnen zu addieren, während er sich unterhielt. Sein Gedächtnis war ein weithin diskutiertes Phänomen. Leo Koolman war in jeder Hinsicht ein bemerkenswerter Mann. Wenn er dennoch Schwachstellen hatte – was nur wenige seiner Kollegen glaubten –, so war es seine Gleichgültigkeit gegenüber Literatur, seine Feindseligkeit gegenüber ernster Musik und ein kaum vorhandener Sinn für Humor. Koolman lachte nur über Katastrophen; besonders über die seiner Rivalen.

Wenn man behauptete, daß der letzte der Hollywood-Zaren gegangen war, dann war Koolman einer der ersten Stalins. Aber Stalins leben nicht vom Film allein. Koolmans Zeitgenossen regierten Wirtschafts-Imperien und waren an Autovermietungen, Fluggesellschaften, Tiefkühlkost und Computern ebenso interessiert wie am Filmemachen. Auch Koolman International besaß Tochtergesellschaften, aber Leo Koolman war in Hollywood aufgewachsen und vergaß seine Kindheit nie, hörte nie auf, sich seine Träume zu erfüllen.

Alle Geschäftsführer im Raum waren einmal Agenten, Anwälte oder Schauspieler gewesen. Koolman hatte einen anderen Zugang zum Filmgeschäft gehabt: Er hatte den Präsidentenstuhl von seinem Onkel geerbt, der die *Company* zu einer Zeit gegründet hatte, als sowohl die Filme als auch die Buchhalter noch stumm gewesen waren.

Diese Männer waren Koolmans Janitscharen: Männer, die er aus New York und Kalifornien geholt hatte, die Herzöge des Absatzes und die Prinzen der Werbung. Wahrscheinlich zündeten sie auch drüben an der Fifth Avenue Leo Koolmans Zigaretten an, aber hier in London genossen sie eine andere, stellvertretende Macht. Sie wurden gelobt, ihr Ehrgeiz wurde angestachelt. Auf sie würde Leo Koolman in Zukunft hören, wenn er darüber entschied, was er wirklich von seinen europäischen Büros hielt und den Männern, die dort tätig waren.

Um halb sechs zog sich Koolman hinter den Schutzwall des Chefbüros zurück, durchquerte das Vorzimmer, wo Minnie das Sofa bewachte, das von nervösen Hinterteilen verschlissen worden war, und betrat das überreich mit Kunstwerken ausgestattete Büro, das seiner ausschließlichen Nutzung vorbehalten war. Er telefonierte mit New York und Kalifornien, wie er es jeden Tag tat – gleichgültig, wo er sich gerade aufhielt. Dann zog er sich in sein privates Bad zurück, duschte und wechselte die Kleidung. Gegen sechs Uhr war er bereit für die Audienz.

Ein Agent brachte einen Regisseur mit, der ein Musical über Marx und Engels auf die Leinwand bringen wollte, und präsentierte ein Mädchen, das den ganzen Nachmittag damit zugebracht hatte, sich die Augen anzumalen. Ein Cockney-Spaniel modellierte seine Biafra-Frisur, und ein Drehbuchautor mit nietenbeschlagener Lederjacke legte die achte Neufassung von *Polizistenmörder – im neuen Staat der Jugend herrscht die Anarchie* vor.

»Da ist einiges an emotionaler Spannung drin«, sagte der Drehbuchschreiber bescheiden. Er nahm seine dunkle Brille ab und blickte finster. Koolman blätterte das Manuskript durch und las einen Dialog. »Das ist gut«, sagte er, obwohl die Dialogstelle, die er gelesen hatte, durch alle Versionen hindurch unverändert geblieben war. In der Tat hatte Koolman keine einzige gelesen – seine dramaturgische Abteilung nahm ihm derartige Dinge ab. Er sah sich im Raum um. Ein Mädchen in durchsichtigem Kleid umarmte den europäischen Werbeleiter so überschwenglich, daß ein Schulterträger riß. Suzy Delft stellte eine Freundin namens Penelope vor, und beide küßten Leo Koolman, der darob errötete.

Die Audienz dauerte zwei Stunden, auch wenn nur wenige Besucher so lange blieben. Agenten führten ihre Klienten vor und gaben ihnen das Stichwort für den Abgang. Einer der ersten, die sich verabschiedeten, war eine hübsche junge Frau mit Namen Josephine Stewart. Sie gehörte zu den wenigen, die ihren Gastgeber mit Mister Koolman anredeten, und vielleicht deutete gerade diese Förmlichkeit den Einfluß an, den sie ausübte. Sie war nicht nur eine sehr hübsche junge Frau aus wohlhabender Familie mit frisch erworbenem Oxford-Abschluß, sondern auch eine aktive Kämpferin gegen die Atombombe, die Apartheid und die Zensur. Darüber hinaus war sie eine der einflußreichsten Londoner Filmkritikerinnen.

Sie vermittelte ihren Lesern Soziologie, Geschichte und Kunst um den Preis einer Filmkritik. Sie konnte sich Szene für Szene an ein Jean-Vigo-Meisterwerk erinnern, es zur Abtreibungsrate im Vorkriegs-Kalifornien in Beziehung setzen und erläutern, daß Vigo eine Kurt-Schwitters-Collage im Sinn hatte, bis sie den Regisseur wegen eben dieses Mißgriffs bloßstellte.

Zu Koolman sagte sie: »*The Sound of Music* hat mich begeistert. Sagen Sie es bloß nicht weiter, aber ich war hingerissen. Dreimal bin ich mit meiner kleinen Tochter hingegangen.«

»Haben Sie ihn besprochen?« fragte Koolman.

»Heutzutage denken Regisseure nur in vordergründigen Dimensionen – mit den großen Szenen werden sie einfach nicht fertig.«

»Sie haben doch *Sound of Music* rezensiert, oder?«

»Herrliche Kameraführung, hervorragender Schnitt, der seiner Zeit um mindestens zehn Jahre voraus ist.«

»Haben Sie ihn besprochen?«

»Ich kann es mir nicht leisten, meinen Lesern zu empfehlen, sie sollen sich Kitsch ansehen.«

»Glauben Sie nicht, daß die ihn sich auch dreimal mit ihren Kindern angesehen haben?«

»Vermutlich. Aber das heißt nicht, daß sie von mir erwarten, daß ich es ihnen empfehle.«

Phil Sanchez brachte ihnen Getränke: Whisky Soda für Jo Stewart und Tonic Water für Koolman. »Danke, Phil.« Koolman ergriff den Arm der jungen Frau und drehte sie so, daß sie ihm direkt in die Augen blickte. In einer anderen Umgebung hätte dergleichen vermutlich Kommentare herausgefordert, hier aber ging es streng professionell zu. Koolman sagte: »Eine unserer Gesellschaften hat eine Analyse über die Gepflogenheiten von Menschen durchgeführt, die sich Geld leihen. Die Leute hier gehen lieber zu einem Geldverleiher als zu einer Bank, selbst wenn ihnen die Bank günstigere Bedingungen bietet. In einer Bank fühlen sie sich unterlegen, irgendwie fehl am Platz. Im Büro eines Geldverleihers aber kommen sie sich moralisch überlegen vor.«

»Faszinierend«, sagte Jo Stewart.

»Ihr Kritiker habt eure Pressevorführungen zu einer angenehmen Zeit wie halb elf Uhr vormittags, Champagner, Hummer-Sandwiches ...«

»Wann und wo soll denn das gewesen sein?«

»*Okay*, aber Sie sehen eine sorgfältig ausgewählte Kopie, die Tonqualität ist hervorragend. Da gibt es keine Werbung oder Leute, die während der Vorführung hereinkommen.«

»Aber manche gehen mittendrin raus.«

»Sie sind zufrieden und entspannt, stimmt's? Sie haben eine sorgfältig gedruckte Einladung erhalten und werden dafür bezahlt, daß Sie erscheinen. Sie schätzen einen anregenden Film und werde ihn nach intellektuellen Gesichtspunkten beurteilen. Sie halten nach Begabung und Talent Ausschau. Sie werden einen Film respektieren, den Sie nicht auf Anhieb verstehen, und wahrscheinlich werden Sie ihm den Vorteil des Zweifels einräumen. Stimmt's?«

Koolman hob tadelnd den Finger. Keine Parodie auf ihn ließ diese Geste aus. Jeder Spaßvogel konnte sie dazu benutzen, ein Lächeln oder ein Schaudern hervorzurufen. Denn Koolmans zum Himmel gereckter Finger deutete seine enge Verbundenheit mit Gott an. »Stimmt's?«

Koolman fuhr fort: »Mein Publikum jedoch sitzt im Kino an der Ecke, in nassen Kleidern nach der Arbeit, nach harter körperlicher Anstrengung. Es braucht keine geistige Herausforderung durch irgendeinen schlauen kleinen Filmemacher. Meine Zuschauer wollen sich dem intellektuellen Inhalt eines Films nicht unterlegen fühlen. Sie wollen lachen und ein bißchen Spannung. Daß ein Film durchschaubar, flott und oberflächlich ist, stört sie nicht, läßt sie sich vielmehr überlegen fühlen.«

»Eine traurige Einstellung für einen Filmemacher.«

»Eine realistische Einstellung«, erwiderte Koolman.

»Ich weiß nie, wann Sie scherzen«, sagte Josephine Stewart.

»Ich scherze nie«, sagte Koolman.

Weinberger schob sich bedächtig in den Raum. Er griff in ein vorgebliches Bücherregal und öffnete den Kühlschrank. Er goß sich ein Glas Bitter Lemon ein und setzte sich in eine Ecke. Koolman drückte Jo Stewarts Arm, als sie sich verabschiedete, und winkte Weinberger einen Willkommensgruß zu. Er blickte sich im Raum um, ob es noch irgendwelche unerledigte Geschäfte gab. Nachdem er sich überzeugt hatte, daß dem nicht so war, blickte er auf seine Uhr. Er trug eine Taschenuhr, die er betrachten konnte, ohne Gefahr zu laufen, daß seine Geste unbemerkt blieb. Dennis Lightfoot bemerkte sie und wertete sie als sein Stichwort. »Es wird Zeit, Leo«, sagte er laut. Lightfoot trug die Verantwortung für die europäische Produktion. Er konnte allem zustimmen, was unter einem Budget von zwei Millionen Dollar lag. Leo Koolman war hier, um zu sehen, wie sich Dennis Lightfoots Einschätzungen machten.

Koolman legte den Arm um Lightfoots Schultern. »Wir wollen gehen – alle«, sagte er sanft. Die Menge geriet in Bewegung. Die Lifttüren wurden geöffnet, und die Konservenmusik drang gedämpft heraus. Die Männer, die den Fahrstuhl benutzten, lächelten entspannt, dennoch waren sie so aufmerksam wie Secret Service-Beamte, die ihren Präsidenten beschützen. Nur Weinberger und sechs ausgewählte Geschäftsführer nahmen den Lift in das Kellergeschoß, in dem der Vorführraum lag. Die anderen wanderten hinunter in die Halle, plaudernd und lachend und sich unterhaltend und mehrmals neu formierend, bis sich drei fast homogene Gruppen gebildet hatten. Erst dann machten sie sich auf den Weg zu den drei verschiedenen Restaurants.

Der Vorführraum hatte dreißig Sitzplätze. Zwei von ihnen waren bereits von Edgar Nicolson und dem Regisseur von *Schweigendes Paradies* – der Filme, den sie sich ansehen wollten – belegt. Nicolson saß an der Konsole und wählte die Telefonnummer des Projektionsraums. Koolman geleitete Lightfoot zu einem Platz und setzte sich dann zwischen ihn und Nicolson. Die übrigen Männer nahmen in allen vier Ecken des Kinos Platz, wohl wissend, daß es – ob der Streifen nun gut oder weniger gut ausfiel – besser war, ein paar Sitzreihen Abstand zu Koolman zu haben.

»Alle da?« fragte Koolman. *Schweigendes Paradies* war vor mehr als drei Monaten abgedreht worden, aber noch immer war der Streifen nicht fertiggestellt. Koolmans Stimme machte klar, daß niemand den Raum verlassen durfte, bevor er wußte, warum.

»Alle da«, bestätigte Lightfoot.

»Wo ist Marshall Stone?« fragte Leo Koolman.

»Er kommt direkt von den Dreharbeiten her, Leo«, sagte Weinberger. »Er schlug vor, wir sollten schon beginnen.«

»Er schlug vor, wir sollten schon beginnen«, wiederholte Koolman. Dann nickte er. Weinberger spürte deutlich, daß es eine ungeschickte Bemerkung gewesen war. »Na, dann lassen Sie uns beginnen.«

Nicolson hob den Hörer des roten Telefons und drückte auf den Knopf. »*Okay*, Billy, wir fangen an...«

Der Raum wurde allmählich dunkel, und ein Lichtstrahl schnitt ein leuchtendes Rechteck in den Zigarettenrauch. Das Markenzeichen von KI kam ins Blickfeld, und Nicolson drückte auf die Knöpfe, damit sich der Vorhang teilte. Er war ein bißchen spät dran. Zu dem Zeitpunkt, als der Vorhang sich ganz geöffnet hatte, war das Markenzeichen – ein großes Buch, auf dem *Koolman International Inc. presents* in gotischen Lettern geschrieben stand – einer Straße in Anchorage gewichen.

»Kein Vorspann?« flüsterte Koolman vernehmlich.

»Der kommt am Schluß«, erläuterte Nicolson.

»Am Schluß«, meinte Koolman leutselig. »Ist der Film für den chinesischen Markt gedacht?«

»Nein, Leo«, sagte Nicolson und begann zu lachen.

»Chinesischer Markt«, wiederholte Lightfoot und zischte, als wäre er verzweifelt bemüht, seine Heiterkeit zu unterdrükken.

»Der Vorspann erscheint zu *Beginn* eines Films«, sagte Koolman geduldig.

»Ich glaube, Sie haben recht, Leo«, sagte Nicolson. »Es war nur ein Experiment.«

»Sagen Sie ihnen, daß Sie es ihnen sagen werden. Sagen Sie es ihnen. Und dann sagen Sie ihnen, daß Sie es ihnen gesagt haben«, verkündete Koolman. »Behaupten Sie nicht, Sie würden die Grundregeln des Filmgeschäfts nicht kennen.«

Nicolson schwieg, aber Lightfoot gab die Andeutung eines Kicherns von sich.

Auf der Leinwand waren inzwischen Hubschrauberaufnahmen einer arktischen Einöde zu sehen. »Großartige Kameraführung, Nic«, sagte einer der Amerikaner.

»Haben wir in Yorkshire gemacht«, erklärte Nicolson.

»Kein Scherz«, sagte der Amerikaner.

»Mußte vierhundert Telegrafenmaste wegschaffen«, ergänzte Nicolson.

»Gibt es keine Musikuntermalung«, erkundigte sich Koolman.

»Wie haben eine ausgezeichnete Musik, aber wir dachten, wir versuchen es erst mal ohne, um einen Eindruck von Leere und Einsamkeit zu vermitteln.«

»Das ist der Eindruck, der sich mitteilt«, stimmte Koolman zu. »Leere und Einsamkeit – in den Kinos.« Er ließ ein grimmiges, freudloses Lachen hören.

»Eine großartige Filmmusik, Leo«, sagte Nicolson. Er drehte am Lautstärkeregler und hoffte, sie würde beginnen. Sie tat es, und es erscholl ein unglaubliches Getöse, als eine Anzahl Trompeten das musikalische Thema schmetterten.

»Nicht schlecht, diese Melodie«, erklärte Koolman.

»Sie spielt nur im Moment ein bißchen verrückt«, stellte Nicolson fest.

»Sie ist großartig«, sagte der Amerikaner von vorhin.

»Eine ganz gefällige Weise«, ergänzte Lightfoot bescheiden.

»Ich werde Ihnen sagen, was wir damit machen werden ...«, sagte Koolman. Er beugte sich zu Lightfoot hinüber. »Edgar ...«, half Lightfoot aus, und Koolman lehnte sich zu Nicolson hinüber.

»Ich werde Ihnen sagen, was wir damit machen werden, Edgar«, wiederholte Koolman.

»Ja, Leo?« fragte Nicolson, als wolle er es wirklich wissen.

»Text. Suchen Sie sich irgendeinen Burschen, der das singt. Denken Sie nur mal daran, was diese Melodie bei *Dr. Schiwago* bewirkt hat.«

»Hervorragende Idee«, meinte Lightfoot.

»Wir werden es probieren«, sagte Nicolson.

»Probieren Sie es nicht«, seufzte Koolman. »Machen Sie es.«

»Es könnte großartig werden«, meinte Nicolson zweifelnd. »Da da di da da daaa daaa daaaaaa, ich könnte ein einsamer Mann sein.« Koolman improvisierte Worte zu dem Thema, das nun zum zehnten Mal wiederholt wurde.

»Das ist nur eine Rohaufnahme«, sagte Nicolson erklärend. »Wenn wir die richtigen Aufnahmen machen, wird ein großes Orchester spielen.«

»Drücken Sie dieses Gefühl der Einsamkeit mit Worten aus«, sagte Koolman. »Diese jungen Menschen lieben es, sich selbst zu bemitleiden.«

Einer der Amerikaner war der Leiter von *Kl Music*, Koolmans Schallplattenfirma. Er sagte zu Nicolson: »Wenn Sie mir Ihre Rohfassung geben, kann ich sie meinen Jungs nach New York mitnehmen.«

»Vielen Dank«, erwiderte Nicolson. »Morgen liegt ein Band auf Ihrem Schreibtisch. Versprochen.«

Der Film zeigte eine Studioaufnahme. Vier Schauspieler saßen in Pelzkleidung um einen Tisch. Die Tür öffnete sich, und ein fünfter Mann kam herein – zusammen mit einer Handvoll Schnee, die ihm von der Windmaschine hinterhergewirbelt wurde. Durch die Tür hatte man einen Ausblick auf eine Polystyrol-Eislandschaft und eine gemalte Kulisse, die nicht unscharf genug aufgenommen worden war. Der fünfte Mann schob seine Schneebrille aus dem Gesicht und die Pelzkapuze in den Nacken. Es war Marshall Stone. Als die Szene – eine der ersten der Dreharbeiten – aufgenommen wurde, war er gerade von einem Urlaub in Nizza zurückgekehrt. Stone sah braun aus, durchtrainiert und sehr fit. Passend für die Rolle trug er ein Toupet und wirkte so attraktiv wie eh und je.

»Das ist Marshall Stone, nicht wahr, Nic?«

»Er sieht hervorragend aus, Jacob«, sagte Koolman zu Weinberger.

Weinberger schwieg, und Koolman sagte zu Nicolson: »Könnten Sie die Musik ein wenig leiser machen? Ich verstehe ja mein eigenes Wort nicht mehr.«

Nicolson drehte gereizt am Regler.

Auf der Leinwand sagte Marshall Stone: »Warum konnten sie das Öl nicht in Maidenhead oder Cowes oder einem anderen anständigen Ort finden?«

»Jetzt kann ich den Ton kaum noch hören«, stellte Koolman fest.

»Es ist nur ein provisorisches Band«, erläuterte Nicolson.

»Maidenhead«, meinte Koolman, »steht das im Drehbuch?«

»Ein Ort in der Nähe von London«, erklärte Lightfoot.

»Ich weiß, daß es ein Ort in der Nähe von London ist«, sagte Koolman gereizt. »Schließlich habe ich einen meiner Jungs in Eton. Aber wie steht es mit unserem Publikum in Omaha?«.

»Wenn wir die endgültige Tonfassung machen, werden wir's ändern«, sagte Nicolson. »Stone kann London sagen.«

Zum ersten Mal ergriff der Regisseur das Wort. Er saß ganz hinten. Alle waren überrascht, seine Stimme aus der Dunkelheit unter dem Projektionslichtstrahl zu hören. Er stotterte leicht. »Das wird kaum gehen. Man kann ›London‹ nicht bei einer solchen Nahaufnahme unterlegen – und dann auch noch lippensynchron.«

Koolman drehte sich langsam um. Der Regisseur war ein weißhaariger alter Mann, der Nicolson versprochen hatte, während der ganzen Vorführung kein einziges Wort von sich zu geben.

Koolman sah ihn an. Er wußte nicht viel von der technischen Seite des Filmemachens, aber er wußte genug darüber, wie man

Streitgespräche mit Regisseuren gewann. »Sie wollen sagen, Sie haben keine Totalaufnahmen?«

»Ich decke nicht alles ab. Das wäre zu teuer.«

»Wir haben Totale, Tony«, rief Nicolson, lehnte sich nach hinten und umfaßte den Arm seines Regisseurs mit einem warnenden Griff. »Es gibt eine Menge Schnittmaterial. Wir werden London reinschneiden, *okay?* Wir sind ja noch bei der Erstellung der Endfassung.« In der linken Hand zerknüllte Nicolson ein seidenes Taschentuch.

»Drehn Sie's eben noch mal, wenn Sie müssen«, sagte Koolman, von Nicolsons Verängstigung leicht besänftigt.

»Jetzt kommt eine ganz ausgezeichnete Szene, Leo«, versprach Lightfoot in dem Glauben, es handle sich um jene, in der Marshall Stone einem Eskimo-Stuntman eins über den Schädel gab. Alle warteten gespannt, während Marshall Stone und zwei Statisten über einen kleinen Hügel aus künstlichem Schnee stapften. Jetzt war es Lightfoot, der seine Hände in stummem Gebet rang.

»*Yeah,* großartig«, sagte Koolman. »Wirklich hervorragend – es macht sich.« Er hatte es kaum ausgesprochen, als der Film aus einer Totalen auf eine Nahaufnahme von Stone überblendete und dann wieder zu einer Totalen, in der Stuntmen die Schauspieler ersetzten. Es gab einen kurzen Schlagabtausch, in dessen Folge ein Double mit Marshall Stones unverwechselbaren roten Handschuhen einen Purzelbaum zum Fuß einer Schneeverwehung schlug. Lightfoot stieß langsam die Luft aus, die ihm fast die Lunge gesprengt hätte.

»Davon werden sie sich trennen müssen«, sagte Koolman. Er warf die Worte über die Schulter hinweg nach hinten. Er spürte, daß der alte Regisseur der einzige Opponent im Raum war.

»Ich hielt das für ganz gut«, sagte der Regisseur.

»Schund«, sagte Koolman. »Akrobatik.«

»Ich denke, es sollte ... drinbleiben«, beharrte der Regisseur.

Koolman wandte sich an Lightfoot. »Wen haben Sie für den

Filmschnitt vorgesehen?« Sie wußten beide, daß es nicht die Art von Information war, die Lightfoot sich aus dem Ärmel schüttelte, daher warteten sie, bis Nicolson sagte: »Sam Parnell, ein alter Hase, ein wirklich großartiger Cutter.«

Koolman gab seinem Assistenten Phil Sanchez ein Zeichen: »Ich werde mit Parnell sprechen, bevor wir abfahren.« Er wandte sich an Nicolson. »Sie haben doch nichts dagegen, Edgar?«

»Selbstverständlich nicht, Leo«, erwiderte Nicolson. »Rat können wir immer gebrauchen.« Phil Sanchez machte einen Vermerk in sein Notizbuch. Nicolson massierte seine blutleere Hand.

»Ich denke, mit diesem Film läßt sich etwas anfangen. Mit ein wenig Mühe können wir wirklich etwas daraus machen.« Niemand sprach.

Auf der Leinwand hatte Marshall Stone seine Schutzbrille verloren und fummelte im Schnee herum, der ihn sichtlich blendete.

»Großartige Leistung von Stone«, sagte Koolman. »Endlich einmal ein Mann, der sein Handwerk wirklich versteht, was, Edgar?«

»Eine große Darstellung«, bestätigte Nicolson. »Er zeigt alles, was in ihm steckt. Könnte durchaus für eine Nominierung reichen.«

»Bester Schauspieler«, sinnierte Koolman.

»Er wurde bereits dreimal nominiert«, ergänzte Weinberger. »Diesmal könnte es klappen.«

»Was meinen Sie dazu, Arty?« wollte Koolman von einem seiner Werbeleute wissen.

»Wenn wir darauf reflektieren, bedarf es besonderer weiblicher Anstrengungen, Leo. Wir brauchen ernstzunehmende Interviews, müssen den Kritikern ein wenig den Hof machen. Aber selbst dann würde ich sagen, daß der Streifen kaum Aussichten auf einen Preis als ›bester Film‹ haben wird – die ganze Komposition ...« Er wedelte mit der ausgestreckten Hand.

»Ein ›bester Schauspieler‹ für Stone … vielleicht. Aber das dürfte uns einiges kosten, Leo.«

»Wenn wir uns dazu entschließen sollten«, warf Nicolson ein, »uns um einen Oscar zu bemühen, würde das den Premierentermin beeinflussen.« Er rieb sich kräftig die Hand, um den Kreislauf anzuregen. Sie begann zu kribbeln.

»Sicher«, meinte Lightfoot. »Dreißig Aufführungstage in L. A. vor Ende Dezember. Das wär, eine ganz schöne Hetze.«

»Wir könnten es schaffen«, sagte Nicolson. »Wir stehen kurz vor der Nachsynchronisation.«

»Im nächsten Jahr hätte er keine Chance. Es sei denn, wir hielten ihn bis zum Herbst zurück.«

»Ihr Jungs solltet euch darüber Gedanken machen«, stellte Koolman fest.

Der KI-Musik-Leiter meldete sich: »Bei einer so großartigen Musik wie dieser könnte ich vielleicht mit Barbra Streisand oder Andy Williams sprechen.«

»Oder Sammy«, warf ein anderer ein. »Sammy ist ein guter Freund von mir. Er besucht uns häufiger.«

»Sicher«, sagte der Musik-Mann. »Sammy oder – noch besser – Tom Jones könnte vielleicht ein Album machen wollen, oder Johnny Cash.«

»Tom Jones ist ein prächtiger Kerl«, sagte Nicolson. »Er wäre großartig für den Titelsong.«

»Bänder oder Platten«, meinte der Musik-Mann. »Aber ich brauche sie gestern.«

Alle lachten.

»Hervorragende Kameraführung, Nic«, sagte die einzige Person, die noch immer auf die Leinwand starrte. Marshall Stone hatte seine Schutzbrille noch immer nicht gefunden, weil sie in einem Felsspalt festgeklemmt war. Stone verbarg das Gesicht in den Händen und ließ einen männlichen Schluchzer hören. Die Kamera fuhr ganz nahe heran, um die hervorragende Frostschäden-Technik der Maske zu zeigen.

»Würden Sie die Musik bitte ein bißchen leiser machen, Edgar?«

»Das ist die Rohfassung. Die Tonstärke ist noch nicht ausgeglichen.«

»Bester Schauspieler«, meinte Koolman versonnen. Er beugte sich zu Lightfoot. »Wenn wir einen Oscar für Stone bekämen, wäre das ein glänzender Auftakt für die Fernsehserie, Dennis.«

»Richtig, Leo, richtig.« Sie lächelten einander an, als wäre ihnen die Idee eben erst gekommen.

Vor *KI Pictures* in der Wardour Street warteten acht Autos. Neun, wenn man Jacob Weinbergers Jaguar mitzählte. Aber den wollte niemand mitzählen, da Weinberger darauf bestand, er habe kein Auto. Dies gab ihm die Chance, in Leo Koolmans Rolls-Royce mitzufahren. Außer ihm saßen noch Suzy Delft, ihre Freundin, Leo und Phil Sanchez im Wagen. Die Mädchen hatten in Leos Büro gewartet.

Als der Konvoi den *Jamie's Club* erreicht hatte, wurde Leo zu dem großen Tisch geführt, der für zehn Personen gedeckt war. Die beiden Mädchen eilten fort, um ihre Gesichter aufzufrischen. Koolman kümmerte sich um die Sitzordnung. Nicolson und sein Regisseur wurden ihm gegenüber plaziert und Weinberger zwei Stühle weiter, so daß zu beiden Seiten von Koolman je ein Platz frei blieb. Als die Mädchen zurückkamen, trug Penelope ein anderes Kleid. Koolman war das nicht entgangen, und er machte eine entsprechende Bemerkung. Das Mädchen lächelte. Koolman blickte in die Speisekarte und deutete, ohne hochzublicken, auf den Stuhl neben sich. Gehorsam ließ sich Penelope darauf nieder und nahm brav vom Kellner die Speisekarte entgegen.

Die New Yorker Geschäftsführer wechselten sich mit ihren Londoner Kollegen bei der Sitzordnung ab. Der Stuhl zwischen Weinberger und Koolman wurde für Marshall Stone freigehalten. Er traf zusammen mit dem Weinkellner ein. Stone trug einen dunklen Anzug zu einem steifen Cutaway-Kragen und einer *Traveller's* Club-Krawatte. Die goldene Uhrkette über seiner Weste schmückte ein goldenes Anti-Atom-Symbol. Er hatte einen glänzenden Auftritt. Er ging auf Leo Koolman zu und blieb dann einen Augenblick mit ausgestreckten Händen stehen. Er suchte nach Worten, um seine tiefempfundenen guten Wünsche mitteilen zu können. Als er zu sprechen begann, klang seine Stimme rauh. »Leo, wie gut, Sie zu sehen. Verdammt gut, Sie zu sehen.«

Koolman sprang auf wie ein Bantam-Boxer, der aus seiner Ecke hervorkommt. »Wir haben heute eine großartige Leistung gesehen, Marsh. Eine wahrhaft große Leistung.«

Stone sah sich mit spöttischem Gesicht am Tisch um. »Haben Sie den neuen Streifen mit Richard und Liz gezeigt?«

»Wir haben *Schweigendes Paradies* gesehen, Marshall.«

»Du alter Ganove«, sagte Stone zu Nicolson. »Das hättest du mir doch sagen können.«

»Du warst großartig, Marshall«, erklärte Nicolson. »Dieser Meinung waren alle.«

»Eine großartige Darstellung, Marshall«, sagte Koolman. »Dennis meint, wir sollten uns um eine Nominierung für den besten Schauspieler bemühen, und ich teile seine Ansicht.« Dennis Lightfoot nahm zur Kenntnis, daß – falls irgend etwas mit Koolmans neuestem Einfall schiefgehen sollte – es sich um eine Lightfoot-Idee handeln würde.

Stone schüttelte den Kopf. »Ich war nur Teil eines wundervollen Teams, Leo«, sagte er.

»Höchste Zeit, daß wir Ihnen einen von diesen Metall-Männern besorgen, Marshall«, verkündete Koolman.

Stone setzte sich und atmete tief aus.

Der Kellner erkundigte sich bei Stone, was er trinken wolle. »Mineralwasser«, sagte er. »Perrier.« Und zu Koolman gewandt: »Ich trinke nie während der Dreharbeiten.« Stone ließ seine Blicke um den Tisch schweifen. *»Darling«*, rief er Suzy zu. »Dieses Kleid: sensationell!« Er tat so, als würde er nach einer Kamera suchen. »Ist denn jetzt die Orgien-Szene dran?«

»Wie geht es mit *Lockspitzel* voran, Marshall?« fragte Koolman. Die anderen ließen sich in ihrer Unterhaltung nicht stören, hielten aber weiterhin Augen und Ohren auf Koolman gerichtet. Der sagte: »Der Schnurrbart gefällt mir. Für die Rolle, was?«

Marshall lächelte den anderen Gästen zu, bevor er antwortete: »Es ist kein Film für sensible Gemüter, Leo. Eine ungeschminkte Story über das, was Krieg wirklich ist.« Er berührte seinen Schnurrbart. »Ja, für den Film.«

»Aber wird die Jugend diesen Streifen auch annehmen, Marshall?«

»Die Jungen werden begeistert sein, Leo, weil auch jede Menge Spaß drin ist. Und Kritik an der Autorität.«

»Ein Film muß Konfrontation, Kolorit und Konflikt aufweisen«, stellte Leo fest, der diese Kino-Philosophie aus einem Film über Produzenten hatte.

»Der Streifen hat von allem etwas«, sagte Marshall Stone.

»Wer führt Regie?«

»Ein neuer Regisseur: Richard Preston. Es ist sein erster Spielfilm.«

»Einer vom Fernsehen«, sagte Koolman. »Ich kann nur hoffen, daß wir nicht allzu viele Kameraschwenks, Fahrten und optische Spielereien und den ganzen psychedelischen Mist bekommen. Haben Sie ein Auge darauf, Dennis?«

»Aber sicher, Leo«, sagte Lightfoot. »Ich habe mir letzte Woche den Rohschnitt angesehen. Solide fotografiert, und Suzy ist wirklich großartig.« Seine Stimme verriet die Zweifel, die er in bezug auf den Film hegte.

»Sind sie nicht drei Wochen über die Zeit?« Er versuchte, sich an den Papierkram zu erinnern.

»Wetterprobleme«, erklärte Lightfoot.

»Wissen diese Burschen, die eure Budgets aufstellen, denn

nicht, daß es in England regnet, Dennis?« Lightfoot schwieg, und Koolman fuhr fort: »Hier regnet es doch von Zeit zu Zeit. Jedenfalls glaube ich, mich an entsprechende Gerüchte zu erinnern.« Er sah sich am Tisch um, und alle lächelten.

Lightfoot lächelte ebenfalls. »Wir sind davon ausgegangen, daß wir Innenaufnahmen machen, wenn es regnet. Aber wir haben Marshall nur noch für drei Wochen. Und da drehen wir die Szenen mit ihm, wann immer wir können. Das heißt, die ganze Belegschaft bereitzuhalten, anstatt draußen die Totalaufnahmen drehen zu können.«

Koolman nickte. »Außenaufnahmen – wer braucht die schon? In New York haben wir die gleichen Probleme. Da erklärt man mir, wieviel wir sparen können, wenn wir auf ein Studio verzichten. Und dann stehen sie da, kratzen sich die Ärsche und warten darauf, daß der Regen aufhört. Läuft das unter Ersparnis? Wenn wir schon Außenaufnahmen machen müssen – was ist gegen Kalifornien einzuwenden? Da kann man sich wenigstens auf die Sonne verlassen.«

»Ich bin sehr froh, daß Ihnen *Schweigendes Paradies* gefallen hat«, warf Stone ein. »Haben Sie auf die hervorragende Darstellung von Bertie Anderson geachtet?«

»Wer war das?« fragte Koolman.

»Der Lastwagenfahrer im ersten Teil«, sagte Stone. »Ein phantastischer Auftritt. Mein Gott, wenn ich spielen könnte wie dieser Mann ...«

»Ich erinnere mich nicht an ihn«, erklärte Weinberger, als er sicher war, daß Anderson nicht zu seinen Klienten gehörte.

Nicolson erläuterte: »Es war der ganz alte Mann, der den Postsack auf den Boden warf.«

»Ach der«, meinte Koolman. Der Auftritt hatte nicht länger als fünfzig Sekunden gedauert.

»Fast achtzig ist er«, sagte Stone. »Ein wundervoller alter Mann. Ich habe Edgar dazu gebracht, ihm die Rolle zu geben.« Stone nahm vom Kellner ein Brötchen entgegen, brach es in drei

Teile und bestrich sie mit einem Hauch von Butter. Ein aufmerksamer Beobachter hätte die Umsicht bemerkt, mit der er es tat – so als hätte er keinen anderen Gedanken im Kopf. Ein aufmerksamer Beobachter hätte außerdem festgestellt, daß trotz aller Betriebsamkeit kaum ein Bissen bis zu Stones Mund gelangte. Das wenige, das bis dahin kam, wurde vorsichtig abgebissen und mit der Zunge gekostet, als erwarte Stone, einen winzigen Partikel irgendeines fremden Stoffes darin zu finden. Nichtsdestotrotz beteuerte er während des Essens viele Male, wie vorzüglich es sei, wie wohl er sich fühle und wie wenig Selbstbeherrschung er doch aufbringe, wenn es darum ging, auf seine Taille zu achten.

»Ein wundervoller alter Mann«, sagte Stone erneut.

»Wissen Sie was, Marshall«, meinte Koolman. »Sie sind verdammt noch mal zu bescheiden. Das ist Ihr Problem. Sie werden als bester Schauspieler nominiert werden. Wenn nicht, dann weiß ich auch warum.«

Rund um den Tisch gab es wohlwollende Zustimmung. Der Oberkellner stand mit gezücktem Stift geduldig in Koolmans Nähe. Koolman sagte: »Wissen Sie, was man hier besonders gut macht? Hühnerfleisch Kiew. Ist jemand unter uns, der Hühnerfleisch Kiew nicht essen will?«

Niemand sagte etwas. »Und Borschtsch«, meinte Koolman, »mit saurer Sahne. *Okay,* das wär's.«

»Vielen Dank, Mister Koolman«, sagte der Oberkellner.

»Ich werde nicht allzu lange bleiben«, kündigte Koolman an, langte, um seinen Entschluß zu bekräftigen, unter den Tisch und tätschelte Penelopes Oberschenkel.

4

Natürlich fabuliert er, aber ein so empfänglicher Mensch wie er glaubt wirklich an seine Einbildungen. Wir Schauspieler sind gewohnt, Tatsachen mit Details auszuschmücken, die wir unserer Phantasie entnehmen, so daß wir diese Angewohnheit ins normale Leben übertragen. Aber da sind diese eingebildeten Einzelheiten so überflüssig, wie sie auf dem Theater notwendig sind.

C. Stanislawskij

›Ein Schauspieler bereitet sich vor‹

Der PR-Mann für *Lockspitzel* schickte mir die Biographie, die man für Marshall Stone erstellt hatte. Eine Fotokopie. Der Hauptanteil der ersten Seite wurde von einem Briefkopf beansprucht, auf dem sich drei Soldaten und ein Mädchen ihren Weg durch einen Aubrey-Beardshley-Dschungel kämpften, der bereits Adresse und Telefonnummer überwuchert hatte. Für Edgar Nicolsons Name war jedoch eine kleine Schneise geschlagen worden.

Edgar Nicolson Productions for Koolman International zeigt
Lockspitzel mit Marshall Stone
Regisseur: Richard Preston
In ihrer ersten Rolle: Suzy Delft

MARSHALL STONE. Eine Kurzbiographie
Marshall Stone wurde in London geboren. Er entstammt einer Familie, die ihre Söhne traditionsgemäß dem Theater

oder der Armee übereignete. Stones Dilemma, das einzige Kind zu sein, löste sich, als der Krieg seine Ausbildung an der *Royal Academy* für Dramatische Kunst unterbrach. Nach dem Krieg sprach er Robert Atkins in Stratford vor und schloß sich aus Enttäuschung darüber, daß er abgewiesen wurde, einer Schauspieltruppe an, die mit Boulevardkomödien, aber auch mit einem Kriminalstück und einer Farce im Repertoire Südafrika bereiste. »Es war das reinste Irrenhaus«, sagte Stone später. »Aber wir hatten immer etwas zu lachen – trotz der armseligen Umstände und der harten Arbeit.« Als er nach England zurückkehrte, ging er an die Bühne in Birmingham. Seine Darstellung des Fortinbras in *Hamlet* wurde von der Kritik gelobt, aber sonst verlief seine Saison dort eher unauffällig. »Ich verbrachte die Zeit dort in staunender Hochachtung. Vielleicht nahm ich die Regie allzu ernst, denn ich fand nie etwas von mir in den Rollen wieder, die ich spielte. Nachdem ich in Birmingham angenommen worden war – mein langgehegter Ehrgeiz –, glaubte ich, die Welt müsse mir zu Füßen liegen. Aber ich irrte mich. Nach Birmingham wurde ich in London für drei Rollen abgelehnt. Ein Jahr danach nahm ich alles an, was sich mir bot, einschließlich einiger Aufgaben fürs Fernsehen.«

1948 wurde ihm der Lysander im *Sommernachtstraum* angeboten, der in New York produziert werden sollte. Man war bereits mitten in den Proben, als eine Kürzung beim Sender dazu führte, daß die ganze Produktion gestrichen wurde. Er blieb in New York und erhielt eine kleine Rolle in einer Brecht-Aufführung einer Experimentiergruppe. Seine Finanzen besserte er durch alle möglichen Jobs beim Fernsehen auf. In einem New Yorker Restaurant wurde ein Hollywood-Produzent auf ihn aufmerksam, der mit ihm Probeaufnahmen für *Der letzte Vaquero* machte – jenen Film, der ihm weltweite Anerkennung eintrug und in zahlreichen Ländern von Japan bis Italien alle Kassenrekorde brach.

In den folgenden drei Jahren trat er in drei Hollywood-Filmen auf und schuf darüber hinaus seinen denkwürdigen *Baumeister Solness* für die Londoner Bühne und den erregenden *Tristram Shandy, Edelmann,* der eigens für ihn zu den Festspielen von Edingburgh geschrieben wurde. Kein Theaterereignis der fünfziger Jahre aber war herausragender als Marshall Stones *Hamlet.* Gielgud selbst nannte ihn ›ein Wunder der Entdeckung‹.

Seit dieser Zeit hat Marshall Stone seine Tätigkeit zwischen Bühne und Leinwand aufgeteilt, aber auch etliche Avantgarde-Produktionen in Paris finanziert sowie eine Reihe von Lyrik-Lesungen für das Dritte Programm der BBC abgehalten.

Wenn in bezug auf die Karriere von Marshall Stone eines sicher ist, dann dies: Man kann zwar nie sicher sein, was er als nächstes tun wird, weiß aber, daß es bedeutend und professionell und nie, nie, nie langweilig sein wird.

Ein Prachtstück von Werbetext. Aber für uns, die wir gelernt hatten, Avantgarde als verheerend zu interpretieren und erregend als ungeprobt, blieb nur die Rundfunk-Lyrik übrig, eine Sammlung von Filmen, die man durchaus vergessen konnte, *Hamlet* und *Baumeister Solness.*

Die Tatsache, daß die Ibsen-Darstellung herausragend gewesen war und sein *Hamlet* sogar noch besser, machte die ganze Sache für mich mehr oder weniger deprimierend.

Nach der Biographie folgte eine Auflistung seiner Filme. *Der letzte Vaquero* stand obenan, aber einige seiner ärgsten Mißerfolge waren weggelassen worden, auch *In der Falle des Tigers,* der nach seiner Premiere in New York auf Eis gelegt worden war.

Dennoch waren die Verdienste von Stone bemerkenswert, und wer über das Nachkriegstheater schrieb, ohne seinen Beitrag anzuerkennen, wäre ein Ignorant. Daß er seit *Hamlet* die

Bühne vernachlässigt und sich mit zahllosen enttäuschenden Filmen zufriedengegeben hatte, konnte das glänzende Talent nicht verdunkeln, das man in jeder seiner Darstellungen entdecken konnte. So wie Scofield den Fußstapfen Gielguds folgte, hätte Stone Olivier folgen können. Es war noch nicht zu spät; es war nur einfach sehr unwahrscheinlich.

Im selben Umschlag befand sich auch die Besetzungsliste für *Lockspitzel*. Der Stab befand sich zu Außenaufnahmen außerhalb der Wellington-Kasernen.

Sehr geehrter Mister Anson,
während der nächsten drei Tage wird Mister Marshall Stone in den Tiktok-Tonstudies an der Wardour Street beschäftigt sein. Er würde sich freuen, Sie zu sehen, falls Sie sich die Mühe machen würden, dort vorbeizuschauen.
Mit freundlichen Grüßen

BRENDA STAPLES
Werbeabteilung

Kein Wunder, daß Schizophrenie unter Schauspielern als Berufsrisiko gilt. Ein Schauspieler kann durchaus zur gleichen Zeit Werbung für einen Film machen, der kurz vor der Premiere steht, Tonaufnahmen für einen anderen absolvieren, der sich noch nicht im Feinschnitt befindet, für einen dritten vor der Kamera stehen, Kostüme für einen vierten anprobieren, während er darüber hinaus Drehbücher liest, um zu entscheiden, was als nächstes drankommt.

Aufgrund des Konkurrenzdenkens der Presseleute sagte die Nachricht nichts darüber aus, für welchen Film Stone Tonaufnahmen machte. Aber ich nahm an, daß es sich um die Öl-Pipeline in Alaska handelte, ein Streifen, der ein halbes Dutzend mal neu geschnitten worden war – wegen der Differenzen zwischen Nicolson, dem Regisseur und einigen von Koolmans Leuten.

Ich entdeckte Stones Rolls vor *Tiktok* – geparkt mit jener

Unverfrorenheit, die nur Chauffeure zustande bringen. Die getönten Scheiben verbargen das Innere, was mich auf die Frage brachte, warum Stone sich die Mühe gemacht hatte, eine Zulassungsnummer zu ergattern, in der seine Initialen enthalten waren.

Normalerweise standen die Türen von *Tiktok* offen, heute aber waren sie verschlossen. Ein mißtrauischer Wächter ließ mich nur widerwillig eintreten. Knapp fünfzig Meter Flur trennten die Tür von Studio D, aber ich mußte einen Schutzwall von Sekretärinnen, Leibwächtern, Teeträgern, Mantelhaltern, Boten, Beratern und einem kahlköpfigen Mann passieren, dessen einzige Aufgabe darin bestand, die Erfrischungen für das ganze Ensemble zu bezahlen und jede Ausgabe in seinem winzigen Notizbuch zu vermerken. Selbst der Mann, der das von Stone requirierte Telefon bediente, war nicht derselbe, der sonst Anrufe in Stones Auftrag erledigte.

Eine eigenartige Ansammlung von Gestalten, Größen und Altersgruppen, so unterschiedlich gekleidet wie eine Schlange an der Bushaltestelle. Ihre einzige Gemeinsamkeit war die Vasallentreue, die sie Stone gegenüber demonstrierten – denn Huldigung mußte nicht einfach nur gezollt, sie mußte sichtbar gezollt werden. Allen war der Ausdruck gelangweilter Gleichgültigkeit gemein, den dienstbare Geister so häufig aufweisen. Sie zeigten ihn, als sie mich einließen und mein »Guten Morgen« erwiderten, sie würden ihn zeigen, wenn sie mir den Mantel abnahmen, mir Kaffee brachten und – in höflicher Form – jeden Witz quittierten, den ich mir erlauben sollte. Und wenn nötig, würden sie ihn auch zeigen, wenn sie mich zur Tür hinauswarfen oder zum x-ten Mal wiederholten, daß Stone nicht zu Hause sei.

Stone hatte sie unter sehr unterschiedlichen Umständen engagiert, und in einigen Fällen war ihre Anstellung kaum mehr als eine Entschuldigung für seine Wohltätigkeit. So wertvoll sie auch als Vasallen reisten – von weit größerer Bedeutung waren sie als Publikum. Sie reisten mit Stone umher und lieferten jenes Quantum an Zuneigung, Skandalen, Witzen, Schmeicheleien und von Stone geschlichteten Fehden, die ein italienischer *pádrone* von seiner Familie erwartet. Dies war Stones Welt, und wie die Welt, die er auf der Leinwand abbildete, war sie erfunden.

Als ich schließlich ins Studio D vordrang, saß Marshall Stone in einem Eames-Sessel neben einem kleinen antiken Tisch, auf dem Kaffee und Gebäck in Kopenhagener Porzellan und Silberkannen serviert war. Später erfuhr ich, daß Sessel und Zubehör von seinen Angestellten im voraus hierhergebracht worden waren. Ihr Job bestand darin, derartige Aufenthaltsorte geschmackvoll auszustatten.

Ich erkannte Sam Parnell und seine üblichen Assistenten. Sie saßen in einer Glaszelle, umgeben von Reglern und Schaltern des Mischpults. Sie tranken maschinengefilterten Kaffee aus Pappbechern. Ihr Käfig wurde von drei Spotlights über den Drehsesseln beleuchtet. Sie verbreiteten genug Licht, um die sechs Sitzreihen und Stone davor erkennbar zu machen. Parnells Stimme kam über den Lautsprecher, als ich eintrat. »*Okay*, Marshall. Wenn Sie wollen, können wir weitermachen.«

Stone reckte den Daumen und reichte seine *Playboy-Aus*gabe einem Mann, der sie an der richtigen Seite aufgeschlagen halten würde, bis sie wieder gebraucht wurde. Auf der Leinwand des abgedunkelten Raums erschien eine zerkratzte Schwarzweiß-Filmschleife vom *Schweigenden Paradies*. Ein Mann in auffallend weißem Pelz sagte: »Ich sollte derjenige sein, der geht. Die anderen Männer haben Frauen und Kinder. Ich nicht.«

Marshall Stone betrachtete sich und achtete auf den Ton, damit er, wenn die Filmschleife wiederholt wurde, die Worte lippensynchron draufsprechen konnte. Das Problem der Nachsynchronisierung lag darin, daß Männer in der Tundra wahrscheinlich dumpfer klangen, so als steckten ihre Köpfe in Keksbüchsen. Dieser Film würde dabei keine Ausnahme machen. Edgar Nicolsons Produktionen taten das selten.

Der Take lief erneut. Stone sagte: »Ich sollte derjenige sein, der geht. Die anderen ... nein, verdammt. Entschuldigt, Jungs, aber das müssen wir noch mal machen.« Die Leinwand flimmerte weiß, und in ihrem Licht sah Stone mich an der Tür stehen. Obwohl einer seiner Vasallen mein Kommen angekündigt hatte, zog er es vor, so zu tun, als handele es sich um eine rein zufällige Begegnung.

Wir hatten auf Partys Banalitäten ausgetauscht, und er hatte mir ein kurzes Interview für den einen oder anderen Zeitungsartikel gegeben, dennoch war dies eine Begegnung von eigentlich Fremden. Das war aus der Wärme seiner Begrüßung jedoch keineswegs ersichtlich.

Breit lächelnd kam er auf mich zu und nahm meine Hände in die seinen. Er feuerte eine Salve von aus einem Wort bestehenden Sätzen ab: »Wundervoll. Hervorragend. Großartig. Super.« Er prüfte ihre Wirkung mit zusammengekniffenen Augen wie ein Artillerie-Beobachter. Dann korrigierte er die Reichweite und den Zünder, bereitete sich darauf vor zu treffen, statt zu decken. »Verdammt fit. Und ein hervorragender Anzug. Woher hast du diese fantastische Bräune? Mich packt der Neid.« Vielleicht war seine Stimme so ungekünstelt aufrichtig, weil er mir Dinge sagte, die er sich gern selbst gesagt hätte.

»Du bist es, der blendend aussieht, Marshall«, erwiderte ich. Er hielt meine Hände fest. Er war kleiner, faltiger und gebräunter, als ich ihn in Erinnerung hatte, aber seine Stimme besaß noch den gleichen harten, schilfigen Ton, den ich in seinen Filmen gehört hatte.

»Gibt es Probleme?« erkundigte ich mich.

»Das Stottern, Darling.« Er konnte ›Darling‹ mit einem so männlichen Selbstbewußtsein sagen, daß es zur aufrichtigsten und wirksamsten Anrede wurde, die ein Mann einem anderen gegenüber benutzen konnte.

»Verstehe.«

»Ich hätte doch nie gezögert, wenn ich gewußt hätte, daß wir den Film nachsynchronisieren würden.« Der Scherz ging auf seine Kosten, aber er lachte.

»Die Leute vom Ton waren der Überzeugung, sie könnten die Originalaufnahmen verwenden?«

»Sie haben geschworen, daß es so sein würde. Aber ich konnte das Knistern hören und alle anderen auch. Und wenn wir es hörten, dann würde das Mikro es ebenfalls aufnehmen. Ich hätte mich durchsetzen sollen. Ich bin, weiß Gott, lange genug im Geschäft, um etwas von Tonaufnahmen zu verstehen. Aber so ein verdammter Schauspieler muß wissen, wo sein Platz ist, was, Peter?« Er macht ein leicht gequältes Gesicht – eingefallene Wangen und halb geschlossene Augen –, bevor er seine Züge zu einem breiten Lächeln verzog. Genau wie seine Sprache mit der Sorgfalt des Schauspielers artikuliert wurde, hatten auch all seine Gesten einen Anfang, einen Höhepunkt und ein Ende. Er schüttelte den Kopf, um das Lächeln vom Gesicht zu wischen. »Holen Sie Mister Anson eine frische Kanne Kaffee und etwas von dem Blätterteiggebäck, ja, Johnny?«

Ein anderer Mann half mir aus dem Mantel. Ich sagte: »Die Sekretärin meinte ...«

»Sicher, Peter. Sie meinte, du könntest jederzeit hereinschauen. Sandy, nehmen Sie Peters Mantel.« Ein dritter Mann hängte meinen Mantel auf einen Bügel und trug ihn fort – ob mit Respekt oder Widerwillen, vermochte ich nicht abschließend zu beurteilen. »Ich bin froh, mit jemandem sprechen zu können«, sagte Stone. »Verdammt langweilig, diese Synchronisation. Wird es ein richtig dickes Buch?«

»Ja. Ungefähr achtzigtausend Wörter und jede Menge Fotos. Dabei fällt mir ein: die Werbeleute wollen mir einen Stapel Standfotos zur Verfügung stellen, aber ich frage mich, ob du nicht irgendwelche Privataufnahmen hast, die du mir leihen könntest. Du weißt schon – Klassenfotos, Ferienbilder, Mutter, Vater, Schnappschüsse aus der Kriegszeit.« Er blickte auf und starrte mich an.

»Ich war im Krieg«, sagte er.

»Als was?«

Er sah mich an, bis ich unbehaglich hin und her rutschte. »Und was hast du im Krieg gemacht, *daddy?*«

Ich lachte nervös. »Du weißt doch, was ich gemacht habe, Marshall. Ich saß mit meinem Arsch in Hollywood.«

Er spürte mein Unbehagen. »Ja, ich weiß. Warum?«

Ich hatte die Antwort darauf eine Million mal geprobt, daher hatte ich sie parat. »Ich hatte dreißig Shilling pro Woche gespart, um meine Überfahrt nach Kalifornien bezahlen zu können. Es war nicht so leicht, das aufzugeben, als der Krieg erklärt wurde. Es war Mai neunzehnhundertvierzig, als ich schließlich nach Kanada ging, um mich freiwillig zu melden.«

»Und?«

»Als die Röntgenologen der Armee einen Knöchelbruch aus meiner Schulzeit entdeckten, der schlecht zusammengeflickt worden war, brach mir nicht gerade das Herz. Aber ich bot mich für den Rest des Krieges alle sechs Monate erneut an – um mein Gewissen zu beruhigen. Dem aktiven Dienst kam ich am nächsten, als ich mit John Ford und Darryl Zanuck einen US-Army-Film über Geschlechtskrankheiten machte. Das war mein Krieg, Marshall, und wie verlief deiner?«

»Ich arbeitete für einen Burschen namens Millington-Ash, einen Brigadegeneral. Ich beendete den Krieg als Generalmajor. Den Papieren nach war ich ein Gefreiter.«

»Was für eine Waffengattung war das?«

Er lächelte mich an, als hätte ich eine gesellschaftliche Indiskretion begangen. »Schreib-Infanterie.«

»Ich kann die ganze Sache auch vergessen, wenn dir das lieber ist.«

»Es ging hauptsächlich um Büroarbeit, aber sie wandten den *Official Secrets Act* auf mich an – du weißt schon.«

»Willst du damit sagen, daß du eine Art Agent warst?«

Er bewegte den Kopf in die Richtung des Mannes, der die Silberkanne und das Gebäck brachte. Er schwieg, bis der Mann sich wieder entfernt hatte. Und selbst dann war er so vorsichtig, das Mikrofon mit der Hand zu bedecken – für den Fall, daß es eingeschaltet war. »Nichts zum Veröffentlichen, mein Junge. Wir könnten beide in Teufels Küche kommen.«

»Fall abgeschlossen.«

»So ist es das beste. Aber nun sag mir, was deine Leser am liebsten über mich erfahren möchten.«

Das war eine praktikable, wenn auch unorthodoxe Einstellung gegenüber einer Biographie. Einen Augenblick lang fiel mir keine Antwort ein. Ich wußte, was ich für die Aufgabe eines Biographen hielt. Ich wußte, daß ein Prozeß des Auswählens stattfinden mußte, eine Suche nach Schwerpunkten und Ausgewogenheit zwischen Ereignissen und Kommentaren. Wie Toynbee, der sich einmal über die Historiker lustig gemacht hatte, weil sie ›eine verdammte Sache an die andere reihen‹, glaubte ich, daß die Aktivitäten eines Menschen nur Mittel zum Zweck sind. Eine Biographie hat eher zu zeigen, wie ein Mensch ist, als das zu schildern, was er tut. Aber es war gefährlich, Stone den Einfluß zu erläutern, den ein Autor auf eine Lebensgeschichte hatte. Taktvoll sagte ich: »Sie würden zum Beispiel gern wissen wollen, wie du lebst, würden gern deine Freuden teilen und deine Enttäuschungen und unter Umständen auch etwas über dein Handwerk erfahren wollen. Sie werden wissen wollen, wieviel von deinem Erfolg Glück war und bis zu welchem Ausmaß du dir deine eigenen Möglichkeiten geschaffen hast.«

»Ja, ja. Und wieviel ich verdiene und was ich ausgebe, wie mein Haus aussieht und wen ich bumse.«

»Nicht unbedingt«, meinte ich spröde.

»Hör mal, wenn du die Absicht hast, mich in die Pfanne zu hauen, solltest du von Anfang an offen sein.«

»Warum sollte ich diese Absicht haben?«

»Und warum hat sich so ein kleiner Miesling an mich herangemacht, als ich heute früh aus dem Rolls stieg, und mir gesagt, daß mein letzter Film Scheiße war?« Er lachte, um die aufkommende Verärgerung zu unterdrücken.

»Ist das passiert?«

»Man gewöhnt sich daran.« Er seufzte und lächelte. »Wir kennen sie alle. Auch die, die nicht wirklich beleidigend sein wollen, aber sich die Freiheit nehmen, deine Stimme zu kritisieren, deinen Gang, deine Kleidung, dein Auto, deine darstellerischen Fähigkeiten und so weiter. Und dann wundern sie sich, daß man ihnen nicht auch noch dankbar ist! Es herrscht die weitverbreitete Illusion, daß Filmstars ein abgeschottetes Leben führen, Peter, und daß sie deshalb dringend Vertreter der Öffentlichkeit brauchen, die ungefragt daherkommen, um sie aufzuklären.«

Ich nickte mitfühlend.

»Nun, ich brauche sie nicht, Darling. Niemand braucht sie. Niemand hat Beleidigungen nötig. Du brauchst dich für deine Schreiberei nicht schmähen zu lassen und ich nicht für meine Schauspielerei.«

Ich nahm an, daß er noch immer unter den amerikanischen Kritiken zu *In der Falle des Tigers* litt. Außerdem wappnete er sich für die Londoner Premiere. »So ist es nun mal«, sagte ich.

»Wir haben allein schon genug Zweifel und Ängste. Ich bin, weiß Gott, mein unbarmherzigster Kritiker ...« Er lachte und stand auf, um den nächsten Take zu synchronisieren. Während unserer Unterhaltung war er stets aufnahmebereit, sobald die Techniker die Schleifen eingelegt hatten. Eine Nachsynchronisation kann die Leistung eines Schauspielers durchaus zuschanden machen. Wenn man allein im dunklen Aufnahmestudio sitzt, ist es nicht einfach, erneut die Kraft und Spontaneität aufzubringen, die im Scheinwerferlicht und im Zusammenspiel mit anderen Schauspielern entstanden war – mit einem Regisseur, der einen anspornte und mit der notwendigen Menge Lob versah. Aber Stone war durchaus in der Lage, seine ursprünglichen Tonaufnahmen zu verbessern. Er war fähig, mit seinen Worten das Gefühl zu steigern. Andererseits stellte ich fest, daß er allzu betonte Gesten in der Darstellung dadurch korrigierte, daß er den Schwung der Worte dämpfte. Stone war ein Profi, und er erledigte jeden Take fachmännisch und schnell.

»Auch ich bin ein Profi, Marshall«, sagte ich zu ihm. »Ich werde dich nicht angreifen, aber ich werde auch nicht ganze Bereiche deines Lebens einfach weglassen, so daß nur ein Abriß deiner Erfolge übrigbleibt. Ich werde mich zwar nicht des langen und breiten über deine Scheidung auslassen, aber ich kann nicht ganz verheimlichen, daß du einmal verheiratet gewesen bist. Niemand von uns kann das unter den Tisch fallen lassen.«

Er schien beruhigt. »Arme Mary«, sagte er. »Wie kannst du nur annehmen, daß ich unser gemeinsames Leben vergessen möchte. Ich verdanke ihr eine Menge, Peter. Mehr, als ich dir sagen kann. Die Scheidung hat sie mehr getroffen, als sie jemals zugeben wird – selbst dir gegenüber nicht. Eine Zurückweisung kann jeden von uns dazu bringen, Dinge zu sagen, die man so gar nicht meint. Das darfst du nicht vergessen, wenn du dich mit ihr unterhältst.« Er hielt inne, und ich nahm eine Grausamkeit wahr, die ich an ihm nie vermutet hätte und die Mary auch nie erwähnt hatte.

»Sie ist wirklich ein wundervoller Mensch«, fügte er hinzu.

Ich sagte nichts. Die hilfreiche Inaktivität, die die Arbeit von Ärzten, Untersuchungsbeamten und Journalisten auszeichnet, ließ mich nicht im Stich.

Er fuhr fort: »Wenn eine Frau einen Mann heiratet, der sich einer Kunst verschrieben hat, dann ist es ihr vorrangiges Bestreben herauszufinden, wie weit er sich ihr verschrieben hat.« Er lächelte, während er sich erinnerte. »Mary sah meine Schauspielerei als direkte Rivalin an. Sie verlangte, daß ich früh nach Hause kam, nur Angebote annahm, bei denen wir zusammensein konnten, und daß ich nicht zuviel über meine Arbeit sprach. Kannst du dir das vorstellen? Ich war ein ehrgeiziger junger Schauspieler. Ich hätte auch einen Zehn-Jahres-Vertrag mit einem Tournee-Theater in Grönland unterschrieben. Ich war so besessen davon, auf der Bühne zu stehen.« Er lachte, mokierte sich über seine Vernarrtheit.

»Ich habe es mit Mary versucht. Ich habe es wirklich versucht. Aber wenn eine Frau herausfinden möchte, ob sie einen zum Pantoffelhelden geeigneten Mann geheiratet hat, dann beginnt sie damit, ihn zu einem zu machen. Himmel, die Kräche, die wir hatten! Manchmal bewarfen wir uns sogar mit Gegenständen. Einmal zerschmetterten wir jedes Stück Geschirr im Haus, und dann zerschnitt sie mir das Gesicht mit einem Schneebesen, den sie nach mir warf. Nur dieser hervorragende Mann in der Harley Street bewahrte mich davor, fürs Leben gezeichnet zu sein. Als Mary dann aber seine Rechnung sah, brach sie erneut einen Streit vom Zaun.« Er goß mir noch etwas Kaffee ein. Anfangs war ich erbost über die Art, in der er über Mary sprach, aber dann wurde mir klar, daß er sich darum bemühte, die Tatsache außer acht zu lassen, daß sie jetzt meine Frau war.

»Als ich dann diese Chance erhielt, nach Hollywood zu gehen, ließ ich Mary so bald wie möglich nachkommen. Ich dachte, ein neues Land würde uns die Möglichkeit für einen neuen Anfang geben. Du weißt.« Er zwickte sich in den Nasenrücken und blickte zur Seite. Als er sich mir wieder zuwandte, bemerkte ich, daß sich in seinem Augenwinkel eine Träne gebildet hatte, ein pechschwarzer Tränentropfen, von der Tusche gefärbt, die er für seine Wimpern benutzte.

»Ich habe deinen *Hamlet* gesehen«, warf ich ein. »Ich habe nie etwas Vergleichbares erlebt.«

Es belebte ihn. »Ein wenig Begabung«, sagte er bescheiden.

»Können! Deine Yorick-Rede: beim zweiten Mal war ich darauf eingestellt, aber es kam so natürlich wie eine Improvisation.«

»Ich lieferte den vorhergehenden Text genau aufs Stichwort, aber nachdem ich mit der Yorick-Rede begonnen hatte, ließ ich sie glauben, ich sei gedächtnisschwach.«

Er nahm das Milchkännchen hoch und drehte es in den Händen. »Warte mal. ›Ach armer Yorick!‹« Er starrte auf das Kännchen, als könne er dort seinen Text lesen. Er blickte mich an, zögerte und sprach dann im leichtesten Plauderton: »Ich kannte ihn, Horatio, ein Bursche von unendlichem Humor, voll von den herrlichsten Einfällen. Er hat mich tausendmal auf dem Rücken getragen.« Stone lächelte, als hätte er einem empfänglichen kleinen Kind irgendeinen verwirrenden Trick vorgeführt. Es machte ihm Spaß, mich weiter zu unterhalten. »Wo sind nun deine Schwänke, deine Sprünge, deine Lieder, deine Blitze von Lustigkeit, wobei die ganze Tafel in Lachen ausbrach?«

Stone setzte das Kännchen ab. »Begabung«, sagte er, konnte aber seine Genugtuung nicht verhehlen. Ich erinnerte mich an die glänzenden Kritiken, die er bekommen hatte, und an die Prophezeiungen hinsichtlich seiner Karriere. Nur wenige zweifelten daran, daß er den Filmen und den Verlockungen von Hollywood den Rücken kehren würde. Das Londoner Theater räumte ihm einen Platz ein, die Elektriker fertigten seinen Namen in Neonleuchten an, und Theaterkritiker schärften ihre Superlative – entzückt, daß ein fahrender Schauspieler die Londoner Bühne als einzig wahres Mekka entdecken sollte.

Aber das ›junge frische Genie‹, der ›moderne Irving‹, dieser ›Gigant in einem Land der Giganten‹ nahm schon bald das Flugzeug zurück nach Kalifornien.

Stone fing meinen Blick auf. »Mein Prinz war ein feiner Bursche.«

Ich nickte. »Das war nicht nur Begabung.«

»Nein, nicht nur.«

Marshall Stone ging nicht zum Mittagessen. Er hatte nichts von dem Blätterteiggebäck gegessen, obwohl er, als ich alles verputzt hatte, neues hatte holen lassen. Mir kam es so vor, als wäre es ihm wichtig, das Gebäck vor Augen zu haben und ihm widerstehen zu können; aber vielleicht war es auch nur Gastfreundschaft. Zur Mittagszeit brachte ihm einer seiner Vasallen einen blankpolierten Apfel – in gestärktes Leinen gewickelt –, ein Stück reifen Käse von *Fortnum's* und drei Diät-Kekse. Die Jungs vom Ton nahmen die ihnen zustehende Mittagspause, und Stone schickte seine Leute fort. Wir waren allein in dem schwach beleuchteten Studio. Und da war es, wo er mir eine Demonstration seines Könnens gab.

Er hatte über Sprechschulung gesprochen und darüber, wie armselig seine Stimme doch zu Beginn gewesen war. Er rezitierte eine Passage aus der Bibel und machte dabei all jene Fehler, die er damals gemacht hatte, um sie danach erneut vorzutragen mit allem, was ihm jetzt zu Gebote stand. Es wurde eine beeindruckende Demonstration von Sprechtechnik. Seine Worte klangen dunkel und volltönend, seine Artikulation war präzise und so klar, daß selbst sein Flüstern auf eine Entfernung von hundert Metern oder mehr zu vernehmen gewesen wäre. Es gab keinerlei Eigentümlichkeiten: keine Walliser Träller-Vokale, keine harten Olivier-Konsonanten. Er betonte keine Zeile zu sehr, noch verschluckte er eine Silbe. Er hielt nicht zu lange inne oder versuchte, mich durch den Einsatz seines Brustkorbs zu verblüffen. Er gab nur alles, was ihm zur Verfügung stand, um vergessen zu machen, daß die Worte so bekannt waren.

»›Ein jegliches hat seine Zeit, und alles Vornehmen unter dem Himmel hat seine Stunde.
Geboren werden und sterben, pflanzen und ausrotten, was gepflanzt ist,
Würgen und heilen, brechen und bauen,
Weinen und lachen, klagen und tanzen,
Steine zerstreuen und Steine sammeln, herzen und ferne sein von Herzen,
Suchen und verlieren, behalten und wegwerfen,

Zerreißen und zunähen, schweigen und reden,
Lieben und hassen, Streit und Friede hat seine Zeit.‹«

Es war sehr gut, und Stone war klug genug, einen Augenblick des Schweigens folgen zu lassen, während er in seinen Taschen nach einer Zigarette suchte.

»Hast du mit Edgar gesprochen?« Stone bot mir eine Zigarette an.

»Gestern.«

»Wir haben zusammen den *Letzten Vaquero* gemacht.«

»Das sagte er.«

»Er hatte da diese Geschichte mit dem Mädchen... Hat er dir davon erzählt?«

»Ja.«

»Das war ein verdammtes Pech. Und Edgar ist ein so liebenswerter Mann.«

»Er sagte, das hätte ihn seine Chancen für *Der letzte Vaquero* gekostet.«

»Er spielte den Dieb.«

»Hatte er nicht Aussichten auf die Hauptrolle?«

Stone gab ein gutmütiges Lachen von sich. »Hat er das gesagt?«

»Er meinte lediglich, daß er Aussichten auf die Hauptrolle gehabt, Bookbinder jedoch Angst vor einem Skandal bekommen habe, als das Mädchen Selbstmord beging.«

»Er ist schon großartig, dieser Edgar.« Stone schüttelte den Kopf. »Übrigens ist das Mädchen nicht gestorben. Ich meinte, sie starb schon – ein paar Jahre später durch einen Verkehrsunfall –, aber nicht aufgrund der Abtreibung.«

»Wer war sie eigentlich?«

Stone zündete sich eine Zigarette an. »Irgend so eine Schauspielerin – ein Sternchen, sollte ich wohl besser sagen. Hatte nie eine Rolle in einem Film oder so.«

»Hat Edgar sie in Hollywood kennengelernt?«

Stone inhalierte und blies den Rauch aus, bevor er antwortete. Als er es dann tat, klang seine Stimme eisig und fast drohend. Zum ersten Mal entdeckte ich die gefährliche Eigenschaft, die alle Schauspieler haben müssen, wenn sie wirklich gut sein wollen. Szenen unterschwelliger Gewalt haben bei manchen schlechten Filmen schon einfältige Dialoge vergessen lassen. »Wir wollen doch nicht in Edgars Leben herumschnüffeln«, sagte er.

Ich blätterte in meinem Notizbuch und beschloß, die Schraube fester anzuziehen. »In einem Fernsehinterview hast du vor ein paar Jahren gesagt, wenn ein Filmstar älter wird, sollte er mit der Schauspielerei lieber ganz aufhören, statt Charakterrollen zu spielen. Bist du auch heute noch dieser Meinung?«

»Auf einen Star wird beim Film eben alles zugeschnitten. Es könnte allerdings Probleme geben, wenn er eines Tages feststellt, daß sich alles auf einen anderen Schauspieler konzentriert. Klingt das sehr eitel?« Er griff so fest nach meinem Arm, daß es schmerzte. Diese Geste hatte in Hollywood nichts Homosexuelles an sich – sie war lediglich dazu da, ungeteilte Aufmerksamkeit zu fordern. Stone war ein Meister darin.

»Nein«, sagte ich.

»Wenn ich keine Hauptrollen mehr bekäme – glücklicherweise bekomme ich heute mehr Angebote als je zuvor –, aber gesetzt den Fall, ich bekäme keine Hauptrollen mehr – ja, dann würde ich mit der Schauspielerei aufhören.«

»Was würdest du dann tun?«

»Segeln. Ich würde wie Francis Chichester oder Knox-Johnson um die Welt segeln. Ein Mann findet doch nur sich selbst, wenn er mit den Elementen allein ist.«

»Ich hatte ja keine Ahnung, daß du segelst.« Ich wußte, daß er eine Motorjacht besaß – es war ein unerläßliches Requisit aller Superstars; das war mir in Cannes während des Festivals besonders aufgefallen –, aber sein Segel-Enthusiasmus war ein ganz neuer Aspekt an Marshall Stone.

»Ich bin allein über den Atlantik gesegelt«, stellte er indigniert fest. »Und darauf bin ich stolzer als auf jeden Film, den ich gemacht habe.«

»Welche Route hast du genommen?«

»Von Shannon nach Port of Spain. Allerdings kam ich vom Kurs ab und mußte an Land schwimmen, um mich zu erkundigen, wo ich war.«

»Und wo warst du?«

»St. Kitts.«

»Nicht schlecht.«

»Sieben Grad Abweichung.«

»Wann war das?«

»Neunzehnhundertsechsundvierzig. Ein paar Jahre später ging ich in die Staaten. Und achtundvierzig gab mir Bookbinder die Rolle im *Letzten Vaquero.*«

»Ich kann mich nicht erinnern, daß dieser Törn jemals von der Werbung genutzt worden wäre.«

»Er bedeutet mir zuviel, als daß ich ihn auf diese Weise ausschlachten ließe. Du weißt doch, was die Werbefritzen mit Biographien machen.«

»Heute vormittag haben sie mir deine zugeschickt.«

Er lachte. »Na siehst du.«

»Du hättest aber nichts dagegen, wenn ich den Segeltörn verwende?«

»Ich weiß nicht recht, Peter. Es ist doch eine sehr persönliche Sache.«

»So ist eine Biographie nun mal, Marshall.«

»Du hast recht! *Okay,* aber bleib sauber. Ich meine, stelle es nicht so hin, als hätte ich den Everest im Alleingang bezwungen oder so.«

Stone sagte Sam Parnell, daß die Synchronaufnahmen für diesen Tag beendet seien, und einer von Stones Leuten half ihm in sein Jackett, zupfte das Taschentuch zurecht und hielt ihm Kamm und Spiegel hin. Stone nickte mir zu, um mir zu bedeuten, ich sei entlassen.

Die Biographie könnte mit dem Segeltörn beginnen. Abseits der Schiffahrtsrouten denkt ein junger Schauspieler nach einigen kleinen Rollen auf der Londoner Bühne über sein bisheriges Leben nach.

Bergsteiger, Entdecker und einsame Segler beweisen eine unerschütterliche Gleichgültigkeit gegenüber Streß und Entbehrungen. Sie zeigen sich auch angesichts eines hohen Risikos unbeeindruckt. Diese Eigenschaften teilen sie mit dem Schauspieler. Es gab noch andere Dinge, die mir an der Idee des Anfangs mit dem einsamen Segler gefielen: das Meer und die Sterne, die nautischen Analogien und der Mann, der da durch die gefährlichen Untiefen (Hollywood?) navigierte. Aber das mochte vielleicht doch zu kitschig sein, selbst für die Biographie eines Schauspielers.

Ich legte mein Notizbuch beiseite und bedankte mich bei Marshall. Seine Augen waren sein größtes Kapital; er konnte einen Menschen kurzzeitig hypnotisieren, wenn er ihn anblickte. Das mußte ihm bewußt sein, denn ich vermutete, daß er meine Hände nur deshalb in diesem schraubstockähnlichen Griff hielt, damit ich seinem Blick nicht entkommen konnte. Denn wenn Stone deine Hand nimmt, gibt es auf der Welt für ihn nichts anderes als dich. Eine Million Volt Superstar durchströmen dich, und selbst der abgebrühteste Zyniker kann auf diese Weise zu einem stürmischen Fan werden.

Die meisten Menschen, die in dieser Branche arbeiten, sind Fans. Nicht nur die Regisseure, Produzenten und Schauspieler, sondern auch die Garderobiers, die Kulissenschieber und Tontechniker stehen im Bann der goldenen Leinwand. Vermutlich wären die Filme besser, wenn mehr von den Machern verbitterte Zyniker wären, wie die Zuschauer es geworden sind – aber sie sind es nicht. Bei jeder Premiere kann man die Schaulustigen sehen, wie sie, in ihre besten Anzüge und feinsten Kleider gehüllt, die Berühmtheiten mit offenem Mund anstarren wie Schulkinder.

So war es auch bei der europäischen Uraufführung von *In der Falle des Tigers*. Alle wußten, daß der Streifen die Amerikaner nicht sonderlich beeindruckt hatte. Die New Yorker Presse hatte kein einziges gute Haar an ihm gelassen. Dennoch mußten am Leicester Square Polizisten die Menge zurückhalten, als die Rolls-Royce eintrafen.

Etliche Zuschauer konnten sich noch an Filmpremieren der dreißiger Jahre erinnern, mit den gleißenden Lichtkaskaden, den Jazzbands und Menschenmassen, die sogar den Verkehr bis Laurel Canyon zum Erliegen brachten. Dies hier war zwar nicht vergleichbar, aber immerhin war die Premiere von *In der Falle des Tigers* das Beste, was im London der siebziger Jahre nun mal geboten wurde. Die Publicity-Jungs hatten drei Dutzend herausgeputzte Starlets herbeigeschleppt, das Königshaus war durch eine Verwandte der Queen vertreten, und das Eintrittsgeld wurde der Wohlfahrt gestiftet.

Ich trug meinen Smoking und Mary ihr Rosa-Wollenes von Dior. Wir sprachen mit Suzy Delft, tauschten Wetterprobleme mit Marshall Stone aus, wurden von Koolman mit einem Bonmot bedacht, lieferten dem Fotografen eine Bildunterschrift, bevor er enteilte, und auch meinen Artikel hatte ich für die Nordirland-Ausgabe fertig. Worüber hätte ich als Redakteur klagen sollen?

Königliche Premiere bringt Verkehr im West End zum Erliegen. Von unserem Feuilletonredakteur Peter Anson

Ein glänzendes Aufgebot an Persönlichkeiten aus Film und Fernsehen bevölkerte heute abend das *Empire Cinema,* um Prinzessin Beatrice zu begrüßen. Marshall Stones neuer Film *In der Falle des Tigers* wurde zugunsten des Fonds ›Behinderte wehren sich‹ gezeigt, dessen Mäzen der bekannte Filmstar ist. Die Vertreter des Showbusineß waren zu Hunderten erschienen, und das Foyer hatte selten eine größere Anhäu-

fung von Nerzen und Diamanten gesehen. Bevor der Film gezeigt wurde, stellte Marshall Stone der Prinzessin eine Reihe prominenter Persönlichkeiten vor. Unter den bedeutendsten Vertretern des Showgeschäfts, die Ihrer Königlichen Hoheit vorgestellt wurden, befand sich auch Leo Koolman, der rührige Präsident von *Koolman International Pictures,* der Gesellschaft, die *In der Falle des Tigers* finanziert hatte. Ich fragte ihn, ob er der Meinung sei, daß amerikanische Gesellschaften neuerdings zögerten, in britische Filme zu investieren. Er sagte: »*In der Falle des Tigers* ist ein großartiger Film, und er ist durch und durch britisch. Solange Ihre Schauspieler, Regisseure und Drehbuchautoren die besten bleiben, werden Filmleute, die nach dem Besten Ausschau halten, hierherkommen, um zu investieren.«
Unter den anwesenden Prominenten befand sich auch Val Somerset, der junge englische Schauspieler, dessen Erfolg in *Kaiserliche Entscheidung* ihm Vergleiche mit Scofield, Guinness und Stone eingebracht hatte. Somerset meinte: »Ich bin immer noch dabei, mein Handwerk zu lernen. Heute bin ich hier, weil Marshall Stone nicht nur einer der größten Schauspieler der Welt ist, sondern auch ein sehr guter Freund. Und ›Behinderte wehren sich‹ – wofür Marshall sich so sehr eingesetzt hat – ist eine Sache, die auch mir am Herzen liegt.«
Der Verkehr im West End war bis Hyde Park und Baker Street blockiert. Ein Sprecher der Metropolitan Police betonte: »Das ist das schlimmste Verkehrschaos seit den Weihnachtseinkäufen des letzten Jahres!«

Ich tippte den Artikel in der Redaktion und trug ihn zum Chef vom Dienst. Er las ihn und meinte: »Eines Tages werden Sie mit Ihrer Ironie zu weit gehen.«

»Keine Ahnung, wovon Sie reden, Billy«, erwiderte ich.

Während ich mit ihm sprach, wurden die Fotos gebracht. Es waren gute Fotos, und ich fragte mich, wieviel sie mir wohl vom

Text wegnehmen würden. Ich schickte einen Jungen los, mir eine Tasse Tee aus der Kantine zu holen, und durchwühlte dann den Eingangskorb des Chefs vom Dienst, um eine Kritik von *In der Falle des Tigers* zu finden. Der Filmkritiker hatte sich den Streifen drei Tage zuvor in einer Sondervorführung angesehen, und das Ergebnis hätte bereits vorliegen müssen. Aber ich konnte nirgends einen Abzug finden. Ich fragte aber nicht danach, um nicht den Eindruck zu erwecken, ich sei auf den Job des Kritikers scharf.

Ich rauchte ein paar Zigaretten mit dem Chef vom Dienst, und wir besprachen, was so anlag. Es war zu spät, um noch zur Vorführung des Films zurückzukehren, und so beschloß ich, Mary am Ausgang abzufangen.

Jack Quarrel kehrte aus dem Pub zurück; er sah beklagenswert aus. Als junge Spunde hatten wir zusammen in einer Nachrichtenagentur gearbeitet und uns angewöhnt, Füller zu produzieren, mit denen echte Nachrichten untermauert wurden. »Gefeuerte Stripperin organisiert Streik« – dergleichen.

»Die Rückkehr des Helden wider Willen«, tönte Jack. »Wo sind deine Wunden, Soldat?«

»Von mir erwartet man, daß ich weiterlebe.«

»Wie gefällt es dir wieder im Land der Zwerge?«

»Ich werde mich daran gewöhnen.«

»Ich werde mich nie daran gewöhnen. Ich wäre lieber wieder in der verdammten Nachrichtenagentur, statt diesen wundervollen menschlichen Wesen Gehör zu schenken, die nach Publicity lechzen.«

»Sie sind höchst freimütig mit ihren Geständnissen«, stimmte ich ihm zu.

»Nicht wahr? Schauspieler würden sogar einen Mord gestehen, wenn man ihnen eine Titelseite garantierte.« Er grinste. »Habe ich dir aus der Seele gesprochen, Peter-Boy?«

»Nein«, sagte ich, aber es war schwer, seine Gedanken vor Jack geheimzuhalten. Ich mußte an Edgars Geschichte von dem

Mädchen denken und an den Zufall, daß auch Stone eine Bemerkung darüber gemacht hatte. Man hätte doch annehmen können, daß beiden daran gelegen wäre, es zu vertuschen.

»Sieh dir mal an, was sich der Alte ausgedacht hat«, sagte Jack. Er reichte mir eines der langen Memos des Chefredakteurs: »Der hohe Militär der siebziger Jahre: Tyrann oder Techniker?«

»Angesichts des ungeheuren Anzeigenplatzes, den die Armee neuerdings benötigt, schätze ich: Techniker«, frotzelte ich.

»Cleveres Kerlchen«, sagte Jack ohne jede Bewunderung. »Sie haben gerade sechs Seiten vom Farbmagazin belegt. Warum leben diese Generale nur so weit weg am Ende der Welt? Bis dahin sind es dreitausend Kilometer, und ich bin nicht sicher, ob mein alter Hillman das noch schafft.«

Ich markierte den Namen von General Millington-Ash mit dem Daumennagel. »Frag ihn doch mal, ob er sich an einen jungen Soldaten namens Edward Brummage erinnert – während des Krieges. Würdest du das tun, Jack?«

»Marshall Stone, *okay.*«

»Das Gedächtnis funktioniert also immer noch.«

»Ihr Buchautoren habt auch nicht alles gepachtet«, sagte Jack und zwinkerte dem Chef vom Dienst zu.

DIE BIOGRAPHIE VON MARSHALL STONE

1. KAPITEL

Der Mond schien. Die schlanke Ketsch – *Band der Hoffnung* – wurde auf der grauen gewaltigen See hin und her geworfen wie ein Korken im Rinnstein. Die Lenzpumpe lief auf vollen Touren; sie schnappte Luft und japste jedesmal, wenn das Boot rollte. Dem erschöpften Mann, der am Ruder saß, bot sich nur dann der Anblick des dunklen Himmels, wenn sich das Ruderhaus hoch genug erhob. Über die Panzerglasfenster rann Meerwasser und ließ die Welt als schwankenden grauen Pudding erscheinen.

Der Mann verlagerte seinen Körper; die klatschnassen Sachen klebten an ihm wie feuchter Mörtel und hatten bereits begonnen, die Haut an Ellenbogen und Gesäß aufzurauhen. Gegen Norden hatten sich die Sturmwolken so weit verzogen, daß ein paar Sterne sichtbar wurden. Einer von ihnen – leuchtender als die anderen – erregte die Aufmerksamkeit des einsamen Seefahrers. Er hielt das Ruder gegen die wilde, kochende See. Der Bug hob sich und schnitt dann durch den Wind. Der Segler lockerte die Lee-Klüverleine, bis sie frei war. Dann kurbelte er am gegenüberliegenden Lee-Klüver, bis das Hauptsegel stand. Es gab einen mächtigen dumpfen Schlag, als sich das Segel mit Wind füllte und das Boot sich auf die Seite legte.

Langsam wie ein Roboter öffnete der Segler die Tür zur Kabine und trat ein. Der Boden hob sich ungewöhnlich steil, als die Ketsch in eine schaumbedeckte Woge hineintauchte. Der Wind erneuerte seinen Griff und hob den Kiel gegen den Druck des Ozeans.

Auf dem Brett über dem unbenutzten Herd taumelte sein letztes Dutzend Lebensmitteldosen hinter der Halterung hin und her. Er kämpfte mit der Teakkiste, die auf das Schott montiert war. Seine Fingerspitzen waren weich, weiß und ohne Gefühl, als er versuchte, den sichelähnlichen Verschluß zu öffnen. Endlich gelang es ihm, und er schloß den Sextanten fort, der ihn so viele Wochenlöhne gekostet hatte. Schon diese kleine Anstrengung ließ ihn vor Erschöpfung keuchen. Unter nahezu unmöglichen Bedingungen hatte er einen Blick zu dem Sternen hinaufgeworfen. Es war der Polarstern – der wichtigste am Himmel.

Er befestigte die batteriebetriebene Lampe am Kartentisch. Ihr Strahl richtete sich auf den leeren weißen Fleck des Atlantiks. Die Bleistiftlinien wurden krumm und schief, als die *Band der Hoffnung* hin und her schlingerte. Meerwasser hämmerte auf das Kabinendach, es folgte ein langes, tiefes Zischen, als es über das Deck ins Speigatt rann. Er beugte sich tiefer hinab, um den Konvergenzpunkt der Peilung zu betrachten. »Nicht schlecht, Eddie«, flüsterte er. »Gar nicht schlecht.«

Achtundzwanzig Tage hinter Shannon hatte Eddie Brummage, heute überall auf der Welt als Marshall Stone bekannt, einer Übermacht getrotzt – und gewonnen!

Ich würde auch ein Foto von dem Boot bekommen: ein winziger Punkt auf einem unendlichen Ozean. Es gab keine Aufnahme von der *Band der Hoffnung,* aber jedes Schiff würde es tun, wenn es nur klein genug war, so daß man es kaum erkennen konnte. Ich heftete den Rohentwurf zusammen und ging zum Frühstück hinunter. An den Sonntagen bereitete meine ältere Tochter es zu, und die jüngere deckte den Tisch. Ich köpfte mein Ei, während Mary den Entwurf kritisch begutachtete. Sie gab ihn mir wortlos zurück und nippte an ihrem Kaffee. Sie mag keine Eier. Ich aß meines mit Begeisterung und sagte: »Na?«

»Es ist sicher besser, als wenn man die Leute vom Showgeschäft in ihrem Glitzer-Umfeld schildert, oder?« Ich sah schmerzlich berührt drein, so daß sie mich küßte und sagte: »Du bist so klug, Liebling. Es wird ein wundervolles Buch.«

»Es sind noch ein paar technische Fragen offen. Ich weiß nicht, ob eine Peilung nach dem Polarstern möglich ist. Ich habe den dumpfen Verdacht, daß man es genausogut in irgendeinem Buch nachschlagen könnte.«

»Warum fragst du nicht Marshall?«

Ich sah sie prüfend an, ob sie das etwa ironisch gemeint hatte. Ich war mir nicht sicher. »Das wäre eine Möglichkeit«, sagte ich.

Wir hörten den Zeitungsjungen, und die Kinder rannten hinaus, um die Blätter zu holen. Es gab eine Auseinandersetzung, wer wen auf dem Weg dorthin geschubst hatte. Ich küßte sie beide, um sie zu versöhnen, und Mary gab ihnen einen ganzen Kopf Salat, damit sie ihn an *Che* verfüttern konnten.

Ich suchte nach meinem Artikel, aber er war verstümmelt worden. Man hatte ihn zu einer Unterschrift für ein Foto, das Koolman, Somerset, Stone und die Prinzessin im Gespräch zeigte, zusammengestrichen.

Marshall Stone mit seinem jungen Kollegen Val Somerset (Star des Films *Kaiserliche Entscheidung*) im Gespräch mit Prinzessin Beatrice während der Wohltätigkeits-Gala für den Fonds ›Behinderte wehren sich‹, dessen Förderer Marshall Stone ist. Leo Koolman (ganz rechts), Präsident von *Koolman International* und Produzent von *In der Falle des Tigers,* vertrat gegenüber unserem Berichterstatter die Meinung, die britische Filmindustrie werde stets führend in der Welt sein.

Das war genau das, was unsere Leser am Sonntagmorgen zu Konfitüre und Brötchen gern zu sich nahmen. Ich schlug das Feuilleton auf und fand die Filmkritik. Marshall Stone war bedeutend genug, um das Foto und den Aufmacher zu bekommen – selbst wenn Godard verrückt spielen sollte.

FILM

VOLLSTRECKUNG AUSGESETZT

Von Josephine Stewart

Es gab eine Zeit, da waren Folgefilme unüblich. Inzwischen ist es gang und gäbe, daß ein Schauspieler die gleiche Rolle in drei oder vier Streifen spielt. Unglückseligerweise übertreffen die Aufgüsse nur selten das Original. Marshall Stones neuer Film *In der Falle des Tigers* (Empire Cinema) ist da keine Ausnahme.
Gibt es noch jemanden, der vom *Vollstrecker* nicht gelangweilt wäre, jenem Exoffizier, der als Geheimagent in einer ultrageheimen Abteilung von Whitehall tätig ist, um all jene

antisozialen Elemente auszuschalten, die sich dem normalen Zugriff der Justiz entziehen? Ist das vielleicht der Grund, warum die Macher von *In der Falle des Tigers* darauf bedacht waren, einen Großteil der Tatkraft des Helden der Anwendung sinnloser Gewalt zu widmen?
Zweifelsohne wird die Vorstellung, unbequeme Mitglieder unserer Gesellschaft ganz einfach verschwinden zu lassen, sowohl in den von Unruhen geschüttelten Städten Amerikas als auch in den streikgeplagten Industriestaaten Europas ein zustimmendes Publikum finden. So wurden die vorangegangenen Filme, die Marshall Stone in dieser Rolle zeigten, höchst positiv vom Jet-set mit den blaugetönten Haaren aufgenommen. Die Betonung von Gewalt in *In der Falle des Tigers* dürfte jedoch weniger Anklang bei den letzten Vertretern der Vollstrecker-Ethik finden, da sie es vorziehen, daß ihre Auswüchse in einer Staubwolke und nicht in einem Meer von Blut untergehen.
Die unsichere Kameraführung tut nichts, um die Dürftigkeit eines Drehbuches vergessen zu machen, das von nicht weniger als vier Autoren bearbeitet wurde (ein untrügliches Zeichen grundlegender Schwäche). Marshall Stone, unterstützt von einer Auswahl der besten britischen Charakterdarsteller, findet in seiner Rolle weder Motivation noch Definition. Er schwankt zwischen dem ihm eigenen volltönenden Cowboystil und dem eigenartig tastenden Raunen, das so schlecht zu seinem Bühnen-*Hamlet* paßte. Könnte *In der Falle des Tigers* als Paradebeispiel dafür dienen, wie man vier Millionen Dollar verpulvert, so beweist *Pläne für den Notfall,* wie man einen intelligenten Film für weniger als eine Million machen kann. Val Somerset, der als junger Centurio in *Kaiserliche Entscheidung* über Nacht berühmt wurde, kehrt fünf Wochen später mit der brillanten Darstellung eines jungen Arztes in einer Drogenklinik auf die Leinwand zurück ...

Ich las nicht weiter. *In der Falle des Tigers* wurde in allen Zeitungen verrissen, und einige von ihnen waren weit weniger zurückhaltend als Josephine. Vielleicht hatte der Reinfall in New York bereits über des Schicksal des Streifens entschieden, aber davon war ich nicht überzeugt. *In der Falle des Tigers* war einfach ein schlechter Film.

Es gibt eine Art Naturgesetz, nach dem die Drehbücher, die ein Schauspieler wählt, immer dürftiger werden, je mächtiger und unabhängiger er selber wird. Jeder, der behauptet, man könne im Hinblick auf Schauspieler nicht verallgemeinern, wird dies früher oder später feststellen. Ganz offensichtlich unterliegen sie mit steigendem Ruhm dem Irrglauben, auch etwas von Drehbüchern zu verstehen. Und zweifellos hatte auch Marshall Stone dem nicht zu widerstehen vermocht. Ich wußte, daß etliche der brutalen Szenen in *In der Falle des Tigers* auf seine Intervention hin ergänzt worden waren.

Ich reichte Mary die aufgeschlagene Zeitung hinüber. »Josephine hat es dem armen alten Marshall aber gehörig gegeben«, sagte ich.

Mary las die Besprechung sehr langsam. »Sie ist eine gehässige Ziege«, stellte sie fest.

Ich liebte es, den *Advocatus diabolis* zu spielen. »Es ist typisch für Jo Stewarts Eierkopf-Mentalität, und es ist genau das Richtige für dieses Blatt. Sie schreibt für Geschäftsleute, die sich für Giganten halten und glauben. daß sie alle zweite Bertrand Russels werden. Nur einer von hundert wird sich den Film tatsächlich ansehen. Nur einer von tausend wird sich dabei an Jos Meinung erinnern.«

Mary stellte die Teller zusammen. »Für diejenigen, die Filme machen und für die Dreharbeiten unter Umständen ein Jahr opfern ... und dann wird er mit ein paar Sätzen abgetan – für die muß das doch sehr deprimierend sein.«

Mary wußte, daß ich lange vor unserer Ehe kurz mit Josephine liiert gewesen war. Daher vermieden wir es in der Regel, über

Filmkritik zu sprechen. Aber ich fuhr fort, als täten wir es doch. »Es ist ein Feuilleton: Sie hält sich bei ihrer Arbeit an das, was ihre Leser gern lesen, und nicht an ihre eigene Vernunft.«

»Sie ist gern provokativ.«

»Provozierende Kritiken lesen sich nun mal amüsanter als zustimmende. Und heutzutage ist doch jeder ungeheuer beschäftigt. Da ist es eine Erleichterung zu erfahren, welche Filme, Theaterstücke und Bücher man getrost weglassen kann.«

»Manchmal wünschte ich, du würdest nicht bei der Zeitung arbeiten.«

»Ich weiß.«

»Wir brauchen das Geld nicht unbedingt, Liebling.«

»Aber ich habe mich an die Zeitung gewöhnt. Es hat einen gewissen Reiz, so nahe am Puls der Zeit zu sein. Es herrscht eine Atmosphäre in der Redaktion ... ich kann es dir einfach nicht erklären.«

Mary stellte die Teller aufs Tablett und sortierte Messer und Löffel auseinander. »Es gibt Zeiten, Liebling, da hörst du dich genauso an wie Marshall.«

Dieses Marshall-Stone-Lächeln! Hier gilt es der attraktiven Neuentdeckung Suzy Delf, der Marshall den Make-up-Koffer hält. Die Aufnahme beantwortet die Frage, warum so viele hübsche Schauspielerinnen so gern für Koolman arbeiten. Marshall Stone steckt im Kostüm des Kampffliegers für seinen neuen Film *Wo sich die Wolken teilen.*

5

Wir Filmproduzenten kommen aus allen möglichen Berufen – waren Kürschner, Zauberer, Fleischer, Hutmacher; und das ist der Grund, weshalb sich die Highbrows so oft über uns lustig machen.

Adolph Zukor

Das Telefon neben Weinbergers Bett war das leiseste der Welt: Mrs. Weinberger hatte die Glocke entfernt. Und dennoch hatte Weinberger schon nach dem ersten Summton den Hörer am Ohr und sprach hellwach in die Muschel – ein Mann mit tausend Verträgen und Klauseln im Kopf. In New York war es fünf Stunden früher, und Anrufe von der Westküste waren noch unangenehmer. Wenn schwierige Verhandlungen bevorstanden, schlief Weinberger lange – wohl wissend, daß sein Arbeitstag am Nachmittag beginnen und bis in die frühen Morgenstunden dauern würde.

»Weinberger.« Er sah auf die Uhr neben seinem Bett. Es war zehn Uhr am Sonntag morgen. Er tastete zum Bett neben sich, aber Lucy war nicht da. Sie war eine gute Frau. Schon bald würde sie ihm Kaffee und frisch gepreßten Orangensaft bringen sowie die Luftpost-Ausgabe von *Variety* und *Daily Cinema,* die er sonntags gern im Bett las, während sie sich in die Zeitungen vertiefte.

»Ich verbinde, Mister Weinberger.« Da hatte irgend jemand sein Büro sogar am Sonntag besetzt. Es gab nur einen Menschen, der das fertigbrachte.

»Jacob? Leo hier. Leo Koolman.« Die Hinzufügung seines

Nachnamens war für Leo Koolman der Höhepunkt der Bescheidenheit.

»Was gibt's, Leo?«

»Ich bin im Büro, Jacob. Ich habe gerade ein Fernschreiben von der Westküste bekommen. Sie wollen ein *Okay* für die Fernsehserie mit Stone. Ihnen wird die Zeit für ihre Option auf die Serienrechte zu knapp. Es würde uns weitere hunderttausend kosten, sie erneuern zu lassen. Ich möchte, daß Stone unterschreibt. Machen Sie den Vertrag heute klar, Jacob, dann kann ich sie wieder anrufen.«

»Ich habe mit Marshall bisher noch nicht darüber gesprochen, Leo. Ich muß den richtigen Zeitpunkt abwarten.«

»Den richtigen Zeitpunkt! Ich zahle dieser Kleiderpuppe vier Millionen Dollar, und da müssen Sie den richtigen Zeitpunkt abwarten?«

»Wenn es groß einschlägt, Leo. Wenn es die erfolgreichste Serie nach *Peyton Place* wird, kann er Drei-Komma-Sieben für acht Laufzeiten bekommen. Wenn Sie sich jedoch die Mühe machen, das Kleingedruckte zu lesen, werden Sie feststellen, daß es auch sehr gut möglich ist, ihn mit fünfzigtausend und einem Händedruck abzuspeisen.«

»Jacob. In den Staaten wird Marshall durch diese kleine Sandra Behring vertreten, stimmt's? Eine gute Seele.«

Weinberger lächelte in sich hinein. Er fragte sich, wie lange es noch dauern würde, bis Koolman den Abschluß des Handels über den Atlantik verlagerte und Weinberger seine zehn Prozent teilen mußte. »Sie würden Marshall beunruhigen, Leo. Machen Sie's, aber es würde ihn sehr beunruhigen.«

Leo Koolman brummte, verzichtete aber auf weitere Drohungen. Seine Stimme veränderte sich. »Jacob, alter Freund. Ich versuche lediglich, gute Filme zu machen. Das wollen wir schließlich alle, oder? Das Kino ist eine Kunst, Jacob, und Marshall ist ein Künstler – oder eher ein Artist, ein großer Artist. Über das Fernsehen wird ein Kunstwerk Millionen zugänglich, habe ich nicht recht?« Es entstand ein längeres Schweigen, bis Koolman sagte: »Sind Sie noch da, Jacob?«

»Das Problem besteht darin, Leo, daß Sie immer nur an Kunst denken, die Künstler aber nur an Geld.«

»Was haben Sie mit mir vor?« wollte Koolman wissen. »Wollen Sie den Abschluß bis kurz vor Ablauf der Option hinausschieben und mich dann unter finanziellen Druck setzen?«

»Habe ich das jemals getan, Leo?«

»Haben Sie«, entgegnete Koolman. »Sie haben elf Tage Nachsynchronisation aus mir herausgepreßt, nachdem Marshall für *Schweigendes Paradies* unterschrieben hatte.«

»Lassen Sie uns nicht wieder von dieser Geschichte anfangen, Leo.«

»*Okay, okay, okay,* Sie werden sich heute mit Stone zusammensetzen und mit ihm reden, ja? Sagen Sie ihm, er soll seinen Friedrich-Wilhelm druntersetzen, oder er ist weg vom Fenster, Jacob. Wenn er das TV-Geschäft nicht will, werden wir es jemand anderem anbieten, der sich die Finger danach leckt. Ich habe bereits mit ein paar Leuten und anderen Agenten gesprochen. Reden Sie also noch heute mit ihm.«

»Marshall wird mit Aufnahmen beschäftigt sein.«

»Er hat keine Aufnahmen. Sie haben eine Fünf-Tage-Schicht.« Weinberger nickte. Man konnte sich darauf verlassen, daß Koolman die Produktionslänge im Kopf hatte.

»Dann ist er wahrscheinlich drüben in *Twin Beeches*«, sagte Weinberger.

»Genau. Er ist da unten auf dem großen Landgut, wo er sich zusammen mit seinen Pferden fotografieren läßt. Er hat eine Verabredung mit seinem Regisseur. Somerset ist ebenfalls zum Mittagessen da. Trudeln Sie doch einfach auch da ein und bringen Sie Ihren Klienten zur Vernunft.«

Lucy Weinberger betrat leise das Schlafzimmer. Sie stellte das Tablett aufs Bett und gab Saccharin in seinen Kaffee. Weinberger grollte in gespielter Verärgerung. Er mochte Zucker lieber.

»Wir sind Geschäftsleute, Jacob. Wenn wir anfangen, uns die Dinge schwerzumachen, wird unser Leben unerträglich werden. Ich habe hier noch jede Menge Papierkram, mit dem es keine Eile hat, der für Sie aber wichtig ist. Mit dem Stone-Vertrag verhält es sich genau umgekehrt. Ich weiß, ich kann mich auf Sie verlassen, Jacob, alter Freund. Sie haben mich noch nie im Stich gelassen.«

»Ich werde es versuchen, Leo«, sagte Weinberger und ignorierte die Drohung im Hinblick auf Suzy Delfs Vertrag, den Weinberger bald brauchte, wenn er ihr bei der Steuer helfen sollte. Er hob die Kaffeetasse hoch und sog das Aroma des starken, schwarzen Gebräus ein.

»So ist es«, sagte Koolman. »Sie werden sich bemühen. Haben Sie die Verträge zu Hause?«

»Ja, ich habe sie hier.«

»Wenn Sie sie in ihrem Büro gelassen hätten, würde ich Ihnen eine zweite Ausfertigung mit dem Taxi schicken lassen.«

»Ich habe sie hier, Leo. Aber es besteht kaum eine Chance, daß ich Marshall zur Unterschrift bewege, wenn die Honorarrückstellungsklausel nicht geändert wird. Wenn er erst auf Gewinne warten muß, bevor er die zweite Ratenzahlung bekommt, könnte ihm unter Umständen auffallen, daß er für tausend Dollar am Tag arbeitet.«

»Das wäre ja furchtbar«, sagte Koolman sarkastisch. »Man stelle sich vor – nur tausend Dollar pro Tag! Ich will Ihnen mal was sagen, Jacob. Etliche der Männer, die meinen Sohn in Eton unterrichten, bekommen am Tag weniger als zwanzig Dollar – und Marshall Stone ist es nicht einmal wert, ihnen die Ärsche zu wischen.«

»Sie könnten recht haben«, erwiderte Weinberger gelassen. »Aber für die letzten drei Filme betrug Marshalls Gage genau eine Million – oder sechzehntausend Dollar pro Tag. Wir müssen diese ganze Rückstellungsklausel fallenlassen.«

»Wie viele Tage?«

»Wofür?«

»Wie viele Tage hat er an jedem Film gearbeitet? Sie reden da von Gaststar-Honoraren. Sie reden über ein paar Tage als Gaststar in Filmen, die einen Namen für ihre Werbeplakate brauchen. Ich aber rede von ausgewachsenen Starrollen.«

»Sie wissen genau, wie seine Gage aussieht, Leo.«

»Für *Schweigendes Paradies* hat er achthundert bekommen.«

»Plus zehntausend pro Tag für die zusätzlichen drei Wochen und das gleiche noch mal für die Tonaufnahmen.«

»Also reden wir jetzt über zehn? Nun, das ist besser als sechzehn.«

Weinberger stellte fest, daß man ihn trickreich zum Verhandeln gebracht hatte. »Das ist doch alles Schnee von gestern, Leo. Bevor ich mit Marshall gesprochen habe, kann ich nicht einmal sicher sein, ob er dieser TV-Geschichte überhaupt zustimmt – egal, wie viel Geld Sie ihm anbieten.«

»Was stimmt denn im Kopf dieses Burschen nicht?«

»In seinem Kopf stimmt alles, Leo. Alle Schauspieler sind vorsichtig, wenn es darum geht, in eine Fernsehserie einzusteigen. Die Dauerauftritte könnten ihn ruinieren.«

»Es geht doch nicht um eine TV-Serie: Es sind *Specials* von neunzig Minuten Länge, die einmal im Monat ausgestrahlt werden. Ich habe die besten Autoren und die besten Regisseure verpflichtet: Leute, mit denen in Verbindung gebracht zu werden eine Ehre ist. Ich habe die *Specials* schon nach Deutschland, Frankreich und Italien verkauft. In einigen Ländern werden sie in Lichtspielhäusern gezeigt, nur die Vereinigten Staaten bringen sie im Fernsehen.«

»Dann lassen Sie mich das in den Vertrag aufnehmen.«

»Was aufnehmen?«

»Daß sie außerhalb der Vereinigten Staaten in den normalen Filmtheatern laufen.«

»Was haben Sie vor, Jacob? Wollen Sie mein Büro übernehmen? Wollen Sie meinen Job für mich machen?«

Geduldig begann Weinberger von vorn. »Es könnte mir helfen, Marshall zu überreden, wenn ich ihm das sagen kann. Ich werde es ihm so darstellen, aber ich brauche es schriftlich.«

»Sie sagen Stone, daß er mich jederzeit anrufen kann, zu Hause und im Büro, falls es etwas gibt, was er wissen will.« Das war eine majestätische Verabschiedung. Weinberger hatte gelernt, sie in ihren vielfältigen Formen zu erkennen. »Gut, Leo.« Die Verbindung war unterbrochen, noch bevor er die zwei Worte ausgesprochen hatte. Früher hatte Weinberger beharrlich zurückgerufen und so getan, als wäre er der Meinung, die Verbindung sei unterbrochen worden. Inzwischen hatte er nicht mehr genug Energie für derlei Scherze, und sein Humor hatte sich abgenutzt.

Weinberger wandte sich seinem Frühstück zu. *Variety* blieb unaufgeschlagen, während er die Croissants von *Harrod's* und die Aprikosenmarmelade seiner Frau aß. Der Sonntagmorgen war eine fast unwirkliche Zeit, und Weinberger schätzte ihn sehr. Er las, hörte Radio und beschäftigte sich auch manchmal mit der Liebe. Eines Tages würde er sich zur Ruhe setzen, und der Rest seines Lebens würde ein einziger langer Sonntagmorgen sein.

Weinberger gähnte und kletterte aus dem Bett. Er betrachtete sich im Spiegel. In seinem zerknitterten Pyjama und mit den zerzausten Haaren sah er aus wie ein Clown, und dennoch vollführte er seine morgendlichen Turnübungen mit Leichtigkeit. Falls seine Frau überrascht war, ihn sich beugen und strecken zu sehen, so zeigte sie es nicht. Sie goß sich eine Tasse Kaffee ein und fragte: »Mußt du weg, Liebling?«

»*Twin Beeches.*«

»Zieh den Mantel an. Es ist sonnig, aber kalt. Es werden alle möglichen Berühmtheiten dort sein.«

»Woher weißt du das, Liebling?«

»Der Sonntag ist ein besonderer Tag auf *Twin Beeches*. Marshall Stone versammelt all die Berühmtheiten des Showgeschäfts um sich, um mit ihnen Mittag zu essen. Danach zeigt er einen Film in seinem Privatkino. Jeder Freund, den er in der Branche hat, ist gern mit von der Partie.«

»Es dürfte nicht gerade wegen Überfüllung geschlossen sein«, stellte Weinberger fest. Seine Frau war eine gute Frau, aber zuweilen wünschte er, sie würde darauf verzichten, aus Fan-Zeitschriften zu zitieren.

> *Es ist schon komisch: Da kommen diese jungen Bühnenregisseure aus New York, und was ist das erste, was sie hier machen? Sie vergessen die Story, sie vergessen die Dialoge und konzentrieren sich nur noch auf das herrliche neue Spielzeug, die Kamera.*
>
> *John Ford*

Stone stand vom Sofa auf und ging zum Fenster hinüber. Richard Preston – sein Regisseur – fühlte sich unbehaglich. Er fragte sich, ob er ihn beleidigt hatte. Er sah in die Richtung, in die Stone blickte. Der Himmel war dunkel und wolkenreich, viel dunkler als die Kornfelder, die von der Sonne golden beleuchtet wurden. Jetzt, nachdem sich der Regen verzogen hatte, war die Luft unnatürlich klar, und sie konnten die weißgekalkten Cottages an der Straße nach London sehen.

Ein Reitknecht und ein Stalljunge waren von dem Schauer überrascht worden. Sie galoppierten über die Wiese. Stone beobachtete, wie der Junge das Gatter öffnete und wieder aufsaß, um den von Büschen gesäumten Weg zu den Ställen hinunterzureiten. Diese Einjährigen entwickelten sich ganz besonders gut. Es war absurd, daß er so wenig Zeit für sein Privatvergnügen hatte. Er hatte sagen hören, daß das Publikum durch Filmstars ›lebe‹: Es ließ die Leinwandidole an seiner Stelle lieben, Geld verdienen, Auseinandersetzungen führen, trinken und sterben und betrachtete das alles von den Zuschauerrängen aus. In seinem Leben schien das jedoch genau umgekehrt zu sein: Die Crew seines Schiffes, sein Pilot und selbst seine Stallburschen konnten sich den Freuden des Lebens weit mehr hingeben, als es ihm vergönnt war. Aber vielleicht hatte er sich das selbst zuzuschreiben.

Es war wie verhext: Da war er auf dem Höhepunkt seiner Karriere angelangt, bekam eine Million Dollar pro Film, und es gab noch ein paar gute Filme von ihm, die das Publikum noch gar nicht gesehen hatte – aber er rang mit seiner letzten Rolle wie ein Anfänger. Seit Leo die Möglichkeit einer *Oscar*-Nominierung angedeutet hatte, schien er unfähig, irgend etwas gut und richtig zu machen. Die überschwenglichen Komplimente und das Interesse, das dieser Bursche zeigte, der die Biographie schrieb, verursachten ihm Komplexe. Und es gab Augenblicke, da wollte er einen Film ganz umsonst machen, nur um Leo – und der ganzen Welt – zu zeigen, wie sehr ihn all die Anerkennung freute.

Er wandte sich wieder dem Drehbuch von *Lockspitzel* zu. Dieser Captain Holloway – die Rolle, die er spielte – gefiel ihm nicht. Er war ein zynischer, verschlagener Mensch, der den Leiden und Qualen seiner Kameraden gleichgültig gegenüberstand. Mit einem solchen Mann konnte er sich nicht identifizieren.

»Die Figur stimmt nicht«, sagte Stone.

»Wenn er zurückginge, um den verwundeten Sergeanten zu retten, würde das allem widersprechen, was wir bisher über ihn ausgesagt haben«, stellte Preston fest.

»Aber das würde ihn doch um so glaubwürdiger machen«, widersprach Stone. »Mitunter ändert sich ein Mann eben.«

»Sind Sie sicher, daß Sie es nicht nur deshalb wollen, damit das Publikum Ihnen mehr Sympathie entgegenbringt?«

»Nein, nein, nein«, entgegnete Stone. Er fragte sich, warum er überhaupt zugestimmt hatte, diesen Film zu machen. Das Drehbuch hatte ihm nicht gefallen, und er hatte auch nie wirkliches Zutrauen zu diesem einundzwanzigjährigen Regisseur gehabt – auch wenn gerade dessen Jugend ihn hatte hoffen lassen, bei den Dreharbeiten die Begeisterung und Energie wiederzufinden, die er einmal in sich verspürt hatte. Das Team war ganz gut: Er kannte sie alle, vom Art Director bis zum Garderobier. Er war so sicher gewesen, daß diese alten Hasen mit Edgar als Leiter des Ganzen ausreichen würden, die ungezügelte Begeisterung des Jungen in Grenzen zu halten. Jetzt kamen ihm Zweifel. Er blickte erneut ins Drehbuch.

EINSTELLUNG 197. HÜTTE IM DSCHUNGEL. TAG.
CAPT. HOLLOWAY *zählt Munition ab und legt sie auf den Tisch.*
SGT. BOX *steht neben ihm und teilt die Kugeln in sieben verschiedene Häufchen.*
PTE. FORTESCUE *liegt im Sterben. Er stöhnt und bewegt sich unruhig auf der Pritsche im Hintergrund hin und her.*
CAPT. HOLLOWAY: »Machen Sie sechs Haufen, Sergeant. Hammersworth wird nur mit einem Bajonett bewaffnet.«
SGT. BOX *(überrascht aufblickend):* »Aber Hammersworth ist der beste Schütze des Regiments, Sir. Wir brauchen ihn, wenn wir die japanischen Linien durchbrechen wollen.«
CAPT. HOLLOWAY *(ruhig und gelassen):* »Hammersworth ist ein renitenter Kerl. Wenn wir zum Stützpunkt zurückkehren, werden ich dafür sorgen, daß er für ein paar Jahre in den Bau kommt.«
SGT. BOX *(bedeutungsvoll):* »Sie meinen, falls wir durchkommen – *Pause* –, Sir.«
CAPT. HOLLOWAY *(im Kasernenhofton):* »Holen Sie die Männer zum Appell!«
SGT. BOX: »Sir!«

Es entstand eine lange Pause, während der beide in ihre Drehbücher starrten. Schließlich las Preston eine Zeile vor: »Alle Männer zum Appell!«

»Bitte tun Sie das nicht, Richard.«

»Was?«

»Etwas vorzusprechen, bevor Sie gehört haben, wie ich es bringe. Es engt einen Schauspieler ein, eine Dialogstelle zu hören, bevor er sie sich selbst erarbeitet hat.«

»Aber das habe ich von Anfang an getan.«

»Eben.«

»Sie hätten es mir sagen sollen.« Preston war außer sich, und das tat Stone leid.

»Es war nur ein Tip für die Arbeit mit Schauspielern, Rich.«

»Sie wollen mit mir also über Motivation sprechen?«

Stone lächelte. Er hatte damit gerechnet, daß er ›Motivation‹ sagen würde, bevor es elf Uhr war. Ein Wunder, daß es so lange gedauert hatte. Er fragte sich, ob er je einem Regisseur begegnen würde, der an Motivationen so glaubte wie Preston. Wenn Motivation das Geheimnis einer Darstellung war, warum waren dann diese verdammten Regisseure – und Autoren – nicht selbst die berühmtesten Schauspieler der Welt? »Wir können uns den ganzen Tag über Motivation unterhalten, aber das Publikum ist allein an der Glaubwürdigkeit meiner Handlungen interessiert, nicht an der Tiefe meiner Gedanken und Überlegungen. Es sind mein Gesicht, mein Verhalten, meine Darstellung, die diesen Mann Holloway zum Leben erwecken. Die Motivation ist lediglich die Perspektive.«

»Ich möchte doch nur, daß Sie zufrieden sind«, sagte Preston. Es war ein bedeutungsloser Einwurf, den er von Edgar Nicolson übernommen hatte.

Als Stone das Drehbuch zum ersten Mal gelesen hatte, war es ihm ziemlich gelungen vorgekommen. Es hatte schon viele Filme dieser Art gegeben, und sie hatten sich an den Kinokassen gewöhnlich bezahlt gemacht. Die Rolle des Captain Holloway schien interessante Möglichkeiten zu bieten. Stone hatte sogar Unterricht im Motorradfahren genommen – im Hinblick auf einen möglichen Hauch von *Easy Rider* bei den Nahaufnahmen, die Stuntmen nicht übernehmen konnten. Er war auch auf einen Schießplatz gegangen und hatte sich von Jasper militärischen Drill beibringen lassen – Grüßen, Marschieren und Befehle brüllen –, aber Holloway war dabei keineswegs lebendig geworden. Es war keine Spannung in der Rolle, kein Widerspruch, kein Paradoxon, die es wert gewesen wären, angepackt zu werden.

Zu den wichtigsten Dingen, die ein Schauspieler während seiner Laufbahn lernen sollte, gehört es, für seine Rolle Sympathie und Interesse zu wecken. Ob Kindesmörder oder Diktator – sie müssen so dargestellt werden, daß das Publikum zu der Auffassung gelangt, es sei nur durch Gottes Gnade darum herumgekommen, auch einer zu werden. Aber für Captain Holloway konnte Stone nichts dergleichen bewirken, und Preston war kaum der geeignete Mann, ihm den richtigen Weg zu weisen.

Die Umschreiberei hatte die Dinge auch nicht besser gemacht. Jede Neufassung war auf andersfarbigem Papier gedruckt, so daß die Ränder des Drehbuchs ein einziger Regenbogen der Erneuerung waren. In dieser Version hier hatte man das Wort ›Japse‹ getilgt und durch ›Japaner‹ ersetzt. Jemand in der Geschäftsleitung hatte moniert, daß derartige Ausrutscher die Chancen des Films im Fernen Osten zunichte machen konnten.

Stone strich sich den stumpf geschnittenen Schnurrbart. Er liebte es, sein Äußeres für eine neue Rolle zu verändern. Die physische Veränderung half ihm dabei, die neue innere Einstellung zu finden, die jede Rolle von ihm verlangte. Er las die Szene noch einmal. »Es ist ein schauderhaftes Drehbuch, *Darling*«, sagte er zum Regisseur.

»Wem sagen Sie das?« Preston holte eine kleine Dose und ein paar Blatt Zigarettenpapier hervor. Sorgsam rollte er sich einen Joint und blickte von Zeit zu Zeit auf, ob Stone ihm dabei zusah, aber Stone inspizierte seine Fingernägel.

»Haben Sie Feuer, Marshall?«

Ohne aufzublicken, reichte Stone ihm ein silbernes Tischfeuerzeug. Der Junge zündete die selbstgedrehte Zigarette an und hielt sie auf ostentative Weise zwischen Daumen und Fingerspitzen. Er inhalierte und bot sie dann Stone an.

»Wollen Sie einen Zug?«

Stone ließ sich Zeit, den unappetitlichen Joint zu begutachten, bevor er den Kopf schüttelte.

»Angst?« fragte Preston. Er lächelte und zwinkerte dabei.

»Ja«, sagte Stone. »Aber nicht wegen des Marihuana – wegen Ihrer Bazillen.«

»Kommen Sie, Marshall. Es wird Sie entspannen.«

»Sie scheint es jedenfalls nicht zu entspannen, Richard. Nein, wenn ich einen Joint will, dann kann ich mir einen eigenen leisten. Vielen Dank. Ich habe für Vergesellschaftung nicht viel übrig.«

Preston lächelte verlegen und wußte nicht, ob er es ihm heimzahlen sollte, und wenn – wie. Dies war sein erster Besuch in Stones Haus, und er war entsprechend beeindruckt von den Holzschnitzereien, den Antiquitäten und den livrierten Dienern, die sich so gelassen bewegten und sprachen wie Bankdirektoren. Preston kam sich mit seinem perlenbestickten Stirnband und der verzierten Afghanenweste fehl am Platze vor. Er sah Stone an.

Stone schloß die rote Lederhülle, die er bei Gucci gekauft hatte und die sein Drehbuch schützte. Er erinnerte sich, wie aufgeregt die Verkäuferinnen gewesen waren: Sie hatten ihn dazu überredet, ihnen Autogramme mit Lippenstift auf ihre Handrücken zu schreiben. Bis auf die Via Condotti waren sie ihm gefolgt und hatten ihm hinterhergerufen. Stone legte das Drehbuch beiseite und tätschelte die Hülle. »Verstehe kein Wort davon, *Darling*. Bin nur ein verdammter Schauspieler...« Er tätschelte das Knie des Regisseurs. »Was soll dieser Anfang bedeuten? Warum steche ich auf das Kopfkissen ein? Und dann diese Explosion am Schluß...« Er zuckte die Achseln.

»Jeder Film sollte einen Anfang, einen Mittelteil und einen Schluß haben«, sagte Preston mit dem freundlichen Lächeln eines Taschenspielers, der dabei ist, einen besonders verblüffenden Trick vorzuführen. »Aber nicht unbedingt in dieser Reihenfolge. Das hat Godard gesagt, und ich bin davon überzeugt.«

»Aber ist auch das Publikum davon überzeugt? Das ist es, was ich gern wüßte, Richard.«

»Himmel, Marshall. Sie haben es aber mit dem Publikum – genau wie diese Kerle in der Wardour Street.«

Stone lächelte, was Preston irritierte. »Es ist das Publikum, das bezahlt, um sich einen Film anzusehen.«

»Vergessen Sie doch mal das Publikum. Würden Sie einen Moment lang versuchen zu verstehen, daß wir uns darum bemühen, ein Kunstwerk zu schaffen? Rod Steiger hat gesagt: ›Ein Film ist die teuerste Kunstform der Welt.‹«

Stone nickte düster. Dieser Junge hatte jedes Buch und jede Zeitschrift über Film gelesen, die je veröffentlicht worden waren, und konnte sich an jedes einzelne Wort erinnern, wenn es ihm in den Kram paßte. Preston hatte tausend Theorien über das Filmemachen und war entschlossen, sie alle in seinem ersten Film zu erproben.

»Aber diese Szene mit seiner Frau«, meinte Stone. »Ich werde sie nie wiedersehen. Ich müßte sie doch wenigstens zum Abschied küssen. Das sollte der Höhepunkt der ganzen Szene sein.«

»Was wir sehen, ist eine unterbewußte Phantasie. Er zieht überhaupt nicht in den Krieg – jedenfalls nicht bewußt.«

»Kein Vorstellungsvermögen«, nickte Stone. »Nun, vielleicht habe ich zuviel Einbildungsvermögen.«

Preston schwieg.

Stone sagte: »Ich könnte mir bei dieser Szene zum Beispiel vorstellen, daß ich einen großen Lacherfolg habe.«

»Machen Sie sich keine Sorgen, Marshall. Nach dem Boot folgt ein harter Schnitt, wenn Ihr Adjutant tot aus dem Wasser geborgen wird. Es besteht keinerlei Gefahr, daß gelacht wird.«

»Da bin ich mir aber gar nicht so sicher.« Stone hatte den unangenehmen Verdacht, daß gerade die Szene im Ruderboot, in der Percy Hampton klatschnaß am Kranhaken hing, sehr lächerlich wirken konnte. Er schlug das Drehbuch bei der Schlafzimmerszene auf. »Ich möchte mit Ihnen auch über die Szene im Schlafzimmer sprechen. Einstellung dreiundneunzig bis hundertacht. Ich bin der Meinung, daß ich wesentlich früher ins Bild kommen sollte. Was wird das Mädchen zum Beispiel in Einstellung fünfundneunzig machen?«

»Das wird Ihnen die Stimme verschlagen, Marshall-Baby. Eine großartige Szene! Sie fönt sich das Haar – verstehen Sie? Das Haar schwingt in Zeitlupe hin und her und symbolisiert so ihren inneren Aufruhr.«

»Nehmen Sie mal an, ich lehne mich gegen den Türrahmen und küsse sie, bevor ich zu sprechen beginne. Nur, um dem Publikum einen Begriff von den Örtlichkeiten zu geben.«

Die Stimme des Jungen war voller Schmerz und Tadel. »Das geht nicht, Marshall-Love! Sie ist im Bett, Sie sind im Ankleidezimmer. Also keine Aufnahme zu zweit. Sie bleiben unsichtbar. Wir haben die Szene mit dem Mädchen bereits in der letzten Woche gedreht – bis auf die ungeheure Nahaufnahme.«

»Das ist nicht Ihr Ernst?«

»Es war so vorgesehen, Marshall. Und sehen wir den Tatsachen doch ins Gesicht: Wäre eine solche Nahaufnahme mit dem Mädchen wirklich das Richtige für Sie? Sie ist fast noch ein Kind, wissen Sie, und Sie bekommen langsam ein paar Falten.« Preston rieb sich das Gesicht und versuchte, seinen Blick auf Stone gerichtet zu halten. Sein schulterlanges Haar fiel ihm in die Augen, und er faßte es zu einem Pferdeschwanz zusammen und zurrte es mit einem Schießgummi fest. »Es war so vorgesehen, Marshall.«

»Das interessiert mich nicht. Selbst wenn es vom Erzbischof von Canterbury so vorgesehen gewesen wäre«, erklärte Stone. »Das ist eine Schlüsselszene. Wir müssen sie zusammen machen – Suzy und ich.«

»Es wurde vom Erzbischof von Canterbury so angeordnet«, sagte Preston. »Leo Koolman hat verlangt, daß wir Suzy eine Drehpause geben. Sie kann dann diesen Film machen, den sie in Stockholm drehen. In Stockholm brauchen sie wirklich Tageslicht.«

»Kümmern Sie sich doch nicht darum, was die in Stockholm brauchen«, sagte Stone. »Sie hätten sich auf die Hinterbeine stellen müssen. Warum gestatten Sie eine Unterbrechung? Sie können Koolman bestellen, er möge sich zur Hölle scheren.«

»Probieren Sie das mal, Marshall, vielleicht kommen Sie unbeschadet davon. Ich wäre danach weg vom Fenster.« Er schüttelte bekümmert den Kopf.

Stone stand auf und ging zum Kamin hinüber. Einen Augenblick stand er schweigend da und starrte in die Flammen. Er mochte offenes Feuer. Das war einer der Gründe, weshalb er nach England umgezogen war: Hier konnte man auch im Sommer den Kamin anzünden. Er läutete. Der Butler trat ein. »Ja, Sir?«

»Bringen Sie uns noch eine Flasche Champagner, Patterson. Und auch noch ein paar Stücke von der Sahnetorte.«

»Für mich keine Torte«, erklärte der Junge. Er hob die Hände, als wolle er seine Augen gegen außerirdisches Licht abschirmen. »Ich versuche gerade abzunehmen.«

»Bringen Sie trotzdem ein paar Stücke«, erklärte Stone. »Er könnte es sich anders überlegen.«

Stone stand schweigend am Fenster und sah den Kühen zu, die auf den Feldern grasten. Preston blieb, wo er war. Keiner von beiden sagte ein Wort. Sie hatten sich noch immer nicht von der Stelle gerührt, als der Butler zurückkam, um den Tisch vor dem Kamin mit Leinen, Porzellan und Silber zu decken. Sie hörten, wie er die Champagnerflasche öffnete und den Kaffee eingoß. Preston bemühte sich die Aufmerksamkeit darauf zu lenken, daß der Champagner eingeschenkt worden war, aber Stone schien es nicht gehört zu haben, eine gekünstelte Haltung, die von Preston registriert wurde.

»Für August ist es zu kalt«, stellte Stone fest.

»Verdammt kalt.«

»Sie sind zu jung, um sich an den Krieg erinnern zu können«, sinnierte Stone.

»War noch nicht auf der Welt.« Preston hätte die Unterhaltung gern fortgeführt, aber ihm fiel nichts ein, was er noch hätte hinzufügen können. Stone bot ihm Kaffee und Champagner an und nötigte ihm ein Stück Torte auf. Sobald der Junge das große Tortenstück akzeptierte, fühlte sich Stone schon wesentlich wohler. Es beruhigte ihn zu sehen, daß der Bursche nicht in der Lage war, an seinen Entschlüssen festzuhalten. Stone konnte Versuchungen widerstehen, und das machte ihn stärker als all die Prestons in der Filmwelt, und nach Stones Dafürhalten würde die Filmwelt bald nur noch aus Prestons bestehen.

Der Junge schluckte eine große Portion Kuchen hinunter und sagte dann: »Haben Sie jemals daran gedacht, Regie zu führen, Marshall?«

»Ich habe auf der Bühne Regie geführt. *Richard der Dritte,* Festival von Harrogate, vor etwa zwölf Jahren.«

»Und wie wäre es mit einem Spielfilm?«

»Das ist eine Krankheit, die Schauspieler nach ihrem ersten Reinfall befällt.«

»Ernsthaft.«

»Sehen Sie«, begann Stone, durchquerte den Raum und betrachtete sein Spiegelbild in dem reichverzierten Spiegel über dem Kamin. »Die einzige Möglichkeit, wie ich eine Verleihfirma dazu überreden könnte, mich Regie führen zu lassen, bestünde darin, ihnen meine darstellerischen Fähigkeiten zum Spottpreis abzugeben. Dann hätte der Film einen Amateur-Regisseur und einen Zwitter zum Star. Welche Chancen sollte so ein Machwerk wohl haben?«

Sie lachten beide. »Wenn das Drehbuch in Ordnung wäre ...?«

Stone schüttelte den Kopf.

Preston rieb sich wieder das Gesicht. »Himmel, war ich letzte Nacht fertig. Ein paar von den Jungs auf der Party waren high, völlig hinüber. Das war zuviel, Mann, einfach zuviel.«.

Stone nahm einen Schluck Champagner und trank etwas Kaffee. Er sagte nichts.

»Ich war auf LSD. Es verstärkt die Aufnahmefähigkeit. Alle schöpferischen Menschen brauchen das. Stellen Sie sich vor, zu welchen großartigen Leistungen Michelangelo fähig gewesen wäre, wenn er ein paar wirklich gute Trips gehabt hätte!«

»Michelangelo Antonioni!«

»Machen Sie keine Witze, Marshall: der Maler.«

»Manche seiner Sachen sind auch so nicht zu verachten.«

»Wollen Sie mich auf den Arm nehmen, Marshall?«

»Natürlich will ich das«, sagte Stone. Er stellte seine Tasse mit schwarzem Kaffee – ohne Zucker – auf den Flügel, lehnte sich über die gerahmten Fotos hinweg und atmete den Duft von vier Dutzend Rosen ein, die in einer Porzellanvase standen. »Das ist mein Trip«, stellte er fest. Preston beobachtete Stone. Es entstand eine lange Pause. Der Junge wußte nie, wann er das Richtige und wann er das Falsche tat. Er hatte das Gefühl, die ganze Zeit von Stone abgeschätzt zu werden.

»Waren Sie im Krieg, Marshall?«

»War ich«, sagte Stone. »Und ich habe auch ein paar von diesen Burschen getötet, wenn es das sein sollte, worauf Sie hinauswollten.«

Der Junge schwieg. Das war es, worauf er hinausgewollt hatte.

»Es war scheußlich«, stellte Stone fest.

»Vielleicht haben Sie deshalb Probleme mit Holloway.«

»Sicher.« Stone nickte.

»Sie hätten es sagen sollen.«

»Die Show geht weiter«, sagte Stone. Er lächelte. »Es ist nur so, daß diese Sache mit dem Messer ...«

Preston wartete. Stone fuhr fort: »Nun ... es ist nur so,

daß ... damals ... verdammt, es war einfach schauderhaft, Richard.« Er schlug mit der Faust auf die offene Hand. »Deutscher Diesel hat einen eigenartigen Geruch. Die drei Hunnen, denen ich es gegeben hatte, haben mich die ganze Nacht verfolgt. Ich habe sie weggeschoben, aber sie kamen zurück. Noch Jahre später konnte ich diesen Dieselgestank einfach nicht ertragen.«

»Tatsächlich?«

»Nicht wirklich natürlich – Seelendoktoren-Gewäsch – *Macbeth* und all das.«

»Es tut mir leid, Marshall.«

Stone setzte sich neben Preston. Ergoß dem Jungen Champagner nach und verhalf ihm zu einem weiteren Stück Torte. Sich selbst bediente er mit Kaffee. Seine Stimme war fast ein Flüstern. »Ich werde gut sein, Rich. Katharsis, was? Ich werde Ihnen einen Captain Holloway hinlegen – und wie! Nur Sie und ich brauchen zu wissen, daß es sich dabei in Wirklichkeit um Captain Brummage handelt, der seine Pflicht des Blutvergießens für das englische Vaterland erfüllt.«

Preston verputzte die Torte und goß zwei Gläser Champagner nach. Dann sagte er: »Marshall, Sie haben nicht zufällig irgendwo im Haus einen Joint?«

»Nein«, sagte Stone. »Ich brauche das nicht.« Er sagte es mit jener strengen Stimme, mit der er Captain Holloway ausstattete.

Die sonntäglichen Mahlzeiten auf *Twin Beeches* waren ein Ritual. Neider machten sich über Stones verschwenderische Gastfreundschaft lustig. Sie erklärten, daß nur die Vokalbegleitung so vieler Persönlichkeiten aus dem Showgeschäft das Mahl davor bewahrte, mit einem Ballett verglichen zu werden – also nannten sie sie ›Opern‹. Drei Diener brachten die Gerichte herein, trugen sie an den Gästen vorbei und stellten sie auf der Warmhalteplatte ab, die in einer Kommode aus dem siebzehnten Jahrhundert eingelassen war. Wenn die Silberdeckel abgenommen wurden, meinte man einen diskreten chinesischen Gong zu hören. Die Schüsseln waren aus edlem Metall, die Garnierungen aufwendig, und alles, was sich flambieren ließ, war auch flambiert. Weinberger pflegte zu sagen, das erste Mal, daß er ›Gefillte Fisch‹ flambiert gegessen habe, sei in *Twin Beeches* gewesen, und nur Leute, die nie dort gewesen waren, lachten darüber.

An diesem Sonntag waren sieben Personen bei Tisch anwesend. Stone forderte Preston nicht zum Bleiben auf, denn er war der Meinung, daß die große Kunst der Unterhaltung darin bestand, Menschen fernzuhalten, die weder Witz noch Schönheit, noch Prestige beitrugen – obwohl es schwer zu definieren war, welches dieser Elemente die beiden PR-Männer aus Hollywood repräsentierten.

Weinberger trank ein Glas mit Suzy Delft, die über das Wochenende blieb, während Stone Preston verabschiedete. Dann kam Val Somerset mit seiner Freundin Jean Forrest.

Es war leicht zu erraten, warum Stone Val Somerset als ernsthaften Rivalen betrachtete. Er hatte das gleiche kantige Gesicht und die harten Augen, die Stone berühmt gemacht hatten. Sein Haar war lang und gewellt – wie man es auch bei Stone in älteren Jahrgängen der Filmzeitschriften sehen konnte. Er hatte das gleiche schmallippige Lächeln, dem ein breites strahlendes Lachen folgen konnte. Bis zu welchem Ausmaß Val Somerset Stone kopierte, war schwer zu sagen. Somerset war da selbst nicht ganz sicher. Er wußte jedoch, in welchem Punkt er sich von Stone unterscheiden mußte. Zum Lunch trug er einen leichten schokoladefarbenen Anzug. Das weiße Hemd stand am Hals ein wenig offen, was seine tiefe Bräune noch offensichtlicher machte. Die Schlichtheit seiner Erscheinung ließ Stone übermäßig aufgeputzt erscheinen.

Von Preston inspiriert, erschien Stone zum Essen in blaßblauen Baumwollhosen und einem geblümten, an den Schultern geknöpftes Hemd. Ein goldenes Medaillon baumelte von seiner Brust. Von Zeit zu Zeit fingerte Stone daran herum.

Somerset hatte die Waffe eingesetzt, gegen die er am empfindlichsten war: seine Jugend. Nie zuvor hatte Stone seine Jahre so schwer auf sich lasten gefühlt. Fast ein halbes Jahrhundert! Es machte ihn so benommen, daß er flüsterte, und widerte ihn derart an, daß er es nicht ertragen konnte, die Leberflecke auf dem Rücken seiner faltigen Hände zu sehen. Auch die sorglose Art, mit der Somerset seinen gebrauchten frisierten Mini neben Stones blitzenden Rolls-Royce geparkt hatte, machte deutlich, daß der Film in eine neue Phase eingetreten war: eine Phase der Jugend ohne Superstars.

Weinberger wußte, was Stone bedrückte. Er erkannte es an der Art, wie er Somerset behandelte. Stone überraschte den jungen Schauspieler mit seiner uneingeschränkten Aufmerksamkeit. Er füllte das Glas des Jungen eigenhändig, statt das einem Diener zu überlassen. Er bewunderte sein Äußeres, erkundigte sich nach seinem Schneider, zeigte sich entzückt über seine Bräune, lachte schallend über seine Witze und holte die ältesten Brandys und feinsten Zigarren für ihn hervor.

»Als ich *Kaiserliche Entscheidung* sah, wußte ich, daß es eine der besten Darstellungen war, die ich je auf der Leinwand erlebt hatte.« Er wiegte den Kopf hin und her, als er sich daran erinnerte. »Ich bin sogar zum zweiten Mal reingegangen, um zu sehen, ob ich mich nicht getäuscht hatte: Ich hatte mich nicht getäuscht.«

»Die Beerdigungs-Szene war gut«, räumte Somerset ein.

»Die Beerdigungs-Szene war gut?« wiederholte Stone in größter Verwunderung. »Die Beerdigungsszene war gut?« Er lachte kurz auf. »Die Beerdigungsszene, mein lieber Junge, war eine Meisterleistung.«

»Der alte Tommy ist immer noch der Größte, wenn es um historische Filme geht.«

»Er ist ein guter Regisseur, sobald es um Massenszenen geht.

Aber was er von Schauspielern versteht, könnte man auf einer Messerspitze davontragen – und hätte immer noch Platz für das Vaterunser.« Stone lachte. »Diese Szene, in der du in der Barke versuchst, die Kaiserin zu überreden, den Sklaven zu begnadigen. Das war großartig, Val – und nun sag mir bloß nicht, daß dir der alte Tommy bei dieser Szene in irgendeiner Weise behilflich sein konnte.«

»Ich bin froh, daß es dir gefallen hat, Marshall. Aus deinem Mund ist das ein ganz besonderes Kompliment.«

Joan Forrest hatte kleinere Rollen in Fernsehfilmen mit Somerset gespielt, als er noch in solchen Rollen aufgetreten war. Sie war ein dünnes, kantiges Geschöpf mit schrillem Londoner Akzent und einem weinerlichen Lachen, das sie in Restaurants, die gerade *in* waren, und bei Interviews hören ließ.

»Was halten Sie davon, mit Val einen Film zu machen, Marshall?« fragte sie.

»Das wäre wundervoll«, erklärte Stone. »Wirklich wundervoll.«

Weinberger warf Somerset einen warnenden Blick zu, aber sie wußten beide, daß es bereits zu spät war. Man konnte den Stier nur noch bei den Hörnern packen. »Leo Koolman spielt mit dem Gedanken, Val zu bitten, die Rolle des amerikanischen Generals in *Lockspitzel* zu übernehmen.«

»Er hat doch bereits diesen deutschen Schauspieler – Max Georg – für die Rolle vorgesehen«, warf Stone ein.

»Er hat davon abgesehen, damit Georg in einem deutschen Film die Hauptrolle spielen kann, an dem Koolman beteiligt ist«, erklärte Somerset. »Wenn ich will, kann ich die Rolle haben.«

Stone hatte sein Lächeln stets als Abschirmung benutzt, um dahinter seine Gedanken ordnen zu können. Je strahlender das Lächeln, desto größer seine Beunruhigung.

»Und wenn du mich akzeptierst«, fügte Somerset hinzu.

»Dich akzeptieren, *Darling?*« meinte Stone. »Das wäre ja absolut phantastisch! Du, Suzy und ich ... Das wäre ein herrlicher Spaß. Können wir den alten Leo nicht dazu überreden, auch noch eine Rolle für Joan zu finden? Wie wäre es, Weiny? Sie ist doch auch deine Klientin, oder?« Weinbergers Gesicht spannte sich, als er den tiefen Sinn erkannte.

»Joan hat sich aus dem Filmgeschäft zurückgezogen«, sagte Somerset.

»Zurückgezogen?« fragte Stone.

»Val hat mir eine Boutique gekauft.«

»Dann könnten wir vielleicht für dich noch eins draufsetzen, Val. Könnte nicht der japanische Sergeant der Zwillingsbruder des amerikanischen Generals sein? Dann könntest du beide Rollen spielen, wie in *Die korsischen Brüder.«* Stone lächelte und stieß Somerset an, um ihm zu zeigen, daß alles nur ein Spaß war. Der junge Schauspieler lächelte und nickte nachsichtig.

Joan Forrest sagte: »Sie sind ein Scheißkerl, Marshall Stone.«

Ein Schweigen entstand, daß nur von Weinberger unterbrochen wurde, der sich Eiswasser eingoß. Ein Eiswürfel landete mit lautem Platschen im Glas.

»Vielen Dank und gute Nacht, Miß Forrest«, sagte Stone und versuchte es in einen Scherz umzumünzen.

»Genau die Haltung, die Aristokraten gegenüber renitenten Bauern einnehmen würden, nehme ich an«, sagte sie. »Nun, Val hat Ihre Kritiken heute nicht geschrieben. Also lassen Sie es nicht an uns aus.«

Stone schwieg. Er war der Überzeugung, daß Weinberger unverzüglich etwas unternehmen würde, um seine Pein und Demütigung zu lindern. Schließlich bekam Weinberger zehn Prozent von seinen Bruttoeinnahmen – brutto, nicht netto! – und das war verdammt viel Geld. Aber Weinberger war damit beschäftigt, seine Serviette in komplizierte Falten zu kniffen und sie dann auf der Tischplatte wieder glattzustreichen, als gäbe es nichts Wichtigeres auf der Welt.

»Wir müssen aufbrechen, Marshall«, sagte Val Somerset. »Mein Gott, geht die richtig?« Er blickte auf die Uhr auf dem

Kaminsims. Es war nicht die Art Uhr, die jemals falsch ging. »Ein wirklich großartiges Essen, Marshall. Und mach dir nichts aus Joans Spitzen. Damit muß ich tagtäglich leben.«

»Ich dachte, du würdest bis zum Film bleiben: *Die rote Wüste*. Laß uns doch noch eine Flasche Champagner trinken.«

»Ich würde liebend gern«, sagte Somerset. »Aber in Paris ist Premiere für *Kaiserliche Entscheidung*. Ich muß dabeisein.«

»Lieber Himmel«, sagte Stone. »Du hättest doch die *Freundschaft* nehmen können.« Stones Drittelbeteiligung an der Fokker Turboprop war noch immer eines seiner geschätztesten Besitztümer. Ein Lear Jet wie der von Sinatra mochte doppelt so schnell sein und eine größere Reichweite haben, aber er konnte nur acht oder neun Passagiere aufnehmen. Stone konnte in seinem Flugzeug eine Party geben und hatte es auch schon getan. Es war ein Jammer, daß der fünfzehn Jahre alte Vogel soviel Zeit im Hangar verbrachte. »Warum hast du denn nichts gesagt, Val? Der Vogel braucht zwar einen neuen Propeller, aber das hätte auch noch Zeit gehabt. Er lief sich nicht heiß oder so was.«

»Beim nächsten Mal, Marshall.«

»Wir hätten alle reinbekommen – es gibt Platz für vierzig Passagiere.«

»Das wäre großartig gewesen, Marshall.«

»Jederzeit, Val. Jederzeit.«

Lachend, rufend und Stone umarmend, brachen die Gäste auf. Er reagierte fröhlich und unbeschwert, witzelte über den Rost am Mini und hielt das große Tor halb geschlossen, so daß sie nicht raus konnten. Als sie dann doch fort waren, war auch seine Energie dahin. Er winkte dem Diener ab, der nach dem Beginn der Filmvorführung fragte, und wischte sich mit einer Serviette das Parfüm und die Küsse ab, die Joan Forrest auf seinem Gesicht hinterlassen hatte. Die Erinnerung daran, daß Suzy Zeugin der Szene gewesen war, ließ ihn vor Scham und Verärgerung erröten.

Weinberger hatte sich nicht vom Eßtisch weggerührt, aber als Stone zurückkam, stand er auf. Stone legte einen Arm um seinen Agenten und geleitete ihn ins Arbeitszimmer. Es war ein großer Raum, der trotz der hohen Fenster, die auf einen gigantischen Rasen blickten, dunkel wirkte. Es war wieder ein kühler Augusttag, und das Holzfeuer im Kamin flackerte so überzeugend wie die elektrische Imitation in seiner Londoner Wohnung. Alles im Raum war kostspielig und verbreitete in all der Ruhe und Düsternis einer eher abschreckende Atmosphäre, wie in einem Museum. Da gab es nichts, was billig oder gewöhnlich gewesen wäre – nichts, was sein Besitzer gekauft hatte, als er noch jung und arm gewesen war. Es gab auch keine Fotografien oder irgendein anderes Erinnerungsstück aus dieser Zeit. Seine Familie, seine Schulzeit, seine Flirts, seine Ehe, die Kriegsjahre und seine Zeit als junger, um Erfolg ringender Schauspieler waren nicht überliefert – so als hätten sie nie existiert.

Stone ging zur Kommode und goß zwei Brandy mit Soda ein. Er trank selten Alkohol, aber heute brauchte er ihn. Weinberger arrangierte einen Berg von Unterlagen auf dem Teppich.

»Ich möchte mit dir über deine Karriere sprechen, Marshall.« Stone verspürte eine Aufwallung von Übelkeit. Das ging ihm immer so, wenn über Geld gesprochen wurde, über Geschäftsabschlüsse, Versicherungen, Gesundheit oder einen anderen Aspekt des Lebens, unter dem er angreifbar war. Er gab Weinberger das Glas in der Hoffnung, den Augenblick hinausschieben zu können, aber Weinberger stellte es beiseite, ohne es auch nur eines Blickes zu würdigen.

»Wenn man das letzte Jahrzehnt überblickt, hast du Wunder vollbracht«, sagte Weinberger. Stone antwortete nicht. »Im letzten Jahr hat kein Schauspieler brutto mehr eingenommen als du. Sicher, es war harte Arbeit, aber du wirst mir sicher darin zustimmen, daß sich die Sache gelohnt hat.« Er beugte sich über die Papiere, so daß seine Stirn fast den Boden berührte und es so aussah, als würde er beten. Er drehte eine Seite mit Notizen und Zahlen um.

»Dank deiner, Weiny«, sagte Stone. Er wußte, daß dies die Pille nur versüßen sollte.

Weinberger zuckte die Achseln. Stone bereitete sich auf den nächsten Teil von Weinbergers Rede vor. »Die Branche befindet sich im Umbruch, Marshall.« Er war noch immer über seine Papiere gebeugt.

»In den letzten fünfzig Jahren hat sie sich ständig verändert. Viele würden uns Stars nur zu gern loswerden, verabscheuen uns: Verleiher, Regisseure, Autoren und Produzenten. Sie wären glücklicher, wenn es keine Stars gäbe.«

»Vielleicht«, meinte Weinberger vorsichtig. Er setzte sich auf und sah Stone an. »Aber bis jetzt war die Branche noch immer der Meinung, daß es die großen Namen sind, die das Publikum in die Kinos treiben. Nun aber entdecke ich eine Tendenz, es anders zu sehen.«

Stone widersprach. »Hör mal, Weiny, die Branche sucht doch immer nach dem Stein der Weisen. Als *Vom Winde verweht* alle Kassenrekorde brach, konnte man gar nicht genug Kostümfilme drehen. *Die Trapp-Familie* zog eine Unzahl von Musicals nach sich. *Love Story* war der Vorläufer für Rührschinken. Und was ist geschehen? Alle Nachahmungen sind sang- und klanglos eingebrochen.«

»Nachahmungen sind immer riskant.«

»Sicher sind sie das. Wie oft haben sie uns eingeredet, wir würden einen neuen *Easy Rider* oder eine neue *Reifeprüfung* machen. Und dabei war es lediglich eine Ausrede dafür, daß sie weder eine überzeugende Geschichte noch ein gutes Drehbuch hatten.«

»Oder einen neuen *Das dreckige Dutzend*«, sagte Weinberger pointiert.

»Ich gebe ja zu, daß ich mich mit *Lockspitzel* geirrt habe. Ich wollte nur dem armen alten Edgar einen Gefallen tun.«

»Nun, das stimmt nicht ganz, Marshall. Sie wollten, daß Leo *Lockspitzel* von Edgar kauft, um ihn von einem anderen Produzenten für dich machen zu lassen.«

»Ich kann mich nicht mehr an alle Einzelheiten erinnern«, entgegnete Stone. »Aber ich erinnere mich daran, daß ich sagte, wir müßten sicher sein, daß Edgar finanziell auf seine Kosten kommt.«

»Nun, er ist finanziell auf seine Kosten gekommen: Er hat sein Honorar im voraus bekommen und muß sich an keinerlei Bedingungen halten. Wenn dieser Junge mit der Länge nicht klarkommt, werden das Leos Kopfschmerzen sein, nicht Edgars.«

»Leo ist kein Dummkopf«, stellte Stone fest. »Er weiß, was Sache ist. Du hast doch gehört, was er neulich beim Essen gesagt hat. Er weiß, daß es noch immer die Stars sind, die die Kinos füllen.«

Weinberger wich aus. »Leo hat einen ausgeprägten Selbsterhaltungstrieb. Er wird in der Branche so lange seine Dollars machen, wie ein Dollar zu verdienen ist.«

»Da ist noch eine ganze Weile das große Geld zu machen, Weiny. Drei Milliarden Dollar wurden im letzten Jahr weltweit an den Kinokassen eingespielt. Schneide den Kuchen an, wie du willst: Es fallen noch immer große Brocken dabei ab.«

»Wir müssen in das Fernseh- und Videogeschäft einsteigen, Marshall. Das gute alte Kino liegt im Sterben.«

»Die Filmtheater mit sechs- oder siebenhundert Sitzen sind finanziell gesund. Es sind die riesigen Paläste mit bis zu fünfzehntausend Plätzen, denen es an den Kragen geht.«

»Und bald werden es nur noch die mit zweihundert Sitzen sein, denen es gutgeht. Und dann die mit fünfzig. Und schließlich werden es nur zwei Leute auf einem Sofa sein, denen es gutgeht. Du mußt den Tatsachen ins Auge sehen, Marshall: Die Zukunft gehört dem TV-Geschäft.«

»Du willst doch nicht etwa schon wieder damit anfangen.«

Er lächelte. »Weiny, hast du dir jemals die Haare von André schneiden lassen? Meinem Friseur? Er rasiert dir die Koteletten mit dem Messer. Du wirst überrascht sein, was das ausmacht.«

Weinberger sah Stone an und lächelte, gab jedoch keine Antwort.

»Du brauchst deinem Stamm-Friseur ja nicht gleich die kalte Schulter zu zeigen, Weiny. Du brauchst es dir von André lediglich einmal im Monat machen zu lassen.«

»Ich leide nicht an übertriebenen Loyalitätsgefühlen gegenüber meinem Friseur, Marshall. Aber ich verfüge weder über genug Geld noch über genug Haare, um zu André zu gehen.«

»Das ist gut, Weiny.« Stone lachte. Weinberger lachte nur so lange, bis er Stones volle Aufmerksamkeit erregt hatte. Dann sagte er: »Du solltest auf mich hören, Marshall. Es geht um eine wichtige Entscheidung, die du treffen mußt. Und ich kann sie dir beim besten Willen nicht abnehmen.«

Stone nickte und setzte sich.

»Der Video-Kassetten-Markt wird ganz groß werden. Davon sind wir beide überzeugt.«

»Stimmt, stimmt, stimmt.«

Weinberger machte bei seiner Argumentation keine Pause. »Und dieser Markt wird durch das tägliche Fernsehprogramm beeinflußt.«

»Unter Umständen.«

»Man kann zwar nie ganz sicher sein, Marshall, aber ich glaube, daß es einem langsamen Sterben gleichkommt, wenn man nur im Kino zu sehen ist. Koolman hat deine drei *Vollstrecker-Filme* an die Sender verkauft. Jetzt will er einen Pilotfilm machen, um zu zeigen, daß der Seriencharakter auch in einem *TV-Special* erhalten bleiben kann: einmal im Monat.«

»Mit mir in der Hauptrolle?«

»Leo ist sich klar darüber, daß er keinen anderen damit beauftragen kann, ohne daß der Charakter der Filme verlorenginge.«

»Mach mir nichts vor, Weiny.«

»Ich wiederhole nur, was Leo gesagt hat.«

»Wie viele hätte er denn gern?«

»Zehn Episoden.«

»Nicht zwanzig?«

»Leo möchte zwanzig, aber ich denke, ich kann ihn davon überzeugen, daß zehn für beide Seiten besser sind. Er weiß, daß du jederzeit krank werden kannst oder so was.«

»Mir gefällt das nicht, Weiny.«

»Marshall, ich glaube nicht, daß wir in der Position sind, uns herumstreiten zu können. *Der Country-Sänger* und *Zieh, ziel, schieß!* haben Verlust gemacht, und *In der Falle des Tigers* erntet auch nicht gerade Lorbeeren. Wir könnten beim nächsten Abschluß Schwierigkeiten bekommen, deinen Preis zu halten.«

Stone schauderte. Weinberger würde solche Dinge nicht sagen, wenn er wüßte, welch verheerende Wirkung sie auf den Stoffwechsel eines Schauspielers haben konnten. Sein Magen rebellierte. Er würde in den nächsten 24 Stunden kaum in der Lage sein, etwas Vernünftiges hinunterzubringen. »*In der Falle des Tigers* holt auf. Hast du *Variety* von dieser Woche gelesen? Die Zahlen aus Philadelphia trugen die Überschrift: ›Die *Falle* läuft sich warm‹, und die aus Seattle: ›Die *Falle* öffnet sich.‹ Der Film könnte sich als Spätzünder erweisen.«

»Aber hast du dir dazu auch die Bruttoeinnahmen angesehen und die Computer-Charts? Es ist doch so, daß der Film in ein paar großen Filmtheatern aufgeholt hat, in den Autokinos und im Hochschulbereich aber ist er ein Flop.«

»Die Autokinos«, grollte Stone. »Die haben ihn mit zwei anderen Filmen im Wechsel gezeigt. Mit zweien, Weiny. *Girl Time* und einem alten Doris-Day-Film. Welche Chancen sollte er bei dieser Art von Programmgestaltung wohl haben? Und wer schert sich schon um den Hochschulbereich?«

»Der Hochschulbereich ist die Jugend, Marshall. Zu viele

deiner Fans sind über vierzig. Sie bleiben zu Hause vor dem Fernseher, und deshalb sind wir zu diesem Handel mit Leo gezwungen.«

»Wo bist du in der letzten Zeit gewesen, Weiny? Die Jugend geht für mich durchs Feuer. Es gibt jede Menge Protest in dem *Tigerfallen*-Film. Die Jugend muß nur erst mal merken, um welche Art von Film es sich handelt, um ihn zu einem Renner zu machen. Hast du nicht von der Heerschar von Jugendlichen gehört, die mich neulich vor dem *Tiktok* überfallen hat?«

»Ich war dabei, Marshall. Ich habe dich vom *Tiktok* abgeholt, erinnerst du dich? Aber du weißt auch, Marshall, daß diese Jugendlichen dort gewartet haben, um die *Counting House Silver* zu sehen.«

»Die was?«

»Eine Popgruppe, die zu Tonaufnahmen im großen *Tiktok*-Studio war. Die *Kids* haben auf sie gewartet. Du warst die Zugabe. Das weißt du.«

»Himmel, Weiny. Du schlägst unerlaubt tief.«

»Hast du die heutigen Kritiken gelesen, Marshall?«

Stone schüttelte den Kopf. »Hör auf, Weiny. Ich bin schon den ganzen Tag gefordert. Die Pferde ... die Stute wird wohl fohlen ... Ich habe versucht, den Tierarzt zu erreichen. Und dann diese Verabredung mit Preston.«

»Marshall!«

»Sind sie so schlecht, Weiny?«

»Sie versetzen uns nicht gerade in die Lage, Leo Koolman gegenüber auftrumpfen zu können.«

»O Gott.«

»Ich will dich nicht kränken, Marshall.« Weinberger wünschte, sich nur für einen Augenblick der Überschwenglichkeit des Showgeschäfts bedienen zu können. Er hätte Stone gern umarmt und ihn mit jenen Gesten getröstet, die den Künstlern so selbstverständlich waren, die Weinberger vertrat. Er hätte Stone gern gesagt, was für ein hervorragender Schauspieler er doch war, und von der Unterhaltung und den Erkenntnissen geredet, die er Millionen von Menschen vermittelt hatte. Er hätte ihm gern gesagt, daß sein *Hamlet* ihm eine neue Einsicht in ein Drama vermittelt hatte, das er fast auswendig zitieren konnte. Er hätte Stone gern versichert, daß seine Leistung in *In der Falle des Tigers* die einzige Rettung des Streifens war und daß er trotz seines Verfolgungswahns, seiner Rücksichtslosigkeit, seiner Lügen und seiner Egomanie ein großes Talent verkörperte, das Weinberger eine Befriedigung verschaffte, die kein anderer Klient ihm vermitteln konnte. Er wollte ihm sagen, daß er ihn liebte wie einen Bruder, aber Weinberger wäre lieber gestorben, als seine Gefühle auf diese Weise zu zeigen.

Weinberger rieb sich das Gesicht mit seiner großen, kräftigen Hand so stark, als wolle er sich selbst bestrafen. Er zwinkerte und sagte dann: »Leo erwartet bei jedem Vertrag eine Art Vorgeplänkel. Vermutlich würde es ihn verstören, wenn wir uns nicht zierten wie eine verschreckte Jungfer. Aber er kennt uns auch gut genug, um eine echte Absage zu erkennen. Ich bitte dich einzusehen, daß nach *Lockspitzel* die Branche kaum Schlange stehen wird, um dich unter Vertrag zu nehmen, wenn wir Leo vergraulen.«

»Wenn *Lockspitzel* in der Rohfassung fertig ist, könnte ich bereits eine Oscar-Nominierung für *Schweigendes Paradies* haben.«

»Nur wenn du bei Leo unterschreibst. Er wird *Schweigendes Paradies* abstürzen lassen, wenn er dich als Investition für die Zukunft verliert.«

»So funktionieren die Gehirnwindungen der Produzenten nicht, Weiny. Sie sind ganz wild darauf, eine Nominierung zu bekommen. Sie reden bereits über einen neuen Titel...«

»Polystyrol-Paradies?«

»*Okay,* Weiny, ich weiß, daß du den Film nicht magst...«

»Deine Darstellung geht in all den Tricks unter. Es ist die Art Film, bei dem der Name des Mannes für die Spezialeffekte über dem Titel stehen müßte.« Weinberger lachte über seinen eigenen Witz, aber Stone nickte bekümmert und sagte: »Ja, es ist ein Männerfilm.«

»Es ist ein Familienfilm. Koolman sollte ihn während der Schulferien herausbringen. Sechzig Kopien landesweit, während die Kritiker noch warm sind.«

Stone zischte durch die Zähne. »Wenn wir die Werbung wie für einen Jugendfilm aufziehen, können wir alle Nominierungsträume begraben.«

»Eben. Und jetzt wirst du vielleicht auch verstehen, warum Koolman ihn nur dann für eine Nominierung aufbauen wird, wenn er das Fernsehgeschäft unter Dach und Fach hat.«

»Laß uns abwarten, wie sich der Film an den Kassen macht«, sagte Stone.

»Marshall, wir müssen Koolman dazu bringen, die Filme zu optimalen Zeiten ausstrahlen zu lassen. Um acht Uhr abends gibt es dreimal soviel Zuschauer wie zwei Stunden später. Hängt man sie an eine beliebte Show, so werden sie deren Publikum übernehmen. Und dann muß sichergestellt werden, daß im Konkurrenzkanal zur selben Zeit nichts Attraktives läuft. Aber all diese Dinge kosten Geld, Marshall.«

»Fernsehen ist ein einziger Rummel.«

»Warum beim Fernsehen aufhören? Diese Burschen haben das ganze Spektrum: Radio, Platten, Filme – alle Arten von Medien, in die sie dich reinstopfen können. Du wirst in ihren Fan-Magazinen erscheinen und in den Programmzeitschriften. Das ist ein Syndikat, von dem du nur träumen kannst. Sieh doch nur, was sie für Val getan haben. Vor einem Jahr noch mußte ich Leute zum Essen einladen, damit sie ihm eine winzige Rolle in *Coronation Street* gaben. Glaub mir, Marshall, im Hinblick darauf, wie diese Burschen einen Star machen können, ist Leos Angebot großzügig.« Weinberger beobachtete seinen Klienten genau. »Sehr großzügig.«

Stone nickte. Er wollte ja glauben, daß er aus einer solchen

Fernsehserie unbeschadet herauskommen konnte. Aber man brauchte doch nur auf den Knopf zu drücken, um zu erkennen, welche Art von Shows die Sender haben wollten. Seichte Geschichten, die nicht von der Werbung ablenkten, und Drehbücher, die von Lohnschreibern als Dutzendware geschrieben wurden. Billige, schlecht ausgeleuchtete Kulissen, ungeprobte, hastig zusammengeschusterte Szenen. Und für diesen Mist würde Marshall Stone geradestehen müssen. Millionen von Menschen würden sehen, wie das Fiasko von Woche zu Woche wiederholt wurde. Seinen Freunden würden Schauder über den Rücken laufen, seine Feinde hämisch grinsen – und alle wären übereinstimmend der Meinung, daß Marshall Stone seinen wahren Wirkungskreis schließlich gefunden hatte. Und was noch schlimmer war: Sie würde ihn bis in alle Ewigkeit verpflichten. Wurde es ein Erfolg, würde er jahrelang auf dem Bildschirm zu sehen sein. Und wer würde dann noch dafür zahlen, ihn im Kino zu sehen?

»Ich denke dabei nicht nur an das Geld.«

»Ich denke auch nicht nur an das Geld, Marshall. Aber Leo darf diese drei Filme nicht zum Tod im Fernsehen verurteilen. Wenn er das tut – aus Bosheit oder Nachlässigkeit –, wird es unmöglich sein, deinen Preis zu halten.«

»So ist Leo nicht.«

»Leo ist genau so, Marshall. Und je eher du das einsiehst, desto besser.« Sie blickten sich einen Moment schweigend an.

Stone zuckte die Achseln. »Ich bin nur ein simpler Schauspieler, Weiny. Von diesen hochkarätigen Geschäftspraktiken verstehe ich nichts.«

»Dann laß mich das für dich erledigen. Mach das TV-Geschäft. Ich sorge dafür, daß das Honorar erhöht wird, und senke die Option auf zehn Episoden. Aber unterschreibe, Marshall.«

Stone wünschte sich sehnlichst, die ganze Angelegenheit in Weinbergers Hände legen und ihn alle Einzelheiten entscheiden lassen zu können. Aber er konnte das Telefongespräch nicht vergessen, das Jasper aufgezeichnet hatte. Er vertraute Weinberger nicht mehr blind. Wer konnte sagen, welche irrwitzigen Intrigen er mit Koolman ausgeheckt hatte? Seine Warnungen vor Koolman konnten sehr gut ein Teil dieser Intrige sein. Er hatte einmal einen Film gesehen, in dem genau das passiert war.

Val Somerset war ebenfalls Weinbergers Klient. Er war jung. Vor ihm lag ein Leben voller Gagen – und zehn Prozent davon für Weinberger. Hätte Weinberger zwischen ihnen beiden zu entscheiden – auf wen würde seine Wahl wohl fallen? Wen würde er opfern? Und warum hatte er keine einzige Bemerkung über die Szene während des Mittagessens gemacht? Derlei Dinge waren Weinberger entsetzlich peinlich – das hatte Stone mehrfach festgestellt, wenn er sich in Restaurants beschwerte. Sein Schweigen konnte also sehr gut ein Eingeständnis seiner Schuld wegen des Verrats gewesen sein.

»Nein«, sagte Stone. »Kein TV-Geschäft. Du wirst Leo sagen, daß ich ein Mann des Spielfilms bin. Und das werde ich auch bleiben.« Er beobachtete Weinbergers Gesicht und wartete auf die Reaktion.

Weinberger sah nicht hoch. Er beugte sich noch tiefer über die Dokumente auf dem Fußboden. Er brachte sie in eine gewisse Ordnung – wie ein Falschspieler, der ein Blatt mischt. »Du kannst beides machen, Marshall.«

»Bring mir *Mann aus dem Palast,* Weiny. Ich mache ihn für dreihunderttausend Dollar pauschal.«

»Sie haben einhunderttausend angeboten, plus fünfzigtausend in Raten und fünf Prozent vom Gewinn.«

»Du lieber Himmel! Fünf Prozent von nichts sind nichts. Hol sie der Teufel! Du beschaffst mir einen anderen Spielfilm, Weiny – einen guten.«

»Ich werde mich bemühen, Marshall. Aber überleg dir inzwischen alles noch mal gründlich. Laß uns morgen über das Fernsehen reden.«

»Nicht morgen, nicht übermorgen – nie, Weiny. Du wirst losziehen und mit einem Spielfilm für mich zurückkommen. Und wenn du noch einmal das Fernsehen erwähnst, sollten wir uns besser trennen.«

»Wie du willst, Marshall. Der Klient hat immer recht.«

»Es gibt Zeiten im Leben eines Mannes, in denen er konsequent sein muß, Weiny. Eine Zeit, in der er seinen inneren Überzeugungen folgen muß.«

Er beobachtete seinen Agenten und stellte sich darauf ein, Unmut zu zeigen, falls Weinberger seufzen oder in sich hineinlächeln sollte. Er tat keins von beidem.

Weinberger verstaute alle Papiere in dem schmalen schwarzen Koffer und warf einen kurzen Blick auf den TV-Vertrag, als versuche er sich vorzustellen, wie er wohl mit der Unterschrift seines Klienten aussehen würde. Er machte den Deckel zu, und die Schlösser schnappten mit einem schrecklichen, endgültigen Klicken ein.

Wieder allein, ging Marshall Stone in seinem Arbeitszimmer auf und ab. Er berührte die edlen Möbelstücke und betrachtete die wertvollen Bilder und Dekorationsgegenstände. Genau wie seine Sammlung von Fotos und Ausschnitten Teil des Bemühens war, seine Herkunft, Schulzeit und Jugend auszulöschen, war dieses Haus ein Versuch, sich einen anderen Background zuzulegen. Seine alten Mauern, die knarrenden Treppen und windschiefen Schornsteine schufen eine Kulisse, deren er nie müde werden würde. Schon immer hatte er sich ein solches Haus gewünscht. Und dennoch blieb es ein fremdes Land – wie gastlich es auch immer war – und er ein Immigrant. Keiner seiner Vorfahren hatte die Schwertspuren am Holzpaneel der Bibliothek hinterlassen oder dafür gesorgt, daß die große Halle angebaut wurde, nachdem sich Wellingtons Ruhm an der Börse niedergeschlagen hatte. Es waren auch nicht die Seinen gewesen, die als Gastgeber für die Monarchen fungiert hatten, die ihre Häupter auf die Kissen des großen Himmelbetts betteten.

Dieser Salon – oder das Zimmer zum Zurückziehen, wie Stone es zu nennen pflegte – war sein Lieblingsraum: Er enthielt sechs elegante Spiegel, aber keine Uhr. Er hatte das nie zuvor bemerkt. Viele Gegenstände trugen seine Initialen. (Natürlich nicht E. B., das wäre verwirrend für all jene gewesen, die ihn als Marshall Stone kannten.) Der Raum gab ihm ein Gefühl von Beständigkeit und Zuversicht, weil er den Lohn seiner Erfolge betrachten und berühren konnte.

Am anderen Ende des Raums gab es eine Bar mit Bierzapfhähnen und Hockern. Hinter der Theke hing der Schmuckdolch, den er in *Hamlet* getragen hatte; daneben Fotos und ein goldfarbenes Diplom, das eine Vereinigung von Textilherstellern ihm als bestgekleidetem Mann des Jahres 1965 verliehen hatte. Es gab auch ein Foto von Stone auf einem Plakat für den Fonds ›Behinderte wehren sich‹ und eine Speisekarte von Laserre, auf der Bette Davis ihr Autogramm mit Lippenstift geschrieben hatte. Einige seiner besten Kritiken waren teakholzgerahmt, und da war auch eine Jak-Karikatur aus dem *Evening Standard*. Sie zeigte Stone in der vordersten Reihe einer Demonstration von Schauspielern gegen den Krieg in Vietnam. Da waren Plakate von einer Amateurtheatergruppe aus New Jersey, die sich Marshall Stone Company nannte. Und da war auch ein erdbeschmutztes Kavalierstaschentuch, daß Stone von Bogart ausgeliehen hatte und das nie gewaschen worden war. Schließlich gab es Unmengen von Fotos, mit illustren Namen aus dem Showgeschäft signiert. Stone war auf allen zu sehen; Arm in Arm mit Olivier und Richardson bei einem Festival, ein Starlet in Venedig küssend, einen 150 Pfund schweren Marlin umarmend – Catalina Island im Hintergrund –, lächelnd und kurz vor einem Lachanfall vor dem Herzog von Edinburgh, und er und Burton, ihre Muskeln an irgendeinem sonnenüberfluteten Strand in der Karibik trainierend. Nichts von all den Zweifeln und Abneigungen, die ihn mitunter seinen

Schauspieler-Kollegen gegenüber ankamen, empfand Stone jetzt. So war ›die Branche‹: eine verschworene Gemeinschaft von Spaß liebenden Freunden, die sich eine Welt voller Wärme, Liebe und Wohlstand geschaffen hatten. Sie mochte trügerisch sein, aber sie war auf jeden Fall besser als die brutale, grausame Welt, von der Weinberger sprach. Sie war auch besser als die Welt, die er durch die blaugetönten Fenster seines Rolls sah, und jene unberechenbare und aggressive Welt, von der in der Presse berichtet wurde.

Stone fand in seiner Souvenirsammlung Trost. Das hatte er bereits bei früheren Gelegenheiten herausgefunden. Hier waren seine Beglaubigungen und seine Aktiva – seine Eintrittskarte für die Welt, die er so sehr liebte. Derart rückversichert, griff er zum Telefon und wählte eine Telefonnummer in Paris. Er blickte auf die Uhr und fragte sich, ob Suzy Delft wohl da wäre. Es war eine Erleichterung, ihre Stimme zu hören.

»Ja, bitte?«

»Suzy? Ich hatte gerade einen glänzenden Einfall. Wie wäre es, wenn ich schnell zu dir hinüberkäme. Dann könnten wir den morgigen Tag miteinander verbringen.«

»Liebling, du hast doch morgen Dreharbeiten.«

»Nein, sie haben die Pläne wieder mal geändert. Sie wissen heute nicht, was sie morgen machen wollen.«

»Wie ärgerlich für dich, mein Schatz.«

»Mir geht das auch langsam auf die Nerven. Schließlich hätte ich inzwischen meinen anderen Verpflichtungen nachkommen können: Nachsynchronisation, Montagen und so weiter. Und ich habe einen Stapel Drehbücher bekommen, der ist mindestens einen Kilometer hoch. Ich werde ein paar davon mitbringen, um sie durchzublättern. Wenn ich sie zurückgebe, ohne sie gelesen zu haben ... Nun, man kann nie wissen ... es könnte schließlich eine ausgesprochene Sensation darunter sein.«

»Wie *Mann aus dem Palast.*«

»Weinberger und ich denken über *Mann aus dem Palast* noch einmal nach.«

»Aber du warst doch so interessiert.«

»Ich würde gern etwas Anspruchsvolleres machen, Suzy. *Mann aus dem Palast* ist auf seine Art ganz gut, aber eine solche Rolle läuft mir immer wieder mal über den Weg.«

»Ein Schauspieler braucht die Herausforderung. Ich habe Leo gesagt, daß – ich gern ein Kostümstück machen würde.«

»Und was hat er gesagt?«

»Er wird eins für mich schreiben lassen.«

»Er ist ein wunderbarer Mann«, sagte Stone. Es entstand ein längeres Schweigen.

»Ich muß weg, Liebling. Der Verkehr auf den Champs ist heute wieder mal schauerlich. Es wird eine Stunde dauern, bis wir da sind. Deshalb hat Val den Wagen extra früh bestellt. Ein zehnsitziger Mercedes. Wir haben alle darin Platz. Bestimmt wird es ein großer Spaß. Es werden alle dasein, sagt Val.«

»Was sagst du dazu, wenn ich schnell rüberfliege? Ich könnte zum Ende des Films da sein – ich habe ihn schon gesehen. Und dann könnte ich dir beim Essen Gesellschaft leisten.«

»Aber die *Freundschaft* ist doch nicht in Ordnung.«

»Ich werde einen Linienflug nehmen.«

»Das wird aber eine Hetze werden, Liebling. Um diese Jahreszeit herrscht in Heathrow immer ein furchtbares Chaos.«

»Ich möchte deine Pläne nicht durcheinanderbringen.«

»Das tust du ganz und gar nicht. Aber du darfst dich nicht langweilen, wenn ich morgen zur Kosmetikerin und zum Friseur muß und noch ein paar Besorgungen zu machen habe.«

»Nein, es wird bestimmt lustig. Wo findet das Essen heute abend statt?«

»Bei Fouquet. Es ist so bequem, nur ein paar Schritte vom Kino entfernt. Liebling, ich muß flitzen, die anderen warten schon.«

»Mit der Geschwindigkeit eines Pfeiles überquere ich die tiefen Wasser und eile zu dir.«

Sie lachte. »Marshall-Liebling, es war wunderbar von dir,

mich anzurufen. Ich werden den ganzen ermüdenden Film über an dich denken – beeil dich, mein Schatz.«

»Au revoir«, sagte Marshall Stone und legte den Hörer auf die Gabel.

Sicherlich würde er sich dabei langweilen, am nächsten Tag bei den Besorgungen hinter ihr herzutraben. Er fragte sich, ob sie da drüben einen Liebhaber hatte. Somerset hatte sein eigenes Mädchen dabei, das war also in Ordnung. Aber da war so ein kleiner französischer Regisseur gewesen, der Suzy letztes Jahr in Cannes nachgestellt hatte. Er fragte sich, ob der heute abend in Erscheinung treten würde. Doch das machte ihm keine Sorgen. Er wußte, wie man junge Filmregisseure in Schach hielt.

Erneut wählte er eine Nummer. Richard Preston meldete sich.

»Rich?«

»Oh, hallo, Marshall. Ich bin gerade nach Hause gekommen. Fühlen Sie sich inzwischen besser – im Einblick auf die Szene morgen?«

»Nun, das ist es gerade, worüber ich mit Ihnen sprechen möchte, Rich. Nach unserem Gespräch heute war ich ganz schön ... wie soll ich sagen ... nun, erschüttert.«

»Das tut mir leid, Marshall.«

»Es braucht Ihnen nicht leid zu tun, *Darling*. Ich habe Ihnen für vieles zu danken. Sie haben mir den Kopf zurechtgerückt. Nach der schlimmsten Zeit, die ich beruflich je durchgemacht habe, haben Sie mir die Augen geöffnet – mich geöffnet. Das ist eine wundervolle Erfahrung für einen Schauspieler, Rich. Und wenn Sie das für mich getan haben, können Sie es auch für andere Schauspieler tun. Das ist etwas, was nur wirklich große Regisseure fertigbringen: Huston, Ford, Fellini, Hitchcock – die größten. Ich werde Ihnen ganz offen sagen, was ich heute nachmittag zu Weinberger gesagt habe, Richard: Sie werden ein Regisseur internationalen Zuschnitts. Und zwar bald.«

»Es freut mich, daß ich Ihnen helfen konnte, Marshall. Anfangs dachte ich, ich würde die Dinge nur verschlimmern.«

»Genau das ist der Grund meines Anrufs, Rich. Ich brauche einen Tag oder zwei, um es zu verarbeiten. Ich brauche Raum, um zu atmen und die Rolle in mich aufzunehmen, die Sie mir gezeigt haben.«

»Ich habe nichts dazu getan, Marshall.«

»Sie haben den Vorhang beiseite gezogen, Rich.« Stone lachte. »Sie wissen ja gar nicht, was Sie für mich getan haben. Und wenn Sie die Dreharbeiten umstellen und morgen ohne mich auskommen können, dann wäre ich Ihnen ewig dankbar. Das wäre ich wirklich.«

»Ich werde Edgar anrufen und ihn bitten, sich mit dem Produktionsleiter in Verbindung zu setzen. Wir werden sehen, was sie mir geben können, damit ich morgen keinen Leerlauf habe.«

»Lassen Sie sich von diesen Leuten nicht herumkommandieren, Rich. Es gefällt mir nicht, wenn ich sehe, wie Schmarotzer die Jungen ausnutzen, nur weil sie noch neu im Geschäft sind. Die alten Hasen halten immer zusammen, haben Sie das schon bemerkt? Nein, Rich – wenn Sie die Entscheidung für morgen treffen, reicht mir das völlig.«

»Warten Sie einen Moment, Marshall. Ich sehe mal auf dem Drehplan nach, was ich umdisponieren kann. Ich bin gleich wieder da.«

»Lassen Sie sich ruhig Zeit, Rich. Ich warte gern.«

Preston kämpfte mit seinem übervollen Schreibtisch. Er fand den Etat, die Besetzungsliste und den Drehplan. Er war zweimal gefaltet, und Preston brauchte beide Hände, um ihn auf der Schreibtischplatte ausbreiten zu können. Es war eine Fotokopie, und er konnte nicht alle Einzelheiten erkennen. Er hatte schon fast aufgegeben, als er Marshall Stones Stimme hörte. Preston nahm den Telefonhörer wieder auf, um zu gestehen, daß eine Umdisposition seine Fähigkeiten übersteige, als er Stone sagen hörte: »Die Leichtigkeit, mit der ihr Burschen mit diesem komplizierten Papierkram fertig werdet, hat mir schon immer Bewunderung abgenötigt. Aber ihr seid alle gleich: Godard, Kubrick, Antonioni. Wenn es etwas gibt, das ihr gemeinsam habt, dann ist es die absolute Beherrschung des Papierkrams.«

»Ich versuche es hinzubiegen, Marshall«, sagte Preston. Er fuhr mit dem Finger die Liste der Schauspieler entlang und studierte dann die Spalte mit den Einsatzterminen. Morgen war die Szene an der Reihe, in der Stone sich mit seinen beiden Sergeants unter einer Schiffsladung auf dem Dock versteckte. Er schlug die entsprechende Seite des Drehbuchs auf. Er könnte Einstellung 143 drehen, in der der Lastwagen in Großaufnahme die Tore der Werft passiert. Und dann konnte er mit den Szenen 148 bis 153 weitermachen: die Japaner auf der Suche nach Stone. Am Mittwoch würde er dann Stones Szenen drehen: 144 bis 147.

»*Okay,* Marshall. Ich habe eine Lösung für morgen und Dienstag gefunden. Aber sorgen Sie dafür, daß Sie am Mittwoch pünktlich wieder da sind, sonst können wir am Freitag nicht aus den Docks raus, und das würde Wochenendarbeit am Drehort bedeuten. Und Gott weiß, ob die Hafenbehörden uns überhaupt noch einmal reinlassen.«

Stone wollte sich herzlich bedanken, wußte jedoch instinktiv, daß schroffe Sachlichkeit angebrachter war. »Mittwoch geht in Ordnung. Bis dann.«

Beim Namen Marshall Stone geraten weibliche Herzen in Wallung. Aber ich kann jetzt ganz im Vertrauen versichern, daß das Sitzen auf seinem Schoß ermüdend sein kann. Nehmen Sie dafür das Wort der Sängerin Marcia Morgan. Für eine Szene ihres neuen Films *Ruhmes-Straße* verbrachte sie acht Stunden auf Marshalls Knien. Es wäre unbequem, beklagte sie sich und wurde zur Mittagspause prompt mit einem weichen Kissen ausgestattet.

Syndication Service

6

Der beste aller Drehbuchautoren ist William Shakespeare, dessen Lear-Story alle Ingredienzen für einen erfolgreichen Film hat: Handlung, Spannung, Sex, Heldentum und Witz – die Essenz des Dramas.

Filmwerbung (König Lear)

Oh! Ich wußte gar nicht, daß Comanchen so küssen.

Filmdrehbuch (The Last Wagon)

Marshall Stone hatte fast vergessen, was Luftfahrtgesellschaften ihren Passagieren zumuten. Normalerweise winkte er den Zoll- und Paßbeamten kurz zu, wenn sein Rolls ihn an die Tür seines Privatflugzeugs brachte. Selbst wenn er mit einer Linienmaschine reiste, wartete stets ein Angestellter der Fluggesellschaft zusammen mit einem Beamten der Flughafenpolizei im Parkverbot dicht neben dem Eingang zum ViP-Raum. Während Stone einen Höflichkeitsschluck mit dem Flughafendirektor nahm, wurde sein Gepäck eingecheckt, so daß er als erster an Bord gehen und sich auf einen Platz seiner Wahl setzen konnte. Am Fuß der Gangway wartete ein Fotograf der Fluggesellschaft, und oben kühlte ein Steward den Champagner.

Dieser Flug hätte durchaus ähnlich verlaufen können, wären die Reisebüros an Sonntagen nicht geschlossen. Die Telefonverbindung der Fluggesellschaft schien auf Dauer besetzt zu sein, und Stone hielt es für den schnellsten Weg, über London und die Autobahn nach Heathrow zu fahren. Als sie sich dem Großraum London näherten, war der Wochenend-Rückreiseverkehr so stark, daß Jasper meinte, es würde mit der Bahn schneller gehen. Zum ersten Mal seit vielen Jahren erlebte Stone wieder das Gefühl, Teil einer Menge zu sein.

Die Fahrt mit der U-Bahn wurde zum Alptraum: die Rolltreppen und die abblätternden Werbeplakate, die summenden Generatoren und die warme, abgestandene Luft, wo das Aufwirbeln des Abfalls einen einfahrenden Zug ankündigte. Stone hatte vergessen, wie trübselig beleuchtet alles war. Er hatte sich verändert, seit er vor nahezu einem Vierteljahrhundert das letzte Mal hier unten in diesen blutleeren Adern gewesen war, die Dinge aber hatten sich nicht im geringsten gewandelt.

Es war verblüffend, das ganze Ambiente seiner Jugendzeit im Detail wiederzufinden.

Am Buchungsschalter sah der Angestellte ihn mißtrauisch an, bevor er ihm das Ticket aushändigte. »Ich kenne Sie doch. Sie müßten Marshall Stone sein.«

»Nein«, erklärte Stone. Der Schnurrbart trug dazu bei, den Angestellten davon zu überzeugen, daß er sich irrte, und Stone hastete davon, bevor er von einem weiteren Besserwisser gestellt werden konnte.

Am Abfertigungsschalter ging es dann weiter. »Erste Klasse. Erster Klasse nach Paris!« Aber drei Leute vor ihm blockten ihn standhaft ab.

Er wollte sagen: »Ich bin Marshall Stone«, aber Ticket und Paß gehörten einem Niemand namens Brummage. Er erwog, den Direktor rufen zu lassen, der ihn kannte, aber es war keine Zeit zu verlieren. Ein Mann stolperte über sein Hermès-Gepäck und fluchte über denjenigen, der es in der Gegend hatte herumstehen lassen.

»Wagen Sie nicht, mich zu beschimpfen«, sagte Stone. Er sah sich um und erklärte der Welt, daß er sich nicht beleidigen ließe. Aber die Welt hastete weiter, und der wütende Mann stieß gegen Stones Reisetasche und ging davon, ohne sich im geringsten zu beeilen. Stone war froh, nicht erkannt worden zu sein. Er lächelte in sich hinein: »Marshall Stone auf dem Flughafen in häßliche Szene verwickelt.«

»Sie können unmöglich das ganze Gepäck mitnehmen«, sagte das Mädchen am Schalter.

»Ich zahle für das Übergepäck.«

»Zu spät. Die Gepäckabfertigung ist bereits abgeschlossen. Nur noch Handgepäck. Wenn Sie das Zeug da unbedingt mitnehmen wollen, müssen Sie auf die *Air France*-Maschine warten.«

»Ich kann aber nicht darauf verzichten«, sagte Stone.

Das Mädchen zuckte die Achseln und wandte sich wieder der Kollegin am Nachbarschalter zu: »Und dann hat sie sich diese Seitenlocken machen und eine Seite hochbürsten lassen. Sie sieht sehr gut aus.«

»Ich brauche das Gepäck für meine Arbeit«, sagte Stone.

Das Mädchen kaute sich die letzten Farbspuren von der Unterlippe und sah ihn unter gesenkten Augenlidern hervor an, um anzudeuten, daß es sehr wohl in seiner Macht stand, das Gepäck an Bord zu nehmen. Hoheitsvoll erwartete es sein Bittgesuch.

»Es sind Kleidungsstücke«, sagte Stone. »Für Flüchtlinge. Sie gehen noch heute abend nach Afrika.«

Die Stewardeß glaubte ihm nicht und machte auch keinen Hehl daraus. Doch selbst diese schwache Lüge war eine angenehme Abwechslung in der öden Routine ihres Jobs, und sie akzeptierte das Märchen bereitwillig. In dem Augenblick, in dem sie den Telefonhörer in der Hand hatte, spielte sie ihre Rolle perfekt. Ihre Stimme wurde eine Spur dunkler und vibrierte erregt. »Hallo, Jimmy. Hier *Check-in.* Wir haben eine Sondersendung Kleidungsstücke für afrikanische Flüchtlinge. Sie muß auf die Maschine nach Paris. Von dort wird sie mit einer Sondermaschine ausgeflogen. Ja. Vorrangig.« Das Mädchen blickte hoch, und Stone nickte ernst.

»Vielen Dank«, sagte er.

»Bei Dingen dieser Art«, sagte das Mädchen, »tun wir, was in unseren Kräften steht.«

»Ich weiß das zu schätzen«, sagte Stone. Er fragte sich, ob das Mädchen ein Trinkgeld erwartete. Jasper hätte gewußt, was in diesem Fall zu tun war...

»Kenne ich Sie nicht von irgendwoher?« fragte das Mädchen.

»Könnte sein«, räumte Stone ein.

»Sie haben Fernsehnachrichten gesprochen, stimmt's? Vor fünf Jahren ungefähr.«

»Ja«, sagte Stone. Es war am einfachsten so.

Das Mädchen nickte und dachte bereits darüber nach, wie sie diese Geschichte heute abend ihrer Familie erzählen würde. Sie waren immer neugierig auf das, was sich auf dem Flughafen abspielte. Stone lächelte auch: Die Welt war eine Bühne. Alle schauspielerten gern, wenn sie die Möglichkeit dazu erhielten.

Das Flugzeug stieg steil in den Sonnenuntergang. Er schloß den Vorhang und schlug den Unterhaltungsteil der Nachrichtenmagazins auf. Vor wenigen Wochen war *In der Falle des Tigers* verrissen worden. Jetzt empfand Stone tiefe Befriedigung darüber, wie man über Val Somersets Leistung in *Kaiserliche Entscheidung* herfiel. Der Rezensent nannte ihn einen ›modischen Centurio‹ und ›Wegelagerer Roms im römischen Lager‹. Stone las es dreimal und gestand sich schuldbewußt ein, daß die rauhe Behandlung von Val Somerset zu seinem Wohlbefinden beitrug. Er nahm an, daß sie zum Wohlbefinden aller Leser beitrug.

Fouquet hatte noch geöffnet, als er dort eintraf, aber die Premierenparty für *Kaiserliche Entscheidung* – 85 Fünf-Gänge-Diners – hatte sich verlagert. Draußen waren noch ein paar Tische besetzt, aber drinnen war es fast leer. Zwei englische Reisebegleiter tranken Carlsberg und verglichen maschinengeschriebene Passagierlisten mit einem Stapel Flugtickets. Sie blickten auf, als Stone eintrat, und flüsterten miteinander. Sie hatten ihn erkannt, aber Stone konnte nicht verstehen, was sie sagten. Er verspürte die Versuchung, sie anzusprechen, nur um von ihnen mit Marshall Stone angeredet zu werden. Aber er tat es nicht.

Das *Georges Cinq* befand sich auf der anderen Straßenseite. Er dachte daran, wie ihnen als jungen Schauspiel-Eleven das Hotel als absoluter Höhepunkt des Showgeschäfts-Lebensstils Ehrerbietung eingeflößt hatte. Es war Suzys engem Apartment eindeutig vorzuziehen – und einer langen Taxifahrt nach St. Cloud hinaus –, aber es war Suzy, die er sehen wollte, und eine andere konnte sie nicht ersetzen.

Als er dann in ihrem winzigen Apartment war, wollte es ihm so vorkommen, als habe die Reise sich gelohnt. Er legte eine alte Hardy-Platte auf die HiFi-Anlage und drosselte die Lautstärke. Er nahm eine kalte Dusche und zog sich Leinenhosen und ein Polohemd aus Kaschmir an.

Aus dem Fenster des hohen Wohnblocks blickte er über Paris – ein Gewirr bunter Lichter mit einer Andeutung der Seine tief unter ihm. Der Flug war ein Alptraum gewesen, aber zugleich auch ein Vorgeschmack dessen, wie die Welt Edward Brummage behandeln würde, wenn sie nur die Gelegenheit dazu erhielt. Nie, nie wieder durfte er Edward Brummage werden. Er ging in die Küche und goß sich ein Glas Perrier ein. Ein Jahr zuvor hatte es viel Spaß gemacht, Suzys nüchterne kleine Wohnung in ihr Traum-Cottage zu verwandeln. Aber jetzt bewirkten die Antiquitäten aus den exklusiven Geschäften der Rue St.-Honoré, die alten Stiche aus *Twin Beeches* und die Emailschilder vom Flohmarkt nur, das Apartment wie den Lagerraum eines Händlers wirken zu lassen. Wie immer hatte Suzy das Bad in einem chaotischen Zustand hinterlassen. Spuren von Augen-Make-up sahen im Waschbecken aus wie Zebrastreifen. Vier farbige Handtücher waren über den Boden verstreut, und das Telefon stand in einer Wasserpfütze.

Stone setzte sich an den weißen Mini-Flügel und spielte die Anfangstakte eines Intermezzos von Brahms, das er für *Liebe in Trauer* gelernt hatte. Die Kamera war auf seine Hände zugefahren und hatte längere Zeit darauf verweilt. Er hatte nur die ersten 32 Takte gelernt, aber die spielte er mit der Fertigkeit eines Konzertpianisten.

Während er spielte, betrachtete er Suzys Foto auf dem Flügel. Sie war wunderschön. Es gab zahllose Fotos von ihr in dem Apartment. Jedermann war begierig, neben Suzy Delft in die Linse zu blicken, sogar Leo Koolman. Suzy konnte aus Koolman alles herausholen. Stone fragte sich, wie sie das anstellte. Und dann zwang er sich dazu, sich das nicht mehr zu fragen.

Er spielte das Intermezzo, so weit er konnte, stolperte dann über ein paar Dissonanzen, stand auf und durchquerte den Raum. Er zupfte die alte Gitarre, die er Suzy zum Geburtstag gekauft hatte, und begutachtete die Ölbilder aus jener Zeit, da das Schicksal die Absicht zu haben schien, aus ihr eine große Malerin zu machen. Die Patenschaft der Bilder war leicht auszumachen: Soutine, Seurat, ein Hauch Modigliani und der unvermeidliche Van Gogh. Eine Schwäche, die in der Familie liegen mußte, denn auch er gestand sich selbst bekümmert die Einflüsse von Brando, Olivier und Paul Muni ein sowie den wiegenden Gang, den er von Gary Cooper übernommen hatte.

Suzy gestattete allen möglichen jungen Leuten, in ihrer Wohnung zu übernachten, wenn sie in Paris Station machten. Ihm gefiel das zwar nicht, aber seine Sympathie für ihre jugendlichen Freunde, deren politische Theorien, Modemacken und Nachlässigkeiten war ein wichtiger Faktor seiner Beziehung zu Suzy. Gemeinsam verurteilten sie alle alten Philister – wobei er sich insgeheim eingestand, selber einer zu sein.

Um 2.30 Uhr verzichtete er auf die Rede, die er eingeübt hatte, um Suzy zu *New Jimmy's* oder *Castel's* zu überreden, und blickte erneut auf das ungemachte Bett. Der Himmel mochte wissen, welch pickliger Hippie hier geschlafen hatte, aber es war ein langer Tag gewesen. Er schob einen Fuß versuchsweise unter die Decke. Dort verbarg sich ein feuchtes grünes Handtuch wie eine tote Kröte. Er schleuderte es zur Seite und ärgerte sich darüber, wie sehr es ihn erschreckt hatte. Er lachte über sich selbst und dann über die Art und Weise, wie sich sein Leben seit jener Zeit verändert hatte, als er selbst sich keine Bettwäsche leisten konnte, nicht einmal schmutzige. Auf dem Kopfteil des Bettes balancierte ein Teddybär, den Suzy überallhin mitnahm. Er starrte Stone mit dem gleichen leeren Blick an, den er heute mittag auch auf Val Somersets Gesicht gesehen hatte. Er packte ihn an einem Bein und schleuderte ihn quer durch den Raum. »Bärenhafte Unverschämtheit«, rief Stone ihm nach und lachte erneut.

War das ein Tag gewesen: Preston, die jungen Leute, Weinberger und das ganze Tohuwabohu auf dem Flughafen. Wie eine französische Farce. Er hatte einmal Feydeau gespielt und erinnerte sich an die betont schrille Stimme, die er sich dafür zugelegt hatte, die Fast-Hysterie und das Tempo. Heute würde er Feydeau nicht mehr spielen: Die Kraftanstrengung würde ihn umbringen. Das war das Problem mit der Filmerei: Man verlor die Fähigkeit, zwei oder drei Stunden hintereinander zu spielen und die Zuschauer zu erobern, einem unwiderstehlichen Höhepunkt zuzustreben und ihn auch zu erreichen – und am nächsten Tag die ganze verdammte Sache wieder von vorn zu beginnen.

Er erinnerte sich noch recht deutlich an die Feydeau-Farce. Er mußte lachen, als er sich einige der komischsten Stellen vergegenwärtigte. Und als er einschlief, murmelte er eine Entschuldigung dafür, daß er ohne Hosen in einem Schrank angetroffen worden war. Es wäre genau der richtige Tag dafür gewesen.

> Meine schwerste Rolle war die, erwachsen zu werden.
>
> *Elizabeth Taylor*

Sicher gab es auch Schulen in der Nähe von St.-Trop, die zu einem ordentlichen Abschluß führten, aber fast alle Mädchen, die Suzy Delft kannte, waren in den Vororten von Genf oder im Hinterland der Marne zur Schule gegangen, wo sie fünf eintönige Jahre lang gelernt hatten, schlechte Bilder zu malen, perfekt Französisch zu sprechen und über eine zwei Meter achtzig hohe Mauer zu klettern, ohne den Nachtwächter zu wecken.

Verglichen mit anderen Mädchen ging es ihr gut. Ihr Taschengeld traf nie verspätet ein, und das Verleihen ihres Kleidergeldes während des letzten Semestermonats brachte ihr 15 Prozent ein. Ihre Treuhänder waren zwei humorlose Bankangestellte, die leicht dazu zu überreden waren, ein paar Extra-Spesen locker zu machen und Ferienreisen zuzustimmen, wenn Einladungen von den Eltern der anderen Mädchen vorlagen oder, noch besser, gefälscht wurden: So konnte sie allein fahren.

Sie war 19 Jahre alt, als eine Sekretärin sie aus einem Vortrag über chinesische Kunst herausholte und zu einem Treffen mit ihren Treuhändern und Marshall Stone brachte. Sie starrte den berühmten Filmstar an und war so überwältigt, daß sie kaum mehr als ein Stammeln hervorbrachte, als sie den Mann von der Bank erläutern hörte, sie sei jetzt alt genug, um zu erfahren, daß sie Stones uneheliche Tochter sei.

Er umarmte sie schweigend und besuchte sie von nun an jeden Sonntag. Sie stand am Fenster in der Nähe des Treppenabsatzes und wartete auf den Anblick seines Rolls, wenn er in die Toreinfahrt einbog. Es schien Jahre zu dauern bis zu ihrem Examen und zur Beendigung von Stones Dreharbeiten in der Normandie.

Wie die meisten anderen Mädchen hatte auch sie von Häusern in London und Paris geträumt; es war ein beliebtes Schlafsaalspiel gewesen, sie in allen Einzelheiten einzurichten. Und so fühlte sie sich wie im Paradies, als Stone sie nach dem Schulabschluß mit kleinen Wohnungen in diesen Städten überraschte.

Anfangs waren sie wie Bruder und Schwester gewesen und hatten sich beim Vornamen genannt. Sie hatten keine Scheu, einander zu kritisieren, zu verspotten oder zu verunglimpfen. Stone wußte, daß junge Leute harte Worte benutzten, um Sympathie zu verbergen.

Während der Schulzeit hatte sie seine bärenhaften Umarmungen genossen, da körperliche Zuneigung in einer Umgebung, in der so viele Eltern für ihre Kinder fast Fremde waren, selten war. Später hatte sie gelernt, die Intensität der Umarmungen und Küsse als Teil des Showgeschäfts zu akzeptieren, in das sie begeistert eintrat. Doch mitunter bereiteten die Reaktionen ihrer Freunde ihr Sorgen: Wie viele von ihnen mochten ihr Geheimnis kennen? Von nun an schreckte sie vor seinen Berührungen zurück und hielt in der Öffentlichkeit gebührenden Abstand. Sie wußte, daß es ihn verletzte und verwirrte, aber sie konnte es nicht über sich bringen, sich wie früher umarmen zu lassen. Und sie konnte ihm auch nicht erklären, warum das so war.

Besonders wenig willkommen waren seine besitzergreifenden Umarmungen nach einem Abend, den sie bei Tanz und Flirt mit jungen Leuten ihres Alters verbracht hatte. Sie lehnte den Kopf gegen die Tür ihres Apartments, nachdem sie sie leise geschlossen hatte. Im Dämmerlicht sah sie, daß es 3.15 Uhr morgens war. Sie hörte den Jungen, der sie heimgebracht hatte, trotz ihrer eindringlichen Bitte kräftig aufs Gaspedal treten – laut genug, um Stone und das ganze Haus zu wecken. Sie konnte ihn immer noch hören, als er sich bereits auf dem anderen Seine-Ufer befand.

»Marshall«, rief sie besorgt. »Marshall-Schatz!« Vielleicht war er nicht gekommen oder versteckte sich irgendwo, von wo aus er sie überfallen konnte. Sie verabscheute das, vor allem, weil es stets damit endete, daß sie sich mit umeinander verschränkten Beinen auf dem Boden rollten. »Marshall!«

Als sie das Licht im blauen Schlafzimmer anknipste, wo Stone seine Hamlet-Plakate und den riesigen Barockspiegel aufgehängt hatte, fand sie ihn schlafend im Bett.

»Liebling«, sagte er und zwinkerte. »Mach doch das schauderhafte Licht aus.« Sie schaltete die Nachttischlampe ein und setzte sich neben ihn. »Wo warst du, Liebling?« fragte Stone. »Entschuldige, daß ich nicht auf dich gewartet habe, aber ich bin sofort ins Bett gegangen, als ich vom Flughafen kam.«

»Wir sind zu Lipp gegangen. Dort fand eine Party statt. Bestimmt hast du noch nie ein so himmlisches kleines Atelier unter dem Dach gesehen. Genau wie Gene Kellys Wohnung in *Ein Amerikaner in Paris,* erinnerst du dich?«

»Nein«, sagte Stone.

Suzy stand auf und wirbelte herum, um das Moiréseidenkleid schwingen zu lassen. Genau das wollte sie einmal in einem Film tun. »Selbstverständlich erinnerst du dich, du alter Bär! *Ein Amerikaner in Paris*... eine winzig kleine Wohnung. Gene Kelly legte einen Tanz auf dem Flügel hin. Ein grandioser Film!«

»Wie spät ist es?«

»Man hat von dort oben einen Ausblick auf Notre-Dame – die Fassade gereinigt und mit Flutlicht angestrahlt. Wie herrlich, wieder in Paris zu sein!« Sie hielt im Herumwirbeln inne und setzte sich aufs Bett.

»Gib mir mal meine Zigaretten und das Feuerzeug.«

»Marshall-Schatz, es ist so altmodisch, sofort nach dem Aufwachen eine Zigarette haben zu wollen.«

Stone lächelte.

»Val geht zu der Demonstration am Donnerstag. Die Studenten sagen, sie würden das Palais de Justice niederbrennen. Ich habe keine Ahnung, was ich anziehen soll, wenn ich hingehe.«

»Deine Vanessa-Redgrave-Montur.«

»Laß deine verdammte Ironie, Marshall.«

»Von mir aus.« Ihm war es egal. Er zündete seine Zigarette an, blies den Rauch durchs Zimmer und lehnte sich gegen die Kissen zurück.

»Paris ist himmlisch.« Sie beugte sich über Marshall und küßte ihn überall, wie Greta Garbo in *Die Kameliendamne* Robert Taylor geküßt hatte.

Als sie ihn freigab, strich Marshall sich verlegen über die Haare. Er verabscheute den Anblick, den er ohne getuschte Wimpern bot, aber extra aufzustehen und sie anzumalen erschien ihm blödsinnig.

Er knöpfte seinen seidenen Pyjama bis zum Hals zu. Sah Suzy in ihm immer noch den verarmten Baron aus *Liebe in Trauer* oder den verwundeten Kampfpiloten aus *Vektor Eins-Acht?* Sie hatte das einmal zugegeben. Oder war es Edward Brummage, ein reicher, alternder Lüstling, von dem sie sich abwandte, als seine Küsse zu gefühlvoll wurden?

Hinter dem Kopfteil sah Suzy Stone und sich selbst im Glas des gerahmten Plakats widergespiegelt. Sie verschränkte die Hände über dem Messinggitter und legte ihr Kinn auf ihr Handgelenk. Stone begann eine längere Geschichte über einen Filmproduzenten zu erzählen, dem die Werbeleute die Anzeigen für seinen jüngsten Film vorlegten. Sie hatte sie bereits gehört, zeigte jedoch die Reaktionen, die er erwartete.

Sie hatte in den drei Jahren, die sie ihn kannte, eine Menge über Stone gelernt. Das erste Jahr war desillusionierend gewesen. Es hatte sie schockiert, wie er seinen Charme anknipste, wenn er mit einflußreichen Kollegen sprach, gewöhnliche Sterbliche jedoch schroff abfertigte. Die Männer in seiner Umgebung schienen allerdings nicht zu sehen, wie absurd und unaufrichtig er sein konnte. Erst vor kurzem hatte sie herausgefunden, daß Weinberger und andere, die Stone nahestanden und ihn mindestens so gut kannten wie sie selbst, ihn trotz seiner Schroffheit, Feigheit und seines überdimensionalen Egos gern hatten.

Sie lächelte. Stone lächelte auch, als er zur Pointe kam: »... er starrte auf die Plakate und sagte: ›Mein Gott, Mayer! Sie wußten doch, daß mein Name ebenso groß oder größer als alle anderen Beteiligten gedruckt werden sollte. Auf jeden Fall größer als der Tolstois!‹«

Suzy Delft lachte und stand auf. »Ich komme noch mal rein, um dir gute Nacht zu sagen, Marshall-Schatz.«

»Auf jeden Fall größer als der Tolstois«, sagte Stone und griff nach der nächsten Zigarette.

Sie konnte ihn noch kichern hören, als sie die Tür ihres seidenbespannten Ankleidezimmers schloß.

Sie zog sich langsam aus und betrachtete die Hochglanzfotos der Garbo, die sie rund um den Spiegel an die Wand gepinnt hatte. Sie hatte die gute alte Garbo genau studiert, so daß sie die Haltung mit den in die Seiten gestemmten Händen, das Lachen mit offenem Mund und das Garbo-Lächeln mit schräggelegtem Kopf nachmachen konnte. Je häufiger sie diese Gesten probte, desto mehr sah sie aus wie Vanessa Redgrave.

Sie schlüpfte in ihren Seidenpyjama, zog einen Kaschmir-Morgenrock an und war zufrieden mit dem dekorativen Anblick, den sie bot. Dann kehrte sie zu Stone zurück.

»Da ist etwas Champagner im Kühler, Liebling.« Sie lächelte.

»Bleib hier. Ich werde ihn holen«, sagte er.

Suzy schleuderte ihre Slipper von sich, zog die Füße unter den Körper und lehnte sich gegen das Fußende des Messingbettes. Sie hatte bereits mehr als genug getrunken, gab aber »Ohs« und »Ahs« von sich, als Stone den Champagner hereinbrachte, und tat so, als wäre das Öffnen der Flasche eine schwierige und gefährliche männliche Aufgabe.

Stone kletterte ins Bett und zog sich die Decke über, bevor er den Champagner eingoß. Sie bemerkte, daß er sich hastig die Wimpern getuscht hatte, und es freute sie, daß er für sie noch immer so gut wie möglich aussehen wollte. Stone sagte: »*Twin Beeches* ist in einem hervorragenden Zustand, nicht wahr?«

»Wundervoll, Marshall.«

»Hast du den Küchengarten gesehen? Mrs. Pimm braucht überhaupt kein Gemüse zu kaufen, weißt du.«

»Du hast es mir gesagt. Der Salat war köstlich.«

»Ich hab' mir da was überlegt, Liebling... Wenn man die neuen Pferdeboxen in Betracht zieht und daß die Ställe jetzt das große Lagergelände haben... nun, das könnte eine hervorragende Reitschule abgeben.«

»Was für eine herrliche Idee, Schatz.«

»Und ich frage mich, ob das nicht etwas für dich wäre.«

»Für mich?« Sie befeuchtete ihre Lippen.

»Ja, als Fulltimejob.«

Sie lachte, öffnete die Lippen und warf den Kopf zurück. »Das wäre wundervoll, Marshall-Schatz, aber dazu brauchte ich einen Manager und auch jemanden, der etwas vom Reitunterricht versteht. Ich meine... ich muß schließlich an meine Karriere denken.«

»Ich weiß nicht recht, Suzy.«

»Du meine Güte, Marshall. Ich dachte, das hätten wir nun wirklich hinter uns.« Sie schwiegen beide, und als sie dann schließlich sprach, war ihre Stimme weich, aber sehr entschieden. »Ich bin jetzt beim Film und möchte mit meiner Karriere weiterkommen. Das haben wir doch schon alles mehrmals besprochen, und ich war sicher, wir müßten es nicht noch einmal tun.«

»Wenn du wüßtest, Suzy...«

»Was ich nicht weiß, macht mich nicht heiß«, trällerte sie unbekümmert vor sich hin.

»Es könnte nichts schaden, wenn du auf mich hörtest. Du weißt längst nicht alles.«

»Du bringst mich noch um den Rest meines Verstandes, Marshall. Wenn du mit dieser Vater-Tour anfängst, bringst du mich noch mal um den Verstand.«

»Ich habe dich nie wie ein Kind behandelt, Suzy.«

»Und jetzt ist es dafür zu spät, mein lieber Vater. Ich habe ohne dich gelebt, bis ich erwachsen war... Schon vergessen?«

Stone lächelte. »Du hast soviel Energie. Du bist so vital.«

»Hör auf, mein Bein zu streicheln, Marshall.«

»Du hast eine Phobie.«

»Im Hinblick auf Inzest hast du verdammt recht. Wie soll ich auch nicht, wenn ein Vater wie du an mir herumfummelt. Hör auf, Marshall, bitte.«

Stones Gesicht zuckte. Er setzte ein professionelles Lächeln auf und versuchte, auch sie zum Lächeln zu bringen. Sie beugte sich vor, nahm seine Hand und küßte seine Finger.

Suzy Delft kannte Marshall Stone weit besser, als er ahnte. Sie kannte die Ängste, die ihn dazu gebracht hatten, ihr nach Paris zu folgen, und sie wußte, daß er auf ihre jungen Freunde eifersüchtig war. Sie verstand das alles, aber das machte es auch nicht leichter, es zu ertragen. Sie setzte sich auf dem Bett zurück und schloß die Augen.

»Als ich meinen *Hamlet* gespielt habe ...«, sagte Stone, während er sich noch etwas Champagner eingoß.

Sie fuhr hoch. »Als ich meinen *Hamlet* gespielt habe, als ich meinen *Hamlet* gespielt habe«, wiederholte sie mit der schrillen Stimme eines kleinen Jungen, der einen Erwachsenen verspottet.

Stone lächelte ergeben.

»Du mußt nicht eingeschnappt sein, Marshall-Schatz. Erzähl mir von deinem *Hamlet.*«

»Ist nicht wichtig.«

»Doch! Du mußt, Schatz. Erzähl.«

»Lassen wir das.«

»Ich möchte es aber hören.«

Stone war ein wenig besänftigt. »Nun, als ich meinen *Hamlet* spielte, hatte ich diese großartigen Kritiken. In der Tat war kaum eine negative darunter. Ich war der Größte, Suzy. Ich bekam alle nur erdenklichen Angebote, konnte meine Bedingungen stellen, hatte Ideen ... du kannst es dir nicht vorstellen.«

»Du bist eine romantische Seele, Marshall.«

»Gebe ich zu. Ein Schauspieler muß so sein. Hast du heute die

Nachrichten gehört? Von diesem Burschen, der den Banküberfall verübt hat? ... Immer wenn ich von solchen Leuten erfahre, gehört ihnen meine ganze Sympathie. Ich möchte sagen: ›Komm her, alter Junge, ich verstecke dich.‹ Ich war noch nie auf seiten der Autorität.«

»Marshall, du bist manchmal unmöglich!«

»Gut, dann ...«

»Reg dich bloß nicht auf, Schatz. Irgend jemand muß es dir ja mal sagen. Du hast doch nur Arschkriecher um dich herum. Also wirklich – zu behaupten, du wärst gegen die Autorität! Du liebst doch Autorität, du ... der Besitzende! Mein Gott, du hast mehr Häuser, mehr Autos und mehr Menschen zu deiner Verfügung als irgend jemand sonst.«

»Ich habe das alles, aber ich brauche es nicht.«

»Du bildest dir ein, es wäre chic und jung, auf der Seite der Gesetzlosen zu sein. Aber es ist nicht jung, Schatz. Es ist kindisch. Ich glaube an Besitz. Ich möchte von Polizisten bewacht werden. Und wenn ich den Burschen finde, der die Bank überfallen hat, übergebe ich ihn der Polizei, bevor er ›bitte‹ sagen kann.«

»Was ich sagen wollte, war ... Nun, diese *Hamlet*-Geschichte hat mich sauer gemacht. Saurer, als ich es mir damals klargemacht habe.«

Sie hatte seine Hamlet-Geschichte schon gehört. »Du nimmst das zu ernst. Ich persönlich würde Leo Koolman kein einziges Wort glauben, das über seine Lippen kommt.«

> Ich erkläre den Schauspielern die Rollen nie, die sie zu spielen haben. Ich möchte, daß sie passiv sind.
>
> *Michelangelo Antonioni*

Garrick, Sheridan und, wie manche behaupten, auch Oliver Goldsmith hatten die engen kleinen Garderobenräume im *Old*

Royalty Theatre gekannt. Daß Wilde und Barrie und der junge Shaw unter ihrer Zugluft gelitten haben, ist verbürgt. 1929 waren zwei der Garderobenräume auf Kosten eines Teils der Galerie erweitert worden, so daß die Leute, die nach dem letzten Vorhang der Hamlet-Aufführung zu Marshall Stone hinter die Bühne gingen, alle hineinpaßten. Mitunter waren es zwanzig oder mehr, die ihm mit seinem Champagner zuprosteten, die Telegramme lasen, die hinter seinem Spiegel steckten, und an den Blumen schnupperten, die unablässig hereingetragen wurden.

Der Pförtner war daran gewöhnt, daß Stone als letzter ging. Häufig war es ein Uhr morgens, wenn er das geflüsterte »Gute Nacht« des Stars hörte, das Klappen der Tür und das Summen seines Rolls. Der Abend, an dem Leo Koolman, der berühmte Filmmanager, mit Blumen und Champagner, in eine dichte Zigarrenwolke gehüllt, hinter die Bühne ging, versprach im Hinblick auf den Zeitpunkt des Schlußrundgangs neue Rekorde zu setzen.

Die Aufführung, die Koolman zu sehen bekommen hatte, war ungewöhnlich gut gewesen. Das Publikum hatte phantastisch reagiert, und Stones Darstellung wirkte bei aller Vollkommenheit spontan. Koolman war beeindruckt und blieb mit seinem Assistenten Sanchez noch lange, nachdem die anderen gegangen waren. Stone bemerkte den verwunderten Ausdruck in Koolmans Augen, als er versuchte, den schmächtigen Schauspieler mit dem kraftvollen Dänen in Einklang zu bringen, der die Bühne mit seinem Talent beherrscht hatte.

Auch Stone erlebte diesen Widerspruch unmittelbar: Das juwelenbesetzte Kostüm war von Schweiß getränkt, der halbgegessene Hamburger lag neben dem Sektkühler, und die shakespeareschen Formulierungen standen in krassem Gegensatz zu den Obszönitäten der Truppe. Daß aus einem derartigen Chaos eine überragende Vorstellung werden konnte, war allein der magischen Kraft der Bühne zuzuschreiben. Er blickte auf sein

Spiegelbild und sah das edle Gesicht Hamlets über einem schminkeverschmierten Unterhemd.

Koolman sagte: »Das neue Drehbuch für den Film des jungen Franco ist einfach großartig, Marshall. Ich habe Ihnen eine Kopie mitgebracht.« Er fand Platz dafür zwischen den Schminktöpfen, Wattebäuschen, Stiften und Puderquasten. Stone beugte sich zum Spiegel vor und zog seine künstlichen Augenbrauen ab. Es war weniger schmerzhaft, wenn man es mit einem Ruck tat, aber Stone machte es ganz langsam.

»Die Rolle des Kampffliegers ist auf zehn Drehtage reduziert... Herausstellung als Star und fünf Prozent vom Gewinn.«

Koolman wartete, aber Stone war mit seinen Wimpern beschäftigt. Er nahm die zu stark aufgetragene Tusche mit einer winzigen Bürste ab, die er immer wieder mit einem Papiertaschentuch abwischen mußte.

»Und die Gage bleibt dieselbe.«

Stone drehte sich so, daß er Koolman im Spiegel sehen konnte. »Ich habe es Ihnen schon fünfzigmal gesagt, Leo. Ich werde den Vertrag nicht erneuern. Der *Hamlet* läuft noch sechs Monate. Danach mache ich etwas anderes für die Bühne, etwas sehr Modernes.«

»Zehn Tage, Marshall. Wir lassen Sie hin- und zurückfliegen... Vielleicht acht Tage, wenn wir die Wochenenden mit einbeziehen.« Koolman verzog die Lippen zu einer Grimasse. Stone stellte mit Schrecken fest, wie sehr die Arbeit für die Studios Leo Koolman verändert hatte. Der elastische Mann von einst war verhärtet wie ein Gummiball, der zu lange auf einem warmen Ofen gelegen hat. Eine Virusinfektion hatte seine Stimme heiser und rauh gemacht, und seine Augen waren wäßrig wie die eines alten Mannes. Der schwere Tweedmantel, für Kalifornien höchst ungewöhnlich, war so voluminös, daß die zusammengekauerte Gestalt keinen Hals zu besitzen schien.

Stone lächelte und schüttelte langsam den Kopf.

Koolman sah sich nach dem verrußten Fenster um, das seit Generationen nicht mehr geputzt worden war. Wegen der Wärme des Paraffinofens tropfte Kondenswasser die cremefarbenen Wände herunter. Koolman bohrte die Hände in die Taschen und zischte: »Sind Sie übergeschnappt, Marshall?«

»Das hier ist Schauspielkunst, Leo. Diese Scharaden für Kameramänner, die Sie da draußen in der Sonne beaufsichtigen ... das hat doch nicht das geringste mit Schauspielerei zu tun.« Stone begann sein Haar zu lösen. Es lag eng am Kopf an, damit es unter die Perücke paßte.

»Dieser Film braucht sie, Marshall.«

Es war nicht Koolman oder KI, die ihn brauchten – es war der Film. Ganz so, als sei sein Name von einem Computer ausgespuckt worden. »Es ist immer ›nur noch‹ ein Film, Leo«, sagte Stone. »Das wissen Sie genausogut wie ich. Wie viele der großen Stars sollten eigentlich ›nur noch‹ einen Film machen?«

»Reden Sie doch nicht so, Marshall. Sie haben ein paar großartige Filme für mich gemacht. *Der letzte Vaquero* ist immer noch in aller Mund ... wird immer noch gezeigt, auch hier, in Ihrer Stadt.«

»Sehen Sie, Leo. Vor knapp vier Wochen, bei den Proben, war ich noch irgend so ein Hollywoodtyp, der sich an Shakespeare versucht. In dieser Woche aber ...« Stone schüttelte, selbst immer noch überrascht, den Kopf. »Nun ... jetzt bin ich *Hamlet,* ein Schauspieler, den man auch in ein paar Hollywoodschinken sehen kann, wenn man Lust dazu hat oder keine Karten für die Theatervorstellung bekommt. Die Dinge haben sich verändert, Leo.«

»Marshall, ich bitte Sie um einen Gefallen.«

»Und ich sage nein. Können Sie eine klare Sprache nicht mehr verstehen? NEIN!«

»Wie Sie wollen.« Leo wandte sich ab, aber Phil Sanchez rührte sich nicht.

»Strolch«, sagte Sanchez. »Billiger, mieser kleiner Strolch.

Ich weiß noch, wie Sie vor Mister Koolman auf Knien gerutscht sind ...« Sein kleiner rosafarbener Mund öffnete sich zweimal bei dem Versuch, deutlichere Worte für seine Verachtung zu finden. Es gelang ihm nicht. »Strolch! Billiger Strolch!«

Stone wandte sich an Sanchez. Der Ausbruch des sanftmütigen kleinen Sanchez verwunderte ihn.

Koolman sagte: »Ich gehe.« Sie hatten alle einen langen, harten Tag hinter sich. Koolman wußte, daß es besser war, die Diskussion auf einen anderen Tag zu verschieben. »Phil, ich gehe.«

Stone lächelte dem verärgerten Sanchez zu und sprach gleichzeitig mit Koolman: »Schließen Sie die Tür hinter sich, Leo. Es zieht aus dem Treppenhaus.«

Marshall hatte seine Hand träge ausgestreckt. Sanchez ergriff seine Finger und verdrehte sie so, daß Stone sich ducken mußte, wenn sie nicht brechen sollten. Stone duckte sich. Sanchez ließ die Finger los und wischte sich die Handfläche am Jackett ab, als müsse er die Besudelung loswerden. Stone überließ sich dem Schmerz und versuchte zu ergründen, ob Sanchez das mit dem Können eines Judo-Experten getan hatte oder mit der Wut eines in Gewaltanwendung ungeübten Mannes.

»Laß ihn in Ruhe«, sagte Koolman. Er sagte es beiläufig über die Schulter hinweg.

»Ich werde ihn nicht in Ruhe lassen.« Sanchez trat näher auf den vor dem Spiegel sitzenden Stone zu. »Strolch!«

Sanchez' Haß teilte sich Stone mit, erschreckte und verwirrte ihn. »Ich habe meinen Vertrag erfüllt, Phil. Wir haben einen Handel abgeschlossen, und ich habe mich an ihn gehalten. Also, wo liegt der Hase im Pfeffer?«

»Vertrag! Ist das alles? Mister Koolman hat Sie aus der Gosse aufgelesen, und Sie reden über Verträge ...?«

»Was wollen Sie? Fünf Liter Blut?« Stone streckte seinen nackten Arm aus.

»Mister Koolman muß diesen Film machen.« Sanchez ließ

durchklingen, daß sich hinter dieser simplen Aussage ganz andere Dinge verbargen.

»Warum?«

»Er muß. Stellen Sie keine Fragen.«

»Warum?« Stones Stimme klang schrill und aufgebracht. »Laß das, Phil«, sagte Koolman.

Sanchez achtete nicht auf ihn. »Wenn Sie diesen Film nicht machen, können unvorhergesehene Dinge geschehen. Techniker könnten von Leitern fallen, irgendein Star unters Auto kommen. Wir werden einen Ausstand haben, und ich werde mich drei oder vier Wochen mit schwachsinnig argumentierenden Gewerkschaftern herumschlagen müssen.«

Stone starrte zum Spiegelbild von Sanchez empor und versuchte, einen Sinn in das Ganze zu bringen. »Solche Dinge passieren«, sagte Sanchez. »Man weiß nie ... Ihr Jungs kennt doch nur das Rampenlicht und die doppelseitige Berichterstattung.«

Stone wandte sich an Koolman: »Wovon wird hier eigentlich geredet, Leo? Sprechen wir über ›Schutzmaßnahmen‹ ... über ein kriminelles Syndikat?«

Koolman sprach sehr leise: »Heutzutage gehen sie ganz legitim vor ... sie haben das Geld ...«

Stone blickte Leo Koolman an und versuchte ihn sich vorzustellen, wie er sich Drohungen oder Erpressungsversuchen unterwarf, konnte aber kein Anzeichen von Schwäche erkennen. Er hatte Koolman nie beunruhigt erlebt – weder durch Frauen noch durch Kellner, den schäumenden Ozean oder Erdbeben. Für ihn gehörte Koolman zu den Menschen, die stets eine absolute Kontrolle über alles hatten. Und gerade diese Eigenschaft war es, die Stones tiefes Zutrauen zu Koolman begründete und ihn sich unbehaglich fühlen ließ, wenn ihre Wege sich trennten.

»Ich verstehe immer noch nicht ganz ... Ganoven?« fragte Stone.

»Aktionäre, Sie Esel! Aktionäre!« sagte Sanchez.

»Und der kleine Franco ist einer von ihnen?«

»Diese Burschen haben Bargeld, Marshall«, erklärte Koolman. »Daran herrscht in der Branche immer Mangel. Es ist fast unmöglich, sie rauszuhalten.«

»Sie wollen mir doch nicht einreden«, sagte Stone, »daß diese Lumpen genug Stimmanteile besitzen, um darüber entscheiden zu können, welche Art von Film Sie machen?«

Sanchez sagte: »Wenn diesen Burschen eine Idee kommt oder sie eine Verwandte haben, die unbedingt zum Film will, warten sie nicht erst bis zur nächsten Aktionärsversammlung.«

»Sie schicken einen Boten mit einem Maschinengewehr«, fügte Koolman hinzu.

»Himmel!«

»Marshall«, sagte Koolman. »Sie haben kürzlich etwas über das Kind herausgefunden.«

»Mein Kind?« fragte Stone.

»Jemand vom Studiopersonal kümmert sich darum.«

»Sie sagten doch, es sei unmöglich, sie zu finden.«

»Es handelt sich lediglich um einen Hinweis, Marshall. Vermutlich kommt gar nichts dabei heraus.«

»Wie gehabt«, sagte Stone. »Mein Gott!«

»Ich wollte es Ihnen nur sagen«, betonte Koolman. »Wie auch immer Sie sich in bezug auf den Vertrag entscheiden – unabhängig davon tun wir unser Bestes, das Kind zu finden. Wie ich es Ihnen versprochen habe.«

Sanchez ergänzte: »Fast überflüssig, das zu betonen.« Der Klang seiner Stimme aber ließ durchblicken, daß es bei undankbaren Geschöpfen wie Stone durchaus nicht selbstverständlich sei.

»Wir sprechen noch mal miteinander, bevor ich nach New York zurückkehre«, sagte Koolman. Seine Stimme war wenig mehr als ein Flüstern, und er räusperte sich in sein Taschentuch.

Stone schaltete die zehn Glühlampen rund um seinen Spiegel ein. Der Raum füllte sich mit intensivem, schattenlosem Licht, das die armselige Zelle golden ausmalte. Der Reisewecker zeigte genau Mitternacht. Stone nahm sein Schminktuch und wischte sich damit über das Gesicht. Die aufgemalten Linien, aufgehellten Gesichtspartien, Lidschatten und roten Pünktchen, die sorgsam in die Augenwinkel gesetzt worden waren, erschienen nun grotesk verschmiert. »Acht Tage, Leo. Keine Stunde länger. Nicht mal eine Minute.« Und dann nahm die Reinigungscreme den Rest des Prinzen von Dänemark fort.

»Danke, Marshall«, sagte Koolman, aber er wandte nicht den Kopf. Das grelle Licht war zuviel für seine entzündeten Augen.

Die Tür flog zu, daß die Champagnerflasche im Kühler schepperte. Schuld daran war der Luftzug im Treppenhaus.

> Wer geht schon aus dem Haus, um einen schlechten Film zu sehen, wenn er zu Hause bleiben und einen gratis im Fernsehen betrachten kann?
>
> *Sam Goldwyn*

Paris gewährte Stone Ablenkung von seinen Ängsten – eine Zeit der Rekonvaleszenz. Der Morgen war atemberaubend, der Himmel klarblau, und hoch droben schwebte Sacre Cœur wie eine Wolke. Stone war glücklich, und Suzy konnte einfach nichts falsch machen. Ihren Pulverkaffee und die paar Kekse, die seit ihrem letzten Aufenthalt vor zwei Monaten hier herumgelegen hatten, erklärte er für delikat. Selbst als die Dusche nicht richtig funktionierte, war sein Interesse rein professioneller Natur. »Das kochend heiße Wasser hätte mich verunstalten können, Liebling. Fürs Leben zeichnen. Und was hätte die Produktion dazu gesagt?«

Im *La Quetsch* kannte ihn ein Kellner und gab ihnen den besten Tisch, von wo aus sie das Gewimmel unter ihnen beobachten konnten. Zwei Männer vom Pathé erkannten Stone und winkten ihm zu. Er lächelte zurück, und sie machten die beiden

Mädchen in ihrer Begleitung auf ihn aufmerksam. Suzy setzte die Sonnenbrille auf und blickte geradeaus. Einer der Männer war überzeugt, sie müsse Nancy Sinatra sein, der andere war mehr für Jane Fonda.

Stone rief sich in Erinnerung, wie sehr er Paris genossen hatte, als ein Besuch noch ein Abenteuer gewesen war. Da lag Spannung in der Luft – ein ganz besonderer Duft, der die Menschen schlagfertig machte, agil und tüchtig. Vielleicht fehlte Paris der Humor von Berlin, die Gelöstheit von London und der Überfluß von Rom – aber für Stone war Paris der Ort, der seine Kindheitsträume von Auslandsreisen wahrmachte. Damals war Paris verrucht gewesen, gefährlich, elegant, mit angeborenem gutem Geschmack und unvergleichlicher Kultur. Paris zog Stone an, wie es die glitzernde Welt des Entertainment stets getan hatte. Befand er sich erst einmal in deren Aura, existierte nichts anderes für ihn.

Er gab dem Kellner die Speisekarte zurück und bestellte das Essen mit der gleichen sorgfältigen Diktion und den berechneten Pausen, die er auch einem Monolog widmen würde. Dann sah er sich plötzlich mit den Augen eines Fremden und war schockiert. Er fragte sich, bis zu welchem Grad er die Gerichte auf der Speisekarte nur deshalb gewählt hatte, weil sie sich besonders wohltönend aussprechen ließen. Er war über sich entsetzt.

Aber er wußte auch, daß dieser Narzißmus notwendig war, um ein Stück von sich selbst zu bewahren – das unerläßliche Handwerk eines Schauspielers. Er konnte sich in keiner Rolle ganz ausspielen, nie ganz er selbst sein. Stets mußte er auf die anderen Schauspieler achtgeben, sich ihrem Rhythmus, ihren Aktionen anpassen, sich in allem nach ihnen richten.

Suzy bewegte den Kopf, um sich im Spiegel zu betrachten. »Ich möchte dir gern sagen, daß es Augenblicke gibt, in denen ich dich liebe. Sehr, sehr liebe.« Sie nahm die Sonnenbrille ab, lächelte ihn an und ließ ihr offenes Haar ins Gesicht fallen. Dann schob sie ihre Hand halb über den Tisch.

»Liebling, Suzy«, sagte Stone. Das Besteck bebte, als er seine Finger leicht auf ihre Hand legte. Eine alte Dame am Nachbartisch wies ihren Ehemann auf die Szene hin. Es machte sie sehr glücklich, zwei Menschen zu sehen, die offenbar so verliebt ineinander waren, daß sie die Welt um sich herum vergaßen.

Wie zwei Studenten wanderten Suzy und Marshall durch die sonnigen Straßen von Paris. Warum konnte es nicht immer so sein? Das einzige, was Marshalls Wohlbefinden beeinträchtigte, war die Vielzahl der Menschen, die Suzy kannten, und die Überschwenglichkeit ihrer Begrüßungen. Sie hatte lange genug in Frankreich gelebt, um die Sprache nahezu perfekt zu beherrschen. Obwohl er wußte, wie unsinnig das war, nahm er ihr übel, daß sie sich hier mehr zu Hause fühlte als er. Sie saßen vor dem *Deux Magots* und beobachteten, wie aus einem perfekten Nachmittag ein perfekter Abend wurde. Stone hörte mit halbem Ohr zu, wie Suzy sich mit zwei jungen Franzosen in ausgeblichenen Jeans und Sandalen und mit schulterlangen Haaren unterhielt, als er eine amerikanische Stimme vernahm: »Marshall, darf ich dir sagen, wie traurig wir alle waren, daß wir im Hinblick auf *Mann aus dem Palast* nicht zueinanderkommen konnten?«

Der das sagte, war ein 54jähriger Amerikaner. Irrtümlich hätte man ihn für einen Chefpiloten von Pan American halten können, oder für einen israelischen Armeekommandeur, wären da nicht der teure Anzug gewesen, der für französische Schneiderkunst sprach, und die zweifarbigen Schuhe, die er trug, als wisse er nicht, daß sie längst aus der Mode waren. Sein volles Gesicht war nicht schlaff, sondern markant und muskulös, und eine teure kalifornische Bräune verdeckte fast die Kriegsnarben. Das schüttere Haar begann an den Schläfen grau zu werden – Stones geschultem Auge entging nicht, daß es sich um die Arbeit eines Friseurs handelte. Der Mann vor dem Tisch scharrte verlegen mit den Füßen und spielte mit einem Tabaksbeutel und einer Pfeife. Es war der Produzent von *Der letzte Vaquero*.

Wenn jemand für sich in Anspruch nehmen konnte, Stone entdeckt zu haben, dann dieser Mann.

»Kagan! Kagan Bookbinder!« Stone sprang auf, umarmte Bookbinder, zog ihn an sich und küßte ihn auf beide Wangen, wie es nur Leute aus der Unterhaltungsbranche und französische Generale vermögen. Als er sich aus der Umarmung gelöst hatte, hielt Marshall Bookbinders Unterarme in festem Griff und schob ihn auf Armeslänge von sich, betrachtete ihn, atemlos lachend, von Kopf bis Fuß.

»Es hat mir wirklich leid getan um *Mann aus dem Palast*«, sagte Bookbinder.

»Mir tut es auch leid«, erklärte Stone mit schiefem Lächeln. »Aber niemand hat mir gesagt, daß du ihn produzierst, Kagan.«

»Es hätte leicht so aussehen können, als solltest du unter Druck gesetzt werden, Marshall. Deshalb habe ich Weinberger gebeten, es nicht zu erwähnen.«

»Kagan Bookbinder«, sagte Stone, als könne er seinen Augen immer noch nicht trauen. »Kagan Bookbinder. Es war ein verdammt guter Stoff, Kagan.«

»Das Drehbuch ist sogar noch besser. Die Massenszene, in der Prinz Felix die Demonstranten dazu bringt, über ihre eigene Dummheit zu lachen, wird atemberaubend ausfallen.«

»Es war nicht nur das Geld, Kagan.«

Bookbinder hob abwehrend die Hand. »Wenn ich könnte, wie ich wollte, würde ich dir meinen letzten Cent geben – und mehr! Das Ansehen und die Qualität, die dein Auftreten diesem Film vermitteln könnte ...«

»Das Buch war ein großer Erfolg. Wer führt Regie?«

»Bert Hanratty.«

»Setz dich doch, Kagan. Es ist wie in alten Zeiten. Also Bert Hanratty, sagst du? Bert ist sehr gut. Wie sollte es da schiefgehen können?«

»Ich wünschte, du säßest am entscheidenden Schreibtisch in der Wardour Street und würdest das sagen.« Kagan lachte und setzte seine Pfeife in Brand. »Die machen mir ganz schön zu schaffen, kann ich dir versichern.«

»Alles Gangster.«

»Was sollte ich machen? Das Buch stand die ganze Optionszeit über auf der Bestsellerliste. Also waren andere nur zu gern bereit, das Doppelte meines Angebots zu zahlen.«

»Du hättest deine Option an andere Interessenten verkaufen können.«

Bookbinder lächelte. »Ich bin ein Filmverrückter, Marshall. Ich bin nicht wegen eines schnellverdienten Dollars in die Branche eingestiegen.«

Suzy Delft war der Unterhaltung der beiden Männer nicht gefolgt. Sie hatte die Passanten beobachtet und sich an vergangene Zeiten erinnert. Wie oft hatte sie hier vor einem Stück Käse – ohne Brot – und einem kleinen schwarzen Kaffee gesessen und auf jemanden gewartet, dem sie zuwinken und den sie ansprechen konnte – damit er dann die Rechnung beglich, die zu übersehen sie vorgab. Sie fixierte die Mädchen in ihren rückenfreien Kleidern, hausgeschneiderten Kaftanen und durchsichtigen Hemden, die mit kaum kaschiertem Verlangen in den angemalten Augen flanierten. Sie kannte verschiedene Mädchen und Jungen, wurde in ihrem Pucci-Kleid und nach dem Vormittag bei der Haar-Stylistin von ihnen jedoch nicht erkannt. Sie kamen ihr so nahe, daß sie sie fast berühren konnte, diese Bewohner der Welt von gestern, die nun für immer vergangen war. Jetzt gehörte Suzy einer Welt an, um die sie alle beneideten: in der die Berühmtheiten der Welt ganz beiläufig als Larry, Frank, Ralphie und Duke angeredet wurden. Es war eine Welt, in der selbst diejenigen, die ihre Glanzzeit längst hinter sich hatten, erster Klasse flogen und Suiten im *Georges Cinq* bewohnten. Sie hatte soviel zu lernen, und wie eintönig auch alles erschien, sie war entschlossen, das Vokabular und die Rituale ihres neuen Lebens zu lernen, wie sie einst unregelmäßige Verben gelernt hatte.

»Das ist Kagan Bookbinder, Liebling. Ich habe dir von ihm erzählt. Er hat meinen ersten Film produziert.«

»Suzy Delft. Ich habe schon von Ihnen gehört, Mister Bookbinder.«

»Kagan, bitte.«

»Marshall hat ein paar seiner Filme selbst produziert«, sagte Suzy stolz.

»Nie wieder«, warf Stone ein. Er erinnerte sich an die endlosen Streitereien um Studiokosten, Transportfragen und alle möglichen Trivialitäten. Seitdem hatte er allerdings zuweilen auf seine Tätigkeit als Produzent hingewiesen. Er war der Meinung, daß es mehr Eindruck machte, als wenn man nur ein verdammter, dummer Schauspieler war. In Zukunft aber würde er derlei Probleme wieder Männern wie Bookbinder überlassen. »Ich bekomme mein Geld neuerdings vor Drehbeginn.«

»Das ist eine kluge Einstellung. Aber manchmal fällt mir eine Story in die Hände, die ich einfach machen muß. Egal, woher das Moos kommt.«.

»Das ist wundervoll«, meinte Suzy Delft.

»Und wenn die erste Kopie vom *Mann* vorliegt, bin ich der seligste Bettler der Stadt, weil es ein guter Film zu werden verspricht, ein bedeutender Film.« Er blickte auf die Uhr. »Ich bin mit meiner Frau zum Essen verabredet. Ich muß mich beeilen.« Er klopfte seine Pfeife am Tischbein aus und tippte zum Abschied mit zwei Fingern an die Krempe seines Strohhuts.

Stone sah ihn überrascht an. Er war überzeugt gewesen, Bookbinder würde ihm wegen *Mann aus dem Palast* die Hölle heiß machen.

»Wo wollt ihr essen?« erkundigte sich Stone.

»Ihr zwei würdet da keinen Fuß hineinsetzen.«

»Warum nicht?« fragte Suzy. Einen Augenblick lang glaubte sie, er ging zu einer Orgie.

»Wir lieben die kleinen Bistros in den Nebenstraßen, nicht wahr, Suzy?«

»Ja«, sagte Suzy.

»Im *Diplomat«*, erläuterte Kagan Bookbinder. »Dort gibt es die besten Hummer der Stadt.«

Es klang gar nicht so schlecht, aber wenn Suzy eine Versammlung von Gästen in Abendkleidung erwartet hatte, so wurde sie enttäuscht. Der *Diplomat* war ein winziges Restaurant in der Nähe der Rue Vaugirard. Fünf Tische waren in den Raum gepfercht, zwei Gasöfen und ein weiterer Tisch, an dem Max Langusten aufschnitt, Chateaubriand anrichtete, Knoblauchsauce und Bastkörbchen voller Pommes frites. Hier stand auch eine große Schüssel jener Ei- und Trüffel-Sauce, die dem Restaurant den Namen gegeben hatte. Die Decke war durch Max' Ofen verfärbt.

Max winkte mit einem Küchenmesser, als Bookbinder und seine Begleitung zur Tür hereinkamen. Mrs. Bookbinder setzte sich in Max' Nähe und sprach ebenso eindringlich wie fließend über die augenblicklichen Muschel- und Krustentierpreise.

Suzy war in ihrem Pucci-Kleid zu fein angezogen für einen Holzstuhl mit zerbrochenem Sitz, aber sie fühlte sich keineswegs fehl am Platze. Sie wußte, daß sie im Mittelpunkt des Interesses stand. »Ich liebe solche winzigen Restaurants«, erklärte sie und wischte den Sitz ihres Stuhls mit der Serviette ab, bevor sie sich setzte. »Ich liebe sie.«

Madame nahm ihre Bestellungen entgegen und stellte Radieschen, Gurken und eine Platte Schinken auf den Tisch. Bookbinder bestellte Kir für alle, obwohl Suzy sich ausdrücklich für einen Americano entschieden hatte. So war er nun mal.

Stone hatte gemischte Gefühle, was den Verlauf des Abends betraf. Er hatte ein instinktives Zutrauen zu Bookbinders Intuition, seinem Können und seiner Erfahrung. Seit dem *Letzten Vaquero* und den darauffolgenden Jahren als freier Produzent hatte Bookbinder ungewöhnlichen Erfolg gehabt. Er hatte ein Dutzend Preise auf europäischen Festivals eingeheimst, hatte eine Auszeichnung von der Weltgesundheitsorganisation für einen Film über behinderte Kinder bekommen. Ein bizarrer Streifen über einen Indianerstamm in Arizona war zum Lieblingsfilm der europäischen Intellektuellen geworden und hatte lange Interviews in *Cahiers de Cinema* und *Sight and Sound* zur Folge. Wenn Bookbinder den sehr kommerziellen Streifen *Mann aus dem Palast* mit einem so gefragten Regisseur wie Hanratty machen wollte, dann konnte genau das die Chance sein, die Stone brauchte, um seine Position im modernen Film zu festigen. Außerdem schätzte Stone Bookbinders sachliche Art, die Dinge anzupacken. Er hatte sie schon immer geschätzt.

»Diese Hippie-Stars sind nichts für mich, Marshall. Ich arbeite lieber mit den Großen des Films. Wenn es als snobistisch gilt, mit Leuten wie Marshall Stone und Bert Hanratty zu arbeiten, dann bin ich eben ein Snob.«

Stone nickte. Hinter Bookbinders Rücken bohrte Max die Spitze seines Messers in den Kopf einer lebenden Languste. Sie wehrte sich heftig. Max teilte das Tier sauber in zwei Hälften. Suzy jammerte mitleidig auf, aber niemand nahm davon Notiz.

»Unsere Tage sind gezählt«, sagte Stone. »Es heißt, daß das Publikum Unbekannte sehen möchte.« Max legte die Languste in eine Bratpfanne. Es zischte, und aus der Pfanne stieg Qualm auf. Stone fächelte sich mit der Serviette Luft zu. Dann wurde ihm klar, daß dies eine unmännliche Geste war, und er hörte sofort damit auf.

»Nie und nimmer«, sagte Bookbinder. »Die Branche befindet sich im Umbruch – daran besteht kein Zweifel. Es gibt alle möglichen Arten von Filmen, sicher auch billige Produktionen mit unbekannten Schauspielern, aber das Rückgrat der Industrie sind und bleiben die berühmten Stars und die berühmten Regisseure.«

»Genau«, sagte Stone.

»Unbekannte Gesichter mögen für Durchschnittsfilme durchaus angebracht sein. Aber um eine gute Geschichte zu illustrieren, brauche ich wahre Schauspielkunst. Und für die wahre

Schauspielkunst brauche ich Stars. Probier doch mal diese schwarzen Oliven. Sie werden in Knoblauchöl eingelegt.«

Stone ließ die Olive liegen, war aber befriedigt über die Rückversicherung, die Bookbinder ihm gab. Er füllte die Gläser mit Wein. Sie beobachteten, wie Max Cognac über die Languste goß und ihn mit einem Zischen in Brand setzte.

»Denk doch mal darüber nach«, sagte Bookbinder und steckte die Olive in den Mund, so daß seine Worte undeutlich wurden. »Gemessen an deinen Maßstäben war das, was ich dir für den *Mann* angeboten habe, Brosamen. Aber wenn du es in Relation zu meinem Etat siehst, wirst du merken, wie sehr ich dich für meinen Film haben wollte, Marshall.«

»Wer wird die Rolle nun spielen?«

»Ich habe deine Absage erst gestern erhalten und bin hier, um mit einigen französischen Agenten zu sprechen: Prinz Felix könnte ein bekannter französischer und deutscher Schauspieler sein, und ich käme mit meinem Geld immer noch klar.« Er winkte nach einer weiteren Flasche Wein.

»Ich würde gern einen Blick ins Drehbuch werfen«, sagte Stone. »Es mir kurz ansehen, meine ich. Die Story hat mir gefallen.«

»Wir sind am Dienstag abend wieder in London, Marshall. Ich werde Weinberger eins ins Büro schicken.«

Stone berührte dankbar Bookbinders Arm.

»Mir gefällt dieses kleine Bistro«, sagte Bookbinder. »Und weißt du warum, Marshall? Weil es mich an dein wunderschönes kleines Restaurant denken läßt – *The Flying Taco*, erinnerst du dich?«

»Das war eine große Zeit, Kagan.«

Bookbinder beugte sich über den Tisch und wandte sich an Suzy Delft. Er zeigte mit dem Daumen auf Stone. »Dieser Mann hat einen Riecher für den Erfolg. Wissen Sie das eigentlich, Suzy? Wir haben ihm alle gesagt, er solle die Hände von diesem alten Kasten lassen. Aber er kümmerte sich keinen Pfifferling um unsere Warnungen und machte es zum beliebtesten Speiserestaurant von Los Angeles. Es ist Instinkt.« Er gab Stone einen freundschaftlichen Stubs. »Du wirst nie am Hungertuche nagen, Marshall. Du bist das geborene Stehaufmännchen. Du hast einen Riecher für Erfolg – welchen Rat man dir auch geben mag.«

»Wißt ihr was?« Stone blickte mit leicht überlegenem Lächeln von einem zum anderen. In einer solchen Laune hatte er Suzy einen Lambourghini gekauft.

»Was hast du nun schon wieder vor, mein verrückter Liebling?« Sie schnurrte die Worte geradezu und hob beide Hände wie in Abwehr vor das Gesicht.

»Ich glaube, ich werde *Mann aus dem Palast* machen. Ich meine, ich könnte es tun.«

»Wie wundervoll, Marshall«, sagte Suzy und klatschte in die Hände. Sie war darauf vorbereitet gewesen zu applaudieren.

»Das wäre großartig, Marshall«, sagte Bookbinder.

»Allerdings unter einer Bedingung«, sagte Stone und empfand Befriedigung über die atemlose Stille, die dieser Einwurf hervorrief, »daß du diesen verdammten Strohhut abnimmst.«

Bookbinder lachte und legte den Hut ab, der seine Halbglatze verborgen hatte. »Da, bitte, Marshall: Kagan Bookbinder, wie er leibt und lebt.« Bookbinder lachte erneut. Stone beneidete ihn um seine spontane und ansteckende Art.

Suzy lachte auch. Sie hatte ein hübsches Lachen, das ihre ebenmäßigen Zähne sehen ließ. Sie nahm ihre juwelengeschmückte Hand zu Hilfe, um ihren offenen Mund zu bedecken.

Als die Languste auf dem Tisch stand, ließ das Aroma der heißen Butter, des sich verflüchtigenden Cognacs und des saftigen Fleisches die Erinnerung an ihren schmerzhaften Tod verblassen.

Als Suzy und Stone in Bookbinders chauffeurgesteuertem Lincoln zum Flughafen fuhren, dachte Stone gründlich über das

Gespräch nach, das er mit Bookbinder geführt hatte. Die Zeichen standen günstig. Stone hielt sich für einen guten Menschenkenner. Das politische Klima, das Bookbinder einst zu einem Mann gemacht hatte, mit dem man sich besser nicht sehen ließ, hatte sich grundlegend geändert. Der Marxismus war – soweit Stone es verstand – zu einer Trumpfkarte im Werben um die Gunst der Jugend geworden.

Die Pariser Geschäfte waren angefüllt mit Früchten und Gemüse, saftigen Hühnern, Steaks und Wurstwaren. Diese Fülle ließ Stones letzte Zweifel schwinden, und das schnell wechselnde Kaleidoskop der Neonlichter, die über den Lack der Luxuskarossen glitten, tat ein übriges.

In Orly wurden sie von einem Angestellten der Fluggesellschaft eskortiert. Ein Reporter von *Paris Match* war da und bat um eine kurze Presseerklärung. Es gab ein gewisses Aufsehen, als sie sich an einer Reisegruppe vorbeidrängten. »Marshall Stone!« »Sieh mal, Marshall Stone!« Ein Polizist bahnte ihnen einen Weg zur VIP-Lounge. Zweimal zuckten Blitzlichter auf, und wieder hörte er seinen Namen.

Stone fühlte sich wohl, was Paris, ihn selbst, Suzy und auch Bookbinder betraf. Er begann über die kurze Erklärung nachzudenken, die er dem Reporter geben würde, wenn sie die VIP-Lounge erreicht hatten. Es mußte etwas sein, das einen Bezug zu seinem nächsten Film hatte. Er könnte den *Mann aus dem Palast* erwähnen oder zumindest das zufällige Zusammentreffen mit Bookbinder, mit dem er seinen ersten Film gemacht hatte. Oder vielleicht doch lieber nicht. Wie Edgar einmal – vermutlich im Spaß – gesagt hatte, war geteilte Publicity halbe Publicity.

7

> Man muß dem Spiegel gegenüber sehr vorsichtig sein. Er lehrt den Schauspieler zwar, sein Äußeres zu beachten – aber nicht das Innere seiner Seele.
>
> *Stanislawskij,*
> ›Ein Schauspieler bereitet sich vor‹

Es gibt Örtlichkeiten, die zwischen Antiquitätengeschäft und schmierigem Trödelladen anzusiedeln sind. Sie verkaufen klobige Chesterfields, Porzellanandenken aus Urlaubsorten an der Küste, die nicht mehr in Mode sind, versilberte Trophäen von Wettkämpfen, die man getrost vergessen kann, und sepiafarbene Fotografien von vollbusigen Matronen und Hochzeitsgesellschaften. Mrs. Sylvia Brummages behagliche Wohnung in Titcham entsprach einer solchen Örtlichkeit. Da gab es Erinnerungen und Erbstücke aus der Familie ihres Mannes und ihrer eigenen. Sie war ihr letzter Kustos, denn für das Heim eines Filmstars wären sie nicht passend gewesen.

Eddies beide Großväter waren Buchhalter gewesen; der Vater seiner Mutter in der Schiffahrt und sein Großvater väterlicherseits im Versicherungswesen. Beide Familien hatten bereits seit mehreren Generationen in Titcham gelebt. Knapp zwanzig Kilometer südlich von London gelegen, war Titcham einst ein richtiges Dorf mit Fluß und Anger und Pub. Jetzt war es noch nicht einmal ein Vorort. Es war eine Schlafstadt ohne die Geschäfte und Restaurants von Central London oder die privaten Schulen, Boutiquen und Gartenbedarfsgeschäfte der Vororte. Der Pub war durch einen Supermarkt ersetzt worden, und eine

Überführung schwang sich über dem Anger, *Pooters and Pollys* waren von einer Flut von Tiefkühlkost und Waschautomaten, Billigpreis-Krämern und Gebrauchtwagenläden verschlungen worden. Ein paar Überlebende, von Pensionen, Renten und Ersparnissen über Wasser gehalten, klammerten sich an ihrem überkommenen Lebensstil fest.

Sylvia Brummage sagte: »Selbstgemachtes Gebäck und Marmelade, echter Tee, keine Teebeutel – ich kann diese Dinger nicht leiden. Sie kommen aus der Teekanne wie tote Mäuse.« Sie goß uns beiden aus einer Wedgwoodkanne in dazu passende Tassen ein.

Meine kurzen Notizen besagten: »... die Stimme einer Barfrau, die eine Herzogin imitiert.« Doch das wurde geschrieben, als ich unter ihrem Spott litt. Sie hatte eine sorgfältig artikulierte Stimme, der ein theatralisches Gehabe entsprach. Aber was sollte man von der Mutter eines berühmten Stars schon anderes erwarten?

»Setzen Sie sich doch, Mister Ashley. Schieben Sie die Bücher beiseite und setzen Sie sich in den bequemeren Sessel. Ich hoffe, Sie haben nichts gegen ein paar Katzenhaare.« Sie war ein großer, ausgepolsterter Marshall Stone. Ihre Haare waren zu einem festen Knoten geschlungen, die Brille war mit Goldplättchen geschmückt. Wie ihr Sohn benutzte auch sie ihre Hände, um ihre Worte zu unterstreichen. Es waren weiße Hände mit Sommersprossen und Grübchen an jedem Gelenk. Sherlock Holmes hätte daraus geschlossen, daß es sich um die Hände einer Lehrerin handelte. Ich wußte es bereits.

»Ich habe nichts gegen Katzenhaare.« Ich nahm auf dem weicheren Sessel Platz.

Ein süßlicher Geruch nach Reinigungsmitteln mischte sich mit dem säuerlichen von altem, gekochtem Kohl. Untertassen mit irgendwelchem Futter standen neben zwei ältlichen Tigerkatzen, denen es gelungen war, sich so hinzulegen, daß sie genau ein Rechteck von einfallendem Sonnenlicht belegten.

»Ich würde Sie jederzeit und überall als einen von der schreibenden Zunft erkennen. Wir sind alle gleich: Träumer, Idealisten – absolut fehl am Platze in einer so praktisch orientierten, sachlichen Welt.«

Ich sah sie an und nickte. Ich hatte selten jemanden erlebt, der sachlicher als Mrs. Brummage gewirkt hätte.

»Ziehen Sie doch um Himmels willen diesen Mantel aus. Ich habe keine Ahnung, wozu Sie den an einem so herrlichen Tag wie heute brauchen. Ein junger Mann wie sie sollte Luft an seinen Körper lassen.«

»Wer will schon einen luftigen Körper?«

»Vor Ihnen muß ich mich aber in acht nehmen, Mister Ashley.«

»Anson.«

»Eine scharfe Zunge. Egal, mir gefällt es, wenn junge Leute einen wachen Geist haben. Ich wünschte, mein Sohn hätte ein bißchen mehr Humor. Er nimmt sich selbst zu ernst, das ist der Grund für viele seiner Probleme.«

»Im Licht der Öffentlichkeit werden die Menschen vorsichtig, Mrs. Brummage.«

»Wir würden uns viel weniger Sorgen darüber machen, was die Leute über uns denken, wenn wir wüßten, wie selten sie es tun. Leider nicht von mir – Ambrose Bierce.«

»Ich würde gern ein paar Dinge erfahren.«

»Schießen Sie los.«

»Wann wurde Eddie geboren?«

»Am zwanzigsten Juli neunzehnhundertzweiundzwanzig. In Leeds, um halb elf Uhr abends.«

»Ich dachte, er hätte London als Geburtsort angegeben.«

»Kann sein. Er hält Leeds für einen zu ordinären Ort, um dort geboren zu sein.«

»Und Eddies Vater?«

»Ich verlor meinen Mann neunzehnhundertsechsundzwanzig. Er war im Krieg Gasangriffen ausgesetzt und kränkelte, als er heimkam. Aber Sie hätten ihn sehen sollen, als er sich fünfzehn freiwillig gemeldet hat – man hätte zwei Eddies aus ihm machen können. Als er starb, kehrte ich hierher zurück, um bei meiner Mutter zu leben – hier, in dieses Haus, aber natürlich waren das damals noch keine Apartments. Es ist nicht gut für ein Kind, in einem reinen Frauenhaushalt aufzuwachsen, besonders nicht für einen Jungen. Ich bin eine starke Persönlichkeit – sinnlos, das leugnen zu wollen. Man wird es, wenn man drei Jahre lang einen kranken Mann pflegt. Ich wurde zum Verdiener der Familie. Die Pensionskasse zahlte uns keinen Pfennig. Ich begann zu unterrichten, und Eddie ging fort, auf die Schule. Es hat mir fast das Herz gebrochen, Mister Ashton, und auch Mutter regte sich auf, aber es war besser so für Eddie. Kinder brauchen einen Mann im Haus – ganz egal, was Sie dazu sagen mögen.«

»War Eddie unglücklich auf der Schule?«

»Sind das nicht alle?«

»Wahrscheinlich.«

»Natürlich sind sie es. Der einzige Zweck der Schule ist es zu lernen, wie man mit Langeweile, Vetternwirtschaft, Disziplin und dem Fehlen jedes Privatlebens fertig wird. Heutzutage verstehen Eltern das nicht: Kinder, die ganz wild aufwachsen dürfen, werden unglückliche Kinder.«

»Das klingt ziemlich autoritär, Mrs. Brummage.«

Sie beugte sich hinunter und streichelte eine Katze, die gerade wach geworden war. »Ich werde Ihnen mal was sagen, Mister Ashton. Mich interessiert es nicht die Bohne, wie es klingt. Es ist einfach wahr.«

»Das Buch«, sagte ich, »wird illustriert ...«

»Das Bilderbuchleben von Marshall Stone als Bilderbuch. Das könnte ein ganz hübsches Wortspiel sein, Mister Ashton. Sie sollten es sich einmal durch den Kopf gehen lassen.«

»Ich wäre Ihnen sehr dankbar, wenn Sie ein paar Fotos für mich hätten. Ich würde sie nur wenige Tage brauchen und verspreche Ihnen, sie sorgfältig zu behandeln.«

Ohne ein Wort zu sagen, stand sie auf und ging, auf einen Stock gestützt, zu einem klapprigen Rolladensekretär, wobei sie geschickt ein paar Untertassen mit Katzenfutter umrundete. Sie hob die zerbrochene Lade hoch. Darin befand sich ein Fotoalbum. Sie reichte es mir und zog einen Chintzvorhang zurück, damit ich mehr Licht hatte.

Der Einband sah aus, als wäre er ein paarmal um den Globus gereist. Innen befanden sich, sorgfältig in Ecken gesteckt, Hunderte von Fotografien. Eddie im Alter von ungefähr sieben Jahren, als Katze verkleidet und mit einem älteren Mann im Schlepptau. Die wunderschön geschriebene Überschrift besagte: »Eddie und sein Onkel Bernard als ›Star‹ in *Dick Whittington,* Brighton 1929.« Fotos von Eddie als Katze vor einer gemalten Kulisse von Highgate Hill. Fotos eines pfeiferauchenden Eddie, der nach dem Krieg mit *This Wayfor Lughter* durch Südafrika reiste. Eddie war häufig am Strand zu sehen, posierte neben einem amerikanischen Auto oder war das einzige nicht signierte Gesicht auf einem Gruppenfoto der gesamten Truppe auf der Bühne. Es gab Ausschnitte aus *The Yorkshire Evening Press,* die sich sehr lauwarm über *The Bridegroom Stowaway* äußerte und bezüglich Eddie Stones – zu dieser Zeit bediente er sich bereits seines Künstlernamens – lediglich erwähnte: »... von den Matrosen gaben Peter Vincent und Edward Stone ihr Bestes.« Da waren auch jene Hochglanzfotos, die Schauspieler zu Werbezwecken vervielfältigen lassen. Eddie blickte zu einem Scheinwerfer empor, während das Licht einen Heiligenschein um seinen Kopf wob. Er drehte den Kopf, als wäre er ohne Vorwarnung vor einer gemalten Wolkenkulisse fotografiert worden. Und es gab auch eine Aufnahme von Eddie in Armee-Uniform, gegen einen Humber-Stabswagen gelehnt. Auf dem Foto waren keinerlei Rangabzeichen zu erkennen, denn er trug eine dieser Lammfell-Pilotenjacken, wie sie von Feldmarschall Alexander bevorzugt wurden. Da waren zwei Aufnahmen von Eddies Schußwechsel in *Der letzte Vaquero,* ein Szenenfoto aus dem Noël-Coward-Stück, das er 1952 gespielt hatte, und ein eher düsteres Werbeporträt im Ibsen-Kostüm.

Es gab auch ein Exemplar der berühmten Hamlet-Kritik, in der ein angesehener Rezensent betonte, daß sich die ganze Bühne zu erleuchten scheine, wenn Stone sie betrete, ein Ritterschlag, der häufig wiederholt und zitiert worden war. Weniger bekannt war die Tatsache, daß Stone mit dem Regisseur verabredet hatte, die Bühnenbeleuchtung bei seinem Auftritt ein wenig heller zu drehen – *fiat lux!*

Mrs. Brummage goß mir Tee nach und sprach über ihren selbstgebackenen Biskuitkuchen, daß es sich anhörte wie ein Essay von Brillat-Savarin. Zweifellos gab es bei ihr einen Hang zur Selbstdarstellung und zum Auftritt. Ihre Augen hatten die Härte, die ich auch in den Augen ihres Sohnes gesehen hatte, und ihre Worte über Biskuitkuchen – und andere Aufforderungen, sie für eine törichte alte Frau zu halten – waren gefährliche Fallen, die ich umgangen zu haben glaube. Viele Leute sprechen meinen Namen falsch aus. Manche tun das sogar ebenso häufig und variationsreich wie sie, aber ich war keineswegs davon überzeugt, daß jemand, der zwanzig Jahre lang Schülerlisten geführt hat, dies rein zufällig tat. Besonders dann nicht, wenn es sich um den Namen des Mannes ihrer Ex-Schwiegertochter handelte. Vielleicht lag es an ihrem Lehrerberuf, daß sie in der Lage war, Antworten zu übermitteln, ohne sie auszusprechen. Als ich das Segeln erwähnte, erzählte sie mir von einem Jungen, der zwei Straßen entfernt wohnte: Er plane, allein über den Atlantik zu segeln. Er habe sich sogar schon die Seekarten gekauft, sie habe sie selbst in seiner Wohnung gesehen. »Armer Junge«, sagte sie, »er arbeitet bei *Sainsbury's* und ist über Brighton nie hinausgekommen.« Von irgendwoher hörte ich Musik von Byrd. Solange ich mich erinnern konnte, feierte die BBC die vierte Nachmittagsstunde des Mittwoch mit Choralgesang. Ich hatte mich oft gefragt, wer da wohl zuhörte, und jetzt wußte ich es: Es waren ein paar Millionen Sylvia Brummages. Ich blätterte die Seiten des Albums um, zeigte auf das Foto von Stone neben dem Stabsauto und fragte: »Das war während des Krieges?«

»Als er bei der Armee war.«

»Er sagte, er habe geheimdienstlich gearbeitet.«

Sie reichte mir einen Brief in Marshall Stones Handschrift:

12. Februar 1944

Liebste Mutter,

ich wünschte, ich könnte Dir etwas über die Bedeutung der Entscheidungen mitteilen, die hier getroffen werden. Ich befinde mich direkt an der Schaltstelle der Planungen für jenen Tag, an dem wir den Krieg zu Hitler und seiner Sippe zurücktragen werden, um ihnen eine Lehre zu erteilen, die sie nie vergessen werden. Ich brauche Dir aber sicherlich nicht zu sagen, daß größte Geheimhaltung jetzt wichtiger denn je ist. Schreibe mir an dieselbe Adresse wie bisher und gib als Rang Gefreiter an, dann werden Deine Briefe mich erreichen. Im letzten Monat habe ich Panzer und Motorrad fahren gelernt und habe mir meine ersten Sporen als Reiter erworben.

Der Drill wird hier ziemlich kleingeschrieben, seit wir zum Hauptquartier geworden sind und praktisch alle den Hauptmannsrang oder mehr haben, abgesehen von Spezialisten wie ich. Der Kamerad, mit dem ich hier zusammenarbeite – Brigadegeneral Millington-Ash –, hat eine Lammfelljacke für mich organisiert, und auf dem Foto kannst Du auch das Humber-Stabsauto sehen, das ich dann und wann benutze.

Vielen Dank für das Paket, aber spar Dir bitte nichts vom Munde ab. Wir bekommen hier bessere Rationen als die Zivilisten und brauchen nicht zu hungern. Ich will versuchen, vor Ostern Urlaub zu bekommen.

In Liebe

EDDIE

Sie nahm mir den Brief aus der Hand und sagte: »Eddies Vater war der sanftmütigste Mann, den man sich vorstellen kann, und trotzdem meldete er sich im Ersten Weltkrieg freiwillig und erhielt die Tapferkeitsmedaille.«

»Sie müssen sehr stolz sein.«

»Aber vielleicht hätte ich es vor Eddie nicht so zeigen sollen. Verstehen Sie, was ich meine?«

Hinten im Album befanden sich die Zeugnisse:

> Mathematik: C, Englisch: B, Französisch: C, Betragen: A. Bemerkungen: Die einzig weitere gute Note A kommt von seinem Sportlehrer. Eddie sollte mehr Anstrengungen auf seine schulische Arbeit und weniger auf die Steigerung seines Beliebtheitsgrades verwenden.
>
> Er sollte den gesellschaftlichen Aktivitäten an der Schule ein bißchen weniger Aufmerksamkeit widmen – es sei denn, seine schulischen Leistungen verbesserten sich entsprechend seinen anderen Interessen.
>
> Anzahl der Schüler: 31, Position in der Klasse: 27. Dies ist vermutlich auf seine zeitraubende Teilnahme an der Theatergruppe in diesem und dem letzten Halbjahr zurückzuführen.

»Sie dürfen nicht denken, daß er ein unbegabter Junge war, Mister Ashley. Er war lediglich von der Vorstellung besessen, überall der Erste sein zu müssen. Konnte er nicht der Beste sein, mußte er allen zeigen, daß ihm daran eigentlich gar nichts lag, indem er weniger tat, als er hätte tun können.«

»Das kenne ich«, sagte ich. Es war eine Einstellung, die genau der ihren entsprach, denn sie war einerseits stolz auf ihren Sohn, andererseits aber geradezu erpicht darauf, es nicht zu zeigen.

»Mit der Leichtathletik war es dasselbe: Er stoppte heimlich die Zeiten der anderen Kinder. War er nicht absolut sicher, gewinnen zu können, trat er gar nicht erst an.«

»Warum?«

»Das habe ich mich auch häufig gefragt. Vielleicht nahm er an, sein Vater und ich hätten versagt. Aber Glück, Mister Ashley, Glück ist Erfolg. Und wir waren sehr glücklich, sein Vater und ich.«

»War er ein introvertiertes Kind?« Ich hoffte, sie in dieser nachdenklichen Stimmung halten zu können, aber es gelang mir nicht. Sie blickte abrupt hoch. »Versuchen Sie, ironisch zu sein, Mister Ashley?«

»In keiner Weise.«

»Eddie introvertiert? Ich freue mich schon jetzt auf Ihre Biographie, wenn sie glauben, daß ein so entschiedener Exhibitionist wie mein Sohn, der sich für ein bißchen Applaus die Nase öffentlich tranchieren würde, introvertiert sein könnte.«

»Ich meine, hat er viel gelesen?«

»Er hat überhaupt nicht gelesen, bis auf die Texte für seine Schulaufführungen. Einmal bin ich hingegangen und habe es mir angesehen – nie wieder, es war grauenvoll. Haben Sie jemals an einer Schüler-Aufführung teilgenommen?«

»Nein, nie.«

»Sie wären auch viel zu vernünftig dazu, hoffe ich. Es sind nie die Gescheiten, die sich brüsten und paradieren. Das habe ich als Lehrerin feststellen können. Eddie sehnte sich nach Beachtung, war geradezu gierig danach. Ich habe es abgelehnt, das auch noch zu unterstützen. Es war sein Onkel Bernard, der dem Jungen Flausen in den Kopf gesetzt hat. Er muß die Verantwortung dafür übernehmen.«

»Auf dem *Dick Whittington-Foto?*«

»Ja. Das ist er. Mein Bruder. Er kam bei einem Bombenangriff ums Leben. Er war Komiker in den Music Halls. Arm wie eine Kirchenmaus, aber zu Weihnachten bekam er für gewöhnlich einen Job als Pantomime. Viele Jahre lang war das der einzige Job, den er ergattern konnte. Immer von der Hand in den Mund, Mister Ashley. Und in einem Jahr holte er Eddie in diesem Katzen-Kostüm auf die Bühne. Ich bin überzeugt davon, daß damals alles seinen Anfang nahm.«

»Sie sind mit Ihrem Bruder nicht besonders gut ausgekommen?«

»Alle Welt ist mit meinem Bruder gut ausgekommen. Aus dem einfachen Grund, weil er sich weigerte zu glauben, daß es auch nur ein einziges menschliches Wesen geben könnte, das nicht in ihn vernarrt wäre. Er kam stets mit Handschuhen, Gamaschen und Zweireiher zum Essen und tat furchtbar vornehm. Die Nachbarn waren überzeugt, er sei Millionär. Die Frau in Nummer zweiundvierzig wollte mir partout nicht glauben, daß er mein Bruder war. Aber er borgte sich stets ein paar Shilling, bevor er wieder ging. Oh, und das Theater: Was für ein herrliches Leben war doch das Bühnenleben! Sie hätten die Geschichten hören sollen, die er Eddie erzählte. Eine Bruderschaft nannte er es. Ich erklärte ihm, er solle doch mal seine Brüder anpumpen und seine Schwester in Ruhe lassen.«

»Haben sie ihm das vor Eddie gesagt?«

»Anders hätte es ja wohl kaum Sinn gehabt, oder? Mich interessierte nicht, was er aus seinem Leben machte, aber ich wollte nicht, daß Bernard Eddie den Kopf verdrehte. Und dann ging er eines Tages mit Eddie in die Schule und erzählte den Kindern von seinen überwältigenden Erfolgen auf den Bühnen des West End. Erbärmlicher Lügner, der er war! Eddie hat es von Bernard.« Sie hatte zuviel erzählt. Sie glättete ihr Baumwollkleid und schloß die Jacke enger über dem Busen. Sie nahm eine Katze vom Sessel auf ihren Schoß und streichelte sie, als wolle sie versuchen, ein Genie aus ihr zu machen. »Eddie ist ein guter Sohn gewesen, Mister Ashley. Wenn sein Vater länger gelebt hätte, wäre Eddie ganz anders aufgewachsen.«

»Aber Mrs. Brummage, Sie werden vermutlich von der Hälfte der Mütter dieser Welt beneidet. Können Sie sich vorstellen, wie viele gern einen Sohn hätten, der ein so berühmter Filmstar ist wie Eddie?«

Sie nickte und sah mich intensiv an. »Sie bewundern ihn sehr, nicht wahr, Mister Ashley?«

Sie schaffte es, mich in die Defensive zu drängen. »Ja, das tue ich, Mrs. Brummage. Er ist eine große Begabung.«

»Was hat er gezeigt? *Das Lied der Taube* oder *Zeit zu lieben und Zeit zu sterben?*«

»Ich weiß nicht, was Sie meinen.«

»Onkel Bernard gab für gewöhnlich *Zeit zu lieben* zum besten, wenn er ein paar Gläser getrunken hatte. In der Regel machte er dabei eine Menge Fehler. Macht Eddie immer noch Fehler? Vielleicht kennen Sie es nicht gut genug.«

»Fehler hätten es mir nicht miesmachen können.«

»Sie sind bühnenverrückt, Mister Ashley.«

»Anson, bitte. Ich bin nicht bühnenverrückt, Mrs. Brummage. Es ist nur so, daß Sie allem, was Eddies Leben betrifft, ablehnend gegenüberstehen.«

»Sie sind bühnenverrückt«, sagte sie. »Sie können mir nichts vormachen.« Sie lachte ein böses, spöttisches Lachen. »Ich bin die Mutter des berühmten Marshall Stone.«

Ich ließ sie mit ihrem Lachen allein. Es war nicht die Art Lachen, in die man gern mit einstimmt. Ich sagte: »Sie müssen mitunter sehr einsam gewesen sein, Mrs. Brummage.« Sie sah abrupt hoch. Etwas in meiner Stimme mußte sie gewarnt haben. »Als diese Miß Rainbow das Kind bekam ... Haben Sie jemals daran gedacht, es zu adoptieren?«

»Verlassen Sie mein Haus.«

»Sie brauchen doch wegen Edgar Nicolson nicht so zornig zu werden.«

»Das hätten Sie nicht sagen dürfen, Mister Anson.«

8

Beide gehören einer fiktiven, legendären, auf den Kopf gestellten, launischen Welt an, die ihrer Lebensweise so eigentümlich ist. Ihre Maßstäbe sind nicht meine Maßstäbe. Mögen sie von den anständigen Menschen beurteilt werden, die in ihrer Welt der Fantasie und Fiktion daheim sind.

Richter Harrison (Vidor vs. Cohn-Prozeß)

Die japanischen Schriftzeichen, Schilderhäuschen und der Militärposten, der vom Dach des Hauses in Notting Hill hierhergebracht worden war, gaben diesem Teil der Londoner Docks ein Aussehen wie Okinawa im Krieg; durchaus überzeugend für jeden, der – wie der Ausstatter – nie dort gewesen war. Es war möglich, die Szene so zu filmen, daß eine Reihe von Kränen und ein altertümlicher Kohlenfrachter am anderen Ufer mit im Bild waren. Außer dem Kohlenfrachter, der seit einem Monat dort ankerte und von dem man nicht annahm, daß er je wieder abfahren würde, hatte das Team – für 150 Pfund pro Tag – einen 900-Tonner gemietet, der mit einem Geschütz, japanischem Namen und der Flagge der aufgehenden Sonne versehen worden war. Darüber hinaus gab es auch noch einen 8000-Tonnen-Frachter niederländischer Herkunft. Er war alt genug, um als ›aus der Zeit stammend‹ durchzugehen, und da er nichts kostete, hatte Preston ihn in mehrere Szenen eingebracht. Jetzt wünschte er, er hätte es nicht getan. Er sah, wie er beladen wurde, und versuchte, die Zeit anzuhalten.

Preston hatte beschlossen, sein Image zu reformieren: Stirnband, Perlen und Rüschenhemd waren verschwunden. Statt dessen trug er nun ein Che-Guevara-Barett, eine Armeejacke mit Militärabzeichen und Kampfstiefel mit grellgelben Schnürsenkeln.

Für jedes Team ist es ausgesprochen demoralisierend, nichts zu tun zu haben. Dessen eingedenk, hatte Richard Preston ein paar Szenen erfunden, die die Leute beschäftigten. Sie reihten die Einstellungen sorgfältig aneinander und drehten sie ohne Murren ab, aber Nicolson und Preston wußten beide, daß ihnen das Team nur einen Gefallen tun wollte. »Wenn der verdammte Kerl um die Mittagszeit immer noch nicht da ist, kann ich für heute einpacken.« Preston blickte durch den Sucher, nahm Nicolson ins Visier und schwenkte dann über das Dockgelände.

Eines der großen Schiffe machte sich zum Auslaufen fertig. Preston kam der Gedanke, das Auftauchen des Ankers aus dem Wasser als Zwischenschnitt zu drehen. Er wies das Team an, von der Kaimauer aus zu drehen. Er ging zu Nicolson zurück. Das Team beobachtete, wie sie sich unterhielten. Es war nicht zu übersehen, daß beide Männer beunruhigt waren. Entschlossen, nicht zu trinken, war Edgar Nicolsons Zigarettenkonsum während der letzten 24 Stunden auf fast 50 gestiegen, und sein Weg durch das Gelände konnte an den Kippen verfolgt werden, die er hinter sich ließ wie eine Konfettispur.

»Er hat es mir hundertprozentig versprochen«, stellte Preston zum zigsten Mal fest.

»Wahrscheinlich ist er zur Premiere von *Kaiserliche Entscheidung* nach Paris geflogen«, sagte Nicolson. »Solche Sachen macht er gern.«

»Die Jungs werden ihn lynchen, wenn er endlich auftaucht.« Preston schüttelte den Kopf. Während er immer wütender wurde, schien seine Rage Nicolson zu beruhigen. Er empfand sogar ein fast perverses Vergnügen daran, den Jungen weiter anzustacheln.

»Ihn lynchen?« fragte Nicolson. »Wo waren Sie denn, als er seine Show abließ? Das Team betet den Boden an, auf den Marshall Stone tritt.«

»Die Menschen, auf die er tritt.«

»Auch das – die Menschen, auf die er tritt –, das ist doch der einzige Grund, weshalb man Sie und mich toleriert. Marshall Stone kennt das Team besser, als wir beide es jemals kennenlernen werden. Sie und ich kennen nur ihre Namen. Er weiß das Alter ihrer Kinder und welche Leiden ihre Frauen haben. Er weiß, wer gern ernsthaft über die Branche diskutiert und wer einen schmutzigen Witz bevorzugt. Mein junger Freund, Sie müssen noch eine Menge in diesem Geschäft lernen: Wenn Stone endlich geruht, sich zu uns zu gesellen, wird Ihr Team ihn dreimal hochleben lassen und Geld sammeln, um ihm zur Feier der Beendigung der Dreharbeiten eine Kristall-Karaffe zu schenken.«

Preston hämmerte gegen ein japanisches Warnschild und trat gegen die Rikscha.

»Und noch was, Richard, mein regieführender Freund. Wenn Stone zurückkommt, werden Sie in die Hochrufe einstimmen. Sie werden ihn behandeln müssen wie ein rohes Ei. Wenn Sie das nicht tun, ist er in der Lage, schon am nächsten Tag das Handtuch zu werfen, und wir sitzen ohne Film da.«

»Mit mir wird dieser Irre das nicht machen können. Wenn er bis Mittag nicht auftaucht, werden sie etwas unternehmen müssen.«

Nicolsons Auto hatte Aufkleber der Filmgesellschaft an der Windschutzscheibe. Das versetzte seinen Fahrer in die Lage, an der Dock-Polizei vorbeizufahren und ihn direkt vom Aufnahmeort abzuholen. Nicolson stieg ein und kurbelte das Fenster hinunter, um die Unterhaltung mit Preston fortzusetzen. »Geben Sie ihm noch ein paar Stunden, Richard. Man kann nie wissen – vielleicht gefällt ihm Paris nicht.«

Wenn Paris ein Orgasmus war, dann war London die postkoitale Tristesse. Es regnete, als Jasper sie vom Flughafen abholte. Suzy hockte in einer Ecke im Fond und examinierte mikroskopisch kleine Weinflecken auf dem Rock ihrer Ungaro-Kreation. Stone lehnte sich in die andere Ecke und gab sich den unvermeidlichen Zweifeln an Bookbinder, Hanratty, Belmonts Drehbuch und sich selbst hin.

Er streckte die Hand nach Suzy aus. Einen Augenblick lang tat sie so, als spüre sie seine Hand an ihrem Bein nicht. Dann bewegte sie sich, und Stone zog die Hand fort. Er tat so, als suchte er nach seiner Brieftasche. Suzy hatte das Gefühl, ein Gespräch beginnen zu müssen. »Weißt du eigentlich, was Richard von mir will?« Ihr Teddybär steckte in der Reisetasche. sie nahm ihn heraus, sprach mit ihm und liebkoste ihn wie ein kleines Kind.

»Was?«

»Er will, daß ich meinen Haaransatz verändern lasse.«

»Warum?«

»Man macht es mit Wachs und elektrischem Licht.«

»Elektrolyse, Liebling.«

»Danach werde ich eine höhere Stirn haben. Wäre ich dann überhaupt noch ich selbst?« Sie strich sich das Haar aus der Stirn, um ihm die Wirkung zu zeigen.

»Vergiß es.«

»Ich habe Leo Koolman gefragt. Er hat den Chef der Maskenbildner beauftragt, Fotos von mir so retuschieren zu lassen, wie ich mit einer höheren Stirn aussehen würde. Leo meint, es sähe prachtvoll aus.«

»Was weiß Leo schon.«

»Val sagt auch, daß es wundervoll aussehen müßte.«

»Ja nun, wenn der große, internationale Superstar der Meinung ist, daß es wundervoll aussieht – dann mal los!«

»Val und ich werden einen Film zusammen machen.« Sie sprach schnell. Das tat sie immer, wenn Marshall ärgerlich wurde. Sie hatte Angst vor ihm. Sie hatte Angst vor seinen absurden Besitzansprüchen. Eine Zeitung hatte ihnen eine Liebesbeziehung angedichtet. Das war kurz nachdem er Edgar Nicolson dazu gebracht hatte, ihr eine große Rolle in dem Film zu geben. Diese Zeitungsgeschichte hatte sie in eine zweideutige Situation gebracht. Und neuerdings führte Stone sich mehr wie ein eifersüchtiger Liebhaber denn als besorgter Vater auf. Das mußte Kommentare herausfordern und brachte sie dazu, sich unbehaglich zu fühlen. Sie wünschte, er hätte wieder eine seiner berühmten Affären. Sie hatte ihm zahllose Mädchen vorgestellt, aber er hatte sie kaum wahrgenommen. Das brachte sie auf die Frage, ob sein Betasten und Fummeln nur seine Impotenz kaschieren sollte. Penelope schwor, er sei ein ›latenter Homo‹, und sie war das erfahrenste Mädchen, dem Suzy je begegnet war.

»Was für einen Film? Leg doch den verdammten Bären weg.«

»Ich bin die Frau eines Astronauten, der irgendwo draußen im Weltraum in Schwierigkeiten gerät. Ich habe ein paar sehr gute Szenen.« Sie setzte den Bären auf den Fußboden.

»Du tust also, was Val sagt.« Stones Fuß stieß gegen den Bären und warf ihn um.

»Warum sagst du das so? Stoß Teddy doch nicht mit den Füßen.«

»Was meinst du mit ›so‹?« Er setzte den Bären wieder aufrecht und tätschelte ihn liebevoll. Sie sahen einander an. Sie hatten den Bären schon früher auf diese Weise benutzt: Stone nahm ihn als Objekt der Eifersucht und Suzy als ein Totem, durch das sie ihr Bedürfnis nach unkritischer Zuneigung ausdrücken konnte. Sie benutzten ihn, wie Ehepaare häufig ihre Kinder benutzten.

»So, als wenn du etwas wüßtest.«

»Aber das ist doch für das kleinste Kind offensichtlich. Somerset wird dir wohl kaum dabei behilflich sein wollen, daß du ihm die Schau stiehlst, oder?«

»Schwein.«

Stone gluckste. »Nun, wird er es tun, Liebling?«

»Er würde mir nie dazu raten, meinen Haaransatz zu verändern, wenn ich dann häßlicher aussehen würde.«

Stone schwieg. Suzy fragte: »Oder etwa doch?«

»Wenn du erst so lange im Geschäft bist wie ich, wirst du auch wissen, wozu Menschen imstande sind.«

Sie griff nach ihren Haaren und versuchte sich im Autofenster zu betrachten. »Du meinst also, ich sollte es lassen, wie es ist?«

»Du hast bisher alles richtig gemacht, Liebling.«

»Durch deine Hilfe.«

»Durch dein Talent und dein Aussehen, willst du sagen.« Stone knipste die Leselampe aus und legte einen Arm um ihre Schulter. Suzy schmiegte sich eng an ihn, als er sie liebkoste. Als sie dann wieder zu sprechen begann, war es fast nur ein Flüstern. Jetzt war der richtige Zeitpunkt da, sagte sie sich. »Leos PR-Mann – Bud Short – möchte eine Story über mich und Val lancieren.«

»Was für eine Story?« Seine Hand bewegte sich weiter vor, aber sie wich nicht vor ihm zurück.

»Du weißt schon – eine Romanze. Es wäre gut für meine Karriere, meint Bud.«

»O ja«, sagte Stone. »Besser als ich, weit besser.«

»Nein, Darling! Darling Marshall. Du warst einfach wunderbar für meine Karriere. Jeder weiß doch, was du für meine Publicity getan hast.«

»Und was soll das jetzt für eine Geschichte sein?«

»Oh, du weißt schon – zwei aufstrebende Jungstars am Filmfirmament. Ich habe zu erklären, daß keine Karriere für mich wichtiger sein könnte, als mich um Val zu kümmern. Und wir beide sagen, daß wir nach Kräften darum bemüht sind, möglichst häufig am selben Drehort arbeiten zu können, um möglichst oft beieinander zu sein ...«

»Und dann veröffentlicht die PR-Abteilung die erste Ankündigung über den Astronautenfilm.«

»So ist es, Marshall.« Sie lachte fröhlich auf. »Du bist so klug. Dich kann man auch nicht einen Moment lang hinters Licht führen.«

»Sehr komisch.« Seine Hand hörte auf, sie zu tätscheln.

»Sie wollten hunderttausend Dollar für diese Geschichte springen lassen. Sie wollen einen Topfotografen eigens dafür engagieren. Story und Bilder werden dann an vierhundertfünfzig Zeitungen und Zeitschriften in aller Welt geschickt.« Marshall Stone lehnte sich in dem weichen Ledersitz bequem zurück. Er atmete tief aus und ließ die Luft durch die Zähne zischen. Dann nickte er und richtete den Blick auf Suzy. »Mach es, Liebling. Es ist gut für dich.«

»Ist es das, Darling?«

»Es ist gut für dich, mein Herz. Es ist gut und richtig für deine Karriere.«

»Bist du auch sicher, Teddybär?« Sie streichelte Stones Gesicht und sah ihm in die Augen, ob sie dort irgendwelche Anzeichen für ein Verletztsein entdecken konnte. »Ich werde es nicht tun, bevor du nicht sagst, ich soll es machen. Keine Karriere ist so wichtig, daß ich dafür unsere Beziehung aufs Spiel setzen würde. Das, was uns verbindet... nun, darüber geht nichts...« Ihre Stimme stockte. Als sie wieder sprach, klang ihre Stimme dunkel, und sie war sehr ernst. »Du bist also sicher?«

Stone tätschelte ihre Hand. »Ich wünschte, deine Mutter würde noch leben. Es war alles meine Schuld... Ich habe mich von meiner verdammten Karriere auffressen lassen.« Suzy nickte. Sie wollte fragen, warum, aber sie wußte, daß er nichts mehr sagen würde. Sie drückte seine Hand.

»Zuerst kommen wir beide, nicht wahr, Liebling?«

»Ja, Marshall, so ist es.«

»Unsere Beziehung vor jeder Karriere?«

»Manchmal wünschte ich, es wäre nicht so, Marshall. Und das ist die Wahrheit.«

»Jasper! Zunächst zu meiner Wohnung. Und dann bringen Sie Miß Delft nach Hause.«

In Stones Wohnung in Mayfair wartete sein Personal in der Halle: Mr. und Mrs. Patterson – Butler und Köchin – und Mrs. Brooks, seine Sekretärin. Jasper und Mr. Patterson luden das Gepäck aus dem Auto, und die Köchin wurde fortgeschickt, um Kaffee zu machen. Stone entließ Mrs. Brooks und das Tablett mit Post, das sie herbeitrug, ziemlich brüsk.

Mrs. Angela Brooks hatte den Ausdruck in Stones Augen bemerkt. Sie wußte, wohin er gehen würde: in sein ›indisches‹ Ankleidezimmer. Es war seine Lieblingszuflucht. Es gab dort indische Möbel, die in hellen Rot- und Grüntönen bemalt waren, und eine vergoldete Statue, die in der Tempelszene von *Jenseits der Berge* als Requisit gedient hatte. Die Teppiche und den Wandschirm aus Gitterwerk hatte er während der Außenaufnahmen für denselben Film auf einem Basar erstanden. Vielleicht mochte er dieses Ambiente deshalb so sehr, weil der Film ein so überragender Erfolg gewesen war. Manche seiner Fans hatten *Jenseits der Berge ein* dutzendmal oder öfter gesehen, und er bekam immer noch Briefe, die ihn gerade für diese Darstellung lobten.

Nachdem er geduscht hatte, richtete er die hohen Drehspiegel so aus, daß er sich aus verschiedenen Winkeln betrachten konnte. Er frottierte sich sorgsam und hielt dann und wann inne, um einen Makel, einen Fleck oder eine Pustel zu untersuchen. Er vollführte ein paar gymnastische Übungen: Kniebeugen, Liegestütze. Auf Zehenspitzen tänzelnd, täuschte er einen Angriff auf einen imaginären Gegner vor. Er lachte – und mit diesem fixierten Lachen beugte er sich vor, um sein entblößtes Zahnfleisch und die Zähne im Vergrößerungsspiegel zu begutachten.

Als er abgetrocknet, parfümiert und mit Puder bestäubt war, öffnete er die Türen des massiven Schranks, den er in Kaschmir gekauft hatte. Die Rückwand fehlte, so daß er durch ihn hindurch den dahinterliegenden Raum betreten konnte. Hier war ein Dschungel von Jacketts, hängende Gärten von Hosen und ein Unterholz von Schuhwerk. Er ließ sich Zeit damit, das auszuwählen, was er anziehen wollte. Einer durchsichtigen Kunststoffschublade entnahm er ein rosafarbenes Batisthemd. Eine chinesische Medaille an einer goldenen Kette unterstrich die gebräunte Haut seiner Brust. Ausgeblichene Jeans, von Doug maßgeschneidert, umspannten seine schmalen Hüften. Befriedigt wandte er sich vom Spiegel ab und ging zum Frisiertisch, um seine Wimpern mit einer winzigen Bürste und etwas Mascara dunkler zu färben. Er betrachtete sich genau und betastete sein Gesicht, um Sommersprossen und eventuellen Makeln auf die Spur zu kommen. Erst als er mit seinem Aussehen ganz zufrieden war, gestattete er seinem Geist, sich mit seinen Problemen zu beschäftigen. So war es schon immer gewesen: Selbst wenn er allein war, mußte er ganz sicher sein, sich in körperlicher Bestform zu befinden, bevor er die Entscheidungen des Lebens anging oder sich womöglich mit den Tatsachen abfand. Er starrte in den Spiegel. »Du dummes Kind«, sagte er. »Du dummes, undankbares Mädchen. Dieser verdammte Val Somerset will dich doch nur ins Bett bekommen!«

Mrs. Angela Brooks ließ genau eine Stunde verstreichen, bevor sie das Haustelefon benutzte.

»Angela hier. Sie werden in fünfzehn Minuten bei den Dreharbeiten erwartet. Jasper meint, der Verkehr sei ziemlich dicht.«

»Ich gehe heute nicht.«

»Soll ich anrufen?«

»Ja, es gibt dort einen Telefonanschluß – in der Brückenwaage des Docks. Die Nummer steht auf dem Drehplan. Lassen Sie sich direkt mit Richard verbinden. Übermitteln Sie keine Nachricht.«

»Soll ich sagen, Sie wären krank?«

»Sagen Sie, ich hätte die ganze Nacht mit Magenschmerzen wach gelegen. Sagen Sie, daß ich unbedingt gehen wollte. Sagen Sie, ich hätte ein großes Theater gemacht, aber Sie würden es mir nicht erlauben, da es sich immerhin um Magengeschwüre oder den Blinddarm handeln könnte.«

Mrs. Brooks sagte nichts.

»Führen Sie das Gespräch so, daß es nach einer Verschwörung klingt, Angela. So, als würden Sie und er mich gegen meinen Willen im Bett halten.«

»Ich werde sofort anrufen.«

»Das ist hervorragend, Angela. Setzen Sie Ihren Charme ein, Angela-Darling. Und wenn er mich sprechen will – ich schlafe. Sagen Sie ihm, ich hätte die ganze Nacht kein Auge zugetan.«

»Ich werde sofort anrufen.«

»Wunderbar«, sagte Stone. »Und bitten Sie Mrs. Patterson, mir einen Teller der klaren Hühnerbrühe von *Fortnum's* zu schicken. Und, Angela, benutzen Sie die andere Leitung. Ich muß ein paar Telefongespräche führen.«

»Soll ich die Post und Benachrichtigungen bringen?«

»Und Drehbücher?«

»Drei.«

»Bringen Sie mir nur die Drehbücher. Ich werde vielleicht einen Blick hineinwerfen.« Es war ein gutes Gefühl zu wissen, daß Autoren, Produzenten, Studios und Spinner ihm immer noch Drehbücher schickten. Sie würden auf den Stapel auf seinem Schreibtisch wandern und ihn weiter anwachsen lassen. 22 Drehbücher: Er glitt mit den Fingerspitzen die Ränder der Seiten entlang und zählte sie zum vierten Mal an diesem Vormittag. Sie repräsentierten Geld, Geist, Prestige und Macht. Jedes von ihnen bedeutete eine angekaufte Geschichte, monatelange Arbeit für den Drehbuchautor, vielleicht ein halbes Dutzend Änderungen und Umschreibungen. Jeder dieser schlanken Bände in ihren Plastikhüllen stellte ein Jahr Arbeit dar und die Spesen für den aufwendigen Lebensstil eines Produzenten, der sein Produktionshonorar nur dann bekommen würde, wenn eine letzte Ingredienz gefunden war: der zugkräftige Name eines Stars.

Stone schnippte mit dem Finger gegen die Drehbücher und wählte dann Weinbergers Privatnummer. Es wurde sofort abgenommen, da diese Leitung nur Klienten vorbehalten war. »Weinberger.«

»Weiny?«

»Am Apparat.«

»Marshall. Hast du viel zu tun, oder können wir ein paar Worte miteinander sprechen?«

»Ich habe nie viel zu tun, Marshall. Das weißt du doch.« Weinberger winkte zwei Sekretärinnen und einen Anwalt beiseite, mit denen er gerade einen Vertrag Klausel für Klausel durchgegangen war.

»Gestern habe ich Bookbinder getroffen.«

»*Der Mann aus dem Palast.*«

»Richtig. Hat mich in einem öffentlichen Restaurant gestellt. Du weißt ja, wie das ist. Ich kann den Leuten nun mal nicht sagen, sie sollen sich zur Hölle scheren. Das liegt einfach nicht in meiner Natur.« Er wartete darauf, daß Weinberger zustimmte, aber der Agent schwieg. »Außerdem ist es schlecht für die Publicity«, fügte Stone hinzu.

»Was genau hast du gesagt, Marshall?« Weinberger formulierte die Frage hastig neu: »Ich meine, was hast du gesagt, was er als irgendeine Art von Zustimmung auslegen könnte?«

Stone lachte. »Ich bin doch nicht von gestern, Weiny. Ich bin fast dreißig Jahre im Geschäft.«

»War irgend jemand in seiner Begleitung?«

»Immer noch der gute alte Bookbinder, kommt sofort zur Sache. Ich glaube aber, daß ein Brief von dir – schriftlich ist so was immer besser –, in dem du sagst, es würde mich freuen, ein Exemplar des neuen Drehbuchs zu sehen, ganz hilfreich wäre.

Dann fügst du noch einen Absatz mit dem üblichen doppeldeutigen Agentenschmus hinzu, damit er ja nicht auf irgendwelche Gedanken kommt, ja? Nur, um ganz sicherzugehen.«

»Wen hatte er bei sich?«

»Nur seine Frau.«

»*Okay,* Marshall. Geht klar. Wie sehr bist du an *Mann aus dem Palast* interessiert?«

»Ich bitte dich, Weiny. Ich habe zwei, vielleicht sogar drei Dutzend Drehbücher hier – ich habe sie nicht gezählt. Wofür brauche ich Bookbinder? Wenn er mit der Gage hochgeht, dann ist das eine Sache, aber ... Alles, was ich versprochen habe, ist, das Drehbuch zu lesen. Er meint, ich könnte ihnen vielleicht mit ein paar guten Einfällen behilflich sein.«

Mrs. Brooks hielt Weinberger über all die Drehbücher auf dem laufenden, die bei Stone eintrafen. Daher wußte Weinberger, daß die meisten von Amateuren stammten – Fans von Stone, die zum ersten Mal zur Feder gegriffen und eine Geschichte um ihn aufgebaut hatten in der Hoffnung, er würde seinen Einfluß für eine Verfilmung geltend machen. Vier der Drehbücher waren Durchschläge. Sie stammten wahrscheinlich von Autoren, die von ihrem Glück verlassen worden waren und nicht genug Geld hatten, um ihr Opus vervielfältigen zu lassen. Sieben von ihnen waren ›treue Seelen‹; voller Eselsohren, da sie bereits seit Jahren im Umlauf waren. Vier neuere Drehbücher waren erwägenswert. Weinberger hatte mit den entsprechenden Leuten bereits Kontakt aufgenommen. Er sagte: »*Okay,* Marshall. Geht in Ordnung.«

»Und laß uns irgendwann abends zusammen essen, Weiny. Nur wir beide, um über die alten Zeiten zu reden.«

»Ich freue mich darauf.«

»Irgendwann bald, Weiny.«

»Gut, gut.« Weinberger bedeutete dem Anwalt, die nächste Seite des Vertrags auf seinen Schreibtisch zu legen.

»Vielleicht in der nächsten Woche, Weiny.«

»Wann immer du willst, Marshall.«

»Wir bleiben in Verbindung, Weiny. Und vielen Dank für die andere Sache. Bis bald.«

Stone hatte kaum den Hörer aufgelegt, als Mrs. Brooks ihn über das Haustelefon anrief. »Mister Stone, Richard Preston ist am Telefon. Er besteht darauf, mit Ihnen zu sprechen.«

»Haben Sie ihm gesagt, ich wäre krank?«

»Er war sehr unhöflich, Mister Stone.«

»Was hat er gesagt?«

»Ich möchte es lieber nicht wiederholen.«

»Was hat er über mich gesagt?«

»Er glaubt nicht, daß Sie krank sind. Er beharrt darauf, daß Sie auf der Stelle bei den Dreharbeiten erscheinen.«

»Stellen Sie ihn durch, Angela.«

»Wirklich?«

»Stellen Sie ihn durch.«

Stone rieb sich das Gesicht, betrachtete sich im Spiegel und nahm dann den kleinen, silbergerahmten Schnappschuß von sich und Chaplin in die Hand. Der Mann auf dem Foto mit Chaplin würde sich nicht von einem 21jährigen Regisseur herumkommandieren lassen, der gerade seinen ersten Spielfilm drehte.

»Marshall Stone?« Prestons Stimme klang brüsk und verärgert – wie der Kommandoton eines Feldwebels oder der Warnschuß eines Soldaten. Stone fragte sich, ob Preston Zuhörer hatte.

»Richard – wie schön, Ihre Stimme zu hören.«

Für einen Moment war der Junge aus dem Gleichgewicht gebracht. »Marshall, was soll das – Sie fühlen sich krank?«

»Mir geht es nur nicht besonders gut, Richard.«

»Ist der Arzt dagewesen?«

»Nein. Ich hatte dieses Problem schon einmal: Lebensmittelvergiftung.«

»Erzählen Sie mir doch nichts von Lebensmittelvergiftung!

Sie müssen sich schon etwas Besseres einfallen lassen als ausgerechnet Lebensmittelvergiftung!«

»Lebensmittelvergiftung, Herr Doktor Preston.«

»Nun werden Sie nicht albern, Marshall. Ich versuche, hier einen Film zu drehen, und brauche keine albernen Schauspieler, die meine Probleme vergrößern.«

»Was brauchen Sie denn sonst, Richard?«

»Ich brauche Sie sofort hier, damit ich diese verdammte japanische Lagerhauskulisse abbauen lassen und bis Sonnabend hier abhauen kann. Am Montag verschwindet dieses Schiff aus den Docks, und dann verlieren wir jeden Zusammenhang mit den bereits abgedrehten Szenen, wo wir den Frachter im Hintergrund haben.«

»Aber Richard – diese Möglichkeit hätte Edgar doch einkalkulieren müssen.«

»Edgar hat mit Profis gerechnet und nicht mit halbärschigen, hypochondrischen Komikern.«

»Meinen Sie mich?«

»Warum haben Sie nicht heute früh um acht Uhr einen Arzt konsultiert? Warum haben Sie mich nicht früher benachrichtigen lassen? Warum sind Sie...«

»Darf ich Ihnen einen kleinen Rat erteilen?« sagte Stone mit freundlicher, fast beschwörender Stimme. »Wenn Sie in diesem Geschäft bleiben wollen – und ich bin sicher, daß Ihnen bekannt ist, daß sich in der Vermittlungsbörse Genies, die nur einen Film gemacht haben, nach Arbeit drängen –, dann müssen Sie noch eine Menge dazulernen. Zunächst einmal – und als wichtigstes – machen Sie sich klar, daß ich Ihrem Film jederzeit ein Bein stellen kann. Ich kann zu einem Zeitpunkt krank werden, zu dem Sie keine kleinen Mistszenen irgendwo in den Londoner Docks drehen, sondern wenn die wirklich wichtigen Außenaufnahmen im Ausland dran sind – wenn Sie das ganze Team im Hotel untergebracht haben. Das wird Sie dann nicht fünftausend, sondern fünfzigtausend pro Tag kosten. Und dann könnte ich jeden Tag ein paar Minuten später zu den Dreharbeiten erscheinen ...«

»Einen Moment mal, Marshall.«

»Und was ist mit Val Somerset, der Max Georg als amerikanischer General ersetzen soll? Val ist einer meiner engsten Freunde, wir sind praktisch wie Brüder.«

Preston brummte.

»Wenn Sie es am Sonntag mit dem Fortkommen nicht so eilig gehabt hätten, wären Sie mit Val zusammengetroffen. Er war bei mir zum Essen. Lieber Himmel, Dickie, wenn Val wüßte, wie Sie hier mit mir umspringen, würde er glatt kommen und Sie umbringen. So nahe stehen wir uns. Val ist ein wundervoller Freund. Er macht sich Sorgen um diese Max-Georg-Geschichte. Er hat mich gefragt, was Sie eigentlich damit bezwecken.«

»Marshall ...«

»Für Sie immer noch Mister Stone. Und Sie hören sich an, was ich Ihnen zu sagen habe. Wissen Sie eigentlich, wie oft Journalisten mich gebeten haben, über mein Leben zu erzählen, das ich gänzlich in der Filmbranche verbracht habe, während Sie sich an Ihrem ersten Film versuchen? Sind Sie sich darüber klar, daß ich zur Zeit einen Autor auf den Fersen habe, der meine Lebensgeschichte schreibt? Denken Sie nur mal darüber nach, was ich dem über Sie erzählen könnte.«

»Marshall ...«

»Mister Stone, habe ich gesagt. Ein einziges Wort aus meinem Munde zu meinen Freunden – Stars, Produzenten, Studioleitern – könnte Sie kaltstellen – und dafür sorgen, daß Sie gestorben sind, mitsamt Ihrem lausigen Streifen. Ich bin krank. Ich werde zu den Dreharbeiten erscheinen, wenn ich mich besser fühle. Und nun scheren sie sich zur Hölle!«

Stone schleuderte den Hörer auf die Gabel und beobachtete sich dabei. Beobachtung war die beste Schulung.

In der Brückenwaage der Londoner Docks legte Richard Preston den Hörer auf die Gabel zurück, als enthielte er Dynamit.

Während der letzten Drehtage war es die einzige Telefonverbindung gewesen, die dem Team zur Verfügung gestanden hatte. Die Aufnahmeleitung und einer der Regieassistenten behielten es im Auge und übermittelten Nachrichten und Botschaften an die Mitglieder des Filmteams. Die Filmleute hatten der schäbigen kleinen Hütte eine Schönheitsbehandlung zukommen lassen, die sie noch nie erlebt hatte. Das Innere war weiß getüncht worden, zwei neue Tische und Stühle hatte man hineingestellt, außerdem eine elektrische Kaffeemaschine, einen elektrischen Ofen und eine schicke neue Schreibtischlampe. Neben dem Telefonapparat hing eine Liste mit den Nummern aller Produktionsabteilungen. Das Produktionsbüro befand sich in dem alten Haus in Notting Hill. Preston suchte die Nummer des Produzenten und wählte sie.

»Edgar?«

»Hallo, Rich. Alles im Griff?«

»Der Kerl ist nicht aufgetaucht.«

»Haben sie ihn zu Hause angerufen?«

»Er sagt, er sei krank.«

»Vielleicht ist er es.«

»Vielleicht ist er schwanger. Vierundzwanzigkarätige Typen wie der werden nicht krank. Sie werden im Bedarfsfall neu plattiert.«

»Sie wissen nicht, wie man ihn anfassen muß.«

»Mit Glacéhandschuhen meinen Sie? Wie soll ich ihn denn behandeln? Erwartet man, daß ich ihm den Arsch küsse, wenn er meinen Film torpediert?«

»Können Sie denn keine Aufnahmen ohne ihn machen? Ihn aussparen?«

»Ihn aussparen! Ihn aussparen! Was meinen Sie denn, was ich seit Montag getan habe? Hören Sie, Edgar – nur für den Fall, daß Sie nicht wissen, was hier vorgeht: Ich muß das japanische Lagerhaus heute abbauen lassen, damit ich für die Aufnahmen morgen genug Platz habe. Und bevor wir diese Kulisse verlieren, brauche ich eine Tiptop-Großaufnahme von Stone vor dem Lagerhaus und außerdem etliche Nahaufnahmen. Im Klartext heißt das, daß ich Stone heute brauche, Edgar. Andernfalls müssen wir die ganzen Szenen mit dem niederländischen Schiff im Hintergrund noch einmal drehen.«

»Ich werde mit ihm reden.«

»Sie werden sich schon etwas einfallen lassen müssen, Edgar.«

»Drängen Sie mich nicht, Richard. Sie haben das ganze Problem erst geschaffen. Also treiben Sie es nicht zu weit, wenn ich dabei bin, Ihr Scheißhaus wieder in Ordnung zu bringen.«

»Vor halb vier, oder wir bekommen Überstunden.«

»Sprechen Sie schon mal mit den Gewerkschaftsvertretern über Überstunden, Richard. Und nehmen Sie einen freundlichen Rat an, mein Junge. Versuchen Sie wenigstens dann und wann einmal, sachlich zu reagieren. Ein paar von uns alten Hasen haben dies und das in einem Vierteljahrhundert Filmarbeit aufgeschnappt.«

»Sicher, Edgar. Aber wissen Sie was? Wenn ich abends nach Hause komme, die Flimmerkiste anstelle und ein paar von den alten Streifen ansehe, die ihr Oldtimer im letzten Vierteljahrhundert gemacht habt, dann denke ich oft, es wäre besser, auf den Rat von Leuten zu hören, die während der letzten fünfundzwanzig Jahre auf ihrem Hinterteil gesessen haben.«

Edgar Nicolson gluckste. »So läuft das nun mal, Richard. Machen Sie einen schlechten Film, sind Sie ein inkompetenter Versager. Machen Sie fünfundzwanzig Jahre lang jedes Jahr zwei schlechte Filme, dann wird man Elogen in *Sight and Sound* über Sie schreiben.«

»Sie reden Mist, Edgar.«

»Und Sie rhetorisch, Richard.«

»Was soll das nun wieder heißen?«

»Wissen Sie, Richard, ich werde Ihre Karriere voller Freude verfolgen. Ich habe nämlich noch nie die Geburt eines cineastischen Genies miterleben dürfen.«

»Ich brauche ihn um drei Uhr.«

»Wenn Sie mit Stone genauso gesprochen haben wie jetzt mit mir, und wenn Stone sich daraufhin entschließt, sich zurückzuziehen, könnte dieser Film um drei Uhr durchaus einen neuen Regisseur haben.«

»Ach, rutschen Sie mir doch den Buckel runter«, sagte Preston und legte auf.

Edgar Nicolson seufzte, legte den Hörer jedoch nicht auf. »Haben wir irgendwo Leo Koolmans Privatnummer?« fragte er.

Seine Sekretärin befragte nicht die Kartei, sondern ein kleines rotes Notizbuch aus ihrer Handtasche, in der so hochkarätige Informationen aufbewahrt wurden. Sie las die Nummer laut vor, aber nicht so laut, daß es im Nebenzimmer verstanden werden konnte.

»Großartig«, sagte Edgar Nicolson.

Weinberger hatte Leo Koolmans Büro als ›frühes Disneyland‹ beschrieben. Selbst Koolman räumte ein, es wäre ›modernes Hollywood‹. Die Kunstgegenstände und antiken Möbelstücke waren echt, sahen aber nicht echt aus. Dieser Eindruck von Fälschungen wurde durch zwei Wände verstärkt, die mit schimmernder Metallfolie verkleidet waren wie das Innere einer verbeulten Konservendose. Sogar Schauspieler vermieden es, sich darin zu betrachten: Ihre Reflektionen wirkten verwischt und verzerrt. Im alten Eichenschreibtisch waren Telefonkabel verborgen. Das abstrakte Gemälde konnte geöffnet werden, um einen Fernsehapparat freizugeben, und ein Bücherschrank mit echten Büchern öffnete sich zu einem kleinen Bad. Dieses Bad war Koolmans besonderer Stolz, und nur wenige Besucher entkamen, ohne daß es ihnen gezeigt worden wäre. Es war mattschwarz gestrichen und besaß eine graue Decke. Wanne und Becken waren ebenfalls grau, so daß winzige Spotlights, die auf strahlend orangefarbene Badetücher gerichtet waren, eine geradezu überwältigende Farbwirkung hervorriefen. Ein in den Boden eingelassener Druckschalter illuminierte automatisch jeden, der sich an das Waschbecken stellte. Und zwischen der Wanne und der Dusche gab es eine Batterie von Infrarot-Birnen, die die Luft vor dem Garderobenschrank erwärmten. Der Schrank verwirrte nahezu alle Besucher, da Leo Koolman höchst selten anders als in einem einreihigen dunklen Anzug mit Seidenhemd gesehen wurde. Manche behaupteten, er wechsele sie nie, während andere darauf beharrten, es seien unterschiedliche – aber identische – Kleidungsstücke, die er mehrmals am Tag wechselte. Im Februar 1968 versuchte ein Kameramann namens de Wit, dieses Rätsel dadurch zu lösen, daß er einen Anzugärmel von Koolman absichtlich mit einem winzigen weißen Farbfleck markierte. Koolman kam ihm auf die Schliche und feuerte den Kameramann auf der Stelle. Nie wieder kam ihm jemand nahe genug, um das Mysterium enthüllen zu können.

Es gab aber noch andere eigenartige und geheime Gerätschaften in Koolmans Büro. Da waren eine Polaroidkamera und ein Tonband, die er von seinem Sessel aus bedienen konnte, und ein Knopf neben seinem Fuß, mit Hilfe dessen er am Telefonapparat seiner Sekretärin ein rotes Licht aufleuchten lassen konnte. An diesem Vormittag hatte er ihn bereits mehrfach benutzt. Seine Sekretärin hatte im Abstand von zehn Minuten immer wieder versucht, Stone zu erreichen, seit Nicolson mit Koolman gesprochen hatte. Nun war sie davon überzeugt, daß man bei Stone zu Hause den Hörer von der Gabel genommen hatte. Mit dieser Annahme lag sie richtig.

Um 12.35 Uhr sagte Koolman: »Sagen Sie mein Mittagessen ab. Geben Sie meinem Chauffeur Stones Adresse. Geben Sie mir dreißig Minuten Vorsprung, und teilen Sie dann Weinberger mit, daß ich seinem kranken Patienten einen Besuch abstatte.«

»Er wird wissen wollen, warum«, wandte Minnie White ein. Diese zerbrechlich wirkende Frau von Ende Vierzig war Koolmans Sekretärin, wenn er sich in London aufhielt. Wenn man sie in einer Schlange an der Bushaltestelle warten sah, konnte man versucht sein, einen Schritt beiseite zu treten – für den Fall, daß sie zusammenbrach. Aber Minnie war ebenso zäh wie alle in der Wardour Street – Leo Koolman nicht ausgenommen.

Koolman stattete Stones Apartment keinen Besuch ab, er überfiel es. Er schob Jasper einfach beiseite und betrat die Halle. Stone sprang auf, als sei er verbrüht worden. »Leo!« rief er viel zu laut. »Leo, wie schön, Sie zu sehen!«

Er breitete die Arme aus, wie er es in *Gefährliches Pflaster Damaskus* getan hatte. Die Jungs von der Publicity hatten immer großen Gefallen daran gefunden. Es gefiel ihnen sogar so gut, daß sie die gesamte Werbekampagne darauf aufgebaut hatten. Stone mit dunklem Make-up und ausgebreiteten Armen war häuserblockgroß am Times Square zu sehen gewesen und über dreißig Meter Kinofront am Leicester Square gemalt worden.

Leo nickte überaus zustimmend.

»Bleiben Sie doch zum Essen«, sagte Stone. »Wir haben einfach nicht genug Zeit, uns einmal zusammenzusetzen und zu plaudern. Wir sollten einander häufiger sehen – nicht wegen geschäftlicher Dinge, nur so zum Vergnügen.«

Leo brummte, setzte sich und betrachtete die Einrichtung wie ein Gerichtsvollzieher. Seiner Überzeugung nach waren die meisten Dinge von seinem Geld bezahlt worden. Stone wünschte sich, daß Leo lächelte und ihm ein Wort der Sympathie spendete. Er beugte sich über das Sofa und tätschelte Leos Schulter.

»Sie sehen hervorragend aus, Leo. Einfach phantastisch!«

»Auch Sie sehen großartig aus, Marshall.«

»Eine ›Eins‹ bei Lloyds«, sagte Stone.

Koolman lächelte triumphierend. »Und warum sind Sie dann nicht bei der Arbeit?«

»Ich habe diese verdammten Schmerzen, Leo.«

»Ich habe auch Schmerzen«, sagte Koolman. »Ein Schmerz, als würde mir ein Dolch in den Rücken gebohrt. Haben Sie diesen Schmerz jemals verspürt, Marshall?«

»Was wollen Sie damit sagen, Leo?«

Koolman sprach sanft und ganz langsam. »Ich meine damit, daß ich Sie dafür bezahle, daß Sie einen Film machen. Ich bezahle Ihnen eine Menge Geld. Unter dem Strich liegen die restlichen Kosten für den Film glatte hunderttausend Dollar unter dem, was ich Ihnen dafür zahle, daß Sie darin auftreten. Ihr Regisseur, Ihr Produzent und einhundertundfünf Leute des Filmteams sind zum Stillstand gekommen, weil Sie Schmerzen haben. Sie sind alle bei der Arbeit, Marshall – trotz ihrer Schmerzen und Probleme, kaputten Autos, fremdgehenden Frauen und Babys, die sie die ganze Nacht wachhalten. Diese Leute sind mit Zügen und Bussen und U-Bahnen zur Arbeit gefahren, und sie warten dort...« Plötzlich erhob Koolman seine Stimme und begann zu schreien: »Warten dort auf Sie!« Stone zuckte zusammen. »Also, was soll dieser Mist über Ihre Wehwehchen?«

Stone ließ das scheue, nervöse Lachen eines Mannes hören, der noch nie erlebt hat, daß seinen Worten kein Glauben geschenkt wird. »Um Himmels willen, Leo. Was ist denn in Sie gefahren? Es besteht doch gar kein Anlaß, so zu schreien. Es sind nur diese Gastritis-Probleme, die ich habe – ein Überbleibsel aus dem Krieg.«

»Steht irgend etwas von Gastritis-Problemen in Ihrem Vertrag? Hat Ihr Agent gesagt, daß sein Klient jeden Tag zu den Dreharbeiten erscheinen wird – es sei denn, er hat Gastritis-Beschwerden? Bekomme ich einen besonderen Preis für Schauspieler, die mit Gastritis zu kämpfen haben? Hat die Untersuchung, der Sie sich für diese Produktion unterzogen haben, irgend etwas über Magenbeschwerden ergeben?«

»Es war der Krieg«, sagte Stone. »Neuerdings habe ich es nicht mehr so oft... Vielleicht alle paar Jahre einmal.«

»Wann haben Sie einen Arzt konsultiert?«

»Ich weiß, was es ist, Leo.« Stone lachte. »Ich weiß, was es ist. Ich habe sogar noch die Tabletten von meinem letzten Anfall.«

»Wo haben Sie sich die denn geholt? In der Apotheke oder in St. Germain?«

»Paris hat damit nichts zu tun.« Stone drehte den Siegelring an seiner linken Hand.

»Paris hat alles damit zu tun, Sie Schmierenkomödiant.«

»So kann man mit mir nicht sprechen, fürchte ich.« Stone wandte sich ab, aber Koolman packte ihn am Ärmel und zog ihn zurück.

»Ich werde mit Ihnen sprechen, wie es mir paßt, Sie kleiner Ganef. Sie sind dabei, Vertragsbruch zu begehen. Verärgern Sie mich also nicht, während ich darüber entscheide, was mit Ihnen zu tun ist.«

»Was ist mit mir zu tun?« Stone lachte.

»Sie fliegen ohne schriftliche Erlaubnis Ihres Produzenten nach Paris. Wissen sie, was die Versicherung dazu sagen wird? Sie haben nicht nur den Vertrag mit mir gebrochen, Sie haben auch Ihre Versicherung betrogen. Wenn Ihr Flugzeug abgestürzt wäre, hätte die Versicherung mehr als eine Million Dollar für neue Dreharbeiten mit einem neuen Hauptdarsteller zahlen müssen.«

»Es tut mir leid, Leo.«

»Erzählen Sie doch nicht solchen Mist. Ich habe mir ein wenig Zeit genommen, um Ihren Vertrag zu lesen, bevor ich zu Ihnen gekommen bin. Zu schade, daß Sie das nicht auch getan haben, bevor Sie ihn unterzeichneten.«

»Ich bin krank, Leo.«

»Sicher sind Sie krank, Marshall, aber es ist weder der passende Zeitpunkt noch der richtige Ort, um darüber zu diskutieren, was mit Ihnen nicht stimmt, Marshall. Wenn sie meinen Rat hören wollen, sollten Sie einen guten Analytiker konsultieren.« Seine Stimme wechselte vom freundlichen Ratgeber zum Verkünder harter Drohungen. »Aber inzwischen merken Sie sich eins – und merken Sie es sich gut: Mein Büro hat den Vertrauensarzt der Versicherung darüber informiert, daß ich ihn unter Umständen brauchen könnte – keine Namen, nur daß ich ihn vielleicht brauche. Wenn er kommt und Sie untersucht, wird er Ihnen nicht das Händchen halten, wie das Ihr lieber guter Doc in der Harley Street für gewöhnlich tut. Dieser Bursche ist mit allen Wassern gewaschen, Marshall. Wenn er herausfindet, daß sie immer noch am Leben sind, wird er seiner Gesellschaft mitteilen, daß Sie heute absichtlich die Arbeit verweigert haben. Nur, solange Sie noch am Leben sind.« Koolman gestattete sich ein kurzes, geschnaubtes Lachen.

»Worauf wollen Sie hinaus?«

»Ich will darauf hinaus, daß keine Versicherungsgesellschaft mehr eine Produktion mit Ihnen versichern wird. Jedes Filmvorhaben mit Marshall Stone auf der Besetzungsliste wird sich nach privatem Versicherungsschutz umsehen müssen. Und darüber hinaus wird man Schwierigkeiten mit der Fertigstellungs-Garantie bekommen. Und das wird ihnen gar nicht gefallen, Marshall. Schlechte Nachrichten verbreiten sich schnell in diesem Geschäft. Sind Sie jetzt im Bilde, Marshall?«

»Ich könnte unter Umständen heute nachmittag arbeiten.«

»Ganz ausgezeichnet!« sagte Leo Koolman nachdrücklich – wie ein Lehrer, der einen Funken Einsicht bei einem fast hoffnungslosen Schüler entdeckt hat. »Gehen Sie hin, Marshall. Arbeiten Sie immer nur einen halben Tag. Machen Sie eine Mittagspause. Sie werden sich bald daran gewöhnt haben. Die meisten Erdenbewohner machen so etwas das ganze Jahr hindurch, nicht nur acht oder zehn Wochen hintereinander.«

»Ich werde nach diesem Film nicht mehr für Sie arbeiten, Leo. Das können Sie Ihren Aktionären bei der nächsten Hauptversammlung klarmachen.«

»Ausgezeichnet, mein Junge«, sagte Koolman. »Vielleicht werden Sie zum Zeitpunkt der nächsten Aktionärsversammlung für niemanden mehr arbeiten.«

»Wenn ich heute nachmittag bei den Dreharbeiten einen Zusammenbruch erleide, werden Sie ein anderes Lied singen, Leo.«

»Werde ich, Marshall. Gehen Sie hin und brechen Sie bei den Dreharbeiten zusammen. Die Versicherung wird mich voll auszahlen – ohne Argumente und ohne jede Verzögerung.« Koolman zeigte kein Lächeln.

Marshall Stone traf um 14.27 Uhr bei den Londoner Docks ein. Jasper fuhr nahe an den luxuriösen Wohnwagen heran, der Stone als Bestandteil seines Vertrages zur Verfügung gestellt worden war, zuzüglich einer Million Dollar, vier Prozent der Bruttoeinnahmen und 1000 Dollar pro Woche für Spesen, die nicht abgerechnet zu werden brauchten. Stones Gefolge wartete auf ihn mit aufgeblasenen Kissen, der neuen *Variety*, Geplauder und kalten Getränken.

Sein Garderobier hatte das Kostüm parat. Der Kampfanzug der Britischen Armee mit seinen zerrissenen Ärmeln und schlammbeschmutzten Knien war eines der drei Kostüme, die Stone zu tragen hatte. Alle drei waren auf die gleiche Art zerrissen und beschmutzt, so daß Stone die Kleidungsstücke wechseln konnte, wann immer er wollte. Nebenan im Garderobenwagen befanden sich weitere identische Kostüme für den Stuntman, der in der nächsten Woche an seiner Statt ins Wasser fallen sollte.

Nachdem Stone sich umgezogen hatte, ging er in den nächsten Wohnwagen, in dem die Maske untergebracht war. Er setzte sich in seinen Sessel, während der Friseur das lange Seitenhaar nach oben bürstete und so am Kopf befestigte, daß es unter seiner Kopfbedeckung nicht mehr zu sehen war. Er saß geduldig da, schloß die Augen und spannte den Mund auf Bitten des Maskenbildners und seines Assistenten an. Farbstifte Nummer fünf und neun, dunkle Tönung für den Schnurrbart und ein Hauch Puder.

Stone betrat acht Minuten nach drei die Szene. Die Beleuchtungsprobe hatte längst stattgefunden; Doubles hatten sich dafür zur Verfügung gestellt. Die Entfernung zur Kamera war ausgerichtet, die Kamera selbst postiert, die Schärfe eingestellt. Die Positionen der Schauspieler waren mit Kreidestrichen auf dem Boden markiert. Die Qualifikation eines Schauspielers wurde häufig an seiner Fähigkeit gemessen, genau an dem Punkt stehenzubleiben, auf den die Kamera gerichtet war, ohne erkennbar auf den Boden zu blicken. Auch die Scheinwerfer waren auf diesen Punkt konzentriert. Eine genuschelte oder falsch gesprochene Dialogzeile konnte später nachsynchronisiert werden, aber ein Schauspieler, der sich nicht an seine Markierungen hielt, hatte die Aufnahme geschmissen, und die Szene mußte wiederholt werden.

»Jesus, Marshall«, schrie Richard Preston. »Sie haben es geschafft, Sie haben es geschafft! Sie hätten nicht kommen sollen.« Stone lächelte unsicher. Preston packte ihn an der Schulter und hielt ihn auf Armeslänge entfernt. Er blickte ihm tief in die Augen, als könne er dort ein Geheimnis entdecken. Vermutlich weil er es nicht finden konnte, umarmte er Stone. »Das ist es, was den Superstar ausmacht. Er verläßt das Krankenbett gegen den ausdrücklichen Rat seiner Ärzte.«

»Die Show muß weitergehen«, flötete Stone und imitierte Judy Garland.

»Eine Zehn-Zentimeter-Plattform für Mister Stone«, rief Preston. Stone war längst nicht mehr peinlich berührt von der Notwendigkeit, auf ›Erhöher‹ zurückgreifen zu müssen, um größer zu wirken, wenn er neben Autos, Türen oder anderen Schauspielern gefilmt wurde. Im Gegenteil, er freute sich darüber, wenn ein Regisseur sich die Mühe machte, ihn größer und wirkungsvoller auf der Leinwand erscheinen zu lassen. Kulissentüren wurden für ihn stets kleiner gebaut, und die Rikscha in dieser Szene war eine im Maßstab kleinere Version als üblich.

Preston legte den Arm um Stone und geleitete ihn zu der ersten markierten Position, wobei er die ganze Zeit über Ratschläge flüsterte, Lob und Zuneigung verkündete. Der Schauspieler wirkte neben dem hochaufgeschossenen, dünnen jungen Mann wie ein Zwerg.

»Alle auf ihre Plätze!« rief der Regieassistent. Die Doubles verschwanden, und ein Dutzend Darsteller nahm Aufstellung.

»Achtung, Aufnahme! Hintergrund-Action. Kamera läuft!«

Stone bewegte sich verstohlen vorwärts und schlich zu der Stelle, wo sechs japanische Soldaten Kisten hochhievten. »Japanische Soldaten«, schrie Preston, »die Kisten da sind schwer, verdammt schwer!« Die japanischen Soldaten bewegten sich langsamer. Sie pusteten und schnauften in gespielter Anstrengung, als sie die leeren Kartons hochhoben. Der Kamerawagen fuhr mit Stone mit, um ihn in der Bildmitte zu behalten.

Alle Augen waren auf Stone gerichtet, als er vorwärts schlich. Er betrog die Kamera, indem er so tat, als könne er um die Ecke sehen. Dann stand er auf, trat einen Schritt vor und erstarrte vor Schreck. Seine Füße befanden sich exakt auf den Markierungen, während die Kamera zu einer Nahaufnahme auf ihn zufuhr.

»Das ist es!« rief Preston. Es war zwar nicht genau das, was er sich erhofft hatte, aber auch er hatte vom berauschenden Elixier des Melodrams gekostet. »Verdammt gut, Marshall«, schrie er. Mit einer überschwenglichen Geste präsentierte er den Star dem Team. »Ein Mann aus dem Krankenbett«, rief er und begann zu applaudieren. Das war Anlaß genug für lebhaften Beifall von allen Anwesenden.

Marshall Stone lächelte. »Für eine Wiederholung«, sagte er, »könnte ich mir ja den Bauch aufschlitzen.«

Edgar Nicolson und sein Produktionsassistent beendeten ihren Applaus und warfen sich vielsagende Blicke zu. Der Assistent wußte, daß sein Boß Preston die Leviten gelesen und die ganze Versöhnung geprobt hatte.

»Gut gespielt«, sagte Nicolson.

»Und Stone war auch gut«, sagte der Assistent.

9

Die Menschen im Osten geben vor, daran interessiert zu sein, wie Filme gemacht werden, aber wenn man ihnen irgend etwas erklärt, erkennen sie den Bauchredner für die Puppe nicht.

F. Scott Fitzgerald

Marshall Stone

Twin Beeches
Tonbridge, Kent
Montagabend

Lieber Peter,
hatte gerade einen hervorragenden Einfall, konnte Dich telefonisch aber leider nicht erreichen. Warum bedienen wir uns nicht meines Namens? Wieviel aussagekräftiger und intimer wäre es doch, wenn das Buch eine Autobiographie würde! Das würde natürlich bedeuten, daß Du ins Hintertreffen gerätst, was die Lorbeeren anbelangt, aber schließlich weiß Dein Verlag, daß du es geschrieben hast. Und das ist doch wohl das Wichtigste, oder?
Als Titel kann ich mir nichts Besseres vorstellen als *Die Autobiographie von Marshall Stone* mit dem Karsh-Porträt auf dem Umschlag und dem Frontispiz. Ich habe mir die Fotografie heute daraufhin angesehen und bin wirklich sehr beeindruckt. Wie er ein solches Ergebnis bei meiner Visage erzielen konnte, wird mir immer ein Rätsel bleiben! Es würde einen aufsehenerregenden Schutzumschlag abgeben.
Es wäre doch möglich, irgendein wirklich gutes Vorwort schreiben zu lassen. Soll ich mit Steve McQueen sprechen?

Oder vielleicht mit Vanessa Redgrave? Laßt mich Euer Wort dazu vernehmen, hochwerter Meister der Feder.

Herzlich

MARSHALL STONE

97 Greenwood Gardens
London, NW 6
Dienstag

Lieber Marshall Stone,
vielen Dank für Deinen Brief mit gestrigem Datum. Bei einer von einem Ghostwriter geschriebenen Autobiographie, wie Du sie vorgeschlagen hast, gäbe es zahlreiche Nachteile. Zunächst einmal wäre ich daran gehindert, etwas zu schildern, was nicht mit Deiner Person zusammenhängt.
Ich bin mir auch nicht sicher, ob das den Bedingungen des Vertrages mit meinem Verlag entsprechen würde.
Was die anderen Vorschläge anbelangt, so ist es sicherlich besser, sie zu einem späteren Zeitpunkt zu diskutieren. Ganz gewiß werde ich nichts unternehmen, bevor mein Verleger den Rohentwurf gesehen hat.

Herzliche Grüße

PETER ANSON

Marshall Stone — *Twin Beeches*
Tonbridge
Kent
Donnerstag

Peter,
bin ich Dir auf die Füße getreten?
Angesichts der Arbeit und der Probleme, die Du mit dem Buch hast, wollte ich lediglich alles tun, um sicherzustellen, daß Du die größtmöglichen Verkaufs-Chancen erhältst.

Es gibt da ein paar irregeleitete Seelen, die alles kaufen würden, was ich geschrieben habe – Gott erhalte sie. Und ein großer Name unter einem Vorwort kann fast noch mehr Wunder bewirken.

Denk einmal darüber nach,

herzlichst

MARSHALL

Wer war ich denn, daß ich Vertragliches vorschob? Der Verleger würde bei der Aussicht, Marshall Stones Namen anstelle des meinen als Autor auf dem Titel zu haben, vor Freude in die Luft gehen.

Bernie – der PR-Mann für *Lockspitzel* – schickte mir einen Ausschnitt aus einer amerikanischen Zeitung. Auf den mit tropischen Pflanzen überwucherten Begleitbogen hatte er eine Erklärung gekritzelt.

Da Sie eine Sammlung von Presseverlautbarungen zusammenstellen, erlauben Sie mir, Ihnen diese Ausfertigung zu überreichen. Beachten Sie bitte, daß sie von KI New York stammt und mit uns nicht abgestimmt wurde. Wie auch immer, sie wird in 248 Publikationen geschaltet. Beste Grüße,

BERNIE

SUZY, DAS BERÜHMTE MODEL

Auf dem besten Weg, noch vor ihrem dreißigsten Geburtstag Millionärin zu sein, ist die aus Wales stammende Thespisjüngerin Suzy Delft. Sie lechzt nach harter Arbeit und ist der strahlendste Stern am Leinwandhimmel der siebziger Jahre.
»In meinen Adern fließt Showbusineß-Blut. Bin in den Kulissen zur Welt gekommen.« Der Jargon der Jugend von heute ist Suzys Art, Dinge zu sagen, wie sie nun mal sind.
»Natürlich gibt es auch hier Widerlinge und Niemands, mein

Lieber. Aber die echten Profis sind schwer in Ordnung. Sie sind es, mit denen ich mich abgebe.«

Suzys Herz schlägt in einem anderen Rhythmus. Als modisches Mädchen, das seinen eigenen Kopf hat, sagt Suzy: »Mein ganzes Geld gebe ich für Klamotten aus. Schon als kleines Mädchen in einem Dorf, nicht weit von Richard Burtons Geburtsort entfernt, hatte ich einen Hang zu Klamotten. Wenn ich genug Zeit dafür hätte, würde ich Haute-Couture-Modelle entwerfen.«

Das berühmte Model Suzy hat ihre Miniröcke gegen Knikkerbocker eingetauscht, um neben Marshall Stone in dem Film *Lockspitzel* aufzutreten. Ihr Pariser Friseur, »der größte Lockendreher der Welt«, sagt sie mit einem Lächeln und einem nachlässigen Zucken ihrer hübschen Schultern, hat ihr eine aufregende Kräusel-Frisur verpaßt, mit der sie fabelhaft aussieht.

Suzy nimmt im Hinblick auf Dinge, die sie nicht mag (›Blabla-Dinge‹ in ihrem Wortschatz), kein Blatt vor den Mund. Politik ist blabla, und das sind auch ›Bullen‹ und Wochenend-Partys, bei denen man sich zum Abendessen festlich kleidet. Suzy liebt Spaghetti, Mick Jagger und ihren herrlichen fliederfarbenen 20 000-Dollar-Lamborghini.

Es endete abrupt. Irgendein Hilfsredakteur hatte den Artikel zusammengestrichen, damit eine Möbelhausanzeige noch auf die Seite paßte. Ich legte ihn zu meinen Akten.

In der Post waren noch andere Briefe, auch einer von meinem Stiefsohn. Weder Mary noch Marshall Stone hatten ihrem Sohn in den letzten Jahren besonders nahe gestanden. Er war ein paar Wochen vor unserer Hochzeit nach London gekommen, und wir verbrachten ein anstrengendes Abendessen mit ihm und seiner deutschen Frau. Mary hätte gern eine engere Beziehung zu ihnen aufrechterhalten, aber sie hütete sich, das zu sagen. Als ich mit der Arbeit zu meinem Buch begann, hielt ich es für eine ausgezeichnete Gelegenheit, den Kontakt zu Edward John wiederaufzunehmen. Ich hatte mich geirrt.

Northwestern Typewriters and Calculating Machines Ltd.
Bezirksdirektor: E. J. Brummage

Lieber Mr. Anson,
herzlichen Dank für Ihren Brief. Ich stehe mit meinem Vater in keinerlei Verbindung und habe seine Karriere nicht mit der Sorgfalt verfolgt, wie sie das offensichtlich getan haben.
Ich habe keinerlei Erinnerungen an meinen Vater, die ich Ihnen mitteilen könnte. Und unter gar keinen Umständen möchte ich mich mit Ihnen treffen, um die von Ihnen geplante Biographie über ihn zu diskutieren.
Darüber hinaus möchte ich – ohne unhöflich erscheinen zu wollen – darauf hinweisen, daß ich jede Erwähnung meiner Person in Ihrem Buch in Zusammenhang mit meinem Vater, seiner Karriere oder seinen sonstigen Aktivitäten als rufschädigend ansehen würde. Ich würde nicht zögern, mir auf gerichtlichem Wege Recht zu verschaffen, falls sie so schlecht beraten sein sollten, mich in diesem oder einem anderen Ihrer Bücher zu erwähnen.

Mit freundlichen Grüßen
E. J. BRUMMAGE

Mary las den Brief und lächelte, um mir nicht zu zeigen, wie verletzt sie tatsächlich war. Ich nahm an, daß auch sie Briefe geschrieben hatte, die in ähnlicher Weise zurückgewiesen worden waren. Vielleicht wußte sie, warum ihr Sohn seinen Vater und alles, was mit ihm zusammenhing, so weit wegschob. Aber wenn sie es wußte, so sagte sie es mir jedenfalls nicht.

Sie legte den Brief in den Posteingangskorb auf meinem Schreibtisch zurück. Dabei behandelte sie ihn so, als wäre alles, was im Zusammenhang mit meinem Buch stand, besonders wertvoll für sie. Ich wußte diese Geste zu schätzen. Ich glaube, daß Edward Johns Brief sie bei ihrer Entscheidung über ihre Tagebücher beeinflußte. Am nächsten Morgen fand ich ein Bündel von Notizbüchern, etliche zusammengeheftete Seiten und ein ledergebundenes Tagebuch auf meinem Schreibtisch.

London, an einem Montag im September 1948
Eddie ist auf dem Weg, ein Star zu werden. Ich bin glücklich, daß sich die Monate der Trennung schließlich doch gelohnt haben. Es stand in den Zeitungen, und das Telefon hat den ganzen Tag ununterbrochen geklingelt. Eddie hat ein Telegramm geschickt. Ich hätte mir gewünscht, er hätte statt dessen angerufen.

London, an einem Donnerstag im September 1948
Heute habe ich fünfmal im Londoner Büro von *Koolman International* angerufen. Miß Samson ist sehr teilnahmsvoll, und ich würde gern glauben, daß sie keinerlei Informationen zurückhalten, aber wissen sie wirklich nicht, wo sich Eddie aufhält? Sie muß mir meine Panik wohl angehört haben, als ich die Rechnungen erwähnte, denn sie hat ihre Portokasse geplündert und mir zwanzig Pfund mit einem Taxi geschickt. Sie hat mir gesagt, ich solle alle anderen Rechnungen an sie schicken, man würde für direkte Bezahlung sorgen.

Dieses Tagebuch ist in letzter Zeit eher zu einem Kassenbuch geworden.

London, an einem Dienstag im September 1948
Wenn ich doch nur gewußt hätte, daß Eddie eine Affäre mit dieser Miß Samson hatte. Ich bin sicher, ich hätte es dann nicht über mich gebracht, ihr von den Rechnungen zu erzählen und ihr anzuvertrauen, daß ich mich so elend fühle, wenn Eddie nicht bei mir ist. Das arme kleine Ding ist davon ausgegangen, daß ich es die ganze Zeit gewußt habe. Eddie hat natürlich alle

möglichen Erklärungen. Er wird wohl nie erwachsen werden. Er ist krank und ist es wahrscheinlich schon immer gewesen. Er ist unfähig, eine befriedigende Beziehung zu einem anderen Menschen aufzubauen – egal, welchen Geschlechts. Menschen wie er wollen immer Missionare, Reformer oder Schauspieler werden, weil sie ihre Befriedigung darin finden, die Gefühle anderer Menschen auszubeuten. *›Auszubeuten‹ war durchgestrichen und durch ›manipulieren‹ ersetzt worden.)*

Vermutlich hätte ich diese Miß Samson in meinem Telefongespräch mit Eddie nicht erwähnen sollen. Seither sind es wahrscheinlich Dutzende gewesen. Er schien überhaupt nicht peinlich berührt, daß ich davon wußte. Er sagte lediglich, er würde nur Mädchen zu seinen Geliebten machen, die er nicht gern zu Freundinnen hätte. Er hielt das wohl für eine Art von Kompliment für mich. Ich werde nie verstehen, wie der männliche Geist funktioniert. *(›Nie‹ war zweimal unterstrichen.)* Die ganze Zeit habe ich mir gewünscht, er würde anrufen. Und als er es dann tat, haben wir miteinander gestritten. Vielleicht wird er nie wieder anrufen. Ich bin mir bewußt, daß derartige Aufregungen seiner Schauspielerei schaden. Ich liebe ihn.

London, an einem Montag im Oktober 1948
Klein-Eddies Schule stellt keinerlei Problem dar. Warum kann Eddie uns nicht nachkommen lassen? Ich fürchte mich davor, wie die Antwort ausfallen könnte.

London, an einem Freitag im Oktober 1948
Sie beginnen mit den Dreharbeiten. Ich freue mich für Eddie, wäre aber glücklicher, wenn ich bei ihm sein könnte. Ein Brief in der Woche ist zu wenig. Ich schreibe ihm jeden Tag, ohne Ausnahme. Seine Briefe sind mit der Maschine geschrieben. Heißt das, daß er sie seiner Sekretärin diktiert? Ich hoffe nicht.

Eddie kann den Cowboy hervorragend spielen. Ich habe das

Drehbuch mit großer Begeisterung gelesen. Er hat das richtige Gespür für diese Art von Handlung, und der Tonfall bereitet ihm sicherlich keinerlei Schwierigkeiten. Er ist so begabt. Im Büro sagte ich dem Seniorpartner zwar immer noch, daß ich gehen werde. Aber ich werde es nicht tun. Einer der Partner vermutet mit Sicherheit, daß zwischen Eddie und mir etwas nicht stimmt. Meine Sekretärin will mir doch tatsächlich nicht glauben, daß der Mann auf dem Zeitungsfoto mein Mann ist. Eddies Schule gibt ihm nun an den Freitagen frei, so daß er nach Hause kommen kann. Das ist wesentlich besser. Nur noch vier Wochen bis zum Beginn seiner Weihnachtsferien. Gott sei Dank habe ich jetzt genug Geld, um ihm schöne Ferien zu bereiten.

London, an einem Donnerstag im Dezember 1948
Was für eine herrliche Überraschung. Eddie hat die Gelegenheit von Mister Koolmans Geburtstag ergriffen und ihn dazu überredet, mich nach Kalifornien nachkommen zu lassen. Er telefonierte aus dem Koolman-Haus, mit den Party-Geräuschen im Hintergrund.

Malibu, Kalifornien, an einem Sonnabend im Dezember 1948
Ich weiß, daß ich mich wie ein verrücktes Schulmädchen benehme, aber ich kann es nicht ändern. Wir wohnen direkt am Strand und hören die ganze Nacht den Brechern zu. Selbst jetzt im Winter kann ich sonnenbaden und werde langsam braun. Das Beste ist jedoch, wenn ich mich in unserem kleinen Haus umsehe und beobachte, daß sich Eddie mit den großen Stars wie mit seinesgleichen unterhält. Es ist wie ein Traum. Es kommt mir so vor, als habe sich die Zeit in London doch gelohnt. Aber es ist einfach nicht fair, wie sie ihn arbeiten lassen! Selbst am ersten Weihnachtsfeiertag hatte er eine Besprechung, die bis in den Nachmittag hinein andauerte. Und dennoch beklagt sich Eddie nie.

Malibu, Kalifornien, an einem Dienstag im Januar 1949
Ich mache mir Sorgen um Eddie und dieses kleine ›San Francisco‹-Restaurant. Weniger wegen der Tatsache, daß er Geld hineinsteckt – es handelt sich nur um 5000 Dollar –, sondern mehr wegen der Wirkung, die die Sache auf Eddie hat. Der alte Mann ist sehr liebenswert, obwohl ich kaum etwas von dem verstehe, was er sagt, und ich weiß, daß Eddie etwas von seiner Artikulation in seinem Film übernommen hat. Aber warum ist Eddie so wild darauf, das ›San Francisco‹ zu einem schicken Speiserestaurant zu machen?

Heute abend wollte jemand wissen, warum es *The Flying Taco* heißt, und Mr. Bookbinder erwiderte: »Weil es dazu da ist, einen wieder runterzubringen.« Eddie lachte und wurde rot.

Eddie kann aus diesem Laden kein modisches Restaurant machen. Das schafft niemand. Und der alte Mann fühlt sich da jetzt sowieso fehl am Platz. Ich weiß, es wäre ihm lieber, wenn es wieder das wäre, was es vorher war: ein preiswertes Speiselokal für seine mexikanischen Freunde. Eddie ist so stur.

Was soll bloß aus mir werden, wenn ich jetzt schon schreibe: ›nur 5000 Dollar‹? – Im letzten Jahr war das noch ein Vermögen.

Malibu, Kalifornien, an einem Freitag im April 1949
Heute habe ich den fast fertigen Film gesehen – das, was sie einen Rohschnitt nennen. Er gefällt mir sehr gut. Zum ersten Mal habe ich herausgefunden, daß ein Vaquero ein mexikanischer Cowboy ist. Eddie sagt, der Film wirke, als sei er von einem Mann mit Boxhandschuhen geschnitten worden. Sie sind bereits dabei, ihn zu überarbeiten. Es geht das Gerücht, daß die Rolle des armen Edgar der Schere zum Opfer fällt. (Er endet auf dem Boden des Schneideraums, wie sie hier sagen.) Armer Eddie, er ist so bekümmert.

Noch ein *Flying* Taco-Witz: Eddie wollte, daß jemand das Essen lobt, und Gary Cooper sagte: »Es ist gut, aber es verlangt einen echten Mann, es zu behalten.«

Eddie war ganz zerknirscht. Er identifiziert sich mit seinem Restaurant-Unternehmen und glaubt, daß jeder, der einen Witz darüber macht, ihn persönlich angreift. Aber natürlich ist das nicht der Fall. Er geht mit mir fast jeden Abend hin. Ich kann mexikanisches Essen schon nicht mehr sehen, und die Steaks sind regelmäßig zu durchgebraten. Heute abend ging Eddie in die Küche und brüllte den Koch an. Alle konnten es hören. Das ist nicht der richtige Weg, die Sache in den Griff zu bekommen. Warum zieht er sich nicht mit Anstand aus dem Geschäft zurück? Das Geld bedeutet ihm doch nicht viel. Sie reden bereits davon, daß Eddie 50 000 Dollar pro Film bekommt. Tatsächlich beträgt sein Marktwert das Vierfache davon, aber er hat diesen Sieben-Jahres-Vertrag mit Koolman Studios. Wie Eddie sagt, ist er einer der reichsten Sklaven in Amerika.

Heute abend nach dem Essen gingen wir mit Mr. Koolman und Mr. Bookbinder in einen Spielclub. Mir kam es fast so vor, als wollten sie, daß Eddie dem Spiel und anderen Extravaganzen erliegt. Sie drängen ihn, ein großes Haus in Beverly Hills in der Nähe des Beverly Hills Hotels zu kaufen. Vielleicht denken sie, wenn sie uns auf das Leben im großen Stil festnageln, werden sie leichter mit uns fertig. Viele Stars sind den Studios gegenüber verschuldet. Wie können sie das nur ertragen? Noch ein Umzug würde meine Kräfte übersteigen. Und in einem großen Haus würde ich mich von Eddie noch abgeschnittener fühlen.

Malibu, Kalifornien, an einem Montag im April 1949
Heute habe ich Mr. Bookbinder gebeten, mir den Film noch einmal zeigen zu lassen. Man kann sich sicher daran gewöhnen, sich einen Film ganz allein in einem Vorführraum anzusehen. Aber ich kam mir vor, als würde ich etwas Verbotenes tun. Nach dem ganzen Gerede bei der letzten Vorführung schien es mir heute so, als würde ich den *Letzten Vaquero* zum ersten Mal sehen.

Ich fühlte mich beschämt. Ich war beschämt, daß ich mit

einem solchen Mann gelebt habe, ohne es richtig zu würdigen. Eddies Darstellung des Mannes, der US-Marshall der kleinen Stadt im Westen wird, ist atemberaubend. Nicht, daß der Mann ihm irgendwie ähnlich gewesen wäre – das ist ja gerade das Wunder daran. Als Schauspieler zeigt er eine Wärme und ein Verständnis für Menschen und Beziehungen, von denen er im wirklichen Leben nichts weiß. Wie kann so etwas nur möglich sein? Als er gegen Schluß des Filmes hinausgeht, um von jenen Männern erschossen zu werden, die einmal seine Freunde waren, stellte ich fest, daß ich weinte. Ich weinte aus Mitleid mit seiner Frau. Was mache ich denn da, ich *bin* ja seine Frau.

Cedric Hardwicke sagte, daß im gleichen Maße, wie die Welt theatralischer geworden sei, das Theater eintöniger wurde. Das ist das Paradoxe an Eddie (muß ich beginnen, ihn Marshall zu nennen, wie es die Werbeabteilung verlangt?): Er ist eine spröde theatralische Persönlichkeit, und ich fürchte, er wird es von Tag zu Tag mehr, aber als Schauspieler gewinnt er an Format.

Malibu, Kalifornien, an einem Dienstag im Mai 1949
Eddie ist berühmt. Begeisterte Kritiken in fast jeder New Yorker Zeitung. Eine verrückte Party ist im Gange. Die Leute werden wie durch ein Wunder in unser Haus geweht. Eddie ist wie benommen vor Freude.

Beverly Hills, Kalifornien, an einem Freitag im Juni 1949
Das neue Haus ist phantastisch. Warum sollte es das für mehr als eine halbe Million Dollar auch nicht sein? Ich habe mich in dem Haus in Malibu nie ganz behaglich gefühlt. Es war zwar bezaubernd, so dicht am Strand, aber ich hatte Angst vor Einbrechern, besonders wenn Eddie nicht da war. Es wäre so leicht gewesen, einfach den Strand entlangzukommen und die Glastüren auf der Sonnenterrasse aufzubrechen.

Unser neues Haus sieht aus wie ein orientalischer Palast. Es gibt zwei prächtige Palmen, und im Rasen ist eine automatische

Berieselungsanlage in Form von metallenen Pilzen montiert. Beverly Hills ist bequemer für Eddie, weil sein neuer Film in den Koolman Studios im Valley gedreht wird. Es ist ein Gangsterfilm. Auch den folgenden Streifen wird er dort machen – alles wird komplett im Atelier gedreht. Heute vormittag bin ich hingegangen, um Eddie bei den Dreharbeiten zuzusehen. Ich glaube, meine Anwesenheit hat ihn ein bißchen verlegen gemacht. Aber es war faszinierend. Unter seinem weißen Hemd hatte er eine mit roter Farbe gefüllte ›Blase‹, die durch einen Pistolenschuß zum Platzen gebracht wurde. Es gibt da eine New Yorker Straße, die nachgebaut und taghell beleuchtet wurde. Es laufen Hunderte von Menschen herum. Ich habe mir nie klargemacht, wie viele Menschen bei Dreharbeiten beschäftigt sind. Es muß sehr schwer sein, unter diesen Umständen eine gute schauspielerische Leistung zu zeigen. Da ist ein Mädchen, deren einzige Aufgabe darin besteht, vor jeder Aufnahme Eddies Haare zu kämmen. Eine andere betupft ihn lediglich mit Gesichtspuder. Ich habe keine Ahnung, wie er die ganzen Jahre ohne die beiden ausgekommen ist.

Je mehr ich von der Schauspielerei und dem Filmemachen sehe, desto weniger verstehe ich. Zehnmal hat Eddie nach der Aufnahme ein sauberes Hemd angezogen. Erst nach der zehnten Aufnahme sagte der Regisseur: »Okay, gestorben« – aber ich konnte keinerlei Unterschied erkennen.

Das wunderbarste an Beverly Hills ist, daß die örtliche Polizei die tüchtigste der Welt ist. Und das in Anbetracht der Reichtümer, die auf so begrenztem Raum angehäuft sind. In Abständen von wenigstens sieben Minuten wird jedes Haus von einem Polizeiauto passiert. Darüber hinaus verfügen die meisten Häuser – wie unseres auch – über elektronische Alarmanlagen, Stacheldraht und Sicherheitsposten mit einem deutschen Schäferhund. Für unsere Einfahrt hat Eddie ein Schild malen lassen, auf dem es heißt: ›Überlebende werden gerichtlich belangt‹. Ich nehme an, das soll nur ein Witz sein, aber wie so vieles hier draußen – besonders in der Welt des Showgeschäfts – hat es einen Unterton von Brutalität.

Heute nachmittag bin ich spazierengegangen. Leute, die an mir vorbeifuhren, betrachteten mich durch ihre getönten Scheiben und erwarteten, mein gestrandetes Autowrack irgendwo am Straßenrand zu entdecken. Hier gehen die Menschen nur nach einem Unfall zu Fuß. Eddie meinte, es sei ein Wunder, daß mich die Polizei nicht angehalten hat. Hier nennen sie Fußgänger ›Weichschalen-Autos‹, und die sind höchst selten.

Selbst die Lieferwagen für Beverly Hills haben besondere Kennzeichenschilder. Nachts können wir Wachhunde über Meilen hinweg anschlagen hören. Eddie hat dafür gesorgt, daß das ganze Haus eine Doppelverglasung erhält.

Eddie ist ja so gefragt! Schier endlose Cowboyfilme, ein Kostümfilm – Lincoln – und sogar ein Musical über einen Zoo! Und dann die Einladungen zu Partys – praktisch jeden Abend. Manchmal laden sie sogar mich mit ein – allerdings erst nach zweimaligem Nachdenken.

Ich höre dem Gärtner bei der Arbeit zu, und das Mädchen bringt mir meinen Tee, während die Köchin das Abendessen vorbereitet, und ich frage mich, was ich hier eigentlich mache. Ich bin ein Nichts, ein Doppel von Eddie. Wenn wir zusammen ausgehen, werden wir als ›die Marshall Stones‹ beschrieben – ganz so, als wäre Eddie in doppelter Ausführung erschienen.

Beverly Hills, Kalifornien, an einem Sonnabend im Mai 1949
Fred Astaires Haus ist gleich um die Ecke am San Ysidro Drive. Wie habe ich ihn als Mädchen bewundert. Ich wünschte, Eddie hätte ihn eines Abends herübergebeten. Jeder andere aus der Branche hat zumindest einmal hereingeschaut. Da gab es unsere offizielle Hauseinweihung. Eddie wollte, daß sie in großem Stil stattfindet, und so geschah es dann ja auch. Zuzüglich zum üblichen Personal von vier Leuten hatten wir zehn Aushilfen

von der Stadtküche. Und die beiden Gärtner parkten die Wagen der Gäste.

Als unsere Gäste eintrafen, unterhielten sie sich mit der Bedienung und nannten sie bei ihrem Vornamen. Gary Cooper erklärte mir dann, daß es dasselbe Personal sei, das auf allen Partys aufwarte.

Ich weiß nicht mehr, wie ich diesen Abend überlebt habe, vor allem, weil die letzten Gäste – drei ältere Hartsäufer aus der Drehbuchabteilung – erst um 10.43 Uhr am nächsten Tag nach Hause gingen. Ich ging um 10.44 Uhr zu Bett und stand zu einem späten Mittagessen wieder auf. Ich fühlte mich durch und durch dekadent in echtem Hollywoodstil. Ich nahm um 14.30 Uhr einen Brunch – Avocado und Geflügelsalat – in Badeanzug und Lockenwicklern am Pool.

Als ich hier ankam, war ich fasziniert vom Zauber Hollywoods, aber das machte die Desillusionierung nur noch schlimmer. Letzte Nacht waren all die Kinogrößen hier in meinem Haus. Da waren die Gesichter, die meine Jugend geprägt hatten, und dennoch hatte das Ganze die Aspekte eines Alptraums. Ich sah einen ältlichen Schauspieler – angeblich soll er ein Gangster sein –, der seine Hand unter den Rock eines sehr jungen Mädchens schob und dafür das anerkennende Zwinkern seiner minderjährigen Tochter einheimste. Und da war ein blauäugiger alter Homo, den ich für einen der maskulinsten Männer gehalten hatte, der mir je in Cowboyfilmen zu Gesicht gekommen war; er verbrachte den ganzen Tag in der Küche, um eine Verabredung zum Abendessen mit einem blonden Kellner zu treffen. Da waren Schauspielerinnen, deren Gesichter so häufig geliftet worden waren, daß sich ihre Haut spannte und so durchscheinend glänzte wie Kerzenwachs. Diese kalifornische Sonne scheint der Haut Gräßliches anzutun. Jeder hier hat Falten und Runzeln, und alle sagen mir, wie glücklich ich mich schätzen könne, im englischen Klima aufgewachsen zu sein!

Diese alternden Zwerge waren nur Parodien der Menschen,

wie ich sie von der Kinoleinwand her kannte. Letzte Nacht wußte ich, daß ich nicht in der Lage sein würde, diese Atmosphäre ewig zu ertragen. Das habe ich dann Weinberger gesagt, und er meinte, ich brauchte nur drei oder vier Jahre durchzuhalten, um sie lieben zu lernen. Das wäre ein weiterer Grund, keine drei oder vier weitere Jahre auszuharren. Ich kann nur hoffen, daß auch Eddie zu diesem Entschluß kommt. Ich muß aber sehr vorsichtig sein, damit er nicht glaubt, ich wolle seine Karriere beeinflussen. Darüber würde er sich sehr erregen.

Ich nehme an, daß man mir mein Unbehagen gestern angesehen hat, denn der berühmte Mr. Leo Koolman – er leitet jetzt das gesamte Studio – kam zu mir herüber und sagte: »Ihr Ehemann wird ganz groß werden, Mrs. Stone. Sehr, sehr groß.«

Ich nickte. Er sagte: »Es wird vielleicht nicht immer leicht sein.« Ich war versucht, ihm zu sagen, daß die Vergangenheit auch nicht gerade ein Zuckerschlecken gewesen sei, aber ich lächelte nur.

Ich glaube, daß er von mir erwartete, ich würde ihn um Probeaufnahmen bitten. Eddie sagte, daß sehr viele Ehefrauen um Probeaufnahmen nachkommen. Ich fragte: »Könnte ich vielleicht einen Job in Ihrer Rechtsabteilung bekommen?«

Er sagte eine ganze Weile gar nichts und schien sich plötzlich ungeheuer für den Verlauf der Party zu interessieren. Er beobachtete Edgar Nicolson, der mit Jane Wyman tanzte, die gerade den Oscar für *Johnny Belinda* bekommen hatte. Koolman fragte: »Können Sie Mambo tanzen, Mrs. Stone?«

Ich sagte: »Nein.«

»Dann werden Sie es lernen müssen. Wir haben einen Tanzlehrer in den Studios. Er gibt einmal in der Woche Unterricht – ich glaube donnerstags nachmittags. Eddie braucht Sie nur anzumelden.«

Was für ein komischer Mann er doch ist. Ich lächelte und sagte: »Ich werde daran denken, Mister Koolman.«

»Ich weiß, daß Sie in England das juristische Examen abgelegt haben«, sagte er. »Aber das taugt in Kalifornien nicht viel, Herzchen.«

Ich sagte: »Ich brauche einen Job, während ich mir die hier erforderlichen Qualifikationen aneigne.« Er wippte im Takt der Musik und sagte: »Manchmal gehe ich am Donnerstag nachmittag auch hin.« Er beobachtete immer noch Edgar. Vermutlich wollte er sich darüber klarwerden, ob ich seiner Investition in Eddie außer- oder innerhalb seiner Rechtsabteilung mehr Schaden zufügen konnte. »*Okay*, Mrs. Stone. Ich werde Sie morgen anrufen.« Ich nehme an, das bedeutet, daß ich einen Job bei den *Koolman International Pictures Inc.*, Rechtsabteilung, habe.

Beverly Hills, Kalifornien, an einem Sonntag im Juli 1949
Ich war mit meinen juristischen Büchern so beschäftigt, daß ich fast zwei Wochen lang keine Eintragungen in mein Tagebuch gemacht habe. Eine solche Unterlassungssünde habe ich zum letzten Mal mit zwölf Jahren begangen. Ist das ein Zeichen, daß ich alt werde? Aber ich darf mich nicht beklagen. Ich bin selten so zufrieden und glücklich gewesen, auch wenn Eddie annimmt, mein einziges Motiv bestünde darin, ihm nachspionieren zu wollen.

Ich ging davon aus, daß mir die Rechtsabteilung einen Einblick in die rationale Seite Hollywoods vermitteln würde, aber da gibt es noch mehr Wahnsinn zu beobachten als bei den Dreharbeiten. Als ich mir zum Beispiel die Abrechnungen für den *Letzten Vaquero* ansah, fand ich eine Rechnung über 500 Kunststoff-Kakteen, die per Luftfracht nach New Mexico geschickt worden waren. Das Gelände, in dem die Außenaufnahmen stattfanden, ist mit Kakteen gespickt. Aber da sie bereits einige der Plastikexemplare gefilmt hatten, besprühten sie alle echten Pflanzen mit einem dunkleren Grün, damit sie zu den Plastikdingern paßten. Gesamtkosten: 67 000 Dollar und zwei Tage Verzögerung bei den Filmarbeiten.

Es gibt eine ansteckende Seuche, die in Rechtsabteilungen blüht und gedeiht: Anwälte werden unabhängige Produzenten. Seit ich vor acht Wochen hier angefangen habe, sind ihr drei erlegen.

Beverly Hills, Kalifornien, an einem Dienstag im Juli 1949
Es fasziniert mich immer noch, über das Filmgelände zu spazieren. Da gibt es Quadratkilometer von Kulissenaufbauten. Es ist eine Alptraumwelt: ein Hafen ohne Wasser, eine offene Galeone, die ihre Geschütze zeigt, ein Wasserfall mit einem Kameragalgen dahinter, Klippen, Teiche und Dörfer mit Strohhütten. Da gibt es ein Gerichtsgebäude im New-England-Stil, das in der letzten Woche in einen griechischen Tempel verwandelt, und einen Wildwest-Saloon, der, in Kisten verpackt, zu den Außenaufnahmen verfrachtet wurde. Da gibt es undefinierbare Gassen und enge Straßen, die Hollywoods Vorstellungen von Paris, Moskau oder Wien wiedergeben; sie werden entsprechend mit Plakaten, Schildern, Briefkästen und Kiosken ausgeschmückt. Hinter dem Gebäude, das das Rechnungswesen und die Rechtsabteilung beherbergt, gibt es drei Morgen Land, auf dem Kamine, Türen und Wände zu Hunderten gelagert werden. Kaum verwunderlich, daß man sagt, unsere Arbeitsstätte läge an der Wall Street. Manche der *walls,* der Wände, sind mit Schaumstoff für den Fall bezogen, daß Köpfe dagegengeschlagen werden – sehr nützlich hier in Hollywood! Ich habe schon häufig das Bedürfnis nach einer solchen gepolsterten Wand verspürt.

Beverly Hills, Kalifornien, an einem Freitag im Dezember 1949
Leo Koolman ruft mich an jedem Freitagvormittag an – persönlich, nicht seine Sekretärin –, um zu fragen, ob ich mich in der Rechtsabteilung wohl fühle. Es ist amüsant, wie sehr es ihn zu irritieren scheint, daß ich dort arbeiten möchte, während er Eddie ein Vermögen zahlt. Zweimal hat er mich zum Mittages-

sen in die Kantine mitgenommen und einmal in ein französisches Bistro in Beverly Hills. Jedesmal hat er nur die ganze Zeit über erzählt, welche Ingredienzen für einen erfolgreichen Film unerläßlich sind: Kolorit, Konflikt und Konfrontation. Dazu kommen alle möglichen nachträglichen Einfälle, die als ›Produktionswerte‹ zusammengefaßt werden. Koolman ist auf keinen Fall der Menschenfresser, für den er gern gehalten wird. Ganz eindeutig verachtet er alle, die zu einem Kotau bereit sind. Und da dazu die meisten Menschen neigen, die für ihn arbeiten – bis auf Phil Sanchez, manchmal auch Weinberger und Eddie –, fühlt er sich isoliert. Er fischt nach Komplimenten wie ein kleiner Junge.

Eddie sagt: »Gott sei mit dir« zu jedem, der ihm Komplimente macht, ihm einen Gefallen tut oder ihm auch nur die Zeit vertreibt. Es ist weniger die Blasphemie, die mich stört, als die offenkundige Unaufrichtigkeit, mit der er das sagt. Er hat es von einem der Fernseh-Quizmaster, der es anstelle von »Guten Abend« sagt. Ich wünschte, ich könnte Eddie klarmachen, wie schrecklich das klingt, ohne gleich einen Streit heraufzubeschwören. Wenn ich auch eingestehen muß, daß es eine ganze Reihe von Menschen gern hört. Wenn er sich doch nur von diesem Restaurant trennen könnte. Es macht mich verrückt, wenn er dauernd darüber redet, und heute hat mich Leo Koolman zu diesem Thema ausgeholt. Was hätte ich sagen sollen? Eddie hat bisher erfolglos versucht, Leo Koolman zu einem Restaurantbesuch zu überreden. »Ob mir das Essen da wohl schmecken würde?« wollte Leo wissen. Ich bin sicher, daß er das Essen scheußlich fände – genau wie die Atmosphäre und den Service. Ich sagte: »Es ist recht einfach.«

Ich werde mich nie daran gewöhnen, Eddie Marshall zu nennen.

(Von hier an werden die Eintragungen bis auf detaillierte Listen ihrer juristischen Fachbücher, die Daten ihrer Prüfungen und

ihre Zensuren eher oberflächlich. Erst lange nachdem sie die erforderlichen Examen bestanden hat und sie nach Blade in New Mexico zurückgekehrt sind, wo Der Letzte Vaquero *gedreht wurde, nehmen die Eintragungen wieder eine mehr persönliche Wendung.)*

Blade, New Mexico, an einem Sonnabend im Juni 1953
Heute ist Stone 31 Jahre alt geworden. Er war 26, als er hier den *Letzten Vaquero* drehte. Es ist eigenartig, hierher zurückzukommen, nachdem so viel geschehen ist. Wir werden jetzt so ganz anders behandelt. Der Hollywood-Bazillus hat Wurzeln gefaßt: Ich fürchte, jetzt erwarte ich einfach, verwöhnt zu werden! Ein Hubschrauber steht zu unserer Verfügung, um uns von unserem Hotel in Albuquerque zu den Dreharbeiten in der Wüste zu bringen. Meistens fliegt Marshall allein. Vier Uhr morgens ist einfach zu früh für mich, und selbst in Marshalls klimatisiertem Wohnwagen trinke ich den ganzen Tag Eiswasser, um einigermaßen kühl zu bleiben. War ich damals so verliebt, daß ich die Hitze und den Staub, die Kakerlaken, Mükken, Schlangen und Skorpione gar nicht bemerkte?

Blade, New Mexico, an einem Montag im Juni 1953
Durch den erstaunlichsten aller Zufälle ist Kagan Bookbinder hier. Er dreht ebenfalls einen Western. Er hat sich nicht viel verändert. Er ist noch immer voller Gesprächsstoff. Ich sehe ihn jetzt in einem ganz anderen Licht als damals. Anfangs teilte ich Marshalls großen Respekt für den Mann, der ihm diese große Chance gegeben hatte. Aber als ich dann herausfand, daß er den *Letzten Vaquero* zwei Jahre lang mit sich herumgetragen hatte, um das große Geld zu machen, und daß es Marshalls Probeaufnahmen waren, die ihm das Geschäft vermittelten, als er sie Leo Koolman zeigte, ließ ich mir die Sache noch einmal durch den Kopf gehen.

Und was Kagan über Marshall alles verbreitet hat! Er hat

Koolman eingeredet, Marshall wäre einer der besten britischen Shakespeare-Darsteller, und daß er in Europa so berühmt sei, daß der Film allein an den britischen Kinokassen die Produktionskosten einspielen würde. Koolmans Vertreter für Großbritannien wurde zu jener Zeit entlassen, und es gibt Leute die behaupten, Kagan habe ihm 15 000 Dollar dafür bezahlt, damit er nicht ausplauderte, daß Marshall in London praktisch unbekannt war.

Ich erinnere mich daran, daß mir Marshall erzählte, wie Kagan ihn dem großen Koolman vorgestellt hat. Kagan nahm Marshall beiseite und sagte: »Jetzt habe ich meinen Kopf für dich in die Schlinge gesteckt, Eddie-Boy. Ich habe meinem Partner – Mister Koolman – gesagt, wir wären gute alte Freunde.« Man beachte die Formulierung »mein Partner Mister Koolman« und die Art und Weise, wie Marshall von Anfang an zum Beteiligten an dem Betrug gemacht wurde. Er konnte ja wohl kaum eingestehen, daß er Bookbinder erst flüchtig kannte, nachdem er von diesem als ›guter alter Freund‹ vorgestellt worden war. Das war typisch für Kagan Bookbinders Stil. Er behauptete stets und ständig, jeden Schauspieler, Autor und Regisseur zu kennen – und wie ich weiß, auch Anwälte –, den irgend jemand auch nur erwähnt. Der gute Freund der Stars: Kagan Bookbinder. Mein Gott, was ist das für ein selbstsicherer Mann – und es hat sich für ihn ausgezahlt, jedenfalls für eine gewisse Zeit.

Blade, New Mexico, an einem Dienstag im Juni 1953
Es tut mir leid, daß ich gestern so über Kagan geschrieben habe. Meine Güte, wie schnell der Mächtige gestürzt ist. Seine augenblickliche Produktion ist ein hastig zusammengeschusterter Schnellschuß, der – sagt Marshall – von den schlimmsten Schmarotzern der Branche gedreht wird. Der Chefkameramann ist ein notorischer Trinker, und einer aus unserem Team sagt, daß die Hälfte der Kagan-Jungs noch nicht einmal in der Gewerkschaft sind.

Wir drehen rund um eine bezaubernde kleine Ranch, die unsere Leute aufgebaut haben, weit draußen in der Wüste. Aber Kagan arbeitet auf derselben alten Straße, die bereits für den *Letzten Vaquero* Verwendung gefunden hat. Seither ist sie ausgebaut worden; sie haben einen Futterstall an das eine und eine Kirche an das andere Ende der Straße gesetzt. Da die Besitzer des Umlands inzwischen festgestellt haben, wieviel Geld mit Touristen zu machen ist, ist der ganze Ort ausgesprochen abscheulich geworden. Und während der ganzen Zeit muß Kagan Bookbinder drehen. Seine Kulissen sind von Touristen überbevölkert. Sie werden zwar von Absperrseilen auf Distanz gehalten, stehen aber dennoch überall im Wege. Eine Seite der Straße ist inzwischen in Geschäfte und Läden verwandelt. Der Saloon, in dem Marshall seinen Schußwechsel mit den Eisenbahnräubern hatte, ist jetzt eine Pizzeria, und die anderen Läden bieten Plastik-Souvenirs, Popcorn und Eis an. Der Boden ist mit Kodakschachteln übersät. Sie veranstalten sogar vorgetäuschte Schießereien für den Hobby-Filmer.

Selbstverständlich wird dieser Ort von keiner der großen Gesellschaften mehr genutzt. Hier werden vor allem Filme zweiter Wahl und Fernsehserien gedreht. Und sie haben wesentlich bessere Drehorte: das Apachenland und das alte Tucson. Marshall war entsetzt. Es ist nie gut, nach längerer Zeit an einen Ort zurückzukehren. Das habe ich Marshall auch gesagt, bevor wir hierherkamen.

Heute flog Kagan in unserem Hubschrauber mit, und wir haben in einem Restaurant in Albuquerque gegessen. Er hat über seinen Film gesprochen. Natürlich wird er ganz wundervoll. Mit Sicherheit wird er einen Oscar bekommen – darunter tut er es nicht. Nur sechs Wochen Dreharbeiten! Immer noch derselbe gute alte Bookbinder. Das Angebot, das er Marshall machte, war so fantastisch, daß wir beide in Lachen ausbrachen. Wir dachten, er mache einen Witz. *Der maskierte Reiter:* Er würde nur einen Tag von Marshalls Zeit beanspruchen, sagte er. Das Geheimnis bestehe darin, daß Stone von Anfang an eine Maske trage und sie erst kurz vor Ende des Films abnehme. Ansonsten würde Marshall von einem Schauspieler gedoubelt, der die Maske trage und sie nie ablege. Marshall solle eine Stargage von 35 Prozent von den Gewinnen erhalten, aber keine Vorauszahlungen.

Kagan hatte offensichtlich alles darauf gesetzt, Marshall zur Einwilligung zu bewegen. Marshall sagte, daß er sich »um der alten Zeiten willen« die Sache überlegen würde. Aber nach ein paar Gläsern Champagner (Marshall trinkt zuviel und wird zu dick) war er soweit, daß er sagte, er werde es machen, wenn keine anderen vertraglichen Verpflichtungen dem entgegenstehen würden. Kagan Bookbinder war den Tränen nahe. Ich war sehr peinlich berührt. Marshall wird diesen Film niemals machen. Mir hat er das gesagt, aber Kagan kann er es nicht sagen, weil Marshall Stone von allen geliebt werden will. Ich nehme an, daß der arme alte Weinberger den Sündenbock spielen muß.

Heute hat Marshall ein neues Auto gekauft: einen Edsel. Er ist so wild darauf, der erste in unserem Freundeskreis zu sein, der einen hat.

Brighton, England, an einem Sonntag im April 1958

Ich kann mir kaum vorstellen, daß eine Reise nach England miserabler verlaufen könnte. Der erste Fehler war der, einen Film mit so vielen Außenaufnahmen so früh im Jahr zu drehen. Elf Tage Leerlauf erregten Marshall derart, daß er eine ganze Woche kaum ein Wort gesprochen hat. Es regnet immer noch – kein Wunder, daß die Fotos, die uns die Agenten geschickt hatten, den Garten in seiner Blütenpracht zeigten. Ich habe Feuer im Kamin, und auch die elektrischen Öfen sind den ganzen Tag über eingeschaltet – und dennoch ist das Bettzeug klamm. Und Marshall wird so leicht wütend. Aber er ist noch zu jung, um sich über Rheumatismus Gedanken machen zu müssen. Wahrscheinlich ist das nur eine Ausrede, um mich beschimpfen zu können. Die Wahrheit ist, daß Marshall diesem Projekt nie hätte zustimmen dürfen – egal, womit Leo auch gedroht hat. Ich bin sicher, ich hätte ihn beeinflussen können – Dickens ist nicht das richtige für ihn, aber ich wage es nicht, ihm einen solchen Hinweis zu geben. Ich bezahle den Preis dafür, daß er sich selbst zum Narren macht, und habe seine schlechte Laune auszubaden. Ich tue mir selbst leid. Die Dreharbeiten dauern nur noch acht Tage. Dann können wir Urlaub machen, bevor die Tonaufnahmen beginnen.

Brighton, England, an einem Dienstag im Mai 1958
Wenn wir Urlaub gemacht hätten, wäre das Wetter vermutlich kalt und naß geblieben. Aber so scheint jeden Tag die Sonne vom Himmel. Ich sitze im Garten, höre BBC und habe fast vergessen, daß Kalifornien jemals Bestandteil meines Lebens war.

Marshall ist wieder fort. Er sagte, er müsse nach Pinewood zur Nachsynchronisation. Er müsse dort bleiben, bis die Arbeit beendet sei. Heute nachmittag hat der Schnittmeister angerufen und nach ihm gefragt. Ich konnte ihm nicht sagen, daß Stone synchronisiert, denn der Mann hätte es mit Sicherheit wissen müssen, wenn derartige Arbeiten im Gange waren. So habe ich gesagt, daß er zu einer Besprechung in London sei. Aufgrund der Hast, mit der sich der arme Mann verabschiedete, nehme ich an, daß seine Vermutungen über Marshalls Tun und Treiben in dieselbe Richtung gehen wie meine.

Mr. Weinberger adressiert seine Briefe stets an Mr. und Mrs. Brummage. Ich nehme an, das ist seine Art, mir zu sagen, daß er keinen Anteil an Marshalls Techtelmechtel hat. Wie lange kann ich es noch ertragen, gedemütigt zu werden? Seinem Brief legte er einen Ausschnitt über jenen Film bei, den Kagan Bookbinder vor fünf Jahren in New Mexico gedreht hat, als wir auch zu Dreharbeiten dort waren. Ich kann mich nicht daran erinnern, jemals wieder etwas über ihn gehört zu haben, und dennoch hat er auf vier europäischen Festivals Preise gewonnen – Cannes und Venedig eingeschlossen. Es ist nicht gerade der Oscar, aber Marshall wird sehr überrascht sein. Er war so sicher, daß der Film ein Flop ist, und würde doch selbst so gern auf einem Festival einen Preis gewinnen.

Brighton, England, an einem Freitag im Mai 1958
Heute habe ich Marshall gesagt, daß ich mich scheiden lassen möchte. Sein Gehirn funktioniert wie eine Einbahnstraße: Sofort begann er Vermutungen darüber anzustellen, mit welchem unserer Freunde ich wohl im Bett gewesen sei. Als würde ich auch nur mit einem der Leute etwas zu tun haben wollen, die er nannte! Er nannte mich untreu. »Was verstehst du unter Untreue?« fragte ich. »Bin ich untreu, wenn ich dir sage, daß ich es nicht länger mit dir ertragen kann? Oder bist du untreu, der du unser Haus beständig mit Schmarotzern, PR-Leuten, Schwindlern und Landstreichern füllst, die alle mehr über dein Leben, deine Pläne, deine Ambitionen wissen als ich?« Ich habe nichts von den Frauenaffären erwähnt. Was hätte das auch für einen Sinn gehabt?

Brighton, England, an einem Sonnabend im Mai 1958
Überall Blumen, Liebesbriefe und eine Diamantbrosche. O Marshall! Ich möchte Marshall nicht gefangenhalten. Besonders nicht in diesem kleinen Cottage. Aber selbst er gibt zu, daß es angenehm ist, vor dem Kamin zu sitzen und zu wissen, daß das Telefon nicht richtig funktioniert. Edward John wird nun groß, und ich sehe ihn so unendlich gern mit seinem Vater zusammen, aber Marshall ist ein Fremder für ihn, und er darf nicht so zornig werden, wenn sich das Kind in seiner Gegenwart nicht absolut behaglich fühlt. Er liebt seinen Vater, aber Marshall widmet ihm einfach nicht genug Zeit. Auf diese Weise können sie sich nicht wirklich nahekommen. Ich finde es nicht gut, wenn er zu mir gelaufen kommt. Ich weiß, wie sehr das Marshall verletzt, aber ich kann das Kind nicht zurückweisen, wenn es sich ängstigt.

Er ist noch nicht groß genug für ein Pony. Marshall hält ihn zwar fest, aber Edward John hat nun einmal Höhenangst. Ihn daraufhin anzuschreien macht die Dinge auch nicht besser. Was macht es schon aus, wieviel das verdammte Pony gekostet hat? Mitunter kann Marshall so dumm sein.

Eine Scheidung würde seiner Karriere schaden, ich weiß das. Aber daß er davon spricht, Edward John zu sich zu nehmen, ist schlichter Wahnsinn. Das erste Mal, wenn er das Bett naßmacht – ich wage nicht daran zu denken, was Eddie tun würde. Wie ich das die ganze Zeit vor ihm geheimgehalten habe, weiß ich nicht. Ich wage zu glauben, daß wir einen neuen Anfang machen und glücklich miteinander sein können.

(Dann folgen vier Aufzeichnungen aus dem Jahr 1952, die nicht dorthin gehören. Die Seiten sehen zerknittert aus, als wären sie fortgeworfen und später wieder sichergestellt worden.)

Dorchester Hotel, London, an einem Donnerstag im Juli 1952
Es steht nun fest, daß Marshall diesen italienischen Film *Gewitterwolken* mit einem italienischen Regisseur drehen wird, den alle Welt für ein Genie hält. Ich frage mich, ob Marshall nicht möchte, daß ich nach Italien mitfahre. Er sagte, es sei Leo Koolman, der nicht wolle, daß ich mitgehe. Aber als ich das Leo gegenüber am Telefon erwähnte, lachte er und sagte, er würde es in Ordnung bringen. Wird Marshall denken, ich hätte mich über ihn hinweggesetzt? Wird er wütend werden?

Ich wäre so gern wieder in Italien. Der Urlaub dort mit Marshall kurz nach dem Krieg – auf gewisse Weise war es eine Katastrophe, aber wir haben uns so geliebt. Wenn es nur möglich wäre, die Uhr zurückzudrehen! Neuerdings bin ich nicht mehr richtig glücklich, dabei sehne ich mich so sehr nach ein bißchen Glück. Leo arrangiert es so, daß ich mit dem Schiff fahre. Wenn ich dann wieder mit Marshall zusammentreffe, werde ich vielleicht schon eine hübsche Bräune haben.

An Bord der Motorjacht Spool, *Italien, an einem Sonnabend im September 1952*
Wir haben Marshall nur um einen Tag verpaßt. Er war in Porto Sepino, als wir dort über Nacht ankerten! Heute vormittag sind wir am Ort der Dreharbeiten gewesen und haben in seinem Hotel angerufen, aber er ist ohne Hinterlassung einer Adresse fort. Es war mein Fehler, ihn überraschen zu wollen. Sie brauchen Marshall während der ganzen Woche nicht, und er könnte wer weiß wo sein. Nun weiß ich nicht, ob ich nach Monte Carlo auf Leos Jacht zurückkehren oder hierbleiben soll, um auf Marshall zu warten. Das Hotel ist ziemlich schmutzig, und es würde darauf hinauslaufen, daß ein Angehöriger des Filmteams in eine noch unwürdigere Unterkunft umziehen muß.

Hotel de Paris, Monte Carlo, an einem Donnerstag im Oktober 1952
Marshall wird seit zwölf Tagen vermißt. Weinberger will um fünf Uhr aus Rom anrufen, und das könnte Neuigkeiten bedeuten. Es ist eine Voranmeldung für Leo, daher kann ich nicht zurückrufen und fragen, worum es geht.

Ich wage mich nicht in die Hotelhalle, denn davor warten mindestens zwei Dutzend Reporter und Fotografen. Glücklicherweise hat das Hotel einen unterirdischen Ausgang, der während der Rallye benutzt wird. So bin ich in der Lage, den Journalisten zu entgehen. Dennoch wurde ich gestern erkannt. Ich habe keine Ahnung, wie ich mich verhalten soll. Trage ich helle Kleidung, wird es heißen, ich sei oberflächlich und mache mir keine Sorgen. Trage ich schwarz, wird es heißen, ich sei in Trauer. Glücklicherweise trägt die Hälfte der Einwohner von Monte Carlo Sonnenbrillen und breitkrempige Hüte – so ist mein Aufzug nicht so verdächtig, wie er andernorts wäre. Wenn er doch nur anrufen würde.

Hotel de Paris, Monte Carlo, an einem Mittwoch im November 1952
Ein Ende mit Schrecken ist besser als ein Schrecken ohne Ende. War es mein Fehler? Will ich wirklich eine Scheidung? Ich bin mir nicht sicher, daß ich all diese Verästelungen von Marshalls Wohnsitz- und Aufenthaltsbedingungen verstehe. Das sollte ich am besten von Leos Fachleuten ausarbeiten lassen. Das wichtigste ist, daß mir Edward John zugesprochen wird. Ich kann genug für uns beide verdienen. Ich verabscheue die Art, wie sie über Geld für mich reden. Ich möchte nicht, daß um mich gehandelt wird. Ich werde nicht nach Kalifornien zurückkehren. Ich könnte den Anblick des Hauses nicht ertragen, es birgt zu viele Erinnerungen. Ich vermag nicht zu glauben, daß Marshall Leo wirklich vor Gericht bringen wird. Es wäre dumm und unfair, und ich bin sicher, Leo würde Marshall das nie verzeihen. Wir waren lediglich auf dem Weg zu ihm. Und das weiß er genau. Was kann nur Marshalls Motiv sein?

(Und dann in der adretten Anwalts-Handschrift, die ich erkennen gelernt hatte:)

Hampstead, London, Neujahrstag 1959
Darf ich hoffen, daß dies ein herrliches Jahr wird? Heute habe ich mich mit Mr. Brooks von Brooks & Gerber getroffen. Viele in der City halten sie immer noch für eine muffige kleine Investment-Firma, aber nachdem sie letztes Jahr diese Verbindungen mit Rom und Paris eingegangen sind und nun die mit New York, sind sie plötzlich jemand, mit dem zu rechnen ist.

Sie haben in der Unterhaltungsindustrie investiert, aber nur zu ihren Bedingungen. Brooks sagte – mit Recht – , sie hätten keinen Fachmann, der mit Schallplattenfirmen, Film- und Theaterleuten reden könnte. In der Tat haben sie niemanden in verantwortlicher Position, der jünger ist als 55, und daher ist es schon, gelinde gesagt, eine Revolution, mir eine leitende Stellung anzubieten. Ich betonte, daß ich trotz meiner kalifornischen Lizenz und meiner Erfahrungen bei KI keineswegs ein Experte sei. Ich kenne mich lediglich in Verträgen aus, was die Produktionen anbelangt. Es war Sache der New Yorker Anwälte, sich um die Vertriebs- und Verleihangelegenheiten der Koolman-Unternehmen zu kümmern.

Ich werde sechs Monate mit dem Partner in Rom arbeiten und dann sechs Monate in New York. Brooks plant, sich 1965 zur Ruhe zu setzen. Dann wird er siebzig Jahre alt sein. Gerber hat einen Sohn, der sich nicht gerade als fähig erwiesen hat und nur ins Büro kommt, wenn ihm der Sinn danach steht. Wer wäre angesichts solcher Aussichten nicht optimistisch?

Hampstead, London, an einem Dienstag im Februar 1959
Endlich bin ich auch offiziell von Marshall getrennt, und jedermann ist gut Freund – oder etwa nicht? Die Wohnung ist winzig – aber ich schließe die Tür, und sie gehört mir. Leb wohl, Marshall. Ich konkurriere nicht länger mit jedem jungen Starlet, das dir über den Weg läuft. Leb wohl, kalorienarme Salate, und willkommen, Hummermayonnaise, Schlagsahne und köstliche Saucen. Jetzt kann ich mir Bartok und Bruckner anhören anstelle von Herb Alpert. Ich kann meine Brille aufsetzen und brauche nicht zum Friseur zu gehen, nur weil wir wichtige Leute treffen. Lebt wohl, Schauspielerehefrauen und Premieren, belangloses Geplauder über Filme, Filme, Filme. Ich werde nie wieder ins Kino gehen.

Ich wandte mich meiner Kladde zu und las die Notizen, die ich mir gemacht hatte. Ich hatte darin versucht, über Marshall Stones erste Frau zu schreiben und nicht über meine jetzige.

Mary Singleton benutzte bei ihrer beruflichen Tätigkeit stets ihren Mädchennamen. Frage: Hat sie vorausgesehen, daß sie sich eines Tages von Stone trennen würde? War dies der Antrieb für ihren Eifer, die kalifornische Lizenz zu erwerben?

Sie ist schlank, dunkel und etwa einen Meter zweiundsechzig groß. Sie ist sehr attraktiv, und ihr Alter ist schwer zu schätzen. Ihr durchdringender Sinn für Humor ist – wenn auch sparsam angewandt – verheerend für jeden, auf den er sich richtet. Sie verfügt über eine unglaubliche Energie, und wenn sie an zwei Telefonen zur gleichen Zeit spricht, bekommen es die Anrufer nur selten mit: eine totale Umkehr der Hollywoodtechnik, bei der es darum geht, über eine Leitung so zu sprechen, als würde man gerade an zweien hängen.

Ihr Büro ist ein Durcheinander von Büchern und Dokumenten, ebenso wie ihr Arbeitszimmer zu Hause. Da stehen Bücher über Seerecht neben *Kine Yearbooks* und Polizeizeitschriften neben Ausgaben von *Elle*. Sie besitzt eine hohe Stimme, die über eine ungewöhnliche Kadenz verfügt. Sie beginnt einen Gedankengang schnell zu erläutern, läßt ihn dann aber unvollendet, um eine ganz neue Idee zu verfolgen. Wenn sie im Nebenzimmer telefoniert, kommt einem ihre Stimme wie ein neuer lateinamerikanischer Tanzrhythmus vor. Im Gegensatz zu alldem ist ihre Erscheinung adrett und wohlüberlegt: Chanel-Kostüm, kurzgeschnittenes, dunkles Haar, nahezu unsichtbare Augen-Make-up, eine Goldbrosche, die ihr Marshall Stone geschenkt hat, und die einfachsten Ohr-Clips, die sie jedesmal abnimmt, wenn sie einen Telefonanruf entgegennimmt, und mit denen sie spielt, wenn sich der Anruf als problematisch erweist.

Ich hatte auch ein paar ihrer Bemerkungen über Stone notiert.

»Die Kunstfertigkeit eines Schauspielers erfordert ebensoviel Kraft und Ausdauer wie die eines Sportlers. Ein Beispiel: Der Hamlet-Monolog, gesprochen von einem erschöpften Schauspieler und von einem mit großen Energiereserven, kann den Unterschied ausmachen zwischen Mittelmaß und hoher Klasse.«

»Schauspieler – und nach allem, was ich weiß, auch Schauspielerinnen – beziehen diese Energie aus dem, was sie Liebe nennen, was der Rest der Welt jedoch als Lob und Bewunderung bezeichnet. Die Wirkung selbst eines unaufrichtigen Lobs darf nicht unterbewertet werden. Eine mit Lob bedachte armselige Darstellung kann besser werden, während eine ehrlich beurteilte minderwertige Darstellung endgültig in die Binsen gehen kann. Dies gestaltet die Arbeit des Regisseurs schwierig, die Rolle der Ehefrau macht es jedoch völlig unmöglich.«

»Eddie hatte gern zwölf oder mehr Leute zum Abendessen, und er zog es vor, im Restaurant und nicht zu Hause zu speisen. Üblicherweise bestellte er irgend etwas Kompliziertes. Ein Hühner-Frikassee, aber ausschließlich aus weißem Fleisch. Oder er wollte Kalbfleisch mit frischem Basilikum. Dann mußte ihm der Kellner ein paar Stengel Basilikum bringen und ihm zeigen, daß es frische waren – nicht getrocknete.«

»Eine so anspruchsvolle Haltung bedeutet, daß jeder Anwesende über Eddie Stones Verdauung, Meinungen, Geschmack, Gesundheit und Aussehen diskutieren kann. Wenn das sorgfältig zubereitete Gericht auf dem Tisch steht, hat es seinen Hauptzweck bereits erfüllt. Eddie wird es auf dem Teller hin- und herschieben und es dann stehenlassen.«

»Diese Einstellung ist typisch auch für seine Haltung gegenüber der ganzen Welt. Wenn jemand für ihn nützlich ist, verschwendet er all seinen Charme, seine Aufmerksamkeit und Energie an ihn. Aber in dem Moment, wenn man aufhört, nützlich zu sein, ist man abgemeldet. Man existiert einfach nicht – soweit es Eddie betrifft –, es sei denn durch ihn.«

PETER: »Diese Art von Ichbezogenheit ist nicht ungewöhnlich unter Genies.«

MARY: »Sie ist nicht ungewöhnlich unter Hausierern. Ich fürchte, daß in dieser Hinsicht die Natur der Kunst folgt. Einige Menschen in unserer Gesellschaft haben gelernt, das Handwerkszeug des Showbusiness für ihre Zwecke zu benutzen. Politiker sind wahre Meister des geschmeidigen Worts geworden, der Tränendrüse, der absichtlichen falschen Aussprache, um sich beim einfachen Volk anzubiedern. Sie haben sich über Kosmetik und Beleuchtung informiert und können dir sagen, welche Linse in welcher Kamera ist. Ich habe dir schon gesagt, wie sehr es mich freut, wenn ich sehe, höre oder lese, daß ein Politiker irgend etwas Dummes oder etwas zum falschen Zeitpunkt gesagt hat – dann weiß ich nämlich, daß das Showgeschäft noch nicht die ganze Welt ergriffen hat.«

10

Der Grund, warum so viele Menschen beim Begräbnis von Louis B. Mayer erschienen, ist der, daß sie sich von seinem Tod mit eigenen Augen überzeugen wollten.

Sam Goldwyn

Die gleiche Welt, der Stone seinen Sinn für Humor geopfert hatte, hatte ihn mit der Kunstfertigkeit eines Märchenerzählers ausgestattet. Dieser Wechsel von Spontaneität zur Geschicklichkeit war allen bis auf seine engsten Vertrauten verborgen geblieben.

»Ich werde dir eine Geschichte erzählen, Weiny.« Stone stand auf. Er fühlte sich unbehaglich, wenn er sich nicht bewegen und seine Hände nicht benutzen konnte. Wenn eine Geschichte erzählenswert war, dann war sie es auch wert, mit all dem Können und der Begeisterung erzählt zu werden, deren er mächtig war. Wenn Stone zu erschöpft war, um mit der angestrebten Intensität zu sprechen, dann sprach er überhaupt nicht. Häufig erschien er zu Dinner-Partys und war für eine Stunde oder mehr der Mittelpunkt der Gesellschaft. Doch plötzlich fühlte er sich erschöpft und ausgelaugt. Mit einer Entschuldigung verließ er dann sehr schnell die Party. Gastgeber, die kein Verständnis für Schauspieler haben, fühlten sich durch solche Abgänge oft vor den Kopf gestoßen und beleidigt.

»Zwei Ziegen in der Mojawe-Wüste. Hast du den schon gehört, Weiny?« Weinberger schüttelte den Kopf.

»Sie finden eine Filmbüchse. Eine von ihnen schnuppert an ihr herum, bis der Deckel abgeht. Die Rolle fällt heraus, und die

Ziege frißt ein paar Meter. Die zweite Ziege beißt auch zu, und gemeinsam entrollen sie den ganzen Film, bis sie ihn ganz aufgefressen haben. Nichts bleibt übrig als die Spule und die Büchse. Die erste Ziege fragt: ›War das nicht großartig?‹, und die zweite Ziege sagt: ›Das Buch war besser.‹«

Stone lachte herzhaft, und Weinberger stimmte ein, obwohl er den Witz bereits kannte. Agenten hören alle Dinge als erste. Sie sind es, die regelmäßig die Büros der Filmgesellschaften aufsuchen. Weinberger ging darüber hinaus auch zu Fernseh- und Schallplattenfirmen sowie zu den Serienredaktionen der Zeitschriften und Zeitungen. Häufig wußte er vor den Betroffenen, wer eingestellt und wer gefeuert werden sollte. Mehr als ein Geschäftsführer hatte Weinberger im Büro seines unmittelbar Untergebenen vorgefunden, bevor ihm offiziell mitgeteilt worden war, daß dieser Untergebene sein Nachfolger sein würde.

Stone betastete seinen Schnurrbart, als wäre er angeklebt und könnte durch das Lachen verrutscht sein. Er hielt ein Exemplar von *Mann aus dem Palast* hoch, bevor er es auf das Drehbuch legte, das er von Kagan Bookbinder erhalten hatte. »Besser als das Buch!«

»Wer hat es denn geschrieben?«

»Auf der Suche nach Autoren, Weiny?« Stone lächelte und drohte scherzend mit dem Finger. »Es ist vom Autor des Buches.«

»Vermutlich das erste Drehbuch, das er geschrieben hat«, sagte Weinberger. »Kagan hat ihn wahrscheinlich billig bekommen. Junge Autoren machen das mitunter. Es ist ihnen lieber, als wenn ihnen ein anderer ihr Meisterwerk verhunzt.« Weinberger lächelte. »Die Profis stecken das Geld ein und liefern ihr Herzblut dann dem Henker aus.«

»Ich bin froh, kein solcher Zyniker wie du zu sein, Weiny. Ich liebe die Branche. Ich liebe sie wirklich. Wie kannst du nur in diesem Geschäft bleiben, wenn du nie auch nur ein einziges gutes Wort für sie übrig hast?«

»Ich bin in der Branche, Marshall, weil es großartige Schauspieler, gute Autoren, Regisseure und andere kreative Menschen gibt, die ihre Arbeit ebenso lieben wie du. Das aber macht sie unfähig, Aufträge auszuhandeln, Verträge aufzusetzen und all die alltäglichen Routinedinge zu tun, die zwar unendlich langweilig, aber sehr wichtig sind, um die Branche in Gang zu halten.«

»Du hast recht, Weiny. In geschäftlichen Dingen sind kreative Menschen himmelschreiende Versager.«

»Wie geht es Suzy? Ich muß mit ihr über die Steuern sprechen, aber sie schiebt es immer wieder auf.«

»Ich glaube, sie wird eine wirklich große Schauspielerin, Weiny. Sie ist frisch, attraktiv und voller Enthusiasmus. Ich entdekke an ihr den Schwung und die Triebkraft, die auch ich vor zwanzig Jahren hatte.«

»Der *Lockspitzel-Film* wird gut für sie sein.«

»Meinst du, Leo ist immer noch wütend über die Art, wie wir Suzys Aufenthaltsort aus ihm herausgeholt haben?«

»Nun, Marshall, wir haben Suzys Adresse gegen eine beträchtliche Anzahl von Zugeständnissen und eine Menge Prozente eingetauscht.«

»Der Vertrag ging Leo gegen den Strich, Weiny. Er hat einer Reihe von Leuten erzählt, wie wir ihn damit aufs Kreuz gelegt haben.«

»Leo räumt immer gern einen moralischen Sieg ein, wenn er das Beste aus einem Geschäft gemacht hat. Genau wie du gern Profite einräumst – vorausgesetzt, dein Ego bleibt intakt.«

»Das ist verdammt grob, Weiny.«

»So war es nicht gemeint, Marshall. Ich möchte nur, daß du diese Abschlüsse ebenso kritisch betrachtest wie ich.«

»Suzy war die Sache wert.«

»Sicherlich war sie das, Marshall. Nachdem du dich dazu entschlossen hattest, sie wieder aufzuspüren, hatten wir keine andere Wahl, als Leo das zu geben, was er haben wollte. Ich mache dir keine Vorwürfe, denn etliche von diesen eigenartigen

Angelegenheiten haben sich in den letzten Jahren zu einer Menge Geld addiert. Aber wie auch immer – es wird sich alles finden ... Noch ein paar Filme, und Suzy wird einen guten Preis für sich erzielen können.«

»Übrigens Suzy ... ich habe mich bemüht, eine PR-Geschichte zu lancieren. Eine Romanze zwischen Suzy und Val. Koolmans Werbe-Jungs haben sofort angebissen. Sie denken daran, sie mit ihrer ersten Verlautbarung über den Astronautenfilm zu verquicken.«

»Val Somerset?«

»Du glaubst, ich mag ihn nicht, Weiny. Aber da irrst du dich. Er ist ein netter Bursche. Ich würde eine Menge Unannehmlichkeiten für ihn auf mich nehmen – und ich glaube, er hegt eine geheime Hochachtung für mich.«

»Sicher, Marshall, sicher.«

Stone stellte den *Mann aus dem Palast* in den Bücherschrank zurück, der nur rekordbrechende Bestseller enthielt. Stone hatte sie gelesen, weil er es für seine Verpflichtung hielt, den Geschmack des Publikums zu kennen: *Tal der Puppen, Maria Stuart, Die Wahlkämpfer, Die Geliebte des französischen Leutnants* und *Love Story.* Das untere Regalbrett enthielt ein paar Bücher, die er zum Vergnügen gelesen hatte: Ellery Queen, Rex Stout und Ed McBain. Es gab keine Taschenbücher, Stone verabscheute Taschenbücher: Es waren eindeutig minderwertige, schlecht gedruckte Bände, die sogar noch schlimmer wurden, wenn man sie las. Und Stone haßte Stümperei, Unordnung und Schludrigkeit. Er blätterte in einem Buch, das ein wenig abgenutzt war, und warf es nach einem Moment des Zögerns in den Papierkorb, der die handbemalte Nachbildung einer schottischen Gardetrommel war. Er wandte sich vom Bücherschrank ab. »Hast du mit Kagan gesprochen?«

»Ich habe ihm einen Brief geschrieben. Das wolltest du doch, oder?«

Stone schürzte die Lippen und gab seine Absicht auf, darüber zu argumentieren. »Du weißt schon, was am besten ist, Weiny.«

»Gefällt dir das Drehbuch?«

»Soll ich dir etwas sagen, Weiny? Es könnte durchaus ein Meisterwerk sein.«

»Du hast schnell gelesen.«

»Jedenfalls habe ich meine Rolle gelesen.« Er schlug das Drehbuch auf. »Jemand in Kagans Büro hat meinen Part mit Rotstift angestrichen. Und Kagan hat ein so nettes Begleitschreiben beigelegt. Er hat sich in der letzten Woche sechs meiner Filme noch einmal angesehen. Er schrieb, er wäre ›geehrt‹ – ja, genau das war das Wort, das er benutzte –, wenn er mich in diesem Film hätte. Er schrieb, ich hätte meinen Rollen stets eine schöpferische und kluge Interpretation gegeben, zu der nur wenige Schauspieler fähig seien. Er meinte, mein *Hamlet* sei seiner Zeit um zehn Jahre voraus gewesen. Zitat: Jetzt auf die Bühne gebracht, würde er all diese schlauen Edwardianer, Viktorianer und Möchte-gern-Shakespeareaner in die Schranken verweisen. Ende des Zitats. Es war eine so reizende Mitteilung, Weiny. Er hat tatsächlich ›geehrt‹ geschrieben.« Stone lachte, um die Spannung loszuwerden, die sich in ihm aufgebaut hatte. »Klingt ganz nach gutem Arbeitsklima zwischen Produzent und Schauspieler, was?«

»Hat er jemanden in seinem Büro ›geehrt‹ mit Rotstift unterstreichen lassen?«

»Nun mach aber mal 'nen Punkt, Weiny. In dieser Branche gibt es nicht nur hartgesottene Zyniker wie dich. Es gibt durchaus ein oder zwei Leute, die eine ganze Menge von meiner Hamlet-Darstellung halten.«

»Aber nur einer von ihnen bittet dich, einen Vertrag mit ihm zu unterschreiben. Also richte ich mein Augenmerk auf den.«

»Nun, ich arbeite nicht mehr für Leo, Weiny. Das habe ich dir gesagt.«

»Ja, das hast du«, stimmte Weinberger zu.

»Er ist ein Barbar... und das auch noch in meinem eigenen

Haus! Ich hätte nicht übel Lust, eine Seite in der *Variety* zu kaufen, um der ganzen Branche kundzutun, was für ein Mann er ist.«

»Sprich das zunächst mit mir durch, Marshall. Sonst könnte es damit enden, daß du Leo eine halbe Million Schadenersatz zahlen mußt. Die Branche weiß ohnehin längst, wie Leo ist. Sie wird sich nur fragen, warum du so lange gebraucht hast, das herauszufinden.«

»Ich würde nur die Wahrheit schreiben, und ich würde erklären, warum ich das veröffentliche.«

»Je größer der Wahrheitsgehalt, desto größer die Verleumdung, Marshall. Du weißt, was die Anwälte sagen. Füge noch böse Absichten hinzu, und du sitzt mit einer zusätzlichen Million in der Patsche.«

»Du brauchst mich nicht zu belehren.«

»Geh nur kein Risiko ein, Marshall. Leo läßt da ein paar sehr clevere Jungs für sich arbeiten. Niemand weiß das besser als ich, nachdem ich deinen *Lockspitzel*-Vertrag modifiziert habe.«

»Ist allem zugestimmt worden?«

»Ja. Es ist eine hübsche Abwechslung, mal einen Vertrag unterschreiben zu können, bevor der Film in den Kinos ist.«

»Dieser Leo ist ein Bastard. Heute habe ich ihn durchschaut. Ich habe dir doch erzählt, was er dazu gesagt hat, falls ich in den Kulissen zusammenbreche.«

»Er hat einen Witz gemacht, Marshall.«

»Er hat keinen Witz gemacht, Weiny. Ich kann sehr gut erkennen, wenn Leute Witze machen. Abgesehen davon macht Leo niemals Witze. Was hat er denn gesagt, als du dich heute abend mit ihm getroffen hast? Hat er sich entschuldigt?«

»Er war noch immer ganz schön wütend, Marshall.«

»Ich habe keine Angst vor diesem Kerl.«

»Wir werden es irgendwie hinbiegen.«

Stone schüttelte den Kopf. »Denk doch nur daran, was er Peter angetan hat, und sieh dir den armen Freddy an – beide sind spurlos in der Versenkung verschwunden. Peter sackte von einer halben Million Dollar pro Film innerhalb von achtzehn Monaten auf hunderttausend ab. Jetzt bekommt er Jobs nur noch in deutschen Produktionen. Keine amerikanische oder britische Gesellschaft will noch etwas mit ihm zu tun haben: Sie halten alle zusammen.«

»So etwas könnte dir nicht passieren, Marshall. Du hast genug Geld, um durchhalten zu können, bis etwas kommt, was dir wirklich zusagt.«

»Wie lange?« Stone ging zum Spiegel, bleckte seine Zähne, und als er dann wieder sprach, redete er mit seinem Spiegelbild. »Ich bin nicht Duke Wayne, Weiny. Ich bin nicht Jimmy Stewart. Sie haben Gesichter wie diese spezielle Art von Fluggepäck. Je ramponierter sie sind, desto besser sehen sie aus. Mein Gesicht ist unregelmäßig, mein Zahnfleisch geht zurück, und ich verliere mein Haar – was André auch dagegen unternimmt. Er hat es mit Infrarotlicht, ultravioletten Strahlen und dieser neuen schwedischen Behandlungsmethode versucht, aber jeden Morgen wird mein Kamm voller und mein Kopf kahler.«

Weinberger lachte. »Mein Gott, Marshall. Das ist das erste Mal, daß du dich über dich selbst lustig machst.«

»Ich mache mich nicht über mich lustig, Weiny. Sieh dir doch mal meinen Bauch an. Ich habe meine Nahrungsaufnahme praktisch auf Null gebracht, aber ich werde diesen verdammten Rettungsring einfach nicht los.«

»Du siehst sehr gut aus, Marshall.«

»Roger – der aus der Sporthalle – sagt, ich müsse ein paar Stunden mehr Sport treiben. Er kann nicht verstehen, warum ich mich immer ganz schnell davonstehle.«

»Wieviel berechnet Roger für die Stunde?«

»Hör um Himmels willen damit auf, Weiny.«

»Als wir uns in der letzten Woche *Schweigendes Paradies* angesehen haben, war alle Welt der Meinung, du hättest noch nie besser ausgesehen.«

»Ich rede von der nahen Zukunft, Weiny, vielleicht in vier

oder fünf Jahren.« Weinberger bemerkte, daß Stones Hände zitterten, als er den Siegelring nervös um seinen Finger drehte. Er ging zum Barschrank hinüber und rumorte geräuschvoll zwischen den Flaschen. »Noch ein Glas?«

»*Okay.*«

»Ich werde mir auch noch einen genehmigen. Scheiß auf die Diät.« Er goß die Drinks ein und setzte sich neben Weinberger aufs Sofa. Aus dieser Entfernung konnte Weinberger die winzigen Muskeln unter den Augen seines Klienten zucken sehen, und er beobachtete, wie Stone die Faust ballte, um das Zittern der Hände zu unterdrücken. »Die Drehbücher, die man mir geschickt hat...«

»Was ist mit ihnen?«

»Die Rollen, die mir darin angeboten werden... Die Hälfte davon sind Charakterrollen.«

»Nicht eine.«

»Doch, Weiny. Ich meine damit nicht, daß es alles kleine Rollen sind. Einige sind durchaus große Rollen, damit sie meinen Namen auf die Plakate setzen können – aber es sind eben Rollen für alte Männer. Nimm doch nur mal die Geschichte über diesen Atomphysiker. Er ist eine taube Nuß, Weiny. Der Reporter ist es, der das Publikum ansprechen wird. Und denk an das Drehbuch über die Hippies. Kannst du dir vorstellen, daß ich den Lehrer spiele?«

»Das ist kein schlechtes Manuskript – auf gewisse Weise sogar das beste von allen. Und ich kenne die Gesellschaft, die den Film machen will. Die bringen etwas zum Erfolg.«

»Aber der Lehrer, Weiny. Machst du dir klar, was die Jugend dann von mir denken wird?«

»Du machst dir zu viele Gedanken über Details, Marshall. In beiden Stories geht es um Männer, die in eine Lebenskrise geraten sind. Der Lehrer muß sich zwischen seiner Tochter und den Menschen entscheiden, die er achtet, mit denen er lebt. Niemand wird dich für einen Gegner der Hippies halten, wenn du diese Rolle spielst.«

»Wieder falsch, Weiny. Natürlich werden sie denken, ich sei ein Lehrer. Du hast doch die Leute gesehen, die zu mir gekommen sind und mit mir gesprochen haben, als wäre ich tatsächlich der *Vollstrecker.*«

»Spinner.«

»Nicht nur Spinner, sondern auch gutgekleidete, sensible Menschen. Sieh mal, Weiny, da ist doch eine jugendliche Revolte im Gange. Wir machen uns die Energie dieser Revolution nicht zunutze.«

»Wovon redest du eigentlich?«

»Ich rede davon, mich im Kampf der Jugend gegen die Autorität eindeutig auf die Seite der Jugend zu schlagen. Ich möchte die Jugend auf meiner Seite haben, Weiny.«

»Es klingt, als hätte sie dich auf ihrer Seite.«

»Val Somerset wurde in einer Kritik der letzten Woche ein Superstar der Jugend genannt.«

»Er ist zwanzig Jahre jünger als du, Marshall.«

»Ein Unbekannter, bis diese Sache mit dem Rauschgift auf dem Londoner Flughafen passierte. Und der Grund dafür, daß meine *Vollstrecker*-Filme so erfolgreich waren, ist der, daß der Held ein Symbol der Anarchie ist, jemand, der sich seine eigenen Gesetze macht.«

»Aus welchem Grund auch immer – diese Filme sind ein großer Erfolg. Das habe ich dir schon immer gesagt. Ich weiß nicht, warum du dich so aufregst.«

»Du meinst also, ich soll sie für Leo fürs Fernsehen machen, oder nicht?«

»Vielleicht. Wir werden uns das durch den Kopf gehen lassen.«

»Noch gestern hast du dich aufgespielt, weil ich nicht zustimmen wollte, und heute ist es nur: vielleicht. Wenn ich es machen soll, dann laß uns Leo jetzt anrufen und es ein für allemal besiegeln.« Stone sah auf seine Uhr. »Wahrscheinlich ist er jetzt in seinem Vorführraum.«

»Moment mal, Marshall. Wir können ihn nicht so einfach anrufen.«

»Weil er wütend auf mich ist?«

»Marshall, ich habe gehört, daß er die Fernsehfassung des *Vollstreckers* einem jungen Schauspieler vom *Royal Shakespeare Theatre* angeboten hat. Vielleicht trifft es gar nicht zu, aber ich möchte auf keinen Fall, daß Leo es dir bestätigt, falls es doch wahr sein sollte. Laß mich den Fuß in der Tür behalten. Ich muß ihn noch vor dem Wochenende wegen Suzys Steuern sprechen.«

»Du meinst, er könnte auf uns zurückkommen?«

»Ich sage nie etwas voraus, Marshall. Wer von uns weiß schon, was er unter diesen oder jenen Umständen tun wird.« Fast hätte er hinzugefügt, daß auch Marshall seine Meinung bis morgen geändert haben könnte, aber er sprach es nicht aus.

Stone ging zum Spiegel und unterzog sein Gesicht einer kurzen Prüfung, bevor er weitersprach: »In *Zieh, ziel, schieß!* hatte ich einen Satz: ›Haß und Liebe, das sind wir selbst. Wenn wir in einen Spiegel sehen und ein törichtes Kind voller Energie, Hoffnungen und Träumen erblicken, sagen wir, daß wir lieben. Erblicken wir einen alten Mann mit den Anzeichen des Scheiterns und des Versagens, dann nennen wir das Haß.‹«

»Das war der Fehler bei diesem verdammten Film. Wir hätten auf Mitsprache beim Drehbuch beharren sollen.«

»Ich habe Angst, Weiny.« Dieses Bekenntnis und Stones Tonfall alarmierten Weinberger. Er wandte sich um. Stone glänzte vor Schweiß.

»Marshall. Du hast alles, was ein Mann sich nur wünschen kann. Du bist reich, berühmt, erfolgreich, ein hervorragender Schauspieler. Was willst du noch?«

»Ich habe Angst.« Es war die Stimme eines kleinen Kindes – schrill und überzogen. Es war eine Stimme, die unter anderen Umständen komisch geklungen hätte. »Es geht abwärts mit uns. Ich spüre das wie nie zuvor.«

»Verdammter Quatsch.«

»Es stimmt, Weiny. Es ist eine Art von Schwindelgefühl.« Er rang die Hände. »Wenn man aufsteigt, hat man keine Schwindelgefühle, aber jetzt ...«

»Was, Marshall?«

»Du würdest nur lachen.« Stone erschauerte. Er stand auf und machte den Kamin an. Er blieb vor dem Feuer hocken, als er weitersprach. Er war von Angst geschüttelt. Weiny wandte das Mittel des Schauspielers an, über die Schulter hinweg zu sprechen. Wären es Dreharbeiten, würde die Kamera vom Kamin her dicht an ihn heranfahren, um das Muskelzucken in Nahaufnahme festzuhalten. »Ich fürchte mich davor, mein Aussehen zu verlieren. Ich beginne alt auszusehen, Weiny, und die Welt verabscheut alte Leute.«

»Ich verabscheue keine alten Leute.«

»Aber ich verabscheue sie. Sie erinnern mich an das, was Tag für Tag mit mir passiert.«

»Denk an Bogart ...«

»Denk an Bogart, denk an Bogart. Jedermann denkt an Bogart, wenn er aufs Grab zugeht. Bogart war etwas für uns – aber es ist doch nicht so, daß die Jugend von heute Bogart verehrt. Diese rosagesichtigen Bälger wollen sich selbst sehen. Sie wollen Gewalt, Vergewaltigung, Zerstörung. Sie hassen mit einer furchtbaren Verbitterung. Sie hassen alles und jeden auf der Welt, besonders aber die Älteren. Ich bin fast fünfzig, Weiny. Für diese Jungen ist das hundertfünfzig. Sie hassen uns alle, aber die Jugend ist das Kinopublikum, das kannst du nicht bestreiten.«

»Du bist deprimiert, Marshall. Vielleicht ist dieser junge Preston nicht der richtige Regisseur für dich. Mein Fehler. Ich hätte das nicht zulassen dürfen. Wir werden einen anderen Film mit einem guten Drehbuch und einem besseren Regisseur für dich an Land ziehen, und dann bist du wieder ganz du selbst.«

»Das glaube ich nicht, Weiny. Ich habe das Ende des Tunnels gesehen. Aber da schimmert kein Tageslicht, kein Zug wird erwartet, und die Geleise sind mit Gras überwachsen.«

»*Der Ritter und die Edeldame,* Rolle drei.«

Stone lächelte flüchtig. Auch als Zitat war es nicht weniger wahr. »Ich habe daran gedacht, mich zurückzuziehen, Weiny, bin aber nicht sicher, ob ich das packen kann. Es würde mich verrückt machen, den ganzen Tag nichts zu tun zu haben.«

Nach einem langen Schweigen sagte Weinberger: »Du könntest in eine unabhängige Produktion einsteigen.«

»Genau das ist es, was in den Presseverlautbarungen steht, wenn das Beil gefallen ist. ›Was ist eigentlich aus dem alten So-und-so geworden?‹« Stone imitierte Koolmans Stimme. »›Ein prächtiger Bursche. Richtig! Er wollte schon lange eine unabhängige Produktion machen. Wenn es unsere Pläne zulassen, werden wir ein Abkommen mit ihm treffen.‹«

»Du könntest bestimmt einen Produktionsauftrag bekommen. Wenn du ein Drehbuch findest, das dich wirklich interessiert, können wir über die Besetzung sprechen ...«

»Nach allem, was du über meine Fähigkeiten gesagt hast, die richtigen Manuskripte zu finden?«

»Ich versuche doch nur, gegen diese Anwandlung unsinniger Depression anzugehen, Marshall. Ich möchte dir beweisen, daß du noch immer ein junger Mann bist und daß weitere zwanzig Jahre mit Starrollen vor dir liegen.«

»Mach mir nichts vor, Weiny. Ich mag zwar nur ein dummer Schauspieler sein, aber ein oder zwei Dinge weiß ich doch über das Filmgeschäft. Mein Gesicht altert. Sieh doch nur!« Er übertrieb die Falten seiner Wangenmuskeln, indem er mit den Fingern an ihnen herunterfuhr. »Machst du dir eigentlich klar, was da mit den Muskeln und Knochen passiert? Ich habe mit den Weißkitteln in der Harley Street gesprochen. Und als ich in Zürich war, habe ich den Schweizer Arzt aufgesucht, der bei der armen Joan Wunder gewirkt hat. Ich bin sogar nach New York gefahren, in eine Spezialklinik. Es gibt nichts, was sie dagegen unternehmen könnten. Es ist halt das Alter, sagen sie. Sie wissen ja nicht, daß das, was für sie mittlere Jahre sind, für mich das Todesurteil bedeutet.«

»Nimm's leicht, Marshall.«

»Mein Gott, Weiny!«

Besser als manche Psychologen kannte Weinberger die Art physischer Betriebsamkeit, die Hysterie ankündigt. Er beobachtete besorgt, wie Stones Nervosität sich von fahrigen Bewegungen seiner Hände bis zum unruhigen Durchschreiten des Raums steigerte. Er sah, wie seine Zigaretten ihm fast aus den Fingern fielen und er Schwierigkeiten hatte, sich eine anzuzünden. Aber diese Verdrängungshandlung versetzte Stone in die Lage, sich so weit zu fangen, daß er ein bitteres Lächeln zeigen konnte.

»Hör auf damit, Marshall.«

Stone paffte seine Zigarette. »Was soll ich denn jetzt tun, Weiny? Die zentrale Rollenvermittlung anrufen und ihnen sagen, daß ich zur Verfügung stehe? Kannst du denn nicht sehen, in welcher Falle ich mich befinde? Wenn ich nur gewußt hätte, wie das alles endet. Jetzt kann ich doch nicht mehr die Straße entlanggehen, einen Bus besteigen, ein Hotelzimmer mieten oder eine Schachtel Zigaretten kaufen, ohne eine Vorstellung für irgend jemanden zu geben. Haben dir deine Klienten jemals gesagt, was für ein Gefängnis das ist, Weiny? Ich würde mein ganzes Geld dafür geben, wieder einen Job beim Repertoiretheater in Birmingham zu bekommen oder nur noch einmal eine Lanze für das *Royal Shakespeare* zu tragen. Aber ich bin ein Aussätziger. Das ist es doch, was die Starrolle einem Menschen antut: Sie brandmarkt ihn mit den Pocken, so daß er nie wieder nach einen Verdiensten beurteilt werden kann. Stets werde ich der ex-berühmte Ex-Star sein: Marshall Stone.« Er lachte. »Und das ist noch nicht mal mein richtiger Name.« Er warf die Zigarette fort.

»Was hat dieser Preston nur mit dir angestellt?«

»Es hat mit Preston nichts zu tun, Weiny. Er ist lediglich ein weiteres Dreißig-Tage-Wunder. Mit Preston werde ich schon fertig.« Er zuckte tapfer die Achseln. »Entschuldige, Weiny.«

Die tränenbenetzten Kontaktlinsen ließen seine blauen Augen riesig erscheinen. Als er den Kopf bewegte, gab die Oberflächenspannung nach, und Bäche von Tränen überschwemmten seine Wangen. Er schnüffelte, als er sie auf der Nase spürte, und wischte sein Gesicht verärgert mit dem Handrücken ab. »Da mache ich dir eine solche Szene. Und dabei hast du schon Sorgen genug ohne meine dummen, hypochondrischen Faseleien.« Stone fand ein Taschentuch in seiner Tasche und betupfte sich damit das Gesicht.

Weinbergers Stimme klang sanft. »Das ist keine Hypochondrie, Marshall, eine Angst vor etwas, das es nicht gibt. Deine Angst ist die vor dem Altern. Du mußt dich damit abfinden, älter zu werden...«

»Sag bloß nicht noch, ›das bleibt keinem erspart‹.« Er schnüffelte, um seine Tränen hinunterzuschlucken, und seine Sprache klang unklar. »Wenn das auch nur ein Mensch sagt, werde ich glatt hysterisch.«

»Das geht jedem so, Marshall. Kein Mensch kann sich darum herummogeln oder davon freikaufen. Manche wollen das auch gar nicht. Es gibt da einen alten Spruch: Wer nicht alt werden will, muß sich jung aufhängen...«

Stone lächelte mechanisch. Er wußte, daß Weinberger ihn aufzuheitern versuchte, aber er schien fast absichtlich nicht in der Lage zu sein, das Problem zu verstehen. »Es geht um meine Arbeit...«

»Nein, Marshall, das ist es nicht. Ich widerspreche dir zwar ungern und selten, aber diesmal muß ich es tun. Ich habe eine ganze Reihe von Schauspielern gekannt – sowohl vor als auch nach dieser kleinen Unterhaltung, die wir im Krankenhauszimmer in Rom hatten. Eine Menge Schauspieler haben dieses Problem. Und nahezu alle bringen es auf den einfachen Nenner Arbeit. Dabei gibt es genauso viele gute Rollen für ältere Schauspieler – oder sogar noch mehr. Bessere Arbeit, interessantere Rollen. Welcher Schauspieler träumt nicht von *Macbeth?* Oder *König Lear?* Das ist die vielleicht großartigste Rolle, die ein

Schauspieler spielen kann – aber hätte sie ein junger Darsteller je gemeistert?«

»Und was ist mit *Romeo*...? Was mit *Hamlet?*«

»*Romeo* ist eine Attrappe, und *Hamlet* hast du gespielt. Dein *Hamlet* war ein Meilenstein. Und dennoch – meinst du nicht, daß sich auch diese Leistung heute durch die zehn Jahre zusätzlicher Erfahrung noch verbessern ließe? Damit will ich sagen, Marshall, daß deine Ängste nichts mit deiner Arbeit zu tun haben. Du hast einfach als Mensch, als Person Angst vor dem Altwerden. Als Person, Marshall. Es ist eine Furcht vor dem Verlust an Männlichkeit, eine Angst, nicht mehr so anziehend auf junge Mädchen zu wirken. Das ist Unsinn, Marshall. Wer wird von der Jugend mehr angebetet als Bertrand Russell? Wer ist für ein junges Mädchen attraktiver als Fred Astaire oder Cary Grant? Schüttele diese Ängste ab, Marshall – zu deinem eigenen Besten.«

»Ich möchte kein Gewesener sein, Weiny. Du kennst doch die Art, wie über die armen Kerle geredet wird, die ausgerutscht sind. Nimm zum Beispiel Peter.«

»Dir wird es nie so gehen wie ihm. Er ist ein Trinker. Er hat seine Arbeit nicht wegen des Alters verloren. Es war die Flasche.«

»Ha«, brummte Stone. »Und was glaubst du, warum er zur Flasche gegriffen hat?«

Weinberger schwieg. Stone hatte recht.

»Laß uns das Abkommen über *Mann aus dem Palast* treffen. Hanratty führt Regie, und es ist ein gutes Drehbuch. Bookbinder kennt sein Geschäft. Es könnte ein guter Film daraus werden.«

»Ich glaube, daß du im Hinblick auf den Film recht hast, Marshall.«

»Aber?«

»Die Gesellschaft, die das Geld zur Verfügung stellt, ist ein bißchen unsicher.«

»Wer ist es denn?«

»Sie werden durch eine Firma namens *Continuum* finanziert.

In der City hält sich das Gerücht, daß *Continuum* bis zum Oktober acht Millionen Dollar auf die Beine stellen muß.«

»Könnte das den Film beeinträchtigen?«

»Vermutlich nicht. Bookbinder sagt, daß er zu diesem Zeitpunkt bereits den Rohschnitt fertig haben will. Hanratty steht ihm nur für eine bestimmte Zeit zur Verfügung. Danach dreht er den Astronautenfilm für Leo.«

»Kagan sagt, daß sie auf Tageslicht angewiesen sind. Und nach September hätten sie sehr kurze Drehtage, wenn sie Außenaufnahmen machen.«

Weinberger nickte. »Also, nehmen wir mal an, sie haben den Rohschnitt bis zum Oktober fertig. Und selbst wenn Hanratty beim Schneiden ist und zur gleichen Zeit in der Vorbereitung der Produktion für Leo steckt, braucht der Film darunter nicht zu leiden, denn Hanratty ist ein harter Arbeiter.«

Weinberger entschloß sich, an seinem Drink zu nippen. Er jagte die Olive mit den Fingern, und als er sie gefangen hatte, verspeiste er sie mit großem Behagen. »Das Problem liegt bei *Continuum.* Nimm doch mal an, sie verstärken den Druck auf Kagan. Nimm mal an, sie sitzen wirklich in der Klemme. Sie könnten sich sogar dazu entschließen, *Mann aus dem Palast* zu verkaufen. Wenn der Rohschnitt vielversprechend ist und sie in Zugzwang sind, könnten sie die Weltrechte als Teil ihrer Kreditzurückzahlung verscherbeln.«

»Also?«

»Wenn wir nun einen Teil deiner Gage als Ratenzahlung erhalten – und wir werden sicher nicht alles im voraus bekommen –, könnte es durchaus soweit kommen, daß wir unser Geld von irgendeiner kleinen Gesellschaft eintreiben müssen, von der wir noch nie gehört haben. Irgendein Schlaumeier könnte den Film kaufen und wieder verkaufen und sich einen Pfifferling um die Verpflichtung scheren. Dann macht er mit dieser kleinen Gesellschaft mit auf hundert Dollar beschränkter Haftung pleite und zahlt dich mit zehn Cent pro Dollar aus.«

»Himmel, Weiny, du denkst immer nur ans Schlimmste.«

»Stimmt, mein Kopf denkt an alles. Wenn ich die Autobiographie schreibe, zu der du mich immer wieder drängst, könnte das der Titel sein.«

»Ehrlich, Weiny. Du denkst zu kompliziert. Das könnte ein wirklich guter Film werden. Laß ihn uns doch einfach für das machen, was sie uns geben können. *Okay,* Weiny?«

»*Okay,* Marshall.«

»Findest du, daß es eine gute Idee ist? Eine wirklich gute Idee?«

»Nein. Aber ich mache mir Sorgen um dich, Marshall. Ich will, daß du endlich aus dieser Stimmung herauskommst. Und wenn das *Mann aus dem Palast* schafft, dann wäre ich sogar bereit, ihn zu bezahlen.«

Stone lächelte. Kein bitteres Lächeln, das seine Besorgnis widergespiegelt hätte, sondern ein echtes Filmstarlächeln, das jedem in Reichweite eine Ladung Feuer und Begeisterung garantierte. »So weit wollen wir nun doch nicht gehen, Weiny.« Er boxte seinem Agenten freundschaftlich gegen den Arm.

Weinberger lächelte, packte seine Papiere ein und trank zum ersten Mal seit vielen Jahren sein Martiniglas aus.

»Noch einen?« fragte Stone. Weinberger schüttelte den Kopf. »Bleib doch zum Abendessen«, sagte Stone. »Oder noch besser – wir gehen irgendwohin.«

»Geh mit Suzy essen, Marshall. Ich muß nach Hause. Ich habe versprochen, mich mit diesem Autor zu unterhalten.«

»Autor?«

»Anson.«

»Er hat einen langen Weg zurückgelegt, vom kleinen Schreiberling mit fünfzig Dollar die Woche und so vielen Bleistiften, wie er nach Hause tragen kann.«

»Er schreibt ein Buch über dich. Ich werde ihm das stecken.«

»Was findet Mary an ihm, Weiny?«

»Sie sind beide Einzelgänger, Marshall. Mary hat nie ganz zu deiner Welt gehört.«

»Macht er irgendwie Geld? Was denkst du?«

»Sie haben zwei nette Kinder und ein behagliches Heim. Zwischen ihnen ist alles in Ordnung. Solche Menschen legen keinen Wert auf die Dinge, die für dich wichtig sind.«

Ganz eindeutig waren diese ungenannten Dinge solche, auf die auch Weinberger keinen Wert legte. Stone sagte: »Er spricht über das Kino mit einem ganz hohen Anspruch. Ich frage mich, in welcher Branche ich eigentlich die ganze Zeit über tätig gewesen bin, Weiny.«

Sie lachten beide. Weinberger blickte auf seinen Klienten und versuchte herauszubekommen, ob der Bann gebrochen war. Das war schwer zu entscheiden. Stone schüttelte den Kopf. »Es ist alles in Ordnung, Weiny. Ich fühle mich gut.« Seine Stimme nahm bereits wieder den rauchigen Klang an, den seine Fans eindeutig identifizieren konnten.

Weinberger klopfte Stone auf die Schulter in der zurückhaltenden Art eines Mannes, dem physischer Kontakt mit anderen Männern nicht gegeben ist. »Mach dir keine Sorgen, Marshall. Du wirst *Mann aus dem Palast* machen, und es wird ein großartiger Film werden.«

Stone begleitete ihn zur Tür und hoffte, er würde etwas über eine Versöhnung mit Koolman sagen, aber er tat es nicht. Stone versuchte sich vorzustellen, wie Weinbergers Leben aussah. Er arbeitete den ganzen Tag, stritt mit Geschäftsführern und beschwichtigte verärgerte Klienten. Jeden Abend fuhr er mit einem Aktenkoffer voller Dokumente zu dem großen Haus in der Nähe von Blackheath hinaus, um dort weiterzuarbeiten. Er küßte seine Frau, und sie machten sich gemeinsam Sorgen, ob der Älteste zum Studium zugelassen oder die jüngste schwanger werden würde. Er mähte seinen Rasen, sah fern, aß Tiefkühlkost und sortierte seine Briefmarkensammlung. Die Leute, die er zum Essen einlud, waren wahrscheinlich die Kaufleute aus dem Ort und Börsenmakler-Nachbarn, die begierig auf Anekdoten aus jener Glitzerwelt waren, in der Weinberger seinen

Arbeitstag verbrachte. Vielleicht war es nicht ganz so – aber selbst ein nur annähernd ähnlich zurückgezogenes Leben entsprach Stones Vorstellung von schleichendem Tod.

Es bestand keine Veranlassung für Stone, die Wodka- und Wermutflasche wegzuräumen, den Mixer und die Gläser in die winzige Spüle hinter der Theke zu tun oder auch nur den Aschenbecher zu säubern. Aber er tat das alles, ohne sich klarzumachen, daß er Pflichten erledigte, die er seit einem Jahrzehnt oder mehr nicht erledigt hatte. Sein Rolls stand in der Garage, und Jasper war in Rufweite, aber es gab keinen Ort, an den er hätte fahren wollen. Sein Boot lag zum Auslaufen bereit, sein Pilot war in vierstündiger Bereitschaft, aber es gab niemanden, der auf ihn wartete. Großzügige Gastgeberinnen, ehrgeizige Starlets, aufmerksame Oberkellner hätten ihm alles zur Verfügung gestellt, was sie zu bieten hatten, aber sie besaßen nichts, wonach es ihn verlangt hätte. Das Zimmer enthielt viele Bücher – aber der Einfall, sie zu lesen, kam ihm nicht. Er zog sich langsam aus und ging zu Bett.

In einer Welt, in der Superlative alltäglich waren, waren Tränen das Äußerste an Superlativen. Stone benutzte das Wort oft: Er war häufig ›zu Tränen gerührt‹ oder lachte – seltener! –, ›bis ihm die Tränen kamen‹. Mitunter gestand er auch ein, nicht in der Lage gewesen zu sein, als Dank für ein Geschenk oder ein überschwengliches Lob eine Träne zu unterdrücken.

In seiner Kindheit hatte Eddie Brummage gelernt, Tränen zu produzieren, um Strafpredigten abzukürzen oder Schläge zu umgehen. Er hatte nie geweint, wenn er allein war. Er tat nichts allein, und das war auch der Grund, weshalb er diesen Zustand fürchtete. Aber jetzt, fast fünfzig Jahre alt, weinte er. Er schluchzte in sein Kopfkissen, und das Zucken seiner Wimpern hinterließ dort ein spinnwebähnliches Muster, bevor er einschlief.

11

Je lauter McCarthy schreit, desto besser kann ich ihn leiden. Er bemüht sich darum, die Termiten loszuwerden, die unsere Demokratie aushöhlen.
Louis B. Mayer

»Leo Koolman, es ist erst zwanzig Monate her, daß du als Paketbote im Versand dieser Organisation angefangen hast. Diese Abteilung hast du bald übernommen und bist dann Assistent des Personalchefs geworden. In weniger als einem Jahr wurdest du in eine leitende Stellung in der Werbung befördert, und zwei Monate später machten wir dich zum Vizepräsidenten. Du bist der jüngste Geschäftsführer mit Verantwortung für die Produktion, an den man sich hier erinnern kann. Heute wirst du Präsident der Gesellschaft. Das ist eine Karriere, die nur in der freien, dynamischen Gesellschaft möglich ist, die Amerika hervorgebracht hat. Was sagst du dazu, Leo?«

»Danke, Onkel Max.«

Mit ihrer Mischung aus Zynismus und Bewunderung traf diese Anekdote die Haltung Hollywoods gegenüber den Koolmans und all dem, was sie unternahmen. Die Beziehung zwischen dem alten Mann und seinem Neffen war Anlaß zu zahllosen Witzen. Jede Schimpfkanonade, mit Flüchen und blasphemischen Äußerungen garniert, wurde den beiden zugeschrieben und bereitwillig herumerzählt.

In der Tat hätten wohl nur wenige fähige Männer die verbalen Hiebe hingenommen, die Leo Koolman von seinem Onkel einsteckte und mit vergleichsweise milden Entgegnungen beantwortete. Und noch weniger hätten die Beleidigungen auf den guten Rat und die Erfahrung hin durchforscht, die fast unkenntlich darin verborgen waren.

»Ein Hoch auf Mister Hollywood«, hieß es auf einem Plakat vor dem Beverly Hills Hotel, in dem sich die Branche versammelt hatte, um das 65jährige Bestehen der *Koolmans Pictures Corporation* zu feiern.

Viele hatten Ansprüche auf diesen Titel angemeldet, aber niemandem wurde er bereitwilliger zugestanden als dem alten Mann, der den Anlaß dadurch feierte, daß er Vorstandsvorsitzender wurde, damit sein Neffe auf dem Stuhl des Präsidenten Platz nehmen konnte. Die Aktionäre waren nicht recht glücklich über diese Lösung, aber es gab keinerlei Anzeichen für Stellvertreterkämpfe, die ein Jahrzehnt später stattfinden sollten. Im Jahr 1947 war alles, was Old Max wollte, bereits so gut wie getan.

Die Fotografien zeigen einen lächelnden Gnom mit einem farbenfrohen Halstuch über dem übergroßen weißen Anzug und unter dem Stetsonhut. Die Filmgeschichte hat einige der eher absurden Äußerungen von Old Max aus jener Zeit überliefert, in der er als Doyen von Hollywoods rechtem Flügel angesehen wurde. Aber der junge Rowdy, der 1909 erstmals nach Hollywood kam, als es wenig mehr als ein verträumtes Nest war, befand sich durchaus auf der Flucht. Er hatte davor ein paar Kurzfilme auf einem New Yorker Dachboden gemacht, aber seine Leute waren regelmäßig zusammengeschlagen und seine letzten Filme durch gerichtliche Verfügung vom ›Trust‹ eingezogen worden. Max besaß zu diesem Zeitpunkt nur noch acht Dollar.

Der ›Trust‹ war die *Motion Patents Company,* ein Zusammenschluß von Patentinhabern, die als einzige in der Lage waren, Rohfilmmaterial zu kaufen. Sie machten Filme, und Kinobesitzer zahlten 30 Cents pro Meter, unabhängig davon, wie lang der Film war, welche Story er hatte und welche Stars in ihm auftraten. Und Kinobesitzer konnten die patentierten Filmprojektoren nur mieten, wenn sie sich dazu bereit erklärten, ausschließlich ›Trust‹-Filme zu zeigen. Um dieses totale Monopol brechen zu können, mußte sich Max eine Filmkamera aus Europa beschaffen, Rohfilme auf dem schwarzen Markt erwerben und dann einen Ort ausfindig machen, an dem ihn ›Trust‹-Agenten, Sheriffs oder Schlägertrupps nicht finden konnten. New York – so hatte sich herausgestellt – war dieser Ort nicht.

Hollywood zog Max aus einer ganzen Reihe von Gründen an. Dort schien fast das ganze Jahr über die Sonne, und in jenen Tagen wurden Filme lediglich von der Sonne beleuchtet. Die ›Innenaufnahmen‹ erfolgten in Kulissenbauten, die an einer Seite offen waren und dem Lauf der Sonne entsprechend gedreht wurden. Die meisten seiner Filme waren Western, und in Santa Monica gab es bequemerweise eine Indianersiedlung am Ende dessen, was heute der Sunset Boulevard ist. Und in der Nähe gab es Griffith Park mit Seen, Wäldern und Canyons. Die größte Anziehungskraft für Max bestand jedoch in der Möglichkeit, seine beiden Kameras auf den Rücksitz seines Ford zu laden, wenn ›Trust‹-Agenten herumlungerten oder eine Bande von rücksichtslosen Haudegen im Ort auftauchten, um unerwünschte Filmausstattungen zu zerstören und wie der Teufel auf die mexikanische Grenze zuzurasen. Sie mögen es heute vielleicht nur ungern zugeben, aber es gab viele Hollywood-Pioniere, die Old Max nach Hollywood gefolgt waren und nun mit ihm zusammen auf die mexikanische Grenze zujagten.

Bis zum Ausbruch des Ersten Weltkriegs war Europas Filmindustrie der amerikanischen weit voraus. In Amerika verhinderte der ›Trust‹ die Aufführung jedes Films, der länger als eine Rolle war, aber in Frankreich war bereits ein Vier-Rollen-Film mit Sarah Bernhardt als Königin Elisabeth I. produziert worden, und die Italiener hatten *Quo vadis* mit acht Rollen hergestellt. Hollywood wäre wahrscheinlich ein sonniges kalifornisches Dorf geblieben, wenn der Erste Weltkrieg Europas Zellulose nicht zur Herstellung von Explosivwaffen zweckentfremdet hätte. Aber so, wie es nun einmal war, fand die europäische Filmproduktion ein jähes Ende, und die Kinobesitzer mußten amerikanische Streifen kaufen. Als Amerika 1917 in den Weltkrieg eintrat, wurde die Filmindustrie an der Ostküste aus ähnlichen Gründen ausgelöscht, wie es in Europa geschehen war. Es herrschte ein akuter Mangel an Arbeitskräften, an Elektrizität und Rohstoffen. So wurde Hollywood durch Eliminierung zum Filmzentrum der Welt. Nach dem Geheimnis seines Erfolges von 1935 befragt, erklärte Max: »Halte dich von jedem Krieg so fern wie möglich« – er drohte jedoch, eine Zeitung gerichtlich zu belangen, die diese Aussage 1942 zitierte.

Max gab in der Filmwelt den Ton mit neuen Ideen an, besonders mit verbotenen. Als lange Filme durch den ›Trust‹ untersagt waren, machte er den Sechs-Rollen-Film *Barnaby Rudge*. Als der Streifen für ›Trust‹-Kinos verboten wurde, mietete er ein Theater in Chicago und zeigte ihn dort. Der ›Trust‹ beharrte darauf, daß Autoren anonym blieben – aus Furcht, sie könnten dann mehr als die zehn Dollar pro Tag fordern, die damals üblich waren. Max zog sie zu sich herüber: mit 500 Dollar pro Tag zuzüglich großer Leinwandpublizität – nicht nur für Produzenten, sondern auch für Schauspieler und Regisseure. Und es war Max, der darauf bestand, seine teuren Stars in Großaufnahme zu zeigen – zu einer Zeit, da die Kameramänner wild entschlossen waren, bei jeder Aufnahme die Schauspieler in der Totale zu zeigen, aus Furcht, das Publikum könnte meinen, es würde Menschen betrachten, die man in der Mitte durchgeschnitten hatte.

Max machte sich klar, daß Filme mit klassischen Stoffen die Mittelklasse in die Kinos ziehen konnten, die bis dahin auf Zuschauer aus dem Arbeitermilieu angewiesen gewesen waren. Um das Kino akzeptabel zu machen, stattete er es mit Spannteppichen, Lüstern und warmem Licht aus und ersetzte damit die rohen Dielen und die Spucknäpfe.

Aber das Leben blieb für Max gefährlich. Wie auch Cecil B. de Mille trug er bei der Arbeit stets einen sechsschüssigen Revolver. Dennoch hielten Übergriffe auf seine Angestellten an, wurden aber seltener. Seine Feinde mußten schließlich einsehen, daß Max nicht zu vertreiben war. Fährt man heute über den Santa Monica Boulevard, so ist es nur schwer vorstellbar, daß Old Max sich hier bis in die späten zwanziger Jahre hinein jeden Tag hoch zu Roß zu den Studios begab. Als diese Art der Fortbewegung nicht mehr opportun war, verkaufte Max sein Haus und fünf Morgen Land für knapp eine Million Dollar und erwarb ein Haus am Cahuenga Pass. Hier konnte er jeden Morgen auf dem Balkon frühstücken – häufig mit einer unbekannten weiblichen Schönen – und seine Leute kritisieren, wenn sie Western in seinem Garten drehten.

Old Max' Immobiliengeschäfte allein machten ihn in den dreißiger Jahren zum Multimillionär. Sein leuchtendroter Mercedes – er war noch größer als Valentinos cremefarbener – wurde vor dem *Garden of Allah*, dem *Brown Derby* und einem Dutzend anderer Nachtclubs gesehen, die sich um die Zerstreuung der Filmkolonie kümmerten. Er benutzte das Auto auch dazu, zwischen seinem Haus in der Stadt und seiner riesigen Ranch im San Fernando Valley hin- und herzupendeln.

Nichts von Max' Geld wurde auf die hohe Kante gelegt. Er startete mit seinem Kapital eine Kino-Kette und steckte jeden Cent zu einer Zeit in Tonaufnahmegeräte, als die meisten anderen aus der Branche dem neuen Firlefanz Tonfilm den baldigen Untergang voraussagten. Nachdem er seine Ranch im Valley an seine eigene Gesellschaft verkauft hatte, entstanden dort die hervorragend ausgestatteten *Koolman International Studios* – weit größer und aufwendiger als die in der Nähe gelegene Universal City.

In den dreißiger Jahren hatten Koolmans Studios den heftig umstrittenen Ruf, die niederträchtigsten Arbeitgeber von ganz Hollywood zu sein. Autoren hatten im Film weniger zu sagen als die Kellnerinnen im Speisesaal der Geschäftsführung, und sie erschienen beträchtlich früher an der Stechuhr. Schauspieler und Regisseure machten im Rahmen der berüchtigten Siebenjahresverträge ein halbes Dutzend Filme pro Jahr. Durch diese Verträge konnten die Schauspieler und Regisseure ohne Bezahlung gebunden werden – die ›verlorene‹ Zeit wurde an das Ende ihres Vertrages angehängt. Auf diese Weise konnte ein ›schwieriger‹ Schauspieler ein Leben lang unter Vertrag gehalten werden. Old Max genoß die Kräche mit den Tränenausbrüchen und den Versöhnungen bei einer Flasche Champagner. Er dirigierte seine Stars wie eine Puffmutter ihr Bordell – dem die Studios auch in anderer Hinsicht ähnelten.

»Gütiger Gott, sag diesen College-Heinis, sie sollen mir endlich einen Film vorlegen, in dem die guten Jungs die Moneten kriegen und die Bienen obendrein – nur ein einziges Mal! Verdammt, ich hab's so satt, wenn Wanderarbeiter und Abenteurer zu Strolchen werden.« Old Max' Äußerung wurde von Phil Sanchez in ein schriftliches Memo umgewandelt. Es wurde zum Muster für die Koolman-Filme der dreißiger Jahre. Das Memo besagte: »Vor allem, meine Herren: amerikanische Filme. Filme, die dadurch unterhalten, daß der Jugend unserer großen Nation verdeutlicht wird, daß Gottvertrauen, Aufrichtigkeit und Loyalität, harte Arbeit und Begabung zu Glück und Erfolg führen.« Es war eine Philosophie, die Koolman-Angestellte nur schwer mit ihren täglichen Erfahrungen in Einklang bringen konnten, aber Plakate mit dem Aufruf: *Amerikanische Filme, Gentlemen!* wurden überall in den Studios angebracht.

Es war durchaus nicht leicht, an einer Koolman-Produktion beteiligt zu sein. Buchhalter überprüften jedes Budget, und ein Produzent, der auch nur um ein paar Dollar überzog, hatte jede Menge Erklärungen abzugeben, bevor er einen neuen Auftrag erhielt. Leo Koolman war in den dreißiger Jahren fast noch ein Kind, aber er verbrachte seine Freizeit hauptsächlich in den Studios bei seinem Onkel Max. Jung-Koolman war zu Beginn des Ersten Weltkriegs zum inoffiziellen Assistenten und Kurier für Old Max bestellt worden, der inzwischen das 60. Lebensjahr überschritten hatte, aber noch immer von einem bäuerlichen

Mißtrauen gegenüber der Santa-Fe-Eisenbahn und den neumodischen Aeroplanen beseelt war, die in schnellen Sprüngen nach New York hüpften.

Die vierziger Jahre brachten Einberufung und Schichtarbeit. Frauen, Freundinnen, Mütter und einsame Soldaten hatten Geld in den Taschen, aber niemanden, bei dem sie zu Hause hätten bleiben können. Es war eine sehr lukrative Zeit für die Branche. Jedes neue Jahr brachte der *Koolman Pictures Corporation* größere Profite. Der Friedensschluß, die heimkehrenden Soldaten, die Wohnungsnot und die europäischen Kinos bedeuteten sogar noch mehr Geld für die Filmemacher. Es gab keinerlei Grund zu der Annahme, daß Jung-Koolman etwas anderes als eine solide Goldmine erben würde. Aber Old Max wählte in seiner Schlauheit, die ihn nie verließ, den genau richtigen Moment für seinen Rücktritt. Fiskalisch zeigte das Jahr 1947, daß der Kriegsboom mit seinem darauffolgenden Echo längst verrauscht war, Aktionäre, die fest damit rechneten, daß ihr vorangegangener 3,6-Millionen-Dollar-Gewinn weiter verbessert würde, erfuhren nun, daß der Gewinn der *Koolman Pictures Corporation* 439 928 Dollar betrug.

Friedfertige Aktionäre konnten zu reißenden Tieren werden, und Moguln wie Mayer, Schary, Schenk und Zanuck wurden mitunter arg zerzaust. Leo beneidete die mächtige *MGM* mit ihrer großen Loew-Kette von Filmtheatern nicht länger, da das Oberste Bundesgericht sich auf das Sherman-Anti-Trust-Gesetz berufen und alle Filmgesellschaften aufgefordert hatte, die Kinos aufzugeben. *Koolman Pictures* würden nicht länger Filme am Fließband produzieren, um sie in ihre eigene Kino-Kette einzufüttern. Die Filmtheater loszuwerden war Jung-Koolmans vordringlichste und schwierigste Aufgabe.

Die fünfziger Jahre erlebten die Schließung eines Viertels aller Kinos in den Vereinigten Staaten, während sich im gleichen Zeitraum die Zahl der Fernsehgeräte auf *50* Millionen verzehnfachte. Am *Texaco Star Theatre* hielt Milton Berle an jedem

Dienstag die Besucher von den Kinos fern, und andere Darsteller waren geradezu erpicht darauf, das gleiche an den anderen Abenden der Woche zu tun.

Hollywoods Embargo gegenüber dem neuen Medium wurde gebrochen, als die *Columbia* ihre alten Filme an die Sender verkaufte. Unverzüglich tat Koolman das gleiche mit 200 alten Koolman-Streifen. Zum Bestandteil des Handels machte er, daß er künftig mit zwei Millionen Dollar an der Produktion von 50-Minuten-TV-Filmen beteiligt wurde. Seine neue Fernsehtochter finanzierte er damit, daß er eine Schallplattenfirma in Manhattan verkaufte und ein paar Grundstücke in der City. Und seinen Gewinn aus dem TV-Geschäft benutzte er dazu, die Quartalsgewinne von *KPC* zu erhöhen, die sonst in die roten Zahlen hätten geraten können. Er kämpfte jeden Versuch nieder, Teile der umfangreichen Studios im Valley zu veräußern, indem er die Aktionäre davon überzeugte, daß das Land im Stück mehr wert sei, sowie die Zusicherung abgab, sich die Lage 1955 noch einmal zu überlegen. Zu dieser Zeit benannte er die Gesellschaft in *Koolman International Pictures* um, steigerte die Gewinne wieder auf zwei Millionen und fand sowohl Profit als auch Prestige in Filmen mit Marshall in der Hauptrolle.

Old Max starb 1956 nach einer anstrengenden Zugreise quer über den Kontinent. Er saß in einer New Yorker Hotelsuite, hielt die Hand seiner Frau und fluchte über Leo, weil der einen Arzt gerufen hatte.

»Du dummer Kerl! Hast du das von mir gelernt? Weißt du denn nicht, was mit den Koolman-Aktien geschieht, sobald das bekannt wird?«

»Hör auf mit dem Quatsch«, sagte Leo. »Alle Welt weiß, daß ich es bin, der die Gesellschaft leitet.«

Als Max Koolman wieder zu sprechen begann, war seine Stimme so schwach, daß Leo sich tief hinunterbeugen mußte, um ihn zu verstehen. Daher hörte Max' Frau das obszöne Wort nicht, das das letzte ihres Mannes sein sollte.

Schon 1947 war Max die Reisen zwischen Los Angeles und New York leid geworden. Mißtrauisch gegenüber Flugzeugen, hielt er vier Tage im *Superchief* für das Äußerste an Erträglichem. Aber die fahrplanmäßigen Flugverbindungen brachten Kalifornien eine Vielfalt von neuen Gesichtern und neuen Anschauungen. Bis zu diesem Zeitpunkt hatten sich Hollywoods Planer und Autoren lediglich von früheren Beispielen ihrer Zunft ernährt. Jetzt aber hatten viele Kinogänger mitbekommen, wie Europa und der Ferne Osten aussahen, jetzt wollten sie Realitätsbezogenheit. Europäische Filmleute machten, da ihnen das Geld für Kulissen, Beleuchtung und Kostüme fehlte, überraschend Gebrauch von Originalschauplätzen. Wenn Hollywood seine Filme nicht ausschließlich für den einheimischen Markt produzieren wollte – wie es die britische Filmindustrie immer getan hatte –, mußte es die europäischen Filmemacher mit ihren eigenen Waffen schlagen.

Als 1947 das Komitee für unamerikanische Umtriebe des Repräsentantenhauses – HUAC – erneut seine Überprüfung in Hollywood aufnahm, tat Max die Mitglieder als eine ›Bande antisemitischer Trottel‹ ab und beglückwünschte sich, daß er seinen Namen nicht geändert hatte, da bereits ein anglisierter Name für eine Anklage wegen subversiven Verhaltens ausreichte. Aber das Komitee hatte sein Betätigungsfeld gut gewählt. Es genügte, einen berühmten Hollywood-Namen zu flüstern, um Schlagzeilen und Fernsehberichte in der ganzen Welt zu bekommen. Das mußte auch für den zurückhaltendsten Politiker eine Versuchung sein.

Anfangs nahm niemand es ernst. Dorothy Parker sagte: »Der einzige Ismus, an den Hollywood glaubt, ist der Plagiatismus.« Doch dann reagierten die Banken. Sie erklärten Max, daß die Filmkolonie unter großen Druck geraten würde und daß niemand in der US-Regierung die Macht oder die Neigung hätte, sie zu retten. Das genügte, um aus Max einen giftigen Antikommunisten zu machen. Aber er sorgte dafür, daß Leo die Rolle des jungen liberalen Bewußtseins übernahm.

Und so trat Max – während Leo die Progressiven beschwichtigte – vor das Komitee und leistete schamlos Abbitte für ein paar Filme, in denen er Russen rasiert und gewaschen gezeigt hatte. So etwas würde nie wieder vorkommen, schwor er, und es kam nie wieder vor. Old Max war bei den berühmten Zusammenkünften im *Waldorf Astoria* dabei, auf die die ›Waldorf-Erklärung‹ folgte, die besagte, daß jene zehn Mann, die dem Komitee die Stirn geboten hatten, nicht wieder beschäftigt werden würden.

»Was soll das ganze Hin und Her? Entweder ist ein Mann Amerikaner oder er ist ein Ganeff. Schickt die Roten zurück nach Rußland«, so sprach Max Koolman, der in Odessa geboren war.

Max tat seinen Job so überzeugend, daß Leo nicht zu den Anhörungen geladen wurde, und als da HUAC 1951 seine Befragungen wiederaufnahm, war Kagan Bookbinder der einzige Koolman-Angestellte auf der schwarzen Liste.

Nicht, daß es wirklich eine schwarze Liste gegeben hätte! Auf eine solche Unterstellung hin hätten Max und Leo ihre Hände dorthin gelegt, wo normalerweise das Herz sitzt, und geschworen. Es gab keine schwarze Liste, da Listen nun einmal aus Papier bestehen. Die Übereinkünfte, die man traf, waren kaum mehr als ein Nicken und Augenzwinkern. Die vorangegangenen Aktivitäten des HUAC hatten der Branche gezeigt, daß es Vorteile brachte, sich einig zu sein. Einig nicht nur gegen das Komitee, sondern auch gegen Regisseure, Autoren, Produzenten und Stars. Leo führte aus, daß es im allseitigen Interesse lag, sich von Leuten zu trennen, die man kommunistischer Anschauungen verdächtigte. Auf diese Weise konnte man auch Elemente loswerden, die sarkastisch oder ›künstlerischer Vorstellungen‹ verdächtig waren oder aber mit den falschen Frauen schliefen.

Was Bookbinder betraf, so war er in allen Punkten ein Kandidat für die mythische schwarze Liste; der Posten am Haupttor hatte nur seine Instruktionen und Bookbinders persönliche Habseligkeiten in einer Schublade. Ein einstündiges Gespräch reichte nicht aus, um ihn das Tor passieren zu lassen, und sein Telefonanruf gelangte über die Vermittlung nicht hinaus.

Das war 1951 gewesen. Als Leo Koolman erstmals die alleinige Leitung der Gesellschaft übernahm, war die Situation ganz anders. Im ersten Jahr seiner Herrschaft brauchte der neue Präsident ein Projekt, das weltweit aufhorchen ließ und sowohl die Aktionäre wie auch das Kinopublikum beeindruckte. Die Gesellschaft war mit Western und ihren singenden und lassoschwingenden Stars reich geworden, aber inzwischen hatten andere Gesellschaften ihnen den Rang abgelaufen. Koolman mochte Western, genau wie sein Onkel Max und zwei der wichtigsten und kompliziertesten Aktionäre.

Bookbinder betrat Leos Büro mit einer Idee, die von jedem anderen Studio bereits abgelehnt worden war, Old Max eingeschlossen. Aber jetzt verfügte sie über eine Beigabe, die Leos Phantasie beflügelte: Edward Stone, ein berühmter Shakespeare-Darsteller aus Großbritannien – und persönlicher Freund Bookbinders –, hatte zugesagt, die Hauptrolle für eine eher mäßige Gage zu spielen.

Leo teilte Bookbinder ein Büro, eine Stenotypistin, einen Studioausweis, einen Autor und einen Parkplatz zu. Dem Projekt 130 (A 42) der Koolman Studios wurde eine eigene Produktionsakte und ein Konto zugewiesen. Leo hatte guten Grund zu der Annahme, daß eine Vorführung der Rohfassung auf der Aktionärsversammlung Anlaß zur Hoffnung und Spekulation sein würde, daß sich die ruhmreiche Historie der Gesellschaft wiederholen könnte. Ein solcher Traum würde Leo weitere zwölf Monate an der Macht halten, und so betraute er die PR-Abteilung der Studios mit der Aufgabe, diesen Engländer zu einem Star zu machen.

Koolmans Wille zum Erfolg war bis zu einem gewissen Grad durch das Aktien-Bezugsrecht motiviert, das ihm neben seinem

Jahresgehalt von 200 000 Dollar zugestanden wurde. Das Optionsrecht galt für fünf Jahre zum Marktpreis von 1947. Wenn Koolman-Aktien anstiegen, konnte diese Option ihn zum Multimillionär machen. Wenn aber die Probleme der Branche den Markt negativ beeinflußten, konnte das sein Gehalt aufzehren und ihn selbst zugrunde richten. Die Klausel war also geschaffen worden, um Leo zum Wirbeln zu bringen.

> *Gib Rita Hayworth nicht zuviel Text... Bring mir zehn bis zwölf Rollen Film, ein paar Tanznummern, irgendeinen Konflikt zwischen ihr und Glenn Ford und einen exotischen Hintergrund. Wenn dir das gelingt, bekommst du einen Auftrag für einen neuen Film.*
>
> *Harry Cohn*

»Herzlichen Glückwunsch, Leo!«

»Gratulation, Leo.«

Der Mond segelte in dieser Nacht ganz nahe an der Erde vorbei, und der maulbeerfarbene Himmel erinnerte daran, daß Hollywood auf dem gleichen Breitengrad wie Rabat, Bagdad und der Khyberpaß liegt. Koolman war lebhaft wie ein junger Hund, schüttelte Hände, lächelte und wehrte Geburtstagsgratulationen ab, die auf ihn herabregneten wie Sterntaler.

»Herzlichen Glückwunsch, Leo. Eine wirklich großartige Party.«

Ein Kolumnist hatte errechnet, daß an diesem Abend 900 Gäste an Leo Koolmans Feier teilnahmen. Um zehn Uhr, als Orchideen auf die Schwimmerinnen rieselten und die Kapelle »*Happy Birthday,* lieber Leo« zum Knallen der Champagnerkorken intonierte, waren es wenigstens 400. Sie hielten sich im Haus auf, bevölkerten die Rasenflächen, saßen am Swimmingpool und spielten sogar Tennis. Als ein Produzent und eine potentielle Hauptdarstellerin am nächsten Morgen nackt und schlafend auf dem Fußboden der Umkleideräume gefunden wurden, setzte Leo Koolman sie auf die schwarze Liste. »Sie hatten noch nicht mal Tennisschläger dabei.«

Leo ließ sich durch die Menge treiben, lächelte seine Gäste an, begrüßte seine Kollegen und nickte den Privatdetektiven zu, die die Wertsachen bewachten. Die Filmkolonie bewunderte nicht ohne Neid diese Spendierfreudigkeit zu einer Zeit, in der so viele Leute erklärten, die gute alte Zeit sei ein für allemal vorbei. Old Max war auch da und beobachtete seinen Protegé besorgt; sie wußten beide, daß sich die Vetternwirtschaft innerhalb eines Jahres als ein gefährlicher Ausweg erweisen konnte, wie ihre Feinde bereits vorausgesagt hatten. Aber Max wußte ebensogut, daß es Verrat wäre, seinem Neffen auch nur einen Funken Mitleid zu schenken.

So war der junge Koolman allein mit seinen Ängsten. Doch selbst die Proteste seiner jungen Frau Rochelle, als sie entdeckte, daß das Studio die Rechnung für die Party nicht übernehmen würde, entlockten ihm nur ein zuversichtliches Lächeln.

Der orientalische Garten war mit Laternen geschmückt und mit Ständen besetzt, an denen chinesische Kellner das Essen servierten. Ein Duft nach Soja und brutzelndem Schweinefleisch zog durch die Zwergpalmwedel bis hin zu dem Brunnen, an dem Koolman und Stone miteinander plauderten.

Koolman trug ein weißes tailliertes Jackett mit weißer Fliege und schwarzem Seidenhemd. Seine Frau hatte erklärt, daß er in diesem Hemd aussähe wie Al Capone, aber Koolman hatte es nicht gewechselt.

Nachdem Koolman und sein Star sich den Presseleuten gestellt hatten, zog Koolman Stone von Bookbinder und Weinberger fort und verwickelte ihn in ein Gespräch, das nur ein tollkühner Mann zu unterbrechen gewagt hätte.

»In diesem Fall«, sagte Koolman, »gibt es nur entweder – oder. Ich mache Ihnen lediglich Vorschläge. Die Entscheidung müssen Sie dann allein treffen.«

»Sie haben recht.«

»Sie haben sich in diese Miß Rainbow verliebt. *Okay,* ich verstehe das; sie ist ein süßes Mädchen.« Koolman wandte sich leicht um, so daß er den Garten überblicken konnte. Die Formationsschwimmerinnen kletterten aus dem Swimmingpool, die erste zog sich die Badekappe vom Kopf. Die Haare fielen ihr auf die Schultern. Scheinwerfer richteten sich auf sie, und Beifall rauschte auf, bevor das Orchester *Stardust* intonierte und einige Paare zu tanzen begannen. »Aber gibt ihr das irgendein Recht, von Ihnen zu verlangen, daß sie Ihre Karriere opfern?«

»Sie hat gar nichts verlangt.«

»Weil sie weiß, wie es ist, das Leben mit jemandem zu teilen, der eine Karriere aufgegeben hat. Beim allerersten Streit – überlegen Sie mal, was sie ihr dann sagen würden. Haben Sie darüber schon mal nachgedacht, Marshall?«

»Ich liebe sie«, sagte Stone. »Und dann kommt da der Junge.«

»Nehmen Sie mal an, es wird ein Mädchen. Nehmen Sie an, Ihre Liebe zu ihr läßt nach, vergeht ganz. Nehmen Sie an, daß Sie in ein paar Jahren ein anderes süßes Wesen kennenlernen.«

»Das hier ist von Dauer«, erklärte Stone.

»Haben Sie das nicht auch von Ihrer Frau gesagt, Marshall, als Sie sie vor sechs Jahren geheiratet haben?«

Stone antwortete nicht.

»Nun, war es nicht so?«

»Vermutlich ja.«

»Vielleicht haben Sie das vergessen.«

»Ich habe es nicht vergessen.« Stone wußte, daß das Wecken von Schuldgefühlen ein leichtes für einen Mann war, der sein halbes Leben damit zugebracht hatte, mit gebrochenen Verträgen und den Ängsten von Schauspielern fertig zu werden. Ein japanischer Diener bot ihnen frittierten Tintenfisch an. Koolman machte eine abwehrende Handbewegung.

»Es ist nicht so, wie Sie denken«, sagte Stone. »Wir lieben

uns. Ich wollte schon mit einem Anwalt über eine Scheidung sprechen.«

»Sie werden mit keinem Anwalt über eine Scheidung sprechen, mein Lieber«, sagte Koolman. »Sie sprechen mit mir. Ich habe Stars – Stars! – gehabt, die jahrelang auf mein *Okay* für ihre Scheidung gewartet haben. Ich leite eine saubere, ordentliche, respektable Gesellschaft.«

»So ist es nicht«, sagte Stone. »Bestimmt nicht.«

»Sie sprechen mit mir«, wiederholte Koolman in gekränktem Tonfall. »Warum, glauben Sie, haben wir wohl eine Moralklausel in die Verträge aufgenommen?«

»Es tut mir leid.« Stone nahm einen großen, schlanken Mann von Mitte Vierzig wahr, der in der Nähe des Pools stand. Er blickte sich um, seine Augen blieben an Koolman hängen. Der Fremde trug einen rosafarbenen Anzug und ein Batisthemd; die Manschetten, an denen er zupfte, waren mit großen juwelenbesetzten Knöpfen geschlossen. Er bewegte sich krebsartig auf Koolman zu, und sein Annäherungswinkel versetzte ihn in die Lage, Koolmans rechte Hand und seinen Ellenbogen gleichzeitig zu ergreifen. »Mein Gott, Leo, Sie sehen aber hervorragend aus!«

»Ich bin ganz *okay«*, sagte Koolman

»Kam gerade aus Palm Springs zurück.«

Der Fremde wartete auf Koolmans Reaktion. Als die jedoch ausblieb, fuhr er fort: »Bernard Cavendish, erinnern Sie sich? Ich habe *Die Glücksfee und der Mond* für Sie gemacht.«

»Sicher«, sagte Koolman. »Das ist der Bursche, der *Glücksfee* produziert hat«, sagte er zu niemand besonderem. Cavendish starrte Koolman an und behielt das Lächeln tapfer bei. »Großartig, Sie zu sehen, Leo. Aber es war die Regie. Ich habe die Regie für *Glücksfee* geführt.«

»Sicher«, sagte Koolman und beobachtete, wie eine Schwimmerin ihre Position auf dem Sprungbrett bezog. »Herbst fünfundvierzig. Kam in zwei Tagen rüber.«

Stone sagte: »Schön, sie kennenzulernen, Bernard«, aber er reichte ihm nicht die Hand. Cavendish sah Stone an und lächelte, erkannte den Schauspieler jedoch nicht und wandte seine Aufmerksamkeit wieder Koolman zu.

»Leo, verpassen Sie mir einen Tritt. Nein, ich scherze nicht: Verpassen Sie mir einen Tritt.«

»Was soll das heißen?«

Der Mann beeilte sich mit der Erklärung. Er redete so schnell, daß Stone Schwierigkeiten hatte, ihn zu verstehen. »Wahrscheinlich haben Sie es vergessen. Sie haben ja auch so viele Dinge im Kopf. *Duell der Könige,* Leo. Ich sagte damals, das sei ein unmögliches Projekt. Ich habe mit Ihnen herumgestritten, aber inzwischen weiß ich, daß Sie recht hatten. Ich habe ein paar Autoren drangesetzt, und sie haben es in die richtige Form gebracht.« Der Mann blickte hoch, um zu sehen, ob er Interesse erregt hatte, aber Koolman blickte über seine Schulter hinweg. Er winkte einem seiner Gäste zu.

»Greg Peck«, erklärte Leo.

»Hallo, Greck«, sagte der Mann, drehte sich aber nicht um. *»Duell der Könige«,* wiederholte er. »Sicher, sagte ich, das mag eine großartige Idee sein. Leider ist sie nicht zu verwirklichen, sagte ich. Sie sagten, es sei möglich, ich aber war mir nicht sicher...«

»Haben Sie schon diese Schweinsbällchen gekostet – *Paotze* –, einfach köstlich. Sind von einem Burschen in der Nähe des Sunset. Der beste Chinese an der ganzen Küste.«

»Wundervoll«, sagte der Mann. »Die ganze Kulisse hier ist einfach wundervoll. Genau wie in den alten Tagen. Genau wie bei Ihrem Onkel Max.« Er lächelte. »In der Tat sogar besser, würde ich sagen. Und da dachte ich mir, ich werde es einmal mit Leos Idee versuchen. Leo weiß immerhin etwas über Projekte.« Er probierte es mit dem kürzestmöglichen Lächeln, um seine Kühnheit zu unterstreichen, daß er das bezweifelt hatte. »Wollen wir sagen, Dienstag zum Lunch?«

»Klingt verlockend. Aber sprechen Sie mit Phil Sanchez' Sekretärin. Es ist nicht mehr lange bis Weihnachten ...« Koolman hob die Hand, um den Pegelstand einer ihn umgebenden Flut anzudeuten.

»Es könnte Sie vielleicht überraschen, Leo, aber es wäre durchaus möglich, daß es gar nicht Ihre Art von Film ist. Es könnte einer für *Twentith* oder *United Artists* sein, aber ich möchte denen sagen können, Sie hätten ihn sich als erster angesehen.«

Koolman nickte.

Cavendishs Stimme war um einen Halbton höher, als er fortfuhr: »Dieser Stoff ist etwas für Bette Davis oder Joan Crawford.« Er löste den Griff um Koolmans Ellenbogen. Aber nur, um seine Schulter zu tätscheln. »Ein Schmachtfetzen? Ja. Aber ein Schmachtfetzen mit einem entscheidenden Unterschied. *Lost Weekend* – aber mit einer Dame in der Ray-Milland-Rolle – alles klar?«

»Wir haben gerade ...«

Der Mann hielt seinen Finger vor Koolmans Lippen. »Sie haben Geschäftliches zu besprechen. Das sehe ich. Ich verschwinde auch schon, aber lassen Sie sich das nicht entgehen, Leo. Es könnte sich als Dynamit erweisen.«

Er erhielt keine Antwort.

»Wer hat den Kriecher hier reingelassen?« wollte Koolman wissen, nachdem der Mann gegangen war.

Die Unterhaltung hatte Stone nervös gemacht. Anfangs hatte er die Beflissenheit des Mannes eher als komisch empfunden. Ihm war der Ton seiner Stimme nicht entgangen und auch nicht die Art, wie seine Hände an Koolmans Ärmel gezupft hatten. Und er hatte bemerkt, wie er die Schultern hängen ließ, als er die erneute Abfuhr hinnehmen mußte. Hier gab es viele, die so waren wie er. Und manche dieser Männer waren Schauspieler.

Koolman ließ Stone ein paar Minuten lang schmoren, während beide das Party-Treiben beobachteten. Hoagy Carmichael spielte Klavier – *Sleepytime Girl* – , und die Gäste hatten sich um ihn geschart. All die Hal-Wallis-Stars schienen dazusein. Früh am Abend waren Humphrey Bogart und Dick Powell auf Motorrädern aufgetaucht und mit ihnen bis ans Buffet gefahren. Benzin war immer noch rationiert und Motorräder populär. Stone hatte beschlossen, sich auch eins zuzulegen. Aber jetzt hatte das Gespräch mit Koolman derlei Dinge verdrängt.

»Niemand wird Sie dafür besonders bewundern«, sagte Koolman.

»Es ist nicht so, daß ...«

»Ein Schauspieler hat eine Verpflichtung.« Koolman machte eine Pause. Die Kapelle spielte, und kein Kulissenmaler hätte es gewagt, den Mond so riesig zu malen. »Eine Verpflichtung gegenüber denjenigen, die ihm sein Können beigebracht haben. Eine Verpflichtung gegenüber seinen Eltern. Eine Verpflichtung sich selbst und seiner Kunst gegenüber.« Eine von Max' alten Predigten.

»Aber was soll mit ihr geschehen?«

Koolman wußte, daß Stone seine Entscheidung getroffen hatte – vorausgesetzt, er machte jetzt nichts falsch. Er würde seine Karriere nicht wegen einer Vernarrtheit in ein schwangeres Mädchen aufgeben. Wahrscheinlich hatte er im Unterbewußtsein nie die Absicht dazu gehabt. Dieser ganze Unsinn wurde jetzt nur vorgebracht, um sein Gewissen zu beschwichtigen. Es diente auch dazu, sich selbst und alle, die zuhörten, davon zu überzeugen, daß Stone nicht der gefühllose und vom Ehrgeiz zerfressene Mensch war, der er tatsächlich war. Koolman machte eine Pause, bevor er antwortete. In ähnlichen Fällen hatte er früher immer gesagt, das Studio wisse, wie man mit so einem Mädchen fertig werde. Aber Stone brauchte eine raffiniertere Rückversicherung.

»In dieser Hinsicht sind wir auf Ihren Rat angewiesen, Marshall. Unsere einzige Sorge besteht darin, keinerlei Ausgaben zu scheuen, damit Mutter und Kind all das haben, was meine eigene Familie mit Fug und Recht erwarten dürfte: die beste medizinische Versorgung, sorgfältig ausgewählte Pflegeeltern und einen Treuhandfonds, damit das Kind aufs College gehen kann ...«

»Sie will das Kind behalten«, sagte Stone. »Wir haben darüber gesprochen. Was auch passieren wird – sie will das Kind behalten, es aufziehen und ihm wahre Mutterliebe geben. Das verdient jedes Kind, Leo.«

»Das läßt sich arrangieren«, sagte Koolman. Wieder beobachtete er, wie seine Gäste sich vergnügten, während er mit dieser unausweichlichen Entscheidung zu Rande kommen mußte. Ava Gardner winkte Koolman zu, und er winkte zurück.

»Ich kann Ingrid nicht sitzenlassen«, sagte Stone.

»Und wie sieht die Alternative aus? Sie hätten keine Arbeit, müßten versuchen, das Geld für eine Scheidung zusammenzukratzen, während Sie für zwei Frauen und zwei Kinder sorgen müßten. Wissen Sie denn nicht, was Sie damit all diesen Menschen antun würden? Können Sie sich vorstellen, in einer dieser Bruchbuden in Santa Monica zu hausen?«

»Ich kann damit fertig werden.«

»Sicher könnten Sie das, Marshall, und auch ich könnte es.«

12

Jeder Film, der eine Geschichte erzählt, liefert sich der Willkür der herrschenden Klasse aus.
Jean-Luc Godard

Der Kaufmann von Venedig in *His Majesty's Theatre:* Premierenabend. Stones Taxi steckte in einem Stau fest: noch fünf Minuten, bis sich der Vorhang hob. Aber er brauchte wenigstens anderthalb Stunden, um das komplizierte Kostüm, die Perücke und das raffinierte Make-up anzulegen. Im Geist ging er Schritt für Schritt die Vorbereitungen durch, dachte sich Zeitersparnisse und Weglassungen aus und verwarf sie wieder. Verzweifelt fragte er sich, ob er es wagen sollte, mit dem Mantel über seiner Straßenkleidung und ohne Make-up auf die Bühne zu gehen. Was würden die Kritiker denken, und was, in Gottes Namen, würden sie über ihn schreiben, ihn, einen Superstar? Ein Shakespeare – und dann auch noch eine Premiere.

Nur noch drei Minuten bis zum Vorhang. Er tastete die Falten in seinem Gesicht ab. Vielleicht war er auch ohne Make-up genug gealtert. Er erinnerte sich an das, was dieser Schweizer Spezialist über die Trockenheit seiner Haut gesagt hatte. Mary radelte hinter seinem Taxi her. Sie lächelte und winkte, wie er es auch getan hatte, als er sie auf der Jacht erblickte; aber auch jetzt hörte sie ihn nicht.

Es bedurfte keiner besonderen Einbildungskraft, um zu vermuten, daß Mary in den *Kaufmann* wollte. Sie würde da sein, wenn das Publikum durch langsames Händeklatschen gegen sein Nichterscheinen zu protestieren begann. Mary hatte das so geplant. Er hielt den Wecker in den Händen und versuchte zu erkennen, wie spät es war. Langsam wurde er wach. Es war drei Uhr morgens.

Träume mochten keine Warnungen vor künftigen Ereignissen sein, aber oft enthüllten sie Unterbewußtes. In diesem Traum erkannte Stone die selbstquälerischen Tendenzen, die stets seine Entscheidungen geleitet hatten. Tabletten verhalfen ihm zu jener Benommenheit, in der er den Rest der Nacht überstand. Um acht Uhr klingelte er nach einem Frühstück: Grapefruit, Diätbrot und schwarzer Kaffee.

Lockspitzel wurde in einer Fünf-Tage-Woche gedreht, und es gab an diesem Wochenende keine Synchronarbeiten für *Schweigendes Paradies*. Er schlug die *Variety* auf, die auf seinem Tablett lag. Die Einnahmen von *In der Falle des Tigers* hatten geringfügig zugenommen, reichten jedoch nicht aus, um einen Gewinn voraussagen zu können. *Kaiserliche Entscheidung* – Val Somersets Film – wurde in New York gezeigt und brach dort Kassenrekorde. Stone brummte – jeder Film hatte die Chance, Rekorde zu brechen, wenn die Eintrittspreise angehoben wurden. Es wäre fairer, dachte Stone, wenn sie die Zahl der verkauften Kinokarten angeben würden und nicht die Summe der Einnahmen. Er las die Kritiken und überflog die Liste der Filmleute, die in dieser Woche in London erwartet wurden. Es war niemand darunter, den er zu sehen wünschte – und schon gar nicht in seiner augenblicklichen Stimmung. Koolman würde nach Los Angeles fliegen, hieß es in der Zeitschrift. Um 9.30 Uhr klingelte das Telefon. Es war Weinberger. »Marshall?«

»Hallo, Weiny.«

»Wie geht es dir heute morgen? Herrlicher Sonnenschein draußen.«

»Gut, gut.«

»Wie wäre es mit einem Geschäftsessen?«

»Mit dir?«

»Kagan und Hanratty. Sie haben mich vor zehn Minuten angerufen. Hast du ihnen die Nummer gegeben?«

»Ich doch nicht«, sagte Stone.

»Sie sind ganz heiß auf dich, Marshall. Ich könnte mir durchaus vorstellen, daß Kagan eine persönliche Garantie für deine Gage übernehmen würde.«

»Wie hoch?«

»Nun, das muß noch ausgehandelt werden. Sie möchten dich positiv einstimmen, indem sie dir Hanrattys Pläne für den Film darlegen.«

»Okay.«

»Kagan meinte, er hätte auch mich gern dabei, damit wir gleich die finanzielle Seite durchsprechen können. Sie scheinen wirklich keine Zeit verlieren zu wollen.«

»Gut, gut«, sagte Stone. »Sie scheinen dich wirklich überzeugt zu haben.«

»Dann essen wir also heute gemeinsam?«

»Würden sie nach *Twin Beeches* rauskommen?«

»Sie würden sich mit uns auch in der Erdumlaufbahn treffen.«

»Also dann um halb eins. Ich werde der Köchin Bescheid sagen.« Schon fühlte er sich ein wenig besser. Das war es wohl, was er in seiner augenblicklichen Stimmung brauchte: daß ihn jemand, den er bewunderte und respektierte, für einen Film haben wollte – für einen guten Film.

»Noch ein warnendes Wort, Marshall. Ich war gestern abend mit diesem Anson zusammen. Ich glaube, er weiß über diese Rainbow-Geschichte Bescheid.«

»Aber Leo hat doch dafür gesorgt, daß Edgar sagen würde...«

»Edgar hat es gesagt. Und dann hast auch du es gesagt. Aber diese Burschen verfügen mitunter über fast übersinnliche Fähigkeiten.«

»Leo würde nie...«

»Ich bin sicher, daß es mit Leo nichts zu tun hat, Marshall.«

»Weiß es Mary?«

»Ich bin sicher, daß sie nichts weiß.«

»Zur Hölle damit. Was macht das schon? Heutzutage weiß das Publikum doch, daß so was vorkommt. Die Bergman ...«

»Du willst doch sicher nicht, daß alles wieder ausgegraben wird, Marshall. Und du mußt dabei auch an Suzy denken.«

»Laß uns abwarten, was passiert.«

»Genug«, sagte Weinberger. »Es ist nichts, worüber man sich allzu große Sorgen machen müßte. Aber laß dich nicht ausfragen.«

»Pfeif doch auf Cannes und Venedig, selbst auf die *Academy*. Laßt uns versuchen, den Film so zu machen, wie wir glauben, daß er gemacht werden muß.« Bookbinder lächelte. Wie ein Mandarin, dachte Stone. Zumindest sieht er wie einer aus. Die goldbraune Haut saß straff über seinem runden Kopf, ließ seine Augen zu Schlitzen werden und dehnte den Mund zu einem spöttischen Lächeln. Er war nicht kahlköpfig, aber schon als junger Mann hatte er so dünnes Haar gehabt, daß es aus einiger Entfernung kaum auszumachen gewesen war. Und wie ein Spielzeug-Mandarin nickte er freundlich, um zu zeigen, daß er auch zuhörte. Er hielt nur inne, um seine teure Havanna zu paffen, die er wie ein Insignium schwang. Auch seine Hände schienen einem Mandarin zu gehören: sie waren schlank und geschmeidig. Seine Fingernägel waren heller als die Haut, und das goldene Identitätsarmband, das noch immer seine Armeenummer und seine Blutgruppe trug, hatte fast dieselbe Farbe.

Bookbinder zog sorgfältig das Cordjackett aus, das einmal die Kluft der Madison Avenue gewesen war. Er legte es über einen Sessel, aber ein Diener ergriff es sofort und bürstete es, bevor er es aufhängte. »Ich wollte eigentlich den Autor mitbringen – einen prachtvollen Burschen –, aber er konnte es leider nicht einrichten.«

»Prächtige Schreibe«, sagte Hanratty. »Wenn ich doch auch nur so schreiben könnte …«

So beginnen Treffen dieser Art immer, dachte Stone. Irgend jemand sagt immer: ›prächtige Schreibe‹. Bestimmte Namen – Greene, Chandler, Dostojewskij – werden beschworen, als könnte ihr literarischer Zauber aufs Kino übertragen werden. Er blickte den berühmten Bert Hanratty an – ein hochgewachsener Ire.

Iren dieses Zuschnitts, von F. Scott Fitzgerald bis Joe Kennedy, hatten mit ihrer charmanten Art, ihrer Flunkerei und Vertreibung viel dazu beigetragen, dem Hollywood mit seinem Schmalz und seiner Chuzpe, die es in reichem Maß besaß, einen ganz eigenen Zauber zu verleihen.

Hanratty sah aus wie ein Gärtner oder ein Straßenarbeiter, und dieser Eindruck wurde durch seinen schäbigen Anzug und die ungeputzten braunen Schuhe noch verstärkt. Er war ein schwerer, muskulöser Mann, wirkte aber seiner Größe wegen dennoch schlank. Sein Haar war kurz und unprofessionell geschnitten: Es gab Büschel auf dem Oberkopf und im Nacken, die der Friseur übersehen hatte. Sein Gesicht ähnelte einem Totenkopf, die hohen Wangenknochen, das trotzige Kinn und die Nase waren gerötet und rauh. Es gab ähnliche Physiognomien nicht nur in Irland, sondern auch in Frankreich und Belgien. Bauern mit Erde unter den Fingernägeln und Stroh im Haar, zähe Männer, wortkarg und zielstrebig.

Da er um Worte verlegen war, lächelte Hanratty. Ein Zahnarzt in Spanien hatte ihn dazu überredet, seine schadhaften Zähne mit Gold reparieren zu lassen. Sie glitzerten im Licht, das durch das Fenster hereinfiel. »Prächtige Schreibe«, sagte er.

Manche Regisseure verwandten viel Zeit und Energie darauf, möglichst viel Publicity zu bekommen. Und da Regisseure den Werbe-Leuten mehr zu sagen haben als manche Stars, schnitten sie normalerweise nicht schlecht dabei ab. Hanratty gehörte nicht dazu. Er hatte 25 Filme gemacht – ein paar Dokumentarfilme und etliche Lehr- und Informationsfilme während des Kriegs nicht mitgerechnet. Einige waren außergewöhnlich gut, aber erst durch seinen letzten Streifen, *Nackter Sommer*, einen Film nur mit Außenaufnahmen und ohne Stars, aber verschwenderisch in der Produktion und für lumpige zwei Millionen Dollar hergestellt, war er zu Ruhm gelangt. Es sah ganz so aus, als könnte der Film 60 Millionen brutto bringen, und es gab nicht wenige, die ihn sogar auf 80 brutto schätzten. Damit würde der Streifen *Love Story* und *Die Trapp-Familie*, die größten Kassenrekorde aller Zeiten, in den Schatten stellen.

»Bevor Bert über den Film zu sprechen beginnt«, sagte Weinberger, »würde ich gern über *Continuum* auf den neuesten Stand gebracht werden.«

»Ein Mann nach meinem Herzen.« Stone lachte. Aber er war doch peinlich berührt, daß Weinberger sein pekuniäres Interesse so früh und so unverblümt zur Sprache gebracht hatte.

»Er hat ja recht«, sagte Bookbinder. Er beobachtete Stone intensiver, als er es zugeben würde. Besonders achtete er darauf, was er trank. Er war ein unberechenbarer Kerl. Da war dieser Film in Italien gewesen – *Gewitterwolken*, im Herbst 1952 –, während dessen Dreharbeiten Stone in eine schauderhafte Alkoholphase geraten war. Mitten in den Dreharbeiten hatte er die Erlaubnis für ein freies Wochenende allein auf See erhalten und war drei Wochen später in einem römischen Krankenhausbett wieder aufgefunden worden. Das waren genau die Dinge, deren er ohne besonderen Anlaß und ohne jede Vorwarnung fähig war. Bookbinder mußte sich von Stones relativer Abstinenz überzeugen, bevor er unterschrieb. »Keiner von uns macht diesen Film aus reiner Nächstenliebe.« Bookbinder nahm seine Benjamin-Franklin-Brille ab und putzte die Halbgläser. Er hauchte sie an und hielt sie gegen das Licht, um ganz sicher zu gehen, daß sie auch fleckenlos waren.

»Bis auf Bert«, sagte Stone. Er buhlte um ein Lächeln des Iren.

»Gerade Bert nicht«, widersprach Bookbinder. »Er hat acht Prozent vom *Nackten Sommer* abgelehnt, nur um dreitausend extra vor Drehbeginn einheimsen zu können.«

»Großer Gott«, sagte Stone.

»Wollen doch mal sehen«, meinte Weinberger, für den Zahlen eine unwiderstehliche Herausforderung darstellten. »Sie haben ihn für zwei-Komma-eins gemacht, stimmt's?« Hanratty nickte. Weinberger fuhr fort: »Sie werden Ihnen zwei-Komma-fünf davon berechnen – sagen wir Rentabilitätsgrenze sogar bei fünf-Komma-zwei –, wenn er sechzig Millionen einbringt – was nach *Variety* durchaus möglich ist –, dann hätte Bert acht Prozent von vierundfünfzig und mehr gehabt ... Nun, selbst wenn sie Sie beschissen und die Gewinne ein paarmal getürkt hätten, hätten Sie gut und gern vier Millionen Dollar bekommen können.«

»Ich nahm fünfundzwanzigtausend auf die Hand.«

Es entstand ein ernstes, fast ehrfürchtiges Schweigen. Dann sagte Bookbinder: »Machen Sie sich nichts daraus, Bert. Diesmal wird es besser.« Daraufhin putzte Bookbinder sich die Nase mit einem gigantischen Leinentaschentuch, und Jasper brachte ein Tablett mit Getränken. Es dauerte geraume Zeit, die Negronis von den Americanos zu trennen, aber dann kehrten sie zum Geschäftlichen zurück. »Vier Millionen sind eine Menge Zaster«, sagte Bookbinder, »aber in der Branche finden Umwälzungen statt. Und wenn das eintrifft, was viele Leute vermuten, werden vier Millionen bald ein bescheidenes Nadelgeld sein.«

»Zum Beispiel?«

»Zum Beispiel Kassetten. Nur einer von vier Menschen geht mehr als einmal pro Jahr ins Kino. Aber eine Kassette läßt sich ganz bequem in den eigenen Fernsehapparat einlegen. Kannst du dir vorstellen, was das an Lizenzen bringen könnte?«

»*Blue movies*«, sagte Stone. »Stellt euch nur vor, was für ein Geschäft *Blue movies* am heimischen Herd sein könnten.«

»Sicher wird es mit Porno anfangen«, sagte Bookbinder. »So hat zum Beispiel *Continuum* die Rechte an diesem neuen schwedischen Sexfilm *Attis und seine Geliebte* erworben. Und dann wird es so weitergehen: Bildung, Erziehung, Klassiker und auch gute Familienunterhaltung. Aber sie lehnen Kinos deshalb nicht ab. Gerade haben sie weitere sieben gekauft, so daß sie jetzt einundzwanzig Filmtheater überall in den USA besitzen.«

»Das ist eine Menge«, stellte Stone fest.

»Es ist eine solide Gesellschaft«, sagte Bookbinder. »Manche Leute behaupten, sie stünde auf wackligen Füßen, aber sie haben jede Menge Sicherheiten.«

»Und die Kassetten?« fragte Weinberger.

»Postversand; wie ein Buchclub.«

»Kann nichts schiefgehen«, meinte Stone.

»Drei Jungs von der Wirtschaftsfakultät der Harvard-Universität. Das ist so ein Fall, bei dem sich die Geschichte wiederholt. Vergleichbar mit Mary Pickford und Doug Fairbanks, als sie *United Artists* ins Leben riefen.« Bookbinder trank einen Schluck und blickte dann erwartungsvoll auf Weinberger.

Weinberger meinte: »Es ist schon so häufig gesagt worden ... Und die Gerüchte halten sich, daß *Continuum* durchaus in Schwierigkeiten kommen könnte.«

»Unter Umständen könnten sie das«, erwiderte Bookbinder. »Sie brauchen bis Oktober acht Millionen, um Verbindlichkeiten zurückzahlen zu können.«

»Und das bereitet dir keinerlei Kopfzerbrechen?«

»Sie haben ein wenig zu schnell expandiert. Aber schau dir an, was sie haben: einundzwanzig Filmtheater – City-Grundstücke, stimmt's? Und sie verfügen über ein Team pfiffiger Burschen, die ihr Kassettenprojekt planen ...«

»Angestellte sind keine Sicherheit«, meinte Weinberger.

»Aber sie haben auch die anglo-amerikanischen Rechte für drei Filme. Die beiden deutschen Streifen sind so lala, aber dieser schwedische Film *Attis und seine Geliebte* – das ist das tollste Stück Porno, das mir je vor Augen gekommen ist. Er hat unglaubliche Summen in Deutschland und Skandinavien eingespielt. Die US-Rechte könnten gut und gern zehn Millionen wert sein. Das nenne ich Sicherheit.«

»Und wenn sie doch unter Druck geraten?«

»Dann gehen die Kinos an die Gläubiger über. Ein Mann, der eine Gesellschaft wie *Continuum* in die Hände bekommt, wird sie wohl kaum schließen, oder?«

»Tststs ...«, deutete Weinberger seine Skepsis an.

»Hör mal, bis Oktober haben sie nicht nur die acht, sondern weitere fünf für künftige Expansionen.«

»Wo wollen sie das Geld beschaffen?«

»Am Aktienmarkt.« Bookbinder lehnte sich in den Sessel zurück. »Ich habe sie im Hinblick auf die Erweiterung beraten. Sie haben das Gelände und die Bauzeichnungen für eine Produktionsstätte zur Herstellung von Kassetten. Aber ich bin zur Geheimhaltung verpflichtet, daher kein Wort mehr darüber.«

»Drücken sie den Preis ihrer eigenen Aktien, um sie dann selbst kaufen zu können?« fragte Stone.

»Riskantes Geschäft«, sagte Weinberger mißbilligend, kam aber nicht darum herum, die Gerissenheit anzuerkennen.

»Ich habe mich mit einem Batzen ihrer Aktien eingedeckt und kann euch nur raten, auch einmal darüber nachzudenken.«

»Warum sollten wir sie nicht noch weiter absinken lassen?« wollte Stone wissen.

»Wenn ich in der Lage war, die Chance zu erkennen, werden auch andere dazu fähig sein, Marshall. Die Aktien können jeden Augenblick wieder zu klettern beginnen.«

»Da hast du recht.«

»Ähnlich ist es mit dem Film. Sie haben zäh und erbittert mit mir verhandelt. Diese Burschen sind keine Philanthropen, das kannst du mir glauben. Aber ich bin ganz froh, an den Gewinnen beteiligt zu sein. Das ist mir lieber, als zuviel vor Drehbeginn zu bekommen.«

»Man kann vor Drehbeginn nie zuviel bekommen«, bemerkte Weinberger trocken.

»Das ist Agenten-Gerede. Genau das hat Berts Agent ihm vor dem *Nackten Sommer* auch erzählt.«

»*Touché*«, sagte Weinberger.

»Stimmt«, sagte Bookbinder. Er lachte.

»Wir werden etwas ausarbeiten«, meinte Weinberger. »Du gibst mir dein *Continuum*-Geschäft schriftlich, und wir werden es ausarbeiten.«

»Das nenne ich Gespür. Bert, erzählen Sie ihnen etwas über den Film.«

»Keine Studioaufnahmen«, sagte Hanratty. »Großartiges Team. Leute, mit denen ich seit zehn Jahren zusammenarbeite.«

»Wer kümmert sich um die Garderobe?« fragte Stone.

»Billy Speed für die Uniformen, aber sie werden bei den meisten Szenen Ihre eigenen Anzüge tragen, dunkle Anzüge.«

»Holt euch die aus dem Verleih«, schlug Weinberger vor. »Gemacht«, sagte Bookbinder. Sie lachten.

»Also Billy für die Garderobe. Swanny für die Kulissen und Jimmy der Vogel als Ausstatter.«

»Ich kenne sie alle – Topleute«, sagte Stone.

»Im Moment können Sie fast jeden haben«, sagte Hanratty. »Eine ganze Reihe von den Jungs hat seit Monaten nicht gearbeitet.«

»Es ist eine Schande«, sagte Stone. Ihn schauderte. Jasper kam herein und meldete, das Mittagessen sei fertig.

Der Tisch war in dem kleinen Eßzimmer gedeckt. Seine Fenster führten auf den Rosengarten hinaus; es war einer von Stones Lieblingsplätzen im Haus, besonders an einem so schönen Sommertag wie diesem. Nach den Maßstäben von *Twin Beeches* war das Essen einfach: kalte Spinatsuppe, Lammkoteletts und Salat, Käse, Himbeeren mit Sahne.

Stone goß den gekühlten Rosé in Waterford-Gläser. Weinberger beobachtete Stone genau. Vor Publikum zeigte er Haltung, aber Weinberger wußte, daß mit ihm nicht alles in Ordnung war.

»Erzählen Sie Marshall von der Beleuchtung, Bert«, regte Bookbinder an. Hanratty blickte Stone an. Ihm war klar, was Stones Name für den Film bedeuten würde. Stones Beteiligung würde den Vorstand der *Continuum* dazu bringen, ihm das nötige Geld für die Schlachtszene in Italien zu gewähren. Ohne Stone müßte er seinen Krieg in einiger Entfernung von London improvisieren, damit das Team nicht extra in Hotels untergebracht werden mußte. »Sie haben den *Nackten Sommer* gesehen?«

»Selbstverständlich. Ich habe ihn mir zweimal angesehen. Ich meinte, ich müßte unbedingt noch einmal hineingehen, um mich davon zu überzeugen, daß er wirklich so gut ist.«

»Nur Weichzeichnerlicht, wie Wexler es in *Medium Cool* verwendet hat. Hier und da vielleicht verstärkt, aber nur auf siebenhundertfünfzig Watt, eher weniger. Herrliches Licht, Marshall! Es wird Sie atemberaubend aussehen lassen. Die richtige Glamourbeleuchtung – keine harten Schatten um die Augen oder die Nase. Daher brauchen wir auch keine Aufheller, um sie zu vertuschen. Und das heißt, daß wir ohne Generatoren oder andere Maschinen auskommen, die Spektakel machen und die Tonaufnahmen komplizieren. Wir werden also nur wenig oder gar nicht nachsynchronisieren müssen.«

»Ein ausgesprochener Schauspielerfilm, Marshall, *dein* Film«, warf Bookbinder ein.

»Bringen Sie noch Markierungen an?« wollte Stone wissen.

»Für die Beleuchtung nicht«, erwiderte Hanratty. »Nur für die Kameraeinstellung. Machen Sie sich keine Sorgen um irgendwelche Schatten, wenn Sie sich bewegen.«

»Kagan hat gesagt, Sie setzen zwei Kameras ein. Ich weiß nicht, ob mir das zusagen wird. Ich spiele gern nur für eine Kamera, weiß gern, welche dran ist.«

Bookbinder blickte besorgt auf Hanratty. Der sagte: »Ich werde Ihnen so viel Freiheit lassen, wie Sie noch nie erlebt haben, Marshall. Sie werden glauben, neu geboren zu sein. Vertrauen Sie mir.«

»Ich werde eine Menge Überzeugung brauchen, Bert.«

»Für *Nackten Sommer* hat er fünfhundertzwanzig Kameraeinstellungen gemacht, dreizehn pro Tag –«, warf Bookbinder ein.

Hanratty sagte: »Moment mal, Kagan. Schauspieler haben häufig etwas gegen die Vorstellung, so schnell arbeiten zu müssen.«

»Dreizehn Einstellungen pro Tag«, wiederholte Stone. »Ich kann mich nicht erinnern, je mehr als acht gemacht zu haben. Preston kann an manchen Tagen nur zwei oder drei hinkriegen. Er dreht bis zu fünfzehn Takes mit einer einzigen Kameraeinstellung.«

»Und Ihre Darstellung wird bei jedem Take besser?« erkundigte sich Hanratty.

»Nein«, sagte Stone. »Nach dem sechsten etwa beginne ich nachzulassen.«

»Weil Sie sich am Anfang zurückhalten.«

»Ich fürchte, das stimmt. Er kriegt es nie beim ersten Mal hin. Es ist Prestons erster Spielfilm«, erklärte Stone. Es wäre gut, wieder einmal mit richtigen Profis arbeiten zu können. Der junge Preston hatte ihn beunruhigt. »Er verbringt mehr Zeit mit dem Team als mit den Schauspielern. Manchmal glaube ich, er führt für das Team Regie und nicht für mich.«

»Junge Leute umgeben sich gern mit mehr Ausrüstung und Gerät, als sie beherrschen können. Je häufiger sie wiederholen, desto mehr kommen sie sich wie Filmregisseure vor. Bei meinem ersten Film habe ich das genauso gemacht.«

»Aber dreizehn Einstellungen pro Tag«, sagte Stone. »Das ist zuviel für mich, Bert.«

»Nein, das ist es nicht«, entgegnete Hanratty. Er war zuvorkommend, aber bestimmt. Er wußte, daß sich die Beziehung zwischen Regisseur und Schauspieler bereits jetzt entwickelte. Es war besser, Stone ganz zu verlieren, als in die falsche Richtung zu laufen. »Ich möchte, daß Sie alles, was Sie haben, schon in den ersten Take legen. Alles, Marshall! Wir werden uns bemühen, den ganzen Film hindurch nur einen Take pro Einstellung zu machen.«

»Es ist heikel, einen Text kalt abzuliefern, Bert. Ich bezweifle, daß ich es gleich beim ersten Mal richtig hinkriege.«

»Nicht kalt, Marshall. Wir werden vorher sehr intensiv proben, bis Sie ganz sicher sind. Erst dann drehen wird.«

»Es ist den Versuch wert.«

»Warte nur ab, bis er in der Vorproduktion alles mit dir durchgeht«, sagte Bookbinder. »Er ist pingeliger als alle, die ich in diesem Metier bisher erlebt habe.«

»Das ist genau der Zeitpunkt, um Probleme auszubügeln«, meinte Hanratty. »Während der Vorproduktion stelle ich auch einen Drehplan auf.«

»Mit Modellen von jedem Drehort«, fügte Bookbinder stolz hinzu.

»Ihr zwei solltet euch vermählen«, stellte Stone fest.

Einen Moment lang war Bookbinder aus dem Konzept. »Bert ist der Beste, Marshall. Und ich weiß, was ich sage: der Beste.«

Stone lächelte.

»Du wirst sehen, Marshall. Das wird das Beste, was du je gemacht hast. Diese Szene oben unterm Dach: das ist reinster Dostojewskij.«

Na bitte, dachte Stone. Jetzt kommen wir nur noch mit Glück an Nietzsche vorbei. »Und außerdem werde ich reich.«

»Ein ironischer Kerl«, sagte Hanratty zu Bookbinder.

»Es liegt mir wirklich viel daran, daß du diesen Film machst, Marshall«, sagte Bookbinder.

»Wie könnte ich widerstehen«, sagte Stone. Er klingelte nach Kaffee, Brandy und Zigarren.

»Meinen Sie, daß Sie den Sturz vom Dach hinbekommen?« erkundigte sich Hanratty. »Ich würde das gern in Nahaufnahme drehen.«

»Setzen Sie die Szene doch einfach ans Ende der Dreharbeiten«, witzelte Stone.

»Glauben Sie, wir müssen sie wiederholen?« entgegnete Hanratty.

Die anderen lachten, aber Stone bemerkte es kaum: »Lassen Sie uns über die Uniformen sprechen, die ich tragen werde«, sagte er.

Nachdem Bookbinder und Hanratty gegangen waren, setzte Weinberger sich noch auf ein Glas mit Stone zusammen. Weinberger hatte ein Belegexemplar von *Monday – das Magazin für Sport und Unterhaltung* mitgebracht mit einem Farbfoto von Stone als Titelbild. Es war wenig schmeichelhaft. Stone stand in Jogapose auf dem Kopf, so daß seine Wangen aufgebläht und die Augen durch die Anstrengung zusammengekniffen waren. Im Innenteil war das Foto noch einmal zu sehen – allerdings mit dem Gesicht richtig herum. Da auf dem Titelbild nur Stones Kopf zu sehen und nicht ersichtlich war, daß er auf dem Kopf stand, wirkte sein verzerrtes Gesicht grotesk. Die rätselhafte Bildunterschrift: ›Weder Kreislauf von Rechnungen noch geistige Leere.‹ Es war ein Zitat aus dem dazugehörenden Artikel.

DURCH DIE NATUR EXISTIEREN

Showgirl besucht Marshall Stone

Joga, östliche Mystik und Meditation sind wesentliche Bestandteile der Welt von Marshall Stone. Sollte ein Anhalter oder Radler mitten im ländlichen Kent einen Hindu zum Gebet rufen hören oder die trällernden Töne einer Sitar oder gar der noch älteren Vina vernehmen, so braucht er keineswegs um seinen Verstand zu fürchten. »Für mich beginnt der Morgen mit dem Ruf zum Gebet«, sagt Marshall Stone mit einem Augenzwinkern, während er sein 800-Pfund-Ton-

bandgerät einschaltet. Die Stereoklänge fremder, östlicher Musik lassen den Besucher überrascht hochfahren. »Ich habe mit Joga und Meditation während der Dreharbeiten zu *In der Falle des Tigers* begonnen«, sagt der jugendlich wirkende Marshall Stone. »Inzwischen verbringe ich täglich zwei Stunden in Einsamkeit und Meditation, lebe nach einer makrobiotischen Diät und lese indische Philosophen. Der Osten kann uns viel über uns selbst lehren. Unser Leben hier im Westen kann leicht zu einem Kreislauf von Rechnungen, Publicity, Gehältern, Verkehrsstaus, Streit und Unzufriedenheit werden. Die alten östlichen Philosophen können uns lehren, uns selbst zu erkennen und wahre, dauerhafte Zufriedenheit zu finden. Es geht darum, ein Teil des Universums zu werden und nur durch die Natur zu existieren.«
Marshall trug ein Gewand in psychedelischen Farben: orange, rot, pink und gelb, dazu ein safrangelbes Stirnband. Er lehnte sich auf den bunten Kissen und Bambusmatten zurück, die den Boden bedeckten. Überall standen Vasen mit bunten Blumen, und der ganze Raum war mit unzähligen Perlenschnüren drapiert. Er legte seinen Arm um Suzy Delft, das bekannte junge Model, das mit ihm in seinem nächsten Film *Lockspitzel* spielen wird. »Ich möchte alles erkunden«, sagt Marshall. »Das Leben ist für mich zu kurz, um der geistigen Leere bürgerlicher Formalien zu entsprechen. Durch die Weisheit, die wir im Osten entdeckt haben, haben wir unser Bewußtsein erweitert. Wir haben wahres geistiges Glück gefunden. Das ist etwas, das viel ältere Menschen nie finden werden, junge jedoch ganz instinktiv wissen. Es ist eine Jugendrevolution im Gange«, sagt Marshall. »Die Jugend wird das Establishment zerschlagen und beweisen, daß Liebe und das Wissen über sich selbst die Welt regieren kann. Aber zunächst müssen Gewalt und Zerstörung verschwinden, damit wir einen neuen Anfang machen können.«
Früher zögerten Schauspieler – selbst Marshall Stone –, kon-

troverse Themen zu diskutieren. Das hat sich geändert. Marshall und Suzy sprachen mit mir über alles, was für sie wichtig ist: Kommunismus, emotionale Erfahrungen, Herumvagabundieren, schwarzen Aktivismus, geodätische Kuppeln, Revolution und Zen. Sie sprachen auch von Yin und Yang, den beiden gegensätzlichen Komponenten des Lebens, wie es die östlichen Philosophen sehen. Yin und Yang sind übrigens Suzys und Marshalls Kosenamen füreinander. Jetzt, da das Geheimnis heraus ist, weiß ich, daß sicher viele meiner Leser die Namen für ihre nächsten und liebsten Verehrer übernehmen werden.

In dem kleinen exotischen Raum der schwebenden geistigen Welt, die Marshalls Ort für Meditation ist, bin ich in der Lage, ein wenig von dem zu verstehen, was er erklärt hat. Ich frage ihn: »Haben Sie LSD und halluzinogene Drogen erprobt, um eine Erweiterung des Bewußtseins zu erreichen?« Marshall lächelt. Er denkt einen Moment nach, bevor er antwortet: »Dazu würde ich lieber nichts sagen, außer daß Drogen ziemlich *out* sind. Meine Freunde im Showbusineß sind in der Lage, eine Menge durch Gruppenmeditation zu erreichen. Bei den Dreharbeiten zu *In der Falle des Tigers* habe ich das ganze Team und den Produzenten dazu gebracht, meine Morgengebete mit mir zu teilen. Ich erklärte Ihnen, daß es sich dabei ausschließlich um Gebete handelt, die dem christlichen Glauben in keiner Weise widersprechen.«

Als ich Marshalls 300 000-Pfund-Haus im Herzen Kents verließ, drehte ich mich noch einmal nach Weinberger und Suzy um, die nebeneinander im Türrahmen standen.

»Kommen Sie wieder«, rief Marshall. »Beim nächsten Mal werden wir miteinander beten.«

Das Glück und die Zufriedenheit auf ihren Gesichtern waren die beste Reklame für Joga und Meditation. Oder sollte es doch nur ganz altmodisch Liebe sein?

(In der nächsten Woche: *Showgirl* zu Hause bei David Frost)

»Na prächtig«, sagte Stone. »Das hat sie sich alles aus den Fingern gesogen!«

»Es gibt keine ›sie‹, Marshall. Das wurde aus anderen Veröffentlichungen zusammengeschrieben. Ich habe mit George gesprochen. Er meint, das wäre nicht strafbar.«

»Es sind Teile aus dem Interview, das George für die *Tigerfallen*-Premiere geschrieben hat, und ein paar verfälschte Zitate aus dem Artikel, den dieses französische Magazin über ein Gespräch von Preston und mir veröffentlicht hat. Aber das meiste ist reine Erfindung. Diese Burschen haben Nerven, das muß ich schon sagen, sitzen uns wie Schmarotzer im Nacken und saugen uns das Blut aus, um am Leben zu bleiben.« Er las den Artikel noch einmal. »Yin und Yang! Hast du jemals gehört, daß Suzy und ich uns so genannt hätten?«

»Reg dich nicht auf.«

»Es ist diese Sache mit Suzy. Ich stehe doch da wie ein richtiger Trottel, Weiny. Warum haben sie denn nicht ordentlich recherchiert?«

»Warum recherchieren sie nicht jedesmal ordentlich? Weil wir dann Einwände gegen ihren Schwachsinn erheben und sie rechtzeitig stoppen könnten.«

»Es ist eine Katastrophe«, sagte Stone. »*Life* wird möglicherweise den Artikel nicht bringen, wenn sie das hier lesen. Und ich werde wegen dieser Suzy-Geschichte ziemlich dämlich aussehen, wenn Leos Jungs ihre Val-und-Suzy-Geschichte in der nächsten Woche starten.«

Weinberger nickte.

»Vielleicht sollten wir Koolmans Werbeabteilung bitten, die Sache noch drei oder vier Wochen zurückzuhalten«, schlug Stone vor.

»Ich habe sie bereits darum gebeten, Marshall.«

»Und sie haben abgelehnt? Die miesen Hunde haben abgelehnt? Ich werde mit Leo sprechen.«

»Leo würde auch nicht helfen, Marshall. Sieh die Sache doch

mal von Ihrem Standpunkt aus. Diese Geschichte ist für sie positiv. Es wird eine Suzy-Delft-liebt-Weinberger-Stone-Story, dann eine Suzy-Delft-ist-sich-doch-nicht-so-sicher-Story und schließlich eine Suzy-Delft-liebt-Val-Somerset-Story geben.«

»Eine Diesmal-ist-es-für-ewig-Story.«

»Eine Diesmal-ist-es-für-ewig-Story«, nickte Weiny. »Das wird ihnen zehnmal mehr Veröffentlichungen in der Presse bringen, als sie sonst bekommen hätten.«

»Das sind verdammt schlechte Neuigkeiten«, sagte Stone. Er hoffte verzweifelt, daß Weinberger ihm widersprach. Als Weinberger schwieg, fügt Stone hinzu: »Und dieser Mist über gewaltsame Revolution wird meine Aussichten auf den Adelsstand auf Jahre hinaus ruinieren.«

Stones Trachten nach dem Adelsstand war ein alter gemeinsamer Scherz – bis auf die Tatsache, daß es für Stone weniger ein Scherz war als für Weinberger. Der Adelsstand war etwas, das Männer neuerdings von Jungen unterschied. Und Stone gelüstete es besonders des Prestiges wegen danach, das er ihm in Amerika bringen würde. Der Adelsstand war etwas, das amerikanische Schauspieler nicht erringen konnten. Und das machte ihn doppelt begehrenswert.

»Was hat der wunderbare George gesagt?«

»Der wunderbare George sagte, du solltest die Ruhe bewahren. Es hätte schlimmer kommen können. Und damit hat er recht, Marshall. Sie hätten sich immerhin irgend etwas darüber zusammenreimen können, daß du mit Suzy zusammenlebst. Und dann noch dieser Anson, der in der Rainbow-Geschichte herumschnüffelt.

»Peter Anson wird doch nicht sein eigenes Netz beschmutzen. Er muß an Mary denken.«

»Ich glaube, du hast recht. Aber – wie George schon sagte – sprich nicht mit der Presse. Laß dich ja nicht dazu verführen, diesen ganzen Quatsch zu dementieren. Das würden sie doch nur zu neuen Verlautbarungen verarbeiten und die Sache so lange am Kochen halten, wie es nur geht.«

»Du meinst, Gänsefüßchen unten: Ich hasse Suzy Delft, und Auf-dem-Kopf-Stehen macht impotent, Gänsefüßchen oben.«

»Also laß dich nicht mit ihnen ein.«

»Und dafür bezahle ich meinem Presseagenten zweitausend im Jahr?«

»George ist schon in Ordnung«, sagte Weinberger. »Du brauchst dir nur den Satz anzusehen, daß die östlichen Gebete in keiner Weise dem christlichen Glauben widersprechen. Das war George. Es hat ihn eine Stunde am Telefon und ein aufwendiges Mittagessen im *Weißen Elefanten* gekostet, das so hinzukriegen. Ohne seine Bemühungen hätten wir unter Umständen Schwierigkeiten in den katholischen Ländern bekommen. Dogmatiker beißen auf so was gern an. Sie hätten es so hinstellen können, als praktiziertest du Schwarze Magie.«

»Wer ist dieses *Showgirl?*«

»Habe ich dir doch schon gesagt, Marshall. George meint, es sei ein gutes Dutzend junger Leute. Können ihre Ärsche nicht von einem Loch im Boden unterscheiden. Alle ganz wild darauf, den Pulitzerpreis zu gewinnen – du weißt schon.«

»Nur zu gut.«

Marshall Stone war erleichtert, als Weinberger ging. Er wollte allein sein. Er ertappte sich dabei, sich an Kindheitsereignisse zu erinnern, die er Jahrzehnte lang vergessen hatte: Onkel Bernard beim Schminken. Seine Mutter, die darüber überrascht ist, daß er den gesamten Text eines Schauspiels auswendig lernen konnte – fast über Nacht. *Cavalcade:* Zwei Pfund die Woche und ein eigenes Kostüm. Mein Gott, wie naiv er doch damals gewesen war!

Bookbinder und Hanratty hatten ihn für ein, zwei Stunden aufgeheitert, aber dann war er doch froh gewesen, als sie gingen. Sie verstanden weder ihn noch seine Arbeit wirklich. Sie waren besessen von Kamera und Film und davon, welche Brennweite man einstellen mußte. Sie hatten kaum die Story oder die Rolle erwähnt, die er spielen würde. Er mußte lachen, wenn man den Film ein Medium des Regisseurs nannte. Jeder Film lebt nur von den Schauspielern. Was taten sie denn anderes, als die Darstellung des Schauspielers zu fotografieren?

Er empfand Mitleid für die Schauspieler: Sie waren zu einem einsamen, wurzellosen Leben verdammt. Wieviel davon wurde in Flugzeugen, Zügen oder Autos verbracht? Was war das für ein Leben aus dem Koffer an irgendeinem gottverlassenen Drehort? Er hatte einmal versucht, das seiner Mutter zu erklären, aber sie hatte es nicht wirklich verstanden. Einsamkeit konnte sie verstehen, schön und gut. Was konnte einsamer sein als ihr Leben in diesem schmutzigen, alten Haus inmitten des Plunders, den seine Großeltern ihr aufgehalst hatten? Aber ihre Einsamkeit war nicht seine Einsamkeit. Bei ihm war es der Reichtum, der ihn einsam machte.

Er setzte sich an den Schreibtisch. In einem der Fächer lag ein Stapel Haushaltsabrechnungen und diverse andere Rechnungen, die auf seine Unterschrift warteten. Ihr Anblick deprimierte ihn noch mehr. Er wußte, daß sich hinter den Zahlen alle Arten von Schwindel und Betrug verbargen. Er hatte Betrug – wie auch Zahnbehandlungen, Einkommensteuererklärungen und Kritiken – als unausweichliche Bestandteile des Lebens hinzunehmen, aber im Grunde lehnte er ihn ab. Er war empört gewesen, als er zum ersten Mal dieser Art von Unaufrichtigkeit begegnet war, die den Wohlhabenden auferlegt wird wie eine inoffizielle Steuer. Aber schon bald hatte er eingesehen, daß Filmstars Freiwild für sonst durchaus gewissenhafte Kaufleute sind. Nicht einmal seine engsten Freunde hatten Trost für ihn, nur ein amüsiertes Lächeln. Inzwischen sagte er zu allem Ja und Amen, wenn er die Aufschläge und fiktiven Kosten entdeckte, die unausweichlich Bestandteil jeder Rechnung waren. Weinberger hatte einmal geschätzt, daß Stone nahezu drei Millionen Dollar durch die Manipulationen von Koolmans Buchhaltern entgangen waren. Im Vergleich dazu war die Tatsache, daß die

Haushälterin von *Twin Beeches* ihre Bücher regelmäßig mit nicht vorhandenen Rechnungen frisierte, ganz unerheblich. Nur Angela, seine Sekretärin, Jasper, sein Diener, und Weinberger waren in puncto finanzieller Moral über jeden Verdacht erhaben. Und dieses gegenseitige Vertrauen verband sie tiefer und fester mit ihm als jede Liebe, die er für seine Exehefrau oder seine Mutter empfunden hatte.

Er war auch auf andere Weise betrogen worden. Er schien die erbarmungslosen und gierigen Strolche dieser Welt geradezu anzuziehen. Da hatte es einen Butler gegeben – der zweite vor Jasper, also war es schon viele Jahre her –, der einer Fernsehstation in Los Angeles ein selten dummes Interview gegeben hatte. Und da war die Haushälterin in Grasse, die eine verleumderische Geschichte über sein Leben mit Mary geschrieben und dann an die schlechteste französische Illustrierte verkauft hatte. Die alte Hexe hatte damit nicht nur ein Vermögen gemacht, sondern sich auch gerade noch innerhalb der Gesetze bewegt, so daß man sie strafrechtlich nicht belangen konnte. Auszüge aus diesem Machwerk waren in der ganzen Welt verbreitet worden – auch in seriösen Publikationen, die weiß Gott ein bißchen mehr Verantwortungsgefühl hätten zeigen sollen. Heutzutage war seine Privatkorrespondenz weggeschlossen, und es gab keine Telefonnebenanschlüsse, über die Angestellte Gespräche belauschen konnten, ohne Gefahr zu laufen, dabei entdeckt zu werden. Es hatte ihn zwanzig Jahre seines Lebens gekostet zu lernen, ein Filmstar zu sein. Und jetzt, da er es gelernt hatte, war er fast zu alt, um aus diesem Wissen noch Nutzen zu ziehen. Es war in Zeiten wie diesen, daß Stone sich danach sehnte, den Vater zu kennen, an den er sich nicht erinnern konnte. In ihm hätte er vielleicht den Mann finden können, den er vermißte.

Trotz all seiner Nabelschau wußte er wenig über sich selbst. Mitunter hatte er das Gefühl, Marshall Stone sei weniger real als die Rollen, die er spielte. Er fragte sich, ob er nicht nur eine Maske war, die diese fiktiven Männer anlegten. Er hatte sein

Leben damit verbracht, seinen wahren Charakter zu suchen. Oft hatte ihn ein Drehbuch davon überzeugt, ihn gefunden zu haben. Doch dann, nach Beendigung der Produktion, war er jedesmal froh, wieder in seine eigene, gesichtslose Welt zurückkehren zu können. Bisher hatte er nur unter den Rollen gesucht, die den Helden zugänglich waren. Aber inzwischen war er alt genug, um zu vermuten, daß er nie ein Held gewesen war. Und auch das verstörte ihn tief.

Nicht einmal Weinberger wußte, wie viele Nächte er damit verbracht hatte, sich Gedanken über die Aufnahmen des nächsten Tages zu machen. Niemand ahnte, warum er sich wirklich geweigert hatte, die Strand-Aufnahmen zu *In der Falle des Tigers* fortzusetzen. Weinberger glaubte noch immer, er habe damals eine Lungenentzündung befürchtet. Tatsache war jedoch, daß Stone zu der Überzeugung gelangt war, das Ölzeug, das er in der betreffenden Szene zu tragen hatte, wäre ungünstig für ihn. Er bewegte sich darin wie ein Roboter. Und ohne daß man seine Beine sehen konnte, als er die Leiter zum Boden hinaufkletterte, wo sich das Mädchen versteckt hielt, wirkte er verkrampft und tolpatschig wie eine Puppe. Indem er eine Erkältung vorschützte, überredete er sie dazu, die Szene im Studio nachzudrehen. Dort entledigte er sich des Ölzeugs und schlüpfte statt dessen in einen zerrissenen Pullover und aufgekrempelte Hosen. Seine nackten Füße kamen gut, und die Studiobeleuchtung war ausgesprochen günstig für ihn. Ganz abgesehen davon, daß die Studioleiter nicht quietschte. Draußen hatte dies das Mädchen immer zum Grinsen gebracht, wenn er den Arm um seine Schultern legen wollte. Das Mädchen hatte sich nicht klargemacht, daß man ein Grinsen nicht dadurch verbergen kann, daß man die Lippen geschlossen hält. Die ganze Szene war damit gefährdet worden.

Das hatte ihm eine Woche lang schlaflose Nächte bereitet, aber niemand würde davon erfahren. Als die ersten Muster vorgeführt wurden, sagten alle, sie seien ausgezeichnet, gaben aber nicht zu, daß sie wesentlich besser waren als die entsprechenden Außenaufnahmen. Der Regisseur hatte sich sogar bitter darüber beklagt, daß die Außenaufnahmen abgesagt werden mußten, da die Hotelunterkunft bereits bezahlt war und er eigens eine Mitchell-Kamera gemietet hatte. Aber so funktionierten ihre Gehirne nun einmal: Stets waren sie nur mit Kameras oder Verträgen oder Transportmöglichkeiten oder Geld beschäftigt.

Zungenfertig sprachen sie davon, daß Schauspieler Exhibitionisten seien, und übersahen dabei nur allzu gern die Disziplin, die eine gekonnte Darstellung erfordert. Sie waren davon überzeugt, daß Darstellung die geschriebene Rolle ausschmückte, in Wirklichkeit aber war es genau umgekehrt: Es ging um einen Destillationsprozeß – die geschriebene Rolle wurde in dem Maß auf ein unverzichtbares Minimum reduziert, daß nur noch die Essenz eines Menschen übrigblieb. Gönnerhaft ›wußten‹ sie, daß Schauspieler ›gesellig‹ sind, wußten aber nichts von der Einsamkeit, die aufkam, wenn man eine Rolle wochen- oder gar monatelang studierte. Sie wußten auch nicht, wie allein gelassen sich ein Mensch beim Lesen seiner Kritiken fühlen konnte, wie isoliert das Idol angesichts seiner Bewunderer war, oder wie ausgestoßen sich ein Schauspieler fühlte, der für eine Rolle abgelehnt worden war. Noch würden sie sich jemals in der letzten Versammlung einsamer Seelen bewegen müssen: dem Vorsprechen.

Stone nahm das Drehbuch auf, legte es jedoch wieder fort, ohne es aufzuschlagen. Bei seiner Entscheidung konnte ihm auch ein erneutes Lesen des Skripts nicht helfen. Die Zeit des Überlegens war vorüber, die schreckliche Zeit der Entscheidung gekommen. Niemand konnte ihm helfen – weder jetzt noch später. Sie würden die Schuld nicht auf sich nehmen müssen, wenn der Film eine Katastrophe wurde. Mit ihm, Marshall Stone, würden die Kritiker ins Gericht gehen – so als hätte er versucht, eine gefälschte Banknote in Umlauf zu bringen, und wäre in flagranti ertappt worden. So war nun mal ihre Haltung all jenen gegenüber, die ihre hohen Anforderungen nicht erfüllten. Seine Kritiker schienen zu meinen, es sei besser, gar nichts zu tun, als mit einem Versuch zu scheitern. Wie würde es Weinberger denn gefallen, als Agent bewertet zu werden? »... Willie Morris rückt auf Platz eins vor in Anerkennung des Handels, den er aus der *Fox* herausgeholt hat, während Weinberger auf den achten Platz abgerutscht ist, da er eine Garantieklausel in Marshall-Stones-Filmvertrag übersehen hat. Die große Überraschung in den Charts dieses Monats ist ein neuer Agent, der einen Vertrag auf genau die Art und Weise abgeschlossen hat, die mir gefällt. Aus den Slums von Toronto kommt...« Und würde es vielleicht einem Bankdirektor gefallen, von irgendeinem Ex-Bankangestellten begutachtet zu werden, oder von einer Kundin, die eine Revision nicht von einer Verschuldung unterscheiden kann? Wie würde es seinem Zahnarzt oder seinem Analytiker gefallen, kritisiert zu werden? Wie würde sich dieser verdammte Astrologe dazu stellen? *In der Falle des Tigers* war ausschließlich sein Fehler. Stone konnte nur hoffen, er würde bei *Der Mann aus dem Palast* das Richtige sagen.

Mehrfach hatte Stone beeindruckende Leistungen in schlechten Filmen geboten; ein paarmal hatte er schwache Leistungen in ganz guten Filmen gezeigt. Was er sich sehnlichst wünschte, war eine erstklassige Leistung in einem wirklich guten Streifen. Das wünschte sich jeder Schauspieler. Er nahm das Drehbuch wieder auf. Er hatte den *Mann aus dem Palast* in die Gucci-Hülle gesteckt, und das gab ihm das Gefühl, bereits Bestandteil der Produktion zu sein.

Er las ein paar Zeilen seines Textes. Erst still für sich und dann laut, um das Tempo und den Rhythmus in sich aufzunehmen. Die Darstellung konnte später durchaus anders ausfallen, aber ein erstes lautes Lesen vermittelte einen grundsätzlichen Eindruck der Vorzüge oder auch Schwächen des Textes. Stone behauptete oft, eine schauspielerische Leistung sei in etwa mit einer Symphonie zu vergleichen: ein Andante, ein klar formuliertes Thema, die Variation, eine Wiederholung, ein Scherzo und ein klares Ende. Stone hatte diese Auffassung zur Grundlage seiner Darstellungskunst gemacht.

Diese Idioten sprachen über den *Letzten Vaquero,* machten sich aber nicht klar, was alles dabei Trick war. Zum Zeitpunkt, als er die Rolle spielte, hatte er keinerlei Vorstellungen davon gehabt. Was ihnen allen so gefiel, war das Tempo seiner Darstellung, eine Spur verhaltener Kühle und ein Lächeln, das er so weit zurückgewonnen hatte, bis es kaum noch wahrnehmbar war.

Erst jetzt, ein Vierteljahrhundert später, wäre er wirklich in der Lage, der Rolle gerecht zu werden. Und dennoch hatten die Kritiker vor Begeisterung getobt.

Er erinnerte sich an die Dinner Party auf der Terrasse des Hauses am Strand von Malibu. Niemand war in der Lage, auch nur einen Bissen hinunterzubringen, und jedesmal, wenn das Telefon klingelte, blieb sein Herz buchstäblich stehen. Es war fast Mitternacht, als Weinberger aus New York durchkam; fast jede Kritik eine einzige Schwärmerei! Bookbinder ergriff eine Champagnerflasche und goß deren Inhalt über Stone aus. Er war bis auf die Haut durchnäßt. Und Mary sagte: »Wenn ihr das unbedingt machen müßt, nehmt wenigstens einheimischen Sekt!«

Bookbinder reichte ihm den Telefonhörer. Es war eine schlechte Verbindung und Weinberger am anderen Ende kaum zu verstehen: »Laßt mich mit dem Jungen sprechen«, hörte Stone ihn sagen.

»Hier Eddie.«

»Marshall! Nicht Eddie, Marshall! Eddie kannst du von jetzt an vergessen. Marshall, es ist ein Knüller.«

»Ein Knüller?«

»Ein Hit, ein Schlager! Marshall, du kommst ganz groß raus. Genau wie ich es dir vorausgesagt habe. Du wirst jetzt jede Menge Anrufe bekommen. Ich möchte, daß du dich vom Telefon fernhältst und keine Interviews gibst, bis ich morgen abend wieder da bin. Die Werbung für dich, die ich hier aufziehe, wird unschlagbar. Und wir wollen doch nicht, daß ihr von der lokalen Presse das Wasser abgegraben wird.«

Stone versuchte zu sagen: »In Ordnung«, aber die Aufregung war ihm auf die Stimmbänder geschlagen. Er hatte von solchen Dingen gelesen, sie aber nie ernst genommen. Er war nicht in der Lage, auch nur ein Wort über die Lippen zu bringen.

»Bist du noch da, Marshall? Dieses verdammte Telefon... Marshall, bist du noch dran?«

Stone gab Bookbinder den Hörer. »Ein Erfolg« – er hatte es ihnen gezeigt. Die Titelseite hing noch immer gerahmt hinter der Bar von *Twin Beeches:* »Brite lehrt Wildwest-Stars das Fürchten.«

Sie suchten überall nach dem Regisseur, um ihm die frohe Botschaft zu verkünden, und entdeckten ihn zitternd im Meer, zusammen mit einem mexikanischen Schauspieler. Dann dauerte es noch eine halbe Stunde, bis sie ihre Kleidungsstücke gefunden hatten. Eigenartig, daß sich Mary bis dahin keinerlei Gedanken über den Regisseur gemacht hatte, aber sie war in manchen Dingen schon immer die reine Unschuld gewesen. Bookbinder griff sich das Telefon im Schlafzimmer und rief jeden an, den er kannte. Es war Stones erste Erfahrung mit der Showbusiness-Instant-Party. Auch seine erste Erfahrung mit dem Instant-Ruhm. Menschen, die noch am Tag zuvor durch ihn hindurchgeblickt hatten, lagen ihm heute zu Füßen. Und nicht nur Mädchen – auch Geschäftsführer.

Gary Cooper war da. Stone wußte, daß er den *Letzten Vaquero* im Rohschnitt gesehen hatte. Er fragte, ob er ihm gefallen habe. Cooper sagte: »Trennen Sie sich von diesem Pony, mein Sohn. Es trägt Strumpfhalter.« Cooper wußte ebenso wie Stone, daß der Film durchaus nichts Ungewöhnliches war: lediglich eine weitere Pferde-Oper, wie einer der Jungs sagte. Coop hatte angemerkt, daß Stone noch nicht den Gang beherrschte, den man dadurch erlangte, daß man ein Leben lang schwere Lederschürzen und niedrighängende Colts trug.

Stone hatte darauf bestanden, echte Revolver zu tragen: Sie waren zu schwer und weit davon entfernt, seinen Gang zu verbessern – sie behinderten ihn nur.

Seither hatte er eine Menge dazugelernt. Er hatte begriffen, daß die Reproduktion physischer Gegebenheiten nicht unbedingt immer eine Hilfe für den Schauspieler ist. Im Probestadium war es nützlich, die Originalsachen zu tragen, das richtige Gewicht. Aber danach war es besser, zu agieren als zu erleiden. Nach dem Fortsetzungsfilm *Rückkehr des Vaquero* kam Coop bei *Dominics* in Hollywood an Stones Tisch. Er sagte nichts. Er tätschelte lediglich Stones Arm und lächelte. Es war das größte Lob, an das Stone sich erinnern konnte.

Stone stand auf, um einige Szenen aus *Der Mann aus dem Palast* zu proben. Es gab da einen Kellner in Rom, der einiges von der Manieriertheit besaß, die er Prinz Felix geben mußte. Er würde sich den alten Knaben noch einmal ansehen müssen. Er zuckte so eigenartig mit dem Kopf und zögerte, wenn er die Speisekarte überreichte. Und dann die Art, wie sein Haar frisiert war: hoch gescheitelt und mit einer Stirnwelle. Er würde für den Oberkopf ein Haarteil brauchen und Dauerwellen für die Seiten. Stone blickte in den Spiegel und verschob sein Haar, um zu sehen, wie es wirken würde. Er begann bereits damit, die physischen und geistigen Aspekte der Rolle zu überdenken. Prinz Felix war jünger als Stone und in einer behüteten Umgebung aufgewachsen, zwischen Aristokraten und Soldaten, deren Verhalten das des vergangenen Jahrhunderts war. All das würde Stone in den ersten fünf Minuten des Films vermitteln müssen. Denn wenn den Zuschauern dies zum Zeitpunkt seiner Auseinandersetzung mit dem Ministerpräsidenten auf Seite sieben nicht klar war, würden sie seine Empörung über eine so unbedeutende Unhöflichkeit nicht verstehen.

Es gab da eine Szene, die ihm sehr gut gefiel. Er blätterte das Drehbuch bis Seite 53 durch. Er hatte bereits beschlossen, wie er sie bringen wollte. Er würde eine dunkelblaue Kavallerie-

Uniform aus dem 19. Jahrhundert tragen, Orden auf der Brust und Goldtressen überall. Unter dem Arm würde er einen schimmernden Helm halten. Den würde er fest umklammern – mit hochgerecktem Kinn und zusammengekniffenen Augen.

130 INNEN. TOTALE. KONFERENZRAUM DES PALASTES. ABENDS

MINISTERPRÄSIDENT: In unser Regiment eintreten? Das ist ganz außer Diskussion, Hoheit.

PRINZ FELIX: Ich bin ein guter Soldat, Billy, und wir werden gute Soldaten nötig haben. Es kann gar keine andere Entscheidung geben.

MINISTERPRÄSIDENT: Und was würde das Kabinett mit mir machen, wenn dem Prinzen etwas zustieße?

PRINZ FELIX: Was würde es sagen, wenn der Prinz nach Kalifornien ginge und dort eine Hamburger-Imbiß-Kette eröffnete?

131 INNEN. HALBNAH. KONFERENZRAUM DES PALASTES. ABENDS

Der MINISTERPRÄSIDENT *tritt einen Schritt vor, um seinen Aktenkoffer aufzunehmen, in dem er das Abkommen und die anderen Dokumente verwahrt hat. Er ist verwirrt.*

MINISTERPRÄSIDENT: Majestät ...

PRINZ FELIX: Doppelstöckige Hamburger, Billy.

MINISTERPRÄSIDENT: Wollen Sie mir ... drohen, Majestät?

PRINZ FELIX: Ich muß mich jetzt unbedingt aufs Ohr legen, Billy. Und falls morgen jemand etwas von mir will, dann sagen Sie ihm, ich wäre in den Krieg gezogen.

132 AUSSEN. TOTALE. HÜGELGELÄNDE AUSSERHALB DER STADT. AM TAGE

EIN KAVALLERIETRUPP *ist auf Patrouille. Man hört Pferdegetrappel und das Geklapper und Rasseln der Geschirre, bevor er in Sicht kommt.*

133 AUSSEN. TOTALE. EIN HORNIST KOMMT. AM TAGE

EIN BERITTENER HORNIST *reitet eine Anhöhe hinauf, bis er nur noch als Silhouette am Horizont zu erkennen ist. Darauf bläst er ein Signal.*

Stone hatte bereits beschlossen, daß er die Worte ›Kalifornien‹ und ›Hamburger‹ mit Pausen zwischen den Silben sprechen würde, als wären sie ihm nicht vertraut. Das Wort ›Krieg‹ würde er so flach aussprechen, daß es kaum noch verständlich war. Dies würde die Aufmerksamkeit des Publikums erregen und der Dialogstelle die Betonung geben, die sie brauchte, wenn die Handlung für einen Augenblick verzögert werden sollte. Dann mußte das Hornsignal so früh kommen, daß es seine Nahaufnahme untermalte. Er wollte diese laut Drehbuch halbnahe Einstellung nicht mit einem Charakterdarsteller teilen, der den Ministerpräsidenten spielte. Vielleicht halbnah, aber dann mit einer Kamerafahrt auf sein Gesicht? Auf keinen Fall durfte es einen Schnitt auf die Kavallerie geben. Es wurde heutzutage sowieso viel zuviel geschnitten. Er würde mit Klauen und Zähnen für eine langsame Überblendung kämpfen – eine sehr langsame –, in der alle Geräusche bis auf das gedämpfte Hornsignal zurückgenommen wurden. Es war eine Schlüsselszene, und es war nur recht und billig, daß er alles in sie hineinlegte, was ihm zu Gebote stand.

Er wandte sich erneut dem Schluß des Drehbuchs zu. Er würde die letzten drei Seiten gern streichen lassen. Der Film sollte statt dessen mit dem toten Prinzen Felix im Blockhaus enden. Dafür würde er zunächst plädieren. Und erst nachdem er sie davon überzeugt hatte, daß er auf der Streichung bestand, würde er seinen Kompromiß ankündigen: Die letzten drei Seiten durften nicht anders als halbnah gefilmt werden. Er würde es ganz bestimmt nicht zulassen, daß das Mädchen mit seinem tränenüberströmten Gesicht eine Großaufnahme bekam. Großer Gott, das würde dieser Kleinen doch den ganzen Erfolg schenken. Was sonst sollte das Publikum in Erinnerung behalten, wenn es das Kino verließ?

Er gab auch noch anderes zu bedenken, aber Stone war zu müde, um sich jetzt darüber noch Gedanken zu machen. Es war ein anstrengender Tag nach einer ruhelosen Nacht gewesen. Er legte das Drehbuch beiseite und klingelte nach Jasper.

»Ja, Sir?«

»Würden Sie bitte einen Film vorführen?«

»Selbstverständlich, Sir. Welchen?«

»Den *Letzten Vaquero* habe ich seit Menschengedenken nicht mehr gesehen, stimmt's?«

»Seit der letzten Party zu Weihnachten nicht mehr, Sir.«

»Den werden wir uns ansehen, Jasper.«

Stone schob die Rechnungen zurück ins Schubfach, schloß die Frontplatte des Sekretärs und drehte den Schlüssel um. Er fuhr mit den Fingern über das antike Schloß und bewunderte die Perfektion, mit der es in den intarsierten Rahmen eingepaßt worden war. Dann goß er sich eine Tasse starken schwarzen Kaffee aus der Silberkanne auf dem Tablett ein, das Jasper neben ihn gestellt hatte. Es war unvernünftig, so spät am Abend starken Kaffee zu trinken, aber er hatte ja seine Tabletten.

Er nahm die Kaffeetasse und folgte Jasper in das aufwendigste aller Heiligtümer: sein Privatkino. Das Modernste vom Modernen: Es war mit Rock-and-Roll-Projektoren ausgestattet, mit Stereoton und weichen Ledersesseln. In seiner klimatisierten Behaglichkeit fand Stone den Trost und die Stärke, die auch seine Vorgänger hier gefunden hatten, als es noch eine Privatkapelle gewesen war. Zwei Engel – Bestandteile der geschnitzten Decke – waren an den Flügelenden aufgehängt und ermöglichten, daß die Leinwand auf das Altargitter hinuntergelassen wurde, in das sie dann mit einem Klicken einrastete. Jasper nahm die Lautsprecherverkleidung ab. Stone lehnte sich zurück und legte seine maßgefertigten Schuhe auf den Hocker. Licht blitzte auf, als Jasper den Projektor überprüfte, dann ein

Summen, als er den Verstärker regulierte. Die Akustik war perfekt: genau wie der Architekt vorausgesagt hatte.

Langsam ging das Licht aus, eine Fanfare erscholl und ein Wirbel von Kesselpauken. Auf der Leinwand erschien das Markenzeichen der Produktionsgesellschaft: eine griechische Vase mit dem Buchstaben K darauf. *Koolman Pictures Corporation* präsentierte Marshall Stone in *Der letzte Vaquero*. Die großzügigen Buchstaben verschwanden nach oben. Während der Aufzählung der Mitwirkenden intonierte eine Mundharmonika und ein Banjo genau die Art von Musik, die Hollywood dem Wilden Westen zugewiesen hatte.

Stone las den Vorspann so sorgfältig, wie er es immer tat. Als Kind war ihm diese Namenliste überflüssig und langweilig vorgekommen. Heutzutage war sie interessanter als der ganze folgende Film, denn sie lieferte eine Chronik seiner Freunde und Feinde, ihrer Fortschritte, ihres Könnens, ihres Glücks oder ihrer Fehlgriffe.

Als der Name des Regisseurs verblaßte, erschien eine gelbe Landkarte mit angesengten Rändern. Mit groben Schriftzügen waren bestimmte Gebiete Indianerstämmen zugeteilt: ›Cherokee‹, ›Creek‹ und ›Choctaw‹. Dann folgte in langsamer Überblendung die Totale eines Pferdes mit Reiter. Die Kamera fuhr halbnah heran, und man erkannte, daß es sich bei dem Reiter um Marshall Stone handelte. Dann Zwischenschnitt und der Kopf eines Pferdes, das an einem Flußufer trank. Wieder eine Totale: symbolisch gegen den Horizont plaziert ein Baum. Ein vereinzelter Ast war gebeugt genug, um jeden Westernfan davon zu überzeugen, daß er letztlich fürs Hängen benutzt wurde. Stone erinnerte sich daran, wie er abgebrochen und der Übeltäter in einen Haufen Gips auf den Atelierboden gefallen war. Himmel, hatten sie gelacht!

Ein Schuß. Totale vom gesamten Canyon. Dann taumelte ein Stuntman – Stones Double – vom Pferderücken in den Fluß. Erneuter Zwischenschnitt des Pferdes, das beunruhigt aufblickte, und dann eine Großaufnahme von Marshall Stone mit geschlossenen Augen, während das Wasser über seinem Gesicht zusammenschlägt. Das war im Atelier gedreht worden – herrlich ausgeleuchtet, wie es nur bei Studioaufnahmen möglich ist. Die Titelmelodie ›Shall We Gather at the River‹ war unter dem Geplätscher des Wassers gerade noch zu vernehmen.

Das war die Welt des Marshall Stone. Sie war dunkel und nostalgisch, von Gesichtern bevölkert, die er kannte, und von Männern ausgeleuchtet, denen er vertraute. Bei Bösewichten wurden Akkorde in Moll unterlegt, Strolche erlitten tödliche Verletzungen, trugen schwarze Hüte, mußten Garderoben teilen, wurden unterbelichtet und fielen von Dächern. Bei den Helden ertönte die Titelmelodie, sie trugen leichte Fleischwunden davon, bekamen das beste Licht, Nahaufnahmen, weiße Pferde, Oscars, Doubles und eine Million Dollar pro Film. Wer sagte da noch, es gäbe keine Gerechtigkeit!

13

Autoren wollen Regisseure sein, Produzenten Autoren, Schauspieler Produzenten und die Ehefrauen Malerinnen. Kein Mensch ist zufrieden.
Gottfried Reinhardt

Für Marshall Stone war das Leben nicht aus dem Stoff gemacht, von dem sonst Biographien handeln. Er erinnerte sich an sein Leben nur in bezug auf die Häuser, in denen er gelebt hatte, die Autos, Jachten und Flugzeuge, die er besessen, die Lobeshymnen, die er wie ein Schatz gehütet, und die Menschen, die ihn geliebt hatten. In dieser Art von Leben gab es keine Tragödien; aus Abschieden wurden schon bald Begrüßungen, durch Tränen schimmerte das Lächeln, und Krankheit und Tod waren nur Beiwerk und schmerzlose Abgänge, wie es die Drehbücher immer behauptet hatten.

Allein Berühmtheiten hatten Rollen in Marshall Stones Lebenserinnerungen. Und es war ihnen nur so lange gestattet, sich auf seiner Bühne zu bewegen, bis sie ihr Lob oder ihre Gratulation abgeliefert hatten. Er zeigte mir Sammelalben, voll mit Jubeltelegrammen seiner Schauspielerkollegen. Wie in den Reihen der Anwälte, Ärzte und Chirurgen versagte das Showbusineß den Seinen den Luxus gegenseitiger Kritik.

Die Schubladen seines Schreibtisches waren voller Souvenirs, die nach Beendigung jeder Produktion ausgetauscht wurden. Neben dem Flitterkram, der dem gesamten Team überreicht wurde, gab es Wertvolleres, das Stars, Produzent und Regisseur austauschten: Onyx-Manschettenknöpfe, ein silberner Brieföffner oder ein Briefbeschwerer aus Jade. Jeder eingravierte

Name erinnerte Stone an jemanden, den er liebte und respektierte – und der ihm ganz selbstverständlich auch Beweise von Bewunderung und Zuneigung ins Gedächtnis zurückrief.

Marshall Stone sah keinerlei Grund, warum seine Biographie nicht auch so aussehen sollte. Er visierte eine literarische Version von ›Das ist Ihr Leben‹ an. Helden wie er experimentierten nicht, forschten nicht und zogen keine Schlüsse, sie wußten von Kindesbeinen an genau, was sie wollten.

Es war kein Zufall, daß Hollywood Erfolg auf diese Art porträtierte. Dort wußten junge Leute, die von dem Ehrgeiz besessen waren, Star oder Regisseur zu werden, genau, was sie wollten. Der ›große Durchbruch‹ war nicht das Ergebnis tiefgreifender Forschung oder das Resultat von Jahren harter Arbeit – das Ziel war, den richtigen Mann zur rechten Zeit am rechten Ort zu treffen.

Es war daher schwer, Marshall Stone davon zu überzeugen, daß ich seine Lebensgeschichte nicht schon fix und fertig im Kopf hatte. Ich fragte ihn nach dem Geheimnis, das ihn im *Letzten Vaquero* zum Star gemacht hatte. Er schenkte mir nur ein bescheidenes Lächeln und schüttelte den Kopf. Stars liefern keine Zeile. Das war Aufgabe der Autoren.

Aber Stone stattete mich doch mit mehr Stoff aus, als er zugeben wollte – wie eines Vormittags die Post bewies.

Ein offizieller Briefbogen trug Peter Quarrels unnachahmliches Gekritzel und Postskripten alle Ränder entlang.

In der Tat: Eddie Brummage, einfacher Soldat, der bald Corporal werden sollte und als unbezahlter Schauspieler agierte, war mit dem mächtigen Milly-Ash zusammen. Er war Milly-Ashs Bursche – und ein guter, nach allem, was man so hört –, bis er die Erlaubnis erhielt, sich einer Theatergruppe anzuschließen. Ab zum fahrenden Volk: Monologe, Rezitationen und Imitationen von James Cagney, komplett mit Polizeisirene und Maschinengewehr – alles mit dem Mund! Selbstverständlich mußte das zum dramatischen Schauspiel führen, hin zum Browning in *Barretts of Wimpole Street.*

In Freundschaft

P. Q.

PS. Immer noch auf der Suche nach dem Titel? Wie wär's mit *Perardua ad astra?*

PPS. Haben sie sich jemals über E. B.s reiterliche Talente gewundert? Oder nahmen Sie an, daß im *Letzten Vaquero* alles getürkt war? Nein! Er hat Milly-Ashs Mähre gepflegt – (hoppla, Offizierspferd meine ich natürlich). Er hat sich das Reiten selbst beigebracht! Das muß Nerven gekostet haben.

Der zweite Briefumschlag trug eine Auswahl italienischer Briefmarken und war mit jener Art von Schreibmaschine auf blaßblaues Luftpostpapier getippt, die Handschriftliches vortäuschen soll.

Pastor Location Services
Rom/London/Hollywood/Madrid

Lieber Peter,

ich war sehr erfreut, von Ihnen im Zusammenhang mit Ihrem neuen Opus zu hören. Es tut mir leid, daß ich beim *Letzten Vaquero* so in Eile war, daß ich Ihnen weit weniger Zeit widmen konnte als üblicherweise den Autoren meiner Drehbücher. Ich bin nicht ganz sicher, ob ich Ihren charmanten Komplimenten gerecht werden kann. Übrigens, Peter, wenn es nach mir gegangen wäre, hätten Sie die Lorbeeren für des Drehbuch von *Der letzte Vaquero* einheimsen müssen. Aber Sie wissen ja bestimmt, wie das so geht.

Insgesamt habe ich vierzehn Filme gemacht, alle für bedeutende Hollywoodgesellschaften. Davor war ich als Schnittmeister an etwa sechzig Filmen beteiligt, die Hälfte davon waren B-Filme. Mein letzter Streifen war *Die Rückkehr des*

kämpferischen O'Brien, den ich unmittelbar nach *Vaquero* gemacht habe.
Ich bin mit Stone nicht besonders gut ausgekommen. Ich fand ihn für einen Unbekannten recht arrogant, trotz der gespielt unterwürfigen Art, in der er mit mir sprach. Ich hätte gewettet, daß er sang- und klanglos wieder in der Versenkung verschwinden würde. Aber Sie sehen, wie sehr man sich irren kann. Die einzige Anekdote, an die ich mich erinnere, stammt aus der Zeit, als Edgar Nicolson mit Neuigkeiten über die endgültige Fassung zu Stone und mir kam.
Ich brauche Ihnen wohl nicht in Erinnerung zu rufen, daß Regisseure damals in den Schneideräumen der Koolman-Studios nicht erwünscht waren, und ich befaßte mich bereits mit meinem nächsten Filmprojekt. Ich saß mit Stone und diesem Burschen Weinberger zusammen (der dann Stones Agent wurde), schob einen Salat auf dem Teller hin und her und versuchte, ihn zu essen, ohne ihn ansehen zu müssen, als Nicolson hereinkam und ziemlich außer sich schien. Er kam direkt von der Vorführung des Rohschnitts. Er hatte sich ohne Erlaubnis hineingeschlichen und zitterte nun am ganzen Körper. Sie erinnern sich sicher, was für eine schreckliche alte Jungfer Nicolson mitunter sein konnte. Er sackte am Tisch zusammen und vergrub den Kopf in den Händen. Als er sich unserer Aufmerksamkeit gewiß war, ließ er einen abgrundtiefen Seufzer hören. Marshall reagierte: Was ist denn los, Edgar? Du siehst ja schrecklich aus, und so weiter und so fort. Nachdem sie auf diese Art das Terrain bereitet hatten, berichtete Edgar Nicolson von der letzten Schnittkopie.
»Du kommst wundervoll, Eddie, einfach wundervoll. Abgesehen von der Szene im Gefängnis, bei der sie die Totale übernommen haben, statt auf die Großaufnahme im Profil überzublenden, dominierst du im ganzen Film. Dieser Schnittmeister meinte, du sähest in der Totalen besser aus. Du bist den ganzen Film hindurch einsame Spitze! Aber großer Gott,

Marshall – meine Rolle haben sie auf ein Nichts zusammengestrichen, ein absolutes Nichts, Marshall. Ich habe nur zwei Sätze behalten, abgesehen vom Pistolenduell, bei dem mein ganzer Dialog sowieso im *off,* mit dem Rücken zur Kamera, erfolgt. Sie haben mich aus der Saloon-Szene ganz rausgeschnitten, und sie haben meine Lagerfeuer-Szene eliminiert: Sie ist zu einer Überblendung zu deinem Ausritt am nächsten Morgen geworden. Du hast meine Lagerfeuer-Szene doch gut gefunden, nicht wahr, Marshall?« Dann wandte er sich an mich. »Sie haben sie doch gefilmt, Lawrence. Ich war doch gut, oder? Und ich habe sie richtig hingekriegt. Absolut richtig. Das haben Sie gesagt. Alle Welt spricht davon. Himmel, Marshall, was soll ich nur den Leuten sagen? Meine Familie wird in den Film gehen und mit meinem großen Durchbruch rechnen. Ich habe ihnen doch schon soviel darüber geschrieben. Was soll ich nur tun, Marshall?«

Marshall rieb sich das Gesicht und wandte sich an mich: »Haben Sie das gehört, Lawrence? Sie haben meine Nahaufnahme in der Gefängnisszene geschnitten. So sind die Kerle, mit denen ich es zu tun habe.«

Diese Geschichte ist in meinen Augen für Schauspieler symptomatisch. Vor drei Jahren saß ich hier in Rom am Tisch neben ihm, aber er war so mit sich selbst beschäftigt, daß er für nichts und niemanden sonst Augen hatte.

Über die Auswahlkriterien im Hinblick auf Stone kann ich Ihnen keinerlei Auskunft geben. Sicher war ich vom Ergebnis der Probeaufnahmen angetan, aber damals hatten wir bei der Rollenbesetzung keineswegs soviel zu sagen wie Regisseure heutzutage. Wir hatten alle unsere Verträge. Schauspieler, Produzenten und Regisseure – und vermutlich auch Autoren – taten das, was ihnen gesagt wurde, oder sie wurden gefeuert. Stimmt's, Peter?

Ich fürchte, das ist eine magere Reaktion auf Ihren Brief, aber ich bin seit zwanzig Jahren nicht mehr in der Branche. Ich füge zwei Broschüren über meine Ausstattungs-Verleih-Firma bei. Außerdem haben wir vor zwei Jahren in Madrid ein kleines Tonstudio eröffnet, das sich zu einer beliebten Einrichtung gemausert hat. Wir setzen Mercedes-Transporter ein, die nach unseren Anweisungen ausgebaut wurden. Sie haben eigene Generatoren, die unsere Teams vom Stromnetz absolut unabhängig machen – wo auch immer die Dreharbeiten stattfinden.

Sollten Sie die Absicht haben, mich in Ihrer Stone-Biographie zu erwähnen, wäre ich Ihnen sehr verbunden, wenn Sie mein Unternehmen und so viele Angebote wie möglich nennen könnten. Ich füge auch einen adressierten Umschlag mit der Bitte bei, daß Sie mir die Anschrift von Edgar Nicolson schikken, der – wie ich aus Ihrem Brief erfahren habe – jetzt wieder produziert. Ich würde mich gern mit ihm in Verbindung setzen.

Mit freundlichen Grüßen

LAWRENCE CLARK PASTOR

Es gab auch ein Päckchen mit einem *Kagan Bookbinder Productions*-Etikett, das ein rot eingebundenes Drehbuch und die Hardcover-Ausgabe des Romans enthielt. Eine Notiz war beigefügt. Wie sparsam Bookbinder auch immer sein mochte, sein Briefpapier ließ das nicht erkennen. Das Papier war bestes, reinstes Bütten, und der Briefkopf war der elegante Entwurf eines Typographen: ein stilisierter Computer war künstlerisch mit einem blind geprägten Wappen verbunden. Bookbinders Name tauchte klein und diskret auf, und der Brief war makellos auf einer elektrischen Schreibmaschine getippt.

Lieber Peter,

Marshall hat mir von der Biographie erzählt. Als nächstes wird er den Prinzen Felix in meiner Produktion *Der Mann aus dem Palast* verkörpern. Bert Hanratty (dessen *Nackter Sommer* einer der größten Erfolge der Filmgeschichte ist) ist unter Regie-Vertrag. Falls Sie noch nicht dazu gekommen sein sollten, den Bestseller zu lesen, füge ich ein Exemplar bei. Besonders geehrt fühle ich mich dadurch, daß der Autor selbst das hervorragende Drehbuch geschrieben hat. Wie schön, daß Sie Marshalls Biographie schreiben – wer wäre dazu wohl besser geeignet? Wenn ich Ihnen auf irgendeine Weise behilflich sein kann – mit Auskünften über den *Mann* oder auch anderes –, zögern Sie nicht, mich unter meiner Privatnummer anzurufen.

Mit den besten Wünschen

KAGAN BOOKBINDER

Der Brief war mit einem roten Kugelschreiber unterschrieben, dessen Farbton genau zum Briefkopf paßte. Am Rand hatte er seine private Telefonnummer notiert.

Der Mann aus dem Palast war ein interessantes Buch. Auf den ersten Blick die Geschichte eines zeitgenössischen Prinzen, der im ersten Kapitel den Thron eines fiktiven europäischen Landes besteigt: Rurimänien. Um auf Studentenrevolten, Gewaltverbrechen, Streiks, Verkehrsstaus und andere Probleme des westlichen urbanen Lebens reagieren zu können, kauft er einen Computer. Der gallige Humor des Buches zeigt sich, als der Computer logische und rationale Vorschläge macht, die die Regierungsentscheidungen als den Unsinn entlarven, der für die Politik so typisch ist. Der Computer ist nicht darauf programmiert, persönliche oder nationale Rücksichten zu nehmen. Und die Lösungen, die er anbietet, ziehen weder Rurimäniens Geschichte in Betracht noch seine irrige Annahme, nach wie vor eine der drei großen Nationen dieser Welt zu sein.

Zum Schluß ist das ganze Land dank der Maschine entzweit. Gewerkschaften, die protestantische Kirche, eine Organisation studentischer Revolutionäre und die Marine machen gegen sie Front. Aber ein Versuch, den Computer zu zerstören, wird durch eine Allianz zwischen der Armee und der kommunistischen Partei unter Anführung von Prinz Felix in letzter Minute vereitelt. Die Szenen des letzten Gefechts teilen sich Prinz Felix auf seinem Roß und der kommunistische Oberbefehlshaber, der seine Schlachttaktik mit Hilfe des Computers ausarbeitet.

Das Buch war in Amerika und Deutschland ein riesiger Erfolg, wurde aber in Großbritannien und Frankreich eher kritisch kommentiert. Dort wurde Rurimänien als eine verschlüsselte Version der eigenen Länder empfunden, und Intellektuelle weigerten sich, den Computer als Komiker, Kritiker oder Helden zu akzeptieren. Die Anmerkungen der Rezensenten, daß das Buch vermutlich von einem Computer geschrieben worden sei, verwiesen derartige Maschinen auf die Seite von Bösewichten.

Bookbinders Drehbuch machte deutlich, daß Rurimänien in allem – mit Ausnahme des Namens – Großbritannien war. Wenn auch die eigentlichen Schlachtszenen in Italien gedreht werden sollten, zeigten die ersten Szenen Prinz Felix, wie er die Mall hinunterfährt – mit dem Buckingham-Palast im Hintergrund. Eine Pferdekutsche ›ähnlich einer Staatskarosse‹ bildete das Bindeglied zwischen einigen Szenen, und falls doch noch irgendein Zweifel geblieben sein sollte, wurde eine mitternächtliche Krise durch das Geläut von Big Ben eingeleitet.

Ich fragte mich, in welchem Maße das die Verkaufschancen des Films beeinflussen konnte. Viel von seinem Humor bezog das Buch aus seinem trockenen Stil. Eine Anzahl der Schilderungen war in Dialoge aufgelöst worden, aber der Film war in seiner direkten Attacke auf die britische Scheinheiligkeit, Heuchelei und Verdorbenheit eindeutiger als das Buch. Ebenso wie das Buch schlug er auf alle Schichten und politischen Überzeugungen ein. Und mit Sicherheit zeigte er keinerlei Sympathie für die Revolution der Jugend. Ich hatte noch nie den Eindruck gehabt, daß die Jugend an Kritik interessiert war. Und gerade sie machte den Löwenanteil des Publikums aus.

Ich hatte *Der Mann aus dem Palast* gelesen, als der Roman im vergangenen Jahr auf der Bestsellerliste erschienen war.

Einer der Redakteure hatte seine Rezensionsexemplare für den halben Preis verkauft, und selbst Mary hatte es halb durchgelesen, bis sie es zur Seite legte – und das ist eine der höchsten Auszeichnungen, die ein Autor bekommen kann. Ich rief kurz vor Mittag Bookbinder an und verabredete mich mit ihm für drei Uhr.

Sein Produktionsbüro befand sich in der achten Etage eines dieser häßlichen Bürogebäude in der Nähe von Holborn. Für eine Filmgesellschaft war das zwar eine ungewöhnliche Adresse, aber sie wies das ganze Zubehör auf: Gummibäume, IBM-Maschinen und italienische Sofas. Später wurde mir gesagt, daß es sich um die Etage einer Werbeagentur handelte, die man vertraglich dazu verpflichtet hatte, die Werbung für den Film zu übernehmen. Es war eine Abkehr vom üblichen Verfahren, bei dem die Verleihfirma die Werbung übernahm.

»Finanziell ist das Ganze für mich ein Drahtseilakt, aber das ist bei mir ja nichts Neues«, stellte Bookbinder fest. »Verleihfirmen haben mich in jeder Beziehung übers Ohr gehauen, aber ich habe von ihnen gelernt: Ich bekomme Prozente für alles Gedruckte – Poster, Autoaufkleber, einfach alles. Und ich werde auch den Gewinn aus Platten oder jeder anderen Verwendung der Musik einstreichen.« Bookbinder zeigte ein verschmitztes Lächeln, so als wäre ich der einzige Mensch, dem er das erzählte.

1970 hatte *Sight and Sound* Bookbinder sechs Seiten gewidmet.

VON KRISE ZU KRISE

KAGAN BOOKBINDER, HOLLYWOODS NONKONFORMIST

Hollywood ist nicht gerade reich an engagierten Filmemachern. Auf seinem Weg durch das Labyrinth kommerzieller Interessen ist Kagan Bookbinder bei seinem Bemühen um ein subjektives antirealistisches Kino oft in Oberflächlichkeiten und Halbwahrheiten abgerutscht. SEIFENBLASEN war überladen mit modischen Attitüden und wohlfeiler Soziologie. Trotz allem bleibt sein grundsätzlicher Inhalt die Verfolgung des Amerikanischen Traums. Erfreulich oft erzielt er einen lyrischen Expressionismus durch sparsame Mittel, um den ihn das Underground-Kino mit seinen aufreizenden Längen gut und gern beneiden darf...

Die Fotos, die den *Sight and Sound*-Artikel illustrierten, zeigten einen wesentlich jüngeren Mann mit einem bemerkenswerten Haarschopf. In natura erwies er sich als kahl – bis auf das graue Haar an den Schläfen, das er hinter die Ohren strich. All dies ließ ihn, zusammen mit der Halbbrille, die er sehr tief auf der Nase trug, eulenhaft aussehen. Und wenn die Mode der dreißiger Jahre noch nicht wiederaufgelebt war, so lag das keineswegs an Kagan Bookbinders kräftig gepolsterten Schultern. Dennoch schien er auf sorgfältige Kleidung keinen allzu großen Wert zu legen. Sein Krawattenknoten war ein Trauerspiel, und sein Gesicht wirkte an den Stellen stoppelig, wo sein Rasierapparat an Mund und Nase nicht recht herangekommen war. Sein Äußeres konnte einen oberflächlichen Beobachter zu der Annahme verleiten, er habe es mit einem Alkoholiker zu tun, aber ich kannte ihn nur als maßvoll bis zur Askese.

»Ich wünschte, ich könnte schreiben«, sagte er, deutete auf einen Sessel und warf mir eine teure Zigarre zu. Er sagte es so bekümmert wie jemand, der es bedauert, nicht radfahren zu können oder es nie mit Skilaufen probiert zu haben. »Es würde so viele fruchtlose Diskussionen überflüssig machen.«

»Meinen Sie?«

»Ironie ist gut«, sagte er und machte eine kurze Pause, »...in einem Buch. Aber in einem Film ist Ironie fehl am Platz. Sie ist gefährlich. Sie bürdet dem Schauspieler zuviel Verantwortung auf.«

»Es ist Aufgabe des Schauspielers, die Absichten des Autors zu verstehen.«

»Himmel, Peter! Der Schauspieler hat genug Probleme, als daß er auch noch dem Autor helfen könnte, seinen Job zu tun. Ironie ist gefährlich: Sie kann die Hälfte der Zuschauer dazu bringen, genau das Gegenteil von dem zu verstehen, was man auszudrücken versucht hat. Worum es mir geht, ist die ganz altmodische Pro-Contra-Argumentation. Sie ist unschlagbar. Das wissen Sie ebensogut wie ich.«

»Ich dachte, das Drehbuch wäre gut.«

»Der Autor hat auf Anhieb großartige Arbeit geleistet, aber hier und da muß es doch noch ein wenig abgeschliffen werden.« Er schnitt das Mundstück seiner Zigarre ein und reichte mir den Abschneider. »Ich habe heute nachmittag bereits mit ein paar Rundfunkschreibern gesprochen. Das ist ja das Wunderbare bei der Arbeit in Großbritannien: Es gibt ein nahezu unerschöpfliches Reservoir an Talenten, die von der BBC ausgebildet worden sind. Nicht nur Autoren, sondern auch Schauspieler und Fernsehregisseure. Manchmal bin ich davon überzeugt, daß ihr ohne die BBC hier eine Filmindustrie wie in New York und ebenso viele Schauspielbühnen wie Los Angeles hättet.«

»Ich würde Ihren Optimismus gerne teilen.«

»Dann sehen Sie sich doch einmal das amerikanische Fernsehen an, diese ungeheure autorenleere Wüste von Talkshows, Quizveranstaltungen und Pappmaché-Western. Diese schwulen kleinen Geheimagenten und Wühlmäuse ... Himmel, wenn die Jungs wirklich vorhätten, einen Knallfrosch in den Arsch des Systems zu stecken ... Es sind keineswegs die Polizisten, die die schweigende Mehrheit Abend für Abend unter Hypnose halten.«

»Das Publikum hat gelernt, den Brei zu mögen, mit dem es gefüttert wird. Zensur ist heutzutage außer Mode. Das kommerzielle Fernsehen hat die Zuschauer so gedrillt, daß sie in den Vereinigten Staaten alles abschalten, was kompliziert ist oder zum Nachdenken anregt.«

»Und Mist ist billig.«

»Nicht nur billig. Ein Publikum, das sich Mist ansieht, ist entspannt und aufnahmebereit für die Werbung. Menschen, die sich etwas Anspruchsvolles anschauen, werden ungeduldig und gereizt, wenn ihr Gedankengang durch Werbung unterbrochen wird.«

»Wissen Sie, was eines der Probleme war, denen ich mich bei diesem Film gegenübersah? Die Finanzierung. Die Sender sagten, wenn das Drehbuch nicht entschärft würde, würden sie den Streifen nicht fürs Fernsehen kaufen. Sie verlangten, daß die Jungen unterliegen und der Prinz sagt, er wäre in puncto Computer einem Irrtum aufgesessen.«

»Und?«

»Bisher ist er nicht ans Fernsehen verkauft. Aber wenn es tatsächlich ein Riesenhit wird, werden sie mir noch nachlaufen. Wird es kein Erfolg, wird vermutlich nur die BBC den Streifen erwerben.«

»Wem wollen Sie damit etwas vormachen? Die BBC ist hinter den Einschaltquoten her. Zu dem Zeitpunkt, an dem der Streifen fürs Fernsehen aktuell ist, werden sie den gleichen Mist drehen... Greshams Gesetz, wissen Sie.«

»Ist das die neue Krimi-Serie?«

»So was Ähnliches.«

Er brummte und stand auf, ging zum Fenster, öffnete es und betrachtete das Verkehrschaos unten auf der Straße. Es war die Geste eines Schauspielers, und wie aufs Stichwort drang auch der Verkehrslärm in den Raum. Einen Moment blieb er in dieser Position: Hand am Fenstergriff, Kopf gebeugt. Dann schloß er das Fenster wieder und wandte sich mir zu. Er hielt die Lippen zusammengepreßt, als versuche er sich an das zu erinnern, worüber wir gerade gesprochen hatten. Die bauschigen Ärmel seines Fair-Isle-Pullovers verstärkten die Ähnlichkeit mit einer Eule. Er griff nach seiner Zigarre und zog an ihr.

»Heute vormittag habe ich einen Brief von Lawrence Pastor erhalten«, sagte ich.

»Lawrence Clark Pastor?«

»Er hat jetzt eine Leihfirma für Ausrüstungen und Geräte in Rom.«

»Erzählen Sie mir lieber etwas, was ich noch nicht weiß. Ich bekomme jede Woche einen Katalog von dem Kerl. Er hat in den letzten Jahren eine ziemlich schlimme Zeit durchgemacht; er hat zuviel in Geräte investiert, und nun muß er es ausbaden.«

»Armer alter Kerl.«

»In mehr als einer Beziehung. Ich wurde in die Wüste geschickt, weil ich mich dem Kommunismus in die Arme geworfen hatte, Pastor aber dafür, daß er sich einem Zweiten Assistenten in die Arme warf, der den Mund nicht halten konnte. Wir hatten beide nicht das rechte Zeitgefühl: Heutzutage wären wir das, was man Trendsetter der Jugend nennt.«

»Kolorit, Konflikt und Konfrontation.«

»Ich hatte das Kolorit, Sie den Konflikt und Pastor die Konfrontation. In diesem Geschäft hat sich einiges verändert, seit Sie dabei waren, Peter: mehr Überraschungen, mehr Risiken und mehr Menschen auf der Jagd nach weniger Jobs.« Meine Zigarre war ausgegangen, und er lehnte sich mit einem brennenden Streichholz über den Tisch. Ich nickte ihm dankend zu. »Sprunghafte Schnitte, Gegenlicht- und Hell-dunkel-Aufnahmen, Nachhall beim Ton – all das, worüber wir uns Sorgen machten. Heute nennen sie das künstlerisch und geben einem Preise dafür.«

»Es ist schon immer eine technische Kunst gewesen.«

»Der Kameramann manipuliert die Kamera, der Regisseur manipuliert den Kameramann, und der Produzent manipuliert den Regisseur.«

»Und wer manipuliert die Schauspieler?«

»Himmel, Peter, das tun wir alle: Schauspieler scheinen das zu mögen.«

»Das behaupten die Jäger auch von den Füchsen.«

»Ein Schauspieler ist ein Naivling – ein absoluter Naivling. Aber er verfügt auch über eine gehörige Portion Selbstgefälligkeit.«

»Sprechen wir von Marshall Stone?«

»Ich bin mit der Idee drei Jahre lang schwanger gegangen,

bevor mir Koolman diesen *Vaquero*-Auftrag gab. Ich habe eine Menge eigenes Moos da hineingesteckt. Ich wußte, was ich wollte, und war entschlossen, es auch zu bekommen – trotz Stone und trotz Pastor ...«

»Und trotz meiner Person?«

»Sie versuchten, echten sozialen Realismus in das Drehbuch einzubringen. Pastor bumste dieses mexikanische Früchtchen, und Stone sagte mir, ich hätte ihn in chronologischer Reihenfolge zu filmen.«

»Warum nicht?«

»Großer Gott, Peter. Sie erinnern sich doch sicher noch an den kleinen Eddie Stone. Als ich ihn zu dieser ersten Drehbuch-Besprechung mitnahm, konnte er Scarlet Pimpernel nicht von Scarlett O'Hara unterscheiden. Er war noch nicht soweit, daß man ihn auf eine der Schlüsselszenen hätte loslassen können. Und ganz besonders nicht mit Pastor als Regisseur. Ich entschloß mich, den Drehplan ein wenig zu ändern, um ihm ein bißchen Luft zu verschaffen, damit er sich in die Rolle besser hineinfinden und seine Darstellung modifizieren konnte, auch wenn wir schon zwei Wochen an der Arbeit waren.«

»Das klingt nach ziemlich teuren Proben.«

Er seufzte und nickte. »Koolman dachte immer noch, daß Western im Topanga Canyon oder auf der Corrigan Ranch gedreht werden konnten, wo Old Max seine erste Million gemacht hatte. Er konnte einfach nicht verstehen, warum ich sein Geld verschwenden und die ganze Chose nach New Mexico transportieren wollte. Ich sage Ihnen, Peter, Koolman und seine Hilfssheriffs achteten auf jeden Zentimeter Film. An Stones wirklich schlechten Tagen fälschte ich unsere Aufnahmeberichte und schickte nur das Negativmaterial des zweiten Teams, gab aber vor, es handele sich um das des ersten.«

»Hatte er viele solcher schlechten Tage?«

»Zwei ganze Tage rührten wir nicht einen Finger. Ich erfand irgendeine Ausrede, über die Farbe der Kakteen und wie sie besprüht werden mußten. Als sich Stone zum ersten Mal mit vollem Make-up und im Kostüm erblickte, dämmerte es ihm, daß seine Darstellung mit seiner Erscheinung nicht in Einklang zu bringen war. Er brach zusammen und schluchzte zum Steinerweichen.«

»Und?«

»Was sollte ich machen? Wir unternahmen einen Ausflug in die Umgebung, so daß er ein paar Cowboys bei der Arbeit beobachten konnte. Ich wußte, das würde ihm helfen. Gegen Mittag trafen wir ein paar, die in einem Pferch krankes Vieh verarzteten. Sie sahen nicht gerade überbeschäftigt aus und kochten sich einen Riesenberg Fleisch und Bohnen. Genau wie im Film, was?« Bookbinder lachte. »Sie boten schon einen komischen Anblick mit ihren Sonntags-Stetsons, Gene-Aubry-Hemden, den Armbanduhren und all dem Zeug. Man hätte denken können, sie wären die Gecken und Marshall der Cowboy. Er trug ramponierte Jeans und den alten Stetson, den ihm der Kostümbildner für die Rolle verpaßt hatte. Ich sage Ihnen, Mister, er hat diese Kuhtreiber ganz schön auf Vordermann gebracht. Marshall konnte eine Zigarette mit einer Hand drehen – er hatte das aus einem alten John-Wayne-Film –, und sie schauten ihm mit großen Augen dabei zu. Ich hatte einen Karton Scotch dabei, also blieben wir zum Essen bei den Cowboys, und der Vormann erklärte Marshall, welche Kleidung er wann trägt, und Marshall besprach mit ihm große Teile des Dialogs. Es klappte, und Marshall wußte, daß es klappte. Die Cowboys sprachen mit ihm, als wäre er einer von ihnen.« Bookbinder lehnte sich im Sessel zurück und blies einen Rauchring in die Luft. »Am nächsten Tag begannen wir mit den Dreharbeiten. Marshall war ... na, Sie wissen ja, wie er war.«

»Nun sagen Sie bloß noch, Sie hätten diese Cowboys nicht geimpft.«

»Sagte einer, ich hätte sie nicht geimpft, und ich klage«, drohte Bookbinder und lachte dröhnend. Es war alles Manipulation – diese ganze verdammte Branche war es.

14

Hollywood ist wie nirgendwo zu sein und mit niemandem über nichts zu sprechen.
Michelangelo Antonioni

Erster Weihnachtsfeiertag 1948. Bookbinder erinnerte sich nur allzu deutlich daran. Er fragte sich, warum Edgar Nicolson vorgab, es wäre in diesem berüchtigten Absteige-Motel am Ende von San Jorge passiert. Stone war weiß Gott nie sehr wählerisch gewesen, wohin er auf die Schnelle mit seinen Mädchen ging, aber das *Sunnyside* war nun doch nicht der ihm gemäße Rahmen. Seine Jagdgründe hatten mehr Stil. Zu den ersten Dingen, die er forderte, nachdem er die Rolle bekommen hatte, gehörte die Mitgliedschaft in allen Clubs.

Selbst am ersten Weihnachtsfeiertag hatte Stone irgendeine Entschuldigung parat, um Mary allein zu lassen und Bookbinder in den *Planter's Club* zum Essen abzuschleppen. Zwischen 11.30 Uhr und dem Lunch hatte Stone eine neunzehnjährige Blondine aus Denver beschwatzt und dreißig Minuten mit ihr in einem der privaten Konferenzräume des Clubs verbracht.

Der *Planter's Club* galt als Treff für Produzenten, Regisseure und Stars, aber die Geschäftsführung war schlau genug, auch junge Mädchen zuzulassen, wenn sie die richtigen Umgangsformen hatten. Sie schrieben ›Schauspielerin‹ auf ihr Mitglieds-Formular, aber man konnte die gleichen Gesichter auf dem Strip erkennen, wo sie Soda servierten oder Kinokarten verkauften. Sie kamen hierher, um entdeckt zu werden.

Auch am Weihnachtstag war der *Planter's Club* voll. Selbst der Sportraum und die Sauna waren gut besucht. Das Restaurant hatte ein Festtagsmenü auf der Karte, für das sich die Kellner mit roten Mänteln und weißen Rauschebärten verkleidet hatten. Jetzt hatten sie ihre Kostümierung abgelegt und suchten sich ihren Weg mit Tabletts voller Drinks zwischen den gebräunten Körpern. Manche Drinks wirkten eher wie Blumenvasen mit ihren Garnierungen von Gurken und Kresse, Ananasscheiben und Kirschen. Jedesmal, wenn ein Kellner durch die Schwingtür kam, wurden ein paar Takte von *Nature Boy* oder *Too Darn Hot* hörbar, von einer elektrischen Orgel gespielt. Mitunter war es auch *Stille Nacht, heilige Nacht* – aber das war auch schon der einzige Hinweis darauf, daß Weihnachten war.

Die Sonnenanbeter nahmen ihre Aufgabe ernst. Fast schweigsam drehten sich die Mädchen mal auf die eine, mal auf die andere Seite, einen Arm oder die Nase schützend und sich systematisch eincremend. Ihre Badeanzüge waren winzig, und das Verlangen, überall gleichmäßig braun zu werden, bot einen Vorwand für ihre unzüchtig gespreizten Schenkel und die geöffneten BHs. Provokativ begegneten sie Männerblicken mit ausdruckslosem Gesicht, wenn sie sich die Brüste eincremten oder ihre Beine mit Bewegungen liebkosten, die den Filmzensor nicht überlebt hätten.

Bookbinder legte *The Hollywoood Reporter* auf Kinsey und Jo Palooka und verhinderte mit seinem Highball, daß die Seiten vom Wind umgeblättert wurden. Er blickte sich um und lauschte für ein paar Augenblicke dem Pazifischen Ozean, wie er den steinigen Strand packte und sich wie ein erschöpfter Schwimmer aufs Ufer warf. Eine Bö trug Gelächter und den Duft von gebackenen Krabben heran; unten am Wasser nahm eine Gruppe ein verspätetes Mittagessen ein.

Bookbinder kannte die Männer: seinen Werbemann Weinberger, zwei von Koolmans Verleihleuten und Edgar Nicolson. Er hörte, daß sich Stone neben ihm rührte und dem Mädchen neben sich einen leichten Klaps gab. Es räkelte sich schläfrig. »Wohin schaust du, Kagan?« wollte Stone wissen.

»Du bist wach?«

»Ich schlafe nie in der Sonne ein. Sonnenbrand kann die Haut so ruinieren, daß sie sich nie wieder erholt. Das hat mir ein Arzt gesagt. Wer sind denn die?«

»Weinberger und dein englischer Freund Edgar Nicolson, mit dem ich Probeaufnahmen für deine Rolle gemacht habe.«

»War er gut?« Stone examinierte ein Mal auf seinem Unterarm. Er studierte es mit der gleichen leidenschaftslosen Sorgfalt, wie ein Arzt es bei einem reichen Patienten tun würde.

»Er wäre gut als Butler oder Herzog oder so was. Ich dachte, der Dieb könnte vielleicht ein Brite sein.«

Stone war tief gebräunt – er hätte ohne Make-up als halbmexikanischer Rinderhirte durchgehen können. Diesem Anschein entsprachen auch die alten, ausgeblichenen Jeans mit den zerrissenen Hosenbeinen und der harte, muskulöse Körperbau. Er hatte auch eine Vorliebe für ausgetretene Tennisschuhe, so daß ein flüchtiger Blick viele Club-Mitglieder davon überzeugt hätte, er sei ein Strandläufer oder eine Aushilfe in der Club-Küche.

»Moment, alter Junge. Ich habe eine ganze Reihe vertrackter Szenen mit dem Dieb zu drehen«, sagte Stone träge.

»Es war nur so eine Idee.« Bookbinder wandte sich ab, um wieder auf den Ozean zu blicken. Das Thema war abgehakt. Die nordpazifische Strömung brachte riesige menschenverschlingende Wellen – trügerisch sanft in der Farbe und so ruhig wie ein Hinterhalt. Es waren nicht die Wellen, die Stones Sandburgen an englischen Stränden zerstört hatten. Dies hier waren gigantische Wellen. Alles hier war übergroß, nicht nur das Meer, auch die Gewitter, die Zugunfälle, die Dürre und die Katastrophen. Die Gagen und der Ruhm waren ebenfalls gigantisch, die Demütigung hier lähmender und die Anonymität tödlich.

Stone rührte in seinem Drink, daß das Eis klingelte. Er liebte dieses Geräusch. Noch im letzten Jahr war er ein Schauspieler ohne Engagement gewesen, der im Regen durch London getrabt war, weil er kein Geld für ein Taxi hatte. Er drehte sich um und vergrub die Schultern im Sand. Der blaue Himmel über ihm war mit Palmwedeln vergittert wie der Ausschnitt eines abgespielten Films. Es war wunderbar, diese Sonne zu spüren. Besser dieses Luxusleben unter kalifornischem Himmel als die armselige, unbeheizte Nüchternheit von London. Besser das Plastiklächeln und die übertriebenen Komplimente von Hollywood als das schwachbrüstige Lob, das die Engländer im Namen der Aufrichtigkeit anboten, und die mißgünstigen Sticheleien, die sie Witze nannten.

»Ich bleibe hier, Kagan.«

»Du wirst verbrennen. Und wenn du noch brauner wirst, bekommst du wahrscheinlich Probleme mit dem Portier.«

Stone lachte nervös. »Du weißt, wie ich es gemeint habe. Was immer auch aus diesem Film wird – ich werde einen neuen machen und danach noch weitere hundert. Ich werde hier bleiben und zur Spitze vordringen.«

Bookbinder lachte. Nicht höhnisch, sondern echt erheitert. Stone lachte auch: Es hatte geklungen wie aus einem alten Joan-Crawford-Film.

»Das nennt man Hollywood-Bazillus, Eddie.« Noch vor wenigen Wochen hatte Stone ihm einen Vortrag über die Überlegenheit des europäischen Films und die Vorrangstellung der Bühnen gehalten.

Stone nahm eine Handvoll warmen Sand auf. Lange bevor sie mit den Dreharbeiten begannen, hatte der Produzent auf seinem Recht bestanden, seine schützende Hand über seine Entdeckung zu halten. Und Stone hatte nichts dagegen einzuwenden gehabt. Der Hollywood-Bazillus. Stone lächelte. Die Kriegszeit war auch für den Produzenten hart gewesen, aber er hatte dennoch keine Vorstellung von dem kargen Milieu, aus dem Stone stammte. »Es ist mir egal, wie man es nennt«, sagte Stone. »Hollywood ist eine Art Büchse der Pandora... Du wirst nie begreifen, was es für einen Schauspieler wie mich bedeutet...« Stone verzog das Gesicht. Sein Grimassenschneiden und sein plötzliches Lachen ließen ihn mehr als den nervös Hoffenden erscheinen denn als den kühlen, abgeklärten jungen Star, der er so gern sein wollte.

»Pandoras Büchse!« sagte Bookbinder. »Alles Übel der Menschheit rührt daher.«

»Du weißt, was ich meine«, erwiderte Stone.

»Ja, ich weiß«, sagte Bookbinder.

Stone blinzelte in die Sonne. »Ist das Koolman, der da aus dem Restaurant kommt – der mit dem goldfarbenen Bademantel? Er sieht zu uns her.«

Bookbinder setzte sich auf und drückte die Hände tief in den Sand, um über die anderen Körper hinwegsehen zu können. »Ich habe gehört, daß er heute früh mit dem Flugzeug gekommen ist – Weihnachten, du weißt schon. Das ist Leo Koolman, und hinter ihm auf der Terrasse ist sein Onkel Max.«

Da kommen die Koolmans, hurra, hurra. Da kommen die Koolmans, hurra, hurra, sang Stone leise in seinem sorgfältig geübten Akzent. Er war fast perfekt.

Direkt hinter Koolman junior schritten vorsichtig ein Mann von der PR-Abteilung in New York und Phil Sanchez, der inzwischen Jung-Koolmans geschäftsführender Assistent geworden war.

Phil Sanchez war doppelt so alt wie Leo. Bis vor wenigen Monaten war er Old Max' Handlanger und Helfershelfer gewesen. Er hatte Jung-Koolman zu seinem ersten Footballspiel mitgenommen. Nun war er ein wichtiger Faktor in der Kontinuität des Koolman-Imperiums. »Ihr Onkel würde mit ihm keine Geschäfte machen« oder: »Ihr Onkel pflegte derartige Wechsel über die örtliche Bank zu überprüfen. Ich habe die entsprechenden Namen und Telefonnummern.« Sanchez war mit Old Max im Pelzhandel gewesen, und ein Chronist der Hollywoodszene nannte ihn den ›Hofnarren von Sultan Max‹; andere nannten ihn noch brutaler Hofzwerg. Die Wahrheit war sogar noch anachronistischer: Er war ein Geschichtenerzähler. Er las ausgewählte Bücher und erzählte Old Max den Inhalt bei Reisen, zwischen Konferenzen oder auf Rundgängen durch die Studios. Sanchez hielt sich dicht hinter Jung-Koolman. Alle vier Männer trugen Sonnenbrillen und schlichte Bademäntel und erzielten eine fast komische Uniformität, als sie im Gleichschritt durch den Sand marschierten.

Bookbinder trank einen Schluck von seinem Highball, und Stone fuhr sich mit dem Kamm durchs Haar. Die Leiber um sie herum rührten sich nicht, lagen steif da wie Schaufensterpuppen, jede auf einem Rechteck farbigen Stoffes innerhalb einer genau berechneten Parzelle Sand.

»Sie gehen schwimmen«, sagte Stone.

»Im Meer«, stellte Bookbinder überrascht fest. Der Swimming-pool war überfüllt, aber es galt nicht als klug, im Meer zu schwimmen. »Laß uns gehen«, sagte Bookbinder.

»Wohin?«

»Ins Meer zu Koolman.«

»Warum?«

»Sei nicht albern, Eddie. Er will mit uns reden.«

»Worüber?«

»Das weiß der Himmel.«

»Woher weißt du, was er will?«

»Ich weiß nicht, wie ich dir das erklären soll, Eddie. Es hat wohl etwas damit zu tun, daß ich hier schon so lange lebe. Aber du kannst mir glauben – sie wollen mit uns reden.«

Leo Koolman war damals noch nicht der stiernackige, glatzköpfige Tycoon, den Ben Shahn 1955 für ein Titelbild des *Time Magazine* malte, oder der glotzäugige Speichellecker, den ein vorwitziges Blitzlicht bei der Verbeugung vor der Queen ein paar Jahre später bei einer *Royal Command*-Filmaufführung eingefangen hatte. Er bewegte sich mit der Spannkraft und Balance eines Mittelgewichtlers über den Sand. Seine Stimme war nicht das rauhe Krächzen, mit dem er später Dauerverärgerung heucheln sollte. Dieser Leo Koolman konnte noch lachen.

Und wenn seine Syntax auch von den Cohns, Schenks und Mayers übernommen war, so war doch wenigstens eine Spur Spott darin erkennbar. Daß diese Ironie bald aus Koolmans Verhalten verschwand, muß den Männern in seiner Umgebung zugeschrieben werden, die so wild entschlossen waren, sie nicht zu bemerken.

Aber am ersten Weihnachtsfeiertag 1948 war Leo Koolman jung. Er parodierte gern Harry Cohns Affektiertheit, indem er den kleinen Finger in einer ihm eigenen Manier spreizte. Er blickte geradeaus und sprach aus dem Mundwinkel, während er seinen Untergebenen in allen Einzelheiten erklärte, wie sie im Meer herumzuplanschen und zu lachen hatten, wenn sie einander bespritzten.

Koolman und seine beiden Assistenten händigten einem Rettungsschwimmer ihre Bademäntel aus und schritten ins Meer. Die Assistenten fanden Ausreden und trödelten, um nicht zu schnell zu weit hineingehen zu müssen. Phil Sanchez drückte seine Faust gegen die Kehle. Es war eine theatralische Geste der Angst.

Bookbinder folgte Stone, der sich seinen Weg durch die Mädchen suchte wie ein Regisseur, der das Angebot in einer Fleisch-Kühllagerhalle prüft. Der Duft der Lotions und importierten Parfüms hing in der Luft, bis er in den leicht fauligen Geruch des Meeres überging. Stone setzte vorsichtig einen Fuß ins Wasser. Er sorgte sich um die Haltbarkeit der Bräunungslotion, die der Maskenbildner eigens für ihn zusammengestellt hatte, und auch um das Spray, das seine Frisur festigte, und die Spur von Maskara, die seine Wimpern dunkler tönte. Stone verabscheute das Baden im Meer. Er verzog das Gesicht und schloß die Augen, als er die Kälte an seinem Körper spürte. Ein überraschend kindisches Gehabe für einen jungen sportlichen Mann, dachte Bookbinder.

»Gibt es hier Haie?« fragte Stone.

»Wenn es sie gibt, werden sie nicht in Koolmans Nähe kommen«, erwiderte Bookbinder.

Als sie nur wenige Meter entfernt waren, tauchte der große Mann unter und kam prustend und spritzend wieder hoch. Jetzt, da sein Haar fest am Schädel klebte, bemerkte Bookbinder eine kahle Stelle auf seinem Kopf. Er würde noch vor seinem 35. Geburtstag kahl sein – genau wie sein Onkel Max. Bookbinder versuchte zu erahnen, was sie sagen würden. Alle drei standen bis zur Brust im Wasser. Die Wellen trafen Koolman, hoben ihn für den Bruchteil eines Augenblicks hoch und dann auch die anderen: Sie wirkten wie mechanisches Spielzeug, das den gleichen Mechanismus hatte.

»Gefällt Ihnen Hollywood?« rief Koolman Stone zu, sobald sie in Hörweite waren. Es war keine Frage, auf die Koolman eine Antwort erwartete. »*Yeah, yeah*«, fuhr er fort, »selbstverständlich gefällt es Ihnen, selbstverständlich gefällt es Ihnen.«

»Es ist wundervoll«, sagte Stone.

»Bookbinder kümmert sich um Sie: Auto, Garderobe, die Möglichkeit, sich dann und wann in der Stadt umzusehen?« Wieder beantwortete Koolman seine Frage selbst. »Natürlich tut er das. Das ist gut. Das ist hervorragend. Sie sehen gut aus, Kagan. Fabelhaft, ich habe mir ein paar Ihrer Muster angesehen. Sehr gut. Vielleicht ein Hit – aber wahrscheinlich ist es noch zu früh, um das jetzt schon mit Sicherheit sagen zu können, allerdings...« Er drehte sich um und blickte seinen grimmig aussehenden Assistenten an. Sie waren näher herangekommen, um seine Worte zu verstehen, denn er hatte die Stimme nicht erhoben. »Habe ich euch nicht gesagt, ihr sollt herumplanschen und euch vergnügen? Habe ich euch nicht gesagt, daß ich keinerlei Aufmerksamkeit wünsche? Ich will mich lediglich ein wenig mit Mister Stone unterhalten – alles, was mir an einem Ort wie diesem gerade noch fehlt, ist irgendein Trottel mit Louella Parsons Telefonnummer in der Tasche...« Er wandte sich an Stone. »... alles voll von Schmarotzern, die versuchen, beim Film ihr Geld zu machen.« Hinter Koolman begannen die beiden Assistenten in den Wellen zu hüpfen. Sie lachten und glucksten und bespritzten sich gegenseitig. Kein Tropfen fiel auf Koolman. Als er erneut zu sprechen begann, klang seine Stimme traurig und anklagend. »Was wollen Sie mir da nur antun, Eddie?«

»Was denn?« fragte Stone.

»Ich dachte, wir hätten diese Angelegenheit ein für allemal geregelt. Auf meiner Party haben wir vereinbart, daß Ihre Frau herkommt, Sie haben mir versprochen, sich von diesem Mädchen fernzuhalten. Warum tun Sie mir das an, Eddie?«

»Ich habe mich nur zweimal mit ihr getroffen.«

»Und mit ihr telefoniert.« Stone nickte geständig. Koolman fuhr fort: »Wenn Sie mir Schaden zufügen, schaden Sie dem Film. Fügen Sie dem Film Schaden zu, schaden Sie sich selbst. Warum können Sie das nur nicht einsehen, Eddie?«

»Zwei Besuche und drei Anrufe«, sagte Stone. »Das war alles, ehrlich.«

»Nehmen wir mal an, Sie werden in ihrem Wohnhaus erkannt, oder ein Taxifahrer erinnert sich daran, Sie gefahren zu haben. Wissen Sie denn nicht, was die Zeitungen aus solchen Dingen machen können?«

»Sie haben recht«, sagte Stone.

»Okay«, sagte Koolman. Er drehte sich unbeholfen zur Seite, weil ihn eine Welle schräg traf. Unter dem Arm des PR-Mannes steckte ein Handtuch. Das zog er jetzt hervor und enthüllte einen Briefumschlag. Er reichte ihn Stone.

Eddie-Liebling,

sie werden es Dir sicher schon gesagt haben. Ich gehe fort. Sie haben mir dafür eine Menge Geld gegeben. Ich habe alle Papiere unterschrieben, wie Deine Freunde es wünschten. Es wäre mit uns doch nicht gutgegangen, weil ich vor drei Jahren mit einem Burschen aus New York verheiratet gewesen bin. Er hat mich verlassen. Er war schlecht. Ich wäre für Dich nicht gut gewesen, Eddie. Es ist besser, daß wir uns trennen, besonders wegen des Geldes und so. Ich habe für uns beide über alles nachgedacht. Und da ist Deine Frau. Es wäre nie gutgegangen. Nicht, wenn ich alles für Dich und den Film verderbe, wie Du selbst gesagt hast. Es gibt hier nichts, weswegen ich bleiben müßte. Ich werde Dich in Deinem Film sehen, Eddie. Und ich weiß, daß Du manchmal an mich denken und Dich fragen wirst, ob ich Dich auf der Leinwand betrachte. Deine Frau muß sehr glücklich sein, Eddie, aber ich nehme an, das weiß sie längst. Es wäre nicht gutgegangen, und ich hätte Dir nichts Falsches über meine Ehe erzählen sollen. Aber ich habe das nur gemacht, weil ich Dich liebte.

INGRID

Der Brief war auf liniertem Papier geschrieben, das aus einem Schulheft herausgerissen worden war. Während er ihn las, bemerkte Stone, wie winzige Wassertropfen auf das Papier spritzten und die Tinte in hellblauen Bächen verlaufen ließen.

»Wo ist sie?«

»Geben Sie ihn mir«, sagte Koolman. Er nahm Stone den Brief aus der Hand und las ihn sorgfältig. »Jemand hat ihn beim Posten an Tor vier abgegeben. Gestern, kurz nach Mitternacht. Das ist alles, was ich weiß.«

»Und Sie haben ihn sich einfach genommen und ihn mitgebracht?« fragte Stone. Nichts kam ihm unwahrscheinlicher vor. Wenn das Mädchen tatsächlich fort war, würde Koolman wissen wollen, wo es abgeblieben war. Aber vielleicht war es besser so. Vielleicht war es für sein Gewissen leichter zu glauben, sie sei aus eigenem Antrieb fortgegangen. Stone schwitzte. Er tauchte eine Hand ins Meer und wischte sich über das Gesicht. Er konnte das Salz schmecken.

»Oh, ich dachte mir schon, daß er von dem Mädchen stammt«, sagte Koolman. »Phil hat sich in der letzten Woche mit der Kleinen unterhalten. Aber sie versprach, keine Briefe zu schreiben.« Koolman reichte Sanchez den Brief. »Dieses Stück

Papier könnte meine ganze Pressekampagne zunichte machen. Das ist nun der Dank: Ich hatte sie angefleht, nicht zu schreiben.«

»Arme Ingrid.«

»Sie hat fünftausend Dollar bekommen«, sagte Koolman. »Abgesehen davon«, sagte Stone.

»Sie haben recht – abgesehen davon. Sie haben zehn Riesen in ebenso vielen Wochen durchgebracht, und davon ist kein Cent bei Ihrer Bank gelandet.«

Stone antwortete nicht.

»Sie sollten lieber den Mund aufmachen«, sagte Koolman. »Sie nimmt sie aus.«

»Ich habe ihr einen gebrauchten Chevy gekauft und ein bißchen Geld für Kleider gegeben. Ich möchte für sie sorgen.« Er lächelte bitter. »Mich ausnehmen? So ist Ingrid nicht.«

»Ich möchte, daß Sie mit Ihren Gedanken bei der Arbeit sind«, sagte Koolman. »Das sind Sie Ihrem Regisseur schuldig und Bookbinder hier auch. Er hat sich für Sie wirklich krummgelegt, mein Junge. Wäre es nicht an der Zeit, ihm endlich ein bißchen Vertrauen und Zuneigung entgegenzubringen?«

»Jemand muß sich um sie kümmern«, sagte Stone.

»Ich habe mich um sie gekümmert. Ich werde mich auch um alles andere kümmern, wenn es das ist, was Sie wollen«, sagte Koolman. »Aber hören Sie auf, sich einzumischen.«

»Ja, Sie werden sich um sie kümmern.« Stone seufzte erleichtert. »Ich überlasse es Ihnen.«

»Machen Sie sich nicht über mich lustig, mein Lieber«, sagte Koolman.

Koolman hatte in seinem Leben viel Dankbarkeit zeigen müssen. Stone sollte eine Portion dieser Erfahrung abbekommen. »Ihre Frau … wie können Sie ihr bloß all das antun?«

Nur mit Anstrengung hielt Stone seine Stimme frei von Verbitterung. Er sagte mit Nachdruck: »Sie kümmern sich um sie, Mister Koolman.«

»Sie haben in Mary eine wunderbare Frau. Sie sollten sich schämen. Sie versprechen mir jetzt auf der Stelle, zu Mary zurückzukehren. Bitten Sie sie um Verzeihung und geloben Sie ihr, sie stets auf Händen zu tragen. Wollen Sie das für mich tun?«

Koolman war wohl der einzige Anwesende, der nicht damit rechnete, daß Stone aus der Haut fuhr. Schweigen breitete sich aus, bis ein roter Ferrari die Biegung des San Jorge Turnpike herunterkam. Der Fahrer drosselte den Motor, der gequälte Geräusche von sich gab. Dann beschleunigte er auf der geraden Strecke am Clubhaus vorbei auf gut 130. Köpfe wandten sich, um ihn davonbrausen zu sehen. Irgend etwas an dem Fahrzeug – seine Farbe, sein fabrikneuer Anblick oder auch nur die Art, wie es behandelt wurde, machte sie sicher, daß ein berühmter Star hinter dem Lenkrad saß. Stone sagte: »Ich werde tun, was Sie sagen, Mister Koolman.«

Koolman wandte seine Aufmerksamkeit von dem Auto ab. »Auf dieser Strecke gibt es praktisch jeden Tag Bruch. Und fast jeder tödliche Unfall verursacht Produktionsprobleme.« Er nickte seinen Männern zu, und sie kamen näher heran. Phil Sanchez hielt noch immer eine Hand unnatürlich hoch und eng an die Brust gedrückt. Koolman sagte zu seinen Leuten: »Wir sind die Sorgen noch nicht los.« Er drehte sich zu Stone um. »Es ist besser, wenn das Mädchen und das Kind verschwinden. Keine Briefe mehr, keine Besuche, rein gar nichts.«

»Ja, Mister Koolman.«

»Eine offizielle Adoption durch eine anerkannte Organisation.«

»Kann es nicht ohne ...«

»Sicher, sicher. Das Studio spendet einer der Adoptionsgesellschaften fünfzigtausend Riesen im Jahr; ich sitze im Komitee. Ich brauche nur Ihre Unterschrift auf ein paar Papieren, okay?«

»Ja, Mister Koolman.«

»Und dieser britische Schauspieler ...«

»Edgar Nicolson«, half Bookbinder aus. »Edgar Nicolson.«

»Edgar Nicolson, richtig. Er wird der Vater sein. Seine Blutgruppe stimmt mit der Ihren überein. Er wird die Vaterschaftserklärung unterschreiben, und dann haben wir alles ganz koscher für Sie. Um die Zeugen haben wir uns schon gekümmert, und überhaupt sieht für die Leute hier ein Brite wie der andere aus.« Er nahm Stones Arm. »Aber diesmal, *Sweetheart*, ist finito. Diesmal sollten sie sich besser klarmachen, daß ich keinerlei Risiko mehr eingehen werde. Kapiert?« Er hob den Zeigefinger.

Stone sah ihn durchdringend an und nickte fast unmerklich. Die anderen Männer wiederholten im Chor: »Kapiert.«

»Können wir sicher sein, daß Nicolson mitspielt?« fragte Bookbinder.

»Ja«, erwiderte Koolman, während er sich schon den nächsten Problemen zuwandte. Nur ein Mann mit derartigem Ruhm und Vermögen konnte die Reaktionen anderer mit solcher Sicherheit voraussagen. »Vielleicht wäre er ganz gut in der Rolle des Reiters, der ...«

»Wir haben für diese Rolle bereits Probeaufnahmen mit ihm gemacht.«

»Und wie ist er?«

»Perfekt, Leo.

Koolman lächelte. Er trat zwischen Bookbinder und Stone und strebte, sie beide fest am Arm packend, dem Strand zu. Die Wellen versuchten, die drei Männer umzureißen, aber Koolman hielt sie fest. »Geben Sie diesem Nicolson noch ein paar Zeilen Dialog. Ich werde Ihnen einen Autor schicken. Wenn Ihnen das Ergebnis nicht gefällt, schneiden Sie's nachher raus. Haben Sie mich verstanden, Kagan?«

»Ich habe verstanden, Leo.«

Jetzt schwitzte sogar Bookbinder, Schweißperlen bildeten sich an den Schläfen und auf der Oberlippe. Vielleicht lag das an der Hitze, die vom Ozean reflektiert wurde. Alle Männer schwitzten – bis auf Koolman. Er sagte: »Das Studio ist wie Mutter und Vater, Eddie. Das werden Sie sich für die Zukunft merken. Beim ersten Anzeichen von Schwierigkeiten kommen Sie zu mir – zu jedes Tages- oder Nachtzeit. So ist das nun mal in der Branche – wenigstens ist es so bei mir.« Stone nickte. Bookbinder sagte: »Wir sind dankbar, Leo. Das ist eine unbestreitbare Tatsache.«

»Ja«, sagte Stone. »Vielen Dank, Leo. Ich weiß es zu schätzen, daß Sie zu mir gekommen sind und persönlich mit mir gesprochen haben. Schließlich ist ja heute Weihnachten und so.« Bookbinder nickte Stone zu, als hätte der gerade einen komplizierten Satz in Umgangssanskrit gemeistert.

Koolman hörte Stone kaum zu. Er war müde. Und jetzt, da seine Aufgabe erfüllt war, ließ er es zu, daß sich die Erschöpfung auf seinem Gesicht und in seiner Stimme bemerkbar machte. »Und bringen Sie ihn zu seiner Frau zurück, Kagan. Orte wie dieser hier sind voll von Huren und Schmarotzern.« Er wartete Bookbinders Zusicherung nicht ab. Er winkte seinem Onkel Max zu. Vielleicht lag etwas in der Geste, das dem alten Mann sagte, es sei alles in Ordnung, denn er wandte sich ab und ging zu seinem Auto.

Der Rettungsschwimmer wartete mit Koolmans Bademantel. Koolman gab ein Zeichen, das Phil Sanchez dazu bewog, seine erhobene Faust endlich zu öffnen und eine warme, zerknüllte Dollarnote freizugeben, die er dem Rettungsschwimmer reichte.

Koolman marschierte über den Strand und schlängelte sich zwischen den Sonnenbadenden hindurch. Seine Assistenten winkten ein hastiges Lebewohl, um ja nicht mehr als einen Schritt hinter ihrem Meister zurückzubleiben.

15

MGM ist eine mittelalterliche Monarchie – die ganze Zeit Palastrevolutionen.

Gottfried Reinhardt

Der Mann aus dem Palast hat Filmgeschichte gemacht. Trotz allem, was danach geschah, ist er ein Meilenstein geblieben. Eine neuartige Filmfinanzierungsgesellschaft brachte genug Geld zusammen, um einen Spielfilm großen Ausmaßes zu produzieren. Der Teilung der Kassettenprofite war bereits zugestimmt worden, und es gab Leute, die behaupteten, sie ergäben das Zehnfache dessen, was der Film an den Kinokassen einspielte. Derartige Gewinnaussichten hatten einen Superstar dazu bewogen, seine Gage in Raten und Prozenten zu akzeptieren, und dieses Beispiel machte Schule. All jene Journalisten, die während des letzten Jahrzehnts jedes Jahr mit schöner Regelmäßigkeit eine Filmrevolution vorhergesagt hatten, prophezeiten sie nun erneut.

Selbstverständlich darf man dabei die Übertreibungen der Journalisten und der Filmemacher nicht vergessen. Das Geld war von einer Gesellschaft neuen Stils gekommen, aber die 21 Kinos der *Continuum* konnten die Investitionen nie auffangen, also würde man irgendwann in der Zukunft doch einen altmodischen Vertriebs-Vertrag abschließen müssen. Das Kassettengeschäft könnte sich zwar als lukrativer erweisen als die Runde durch die Filmtheater, aber wie lange würde es noch dauern, bis genug Menschen die Abspielgeräte besaßen? Die Pessimisten unkten, daß es bei der Zinsbelastung unmöglich wäre, die Produktionskosten von *Der Mann aus dem Palast* einzuspielen.

Stone hatte sich bereit erklärt, auf eine Gage im voraus zu verzichten, aber sie gaben ihm 1000 Pfund pro Woche für Spesen, die er nicht nachzuweisen brauchte. Und das war ein ganz hübsches Sümmchen, wenn man in Stones Steuerschraube steckte. Darüber hinaus zahlte die Produktion immer noch die Rechnungen für aufwendige Garderoben, luxuriöse Wohnungen und Limousinen mit Chauffeuren in 24stündigem Einsatz. Nichts davon spielte sich vor der Kamera ab, auch nicht das Mittagessen, das ich an diesem Tag mit Stone einnahm und für das Bookbinders PR-Abteilung die Kosten übernehmen wollte.

Stone hatte gemeint, die Fernsehleute würden vor Mittag fertig sein, aber ich wußte es besser. Sein riesiges Haus war eine Herausforderung für jedes Dokumentarfilm-Team, und so zog es Kabel durch jeden Raum und bestückte die Diele mit Scheinwerfern, um Stone aufnehmen zu können, wie er von der holzgetäfelten Galerie herunterblickte – die bemalte venezianische Decke deutlich im Hintergrund.

Der TV-Interviewer war ein eleganter ›Jüngling‹ von etwa fünfzig. Seine rabenschwarzen Augen und sein finsterer Blick waren in jedem britischen Heim bekannt. Er trug ein Sakko von konservativem Schnitt, aber mit Brokatmuster, das erste seiner Art. Sein Haar bedeckte die Ohren und stieß auf den breiten Kragen seines Hemds. Das Taschentuch wurde zum fünften Mal gefaltet. Diesmal war es richtig. »Sie können den Spiegel jetzt wegnehmen«, sagte er zu seinem Regisseur, der darüber hinweggeäugt hatte, um sich unterhalten zu können.

»Armer kleiner reicher Junge«, sagte der Regisseur und stützte sein Kinn auf die Oberkante des Spiegels.

»Ein Imperium ohne Erben«, erklärte der Interviewer. »Behalten Sie das im Auge. Es ist nur ein Dreißig-Sekunden-Clip für die Zusammenfassung. Großaufnahme: verängstigte Augen zum Schluß. Ihre Innenaufnahmen setzen wir an den Anfang.«

»Nehmen Sie doch mal an, Stone genießt das alles hier. Nehmen Sie an, er ist gar kein verängstigter, sondern ein glücklicher kleiner reicher Junge?«

»Das Manuskript ist bereits so abgesprochen und genehmigt«, sagte der Interviewer. »Es ist zu spät für irgendwelche Änderungen.« Der Regisseur zwinkerte mir verstohlen zu und hob gequält eine Augenbraue.

Sie begannen die Filmaufnahmen damit, daß Stone eine ledergebundene Ausgabe ›irgendeines prächtig aussehenden Buches‹ las, »der Titel wird durch den Weitwinkel sowieso nicht zu erkennen sein«. Dafür setzte er sich vor den Kamin seiner Louis-XIV.-Bibliothek. »Gasfeuerung oder so was, Harold. Irgendeine Flamme hinter ihm, ein roter Feuerschein. Und ziehen Sie um Himmels willen die Vorhänge zu. Wir kriegen ja sonst die ganze Sonne vom Fluß rein.«

Die Kamera folgte ihm zur Tür der Bibliothek; dann setzten sie die Aufnahmen oben im japanischen Eßzimmer fort – »Wer zum Teufel soll denn wissen, daß es sich um einen anderen Teil des Hauses handelt?« – und schließlich im Frühstückszimmer, das auf den Garten hinausführte.

»Während der Kamerafahrt werde ich in etwa sagen, daß nicht alle Schauspielschüler mit weniger als fünfhundert Pfund im Jahr enden. Marshall Stone sei einer der höchstbezahlten Schauspieler der Welt. Er befinde sich in seinem Landhaus in Kent, wo er bereit sei, auf unsere Fragen zu antworten. He, das ist gar nicht schlecht! Haben Sie das in Steno festgehalten, Agatha? Großartig, großartig, großartig.« Er fügte dem Manuskript gern eine ganz persönliche Note hinzu. Deshalb würde er es auch nicht zulassen, daß ihn die *TV-Tunes* als TV-Persönlichkeit bezeichnete. Das war etwas für Komiker, die sich wünschten, singen und tanzen zu können. Er war ein kreativer Mann, ein Spezialist auf dem Gebiet der Kunst. Ebenso wie er früher einmal Fachmann für Autos, Amerika und gehobene Tanzveranstaltungen gewesen war. Er glättete sein ergrauendes Haar, bevor er Haarspray auf die Schläfen sprühte.

Auf mich hatte das große Haus mit seinem außergewöhnlichen und vielfältigen Dekor stets wie die Kulissen gewirkt, in denen ein Dutzend Werke darauf warteten, endlich gespielt zu werden. Die Anwesenheit der Fernsehtechniker und ihrer Ausrüstung verstärkte diesen Eindruck noch. Ich fragte mich, ob sie es in der Masche von ›Das Geschäft des Schauspielens – eine TV-Untersuchung des Theaters von heute‹ stricken würden. Doch falls sie vorhatten, einen Schauspieler auf diese Weise lächerlich zu machen, so waren sie jedenfalls klug genug, keinerlei Hinweise darauf zu geben.

»Was hältst du davon?« fragte Stone.

»Sei vorsichtig«, erwiderte ich.

»In welcher Beziehung?«

»Keine Ahnung.« Stone glaubte, es handele sich um eine Art Medienwettstreit um ihn. Er lächelte wissend und ging hinüber zum Interviewer.

Stone war angenehm berührt davon, daß die Fernsehleute so freundlich waren. Der Interviewer bewunderte seine Antiquitäten, seine Pferde und tauschte mit Stone sein beträchtliches Wissen über beides aus. Er schlenderte quer über den Rasen, wo sein Bentley als Garderobe diente. Zu Stone sagte er: »In meinem Haus in Dorset muß ich die Stallungen vergrößern. Bis jetzt habe ich mich noch nicht an Rennen beteiligt, aber vor zwei Jahren habe ich da Stutenfohlen für ein Butterbrot gekauft ...« Er kreuzte die Finger.

»Ein verdammt teures Hobby«, sagte Stone.

Der Interviewer nickte ernsthaft, wie das jeder Betroffene tun würde. Er berührte den riesigen Knoten seiner Krawatte und schloß die Augen, während die Maskenbildnerin einen Hauch von Rouge auf seine Lippen auftrug. Sie entfernte sich, und der Interviewer blickte sich um und vergewisserte sich, ob die beiden Stühle so plaziert waren, daß der orientalische Garten im Hintergrund bei den Aufnahmen gut im Bild war.

»Sie haben den Tee-Pavillon und die geschwungene Brücke im Bild?«

»Nicht scharf«, erwiderte der Kameramann in gedämpftem Ton, weil er sein Gesicht gegen den Sucher drückte. Der Interviewer rückte näher, und Stone roch ein teures Eau de Cologne, von dem es in der Werbung hieß, es sei aus Rum und Tabak hergestellt. »Redende Menschen sind nicht gerade aufregend, Marshall, alter Freund. Versuchen Sie, so angeregt wie möglich zu erscheinen.«

»Also los«, sagte der Regisseur, nachdem auch die Tonaufnahmequalität überprüft worden war.

»Für Sie, Marshall Stone«, begann der Interviewer, »einen außergewöhnlichen Superstar, sind die Belohnungen zahlreich und der Privilegien viele gewesen. Autos, Flugzeuge, Jachten und Paläste stehen zu Ihrer Verfügung. Auf Ihr Ersuchen haben Filmgesellschaften ungeheure Summen ausgegeben, um hervorragende Stücke und ausgezeichnete Autoren für Sie zu finden, und dennoch sind Sie im Grunde ein kommerzieller Schauspieler geblieben.«

Stone stutzte. Er wußte nicht, ob ein Kommentar von ihm erwartet wurde. Der Interviewer nickte ihm zu. »Ich fürchte, ich weiß nicht, was ein kommerzieller Schauspieler ist«, sagte er. »Die einzigen Menschen, die nicht kommerziell sind, sind doch mit Sicherheit jene, die von der Wohlfahrt leben.«

Der Interviewer ließ nicht erkennen, ob er Stones Antwort gehört hatte. Er beugte sich über sein Manuskript und verlas die nächste Frage. »Heutzutage beschäftigen Sie Agenten, Sekretärinnen, Buchhalter, Manager, Anwälte, Werbeleute und Presseagenten. Sie befehligen ein Heer von Angestellten in Ihren zahlreichen Häusern. Sie haben eine Mannschaft für Ihre Jacht und einen Piloten für Ihren Jet. Sagen Sie, Marshall Stone, haben Sie eigentlich noch Zeit für die einfache Kunst des Spielens?«

»Ich weiß nicht, ob das einfach ist«, gab Stone zurück. Er berührte seine Augenbraue mit der Fingerspitze. Es war reizend spontan. »Aber Sie haben von der Zeit gesprochen. All diese Dinge gibt es, um mir mehr Zeit zu lassen. Die Zeit ist ein geheiligtes Element im Leben eines Künstlers: Zeit zum Lernen, Zeit zum Denken . . .« Wieder eine Pause. ». . . und die Wurzel jeder dramatischen Arbeit: Zeit dafür, das Leben zu beobachten.«

»Vermutlich die Wurzel jeder Kunst«, bestätigte der Interviewer mit gottähnlicher Unbefangenheit. »Aber für Unternehmen gibt es ein Parkinsonsches Gesetz. Und ob es Ihnen nun gefällt oder nicht: Marshall Stone ist ein Unternehmen. Sie beschäftigen ebenso viele Menschen und erwirtschaften brutto wesentlich mehr als eine kleine Fabrik. Kann ein Schauspieler ein Unternehmen führen?«

Stone lächelte in die Kamera. »Bisher kann ich mich nicht beklagen. Ich halte mich für einen ganz guten Geschäftsmann.«

»Würde ein guter Geschäftsmann in Anbetracht der astronomischen Summen, die Ihr Name repräsentiert, so viel für unproduktiven persönlichen Luxus ausgeben? Würde er soviel Zeit der Beobachtung, dem Nachdenken und dem Lernen widmen? Eiu guter Geschäftsmann würde doch mit Sicherheit versucht sein, das Geld zu nehmen und das Weite zu suchen.«

»Sie können von mir nicht erwarten, daß ich mit Ihnen die eventuellen Versuchungen hypothetischer Geschäftsleute diskutiere, noch weniger ihren möglichen Fall«, sagte Stone. Der Interviewer wartete darauf, daß er fortfuhr. »Mit meinem Flugzeug kann ich während der Dreharbeiten abends nach Hause fliegen, anstatt die Nacht in irgendeinem Hotel verbringen zu müssen. Ich habe ein Haus in Beverly Hills, weil sich ein Großteil meiner Arbeit noch immer in Kalifornien abspielt. Meine Jacht garantiert mir absolute und ungestörte Entspannung, und meine technischen Berater sind ein notwendiges Übel in einem System, das erfolgreichen Menschen horrende Steuern auferlegt.«

Der Interviewer lächelte. »All das, Mister Stone, bringt mich auf die Frage: warum? Zu wem eilen Sie in Ihrem Düsenflugzeug nach Hause? Für wen arbeiten Sie so hart, daß Sie eine

Jacht brauchen, um sich auf ihr entspannen zu können? Wem werden sie das Imperium hinterlassen, das Sie da aufgebaut haben – mit der Hilfe von Armeen von Steuerberatern und Managern?«

Stone zeigte ein festgefrorenes Lächeln. Der Fernsehmann fuhr fort: »Sie haben den Ruf, ein Einzelgänger zu sein, Mister Stone. Es ist lange her, seit Ihr Name mit einem anderen in eindeutiger Weise in Beziehung gebracht wurde.« Wieder machte er eine Pause, und diesmal war es klar, daß er Stones Lächeln aufs äußerste strapazieren wollte. »Sie haben die Kunst des Spielens besser gemeistert als irgend jemand, aber indem Sie das taten, haben Sie ein Imperium ohne Erben aufgebaut.«

Es war eine der typischen Reden, mit denen man Abblendungen einleitet, und der Kameramann muß ähnlich empfunden haben, denn er begann langsam auf Stones Gesicht zuzufahren, bis er es mit weit aufgerissenen, verängstigten Augen in Großaufnahme haben würde. Ich glaube, sie hofften auf ein »Ja«.

»Schnitt«, sagte der Regisseur.

Stone beugte sich zum Interviewer vor. »Als ich das Stück Kohl sah, das sich in Ihren Zähnen verklemmt hatte, dachte ich: O Gott, er hat eine Krone verloren, aber dann, während der letzten Frage, haben Sie es verschluckt.« Er lächelte.

Der Interviewer lächelte zurück, ohne die Lippen zu öffnen.

Stone winkte ihnen ein flüchtiges Lebewohl zu, als er die Kurve der Ausfahrt ein wenig zu schnell nahm. Ein Kiesschauer ergoß sich über das ganze Team. Der Interviewer saß allein auf dem Rasen und sinnierte. Dann sprach er in die Kamera: »... verstellt einem dieser Luxus nicht doch mitunter den Blick auf die einfache Kunst der Darstellung?« Er lächelte ein paarmal und nickte, so daß sie auf ihn zurückblenden konnten, wenn Stone sprach. Als er vom Kies getroffen wurde, runzelte er die Stirn, und der Kameramann unterbrach seine Arbeit, bis das Haar gerichtet war.

»Wüßte man es nicht besser, könnte man glauben, er wäre für BBC Zwei eingesetzt«, sagte Stone. »Die Fragen sind länger als die Antworten.«

»Und sorgfältiger geprobt«, sagte ich.

Stone lachte kurz auf. Die Lacher waren auf seiner Seite, und er verbarg keineswegs, daß er es wußte.

»Ein sadistisches Vergnügen«, sagte er. »Ja, Filmstars geben immer ein gutes Ziel für solche Bastarde ab. Ich verabscheue das Fernsehen. Weißt du das? Ich hasse das Fernsehen und all die aufgeblasenen Wichte, die dafür arbeiten.«

»Ja«, sagte ich. »Mir hat das mit dem Kohl an seinem Zahn echt gefallen.«

»Ich hätte auf dich hören sollen«, sagte Stone. »Ich bin zu vertrauensselig, das ist mein Fehler.«

»Wenn ich ehrlich bin, muß ich dir zustimmen, Marshall.« Wir fuhren mit hundertzehn Sachen, daher warf er mir nur einen kurzen Blick zu. In diesem Moment war ich ihm näher als je zuvor. Er konzentrierte sich während der nächsten rund fünfzehn Kilometer ganz aufs Fahren. »Hast du die Kamera gesehen?« fragte er. »Und du weißt, was das heißt?«

»Was denn?«

»Es heißt, daß sie bei der letzten Aufnahme nur meine Pupillen gefilmt haben. Diese hinterhältigen Kerle. Glauben sie, ich sei in Schwierigkeiten, oder worauf wollen sie hinaus?«

»Das mag der Himmel wissen«, sagte ich. Wir fuhren schweigend dahin. Ich fragte mich, ob er sich daran erinnern würde, meinen MG in die Stadt bringen zu lassen, wie er es versprochen hatte, als ihm plötzlich einfiel, daß wir in der Stadt essen müßten.

Stone beherrschte seinen Rolls ausgezeichnet, und ich war beeindruckt, wie sorgsam er ihn behandelte, wobei er sich sogar die Mühe machte, die Tür hinter mir zu schließen und meine Fingerabdrücke vom Griff zu wischen.

Wir konnten während der Fahrt nicht viel miteinander sprechen. Die Fenster waren geöffnet, und der Wind und das Motorengeräusch machten eine Unterhaltung schwierig. Ich fragte mich, warum Stone darauf bestanden hatte, daß ich in seinem Auto mitfuhr, statt ihm mit meinem zu folgen. Vielleicht brauchte er nur Gesellschaft, aber als ich ihn jetzt aus der Nähe betrachtete, kam ich zu der Überzeugung, daß es ihm wichtig war, daß ich ihm zuhörte. Schließlich hatte er sein Vermögen damit gemacht, daß er anderer Leute Worte benutzte – nicht seine eigenen.

»Ich habe mich zum Affen gemacht, was?«

»Nein, bestimmt nicht.«

»Ich weiß, daß ich mich zum Affen gemacht habe, Peter. Manchmal finde ich einfach nicht die richtigen Worte. Ihr Schreiber habt es da gut. Ihr achtet ständig darauf, keinen Fehler zu machen. Ist dir eigentlich schon mal aufgefallen, daß jedes Buch über den Film Schauspieler als Kriecher und Produzenten als Bastarde, die Autoren aber als leidgeprüfte Genies darstellt? Jedes Buch!«

»Sie sorgen schon dafür, daß sie gut dabei wegkommen«, stimmte ich zu.

»Nur ein schneller Lunch. Ich muß mich mit diesen Leuten treffen«, sagte er bekümmert. »Ein Star ist nur soviel wert wie seine letzten Besprechungen.« Er warf mir einen Blick zu. »Das ist ein Bonmot. Hab's in *Reader's Digest* gelesen.«

Unser Schweigen wurde nur dadurch unterbrochen, daß er ein paarmal sagte: »Probleme als Einzelgänger, etwa schwul? Ist es das, worauf der Kerl hinauswollte?«

In der Nähe von Marble Arch zwang uns der Verkehr zum Schrittempo. Stone sagte: »Was hältst du davon?« Vor uns auf dem Bürgersteig liefen zwei junge Mädchen.

»Ich teile deinen Geschmack nicht«, sagte ich.

Stone lächelte, drückte anmaßend auf die Hupe und fuhr dann langsam an die beiden heran. »Springt rein, Mädchen«, rief er.

Die Mädchen drehten sich um und kicherten. Ein paar Passanten beobachteten die Szene mit mehr oder minderem Amüsement. Wollte Stone mir seine absolute Ungeschicklichkeit Frauen gegenüber beweisen, hätte er es nicht besser anstellen können.

»Sie wollen einsteigen«, versicherte er mir. »Sie haben mich erkannt.« Ich versuchte zu lächeln und einen Scherz daraus zu machen. Ich war nicht sicher, wie mir die Szene als Biograph gefiel, als Zuschauer empfand ich sie als ungeheuer peinlich.

Die beiden Mädchen warfen ihm noch einen Blick zu, bevor sie in ein Geschäft eilten.

»Zum Teufel mit ihnen«, rief Stone. »Es gibt Millionen andere. Alle Mädchen wollen wissen, wie es mit einem Filmstar ist, Peter.« Er lachte. »Und ich bin glücklich, es ihnen zeigen zu können. Auf dem Rücksitz, manchmal!«

»Du bist zu beneiden, Marshall.«

»Kein Mangel an Miezen. Das gehört zu diesem Job.« Er umrundete einen Brotlaster und ein Taxi, dessen Fahrer erbost hupte.

»Wir werden im *Jamie's* essen.«

»Fein.«

»Du hast vielleicht noch nicht davon gehört, ein ziemlich teurer Privatclub in der Nähe von St. James's Palace. Das Essen ist großartig. Man kennt mich da.«

»Schon überredet.«

Er sah mich überrascht an und lachte.

Wir kamen ohne weiteres am Türsteher vorbei. Er nahm uns sogar das Auto ab, um es auf den Parkplatz zu fahren. Der Mann am Empfang erkannte Stone und betonte, wie reizend es sei, ihn wiederzusehen. Es war der Kellner in der Halle dahinter, der Stone darauf hinwies, daß es sich um einen Club handele. Hätte Stone nur gesagt, er sei Mitglied, und nicht: »Machen Sie sich darum mal keine Sorgen«, wäre alles in Ordnung gewesen. Aber wie es nun einmal war, geriet er mit dem Kellner in einen Streit, den nur der Geschäftsführer schlichten konnte.

»Entzückt, Sie wiederzusehen, Mister Stone«, sagte der Geschäftsführer. »Der Kellner hat Sie nicht erkannt.« Der Geschäftsführer lächelte und zupfte an seinen Manschetten. Er hoffte offenkundig, daß auch Stone lächeln und man sich bei späteren Besuchen noch oft gemeinsam an diesen Spaß erinnern würde. Aber er brauchte nur wenige Sekunden, um zu erkennen, daß Stone mehr als das wollte.

»Schwachkopf!« rief der Geschäftsführer dem Kellner nach, lächelte dabei aber für den Fall, daß er von anderen Gästen beobachtet wurde. »Schwachkopf! Holen Sie sich Ihre Papiere. Sie holen sich Ihre Papiere! Sie bekommen noch einen Wochenlohn, und dann verschwinden Sie! Ich will Sie hier nicht mehr sehen! Schwachkopf!«

»Es hätte mir nichts ausgemacht«, sagte Stone gnädig. »Aber er hat mich am Arm gepackt. Ich kann Leute nicht ausstehen, die mich am Arm packen.« Er korrigierte sich. »Ich kann Kellner nicht ausstehen, die mich am Arm packen.«

»Ist schon in Ordnung, Mister Stone«, sagte der Geschäftsführer. Wieder warf er einen Arm hoch, um dem Kellner zu bedeuten, daß er gefeuert sei. »Bitte hier entlang, Sir. Patrick! Mister Stone bekommt eine Bloody Mary. Sofort, Patrick. Alles andere hat Zeit. Ist das richtig, Mister Stone? Eine gute Bloody Mary?« Der Geschäftsführer hörte nicht auf zu reden, während er uns in das Restaurant geleitete. Seine Worte waren Balsam für Marshall Stone, und das wußte er. Ich entschied, daß Marshall Stone in den Händen des Geschäftsführers besser aufgehoben war als in meinen. Zeuge einer so unerfreulichen Szene zu sein kann zwischen Menschen Barrieren errichten, die erst nach Jahren wieder eingerissen werden können.

Die Toilette des *Jamie's Club* war wie die Empfangshalle eines florentinischen Palastes. Am anderen Ende des mit Marmor ausgelegten Waschraumes hörte ich einen Mann sagen: »Es wird ein schöner Tag.« Es war eine Ankündigung, als hätte

Leo Koolman das alles geplant und dafür bezahlt. Er entdeckte mich in den getönten Spiegeln.

»Einen Moment mal, junger Mann«, rief er mir zu. Dann drückte er die Löwenkopf-Wasserhähne und wusch sich die Hände. Ein Schild verkündete, daß es sich um besonders enthärtetes Wasser handelte, das auf 21 Grad Celsius erwärmt worden war. Koolman bediente sich dessen, als hätte er nie etwas anderes gekannt. Er blinzelte, um mich deutlicher sehen zu können. »Anson. Peter Anson. Richtig?«

»So ist es, Mister Koolman!«

»Sind mit Marshall Stone gekommen.«

»Ich schreibe seine Biographie.«

»Morgen beginnen sie mit den Dreharbeiten zu diesem Film«, sagte er. Er hielt sich an das Prinzip, daß nur seine eigenen Filme eine kostenlose Mund-zu-Mund-Propaganda durch die Erwähnung ihrer Titel erhalten sollten. »Wie sieht es mit der Finanzierung aus?«

»Keine Ahnung.« Das stimmte, aber lediglich Leo Koolman hatte sich danach erkundigen können. So ziemlich die einzige Regel, an die sich die Filmbranche hielt, war das Stillschweigen über die Finanzierung.

»Eins-Komma-sieben«, stellte Koolman laute Vermutungen an. Er bespritzte sein Gesicht mit Wasser. »Höchstens«, fügte er hinzu, und dann: »Dollar.« Da ich nicht mehr bei ihm angestellt war, vermutete Koolman, ich könnte ihm vielleicht nicht ganz folgen!

»Könnte sein«, sagte ich.

»Sie brauchen sechs Millionen, um diesen Film ordentlich zu produzieren. Und mit weniger als drei wird er nach nichts aussehen.«

»Hanratty ist ein guter Mann.«

»Er kann auch nur das filmen, was ihm die Produktion zur Verfügung stellt. Wie soll denn die Krönungsszene aussehen, wenn man an jedem Cent knapsen muß?«

»Ich glaube, die haben sie gestrichen.«

»Schwachköpfe«, sagte Koolman. Der Toilettenwärter im weißen Kittel legte ihm ein angewärmtes Handtuch in die Hände. Es hieß, sie seien antibakteriell behandelt sowie mit infrarotem und ultraviolettem Licht bestrahlt. Koolman trocknete sich die Hände und setzte die Brille auf, damit er mich genauer betrachten konnte. »Das beste Kapitel des Buches, die Krönung. Es hat Konfrontation, Kolorit und Konflikt. Sie wissen, warum ich es abgelehnt habe?«

Das war so eine Frage. Sagte ich nein, stand Koolman als Trottel da, sagte ich ja, würde er mich auffordern, ihm den Grund zu nennen. »Nun ...«

»Ich habe es abgelehnt, weil es nur drei Regisseure auf der Welt gibt, die derartige Szenen filmen können. Und alle drei sind für die nächsten Jahre ausgebucht.«

Ich nickte, obwohl ich ihm nicht glaubte. Er bereitete nur eine Ausrede für seine Aktionäre für den Fall vor, daß *Der Mann aus dem Palast* ein umwerfender Erfolg wurde. Und Koolman gab sich gern dem Glauben hin, daß alle Dinge zunächst ihm vorgelegt wurden.

»Glauben Sie, daß der Film ein Erfolg wird, Mister Koolman?«

»Sie sind doch mit Stones erster Frau verheiratet, stimmt's?«

»So ist es. Glauben Sie, daß er ein Erfolg wird?«

»Nennen Sie mich doch Leo, Peter«, erwiderte er, um Zeit zum Überlegen zu gewinnen. Vielleicht war er überrascht über die direkte Frage, die ihn als Experten im Filmemachen auswies. Er trat näher an mich heran und senkte die Stimme. »Ich kenne mich in dem Geschäft aus, Peter. Sie werden auf Schwierigkeiten stoßen, von denen sie sich jetzt noch keine Vorstellungen machen. *Okay,* sie bekommen ein paar Millionen Dollar von einer Handelsbank oder einem anderen Schmarotzer, aber alles, womit sie am Ende dastehen, werden ein paar Rollen Film sein. Sie müssen den Streifen auch in die Kinos bekommen. Und das heißt, daß sie alle Welt davon überzeugen müssen, es könne ein Erfolg werden. Werbung und Vertrieb kosten mich drei Millionen im Jahr. Wie wollen diese Amateure da Schritt halten?«

»Wird es ein Erfolg, dann wird man sich um den Film reißen.«

»Sie meinen, sie werden ihn in Europa uraufführen und auf ein Wunder hoffen? Aber würden Sie ein paar Millionen Dollar auf eine Tausend-zu-eins-Chance verwetten?«

»Ich persönlich nicht, aber es muß doch Organisationen geben, die dazu in der Lage und bereit sind.«

Koolman piekte sich selbst heftig mit dem Daumen. »Meine Organisation ist dazu in der Lage, Peter. Und wir haben den Stoff abgelehnt, erinnern Sie sich?« Er griff in die Tasche und förderte aus seiner Brieftasche ein Dutzend Kopien von Presseausschnitten zutage, die alle auf Erfolge von Val-Somerset-Filmen hinwiesen. Er reichte sie mir und sagte: »Wenn Sie die Biographie eines Jungen machen wollen, der wirklich ein großer Star werden wird, dann sollten Sie sich an Val Somerset halten. Denken Sie an meine Worte.«

Er nahm mir die Ausschnitte wieder ab und fuhr sich mit dem nassen Handtuch über die Schuhe. »Es interessiert mich sehr, was aus Ihrem kleinen Film wird.« Er warf das geschwärzte Handtuch in den dafür vorgesehenen Korb.

Ich hatte das Gefühl, daß jeder, der auch nur im entferntesten etwas mit *Der Mann aus dem Palast* zu tun hatte, als Koolmans persönlicher Feind betrachtet wurde.

»Ja, wir werden abwarten«, sagte ich.

Er klopfte mir freundschaftlich auf den Rücken. »Stecken Sie bloß Ihr Geld wieder ein, Peter.« Er warf eine Fünfzig-Pence-Münze auf die Untertasse.

»Wie Sie wünschen.« Vielleicht meinte er, er würde für mein Handtuch bezahlen.

»Beste Grüße an Ihre bezaubernde Frau.«

Als ich die Toilette verließ, kam ich am Geschäftsführer und dem Kellner vorbei, der Stones Fluch auf sich geladen hatte. »Selbstverständlich sind Sie nicht entlassen«, hörte ich den Geschäftsführer sagen. »Aber halten Sie sich in Zukunft von diesem Bastard fern. Diese Leute kommen doch nur deshalb hierher, weil wir die einzigen auf der Welt sind, die sie erkennen!« Er warf einen Blick durchs Restaurant, um sich zu vergewissern, daß auch alles zu seiner Zufriedenheit lief. Er behielt das ruhige, unterwürfige Lächeln bei, als er ohne jede Hast an sein Pult neben der Tür zurückkehrte. Showbusineß.

16

Mitunter heißt es, das Star-System sei tot, aber das stimmt nicht. Heutzutage bekommen Filmstars höhere Gagen und haben mehr Einfluß als je zuvor. Wenn der Filmstar tot ist, dann wäre ich auf diese Weise auch gern tot.

John Frankenheimer

Cherrington wird als *Public school* bezeichnet – einfach weil es in der Headmaster's, der Rektoren-Konferenz, vertreten ist. Aber abgesehen davon und von der Tatsache, daß es 200 Jahre vor Stowe gegründet worden und auf 187 Morgen guten Shropshire-Farmlandes gelegen ist, kann nur wenig zu seinen Gunsten gesagt werden. Seine Absolventen geben *Public school* an, wenn sie sich um Anstellungen bewerben, die dann die Absolventen von Eton, Harrow und Wykeham bekommen.

Es war in Cherrington, wo sich Edward zum ersten Mal der Vorteile bewußt wurde, die ihm sein engelhaftes Gesicht, seine kleine Gestalt und das nervöse Lächeln bringen konnten. Er weckte den Beschützerinstinkt der Erwachsenen, die ihm bei den Schularbeiten halfen, ihn bei Prügeleien in Schutz nahmen und seinen Missetaten gegenüber beide Augen zudrückten. Diese Erwachsenen waren oft wie Mister Greenwood, der Englischlehrer, Männer mit zarter Haut und sanfter Stimme, feuchten Händen und einem Ausdruck in den Augen, den er schnell zu erkennen lernte.

Die Lektionen von Cherrington erwiesen sich auch fürderhin als nützlich. Er hatte Umgang mit den Homosexuellen, die sich zu ihm hingezogen fühlten, und nahm ihre Gefälligkeiten entgegen, ohne allerdings in ihre Reihen einzutreten. Er behielt seine Tugend, verkehrte zwar mit Schwulen, verlor jedoch nie den Hang zum Normalen. Doch nicht immer behielt er einen klaren Kopf.

Lawrence Pastor, der Regisseur von *Der letzte Vaquero,* war der Grund dafür, daß Stone den Kopf verlor. Eine beiläufige Bemerkung eines Abends im Vorführraum, ein Griff nach seinem Arm und ein unbedachter Blick in die Augen des Regisseurs reichten aus, Stone in eine Reihe glühender Liebesaffären zu stürzen. Starlets, ein Scriptgirl und ein Dutzend Zufallsbegegnungen im *Planter's Club* schienen nötig, um Pastor auf Distanz zu halten.

Stone hielt es noch immer für notwendig, neuen Bekanntschaften gegenüber seine heterosexuellen Neigungen zu betonen. Desgleichen war er nicht dazu fähig, seine geheimen Affären absolut geheimzuhalten, da die Therapie zum Teil aus dem Erzählen bestand.

Tatsächlich aber war sein sexueller Trieb nie über die Jahre von Cherrington hinaus gereift, in denen ihm sein engelhaftes Gesicht unangemessene Vorteile brachte. Wahrscheinlich hingen die beiden Dinge unauflöslich zusammen. Er hatte nie erwachsen werden und sich der harten, unerbittlichen Welt der Erwachsenen stellen wollen. In der Armee zum Beispiel hat sein Charme nie gewirkt.

Es bedurfte nur geringer Anstrengung für einen sportlichen *Public-School*-Absolventen, vor ein Auswahlkomitee für die Offizierslaufbahn zu gelangen; schwieriger war es schon, auch durchzukommen. Die erfolgreichsten Kandidaten bei Edward Brummages Eintritt in die Armee waren eher ungebildete Provinzler, die in der Lage waren, Brücken aus alten Türen zu bauen, ein lockeres Verteilerkabel in einem kaputten Motor zu entdecken und eine ehrerbietige Haltung anzunehmen. Tischmanieren, sprachlicher Ausdruck und Kultiviertheit galten bei der britischen Armee zu jener Zeit nur wenig. Zumindest bei der

Art von Regimentern, auf die sich Edward Brummages Ambitionen erstreckten.

»Ein Junge von der *Public school* wie Sie, Brummage! Ihnen brauchte man doch nicht extra zu sagen, daß das Wasserhindernis nicht zu umgehen ist, oder?«

»Entschuldigen Sie bitte.«

»Nein, Hauptfeldwebel, heißt es – Sie unmöglicher Mensch!«

»Nein, Hauptfeldwebel.«

Als die Zwillinge aus Walsall das gleiche taten, grinste der verdammte Hauptfeldwebel nur und sah in die andere Richtung. Seine Schule fand auch keinen besonderen Anklang bei den anderen Kandidaten oder den Ausbildern.

»Cherrington?«

»Shropshire. Zweihundert Jahre vor Stowe gegründet.«

»Stowe – ist das auch eine *Public school?* Habe gar nicht gewußt, daß es so viele gibt.«

Wenn er doch nur seiner Mutter nicht soviel erzählt hätte. Onkel Bernard war kein Problem, aber was sollte er seiner Mutter sagen?

»Tut mir leid, Brummage, wirklich. Normalerweise hätte es Ihnen der Major selbst gesagt, aber er ist bis zum Nachmittag bei der Division. Stehen Sie doch bequem. Es heißt ja nicht, daß Sie bei einer anderen Kommission später einmal keine neue Chance hätten ...«

»Wohin werde ich denn von hier aus verlegt?«

»Für gewöhnlich gehen die Jungen zur Versorgungseinheit in der Nähe von Bristol. Zigarette? Kommen Sie nicht von einer *Public school?«*

»Cherrington, Sir.«

»Ja, ich erinnere mich.«

»In Shropshire.«

»Habe es in Ihren Unterlagen gelesen. Also Shropshire, ja? Ich habe mich schon gefragt, wo das sein könnte. Wie ich sehe, waren Sie auch auf der Schauspielschule. Wenn Sie zu einer Einheit kommen, würde ich das an Ihrer Stelle weiterverfolgen. Wir hatten da einen Koch bei meiner letzten Einheit. Er ging als Zauberkünstler zu einer Unterhaltungsgruppe. Hat es ziemlich weit gebracht, erinnere ich mich.«

»Es geht darum, wie ich es meiner Mutter beibringe, Sir.«

»Ah, ja, das ist häufig das unangenehmste. Manche der Burschen sagen, sie seien für besondere Aufgaben ausgewählt worden...«

»Spionage?«

»Sonderaufgaben, Spezialoperationen – etwas dieser Art. Nun, wie ich schon sagte, es tut mir leid, daß Ihre Benotung so schlecht war, aber Offizier zu sein ist nicht alles auf der Welt. Wir brauchen auch erstklassige Jungs in den anderen Rängen, wissen Sie?«

»Ja, Sir.«

»Übrigens, Brummage. Der Ordonnanz-Brigadier der Division hat sich nach einem Burschen umgesehen...«

»Und...?«

»Ein verdammt guter Job für den richtigen Jungen, Brummage. Eigentlich ist es mir gar nicht gestattet, einen Soldaten für diesen Posten vorzuschlagen, aber... Nun, Sie wären bei diesen Bonzen genau am richtigen Platz. Dort werden die Entscheidungen getroffen. Sie werden mehr über den Verlauf des Krieges wissen, als ich je erfahren werde. Oder auch der Major. Lassen Sie sich die Sache doch mal durch den Kopf gehen.«

Am selben Nachmittag packte Edward Brummage seine Kiste und schrieb einen schwierigen Brief an seine Mutter, einen leichten an seinen Onkel: »Lieber Bernard. Du hattest absolut recht, und sie können sich ihre Litzen und Tressen sonstwohin stecken. Alles Gute, Eddie« – und machte sich auf den Weg, der persönliche Bursche von Brigadegeneral Millington-Ash zu werden.

Edward Brummage rumpelte bereits in einem 1,5-Tonnen-Versorgungslaster über die Umgehungsstraße, als der Major in sein Dienstzimmer zurückkehrte.

»Haben Sie dem alten Milly-Ash einen Putzer besorgt, John?«

»Den Schauspieler.«

»Ausgezeichnet. Aber Sie vermuteten ja, daß er darauf anspringen würde.« Der Major nahm den Telefonhörer auf und sagte: »Verbinden Sie mich mit Brigadegeneral Millington-Ash in der Division. So schnell es geht.«

»Ich habe ihm die Sache vom ›Nervenzentrum des Kommandos‹ aufgetischt.«

»Ausgezeichnet, John. Old Milly hätte auf dem normalen Weg nie einen Burschen bekommen. Selbst der General hatte Probleme. Im Augenblick hat er einen Burschen, der kaum des Englischen mächtig ist und ihm den Tee immer noch im Glas serviert. *Hello,* Sir. Major Hamble hier. Ich denke, ich hätte da unter Umständen einen Burschen für Sie.«

Der Major drehte die Unterlagen von Brummage so, daß er sie lesen konnte. »Mein Schreiber ist gerade dabei, die Sache zu überprüfen, aber das kann nicht lange dauern. Ein junger *Public-School*-Absolvent. Ja, *Public school.«* Der Major las den Namen der Schule und schob die Unterlagen beiseite. »Ich fürchte, ich weiß nicht, um welche *Public school* es sich handelt. Aber während ich auf meinen Schreiber warte, kann ich ja gleich ein Wort mit Ihnen über diese Decken und die Munition für die Maschinenpistolen reden. Die ... ja, ich weiß, alle Welt will dasselbe ... Es ist *okay?* Heute nachmittag? Ah, hervorragend! Da kommt gerade mein Schreiber. Es ist offenbar alles geregelt: Brummage, Edward Brummage.«

DIE MARSHALL STONE-BIOGRAPHIE

6. KAPITEL, 1. ENTWURF

Bis hin zu den Bergen, die aussahen wie purpurfarbene Pappe, war das Land Wüste. Keine welligen Dünen aus weißem Sand, sondern Felsen und Gestrüpp und Kakteen, Hügel und Berge, die für Bär und Puma hoch genug waren. Es führte keine Straße hindurch, aber die beste Fährte für eine Postkutsche war durch eine Reihe schiefer Pfosten markiert, zwischen denen Telegrafendrähte an manchen Stellen so tief durchhingen, daß sie einen Reiter schon köpfen konnten. Das war die Route, die die Postkutsche nahm; auf halbem Wege befand sich die schäbige Ansammlung von Bruchbuden, wo sie anhielt, um die Pferde zu wechseln.

Selbst im Winter waren die staubigen Straßen des Ortes heiß genug, um einem den Spaß am Herumlaufen zu vergällen – aber die Menschen liefen herum. Geschäfte und Saloons waren von ruhe- und rastlosen Menschen überschwemmt. Dutzende standen vor dem Gemischtwarenladen, andere drängten sich vor dem Telegrafenbüro. Der El Paso-Postkutsche wurden die Pferde in Rekordzeit gewechselt, und zwei Männer bestachen gerade einen Angestellten, ihnen einen Platz darin zu verkaufen.

Mrs. Grant, die Frau des Hufschmieds, und ihre erwachsene Tochter Ellen hoben sorgsam ihre Röcke in Knöchelhöhe, bevor sie vor dem Kurzwarenladen über den Rinnstein traten. Jedermann reagierte auf die Neuigkeit: Südlich des Flusses waren kriegerische Sioux gesichtet worden.

Die Menschen bewegten sich alle in selbstquälerischem Schweigen. Die Schritte auf den Bürgersteigen waren kaum zu vernehmen. Reiter mußten all ihr Können aufbieten, ihre Pferde zu beruhigen, und die Postkutsche samt Gepäckwagen war gefettet und geölt worden, um jedes Quietschen auszuschließen.

Da war es kaum möglich, den Gang des Mannes zu übersehen, der die Straße überquerte, als die Kamera langsam auf ihn zuschwenkte. Er grüßte die Dame, indem er mit zwei Fingern an seinen breitkrempigen Hut tippte, und winkte einem vorübergaloppierenden Soldaten zu. In Stones Gang lag alles: der mexikanische Hintergrund, die Jahre erbitterten Kampfes, die gelassene Zuversicht des perfekten Schützen. Stone warf den Kopf zurück, reckte das Kinn und hob seine

Stiefel wie ein Mann, der sich zwischen Stolperdrähten bewegt. Und dennoch war ein gerüttelt Maß an Neurose in dieser einstudierten Pose. Dieser Mann fummelte zu lange an seiner Hutkrempe herum, bevor er die Damen grüßte. Seine Hand fuhr zu oft an seine Gürtelschnalle, ja sie schien manchmal zu zittern.

»Schnitt«, rief der Regisseur.

Hinter ihm schrie ein Assistent mit heftigerer Stimme: »Ausgangsposition, und ein bißchen schnell, bitte. Versucht, jedes Geräusch zu vermeiden.«

Der Kamerakran, der das surrende Gerät und den Kameramann langsam vom Turm des Forts heruntergeschwenkt hatte, hielt inne. Die Techniker drängten sich aufgeregt um sie. Hinter ihnen im grauen Staub, fast verborgen, führten Kabel zu den tuckernden Generatorlastwagen. Die Straßen waren mit Pfosten, künstlichen Kakteen, Schildern und Hinweisen, einigen Stühlen und zehn Pferdeboxen vollgestellt, einschließlich eines roten Pferdetransporters, der die Spezialpferde der Stuntmen transportierte. Auf der anderen Seite der Phantasiestadt parkten gepflegte Wohnwagen, die die Maske, die Umkleideräume, die Büros und das Lager beherbergten. »Als nächstes die Schießerei! Ich möchte in fünf Minuten beginnen, während der Marshal noch in nervöser Anspannung ist.«

Kagan Bookbinder, ein muskulöser Mann mit kurzgeschorenem grauen Haar, klopfte einem der Soldaten auf den Rükken. »Das war großartig, Spike, aber blicken Sie auf, wenn Sie sprechen. Der Junge vom Ton hat sonst Probleme.« Der Produzent sah zu, wie ein Maskenbildner noch mehr grauen Puder auf Stones Schläfen verteilte. »So, das reicht. Richten Sie jetzt bitte die Frisur der Frau, Billy.« Er deutete auf die Frau des Hufschmieds. Dem Maskenbildner blieb genug Zeit, Bookbinder daran zu erinnern, daß er lediglich für die Stars zuständig sei – nicht für die Statisten, und dann ging er. Kagan Bookbinder lächelte. Er war als Held aus dem Krieg

zurückgekehrt. Als Jagdflieger der US-Airforce hatte er drei japanische Bomber abgeschossen. Er brachte eine Menge technisches Know-how in den Film ein. Bookbinder wußte, was wirklich geschieht, wenn ein Mann von einer Kugel getroffen wird: Es trifft ihn mit der Wucht eines Hammers, wirft ihn um und schleudert ihn über die halbe Straße. Für das Pistolenduell wurden an dem jungen englischen Schauspieler Edgar Nicolson zwei Drähte befestigt: einer würde ihn vom Boden abheben und der andere nach hinten wegziehen, wenn der Schuß aus Stones Pistole gefallen war.
Es gab aber auch noch andere Hilfsmittel. Bookbinder lehnte die Luftdruck-Schrotflinte ab, die der Experte für die Spezialeffekte dazu benutzte, um aus der Nähe – und außerhalb des Bildes – Gipsstücke aus der Wand zu schlagen, hinter der sich Stone verborgen hielt. Bookbinder hatte kleine explosive Ladungen in der Wand anbringen lassen, um den Eindruck zu erwecken, daß die Kugeln mit hoher Geschwindigkeit tief in das Mauerwerk eindrangen. Es hatte da bereits ein paar kleinere Unfälle gegeben. Zwei Ziegelbrocken hatten einen Schauspieler verletzt.
Kagan Bookbinder ergriff seinen Star und drehte seinen Kopf in den Händen wie ein Tierarzt, der einen Hund inspiziert, der Schaum vorm Maul hat. »Du bringst das schon, Marshal«, sagte er. Der finster dreinblickende Schauspieler nickte. Er entspannte sich nie so weit, um wieder ganz er selbst zu sein. Er befürchtete so sehr, sein Gefühl für die Rolle zu verlieren, die er verkörperte, daß er selbst beim Abendessen im Hotel noch agierte. Am Abend hatte Bookbinder ihm geraten, nur ja nicht auf den Boden zu spucken. Jedermann nannte ihn den Marshal. Und das war ein gutes Zeichen, dachte Bookbinder.
Der erste Assistent beschäftigte sich wieder mit dem Verstärker. »Überall absolute Ruhe, bitte. Ich möchte eine Nadel zu Boden fallen hören können.« Das hatte er schon tausendmal gesagt, und er würde es mindestens noch weitere tausend Male

sagen. Es war weder ein Witz noch eine verbale Übertreibung – es war seine Standard-Anweisung. »Eine Nadel zu Boden fallen hören.« Seine Stimme hallte von den dünnen hölzernen Kulissen wider. Sie drang bis ins Indianerreservat und hinüber in die Wüste, wo die Kojoten, Klapperschlangen und Skorpione geduldig darauf warteten, daß die menschlichen Eindringlinge ihre Arbeit beendeten und wieder verschwanden.

Der Mann von den Spezialeffekten hatte alle Drähte an Edgar Nicolson befestigt und die Blutkapseln unter seinem Hemd verborgen. Nicolson blickte die Straße entlang, über die ihn das Geschoß schleudern sollte. Wenn er nicht ganz gekonnt fiel, riskierte er durchaus einige Verletzungen. Das Drehbuch sah einen Stuntman vor, aber er hatte darauf bestanden, die Szene selbst zu spielen, und die Linse der zweiten Kamera war entsprechend ausgetauscht worden.

Nachdem die Arbeit an den Spezialeffekten getan war, nahm das Ton-Team einige Minuten absoluter Stille auf. Genau wie Geräusche hat auch die Stille ihre eigenen Charakteristika. Wenn die Zeit für den Soundtrack gekommen war, konnte es sich durchaus als nötig erweisen, einen Moment des Schweigens einzuschneiden. Genau darum ging es. 250 Schauspieler, Schauspielerinnen und Techniker verharrten wort- und bewegungslos, als gedächten sie der in der Schlacht Gefallenen. Selbst das Tuckern der Generatoren hatte aufgehört, die mächtigen Bogenleuchten waren erstorben, ebenso wie die Klimaanlagen in den Büros und in der Kantine.

»*Okay,* das reicht. Vielen Dank an alle. Auf die Ausgangspositionen bitte.«

Stone fuhr ganz langsam mit der Hand den Schenkel entlang, zog den schweren Colt aus seinem mit Harz weichgemachten Halfter und wirbelte ihn in seiner behandschuhten Rechten herum. Wieder und wieder tat er das und konzentrierte sich die ganze Zeit darauf, sich die Anstrengung nicht anmerken zu lassen. Nur wenn das schnelle Ziehen absolut instinktiv

erfolgte, konnte er seine Gedanken ausschließlich auf die Darstellung richten.
Der PR-Mann beobachtete das Wirbeln mit der Waffe tief befriedigt. Jake Weinberger war Anfang Dreißig, ein engagierter junger Mann mit einer barschen Stimme und einem österreichischen Akzent, was ihm eine kurzfristige Filmkarriere als Darsteller von U-Boot-Kommandanten beschert hatte, aber auch von Gestapo-Angehörigen und Wachtposten, die fremde Eindringlinge stets und ständig fälschlicherweise für Katzen hielten. Er hatte dieses Duell exklusiv an einen Fotografen der *Look* verkauft. Der Bildredakteur von *Look* war anfangs von der Idee gar nicht begeistert gewesen, aber in einem dreiviertelstündigen Telefongespräch mit New York hatte Weinberger ihn davon überzeugt, daß in diesem Film ein neuer Star geboren werden würde. Weinberger nickte dem Standfotografen zu. Jetzt war auch er davon überzeugt. Dieser junge britische Schauspieler hatte das Glitzern des Ehrgeizes in den Augen. Er besaß das Aussehen, das seine Freunde schon bald als ›Star-Qualität‹ bezeichnen würden. Seine Feinde würden es den ›Killer-Instinkt‹ nennen, aber beide Gruppen würden wissen, daß sie von ein und derselben Sache sprachen.
»Edgar Nicolson und Edward Stone, sagte der Standfotograf und notierte sich die Namen, um sie später zusammen mit den Bildern weiterzugeben.
»Schreiben Sie Marshall Stone«, sagte Weinberger aus einem Impuls heraus.
»Mit einem ›l‹?«
»Nein, zwei.«
»Wie beim Marshall-Plan?«
»Könnte genau so was werden«, stimmte Weinberger zu.
»Wenn Sie fertig sind, können wir anfangen, Marshall«, rief der Regisseur.
»Das hier war eine anständige Stadt, bevor ihr Yankee-Soldaten eingefallen seid und mit eurem Gezänk und Geschrei und

bevor ihr unserem Weibsvolk die Köpfe verdreht habt«, sagte Stone mit der Stimme, die er eigens für diese Rolle entwickelt hatte. Es war eine rauhe Stimme mit mexikanischem Akzent. Das Team benötigte einen Augenblick schweigenden Nachdenkens, um den Scherz zu erkennen.

Stone las das Kapitel zweimal. Es war zwar nicht alles ganz korrekt wiedergegeben worden, aber es genügte, um ihn an jenen Tag zu erinnern, an dem er seinen neuen Namen erhalten hatte. Nachdem die Schießszene abgedreht war, hatten sich Probleme mit der Kamera ergeben. Stone ging zum Wohnwagen und goß sich ein Bier ein. Er drehte den Ventilator so, daß er nur wenige Zentimeter von seinem Gesicht entfernt war, und griff nach der Zeitung, die jeden Tag um die Mittagszeit aus Los Angeles kam. Er las die Nachrichten über den Krieg in China und stellte fest, daß er wieder einmal auf die falschen Pferde gesetzt hatte. Er wäre eingeschlafen, wenn da nicht eine kurze Meldung in den Lokalnachrichten gewesen wäre.

SCHAUSPIELERIN BEI UNFALL AUF DEM TURNPIKE GETÖTET
Ingrid Rainbow, eine 25jährige Schauspielerin, die bei den Koolman-Studios unter Vertrag stand, starb gestern in den frühen Morgenstunden, als sie mit ihrem 48er Chevrolet auf der Ausfahrt Ocean Plaza/San Jorge Turnpike gegen einen Pfeiler prallte. Ingrid Rainbow hat als jugendliche unter der Leitung von Regisseur Lawrence Pastor ausgezeichnete Leistung gezeigt, und ein Studiosprecher betonte, sie sei gerade für eine bedeutende Rolle in einem neuen Film-Musical der Koolman-Studios vorgesehen gewesen. »Ihr hätte die Welt offengestanden«, wurde ihr gestern vom Studio attestiert.

Finito. Stone las die Meldung ein zweites Mal, mußte aber die Zeitung flach auf den Tisch legen, um sie ruhighalten zu können.

17

Alle Probleme auf dieser Welt werden von Juden und Iren verursacht.

Harry Cohn

Ein Film wird an dem Tag geboren, an dem der Mann mit dem Portemonnaie zustimmend nickt. Es kann dann noch Wochen dauern, bis ein Brief geschrieben oder ein Abkommen unterzeichnet wird. Die Filmbranche rühmt sich seiner mündlichen Absprachen, aber die meisten Produzenten sorgen dafür, ihren Agenten zum Zeugen des Kopfnickens zu machen.

Bald darauf wird ein Extra-Schreibtisch ins Büro des Produzenten gestellt, und ein Produktionsassistent geht den Etat zum vierten Mal durch. Um noch ein weiteres Urteil zu haben, wird ein Produktionsmanager eingestellt, der die tatsächlich Beteiligten und Zahlen, die Gehälter, Honorare, Preise und geschätzten Kosten anhand des Drehbuchs Seite für Seite akribisch durchgeht. Der Regisseur muß bei diesen Zusammenkünften dabeisein, um zu entscheiden, wo der Etat endet und der Film beginnt. »Wir brauchen doch nicht das ganze Team nach Italien fliegen zu lassen, Bert. Wir können die Szenen auch in Rückprojektion drehen.«

Dann beginnt der Aufnahmeleiter nach einer ähnlichen ›Gasse in einer mitteleuropäischen Hauptstadt‹ zu fahnden, nach ›Hügeln hinter der Stadt‹ und in Frage kommenden Schlössern und Palästen, um dann mit Besitzern und Bewohnern darum zu feilschen, daß die Fernsehantennen vom Dach genommen werden. In das ohnehin überfüllte Büro wird dann noch ein Filmarchitekt gestopft, der riesige Skizzen von seinen Kulissen schwingt. Ein

Kostümbildner ist unter Musterzeichnungen und Stoffproben begraben. Den meisten dieser Männer stehen Firmenwagen mit Chauffeur und eine Sekretärin zu, die sich um ihren Papierkram kümmert. Und mit einemmal gibt es Produktionsbüros, bedrucktes Briefpapier und ein Dutzend Mädchen, die auf Schreibmaschinen einhämmern. Ein Buchhalter wird der Produktion zugeordnet, um Rechnungen, Löhne und Gehälter zu bezahlen, sich um Steuern zu kümmern und jeden dazu zu bringen, möglichst sparsam zu wirtschaften. Er benötigt drei Sekretärinnen.

So war es bei *Der Mann aus dem Palast.* Marshall Stone erhielt den Status eines Produzenten als Gegenleistung für seine Investition, das heißt für seine Bereitschaft, seine Gage erst zu fordern, wenn der Film fertig und uraufgeführt war. Anfangs hatte er diese Ehre abgelehnt, die Weinberger für ihn gefordert hatte. Schließlich war er aber doch geschmeichelt genug, um ja zu sagen. Allerdings wollte er unter gar keinen Umständen im Titelvorspann oder in der Werbung als Produzent auftreten. Bookbinder stimmte dem zu. Aber Stone war Schauspieler, und beide wußten nur zu genau, daß Stone nach Fertigstellung des Films mit Klauen und Zähnen um die Anerkennung als Produzent kämpfen würde – so, wie er es unter anderen Umständen bereits getan hatte.

Binnen zwei Wochen tat *Mann aus dem Palast* den gewaltigen Schritt von der Planung zu Realisierung. In den Büros in Holborn herrschte bis in die Nachtstunden hinein Hochbetrieb. Die Schreibtische waren mit ungegessenen Sandwiches übersät und mit Pappbechern, die nach Whisky rochen. Es gab ein Dutzend Telefone, die selten zu klingeln aufhörten, und die Post machte Überstunden, um die Fernschreiber zu installieren. So begannen die hektischen Wochen der Vorproduktion – eine Zeit, in der jeder dringend gebraucht wurde, mit Ausnahme der Schauspieler.

Als die Dreharbeiten zu *Lockspitzel* sich dem Ende zuneigten, veränderte sich Marshall Stone, wie er sich immer verändert hatte: Er faßte den Entschluß, einen langen Urlaub zu machen – irgendwo, wo es sonnig und ruhig war, wo niemand ihn erkannte. Doch wenn der allerletzte Tag herannahte, begann Besorgnis in ihm aufzukeimen. Er machte sich Gedanken über das nächste Angebot. Finanziell hatte er es überhaupt nicht nötig, einen Film nach dem anderen zu drehen, und Weinberger hatte ihm schon immer geraten, sich mehr Zeit für Entspannung und Vorbereitung zu lassen, und dennoch nagte das Verlangen nach einem neuen Vertrag an Stone. Selbst wenn einem Drehbuch und einem Vertrag zugestimmt war, kam er immer noch nicht zur Ruhe. Er machte sich Sorgen, ob er sich etwa einem kümmerlichen Drehbuch oder einem unfähigen Regisseur ausgeliefert hatte. Er sorgte sich darum, daß ihn der Drehplan überfordern oder aber ihm zuviel Freizeit lassen könnte. Und wenn es ein Film war, der an Originalschauplätzen gedreht wurde, fragte er sich, wo er untergebracht sein würde. Würde das Hotel auch luxuriös genug sein, oder hatten etwa andere Stars eine bessere Unterkunft? Wie effektiv war die Klimaanlage und wie gut das Essen? Manchmal war es ihm gelungen, Filmgesellschaften dazu zu überreden, eigens für ihn einen Küchenchef zu engagieren. Und dann das Wetter: Welches Klima herrschte dort zu dieser Jahreszeit? Stone war fest davon überzeugt, daß sich große Temperaturschwankungen verheerend auf seinen Teint auswirkten.

Diese grundlosen Ängste wurden von Jahr zu Jahr schlimmer. Der Astrologe hatte recht gehabt. Vielleicht lag es daran, daß so viele andere seiner Kunden auch Schauspieler waren. Es war das Lampenfieber. Stone erinnerte sich, einmal einen der wirklich großen alten Männer des Theaters sich drei Minuten vor dem Auftritt in einen Löscheimer erbrechen gesehen zu haben. Das war bei *Haus Herzenstod* in Glasgow gewesen, bei dem Stone einen Satz zu sprechen, den Tee zu holen und Programme zu verkaufen hatte. Es hatte ihn verblüfft, daß das Lampenfieber selbst einen so alten Hasen derart packen konnte, während Stone auf die Bühne schritt, ohne mit der Wimper zu zucken. Aber inzwischen wußte er mehr über dieses ›Berufsrisiko‹ der Schauspieler. Männer, die in Gerbereien arbeiten, werden mit der Zeit immer anfälliger gegen Milzbrand, Bergleute erliegen mit der Zeit der Silikose, und alte Schauspieler werden schließlich von der Angst paralysiert.

Daher wartete Stone begierig darauf, daß endlich mit den Dreharbeiten begonnen wurde: Er wußte, daß er sich dann wesentlich besser fühlen würde – ebenso, wie er auf der Bühne plötzlich ganz ruhig wurde und sein Gedächtnis wie eine Maschine zu funktionieren begann, so daß er sein ganzes Können in die Darstellung legen konnte; zum Beispiel indem er das Publikum beobachtete oder seine Mitspieler in Grund und Boden spielte. Dazu reichte schon das Zucken einer Augenbraue aus. Einmal hatte er einen der ehrenwertesten Schauspieler mitten im Dialog zum Lachen gebracht; allerdings hatte es der alte Mann geschafft, den Lachanfall in ein Husten umzumünzen.

Am ersten Tag der Dreharbeiten arrangierte Kagan Bookbinder eine kleine Feier. Es gab eine Dinnerparty für die Schauspieler und ein paar Techniker aus den höheren Rängen. Goldene Manschettenknöpfe und Telegramme wurden ausgetauscht, und jeder küßte und umarmte jeden. In Stones Wohnwagen war der Spiegel vor lauter Glückwünschen aus aller Welt fast nicht mehr zu sehen. Bookbinder hatte eine halbe Seite der *Variety* gekauft, um der Öffentlichkeit mitzuteilen:

> Kagan Bookbinder in Zusammenarbeit mit *Continuum Industries Inc.* zeigt voll Stolz an, daß die Dreharbeiten zu DER MANN AUS DEM PALAST am 3. September in London beginnen werden. In der Hauptrolle Marshall Stone. Regisseur: Bert Hanratty. Eine auf dem gleichnamigen Bestseller basierende Kagan-Bookbinder-Produktion.

Selbstverständlich buchte er die Kosten für diese Annonce über seinen Werbeetat ab – ebenso wie die Geschenke und Glückwunschtelegramme. Die Typographie der Anzeige war umwerfend. Die Namen von Stone, Bookbinder und Hanratty erschienen in Großbuchstaben. *Continuums* Markenzeichen – der Baum der Erkenntnis, in dem ein Pfau saß – war in die Anzeige mit einbezogen. Der Name des Mannes, der sowohl den Bestseller als auch das Drehbuch geschrieben hatte, war nirgends zu entdecken. Andererseits war er auch der einzige am Film Beteiligte, der bereits bezahlt worden war.

Diese Anzeige brachte überall eine positive und spontane Reaktion hervor. Fast jeder, der irgendwann einmal mit den Filmleuten von *Mann aus dem Palast* geschäftlich zu tun gehabt hatte, schickte Telegramme, und nicht wenige schienen auf die Aussicht erneuter Zusammenarbeit zu bauen. Noch Wochen nach Beginn der Dreharbeiten kamen Gratulationen. Stone nahm sich eine während einer Mittagspause im Wohnwagen vor.

»Kitsch«, sagte er und gab das Telegramm an Bookbinder weiter.

WÜNSCHE DIR UND DEN ANDEREN ALLES ERDENKLICH GUTE STOP BIN IN GEDANKEN BEI EUCH UND HOFFE AUF GROSSE UND GRÖSSTE LEISTUNGEN EINES GROSSARTIGEN TEAMS

EDGAR NICOLSON

Stone sagte: »Er ist in New York und versucht, einen Vertrag für dieses Drehbuch über das spukende Farmhaus zu bekommen.«

»Wie heißt der Titel?« fragte Hanratty.

»Wer kann das wissen«, gab Stone zurück. »Er ändert ihn von Woche zu Woche.«

»Damals in den fünfziger Jahren hat Edgar ein paar großartige kleine Filme gemacht«, warf Bookbinder ein.

Hanratty erwiderte: »Niemand will einen Burschen, der ein paar großartige kleine Filme gemacht hat. Besonders dann nicht, wenn er sie in den fünfziger Jahren gemacht hat. Wonach sich jeder reißt, das sind Burschen, die verdammt scheußliche Zwanzig-Millionen-Filme drehen. Wenn Edgar einen Zwanzig-Millionen-Streifen gemacht hätte, wäre er dick im Geschäft.«

»Das ist die Magie der Zahlen«, meinte Bookbinder. »Einen Burschen, der zwanzig Millionen verschleudert hat, umgibt eben eine größere Aura als einen, der zehn Riesen Profit gemacht hat.«

Es war warm im Wohnwagen, aber der tragbare Gasofen machte die Luft stickig, und Stone befürchtete, er könnte wieder seine typischen Kopfschmerzen bekommen. Er lehnte sich zurück und schob das winzige Fenster auf. Die Mittagspause hatte gerade begonnen. Die Fahrer und Schmarotzer waren immer die ersten in der Schlange vor dem Kantinenbus. Er beobachtete, wie sein Double und sein Fahrer ihre Tabletts nahmen und zu den Klapptischen gingen, die in der Garage aufgestellt waren. Hinter ihnen war der Vorhof des ›Palastes‹ vollgestellt: Busse, Autos, Generatoren, Scheinwerfer, Bogenleuchten und Tieflader mit Möbelstücken, und eine vergoldete Karosse. Ein Taxifahrer, der zwei Dutzend riesige Blumensträuße für die Empfangs-Szene abgeliefert hatte, hupte ungeduldig die Arbeiter an, die mit dem Abladen der Möbel beschäftigt waren, bevor er quer über den Rasen davonfuhr.

Stukkateure nahmen Abdrücke von den Eingangstüren, um Duplikate für die Dreharbeiten in Italien anfertigen zu können. Gebäude und Gelände waren übersät mit geschäftigen Arbeitern, und Kabel und Drähte führten durch jedes Fenster und jede Tür ins Gebäude hinein – so als müßte sich das ehrwürdige Herrenhaus irgendeiner Energie-Operation unterziehen, die es unter Umständen nicht überleben würde.

»Was ist eigentlich aus diesem Arktisfilm geworden, den Sie mit ihm gemacht haben?« fragte Hanratty Stone.

»Koolman ist ganz begeistert davon«, sagte Stone. »Alle Welt meint, ein Oscar sei ihm gewiß. Leo sagt, das Wenigste, was er bekommen wird, sei eine Nominierung.«

Hanratty nickte. »Koolman mag Nicolson. Das ist mir schon aufgefallen. Jedesmal, wenn Nicolson in Schwierigkeiten steckt, kommt Koolman wie die gute Fee und wedelt mit dem Zauberstab. Haben Sie das nicht auch schon bemerkt?«

»Nein. Ich kann nicht sagen, daß ich das bemerkt hätte«, erwiderte Stone. Er steckte ein Pfefferminzbonbon in den Mund, da er in der beständigen Furcht lebte, sein Atem könnte jemanden abstoßen.

Bookbinder lächelte. Es war das erste Mal, daß er lächelte, seit *Continuum* damit begonnen hatte, ihnen mit Etatkürzungen auf die Nerven zu gehen. Dieses Geplauder während der Mittagspause sollte darüber entscheiden, ob die Kampfszenen und sämtliche Dreharbeiten in Italien gestrichen werden sollten. Aber es waren bereits so viele Bauarbeiten ausgeführt und so viele Verträge unterzeichnet worden, daß der so eingesparte Betrag nur wenig dazu beitragen würde, die finanziellen Besorgnisse der *Continuum* zu zerstreuen. Die Dreharbeiten in Italien würden nicht abgesagt werden. Hanratty blickte auf die Uhr. »Höchste Zeit.«

»Wann werden Sie mich brauchen?« fragte Stone. Er legte die Zeitung beiseite, in der er sorgsam die Pferde angestrichen hatte, die er favorisierte.

»Ich muß jetzt die Totalen drehen, dann kann ich die Komparserie nach Hause schicken.« Hanratty kauerte sich vor Stone hin und sprach ernsthaft auf ihn ein: »Ihre erste Aufnahme heute nachmittag«, sagte Hanratty. »Der Prinz kommt durch die Eingangshalle ...«

»Ja?«

»Das sind nicht Richard Burton und Liz Taylor, die *Sardi's* betreten. Der Prinz bleibt nicht stehen, um Ausschau zu halten, wer sonst noch alles da ist. Der Prinz ist ein Bursche, der das

Unbekanntsein nie erlebt hat. Achten Sie nicht darauf, wohin Sie gehen, Marshall. Er weiß, daß ihm niemand und nichts jemals in den Weg kommen kann. Unterhalten Sie sich mit Ihrem Adjutanten und sehen Sie nur ihn an, wenn Sie mit ihm sprechen. Das wird die Kameraseite sein. Gehen Sie direkt auf die Tür zu und durch sie hindurch, bis ich schreie: ›Schnitt‹, vermutlich nach den letzten Worten des Adjutanten.«

»Ich habe noch immer Probleme mit diesen verdammten hohen Stiefeln.«

»Ziehen Sie sie für diese Szene aus. Die Kamera erfaßt Sie nicht unterhalb der Taille. Aber legen Sie den Degen an.«

»Haben sie sich schon überlegt, wie ich das Fenster öffnen soll, ohne daß das Mädchen mich sieht?« wollte Stone wissen.

Hanratty lächelte. »Keine Sorge, Marshall: der Zauber des Kinos.«

»Gut«, sagte Stone und wandte sich von neuem der Rennsportseite zu. Hanratty hatte sich also wieder eine Lösung für die verkrachte Szene ausgedacht. Stone war von dem selbstsicheren Iren regelrecht abhängig geworden. Es gab keine Frage in bezug auf Handlung, Rolle, Beleuchtung, Bewegung, Kulisse oder Make-up, auf die Hanratty keine Antwort gewußt hätte. Und seine Antworten waren gute Antworten. Hanratty erhob sich.

»Ist heute mit den beiden Scheinwerfern Schluß, Bert?« fragte Bookbinder.

»Den beiden Riesen? Tut mir leid, daß ich sie einsetzen mußte, aber nur sie haben die Lichtstärke, die wir brauchten. Sie gehen noch heute zurück.«

»Großartig«, sagte Bookbinder. Er holte ein schweinsledernes Zigarrenetui heraus und hielt es Stone hin, der dankend ablehnte.

»Die Produktion wird bald das Zigarrendeputat des Produzenten einschränken«, sagte Stone.

Bookbinder blickte auf. Es war nicht das erste Mal, daß er Stone der Ironie verdächtigte. »Soweit kommt es noch.«

»Falls du in echte Schwierigkeiten geraten solltest, steht dir jederzeit die Gästesuite in *Twin Beeches* zur Verfügung.«

»Ich könnte dich vielleicht sogar beim Wort nehmen, so wie's im Augenblick hier läuft.«

»Probleme mit der Gewerkschaft?«

»Das hängt ganz davon ab, was du unter Problemen verstehst. Handelt es sich um Probleme, wenn sie mich dazu zwingen, das gesamte Team – vom Klappenjungen bis zum Hilfsgarderobier – erster Klasse fliegen zu lassen, wenn wir durch die Touristenklasse so viel Geld sparen würden, daß ich eine weitere Woche drehen könnte? Handelt es sich um Probleme, wenn sie mich dazu zwingen, Autos zu mieten, die sie von zu Hause abholen, weil sie es für unter ihrer Würde halten, mit einem Minibus hergebracht zu werden?«

Stone zuckte die Achseln. »Das ist doch bei jedem Film das gleiche.«

»Aber deswegen ist es noch längst nicht gut, Marshall. *Continuum* fängt schon an zu fragen, warum ich nicht den ganzen Film in Italien gedreht habe. Und ich habe Schwierigkeiten, ihnen eine befriedigende Antwort zu geben.«

»Die Probleme sind also finanzieller Art.«

»Ja, genau darum geht es, Marshall.«

»*Continuum* muß doch einsehen, daß sich kein Film auf den Penny genau an den Etatplan halten kann, Kagan. Haben Sie denn niemanden, der sich wenigstens ein bißchen im Filmgeschäft auskennt? Ich werde mit ihnen sprechen, Kagan. Vielleicht hören sie auf mich.«

»Das ist sehr nett von dir, Marshall, aber so einfach ist das nicht.« Bookbinder betrachtete einen Augenblick die noch unangezündete Zigarre, besann sich dann eines Besseren und holte seine Pfeife und den Tabak hervor. Er stopfte die Pfeife langsam und überlegte dabei, was er sagen sollte. »Der Film wird rund vierhunderttausend Dollar teurer als geplant, Marshall.«

»Kein Wunder, daß *Continuum* zu zetern beginnt.«

Bookbinder lächelte finster. »Und dabei wissen sie's noch gar nicht. Ich habe die Garantie selbst übernommen.«

»Und damit war die Bank einverstanden?«

»Ich hafte persönlich für das Geld.«

Stone pfiff durch die Zähne. »Das ist aber eine Menge Moos, Kagan.«

»Sie haben mein Haus, meine *Continuum*-Anteile – das ganze Bündel.«

»Du mußt *Continuum* dazu bringen, dir die Mehrkosten zu genehmigen.«

»Das hatte ich ja auch vor, aber das haben sie rundweg abgelehnt. Tatsache ist, Marshall, daß wir mit dem Geld leider nahezu am Ende sind.«

»Aber du hast doch gesagt, das mit dem Geld ginge in Ordnung. Du hast gesagt, sie wären mit dem Rohschnitt zufrieden gewesen, den du ihnen letzte Woche vorgeführt hast. Schließlich muß dieser Film, bei dem weder du noch Bert oder ich im voraus bezahlt werden, ein gutes Geschäft sein. Laß doch *Continuum* eine Hypothek auf eines ihrer Filmtheater aufnehmen oder so was, bis der Film Geld einbringt. Himmel, ich bin kein Geschäftsmann, aber selbst ich sehe das ein. Die Jungs von der Bank müssen den Verstand verloren haben.«

»Das sind keine Jungs, Marshall.«

»Dann vielleicht Tattergreise. Burschen, die einmal im Jahr ins Kino gehen und während der Vorführung einschlafen. Was wissen die schon...«

»Es sind überhaupt keine Männer, Marshall. Es ist eine Frau, die die Entscheidungen trifft.«

Stone blickte Bookbinder einen Augenblick lang verständnislos an. Dann lachte er auf. »Du willst doch nicht etwa sagen, daß Brooks und Gerber sich mit dem *Continuum*-Vertrag befassen?«

»Und deine Frau trifft die Entscheidungen.«

»Exfrau«, sagte Stone.

»Sie hat es glatt abgelehnt«, sagte Bookbinder. »Sie wollte sich unseren Rohschnitt nicht ansehen. Das Dumme ist nur, daß einige der *Continuum*-Direktoren der Meinung sind, sie habe das nur getan ...« Bookbinder drehte seine Pfeife und inspizierte den glimmenden Tabak.

»Um mir eins auszuwischen?«

»Alles Quatsch, ich weiß«, sagte Bookbinder. »In dieser Situation wird sie ganz besonders darauf bedacht sein, das Richtige zu tun. Außerdem würde Mary so etwas nie machen.«.

»Ehefrauen können die merkwürdigsten Dinge tun«, stellte Stone fest. »Erinnerst du dich an den Film, den ich im Jahr sechsundfünfzig für Koolman machte? Die Frau steckte hinter all den Mordanschlägen auf ihren Mann. Der Film entsprach der Wahrheit, Kagan. Ich habe oft daran gedacht, wie realistisch er doch war.«

»Ich habe schon daran gedacht, ihren Mann auszuhorchen, diesen Schreiber. Wie heißt er doch gleich – Anson.«

»Das kannst du vergessen«, sagte Stone. »Mary ist nicht der Mensch, der Geschäftliches mit dem Ehepartner diskutiert.«

»Nun, du mußt es ja wissen«, sagte Bookbinder. »Vielleicht könntest du dich mit ihr in Verbindung setzen, könntest sie dazu überreden, sich wenigstens das anzusehen, was wir bisher gemacht haben? Auch wenn die Musik noch nicht endgültig das ist, was wir uns vorstellen, zeigt der Streifen doch schon eine Menge von dem, was wir mit ihm beabsichtigen. Was hältst du davon, Marshall?«

»Ganz im Vertrauen, Kagan, Mary ist noch immer ein bißchen in mich verliebt. Vielleicht ist das ihre Art, die Aufmerksamkeit auf sich zu lenken. Sie hat sich durch mich immer ein wenig in die Ecke gedrängt gefühlt, weißt du?«

»Du solltest dich jetzt für deine Aufnahmen fertigmachen, Marshall. Ich schicke dir den Garderobier, ja?«

»Großartig«, sagte Stone. »Und mach dir um Himmels willen keine Sorgen mehr. Ich werde Mary überreden. Sie würde sonst was für mich tun. Und wenn alle Stricke reißen, werde ich das Geld zur Verfügung stellen.«

»Danke, Marshall, und zu niemandem ein Wort. Du, Bert und ich sind die einzigen, die darüber informiert sind, daß wir in Schwierigkeiten stecken. Selbst der Buchhalter hat keine Ahnung. Eine Sache wie die ...« Er zuckte die Achseln. »Wenn irgend jemand etwas erfährt, könnte es Probleme geben, einen Kredit zu bekommen.«

Es klopfte, und Stones Friseur trat ein, um mit seiner Arbeit zu beginnen. Bookbinder winkte zum Abschied und kletterte die Stufen des Wohnwagens hinunter. Er schloß die Tür ganz leise, wie er es auch allen anderen geraten hatte. Schon dreimal hatten sie die Aufnahmen wegen zugeknallter Türen wiederholen müssen.

»Ich werde mich mit Mary treffen«, versprach Stone sich laut.

18

Die Rolle ist ein Kinderspiel. Über die Rolle mache ich mir überhaupt keine Gedanken. Ich habe sie seit Jahren gespielt. Ich habe meinen Trenchcoat in der Hälfte aller Filme getragen, in denen ich aufgetreten bin.

Humphrey Bogart

1952 lagen die Touristen mit ihren Voraussagen falsch: Den ganzen September über schien die Sonne, und es wehte ein leichter Wind. Die Augustgewitter waren längst vorüber, und die Steine am Kai hatten wieder die Hitze der italienischen Sommersonne absorbiert. Die Vertäuungsringe waren so heiß, daß man sie nicht berühren konnte, und alle Jachten bis auf eine hatten die Leinen losgemacht und waren davongesegelt.

Zuerst waren die kleinen Dingis ausgelaufen, dann die *Swallows* und die Drachenboote. Die meisten der größeren Boote waren beim ersten Anzeichen von schlechtem Wetter Ende August aufgebrochen, so daß nur noch eins – die *Spool, Monte Carlo* – übriggeblieben war, eine weiße Stagsegel-Ketsch mit cremefarbenen Segeln. Stone betrachtete das Boot voller Neid. Schon bald würde auch er sich ein Boot wie das da leisten können – allerdings würde er sich einen Schoner kaufen. Nicht etwa, weil er die Takelung bevorzugte. Er wußte darüber nur das, was er aus dem Drehbuch zu *Allein auf dem Atlantik* erfahren hatte, das er kurz vor Beginn der Dreharbeiten beiseite gelegt hatte. Aber ein Schoner klang liederlicher – paßte mehr zu einem Star als eine Ketsch.

Die *Spool* wurde aufgeklart. Bootsleute klappten Stühle

zusammen und rollten Taue auf, und ein Steward warf vom Heck aus Brocken in die Luft, damit die Möwen sich rauften.

Die Tische des Restaurants am Wasser waren fast alle leer. Die Kellner hatten auf ihre gestärkten Jacken keine besondere Sorgfalt verwendet, weil nur wenige Gäste noch ihren Kaffee tranken, und die zahlten Winterpreise.

Marshall Stone schlenderte an der beliebten Fisch-Trattoria vorbei, ohne jemanden zu sehen, den er grüßen mußte. Selbst das billigere Ende des Uferstreifens war fast leer. Die Süßigkeitenbude war geschlossen, und die Gasflammen unter den Waffeleisen waren gelöscht. Der Geruch des warmen Öls hing noch in der Luft – ein deprimierender Duft, schal und alt.

Jeder, der ihn noch aus England gekannt hatte, wäre jetzt wahrscheinlich ohne ein Zeichen des Wiedererkennens an Marshall Stone vorbeigegangen; vier Jahre Hollywood hatten das vermocht. Seine Leinenhosen waren so geschnitten, daß sie sich eng an die Hüften legten. Sein maßgeschneidertes Hemd trug auf der Tasche seine neuen Initialen, und seine Schuhe waren handschuhweich und eigens für ihn angefertigt. Sein Haar war mit dem Messer und so gekonnt geschnitten, daß es selbst vom Seewind nicht in Unordnung gebracht wurde, und seine Hände waren weich und weiß, die Nägel perfekt manikürt und nicht mehr abgebissen.

Er kam an einem englischen Ehepaar vorbei, das in einem der billigsten Cafés am Ufer vor seinem kalten Kaffee saß. Die Schultern der Frau waren von der Sonne stark verbrannt, sie goß Jod in eine Flasche Öl, weil sie sich Ambre Solaire nicht leisten konnte. Der Mann trug grobe, handgestrickte Socken und Sandalen. Seine Shorts waren ausgebeult, in der Tasche seines Nylonhemdes steckten Stifte und eine Sonnenbrille. Er las eine eselsohrige Ausgabe des *New Statesman* und runzelte über irgendeine soziale Ungerechtigkeit die Stirn. Ein Bild, das auch Eddie und Mary vor ein paar Jahren hätten abgeben können.

Bei *Ugo* flatterten noch immer die schneeweißen Leinentischdecken, und die Gäste fingen die Sonnenstrahlen ein. Es war das teuerste Speiserestaurant, nur dem Namen nach eine Trattoria. Auf den Tischen lagen große rosige Garnelen, schwarze Oliven und riesige Radieschen aus. Das war Stil, stellte Stone fest, dies alles auszulegen, obwohl es nur noch wenige Besucher gab.

Der Kellner erkannte ihn trotz der Spiegelglas-Sonnenbrille. Er wedelte mit seiner Serviette über den Stuhl und hielt ihn fest, während Stone sich setzte. Dann verbeugte er sich lächelnd.

»Einen frischen Orangensaft und einen großen Espresso.« Der Kellner lächelte, als habe Stone ihm ein Kompliment gemacht. Seit *Der letzte Vaquero* waren drei Jahre vergangen, aber in diesem Teil Italiens wurde er gerade jetzt erstmals gezeigt. Der Kellner hatte ihn sich in der letzten Woche angesehen. Er hatte Stone mit seiner ganzen neapolitanischen Begeisterung, mit Händen, Armen, Augen und Stimme gesagt, wie sehr er ihm gefallen hatte. »Einfach fantastisch! Dieser Bursche ist *fantastico,* ehh! Peng, peng, peng, ehh!« Stone beachtete jede Geste, jeden Laut und merkte sie sich für künftige Auftritte.

Es war gut, einmal alles hinter sich zu lassen. Er war noch nie in der Lage gewesen, sich in der Nähe eines Drehortes zu entspannen, und dieser italienische Regisseur setzte ihm ganz schön zu. Es gab kein Drehbuch. Anfangs hatte Stone es aufregend gefunden, daß das Gekritzel auf der Rückseite eines Briefumschlages der einzige schriftliche Plan für die Dreharbeiten eines Tages sein konnte, aber nun begann der daraus resultierende Streß doch bei ihm Wirkung zu zeigen. Ihm lag es mehr, zu planen und sich vorzubereiten; er war kein spontaner Schauspieler und erhob auch nicht den Anspruch, einer zu sein. Er wäre froh gewesen, wieder zu Hause sein zu können, und war überrascht, sich bei dem Gedanken an sein Haus in Beverly Hills zu ertappen. Er seufzte.

Es war eine gute Idee, daß er aus einem Impuls heraus während der dreitägigen Drehpause hierhergekommen war. Er war mit Mary hier gewesen, kurz nach Aufhebung der Nachkriegsbeschränkungen. Sie waren glücklich gewesen, und als er sich nun umblickte, erinnerte er sich an die kleinen Dinge, die ihnen damals soviel Vergnügen bereitet hatten.

Der Rest des *Gewitterwolken*-Teams kämpfte mit einer schwierigen Szene in der Bucht, ein paar Meilen die Küste hinunter. Es würde ihn keineswegs überraschen, wenn er ein Telegramm bekäme, in dem es hieße, er werde noch eine weitere Woche nicht gebraucht. Er drehte den Schirm, damit die Sonne ihn nicht tiefer bräunte, was eine Diskrepanz zu den bereits abgedrehten Szenen ergeben konnte.

Das Team hatte einfach nicht glauben wollen, daß er kein Starlet im Schlepptau hatte. In den letzten Jahren hatte er sich einen entsprechenden Ruf erworben – so jedenfalls war die Publicity angelegt worden –, und inzwischen begann er die dummen Sprüche zu genießen, die ihn begrüßten, wenn er müde und erschöpft am Drehort erschien. Er sah sich nach den anderen Tischen um: Hier gab es keine Miezen.

Der Kellner brachte seinen Orangensaft und den Espresso. Er schüttelte das Zuckertütchen hin und her, bevor er eine Ecke abriß. Die junge Engländerin bemerkte die Bewegung und sah zu ihm herüber. Stone lächelte und schüttete den Zucker in seinen Kaffee. Sie blickte fort. Stone wußte, daß sie ihn erkannt hatte, und das gab ihm ein warmes, behagliches Gefühl.

Stone nippte an seinem Kaffee und beobachtete die Ketsch, die nun durchs Wasser glitt. Sein Boot würde diesem da sehr ähnlich sein – er würde es *Niemand* nennen. Vor langer Zeit hatte er sich einmal in New York auf Umwegen Karten für eine Premiere beschafft und Ingrid Rainbow mitgenommen. Er hatte seine letzten paar Dollar für einen weißen Lincoln mit schwarzem Chauffeur ausgegeben. Als sie unter dem Baldachin des Uraufführungstheaters vorfuhren, entrang sich der Menge ein Seufzer der Erwartung. Ein Dutzend Pressefotografen rannte auf den Wagen zu. Der erste öffnete die Tür und richtete die Kamera auf sie. Stone lächelte in das Objektiv und griff nach

Ingrids Arm. »Es ist niemand«, sagte der Fotograf, und dann wandten sie sich dem nächsten Wagen zu. Er erinnerte sich daran, daß sein Arm vor Scham und Erniedrigung gezittert hatte. Ingrid hatte ihre Hand auf seine Finger gelegt, um ihm zu bedeuten, daß es ihr nichts ausmache. Ihr machte es nichts mehr aus, aber ein imposanter Schoner mit dem Namen *Niemand* konnte derlei Erinnerungen auslöschen. Vielleicht würde er ihn sogar in die Lage versetzen, darüber reden zu können und die Angelegenheit möglicherweise in einen Witz umzumünzen.

Die Gastlandflagge wurde eingeholt. Die Mannschaft war für eine Privatjacht flott und flink in ihrem blitzsauberen Dreß und den weißen Mützen. Die Jacht lief ohne Maschinen, nur unter Segeln aus. Das Tuch spannte sich unter dem blauen Himmel, und die Wellen plätscherten gegen den Rumpf.

Es war unmöglich, von diesem Boot nicht zu träumen. Bisher erhielt Stone noch immer die vergleichsweise niedrigen Gagen, die in seinem Sieben-Jahres-Vertrag festgeschrieben waren. Aber eines Tages würde er ein Entgelt aushandeln, das seinem Wert an den Kinokassen entsprach. Dann könnte ein Boot wie dieses durchaus weniger als ein Drittel seines Jahreseinkommens ausmachen – weniger als ein Viertel, wenn die US-Steuern für im Ausland gedrehte Filme in Kraft blieben.

Auf einem Boot wie diesem konnte ein Mann allein über den Atlantik segeln. Er hatte oft davon geträumt, daß er Schlagzeilen aufgrund eigener Verdienste machte, statt Possen aufzuführen, die irgendein Drehbuchautor, dem er nie im Leben begegnet war, ihm vorschrieb. Er würde über das Deck laufen wie dieser Bursche dort, der seine Mannschaft beobachtete und den Kapitän im Auge behielt. Oder noch besser: Er würde allein übers Meer segeln. Stone klammerte sich an diesem Traum fest und ließ ihn nie wieder los.

»Leo! Leo Koolman!« Stone sprang auf die Füße und schrie in den Wind, aber seine Stimme konnte nicht mit den Möwen konkurrieren, die dem Kielwasser der *Spool* folgten. Zweifellos war es Koolman, den er zwischen den schwirrenden Flügeln und scharfen Schnäbeln erkannt hatte. Koolman bewegte sich gewandt über das Deck, gab Anweisungen und achtete darauf, daß sie befolgt wurden. Er schrie jemanden an, der sich außer Sicht hinter dem Ruderhaus befand.

Dicht neben Koolman stand eine zweite Gestalt. Sie war mit einem dunklen Wollkleid bekleidet und hatte ein modisches Seidentuch um den Kopf geschlungen. Umrahmt von dem farbenfreudigen Schal, wirkte ihr Gesicht lang und schmal wie ein Porträt von Modigliani. Eine Sonnenbrille verdeckte ihre Züge, aber es war etwas in ihrer Haltung, das Stone bekannt vorkam: Es war die Haltung einer schönen Frau, die der ganzen Welt mißtraute.

»Mary«, sagte Stone. Er ging zu seinem Tisch zurück und biß, immer noch auf das Boot blickend, in ein Stück Sellerie. Das Hauptsegel der Ketsch blitzte auf, als der Steuermann eine Halse machte, um den Wind an die Steuerbordseite zu bringen. Über Stones Schulter hinweg spähte der Kellner in seine leere Kaffeetasse. »Noch einen Espresso, Signor Stone?«

»Nein«, sagte Stone. »Nichts mehr.« Es mußten Felsen in ihrem Weg gelegen haben, denn die *Spool* änderte erneut die Richtung. Jetzt lief sie frei, und noch mehr Segel wurden aufgezogen; ein großer Spinnaker explodierte mit dem Knistern neuer Leinwand, so daß das Geräusch sogar gegen den Wind trug. Sie hielt direkt aufs Meer zu, und die Segel wurden kleiner und keiner.

»Oder doch, bringen Sie mir einen Brandy mit Soda«, sagte Stone. »Oder noch besser: einen doppelten Brandy mit Soda.«

Es sagte sehr viel über die Abhängigkeit aus, in der Leo Koolman ganz Hollywood hielt, daß es sehr lange dauerte, bis Stone die Möglichkeit in Betracht zog, daß Koolman diesen Zwischenfall nicht geplant hatte.

Zwölf Tage später erwachte Stone in einem sonnigen, zellenähnlichen Raum. Die Wände zeigten ein unbestimmtes Cremegelb, und ein frisch angemaltes Kruzifix an der Wand war die einzige Dekoration. Durch die heruntergezogenen Sonnenblenden drang Schlachtgetümmel: Hornsignale, Paukenschläge, Pfiffe und Rufe. Schon bald erkannte er, daß dies ein römischer Morgen war, und er unterschied auch Geräusche aus der Nähe: rasselnde Tablettwagen, geflüsterte Anordnungen und gedämpfte Schritte. Man spürte den Geruch von Karbol, billigem Bohnerwachs und – eindeutiger – die Spur von Äther, der auch die entferntesten Räume selbst des größten Krankenhauses erreicht.

»Als ich aufwachte, dachte ich: *Mamma mia,* ich bin gestorben!« Stone lachte, und Weinberger stimmte ein. Die Tür öffnete sich, und eine Nonne blickte sie mißbilligend an. »Siehst du, was ich meine?« fragte Stone.

»Wir haben uns Sorgen um dich gemacht«, sagte Weinberger.

»Du meinst, *Koolmann Ind.* wurde im Hinblick auf die Investitionen nervös und schickt nun einen Marshall-Stone-Experten, um mein Holz nach Würmern untersuchen zu lassen.«

»Soll ich das sein?«

»Nun, vielleicht nicht? Hör mal, Weiny, du magst der größte PR-Fachmann sein, den das Studio je hatte, aber hast du dich nicht schon mal gefragt, warum du jedem Film zugeteilt wirst, den ich mache?«

»Ich glaube schon.«

»Nächste Woche bin ich wieder bei den Dreharbeiten, als wäre nichts geschehen. Das kannst du ihnen sagen. Ich habe mich nie besser gefühlt.«

»Koolman ist in Monte Carlo.«

»Du brauchst mir nicht zu sagen, wo Koolman ist. Er ist auf seinem Boot – der *Spool* – und kreuzt im Mittelmeer. Möchtest du die Mannschaftsliste hören?«

»Mary?«

»Wollen Sie zur nächsten Frage übergehen oder lieber die zweiunddreißig Dollar einstecken?«

»Es ist nichts dabei, Marshall. Ich meine ... Ich sage dir, daran ist nichts ... aber, *o boy*!«

»O *boy* was?«

»Nichts. *O boy* nichts.«

»Was?«

»Nun sag mir bloß, daß du darin keine Möglichkeit siehst, deinen Vertrag zu brechen, Marshall.«

»Ihn zu brechen?«

»Komm schon. Das Studio hat drei nette Jahre gehabt. Sie haben ihren Verlust reduzieren können. Leo auf der Jacht mit Mary! Nun komm schon.«

»Hat Leo gedacht, ich wäre verschwunden, um den Vertrag zu brechen?«

»Er dachte, du würdest ihm ein Ultimatum aus Shangri-la schicken: ein neuer Vertrag, oder er sitzt mit der ersten Hälfte eines italienischen Films auf dem Trockenen.«

Stone schwieg. Von der engen Straße drang das Rumpeln eines schweren Lastwagens und der gellende Ton von Hupen herauf, als ein paar Motorroller anfuhren, den Hügel hinauf- und davondonnerten.

»Ich habe nie auch nur im Traum daran gedacht.«

»Ich werde nie wieder arbeiten können, wenn Leo mich in Verdacht hat, ich hätte dich auf diese Idee gebracht, Marshall.« Dann lachte er über seine Befürchtungen. Seine Zähne waren groß und regelmäßig.

»Würde es dir Spaß machen, Agent zu sein?«

»Dein Agent?«

»Nun, den Job bei Spencer Tracy habe ich ja wohl kaum zu vergeben.«

»Ich habe keine Ahnung von der Talent-Verhökerei, Marshall.«

»Du weißt genug. Du weißt, wie eine siebenjährige Exklusivfron aussieht. Nach diesen Kapriolen könnten sie mich sechs Monate kaltstellen – sogar ein Jahr, wenn sie Lust dazu haben.

Und während dieser Zeit würde ich keinen einzigen Cent bekommen. Dürfte nicht mal den Job eines Platzanweisers oder Tankwarts annehmen. Und die sechs Monate werden an meinen Vertrag hinten drangehängt. Das ist Sklaverei. Du hilfst mir dabei, meinen Vertrag zu beenden, und du hast einen Klienten auf Lebenszeit, Weiny.«

»Du brauchst mich nicht, um deinen Vertrag zu beenden.«

»Nicht? Kannst du dir jemanden vorstellen, der mich dabei vertritt, Koolman so etwas anzutun? Nie im Leben – sie haben alle viel zuviel zu verlieren. Nein, Weiny, Agenten vertreten Arbeitgeber, keine Schauspieler. Sie würden lieber ein Dutzend Marshall Stones verlieren, als einem Leo Koolman auch nur eine Sekunde Kopfschmerzen zu bereiten.«

Eine andere Nonne kam herein, prüfte die Kochsalzlösung und strich die perfekt glatten Decken glatt. »Und zusätzlich zu ihrer Provision gibt mein Agent Bookbinder noch zehn Prozent.«

»Zehn Prozent?«

»Das war Bedingung. Nicolsons Agent ging sogar auf fünfzehn, aber Bookbinder sagte, er hätte lieber mich und zehn.«

»Was für ein wunderbarer Mensch.«

»Du glaubst es nicht?«

»Mach dir keine Sorgen darüber, was ich denke, Marshall. Wenn du Bookbinder zehn Prozent von deinen Bruttoeinnahmen aus sieben Jahren gibst, ist das wie Alimente-Zahlen ohne das Vergnügen des Ehebruchs.«

»Was soll ich denn machen?«

»Aufhören zu zahlen. Die Revolution kommt, bevor Bookbinder einen weiteren Film in Hollywood macht. McCarthy dreht ihn durch den Fleischwolf: Es heißt, er sei Parteimitglied gewesen. Willst du sagen müssen, daß du dein Moos in irgendeinen kommunistischen Schmutzfonds steckst?«

»Himmel, Weiny. Ich brauche dich wirklich. Denk drüber nach.«

Die Krankenschwester machte sich an einem Glas mit Desinfektionsmittel zu schaffen und entnahm ihm jetzt ein Thermometer, das sie Stone in den Mund schob.

Weinberger lächelte. »Ich brauche doch wohl nicht darüber nachzudenken, wie es wäre, wenn ich zehn Prozent deines Bruttoeinkommens erhielte, Marshall.«

»Sondern?« fragte Stone an dem Thermometer vorbei. Die Schwester warf ihm einen tadelnden Blick zu und ergriff seine Hand, um den Puls zu messen.

»Sondern wie ich mit einem internationalen Klüngel konkurrieren soll: mit gerissenen Anwälten und Fernschreibern und Burschen mit Dollarmillionen-Akzent, die den Studiochefs Ferien auf einer Jacht schenken.«

Es entstand ein längeres Schweigen, bis die Nonne das Thermometer aus Stones Mund entfernte. »Nimm meinen Anwalt, nimm meinen Buchhalter ...«

»... und nächstes Jahr nehme ich auch deine Jacht, Marshall, solltest du immer noch der gleichen Meinung sein, wenn du aus deinem Delirium erwacht bist, werden wir einen Blick auf das Ablaufdatum des Vertrages mit deinem augenblicklichen Agenten werfen.«

»Er muß erneuert werden.«

»Du hast noch nicht unterschrieben?«

»Wirst du meinen Vertrag mit Leo brechen? Ihn direkt angehen?«

»Innerhalb von sechzig Tagen hast du entweder einen neuen Vertrag mit *Koolman Inc.,* oder ich spiele weiterhin Gestapo-Chefs.«

Die Nonne schrieb Stones Temperatur und Puls auf die Tafel am Fußende des Bettes. Sie mußte gespürt haben, daß gerade etwas wichtiges entschieden worden war, denn sie blickte auf, sah die beiden Männer lächeln und lächelte ebenfalls.

»Massel toff«, sagte Weinberger.

19

Erzählt man Leuten, man habe gerade einen Film gemacht, so fragen sie nicht: »Ist es ein guter Film?« Sie fragen: »In wieviel Tagen?«
Gottfried Reinhardt

Auf dem Lande wurde es langsamer dunkel als in der Stadt. Die Zwillingsbuchen, die *Twin Beeches* den Namen gegeben hatten, hoben sich so deutlich vom leuchtendblauen Himmel ab wie das Bild auf einer Kathodenröhre. Ringeltauben gurrten monoton und wechselten nervös ihren Standort, als sie von den Scheinwerfern aufgestört wurden. Als Mary Ansons Fahrer die Autotür schloß, stieg eine Taube mit langsamem, dumpfem Flügelschlag zum Himmel empor. Sie umkreiste bedächtig das Haus, bevor sie heimkehrte.

»Werden Sie von Mister Stone erwartet, Madam?« Jaspers Stimme klang bedauernd und gleichzeitig einschüchternd. Diese Technik hatte dazu beigetragen, daß englische Butler zum Statussymbol im Showgeschäft geworden waren, die sogar dem Rolls-Royce mit kalifornischem Nummernschild den Rang abliefen.

»Ja.«

»Wen darf ich melden?« Er schätzte sie ab. Die zierliche Frau im Harrods-Tweedmantel machte keinen Eindruck auf einen Mann, der Türen für Nerze, Vicunas und echte Leoparden zu öffnen pflegte. Er sah über ihre Schulter hinweg auf den livrierten Mann am Steuer des letztjährigen Rover, der unter Umständen nur für diesen Abend gemietet worden war.

»Mrs. Anson«, sagte die Besucherin. Sie reichte Jasper nur bis zur Schulter, aber die paar Jahre unter Vorstandsmitgliedern hatten aus ihr eine gleichberechtigte Partnerin in diesem Schlagabtausch gemacht. Sie lief direkt in ihn hinein – oder hätte es jedenfalls getan, wenn er nicht hastig zurückgewichen wäre.

»Warten Sie bitte hier, Madam. Ich werde sehen, ob ...«

»Oder melden Sie Mrs. Eddie Brummage«, sagte die Besucherin und lächelte. Mary Anson lächelte immer noch, als Jasper auf dem Absatz kehrtmachte und davonstakte. Sie öffnete ihren Mantel und schob ihn zur Seite, um die Länge ihres Rocks im antiken Spiegel zu überprüfen. Sie stimmte noch immer nicht. Sie ging nur in dieses Geschäft, weil es einem Mädchen gehörte, das einmal ihre Sekretärin gewesen war. Sie würden die Taille noch einmal ändern müssen. Die Schuhe waren jedoch ein Erfolg: goldene Schuhe. Sie berührte die Goldbrosche an ihrem Hals: Eddie hatte sie ihr geschenkt. Sie wandte sich vom Spiegel ab und besah sich den kleinen Renoir, den faden Sisley und den hervorragenden Pissarro mit dem Zug, der durch eine Landschaft dampfte, die vor Farben nahezu explodierte. Sie seufzte. Eddie hatte die Gemälde als Investition erworben; er hatte zugegeben, daß sie ihm wenig oder gar kein persönliches Vergnügen bereiteten. »Ich bin kein künstlerischer Mensch, Mary, das weißt du.«

Nervös öffnete sie ihre kleine goldene Abendtasche und suchte nach einer Zigarette. Sie hatte das goldene Etui vergessen, das sie bis jetzt noch kein einziges Mal benutzt hatte. Aus einer Schachtel nahm sie eine Filterzigarette und zündete sie an einer Kerze des Dielenleuchters an.

»Mister Stone wird sofort unten sein, Madam.«

Sie nickte und übergab Jasper ihren Mantel. Die erste Runde ging unangefochten an Mary.

»Mary, Mary, mein Liebling, Mary.«

»Einen Moment lang dachte ich, du würdest ›ganz im Gegenteil‹ sagen, Eddie.«

Er lächelte, ohne ihr zuzuhören. Er trug einen Abendanzug mit rotem Samtjackett und Rüschenhemd. Seine Schuhe waren aus schwarzem Samt mit aufgestickten Initialen wie Schnallen auf den Kappen. Die Samtkrawatte war zu einem großen lockeren Knoten gebunden. Er legte die Arme um sie, und sie küßten sich wie Bruder und Schwester. Erst als er ihr so nahe war, nahm er ihr Parfüm wahr: einen leichten, blumigen Duft, der mehr zu einem Damenkränzchen paßte als zu einem zärtlichen Tête-à-tête. Er interpretierte die Wahl ihres Parfüms eher als Unbeholfenheit denn als Absicht. Es war nur ein weiterer Beweis für das langweilige Leben, das sie führte. Plötzlich hatte er den Wunsch, ihr all das zu zeigen, was er in den Jahren gesehen hatte, in denen sie getrennt gewesen waren. Er behielt sie im Arm. Mary war klein, und ihre Zierlichkeit gab ihm ein Gefühl der Überlegenheit. Einige der neuen Schauspielerinnen waren unnatürlich groß. Selbst bei Suzy benutzte er bei Großaufnahmen den Zehn-Zentimeter-Untersatz. Marys Körper war verspannt, und er spürte die Gänsehaut auf ihren Armen, als seine Finger sie berührten. Sie entwand sich seiner Umarmung und strich ihren Rock mit einer nervösen Geste glatt, die sie seit Jahren nicht mehr angewandt hatte. Eddie hatte es schon immer geschafft, daß sie sich dumm und in die Defensive gedrängt vorkam. Sie hatte dieses Treffen gefürchtet, war aber dennoch zu sehr Frau, als daß sie es sich hätte entgehen lassen. Ein Abend mit Marshall Stone – das klang wie der erste Preis in einem weltweiten Wettbewerb um die hübscheste Verkäuferin. Es war ein unfreundlicher Gedanke, und sie schob ihn zu den anderen düsteren Erinnerungen an ihre Ehe. Sie zwang sich zu einem strahlenden Lächeln.

»Wundervoll«, sagte Stone. »Großartig. Super.«

»Du siehst gut aus, Eddie. Diese Krawatte ist ziemlich außergewöhnlich.«

»Gefällt sie dir? Ich habe sie extra anfertigen lassen.«

»Du siehst aus, als hätte dich ein Vampir an der Kehle erwischt, Eddie.«

Stone lachte. Es war ein edles Lachen: kurz und männlich, mit tiefem Klang und einer Resonanz, die in der kleinen Halle ein Echo hervorrief. Er hatte sich dieses Lachen in den ersten Wochen auf der Schauspielschule zugelegt. Bald nachdem Mary ihn kennengelernt hatte, gestand sie ihrer Zimmergenossin, daß es einer seiner anziehendsten Wesenszüge war. Nicht allzulange danach hatte Eddie die Zimmergenossin dazu überredet, ihm das zu erzählen.

»Du hast dich nicht verändert. Du siehst immer noch so aus wie an dem Tag, an dem wir uns kennenlernten.« Er breitete seine Arme aus. Er konnte sie beide im Spiegel sehen, und er bemerkte das Grau in Marys Haar. Er nahm an, daß sie es selbst tönte, um dem Friseur gegenüber nicht zugeben zu müssen, daß sie jünger aussehen wollte. Das war immer ihr Handicap gewesen: Nie würde sie zugeben, daß sie Hilfe brauchte.

»Sogar noch jünger«, sagte Stone.

Sie wußte, daß er die Worte sagte, die er am liebsten selbst gehört hätte. »Du auch, Eddie«, sagte sie. »Jung«, fügte sie verspätet hinzu, und das Wort hing zwischen ihnen im Raum: eine intime Lüge. Zwei Fremde, die einander auf einer Party begegneten, konnten durch derartige Zugeständnisse womöglich Sympathien wecken; bei den beiden Exliebenden dienten sie lediglich dazu, Eddies Bedürfnisse und Marys Gleichgültigkeit zu verdeutlichen.

»Eddie«, sagte Stone nachdenklich. Er wiederholte seinen richtigen Namen mit Unbehagen und Neugierde. Heute abend würde er Eddie sein. Es war eine Rolle, die er weder genoß noch ganz verstand, aber er war zuversichtlich, ihr gerecht werden zu können.

»Gehen wir aus? Deine Sekretärin hat nichts dergleichen erwähnt.«

Das war ein Fehler gewesen, dachte Stone. Er hätte selbst anrufen sollen. Eine Frau wie Mary mußte es als Kränkung empfinden, eine derartige Nachricht von einer Sekretärin entgegenzunehmen.

»Ich war bei Dreharbeiten«, sagte er.

»Dein Mädchen hat es mir gesagt.«

»Sie ist nicht . . .«

Mary lächelte. »Hast du einen Aschenbecher?«

Er griff nach einem und berührte mit seiner freien Hand ihren Arm. »Komm mit an die Bar. Die Köchin kocht uns etwas – etwas Einfaches, vielleicht hältst du gerade eine Diät ein.«

»Kannst du dich daran erinnern, daß ich je nach einer Diät gelebt hätte, Eddie? Nein, ich kann für zwei essen.«

»Du willst doch nicht sagen . . .«

»Eddie!« lachte sie auf.

Es war ein unfreundlicher Klang, der Stone an ihre endlosen Auseinandersetzungen erinnerte. Er ging hinüber zur Bar. »Gin und Ton?«

»Danke, gern. Gin und Ton.« Die Art, wie sie es sagte, ließ bei Stone keinen Zweifel darüber aufkommen, daß ihre Freunde und Kollegen Tonic Water nicht ›Ton‹ nannten.

Er goß Gin in zwei gekühlte Gläser, die er dem Tiefkühlfach entnahm, und öffnete zwei Flaschen Tonic Water, die Jasper in den Eiskübel gestellt hatte. Daneben lag ein kleines Teakholzbrett, ein rostfreies Messer und eine tadellose Zitrone.

»Es wird einer dieser besonderen Abende, nicht wahr?« sagte Stone. Er mixte die Drinks, brachte sie zum Tisch und setzte sich neben sie auf das seidenbezogene Sofa. Er war bereits sicher, daß sie sagen würde, sie wisse nicht, wovon er redete, aber zu seiner Überraschung sagte sie: »Es tut mir leid, Eddie.«

Stone griff nach ihrem Arm, ließ ihn wieder frei und wechselte das Thema. »Wie geht es meinem Sohn?«

»Du würdest ihn nicht wiedererkennen, Eddie. Er ist so groß. Und er hat alle Aussichten, im nächsten Jahr den Direktionsposten für den Bezirk London zu bekommen. Jemand setzt sich zur Ruhe.«

»Er wird an seinem nächsten Geburtstag . . . zweiundzwanzig?«

»Fünfundzwanzig.« Sie sahen einander für einen Moment

an. Beide erinnerten sich der Zeiten, da Stone sich seine eigene Jugend zu bewahren suchte, indem er das Geburtsdatum ihres Sohnes um ein oder zwei Jahre später ansetzte. Mary drückte sorgfältig ihre Zigarette aus und sah dann wieder zu ihm auf – entschlossen, strahlende Augen und ein freundliches Lächeln zu zeigen. »Was wird es zum Abendessen geben?«

Stone versuchte sich daran zu erinnern, was ihm die Köchin gesagt hatte. Sie hatte ihn gefragt, was seine Exfrau gern aß, und um nicht sagen zu müssen, daß er das nicht wußte, hatte Stone ein paar Lieblingsgerichte erfunden. Aber jetzt hatte er sie wieder vergessen. »Ich werde die Köchin rufen.«

»Nein, Eddie. Dann wird es eine Überraschung. Das ist besser so.«

»Also glaubst du noch immer, daß Überraschungen stets gute Neuigkeiten sind.«

»Ja. Dumm, was?«

»Nicht schon wieder eine Zigarette.«

»Hör auf, mich ändern zu wollen, Eddie.«

»Entschuldige.« Er lächelte. »Dein Kleid gefällt mir, Mary.«

»Ich wußte nicht recht, was ich anziehen sollte. Es war heute so warm im Büro.«

»Der heißeste Septembertag seit elf Jahren. Ich habe das in den Nachrichten gehört.«

»Der September ist immer warm. Wir haben immer im September Urlaub gemacht. Erinnerst du dich?«

Sie lächelten und wußten nicht, was sie sagen sollten. Keiner konnte sich daran erinnern, worüber sie in jenen Tagen gesprochen hatten.

»Ja, der September ist gut«, sagte Stone.

Er hatte oft daran gedacht, ein neues Leben mit Mary zu beginnen, oder wenigstens das zu retten, was von ihrem alten übriggeblieben war. Es hatte kein anderes Mädchen gegeben, das ihn so verstand, wie sie es immer noch tat. Selbst ihre grausamen Witze zeigten Verständnis für seine Probleme und sein

Naturell – und das war besser als die Albernheiten der narzißtischen Starlets, die er zahlreich gehabt hatte. Sie dachten nur an ihre Probleme und ihre ›Karriere‹. Er erinnerte sich an ein Mädchen, das dort gesessen hatte, wo jetzt Mary saß, und ihm von den bewundernden Kommentaren berichtete, die eine Reihe berühmter Liebhaber über ihren Körper gemacht hatte. Oder die rothaarige Artistin, die ihm obszöne Witze erzählt hatte, während sie ein sanftes Lächeln bewahrte, um ihren tauben Ehemann zu beschwichtigen. Oder die Blonde, die es nur auf eine Weise tun wollte, die ihre Frisur nicht durcheinanderbrachte.

»Hast du dich je wieder verliebt, Mary? Auf den ersten Blick, meine ich – so wie es bei uns gewesen ist?«

»Wir können die Uhr nicht zurückdrehen, Eddie«, sagte sie schnell, als habe sie sich auf diese Antwort vorbereitet. Jetzt war er sicher, daß es keinen anderen Menschen in ihrem Leben gegeben hatte.

»Warum nicht?«

Sie wußten beide, was er hören wollte, aber wenigstens das konnte sie ihm verweigern. »Ich führe jetzt ein neues Leben: Die Kinder sind zauberhaft, ich liebe Peter, und meine Arbeit macht mir Spaß. Ich bin glücklich, wirklich glücklich.«

»Das ist herrlich, Mary!« Er lachte, und sie erinnerte sich daran, was für ein kleiner Junge er doch sein konnte und wie anziehend sie das gefunden hatte. Bis er diese Technik zu häufig angewandt hatte, wenn er seine endlosen Seitensprünge beichtete. »Du bist jung und voller Energie. Du wirst immer das kleine Mädchen bleiben, in das ich mich verliebt habe. Es hat nie eine andere in meinem Leben gegeben.« Er lächelte, und sie lächelte auch. Eddie hatte sich nicht verändert. Sie hatte das irritierende Gefühl, daß sie irgendein Gespräch wiederholten, das sie vor der Scheidung geführt hatten. Er war der Meinung – war es immer gewesen –, daß seine beiläufigen Affären von jedermann übersehen werden mußten, da sie ihm selbst so wenig bedeuteten. Von jedermann – einschließlich der bedauernswerten Mädchen.

Ihr Lächeln ermutigte ihn, näher an sie heranzurücken, und er berührte ihr Haar. Er spürte, daß sich ihre Schultern versteiften, als er den Arm um sie legte. Sie erbebte tatsächlich leicht, als sie merkte, wie seine Hand nach ihr griff. Nur Eddie hatte sie je so umarmt, und Erinnerungen an ihn, an ihre mittellose Jugend, gingen ihr so schnell durch den Kopf, daß sie die einzelnen Bilder nicht voneinander trennen konnte. Eddie ohne Hosen; berauscht vom Applaus; weinend auf der Treppe; so erregt, daß er bereit war, sie zu schlagen; ausgesperrt von einer verärgerten Wirtin. Alle diese Eddies zogen an ihr vorbei, als sie die Augen schloß und ihm erlaubte, ihren Körper zu sich herumzudrehen und sie zu küssen.

Er fühlte die Spannung in ihr und war überrascht von der totalen Entspanntheit ihres Mundes. Sie legte die Arme um ihn, aber ihr Körper ergab sich nicht. Der Kuß endete in gemeinsamer Übereinstimmung, und er stand auf und berührte ihr Haar. Ihr Lippenstift war verschmiert, und sie ging zum Spiegel, um sich den Mund mit einem Papiertaschentuch abzuwischen. Stone hatte vergessen, daß Frauen Lippenstift trugen. Keine von denen, mit denen er sich verabredete, hatte welchen aufgelegt, wenn sie zu ihm kam.

Mary wollte nicht, daß der Abend diese Richtung nahm, aber sie wollte ihn auch nicht auf eine Art zurückweisen, die ihn verletzen mußte. Sie sagte: »Die Scheidung – danach war nichts mehr so wie vorher.«

»Die Anwälte haben uns zerstört. Sie verdienen ihr Geld damit, daß sie die Probleme überhaupt erst schaffen.«

Sie lächelte, und Stone sagte: »Oh, dich habe ich nicht gemeint.«

»Schon gut, Eddie. Ich betrachte mich nicht mehr als Anwältin.«

»Wir waren damals jünger: leicht verletzlich und von dem Wunsch erfüllt zurückzuschlagen.«

»Hättest du tatsächlich den armen Leo da hineingezogen?

Du wußtest, daß da nichts war... Die Jacht sollte dich nur überraschen.«

»Wir haben uns alle nicht besonders gut verhalten, Mary.«

»Leo hatte Angst, er hatte wirklich Angst. Aber du kamst aus der ganzen Sache gut heraus. Du hast einen neuen Agenten bekommen, einen neuen Studiovertrag, ein neues Leben.«

»Aber Leo hat mir nie verziehen. Selbst nach all den Jahren nicht...« Er trank einen Schluck. »Eine der Sachen, die mir an dem augenblicklichen Film besonders gefallen, ist die Tatsache, daß ich Leo und seiner Bande entronnen bin.«

»Läuft alles gut?«

»Der Mann aus dem Palast?«

Sie nickte und kehrte zum Sofa zurück.

»Es wird ein wundervoller Film, Mary. Es könnte durchaus die beste Leistung sein, die ich je gezeigt habe. Kagan – du erinnerst dich an Kagan? – sagte, es sei eine der besten Darstellungen, die er je auf der Leinwand gesehen hat. Und Hanratty – er hat *Nackter Sommer* gemacht – meinte, ich sei überwältigend. Ja, das war es, was er sagte: überwältigend.« Stone lächelte. »Ich kann das natürlich nicht sagen. Ein Schauspieler ist nicht in der Lage, die Muster seines Films zu beurteilen – das sage ich immer wieder. Kagan hatte ziemliche Mühe, mich dazu zu überreden, sie mir überhaupt anzusehen. Aber er ist doch so stolz auf diesen Film.«

»Wie schön.« Sie war jetzt wachsam – sowohl Stone als auch sich selbst gegenüber. Ob es nun die Reste ihrer Liebe waren oder nur wehmütige Erinnerungen daran – sie war noch immer empfänglich für seinen Charme. Sie blieb auf ihrer Seite des Sofas.

»Kagan hat mir gestattet, die Schnittkopie vom *Mann aus dem Palast* mit nach Hause zu nehmen. Das ist eine hohe Ehre, Mary. Sie hüten den Rohschnitt wie...« Er zuckte die Achseln, es fiel ihm kein Vergleich ein. »Ich habe hier ein Privatkino mit besonderer Ausstattung, die Schnittkopie könnte in keinem normalen Kino gezeigt werden. Deshalb wollte ich, daß du herkommst.«

Sie lächelte. »Ich weiß nicht recht, Eddie. Ich sollte mir den Film vielleicht lieber nicht ansehen.«

»Warum denn nicht?« Seine Stimme war ein wenig lauter und geringfügig schriller, als er beabsichtigt hatte.

»Weil er mir sehr gefallen könnte, Eddie.«

»Und?«

»Es würde die Angelegenheit nur verwirren. Mein Bericht an meine Gesellschaft hat nichts damit zu tun, wie gut mir der Film gefällt.«

»Aber wie ist es mit seiner wirtschaftlichen Potenz?«

»Ich würde nicht wagen, sie zu beurteilen.«

»Warum haben dich dann Brooks und Gerber beauftragt, mit *Continuum* zu verhandeln?«

»Ich bin dafür qualifiziert. Ich bin Teilhaberin. Ich treffe häufig derartige Entscheidungen – manchmal noch weiterreichende.«

»Ja, aber warum ausgerechnet dieser Auftrag? Warum *Continuum?*«

»Sie sind der Meinung, daß ich alles über die Filmbranche weiß. Ich betone zwar immer wieder, daß das nicht so ist, aber gemessen an ihren Maßstäben trifft es doch zu.«

»Hast du jemals eine Produktion mitgemacht, Liebling? O ja, du kennst den Papierkram – aber hast du je erlebt, wie ein Film entsteht? Dafür braucht man Instinkt.«

»Vielleicht braucht man für eine Produktion Instinkt, eine finanzielle Analyse ist jedoch exakte Wissenschaft. Wir achten auf eine vernünftige Basis, auf Aktiva, Zinsertrag und Gewinnspannen ...«

»Also wirklich!« Er erstickte fast an seiner Empörung.

»So müssen derartige Geschäfte nun mal abgewickelt werden. Ich kann doch nicht Expertin für alles und jedes sein, wofür Bargeld benötigt wird. In der letzten Woche habe ich einer Firma, die mit der Produktion elektrisch angetriebener Autos experimentiert, sechs Millionen zugesagt. Ich habe kein Wort von dem verstanden, was sie mir erzählt haben.«

»Und warum dann?«

Sie lächelte verschmitzt. »Sie haben eine Fünfzehn-Kilometer-Teststrecke: zweihundertachtzig Morgen Land in einem Gebiet, das für die Erschließung und Industrieansiedlung ausgewiesen ist. Dieses Land ist Sicherheit.«

»Das ist mir zu hoch.«

»Sei doch nicht albern, Eddie. Land kann man immer verkaufen. Das ist wie die Bürgschaft eines Unternehmens, das über tausend Tonnen Sand verfügt, im Vergleich zu einer Fabrik mit hochentwickelten elektronischen Maschinen.«

»Du meinst, Sand ist besser.«

»Er ist so leicht zu verkaufen.«

»Sicherheit.« Stone nickte traurig.

»So ist es, Eddie.« Sie nahm eine Schnupftabakdose auf und besah sich das Muster. Dann legte sie sie auf den Tisch zurück.

»Und Filme bieten keine Sicherheit.«

»Sie können zu Banjosaiten zerschnitten werden.«

»Vielen Dank.«.

»Entschuldige bitte. Das war eine dumme Bemerkung.«

»Aber *Continuum* verfügt über Sicherheiten, Mary.« Er sah ein warnendes Funkeln in ihren Augen. »Ich habe nicht die Absicht, dir Vorschriften in bezug auf deinen Job zu machen – aber sie haben Sicherheiten.«

»Und die wären?«

»Sie haben die britischen und amerikanischen Rechte für diesen schwedischen Film *Attis und seine Geliebte*. Die könnten dir deine zehn Millionen Dollar schon mal wieder reinbringen.«

»Wir können kein Geld investieren, weil wir keines haben.«

»Du hast meine Frage nicht beantwortet.«

»Wir geben Aktien aus. Die bedeutendsten Aktienkäufer sind Banken. Banken sind sehr eigen und werden auf keinen Fall Aktien eines Unternehmens kaufen, das Pornofilme herstellt.«

Stone lächelte. »*Continuum* hat *Attis und seine Geliebte* nicht produziert, sie haben nur die britischen und amerikanischen Rechte erworben.«

»Aber der Streifen wird den Namen *Continuum* tragen. Die Mehrzahl der Zuschauer wird davon ausgehen, daß sie ihn auch hergestellt haben.«

»Wahrscheinlich ist es gar kein Pornofilm.«

»Nun mach aber mal 'nen Punkt, Eddie. Viele Leute lesen die Klassiker. Sie wissen, daß Kybele Attis dazu gezwungen hat, sich zu kastrieren, als er eine andere Frau heiratete.«

»Hast du das gewußt?«

»Nein, Eddie. Ich habe es nachgelesen. Ich habe ja auch nur gesagt, daß es viele Menschen gibt, die das wissen. Besonders Menschen im Bankgeschäft.«

»Es ist kein wirklicher Pornofilm.«

»Aber die Werbung wird so aussehen, als wäre es einer. Und so wird er auch verkauft. Das weißt du ebensogut wie ich. Und es läuft auf dasselbe hinaus.«

»Lächerlich.«

»Sicher. Aber wir haben uns damit abzufinden. Das Filmgeschäft ist nicht gerade die beste Investitionsmöglichkeit, Eddie. Laut *Time Magazine* sind die Bruttoeinnahmen innerhalb der letzten zwölf Monate um achtundzwanzig Prozent gesunken.«

»Das stimmt nicht. Und selbst wenn es so wäre, gäbe es noch genug Geld in der Branche, um Investitionen zu rechtfertigen.«

»Ich gehe davon aus, daß die Angaben stimmen. Auf jeden Fall werden die Leute, die Aktien kaufen, *Time Magazine* glauben.«

»Das sind doch alles nachträgliche Rechtfertigungen für eine Entscheidung, die du längst getroffen hast.«

»Eddie, den größten Teil der Summe, die *Continuum* zurückzahlen muß, schulden sie einer Investmentgesellschaft. Das heißt, daß das Geld, das wir über unsere Aktien hereinholen, um *Continuum* aus der Patsche zu helfen, an diese Investmentgesellschaft gehen wird. Was für einen Eindruck soll das auf den durchschnittlichen Anleger machen? Was würde man in der Wall Street und in der Londoner City dazu sagen?«

»Was willst du damit sagen?«

»Sei nicht so naiv, Eddie. Es würde so aussehen, als steckten alle großen Investmentgesellschaften unter einer Decke, als wollten wir die Öffentlichkeit schröpfen, um uns gesundzustoßen.«

»Großer Gott, dein Gehirn funktioniert genau wie das von Weinberger.«

»So funktionieren die Gehirne von einer ganzen Menge von Leuten, Eddie. Deswegen müssen wir vorsichtig sein.«

»Aber *Continuum* besitzt Filmtheater und Immobilien. Sie besitzen Land, genau wie deine Teststreckler. Was könnte für eine Investition sicherer sein als Grundbesitz?«

»Nichts könnte sicherer sein. Aber die meisten dieser Filmtheater liegen in heruntergekommenen Slumgegenden. Wenn sie Autokinos besäßen, die im Zuge der Vorstadtentwicklung oder an Supermärkte verkauft werden könnten, wäre das eine ganz andere Sache. Aber es handelt sich um ganz normale Innenstadt-Kinos.«

»Kaum etwas wert.«

»Ja, kaum etwas wert. In zehn Jahren könnten sie vielleicht wertvoll werden – könnten! Aber in zehn Jahren könnte sich das gleiche Geld auch um ein Vielfaches vermehren, wenn man es in Wachstumsindustrien steckt.«

»Zum Beispiel?«

»Wir schließen gerade ein Geschäft mit einem Unternehmen ab, das sich auf Anlagen zur Kontrolle der Umweltzerstörung spezialisiert hat.«

»Kontrolle der Umweltzerstörung«, wiederholte Stone angewidert.

»Die Leute wollen in Branchen investieren, in denen schnelles Geld gemacht werden kann. Sie wollen keine heruntergekommenen Kinos. Die *Continuum-Leute* werden ihr Geld nie am Aktienmarkt bekommen. Und das ist nicht nur meine Meinung, das ist eine Tatsache. Sie werden alles zusammenkratzen müssen: verkaufen, was sie können, und beleihen, was sie nicht verkaufen können. Sonst werden sie nicht überleben.«

Stone zögerte, bevor er einen Vertrauensbruch beging, aber es handelte sich schließlich um eine Angelegenheit auf Leben und Tod für die Gesellschaft und für den Film. Er stand auf und ging zum Kamin hinüber, um nachzusehen, ob Holz nachgelegt werden mußte. Dann kehrte er zu Mary zurück. »Nimm mal an, ich würde dir sagen, daß du gerade dabei bist, einen schrecklichen Fehler zu machen. Nimm an, ich würde dir – ganz im Vertrauen – sagen, daß Kagan einen Plan ausgearbeitet hat, der eine Expansion von zehn Millionen nach Tilgung der Schulden vorsieht?«

»Dieser Unsinn gehört längst der Vergangenheit an«, sagte Mary. »Du sprichst wohl vom Modell für ihre Kassettenproduktion. Vor ein paar Monaten haben sie Baupläne, Gutachten und sonstigen Hokuspokus herumgezeigt, um ein Klima des Vertrauens zu schaffen. Aber das hat nicht geklappt. Diese Art von Showgeschäft hat den Markt nur hellhörig gemacht.«

»Ich habe Kagan versprochen, sie mit meinem Geld vor dem Untergang zu bewahren«, sagte Stone.

Mary Anson zündete sich mit übertriebener Sorgfalt eine Zigarette an. Stone reichte ihr kein Feuer. Sie fragte: »Warum, Eddie?« Ohne auf seine Antwort zu warten, zog sie ihre hübschen Goldschuhe aus und stellte sie neben sich aufs Sofa. Sie waren zwar wunderschön, aber sie drückten. Und wenn sie sie dehnen ließe, würde unter Umständen das Gold zerbrechen.

Stone beobachtete, wie sie ihre Schuhe behandelte. Sie war mehr mit ihnen als mit Stones Problemen beschäftigt. Warum, Eddie? Sie behandelte ihn wie einen dummen Jungen. Das hatte sie schon immer getan.

»Kagan hat einen Anteil von siebenunddreißig Prozent. Ich werde einen Teil davon kaufen.«

»Vom Gewinn. Werde doch endlich erwachsen, Eddie – es wird keinen Gewinn geben. Dafür wird *Continuum* schon sorgen. Immerhin hat er die Anteile verkauft, um den Film am Laufen zu halten.«

»Er hat also seine Anteile verkauft, um unterzugehen? Ein herrlicher Irrer. Das ist ja wie russisches Roulette.«

»Nein, eher wie der Ansturm der *Light Brigade*. Nur ein Dummkopf würde seine eigene Fertigstellungs-Garantie übernehmen. Jetzt ist er pleite. Und das Beste, das er sich erhoffen kann, ist, daß einer der Großen die Scherben aufsammelt, so daß er um einen Offenbarungseid herumkommt. Sollte dieser Film überhaupt zur Uraufführung gelangen, wird Kagan keinen Penny sehen – ja, er wird noch nicht einmal seinen Namen tragen.«

»Nun, ich werde dir etwas sagen, Mary. Wenn es zum Schwur kommt, wirst du mich in den Reihen der Kagan Bookbinders finden, und nicht in denen der Investmentgesellschaften mit ihren sogenannten Spezialisten.«

»Meinst du jemand Bestimmtes?« Sie lachte. Sie hatte nicht die Absicht gehabt, unfreundlich zu sein. Und doch wußte sie in dem Augenblick, als sie lachte, daß Stone das als Spott empfinden würde, als unerträgliche Schadenfreude gegenüber Stone und Bookbinder und jedem, der sich in der ganzen beunruhigten Branche Sorgen machte.

»Du bist eine von ihnen«, sagte Stone. »Aber die Burschen bei *Continuum* sind ebenso schlau wie du, Mary. Junge Leute, aber ganz schön gewieft. Zwei von denen kommen von Harvard, Wirtschaftswissenschaften.«

»Nun, das hier ist nicht Harvard, Eddie. Es ist auch kein Kino. Es ist das, was man gemeinhin als wirkliches Leben bezeichnet.«

»Ich weiß nicht, was das ist«, stellte Stone ironisch fest.

»Eine Art Dokumentarfilm.«

»Du dumme Pute!«

Der Wirrwarr widersprüchlichster Empfindungen, die sie

seit ihrer Ankunft hier verspürt hatte, löste sich auf. Eddies Zuneigung war nur eine Maske gewesen, die nun herunterrutschte. Was einmal geistreicher Charme gewesen war, war seit langem zu einer Vorstellung geworden – eine Vorstellung, für die er bei weitem zu alt war. Ihre Stimme klang fest und freundlich, aber es lag nicht mehr die gleiche Zärtlichkeit darin. »Laß uns hier nicht herumzanken, Eddie. Ich habe dir meine Gründe genannt, warum ich *Continuum* abschlägig beschieden habe. Ich habe sogar zuviel gesagt. Meine Direktoren haben meinem Bericht einstimmig zugestimmt. Und so würde auch jedes andere Unternehmen reagieren, an das sie sich wenden. Aber wie dem auch sei, Eddie – glaubst du wirklich, es hätte mir Vergnügen bereitet, nein zu sagen? Meinst du, ich hätte dich nicht lieber dankbar auf Knien vor mir, als daß du mich enttäuscht angiftest?«

»Man sollte dich aufs Kreuz legen, du Hexe!«

»Zweifellos war das die Absicht, aber ich bin gegen Showbusineß-Charme gefeit.«

»Ja, du warst ja schon immer mir gegenüber unloyal. Das sollte beweisen, was für eine clevere, emanzipierte Frau du doch warst.«

»Ist ›Loyalität‹ noch immer deine bevorzugte Umschreibung für Lobeshymnen, Eddie? Ich weiß jetzt, worum es dir geht. Loyalität heißt, Tag und Nacht deine Hand zu halten. Es heißt, Mitleid mit einem Mitesser auf deinem Hintern zu empfinden, während man selbst mit dem Fuß in einer Bärenfalle steckt. Es heißt überwältigende Dankbarkeit für jedes Geschenk oder Kompliment zu zeigen, aber alle Mißachtungen, Streitereien und Demütigungen einfach zu vergessen. Ich kann mich nicht erinnern, daß du jemals mir gegenüber loyal gewesen wärst.«

»Vermutlich hast du ein schlechtes Gedächtnis.«

»Wahrscheinlich nicht halb so schlecht, wie ich es gern hätte.«

»Du bist so überzeugt von dir selbst.«

»Das bin ich, Eddie – aber keineswegs in übertriebenem

Maße. Ich bin nicht gierig auf das Lob von Kriechern und engagiere niemanden, um mich von ihm mit Komplimenten überhäufen zu lassen. Ich habe mir einen Platz in der Männerwelt erobert, und das war nicht einfach. Auf das alles bin ich stolz, Eddie. Ja, das bin ich.«

»Das bißchen Geldverdienen hat dir den Kopf verdreht.«

»Nach deinen Maßstäben habe ich kein Geld verdient, Eddie. Ich verfüge über das gleiche, was auch meine Partner haben: einen Rover mit Chauffeur, ein kleines Haus in London und ein heruntergekommenes Ferienhaus in Spanien, das Peter und ich einmal im Jahr zu Gesicht bekommen. Wenn Geld mich verändert hat, dann war es nicht mein Einkommen. Ich habe mich unter Menschen bewegt und konnte beobachten, wie sie binnen einer oder zwei Wochen zu Millionären wurden, wenn wir ihnen zu Bekanntheit verholfen haben. Ich habe gesehen, wie manche vom Geld korrumpiert, andere alt und demoralisiert wurden, weil sie einsahen, daß sie es gegen die Verfügungsgewalt über ihr Unternehmen eingetauscht haben. Ich weiß inzwischen, was Geld ist. Ich bete es nicht an.«

»Nun, ich tue es aber. Ich habe Kagan gesagt, daß ich den Film vor dem Untergang bewahren werde. Und daran wirst auch du nichts ändern.«

Sie inhalierte den Rauch ihrer Zigarette auf eine recht theatralische Art. »Ist das dein Ernst, Eddie?«

»Es ist mein verdammter Ernst, *Sweetheart.*«

»Du versuchst nicht nur, mich zu beeindrucken? Wenn du willst, nehme ich die Sache in die Hand.« Sie lächelte.

»Nimm es in die Hand.«

Sie griff nach dem Telefon und wählte eine Nummer. Sie starrte Stone an, während sie darauf wartete, daß der Hörer abgenommen wurde. Dann erklang eine Stimme am anderen Ende der Leitung: »Guten Abend, Florian. Hier Mary Anson. Ich bin gerade bei Mister Stone. Wir haben über den Film gesprochen – Ihren Film, *Der Mann aus dem Palast.*« Sie hörte eine Weile zu. Florian

Backhouse, Vorsitzender der *Continuum,* machte einen Witz, und Mary lachte auf. Dann fuhr sie fort: »Marshall Stone will dafür sorgen, daß Sie das fehlende Geld bekommen, das Ihnen solches Kopfzerbrechen bereitet.« Sie suchte nach einem Aschenbecher, und Stone schob ihn ihr hin. Sie schnippte Asche hinein und nickte ihm dankend zu.

»Ich dachte mir, daß eines Ihrer Probleme damit vom Tisch wäre.« Wieder hörte sie zu. »Sicherlich. Sagen Sie es Mister Bookbinder. Sagen Sie es auch Ihren anderen Leuten. Ich könnte mir allerdings vorstellen, daß Mister Stone eine Presseverlautbarung über seinen Agenten herausgeben möchte. Also bitten Sie Ihre Leute, die Angelegenheit zunächst vertraulich zu behandeln.« Wieder lachte sie. »Er ist hier, also können Sie es ihm gleich selbst sagen. Ich übergebe.«

Stone legte eine Hand über die Muschel. »Du durchtriebenes kleines Biest.«

Sie lächelte. Runde zwei ging an Mary.

Eine volle Minute stand Stone da und betrachtete seine Hand. »*Hello,* Mister Backhouse – Marshall Stone hier. Ich dachte, Sie würden es gern erfahren. Es wird ein großartiger Film, wissen Sie, ein wirklich großartiger Film. Ich mache das keineswegs aus Wohltätigkeit. Ich werde dafür sorgen, daß er ein Erfolg wird. Wenn Sie auf meinen Rat hören, lassen Sie sich das nicht entgehen.«

»Was diese Pressemitteilung angeht, Mister Stone«, sagte Backhouse. »Das ist eine ziemlich heikle ...«

»Es war nur ein Scherz von Mary, Mister Backhouse.«

»Ach so.«

Stone hörte sich an, wie Backhouse seinen Dank wiederholte, Mary Komplimente machte und dann zum Schluß kam.

Er legte den Hörer sorgfältig auf die Gabel zurück – so als wollte er das leise Klicken vermeiden, das zu hören ist, wenn die Verbindung unterbrochen wird.

»Vielen Dank!« Stone war wütend. Er wurde noch wütender,

als sie einen ihrer Goldschuhe aufnahm und ihn betrachtete. Sie suchte einen Vorwand, um ihm nicht in die Augen sehen zu müssen. Aber Stone kannte sie nicht gut genug, um die Schuldgefühle zu erkennen, die sie empfand. Er ergriff den Schuh und riß ihn über dem Spann entzwei. Anfangs konnte sie nicht glauben, was er getan hatte, aber dann sah sie die Gewalttätigkeit in seinen Augen und bekam Angst. Der zerrissene Schuh in seiner Hand gab ihr das Gefühl, beschmutzt und beraubt zu sein.

»Du bist wirklich widerlich, Eddie.«

Er ließ es zu, daß sie ihm den Schuh abnahm. Sie betrachtete ihn kurz und nahm dann auch den zweiten Schuh vom Sofa. Ihr erster Impuls war, sie beide in den Papierkorb zu werfen, aber sie hatte nicht die Absicht, sie irgendwo zu lassen, wo Stone sich wieder an ihnen vergreifen konnte.

Sie ließ sich ihren Mantel nicht bringen – den konnte er ihr schicken. Hatte sie geahnt, daß dieser Abend so enden würde, als sie ihrem Fahrer sagte, er möge auf sie warten? Sie schlug die Tür so hastig zu, daß die Beleuchtung erlosch. Es war ihr recht. »Nach Hause«, sagte sie. In ihrer Stimme war kein Stocken, und erst als sich der Fahrer ganz auf den abendlichen Verkehr konzentrierte, putzte sie sich die Nase. Wenigstens in dieser Beziehung ging auch Runde drei an Mary.

»Weine nicht, Mary! Mary, bitte, weine nicht.« Er rief zweimal, aber er rechnete nicht damit, daß sie zurückkam. Er hörte, wie das Auto startete, und sah die Scheinwerfer blitzartig gegen die Vorhänge aufleuchten, als es wendete. Das hatten sie sich einmal als besonderen Beleuchtungseffekt bei der Armee-Produktion von *Mord aus Liebe* einfallen lassen.

Stone lief im Wohnzimmer umher. Der Mond schien, und er zog die Vorhänge auf, um ihn zu betrachten. Er wußte viele gute Worte über den Mond. Wäre Mary noch da, hätte er ihr die Dinge erzählen können, die er vorbereitet hatte. Es kränkte ihn, daß sie nie mehr als fünf Minuten zusammen sein konnten, ohne daß es zu derartigen Szenen kam. Er war bekümmert über die Uneinigkeit zwischen ihnen, obwohl sie sich doch einmal so nahe gewesen waren: die Verschwendung so vieler Jahre. Es bedurfte nicht viel, um ihn melancholisch zu machen, und manchmal redete er sich ein, daß solche Gefühle Schauer der Erregung hervorbrachten. Er starrte den Mond lange an. »Weine nicht«, sagte er.

Weinberger hatte das Abendessen beendet und hörte sich mit Suzy eine Jazz-Schallplatte an. Weinberger besaß fast siebenhundert Jazz-Platten. Er nahm den Tonarm von der Scheibe, bevor er zum Telefon ging. Hier in seinem Arbeitszimmer gab es nur einen Privatanschluß. Wenn es klingelte, war es mit Sicherheit ein Klient.

»Bitte?« sagte Weinberger.

»Keine Namen bitte«, sagte Stone.

»Gut«, sagte Weinberger. Es war kein ungewöhnliches Ansinnen.

»Du weißt, wer am Apparat ist?«

»Selbstverständlich.«

»Wieviel Geld habe ich?«

Selbst Weinberger war über die Frage überrascht. Er griff in seine Tasche, fand ein seidenes Taschentuch und wischte sich das Gesicht. »Das solltest du deinen Steuerberater fragen.«

»Ich lehne es ab, mit ihm zu sprechen«, sagte Stone. »Beim letzten Mal hat er mir eine Predigt gehalten wie ein verdammter Gewerkschaftsfunktionär.«

»Das war im April. Es ging um das Geld, das du in Las Vegas am Spieltisch verloren hattest. Er hatte Schwierigkeiten, die Einkommensteuer davon zu überzeugen, daß das nicht vorgetäuscht war. Es ging um Dollars; und das hätte unter Umständen illegal sein können.«

»Er war über die Aktien verärgert.«

»Nun, du bist mit deinen Börsengeschäften nicht immer sehr erfolgreich. Ich erinnere mich mit Schrecken daran, was deine sogenannten Ahnungen dich im letzten Jahr gekostet haben.«

»Die Zinn-Anteile waren ein guter Tip. Es war nur der Markt, der plötzlich verrückt gespielt hat.«

»Du bist wie Oscar Wilde. Der sagte, sein Stück wäre ein Erfolg gewesen – nur das Publikum habe versagt.«

»Ich bezahle dich nicht für geistreiche Zitate«, sagte Stone.

»Du bezahlst aber deinen Steuerberater dafür, dir dabei behilflich zu sein, daß ein bißchen Geld übrigbleibt. Warum hörst du also nicht auf ihn?«

»Antworte nur auf meine Frage: Wieviel steht mir im Augenblick zur Verfügung?«

»Hängt ganz davon ab, was du unter ›Verfügung‹ verstehst. In bar könnten wir wohl kaum mehr als fünfzig Riesen zusammenbekommen, ohne ein Darlehen aufzunehmen.« Hastig fügte er hinzu: »Ein Darlehen wäre problemlos zu bekommen. Ich habe da täglich Burschen im Büro ... Jeder von ihnen würde dir Bargeld leihen.«

»Ich spreche von meinem Geld.«

»Das Haus in Beverly Hills und das Haus in Grasse. Das Personal ... und die Unterhaltskosten sind enorm. Verkauf die beiden Anwesen ein bißchen später – sagen wir im Frühjahr –, und wir könnten ein hübsches Sümmchen zusammenbekommen.«

»Das Haus in Beverly Hills würde mit Sicherheit Gerüchte in die Welt setzen. Die Leute würden sagen, daß ich ins Schleudern geraten bin, Weiny. Und Grasse ... nun, da war ich im letzten Jahr.«

»Für ein verlängertes Wochenende. Soll ich dir mal vorrechnen, auf wieviel das pro Stunde Aufenthalt hinauslief?«

Ein unterdrückter Seufzer war zu hören, und Stone konnte sich vorstellen, wie Weinberger sich das Gesicht mit der für ihn typischen melancholischen Geste rieb. »Wir geraten da nur in ein Gefecht mit der Steuer ...« Erneut machte Weinberger eine Pause und ließ Jahre um Jahre von Rechnungen und zehntausend extravaganter Schecks an seinem geistigen Auge vorüberziehen... das Auto für das Mädchen... Unmengen von Kleidung und ihre Reisen. »... Denkst du daran, ein paar deiner Pferde zu verkaufen?«

»Es ist nicht der richtige Zeitpunkt, und ohnehin ist keines darunter, das das Derby gewinnen könnte.«

»Als du sie kauftest, habe ich aber etwas ganz anderes gehört.«

»Was ist mit diesem verdammten Flugzeug und dem Strolch, der sich Pilot nennt?«

»Laß uns nicht wieder davon anfangen. Ich habe dir die finanzielle Seite doch schon erläutert. Es ist genau das gleiche wie mit deinem Apartment an der Fifth Avenue, das du doch nie benutzt. Es ist nicht gut, derartige Dinge zu teilen. Du willst das Flugzeug – sie wollen es auch! Sie wollen einen neuen Motor kaufen – du willst den alten aufmöbeln lassen! Das klappt nie. Wie auch immer, wenigstens für die nächsten beiden Jahre kommen wir aus dem Vertrag nicht heraus. Und der verdammte Piloten-Vertrag ist auf fünf Jahre angelegt. Du weißt, wie sehr ich seinerzeit dagegen opponiert habe.«

»Seinerzeit schien es eine gute Sache zu sein. Aber ich habe derartige Diskussionen inzwischen mehr als satt. Mitunter beschleicht mich das Gefühl, überhaupt keine Entscheidungen treffen zu können. Ich füge mich nur einer Reihe von Gesetzen über Steuern und Grundbesitz, Unternehmen und Wohnsitze und den ganzen Mist. Ich frage mich manchmal, ob es sich überhaupt lohnt, das ganze Zeug zu verdienen.«

»Du hast das Boot nicht erwähnt. Jeder würde dir raten, dich davon zu trennen. Hast du dir die letzte Rechnung angesehen? Der Buchhalter hat nachgefragt, ob sie die *Polaris* überholt haben.«

»Sehr komisch«, sagte Stone. »Sehr, sehr komisch.«

»Es lacht aber keiner. Der Buchhalter hat lediglich versucht, dein Geld zusammenzuhalten. Diese Restaurierung kostete fast die Hälfte eines neuen Bootes. Hör mal, warum rufen wir nicht alle zusammen, die irgendwie mit dem Thema befaßt sind, und halten eine Konferenz ab, um eine Art Taktik zu entwikkeln ...«

»Nein«, sagte Stone. Schon der Gedanke an ein solches Zusammentreffen erfüllte ihn mit Grauen. Das wäre so, als würde ein Ärzteteam darüber Spekulationen anstellen, woran er sterben sollte. »Alles, was ich möchte, ist eine schlichte Antwort.«

»Fünfzig Riesen sofort, weitere vierzig in Aktien, dann noch einmal fünfzig für dieses und jenes, was wir beleihen könnten. Und dann hast du die Häuser und das Boot. Verkauf das Ganze schnell, und wir könnten mit etwas Glück mit einer Million Dollar herauskommen. Das könnte – könnte! – die Summe sein, die die US-Steuerbehörde dafür erhebt. Und, ganz nebenbei, dann hättest du nichts mehr, wo du wohnen könntest.«

»Vielen Dank!«

Weinberger machte eine Pause, um ganz sicher zu gehen, daß sich keinerlei Verärgerung in seiner Stimme zeigte. »Deine Verdienstmöglichkeiten sind besser als je zuvor, aber du mußt doch auch einmal auf die Stimme der Vernunft hören. Mach ein paar Filme an einem Drehort, wo Glücksspiele illegal sind und die Telefonverbindungen so schlecht, daß du nicht in Versuchung gerätst. Und schon hast du eine Menge Bares unter dem Kopfkissen. Hast du jemals daran gedacht?«

»Und weißt du auch, daß ich jeden Tag zehn Liter Benzin sparen kann, wenn ich mit einem Mini zu den Dreharbeiten fahre?«

»Jetzt wirst du unsachlich.«

»Ja, ich bin unsachlich.« Stone hängte ein. Jedermann behandelte Schauspieler wie Kinder, und das erbitterte ihn. Wenn er sein Geld in irgendeinem anderen Beruf verdient hätte – von Chirurgie bis zum Wucher –, würden sie seine Meinung akzeptieren. »Unsachlich!«

20

Ich möchte ernst genommen werden.

Errol Flynn

Die ganze Episode war so unwirklich wie ein schlechter Film. Es ging um reale Menschen, aber die Worte, die sie sprachen, waren die anderer Menschen an anderen Orten. Und wie stets war Stone fehlbesetzt. Er lächelte in sich hinein und wischte sich über die Brauen. Hitze machte ihn immer reizbar, aber heute durfte er es nicht zeigen.

Er stolperte gegen einen Stuhl, der wuchtig genug war, ihm blaue Flecken zu verpassen. Er stürzte nicht um. Stone fluchte automatisch. Aus dem Fenster hatte man eine gute Aussicht. In einer Richtung sah man wellige Hügel mit ausgeblichenem Gestrüpp, und dahinter, in der dunstigen Ferne, nagten graue Klippen die Brecher einer hellblauen See. Auf der anderen Seite schlängelte sich ein schmutziger Weg durch felsiges Gelände und führte durch verkrüppelte Olivenhaine abwärts bis zum Dorf Santa Sovora. Danach wurde die Straße ein bißchen besser. Zwölf Kilometer weiter vereinigte sie sich mit der Autobahn, die Reggio mit Neapel verbindet.

Er sah auf die Uhr und wartete. Wie geplant erklangen die Explosionen wie Schläge auf eine Baßtrommel. Zwei Säulen öligen Rauches stiegen in den Himmel. Der Wind beugte sie wie Löwenzahnstiele und pustete ihre Köpfe zu grauen Wülsten auf. Es war nicht schwierig gewesen, die Besitzer der Olivenplantage zu überreden, die Filmleute hier drehen zu lassen, da die Oliven ohnehin kümmerlich waren.

Der Weg war zu beiden Seiten von zerbrochenen Kisten und

Metallbüchsen, Brettern und Balken gesäumt. Drei Lastwagen wurden entladen, um dann nach Cinecittà zurückzufahren und weitere Einrichtungsgegenstände für den Sommerpalast zu holen. Jetzt, da die Vorkriegsszenen mit dem Prinzen abgedreht waren, würde es ein paar Tage nichts für ihn zu tun geben. Er überlegte, ob er nach London fahren oder eine Verabredung mit einer italienischen Schauspielerin einhalten sollte, die die Rolle der Fernschreiberin bekommen könnte. Der Text bestand zwar nur aus einem halben Dutzend Sätze, aber sie würde alles tun, um einmal in einer anglo-amerikanischen Produktion zu spielen. Genau das hatte sie gesagt. Ihr Apartment lag direkt am Tiber, und es gab dort einen Dachgarten, auf dem sie nackt in der Sonne lag. Das klang besser als London.

Zwei schwarze Limousinen tauchten hinter dem Hügel auf. Die Fahrer suchten sich vorsichtig ihren Weg zwischen Felsen und Schlaglöchern hindurch. Sie fuhren im Schrittempo, aber der Wind vom Meer wirbelte Wolken roten Staubs von der Fahrbahn hinter den Autos auf, so als führen sie mit halsbrecherischer Geschwindigkeit. Wie Zeitlupe, dachte Stone und wurde an einen Alptraum erinnert. Er wandte sich vom Fenster ab und blickte in einen fliegenbeschmutzten Spiegel. Er berührte den neuen Kühlschrank, der an einen Generator angeschlossen war, so daß ihm jederzeit Eis zur Verfügung stand. Der Thermostat schaltete sich ein, und der Kühlschrank begann zu puckern. Es war ein Geräusch, das an seinen Nerven zerrte, weil es stets dann einsetzte, wenn er es am wenigsten erwartete. Sie hatten die Absicht gehabt, einen klimatisierten Wohnwagen für den Besuch von Florian Backhouse und seiner Begleitmannschaft heraufbringen zu lassen, aber Bookbinder erklärte, das könne als unvernünftige Extravaganz angesehen werden. Leo Koolman würde nie die Ausgaben kritisieren, die für eine Huldigung verwendet wurden, aber diese Leute hier waren anders. Wieder sah er aus dem Fenster: Die Autos schienen sich nur langsam zu nähern.

Etwa fünfzig Meter entfernt stand ein weiteres Bauernhaus.

Davor, in der sengenden Sonnenhitze, saßen sein Double und einer der Handlanger, die für ihn Besorgungen machten. Alle seine Filmverträge schlossen ihre Löhne und Ausgaben ebenso ein wie die seines Fahrers, die Kosten seines Autos und die Löhne von sechs seiner Londoner Angestellten – anstelle von Hotelkosten. Die beiden Männer spielten Karten. Es war unbegreiflich, daß sie diese glühende Hitze ertragen konnten.

Als die Autos eintrafen, tauchte Stone noch immer nicht auf. Er stand im Türrahmen und lächelte. Die Fahrer und Begleiter, die neben den Chauffeuren gesessen hatten, sprangen aus den Autos und hielten die Türen für die Fahrgäste auf. Bookbinder und Hanratty trugen T-Shirts, Strohhüte und khakifarbene Hosen, aber die anderen waren mit schwarzen Anzügen und Hüten der Art bekleidet, wie sie der Kostümfundus Bestattern, Bankiers oder Mafiosi vorbehält.

Stone schüttelte allen die Hände und fragte, was sie von den Vorbereitungen der Kampfszenen von *Der Mann aus dem Palast* hielten. Sie nickten. Bookbinder hatte dafür gesorgt, daß die Jungs von den Spezialeffekten zum richtigen Zeitpunkt eine Wellblechhütte in die Luft sprengten. »Schwarzpulver«, sagte Hanratty. »Damit kriegt man dieses Peng-peng und den öligen Rauch: Druckmangel. Aber wir sind wegen der Sicherheitsbestimmungen darauf angewiesen. Natürlich können wir ein besseres ›Peng‹ in den Ton reinschneiden, aber der schwarze Rauch bleibt.«

»Es macht sich ganz gut«, sagte Bookbinder. »Der Staub auf der zweiten war wirklich beeindruckend. Sie werden schon sehen.« Stone fügte seinen Kommentar an, aber die sechs dunkelgekleideten Herren zeigten lediglich oberflächliches Interesse an dem, was sie gesehen hatten.

»Campari, Punt e Mes, Gin und Ton?« fragte Stone, aber nur die Filmleute entschieden sich für Alkohol. Die Geschäftsleute nahmen eisgekühltes Tonic Water. Bald wurde auch die Beziehung zwischen den Männern deutlicher. Die Begleiter waren unbedeutender als die anderen vier und arrangierten jetzt die

Stühle um den Tisch, als erwarteten sie, daß ein Essen serviert wurde.

Das Haus befand sich seit Generationen im Besitz von Bauern und war unverändert geblieben. Manche der Innenaufnahmen sollten hier gedreht werden. Aus diesem Grund hatte man die Stühle, den polierten Tisch mit Spitzenläufer, die Leuchter, den Spiegel, das Kruzifix und die Bastmatten dem Besitzer abgekauft. Für die zusätzlichen Innenaufnahmen im Atelier würden diese Gegenstände nach London verfrachtet werden. Stone hatte bereits seine Ansprüche auf den Läufer aus Spitzen angemeldet.

Hanratty besah sich das Licht. Es würde schwer sein, das im Studio genauso hinzubekommen, da die Sonne gelbe Flecken auf die Fliesen malte und die Luft mit goldenen Partikelchen erfüllte, in denen man fast baden konnte. Die Wände reflektierten das Licht, und der polierte Tisch schimmerte wie Glas, so daß Florian Backhouse, der an der Stirnseite saß, sein nahezu perfektes Spiegelbild bewundern konnte. Er bedeutete Stone, zu seiner Rechten Platz zu nehmen, und einer der Begleiter rückte ihm den Stuhl zurecht. Die anderen Männer setzten sich in einer festgelegten Reihenfolge.

»Was ist das hier?« erkundigte sich Stone. »Eine Konferenz...?« Er wollte ›oder eine Totenwache‹ hinzufügen. Für empfänglichere Gemüter wäre das eine witzige Bemerkung gewesen. Aber die sechs düsteren Gestalten würden sie kaum amüsant finden. Die Haut um Florian Backhouses Augen spannte sich, als würde ihn das Licht blenden: Es war ein Lächeln.

Stones Frage wurde durch die Akten und Papiere beantwortet, die aus den Aktenkoffern geholt und auf den Tisch gelegt wurden.

»Wo stehen wir jetzt, Enzo?« fragte Backhouse. Er sagte es, ohne Stone anzublicken.

»Eins-Komma-achtzig.

»Zum nächsten Tausend«, stimmte Backhouse zu. Er nickte.

Der Mann sagte: »Thema Transportkosten: Ich räume einhundertfünfzigtausend Dollar ein, bin aber darauf vorbereitet, daß es mehr wird.«

»Ihre Fluggesellschaft«, erinnerte sie Bookbinder.

»Nein.«

Backhouse hatte eine eigenartige Sprechweise. Er artikulierte jede Silbe mit einer überflüssigen Betonung am Ende. Es war eine Stimme, die sich hervorragend für die Verständigung über ein defektes Radiotelefon an einem gewittrigen Tag unter Artilleriefeuer geeignet hätte. Er fügte hinzu: »Wir haben unsere Anteile im letzten Monat verkauft.«

»Sagen Sie bloß, Sie hätten unseren Transportvertrag nicht als Aktivum eingefügt«, sagte Bookbinder.

Backhouse zeigte ein flüchtiges Lächeln. »Lassen Sie mich Ihnen etwas sagen, was Ihre Beteiligung an dem Geschäft anbelangt.« Er machte eine genügend lange Pause, um Bookbinder klarzumachen, daß die Fluggesellschaft nicht Bookbinders Angelegenheit war. »Ohne die Großzügigkeit von Mister Stone und seine Geldgarantie hätte ich Sie dazu gebracht, die Dreharbeiten in Italien zu beenden. Sie wären jetzt bereits wieder im Atelier. Wir haben das schon einmal gesagt, aber ich hätte Ihren Dank an Mister Stone gern in den Akten.«

Erst da bemerkte Stone den Mann, der stenografische Notizen machte. Bookbinder hatte bereits den Mund zu einer Antwort geöffnet, als auch er ihn entdeckte. Er unterließ eine Entgegnung.

Backhouse sagte: »Enzo hat sich die Zahlen angesehen, und seine Einschätzung beunruhigt mich – das muß ich gestehen. Ihr Burschen habt euer Leben in diesem Geschäft verbracht, und ich respektiere eure Meinung, aber ich werde erleichtert sein, mit halbwegs intakter Investition wieder aus dem Handel herauszukommen. Übrigens, Kagan, diese Reise wird Ihnen nicht angelastet, wir hatten ohnehin geschäftlich in Rom zu tun.« Er befeuchtete seine Lippen. »Fair ist fair.«

Stone blickte auf. So artikuliert wäre ›fair ist fair‹ nahezu perfekt für Prinz Felix. Doch dann verdeckte Angst seine Überlegungen.

»Ich bin einfach nur mit meinem Geld am Ende. Ich habe heute mit der Bank gesprochen . . .« sagte Bookbinder.

»Darüber bin ich informiert«, erwiderte Backhouse. Es entstand ein Schweigen, das einer der Männer dazu benutzte, ihm ein paar Abrechnungen zu überreichen. Backhouse betrachtete die Summen auf jedem Blatt, schloß die Augen, während er im Geist addierte, und schob die Papiere über den polierten Tisch zurück. »Daher brauchen wir Mister Stones Bank, damit sie für den Fluß des Bargelds sorgt. Eine einfache Garantie wäre der schnellste Weg. Wir werden uns beeilen müssen, denn Sie brauchen bis zum Ende der Woche die Gelder für die Gehälter, Löhne und so weiter. Die Hotels und die Baurechnungen können warten, aber die Gewerkschaften würden Alarm schlagen, wenn Sie das Team verspätet bezahlen. Habe ich recht, Kagan?«

»Genau darum geht es«, sagte Bookbinder.

»Aus diesem Grund hat Enzo, mein Oberbuchhalter, mit Mister Stones Bank gesprochen. Eine Sondervollmacht, die für sie akzeptabel ist, muß sofort ausgestellt werden.« Backhouse griff nach einem Zigarettenkasten und wählte eine türkische Zigarette aus. Stone nahm seine weißen, manikürten Hände wahr. Backhouse steckte sich die Zigarette bedächtig zwischen die Lippen. Einer seiner Männer reichte ihm Feuer.

»Über welche Summe reden wir hier eigentlich?« fragte Stone.

»Einhundertachtzigtausend Dollar in dieser Woche. Aber diese lächerliche Situation für Mister Bookbinder muß geregelt werden. Die Produktion muß die Übernahme der Verbindlichkeiten in Höhe von neunhunderttausend nochmals zusichern.«

Backhouse suchte in einigen Papieren und fuhr dann fort: »Aber wir reden hier über Taschengeld. Bei Abschluß des Vertrages mit Mister Stone wurde der Etat verdoppelt. Ich kann Ihnen die genauen Zahlen nennen, wenn sie das wünschen. Er belief sich auf fast fünf Millionen Dollar. Und es gab Verleih- und Vertriebsinvestitionen ...«

Stone schluckte und begann zu schwitzen, wie er es unter emotionalem Streß immer tat.

Backhouse sagte: »Mister Koolman von *Koolman International* hat bis zur vergangenen Woche über die Produktion verhandelt. Wir waren schon nahe an einer Übereinkunft, doch dann zog er sich zurück. Gestern abend habe ich ihn zu Hause angerufen, um zu erkunden, wie er sich dazu stellt, die Gespräche erneut aufzunehmen.«

Stone nickte, traute sich selbst aber nicht genug, um nach dem Ergebnis zu fragen.

»Und?« erkundigte sich Bookbinder.

Backhouse drehte sich sehr langsam um, bis er Stone direkt in die Augen blickte. Ein sehr dünnes Lächeln erschien auf seinen Lippen. »Was haben Sie Mister Koolman nur angetan, was ihn derart erregt hat?«

»Wenn jemand über die Übernahme der Produktion verhandelt«, sagte Stone und machte eine ebenso lange Pause wie vorher Backhouse, »... dann sollte es am besten eine Gesellschaft sein, die die technischen Einzelheiten handhaben kann.«

Backhouse sagte: »Es ist weniger der Mangel an technischem Know-how, Mister Stone.« Er lächelte ein tiefgefrorenes Lächeln. »Es ist mehr der Mangel an Geld.«

»Das wäre auch noch so, wenn Sie noch einmal mit Koolman sprechen würden«, sagte Stone.

»Sie waren bereit, das Geld aufzubringen«, stellte Backhouse fest. »Wenn Sie die Produktion oder Teile davon weiterverkaufen wollen, werde ich alle vorhandenen Papiere zur Verfügung stellen, aber ich sehe mich außerstande, eine neue Runde von Verhandlungen einzuleiten. In jedem Fall habe ich das Geld, das Sie versprochen haben, bereits dazu verwandt, um eine Notlage zu überbrücken – Lloyd's *Open form* –, die drei Wochen überfällig ist.«

Stone legte beide Hände auf den Tisch wie ein Taschenspieler, der beweisen möchte, daß er nichts im Ärmel verborgen hat. Er wollte ihnen von seinem Gespräch mit Weinberger erzählen, und das erinnerte ihn an die Wut, der er sich nun ausgesetzt sehen würde – nicht nur von seiten Weinbergers, sondern auch seine anderen Berater. Er sah sich am Tisch um. Diese Männer knauserten mit jedem Penny. Die Tatsache, daß er eine Million Dollar pro Film verdiente, war alles, was sie brauchten, um ihn für einen Milliardär zu halten. Sie hatten keine Ahnung von dem Ausmaß an Bargeld, das ihm durch die Finger floß: die Häuser, die Steuern, die Diener, die Prozente und Provisionen, sein Pech am Spieltisch und die Enttäuschung, die seine Pferde ihm bereiteten, die ihm kein Geld brachten, sondern nur kosteten. »Sie nageln mich auf dieses Telefongespräch fest?«

»Wollen Sie damit sagen, daß es ein Scherz war?«

»Nicht...«

Er hatte sagen wollen ›nicht ganz‹, aber Backhouse unterbrach ihn: »Ihre Exgattin hat mir Ihr Angebot bei einer Zusammenkunft am folgenden Tag bestätigt.« Er wandte sich an den Mann zu seiner Linken. »Haben wir das Protokoll dieser Besprechung? Es geht um die, bei der die Rechnungsprüfungskosten diskutiert worden sind...«

»Macht nichts«, sagte Stone. Einer der beiden Begleiter saß direkt neben der Tür und zeigte keinerlei Interesse an der Unterhaltung. Der andere, plumpere stand neben dem Kühlschrank und sah aus dem Fenster zum Olivenhain hinüber, der sich schon bald in ein Schlachtfeld verwandeln würde. Ein schrilles Geräusch war zu hören, und der Gesetztere an der Tür fuhr mit unerwarteter Behendigkeit herum. Stone stellte fest, daß die Plumpheit des anderen von einem Gegenstand an seiner Hüfte herrührte.

»Entschuldigung«, sagte Hanratty. Es war sein Stuhl gewesen, der das Geräusch verursacht hatte. »Ich muß wieder an die Arbeit. Der Palast muß bis morgen mittag fertig sein.«

Bookbinder schloß sich ihm an, und sie gingen den Hügel hinunter zu der Stelle, wo die Kulissenarbeiter nun die Treppe und eine Seite des Palastes aufbauten.

»Geben Sie Ihrer Frau keine Schuld«, sagte Backhouse freundlich. »Sie wollte nicht, daß es ins Protokoll kommt. Aber sie hatte keine Wahl, wenn sie sich nicht selbst ernsthaften Schwierigkeiten aussetzen wollte. Wissen Sie, Anwälten sind Beschränkungen auferlegt.«

»Das einzige Problem, dem wir uns gegenübersehen«, sagte Stone, »ist die Art und Weise, wie mein Geld festgelegt ist. Ich bin nicht in der Weise flüssig, wie es Ihre Leute offenbar annehmen.«

»Das sehen wir ein«, sagte Backhouse, und einen Moment lang glaubte Stone, er wäre gerettet. »Mario hat ein Dokument ausgearbeitet, nach dem Sie von einer unserer Gesellschaften ein Darlehen erhalten. Das wird vollauf genügen, bis wir die Rechtstitel überschreiben. Schließlich, Mister Stone, sind Sie ein Mann von Substanz.«

Weitere Papiere überquerten den Tisch. »Drei Unterschriften«, sagte der Mann, der sich Enzo nannte.

»Ja«, sagte Backhouse. »Nur drei Unterschriften, und Enzo wird den Rest für Sie erledigen.«

»Ich muß das durch meine Leute in London überprüfen lassen«, sagte Stone auf der Suche nach einer Entschuldigung, um nicht zu unterschreiben. »Das mag zwar bürokratisch klingen, aber so laufen die Dinge nun mal.«

Backhouse gestattete ihm einen Moment der Euphorie, dann sagte er: »Nein. Es muß vor unserer Abfahrt unterzeichnet werden.«

»Sie sind wie Sam Goldwyn, was?« sagte Stone. »Ein verbales Versprechen ist das Papier nicht wert, auf das es geschrieben ist.« Stone lachte und sah sich am Tisch um – er lud sie alle ein, sich an dem Spaß zu beteiligen.

Falls Backhouse erkannte, daß es ein Scherz war, so gab er es jedenfalls nicht zu erkennen. »Eine mündliche Übereinkunft«, dozierte er, als hätte er ein Kind vor sich, »hat jede Verbindlichkeit einer schriftlichen. So ist das Gesetz.«

Jetzt, da Bookbinder und Hanratty gegangen waren, glaubte Stone eine Spur von Bösartigkeit an Backhouse zu entdecken. Vielleicht bildete er es sich nur ein, aber er empfand die drei anderen schwarzgekleideten Herren und ihre Begleiter als Bedrohung. Es war etwas Filmreifes an der Art, wie sie im Raum verteilt waren: rabenschwarze Gestalten vor der sonnenüberfluteten Wand. Ihre bleichen Gesichter sorgten dafür, daß kein Hauch von Farbe den Eindruck der Komposition verhunzte. Plötzlich begann der Kühlschrank zu puckern.

»Nehmen Sie an, ich sage: Zum Teufel mit dem Gesetz? Nehmen Sie an, ich sage: Zum Teufel mit Ihnen? Was werden Sie dann tun? Mich vor Gericht bringen?« Obwohl er es erwartet hatte, konnte er doch nicht verhindern, daß seine Stimme ein wenig schrill klang, so daß ihr Klang jetzt in der warmen Luft vibrierte. Er stand auf. Sein Kopf berührte fast die wurmzerfressenen Balken, die die rissige Gipsdecke stützten. Durch das Fenster sah er den alten Mann beim Kartenspiel mit seinem Double. Selbst sie hatten vor der heißen Mittagssonne kapituliert und einen Sonnenschutz aufgestellt. Das Double hatte sich bis zur Hüfte entkleidet, der alte Mann hatte das Spiel gewonnen und sammelte nun seine schmutzigen, zerknüllten italienischen Banknoten ein. Er glättete jede, bevor er sie in seine Brieftasche steckte. Glückliche Kerle, dachte Stone. Sich vorzustellen, daß sie ihn beneideten!

Stone drehte sich zu Backhouse um, der gerade sagte: »Sie vor Gericht bringen? Natürlich nicht, denn diese Situation wird sich gar nicht ergeben.« Die anderen blickten Stone an, als würden sie seine Größe und seinen Umfang abschätzen. Stone hielt seine Stimme gesenkt. »Drohen Sie mir, Mister Backhouse?«

Niemand antwortete. Die beiden Buchhalter begannen ihre

Dokumente wieder einzusammeln und in ihren Aktenkoffern zu verstauen. Backhouse hatte keinen Muskel bewegt. Hinter ihm konnte Stone die dürre Landschaft mit ihren trockenen Bäumen und staubigen Kaktuspflanzen sehen. Das Leben war ein Kampf gegen die heiße Sonne, wenn Wasser nur unzureichend zur Verfügung stand. Die Luft war heiß genug, um die Kehle beim Atmen auszutrocknen, und der Staub legte sich wie eine Kruste um die Nasenlöcher. Einer der Begleiter nahm das Kabel, das dem Kühlschrank Elektrizität zuführte. Er zog es heftig heraus, und der Motor erstarb. Jetzt waren die Geräusche der Landschaft draußen zu hören: das Summen der Fliegen und das Surren der Insekten.

»Sie hätten sich die Reise aus Rom sparen können, Gentlemen«, sagte Stone. Er machte eine Pause, als wolle er Backhouses Rhythmus übernehmen. »Sie hätten nur die Leute zu fragen brauchen, die mich kennen. Sie hätten Ihnen gesagt, daß ich nie eine Produktion sterben lasse.«

Er griff nach den drei Dokumenten und unterschrieb sie verächtlich. »Ich werde vier Tage brauchen – höchstens fünf. Ich werde heute abend nach London fliegen. Freitag werden meine Leute die Produktion übernehmen.«

Stone ertappte sich dabei, wie er leicht vorgebeugt auf ein Lächeln und Händeschütteln wartete, vielleicht sogar auf eine warmherzige Umarmung, da die freundlichsten und unfreundlichsten Entscheidungen im Showgeschäft von derartigem Drumherum begleitet wurden. Aber Backhouse stand auf und verbeugte sich lediglich formvollendet. »Dürfen wir Sie irgendwohin bringen?«

»Mein Auto kommt«, sagte Stone. Die Männer hatten sich zusammen mit Backhouse erhoben. Die beiden Begleiter eilten hinaus und bedeuteten den Fahrern der beiden Autos, dafür zu sorgen, daß die Klimaanlagen liefen und alles zur Abfahrt bereit war.

»Bitten Sie das Produktionsbüro, mir einen Platz in der

Maschine nach London zu reservieren«, sagte Stone. »Falls es Schwierigkeiten geben sollte, möchten sie bitte ...«

»Es wird keinerlei Probleme geben«, sagte Backhouse.

Die Autos bewegten sich den Hügel fast noch langsamer hinunter, als sie ihn heraufgekommen waren, und sahen einem Trauerzug noch ähnlicher. Stone spürte den Schweiß kalt und klamm auf seinem Rücken. Es war nicht die Angst vor körperlicher Gewalt, die ihn betroffen gemacht hatte, sondern die ermüdende, zeitverschwendende Art und Weise, sich darüber Sorgen zu machen. Er verfügte nicht mehr über die Energie, in dunklen Hotelzimmern vorsichtig zu sein oder seinen Leibwächter Arthur zunächst aus dem Bühneneingang auf die Straße zu schicken, um zu erkunden, ob die Luft rein war, oder auch zu vermeiden, zu nahe am Bordstein entlangzugehen, falls ein Auto unerwartet ins Schleudern geriet. Ebensowenig hatte er noch Ausdauer für ausgedehnte Prozeßhändel oder die Art von Vendetta, die ein bestimmtes Nachrichtenmagazin und eine Londoner Tageszeitung vor noch nicht allzu vielen Jahren gegen ihn geführt hatten.

Er blickte sich in dem winzigen Raum um: Vielleicht war es besser, so zu leben. Ein Vogel flog laut tschirpend am Fenster vorbei. Ein anderer folgte zänkisch. Einen Augenblick lang konnte sich Stone vormachen, seine sechs Besucher seien nur ein Traum gewesen, doch dann sah er die halbgerauchte türkische Zigarette in einem Blumentropf. Er ging zum Fenster und verweilte dort, bis sein blaßblauer Cadillac durch die Olivenbäume schimmerte. Erst dann setzte er sich.

Als das Leben in sein von Angst benommenes Gehirn zurückkehrte, erlebte Stone eine fast orgiastische Erleichterung. Jetzt war das Problem definiert: Er wußte, was getan werden mußte. Die drei Tage, seit er mit Backhouse telefoniert hatte, waren weit schlimmer gewesen als das. Er hatte die ganze Zeit gewußt, daß dieser Film irgend etwas Böses mit sich bringen würde. Seine Freunde hatten ihn gewarnt, daher war es in gewisser Hinsicht seine eigene Schuld. Er hätte auf den lieben, lieben Weinberger hören sollen, und er hätte mit Leo streiten dürfen. Es war eindeutig seine Schuld. Es wäre nicht gut, dieses Problem auf eine der anderen Gesellschaften zu verlagern, mit denen er gearbeitet hatte: *Fox, Columbia, Paramount, United Artists.* Nein, Koolman hatte mit ihm Millionen gemacht, und Koolman würde ihm immer einen Gefallen schuldig sein. Selbst Leo räumte ein, daß eine solche Dankesschuld fällig war, auch wenn er es nie so nennen würde.

Stone hielt sich selbst für einen schlaueren Geschäftsmann, als jeder seiner Teilhaber ihm einräumen würde. Schließlich war er es, der im ganz großen Stil lebte, sagte, tat, ging, vögelte – was, wo und wie es ihm gefiel. Es waren weder die Backhouses noch die Weinbergers, noch die Koolmans, die sich der Freiheit erfreuten, die der Erfolg mit sich bringt. Aber mitunter war für eine derartige Freiheit und derartigen Luxus ein Preis zu zahlen. Er würde sich Koolmans Wünschen in bezug auf die Fernsehserie fügen müssen. Vielleicht mußte er sich sogar entschuldigen. Das wäre eine Sache geschäftlicher Zweckdienlichkeit und daher nichts, was seine Würde oder seinen Stolz wirklich beeinträchtigen könnte.

Die Schuld, die Reichtum bei Puritanern hervorruft, war von Anbeginn ein Risiko in der Filmbranche. Manche Menschen kompensierten sie, indem sie der Kommunistischen Partei beitraten, andere, indem sie riesige Summen für die Wohlfahrt spendeten, aber die weitaus größte Zahl fand Erleichterung in der Reue. Für solche Menschen lieferten die Koolmans dieser Welt eine produktive Form von Buße, die – gelinde gesagt – auf gegenseitigem Profit beruhte.

Aber das waren nicht die Gedanken von Marshall Stone. Er entschied bereits über die Einzelheiten seiner Buße. Wenn er in der Lage war, die Höhe der Summe herauszufinden, die Koolman für die Produktion geboten hatte, dann brauchte Stone ihm nur eine Gewinnspanne zu bieten, die es ihm versüßte. Stone lächelte und beobachtete sich dabei in dem fleckigen Spiegel. Schwierig, vielleicht, aber nicht unmöglich. Keinen Moment lang zog Stone in Betracht, daß sich *Der Mann aus dem Palast* als eine Kapitalanlage erweisen könnte, die ihm auch noch Gewinn brachte. Da war etwas in ihm, das ihm sagte, daß ein paar tausend Meter Film wertlos waren. Es war reine Gaunerei, die ihn und diese bizarre Industrie dazu befähigte, solche Dinge zu überstehen.

Noch dachte Stone nicht daran, Koolmans Plänen für eine Drehbuchänderung und einen anderen Schluß des Films zuzustimmen. Aber ein Teil seines Gehirns bereitete sich doch schon auf diese Lösung vor, falls er keine andere Möglichkeit sehen sollte, sich zu retten.

Stone legte seinen Koffer auf den Tisch und öffnete ihn. Er nahm ein paar Unterlagen heraus und arrangierte sie auf dem Tisch: die Drehpläne der letzten Woche und eine Drehbuchänderung. Seine Augen glitten über die komplizierte Planung, und er fragte sich, wie er Bestandteil dieser verrückten Welt hatte werden können. Nicht auf die analytische Weise, wie er Backhouse beobachtet hatte, um etwas von seinen Manierismen zu übernehmen. Er tat es träge – wie ein Pendler, dessen Zug Verspätung hat, die Anzeigen überfliegt. Nichts in seinem Handwerk war ihm zugeflogen: Seinen Text zu lernen, vor ein Publikum oder eine Kamera zu treten war ebenso wie seine anderen Probleme – die Angst vor Pferden und die Angst vor dem Fliegen – nur aus der Notwendigkeit heraus gemeistert worden. Seine Mutter und seine Frau waren ihm dabei keine Hilfe gewesen. Nur Onkel Bernard hatte ihn ermutigt. Und dieser alte Trunkenbold war kein Aushängeschild für den Berufsstand.

Der Cadillac, der auf dem Weg zu ihm war, verlangsamte seine Fahrt, um einem Lkw mit Requisiten auszuweichen. Stone kam zu der Erkenntnis, daß er keine Antwort auf seine Fragen finden würde, aber das bereitete ihm keine allzu großen Sorgen. In dieser seiner Gleichgültigkeit lag das Geheimnis seiner großen Begabung. Stone hatte nur wenig oder gar kein Interesse an seiner eigenen Motivation und noch weniger an der jener Gestalten, die er verkörperte. Er war wie eine leere Leinwand. Er lieh sich Stimmen, Mimik und körperliche Gewohnheiten aus seiner Umgebung und benutzte sie, um langweilige Dialoge zu würzen, unlogische Verwicklungen einsichtiger zu machen, dünne Charakterisierungen zu verdichten und unwahrscheinliche Schlußszenen zu retten. Das war die Kunst des Schauspielers, und nicht einmal Shakespeare kam ohne sie aus.

Er hörte draußen das Auto. Er schraubte die Kappe seines Füllfederhalters ab und beugte sich über die Papiere.

»Ähem.« Jasper hüstelte genau wie ein Bühnen-Butler.

»Jasper! Schon?« Stone blickte auf die Uhr und legte den Füllfederhalter aus der Hand. »Heute vormittag ist die Zeit wie im Fluge vergangen.« Er sammelte die Dokumente ein und verstaute sie in seinem Koffer. Er lächelte Jasper an, bevor er das Schloß einschnappen ließ. Jasper nahm den Koffer, und dann gingen sie auf die geöffneten Autotüren zu. Stone war überrascht, drinnen sein Gucci-Gepäck, einen frisch gebügelten Anzug und Wäsche zum Wechseln zu finden.

Jasper sagte: »Mister Backhouse meinte, Sie würden das vielleicht brauchen. Ich habe das Hotel veranlaßt, die Sachen einem der Produktionsautos mitzugeben.«

Stone wußte, daß das Hotel 270 Kilometer weit entfernt lag. Er sah Jasper spöttisch an, als der erklärte: »Mister Backhouse sagte es mir heute früh auf dem Flughafen – gleich nach seiner Ankunft.«

VON: STONE
AN: WEINBERGER
TELEGRAFISCHE ANSCHRIFT: ESCARGOT, LONDON, TELEX
EINTREFFE HEUTE ABEND STOP VEREINBARE KOOLMAN TREFFEN INNERHALB 24 STUNDEN FÜR DISKUSSION ALLER STRITTIGEN PUNKTE EINSCHLIESSLICH TV STOP HOL MICH AM FLUGHAFEN AB MIT TICKETS FÜR DICH UND MICH WENN SEIN AUFENTHALTSORT DAS ERFORDERLICH MACHT STOP BESTE GRÜSSE MARSH

21

Um einen Oscar zu bekommen, braucht man eine gewisse Portion Wendigkeit, Public Relations, Werbung, Einladungen, Telefonanrufe, Telegramme, Drohungen und Bestechungen.

George C. Scott (Gewinner des Oscar für den besten Schauspieler 1970)

Die Branchenblätter des Showbusiness spiegeln den ungestümen Optimismus derjenigen wider, die sie lesen. Daher konnte man Leo Koolmans Ankündigung unter einer zweispaltigen 30-Punkt-Schlagzeile oben auf der Seite eins finden.

KOOLMAN NIMMT STONE UNTER VERTRAG
5-MILLIONEN-DOLLAR-PAKET

Stone hat Mitspracherecht bei den Drehbüchern in einem dreifachen Package-Deal mit *Koolman International.* Der erste Film trägt den Titel *Copkiller.* Mit den Dreharbeiten wird am 20. Januar in San Francisco begonnen.

Stone (im Gespräch für eine Oscar-Nominierung) wird den jungen Schauspieler Val Somerset ersetzen, nachdem der Etat eine Spritze von zusätzlich vier Millionen Dollar erhalten hat. Stone spielt die Rolle eines polizistenmordenden Revolutionärs neben Suzy Delft, die für den Part einer anarchistischen Studentin verpflichtet wurde.

Produzent ist Edgar Nicolson, wie auch schon beim *Schweigenden Paradies,* einem Film, der bei der Uraufführung am 1. November in London hohes Lob ernten konnte und als Favorit für die *Academy*-Nominierung als bester Film gilt. Der

Regisseur für *Copkiller* steht noch nicht fest. Stones Vertrag schließt zehn TV-Filme ein, in denen er seine *Vollstrecker*-Rolle fortführen wird.

Das Büro des Präsidenten von *Koolman International Pictures Inc.* (der gleichzeitig Vorsitzender von *Koolman International Pictures Gt. Britain Ltd.* und eines weiteren Dutzends Tochtergesellschaften war, die auf der Tafel außen am Gebäude nicht extra aufgeführt waren) war ein ausgezeichnetes Beispiel dafür, was Innenarchitekten mit einem uneingeschränkten Budget erreichen können. Als Schreibtisch diente ihm ein Eichentisch aus dem siebzehnten Jahrhundert. Ein niederländisches Intarsien-Schreibpult beherbergte zweihundert Drehbücher. Der Präsident saß auf einem finnischen Drehsessel, während für seine Besucher eine klassische katalanische Bank zur Verfügung stand, die eigens mit hellblauem Leder aufgepolstert worden war, um zum Koolman-Markenzeichen zu passen. Sie konnten den Adam-Kamin oder den Larry Rivers darüber bewundern. Unter ihren Füßen lag ein skandinavischer Teppich, der fast von Wand zu Wand reichte und in den das Koolman-Monogramm in abstraktem Muster eingewoben war. Bleistiftdünne, in rostfreien Stahl eingebettete Spotlights beleuchteten einen siamesischen Buddha, Steingut aus Neu-England und ein Florentiner Triptychon.

Ein einziges, unansehnliches Element störte die Perfektion des Raumes: Leo Koolman, der hinter dem Schreibtisch saß. Er winkte mich zu einem Sessel und verstreute dabei Asche über den Teppich. Dann zog er aus seiner Hemdtasche eine kleine silberne Dose, entnahm ihr eine Tablette und schluckte sie, während er den Telefonhörer in der anderen Hand hielt. »New York«, erklärte er. »Die Schlußnotierungen.«

Bevor ich saß, sprach er schon wieder. »Drei-acht runter, ja? Was sagt Benny dazu?« Er lauschte aufmerksam und legte dann den Hörer auf die Gabel. Vielleicht war es ein Aberglauben – so, als würde man Macbeth in einer Garderobe erwähnen.

»Das Filmemachen ist ein Geschäft«, sagte Koolman. »Ein Geschäft wie jedes andere. Wenn die Regierung von mir Filme verlangt, die den Geschmack des Publikums verbessern sollen, dann braucht sie mir nur das Geld zu geben, das ich dabei verliere. Bis dahin erwarten meine Aktionäre, daß ich Gewinn mache.«

Ein teiggesichtiger Junge betrat, eine Spielzeugpistole schwingend, den Raum. »Mein Sohn«, stellte Koolman vor. »Er ist in Eton.« Das Kind hatte offensichtlich erwartet, seinen Vater allein anzutreffen, und als es mich entdeckte, wurden seine Augen ganz groß. Um seine offensichtliche Schüchternheit zu verbergen, drehte er sich langsam um und feuerte seine Knallpistole auf die Kunstgegenstände ab. »Hätten Sie vermutet, daß es mein Junge ist?« erkundigte sich Koolman stolz.

»Keine Frage«, erwiderte ich. Nichts konnte meine Gefühle gegenüber Koolman deutlicher machen als ein Schuljunge aus Eton, der eine Plastikpistole auf eine Kunstsammlung abfeuert.

»Sag Jimmy, er soll schon anfangen«, erklärte Koolman dem Jungen.

»Kommst du denn nicht?«

»Ich habe es schon gesehen«, sagte Koolman. »Danach bittest du Jimmy, dir den neuen Marshall-Stone-Film zu zeigen: *Schweigendes Paradies*. Er wird dir gefallen.«

»Okay«, sagte das Kind, richtete seine Waffe sorgfältig auf den Kopf seines Vaters und drückte ab.

»Hör auf, mit der Waffe auf Menschen zu zielen«, brummte Koolman. »Und sag Mister Anson guten Tag. Er ist ein berühmter Schriftsteller.«

»Guten Tag, Mister Anson«, wiederholte der Junge. Und als ich ihn anlächelte, erschoß er mich auch.

»Nun lauf schon«, sagte Koolman.

Nachdem das Kind gegangen war, wandte er sich an mich. »Ich mag Kinder, habe sie schon immer gern gehabt. Sie sind unser Publikum von heute und morgen.«

»In dieser Hinsicht gibt es einige Gerüchte.«

»Die Kinder haben heute eine sehr genaue Vorstellung von Moral. In manchen Dingen sind sie prüder und intoleranter als in der viktorianischen Zeit. Im neunzehnten Jahrhundert konnte man alle möglichen Helden haben, heute muß man da wesentlich vorsichtiger sein. Ich zum Beispiel wage es nicht, einen Film zu machen, in dem der Held ein Polizist, ein Soldat, ein Geschäftsmann, ein Wissenschaftler oder nur ein weißer Südstaatler ist.« Er lachte ironisch. »Wenn in einem meiner Drehbücher so über Neger geurteilt würde wie in den meisten meiner Filme über Polizisten und Soldaten, wäre ich von hier bis Alaska aus dem Geschäft.«

»Gib dem Publikum, wonach es verlangt, was?«

»Falls Sie anderer Meinung sind, sollten Sie mit den Managern sprechen.« Er nahm die Zigarre von der Stelle auf, wo sie begonnen hatte, den Schreibtisch anzusengen. »Dieses Kind... legt einfach mit seiner Pistole an. Das gefällt mir nicht...« Er sah mich an. »Er lädt seine Freunde einmal in der Woche ein, damit sie sich Horrorfilme ansehen. In die normalen Kinos läßt man sie nicht hinein. Sie sind zu jung.«

Er lachte erneut auf. Ich hatte ihn noch nie in so aufgeräumter Stimmung gesehen wie an diesem Tag. Ich sagte: »Aber manche gute Filme bringen auch Geld.«

Es klang pathetisch. Er nickte zustimmend. »Sicher bringen manche gute Filme Geld. Auch manche schlechte bringen Geld, aber meistens sind diejenigen, die Geld bringen, weder gut noch schlecht. In dem Sinne, in dem Sie das Wort ›gut‹ verstehen«, fügte er hinzu. Er fixierte mich mit starren Augen. »Ich wäre dankbar, Peter, wenn sie das nicht aus dem Zusammenhang gerissen zitieren würden. Zitieren Sie alles oder gar nichts, einverstanden?«

»Mir geht es um den Hintergrund«, sagte ich. Ich schob Notizbuch und Stift beiseite, um meine Feststellung zu bekräftigen, aber Koolman war ein alter Hase im Umgang mit der Presse. Er wußte, daß dies einer der ältesten Tricks im Repertoire eines Reporters war, jemanden dazu zu verleiten, indiskret zu sein. Phil Sanchez – Koolmans allzeit präsenter offizieller Zeuge – saß in einer entfernten Zimmerecke. Er blickte auf und lächelte mich an. Wir wußten alle, daß – was denn auch immer Koolman sagen würde – einer nichts zitieren würde, was den zwei anderen nicht zusagte.

»Was also ist ›gut‹? Sind die Filme gut, die auf der letzten Seite von *Sight and Sound* vier Sterne erhalten? Ist der Film gut, der Ihnen gefällt, oder der, der Miß Stewart zusagt? Oder glauben Sie vielleicht, daß die Filme gut sind, die Oscars bekommen? Sie sollten einmal einen Eindruck vom Taktieren, Feilschen, den Versprechungen und Erpressungsversuchen bekommen, die derartigen Nominierungen vorausgehen. Nicht wegen des Prestiges – des Geldes wegen. Ein Film mit einer Nominierung oder gar einem Oscar erlebt Wiederaufführungen und kann seine Einnahmen verdoppeln – vielleicht sogar vervierfachen.«

»Taktieren Sie für eine Nominierung von *Schweigendes Paradies?*«

»Sie haben verdammt recht – das tue ich. Alle Mitglieder votieren für Regisseur, Autor und Schnittmeister des ›besten Films‹... Und ich bitte jedes einzelne verdammte Mitglied in einem persönlichen Brief darum, sich *Schweigendes Paradies* anzusehen. Über Marshalls Nominierung stimmen nur die Schauspieler ab, daher widme ich ihnen besondere Aufmerksamkeit.«

»Besondere Aufmerksamkeit?«

»Vorführungen in meinem Privatkino – in meinem Haus. Jeden Abend der letzten Januarwoche bis hinein in den Februar. Es gibt zu essen und zu trinken, und es sind Mädchen aus den Studios da, die für die Beantwortung von Fragen zur Verfügung stehen.«

»Ich wette, ich kenne die Fragen.«

Er nahm eine höchst elegante Mappe zur Hand, die von

einem roten Band zusammengehalten und mit dem aufgeprägten KI-Firmenzeichen versehen war. Darin befanden sich nicht nur Standfotos des Films, sondern auch Hochglanzporträts und Kurzbiographien der Stars von *Schweigendes Paradies* sowie kleine Reportagen über die Dreharbeiten.

Koolman ließ mir Zeit, sie zu betrachten. »Und alle möglichen anderen Aktivitäten. Große Anzeigen in den Branchenblättern. Redaktionelle Beiträge. Disk-Jockeys, Journalisten... Alles Erdenkliche, um Marshall den Abstimmungsberechtigten schmackhaft zu machen.« Er lief hinter dem Schreibtisch hin und her und sortierte Papiere, hörte jedoch die ganze Zeit nicht auf zu reden. »Wir haben einen kleinen Sechzehn-Millimeter-Film über die Dreharbeiten machen lassen. Die BBC wird ihn in der nächsten Woche zur Hauptsendezeit bringen, und ich spreche gerade mit CBS über eine Ausstrahlung in den Vereinigten Staaten. Ich habe die Titelmelodie neu schreiben lassen und werde mit Barbra Streisand und Johnny Cash über eine Langspielplatte sprechen. Ich hoffe doch sehr, daß der Titel ›Komm mit mir ins schweigende Paradies‹ auch der Titel der LP wird. Ein sehr bekannter Autor macht gerade aus dem Drehbuch eine Buchversion, die zur Premiere als Paperback auf dem Markt sein wird.« Er sah mich an, als habe er sich gerade an etwas erinnert. »Da wäre auch für Sie etwas drin, falls Sie Zeit haben und sich für zehntausend Dollar interessieren.«

»Zehntausend Dollar.«

»Zuzüglich eines Anteils an den Tantiemen. Dabei kann viel Geld herausspringen.«

»Das kann ich mir vorstellen.«

Koolman gab Phil Sanchez ein Zeichen. »Phil, öffne doch die Flasche Dom.« Er wandte sich wieder an mich. »Champagner ist das einzige, was mein Magen am Vormittag verträgt. Auf alles andere reagiert er ausgesprochen sauer.«

»Sie brauchen sich nicht zu entschuldigen.«

Er nickte, als hätte er vor, sich meinen Rat zu merken. Es wurde nicht mehr gesprochen, bis Sanchez mit Flasche und Gläsern zurückkam. Er schenkte uns ein. »Sie setzen jetzt Marshall Stone in *Copkiller* ein?« fragte ich.

»Ein großartiger Stoff.«

»Was ist mit Val Somerset?«

»Val ist hervorragend, aber könnte er sich in einem Zehn-Millionen-Dollar-Film behaupten? Irgend etwas sagt mir, daß er noch nicht ganz soweit ist. Nächstes Jahr, vielleicht.«

»Und Marshall macht Ihre Fernsehserie?«

»Ich wünschte, Sie würden nicht Fernsehserie sagen, Peter. Es handelt sich um ein Film-Paket, es sind Specials. Vielleicht werden sie in der Hauptsendezeit gebracht, wenn das Angebot gut genug ist. Vielleicht auch nicht. Aber es werden ganz ausgezeichnete Filme sein mit erstklassiger Besetzung und guten Teams. Wie auch immer – ich werde versuchen, sie zunächst in die Kinos zu bringen. Dann zahlt das Fernsehen immer besser.«

»Sie haben Stone Somersets Rolle in *Copkiller* gegeben, damit er dafür die Serie macht.«

Er prostete mir mit seinem Champagnerglas zu, lächelte und nahm einen Schluck. »Das ist der Journalist in Ihnen, Peter. Sie dürfen Nachrichten nicht einfach erfinden.«

»War es Bestandteil des Vertrags, daß Val Somerset für ein, zwei Jahre kaltgestellt wird?«

»Wir haben große Pläne mit Val«, sagte Koolman völlig ungerührt.

»Und wie sehen die aus?«

»Sie sind noch nicht reif für eine Veröffentlichung.« Er wartete auf meine Reaktion. »Wahrscheinlich wird er die Astronautenstory machen – *Entscheidung auf dem Mond* – mit Bert Hanratty als Regisseur und Suzy Delft in der Rolle der Ehefrau. Wir sind noch in der Verhandlungsphase.«

»Ich verstehe.« Ich griff wieder nach meinem Notizblock.

»Ich habe in diesen Somerset eine Menge investiert«, sagte

Koolman. »Ich würde ihn nicht so mir nichts, dir nichts kaltstellen, das können Sie mir glauben.«

»Was haben Sie denn investiert?«

»Nun, ich habe fast zehntausend Dollar allein für seinen Mund ausgegeben. Als wir Probeaufnahmen mit ihm machten, waren seine Zähne in einem schauderhaften Zustand. Die meisten wurden auf Studiokosten in der Schweiz überkront. Dann bekam er Reitunterricht für seinen zweiten Film – und daran haben wir nicht einen Penny verdient.«

»Zweifellos können Sie all diese Kosten angesichts der Millionen verschmerzen, die sie für die Fernsehausstrahlung des *Vollstreckers* einstreichen werden.«

»Ein so großer, erfolgreicher Film wie dieser wird dem Fernsehen eine Rekordeinschaltquote bringen – er ist jeden einzelnen Penny wert.«

»Und wenn Sie *Mann aus dem Palast* übernehmen ..., wird Ihnen das eine Million für die Ausstrahlung einbringen?«

»Sie haben die Schnittkopie gesehen. Vielleicht wissen Sie mehr als ich.«

»Das scheint mir sehr unwahrscheinlich«, sagte ich.

Er lächelte, um anzudeuten, wie richtig ich lag. Das Telefon meldete sich schüchtern zweimal. Er wandte sich ab und rief: »Keine Gespräche!« Dann sagte er: »Sie ist gewollt künstlerisch. Das bezeichnen die als ›Feinschnitt‹, ich nenne es ›Rohschnitt‹. Aber ich werde Geld hineinstecken, ein paar Szenen neu drehen lassen, die noch nicht perfekt sind, und eine große Krönungsfeier einfügen ...«.

»Eine Krönungsfeier?«

»Die Kulissen werden achtzehn Quadratmeter größer sein als Westminster Abbey. Das allein kostet schon zwei Millionen.«

»Was werden Sie danach damit anfangen – sie der Nation zum Geschenk machen oder nach Kalifornien verschiffen?«

»Und wir ändern den Schluß so, daß die Jungen das Kommando übernehmen.«

»Das wird den Film ruinieren.«

»In Ihren Augen vielleicht. Aber die Jugendlichen dumm aussehen zu lassen, das würde mich ruinieren. Ich kann mir Filme mit Botschaften nicht leisten. Wenn Sie eine Botschaft haben, wenden Sie sich an *Western Union* – Sie kennen den alten Spruch.«

»Ich kann mir nicht vorstellen, daß sich Hanratty für die Idee begeistert.«

»Hanratty ist ein Glückspilz«, sagte Koolman. »Ich habe ihm einen Vertrag für vier Filme angeboten, der ihm mehr Geld bringt, als er je zuvor verdient hat. Und ich habe das Buch angekauft, an dem ihm so viel liegt. Er wird dafür den Etat bekommen, den er braucht, um seine Vorstellungen zu verwirklichen. Er hat allen Grund, dankbar zu sein. Besonders nach dem letzten Fiasko.«

»Und Bookbinder?«

»Bookbinder ist jetzt dankbar. Er wäre finanziell ruiniert gewesen. Das sieht er inzwischen ein.«

»Der, der filmt und dann verschwindet...«

»...sicher bald was Beßres findet. Hahaha. Stimmt. Aber sagen Sie, haben sie gestern abend Marshall auf dem Bildschirm gesehen?«

»›Das Handwerk des Schauspielens‹? Ja, ich war in *Twin Beeches,* als sie die Szenen filmten, die dann der Schere zum Opfer fielen.« Seither hatte es drastische Veränderungen gegeben. Kein süffisanter Schlagabtausch, wie ich ihn miterlebt hatte. In der Version, die die BBC ausstrahlte, galoppierte Marshall Stone im Stil *Letzter Vaquero* im Hintergrund des Vorspanns – von einer Musik begleitet, die einer durchgehenden Büffelherde alle Ehre gemacht hätte. Dann wurde er unterwürfig befragt und war in Ausschnitten seiner besten Filme zu sehen – einschließlich *Schweigendes Paradies,* der vom Interviewer als ein Meisterwerk bezeichnet wurde. »Wer hat daran gedreht?« fragte ich.

»Fernsehgesellschaften kommen zu jeder Menge kostenloser

Programme dank unserer Ausschnitte und Clips sowie durch die Interviews, die unsere PR-Abteilungen ihnen zur Verfügung stellen. Kein großer Anbieter braucht sich solche Bloßstellungs-Taktiken gefallen zu lassen.«

Koolman sagte das bedeutungsvoll und ließ mich die Fakten verdauen.

»Es war eine verdammt gute Werbung für Marshall.«

»Schauspieler sind wie Kinder, Peter. Man muß sie beschützen. Sie brauchen Liebe, Fürsorge und Aufmerksamkeit. Und daran sollten Sie denken, wenn Sie sich an diese Biographie machen. Zeigen Sie Ihren Lesern den Marshall Stone, an den sie glauben wollen. Ihre Leser sind seine Bewunderer. Das Buch wird wegen des Namens auf dem Titel verkauft. Ihr Name würde kein einziges Exemplar über den Ladentisch bringen. So ein Buch wird auch die Liebhaber von Biographien nicht ansprechen, denn die wollen Staatsmänner, Könige, Historie.«

»Ich verstehe.«

»Sicher. Stones Fans sind Ihre Leser, und die haben es nicht gern, wenn man ihnen sagt, sie hätten sich geirrt. Niemand hört gern, daß er keine Menschenkenntnis hat. Das ist eine Eitelkeit, die allen gemeinsam ist – wie Autofahren und Sex.«

Ich lächelte, und das ermutigte Koolman. »Andererseits könnte eine gekonnt gemachte Showbusineß-Biographie sehr gut in unsere Pläne passen, Peter. Ich könnte sie bei der Premiere von *Schweigendes Paradies* als Geschenk verteilen lassen. Und schon das garantiert fünftausend Exemplare. Ebensogut könnte ich sie als offizielle KI-Weihnachtsgabe verwenden – und das sind weitere zehntausend Exemplare. Mit der Garantie für fünfzehntausend Exemplare haben Sie einen Bestseller, bevor Sie ihn überhaupt zu Papier gebracht haben.« Er trank seinen Champagner. Ich trank auch. Koolman war beinahe eine Karikatur seiner selbst. Da saß er und zählte den Gewinn meines noch nicht existierenden Buches an seinen Stummelfingern ab. In meinem Buch würde ich ihn so schildern.

Ich trank mein Glas aus und sagte: »Nun, ich bin mir nicht sicher, ob ich diese Art von Buch schreiben werde. Was ich über ihn mitteilen möchte, kann man nur in fiktiver Form sagen.«

Er war indigniert. »Gut, gut – schreiben sie fiktiv«, sagte er. »Schreiben Sie über die Auswirkungen einer neurotischen Kindheit irgendeines liberalen Sodomiten, der in New Jersey lebt. Sicher, Sie schreiben Literatur, aber schicken Sie mir nicht Ihren Agenten, damit er versucht, mir die Filmrechte zu verkaufen.«

»Ich versuche lediglich zu sagen«, erklärte ich geduldig, »daß die Romanform näher an die Wahrheit herankommen kann als eine Biographie.«

»Nie«, verkündete Koolman, und dann kam ihm ein neuer Gedanke. »Sie wollen doch nur irgendwelchen Schmutz über ihn ausgraben und dann sagen, es sei lediglich fiktiv.« Die Vorstellung schien ihn nicht zu bekümmern. »Wie werden Sie diesen Burschen nennen?«

»Ich weiß es noch nicht.«

»Starr.«

»Ein bißchen zu durchsichtig; vielleicht Stone.«

»Marshall Stone«, schlug er vor.

Ich sagte: »Vielleicht.«

»So, das ist also Ihr Held. Und wer ist Ihr Schurke? Vermutlich ich.« Er sagte es, als wäre das die unwahrscheinlichste Vorstellung, die er sich denken konnte.

»Nun, für Sie ist doch alles ganz prächtig gelaufen. Sie haben den *Mann aus dem Palast* zu einem – wie ich gehört habe – Schleuderpreis bekommen und alle Möglichkeiten, ihn nach Ihren Vorstellungen zu verändern. Sie haben einen neuen Vertrag mit Stone, und Sie haben das Kassettengeschäft um Jahre zurückgeworfen.«

»Wieso habe ich es um Jahre zurückgeworfen?«

»Nach den Erfahrungen, die *Continuum* gemacht hat, ist es doch höchst unwahrscheinlich, daß viel Geld auf den Kassettenmarkt gelangt.«

»Nun machen Sie aber mal 'nen Punkt, Peter. Sie wissen sehr gut, daß das mit mir überhaupt nichts zu tun hat. Im Fall *Continuum* liegt eindeutig ein Versagen des Managements vor. Ihre Frau wird Ihnen das gleiche sagen.« Er lächelte hinterhältig und fügte hinzu: »Oder meinen Sie etwa, Mary und ich hätten da eine Verschwörung angezettelt?«

Ich gab keine Antwort.

»Es ist Jahre her, seit ich Mary gesehen habe«, sagte Koolman.

»Ich weiß.«

»Nun, dann ...«

»Mary hat mir den Fall *Continuum* erklärt.«

Sanchez goß mir Champagner nach, als könnte das meine Zunge lösen.

»Da bin ich aber froh«, erklärte Koolman und gab einen spöttischen Seufzer der Erleichterung von sich. »Wie auch immer: ein jüdischer Schurke – damit würden Sie nie durchkommen.«

»Er wird Ihnen ein bißchen ähnlich sehen, mein Schurke. Aber seine Gesellschaft wird seinen Namen tragen: Koolman. So ist es weniger kompliziert.«

»Gehen Sie gnädig mit dem Burschen um. Sagen Sie, daß es gar kein so schlechter Name für mich ist – Koolman: *Cool Man*, ja, das gefällt mir. Gehen Sie gnädig mit ihm um. Er hat so seine Schwierigkeiten mit dem blöden Kerl ...«

»Marshall Stone.«

Er zeigte ein echtes vergnügtes Lächeln, als er den Namen hörte, den er erfunden hatte. »Jawohl, Marshall Stone. Er und sein Agent sind wahrscheinlich ein Pärchen gieriger Ganeffs, die mehr Zeit damit verbringen, sich aus einem Vertrag herauszumogeln, als nach seinen Bestimmungen zu arbeiten.«

»So, wie ich *Nahaufnahme* schreibe, wird Koolman mehr sein als jemand, der es mit Marshall Stone aufnehmen kann. Er wird sein Selbstvertrauen untergraben und bei jedem Vertrag mit Zuckerbrot und Peitsche taktieren. Als letztes Mittel macht er es sogar zur Bedingung eines Vertrags, daß sein Schauspieler an einem italienischen Drehort von Schwergewichtlern vertrimmt und ihm auf einem silbernen Tablett serviert wird.«

»Jetzt sind Sie aber wirklich originell«, sagte Koolman zufrieden. »Jetzt erzählen Sie eine Story, für die ich die Filmrechte auf der Stelle kaufen sollte.« Er sah mir in die Augen und lächelte.

»*Okay*«, räumte ich ein. »Vielleicht nicht vertrimmt. Vielleicht schreibe ich so, daß die Sache in Italien nur in seinem Kopf existierte.«

»Und was geht sonst noch in seinem Kopf vor? Geht ihm ein Verkehrsunfall durch den Kopf, ein Mord?«

Ich muß wohl überrascht ausgesehen haben.

Er lachte. »Natürlich kenne ich diese Art von Büchern. Wir bekommen sie pausenlos in unsere Drehbuchabteilung geschickt.« Er beugte sich über seinen Schreibtisch und richtete den Brieföffner gegen mich. »Gehen Sie mit Ihrer Story nach Hause und füttern Sie sie mit Enteneiern, Peter Anson. Vielleicht hat es gar keinen Verkehrsunfall gegeben. Vielleicht hat dieser Bursche *Cool Man,* oder wer immer es auch sein mag, einen Unfall erfunden und diese ›Nachricht‹ mit einer Fünfzig-Dollar-Note einem Zeitungsschreiber auf den Schreibtisch gelegt? Aber hat er irgendeine Waise zu einer Tochter gemacht, die es nie gegeben hat? Was müssen Sie wissen, bevor Sie darüber entscheiden, welche Kapitel kursiv gedruckt werden sollen.«

»Ist das Ihr nächster Trick? Darf Marshall Stone Suzy Delft heiraten, wenn er brav ist?«

»Das ist bitter, Peter. Nein, nein, nein.« Er blickte auf Sanchez. »Aber wir könnten ihm dann und wann ein gewisses Maß an Inzest gestatten.«

Sanchez grinste. Koolman sagte: »Machen Sie noch eine Flasche Dom auf, Phil. Die hier ist leer.« Sanchez hatte eine weitere

Flasche im Sektkühler bereitgestellt. Er nahm sie heraus und wickelte sie in ein Tuch, wie es eine liebevolle Mutter mit ihrem Baby tut, das sie aus der Badewanne hebt. Er drückte mit kräftigem Daumen gegen den Korken, der sich unter Wimmern und Ächzen ergab.

»Wunderbar«, sagte Koolman. »Er hat das millionenfach gemacht, Peter.«

»Und nicht nur mit Flaschen«, sagte ich.

Sanchez lächelte.

»Dieser Junge...« sagte Koolman. »Ich sehe es gar nicht gern, wenn man Pistolen auf die Köpfe von Menschen richtet.«

Sanchez faßte das als Anordnung auf, aber für mich war es ein ganz neuer Aspekt an Koolman.

»*Nahaufnahme*«, sagte Koolman. »So einen Titel würde ich nie kaufen. Auf einem Plakat in Omaha sieht das nach gar nichts aus. Wie blenden sie aus?«

Ich lächelte, trank und ließ ihn im Glauben, das sei ein Geheimnis. Aber in Wahrheit hatte ich noch gar keinen Schluß. Alles, was ich hatte, war dieser Anfang.

NAHAUFNAHME

ERSTES KAPITEL

Das edle blaue Schreibpapier knisterte, als der Mann mit seinem Namen unterzeichnete. Die Unterschrift war die eines Schauspielers: ein ungestümes Signum, weit größer als der gesamte Text. Es begann gefällig und stürmte dann kühn vorwärts, um plötzlich innezuhalten und den Tintenfluß zu teilen. Dann zog es sich zurück, um sich selbst in Bögen einzuschnüren. Der Nachname begann sanft, geriet dann aber ebenfalls zu einem Komplex von Arkaden, so daß der ganze Name durch wohlüberlegte Schnörkel geradezu verunziert wurde. Die Unterschrift war ein Diagramm des Mannes.

ECON UNTERHALTUNG

Rankin Davis
Im Zeichen der schwarzen Orchidee
Thriller
480 Seiten
TB 27299-3
Deutsche Erstausgabe

Ein packender, meisterhaft inszenierter Justizthriller. Eindeutige Indizien sprechen dafür, daß die Moderatorin Beth Gamble von Arthur Middleton vergewaltigt wurde. Middleton wird jedoch freigesprochen. Der Grund dafür sind die Pläne des Scotland Yard und der Justiz: Middleton soll bei der Jagd nach einem Serienkiller als Köder dienen …

The Times, Daily Telegraph, Daily Mail, Daily Mirror und der *Guardian* feierten Rankin Davis als den neuen John Grisham.

ECON TASCHENBÜCHER

ECON